鹿 回 头

赵雨希 著

远方出版社

图书在版编目(CIP)数据

鹿回头 / 赵雨希著. -- 呼和浩特：远方出版社，2019.1

ISBN 978-7-5555-1226-4

Ⅰ.①鹿… Ⅱ.①赵… Ⅲ.①长篇小说-中国-当代 Ⅳ.①I247.5

中国版本图书馆 CIP 数据核字 (2018) 第 288750 号

鹿回头
LU HUITOU

著　　者	赵雨希
责任编辑	云高娃
责任校对	云高娃
装帧设计	晓　雪
出版发行	远方出版社
社　　址	呼和浩特市乌兰察布东路 666 号　邮编 010010
电　　话	(0471)2236470 总编室　2236460 发行部
经　　销	新华书店
印　　刷	内蒙古爱信达教育印务有限责任公司
开　　本	165mm×235mm　1/16
字　　数	550 千
印　　张	33
版　　次	2019 年 1 月第 1 版
印　　次	2019 年 1 月第 1 次印刷
标准书号	ISBN 978-7-5555-1226-4
定　　价	66.00 元

如发现印装质量问题，请与出版社联系调换

目 录

1/	第一章	素口蛮腰
7/	第二章	赤金芙蓉钗
12/	第三章	黎锦
17/	第四章	符离邻女
22/	第五章	醉宿州
27/	第六章	杏园宴
32/	第七章	红泥小火炉
37/	第八章	雪衣娘
42/	第九章	故剑情深
47/	第十章	彩云易散琉璃脆
52/	第十一章	简简吟
57/	第十二章	樱桃宴
62/	第十三章	云栖寺
67/	第十四章	牛头煲
72/	第十五章	灞桥风雪
77/	第十六章	斩天剑
82/	第十七章	袄祠胡姬
87/	第十八章	丝路
92/	第十九章	高平郡君
97/	第二十章	天议
102/	第二十一章	会真记

107/	第二十二章	西厢
112/	第二十三章	十里长亭
117/	第二十四章	卖炭翁
122/	第二十五章	宣武变
127/	第二十六章	太湖石记
132/	第二十七章	长安水边多丽人
137/	第二十八章	萋兮吟
142/	第二十九章	惊鸿一眼
148/	第三十章	江心镜
153/	第三十一章	观刈麦
158/	第三十二章	假作真时真亦假
163/	第三十三章	盂兰盆
168/	第三十四章	烧尾宴
173/	第三十五章	千古文章
178/	第三十六章	钗盒重逢
183/	第三十七章	王叔文集团
188/	第三十八章	百家锦
193/	第三十九章	捕蛇者说
198/	第四十章	陋室铭
203/	第四十一章	呦呦谷
208/	第四十二章	浪淘沙
213/	第四十三章	谢秋娘
218/	第四十四章	燕子楼
223/	第四十五章	鬓髻娃娃
228/	第四十六章	巽风阵
233/	第四十七章	永贞革新
238/	第四十八章	南海神姑
244/	第四十九章	二王八司马
249/	第五十章	金凤环
255/	第五十一章	紫微

260/	第五十二章	古冢狐
265/	第五十三章	乐府运动
270/	第五十四章	庭有枇杷树
275/	第五十五章	永州八记
280/	第五十六章	长恨歌
286/	第五十七章	雪盲
291/	第五十八章	相思始觉海非深
296/	第五十九章	萧惠妃
301/	第六十章	金缕衣
306/	第六十一章	世子
311/	第六十二章	太白积雪
316/	第六十三章	大隐隐于市
321/	第六十四章	南海变故
326/	第六十五章	一梳梳到底
331/	第六十六章	牛李党争
336/	第六十七章	休遣玲珑唱我诗
341/	第六十八章	池上双鸟
346/	第六十九章	曾经沧海难为水
351/	第七十章	薛涛笺
356/	第七十一章	敷水驿
361/	第七十二章	巫医
366/	第七十三章	洛姝真珠
372/	第七十四章	续命缕
377/	第七十五章	举案齐眉
382/	第七十六章	骊山晚照
387/	第七十七章	李凭箜篌引
392/	第七十八章	下邽庄南桃花
397/	第七十九章	魑魅魍魉
403/	第八十章	啄木曲
408/	第八十一章	失鹤

鹿回头

一个身披猩红色长袄的少女正匆匆走在偌大的院落里,她看上去只有十四五岁,盘桓髻上的金步摇叮咚作响,她眉间一点金色花钿,映衬着如花似玉的容颜。只见她面带焦虑神色,四处张望着向寝屋走去,她推开屋门向里面坐在胡床上刺绣的另一个姑娘道:"小蛮,白公去哪儿了?"那唤作小蛮的姑娘也是这般年岁,穿着丁香色的襦裙,云髻上簪着银梳,显得端庄窈窕,她抬起头来说:"我也没见着,怎么了,素素?白公不在家?"

那红衣姑娘正是白宅中最受宠的家姬樊素,只听她道:"我四处都找过了,不见白公。"小蛮忽然想起了什么,从凭几上拿起一封信道:"对了,这是昨夜寄来的信。"樊素犹豫了片刻,伸手打开了信笺,只见上面赫然写着:巴山楚水凄凉地,二十三年弃置身。怀旧空吟闻笛赋,到乡翻似烂柯人。沉舟侧畔千帆过,病树前头万木春……小蛮的目光落在了落款上,低呼道:"是刘公!"樊素点头道:"白公一定是出去见刘公了,外面风雪这么大,他身子又不好,小蛮,我们还是出去找他吧。"

二人并肩匆匆走出了白宅大门,就在这时,满天风雪中徐徐走来一个熟悉的身影,樊素和小蛮不由脱口而出唤道:"白公!"那人穿着苍色圆领缺胯袍,头戴厚厚的毡帽,披着一件羊皮袄,缓缓抬起了面容。五十多年的风霜爬上了他的面颊,已然不复昔年意气风发,他正是刑部侍郎白乐天。早已花白的发须在寒风中微微颤动,樊素和小蛮连忙迎上前去,樊素立即嗔怪道:"你去哪儿了,我们好生着急!"

倒是小蛮注意到他的手上拿着一根马鞭,立时认出来,惊道:"这不是紫叱拨的马鞭么,白公,你的马呢?"白乐天摆了摆手,道:"卖了。"樊素和小蛮不由怔住了,白乐天挣开二人,把自己关在屋内一直到晚上。樊素和小蛮端着热腾腾的晚饭敲门走了进去,只见白乐天正在灯下挥毫写诗,樊素凑上前念道:"五年花下醉骑行,临卖回头嘶一声。项籍顾骓犹解叹,乐天别骆岂无情。"

白乐天伸手夺来扔在地上,折起一张纸递给樊素和小蛮,微弱的烛光下似双眸含泪,低声道:"这首是给你们的。"二人面面相觑,小蛮伸手接

第一章　素口蛮腰

了过来，展开轻念道："两枝杨柳小楼中，袅袅多年伴醉翁。明日放归归去后，世间应不要春风。"小蛮登时惊愕道："白公，你要赶我和素素走？"白乐天道："我已经一把年纪了，现在还病入膏肓，而你们正值青春年少，不该在我这里浪费时光。"

樊素急道："素素陪伴白公十余年，无违无失，虽然貌陋，未至衰摧。骆之力，尚可以代主一步。素之歌，亦可送主一杯。一旦双去，有去无回。故素将去，其辞也苦，骆将去，其鸣也哀。此人之情也，马之情也，岂主君独无情？"小蛮也垂泪道："我和素素断然不会离开白公。"白乐天叹道："你们知不知道，为什么我一直把你们留在身边，格外宠爱？"他的目光向书架上望去，从一堆帙袋中抽出两卷吊着红牙签的纸卷，分别递到了樊素和小蛮的手中。

樊素微微一怔，首先拆开了帙袋，解开系带，握住绿牙轴将纸卷向左展开，一幅泛黄的画像呈现在她的眼前。一个身着霜白色宽袖对襟长衫的姑娘赫然纸上，手臂上挽着水色的披帛，长发绾作灵动的灵蛇髻，正面簪着辛夷花，旁边则是一根芙蓉金钗绕住发丝。右眉中有一颗若有若无的黑痣，眉间点着紫色的菱形花钿，明眸善睐，美艳动人。樊素的目光被画中人所吸引，由不得低呼一声。小蛮连忙也打开了自己手中的画卷，也不免大吃一惊。只见画上的少女穿着藕色粗布襦裙，碎发垂在额前，分梢眉中央仅饰以一点朱砂，浅笑中露出唇边两颗梨涡。

樊素的画上写着"眉娘"，而小蛮的画上则写着"湘灵"。白乐天苦笑道："是不是觉得跟你们长得很像？樱桃樊素口，杨柳小蛮腰，实在太像她们了……"樊素惊诧道："白公，这眉娘和湘灵，是何许人也？"

白乐天叹道："老来多健忘，唯不忘相思。这些事最早从汉朝的南海国说起。很早以前有个南海国，整个国家都是百越人，他们的国王叫作织，原本是闽越国的南武侯。汉高祖时期，织被封为南海王，野心膨胀的织发兵反叛大汉，当时大汉的淮南王刘长遣兵攻打南海国，从此织被贬为庶人，南海国灭亡。后来南海国的遗民在庐江起兵，企图再度反叛汉朝，终被刘

鹿回头

长镇压,从此南海国在历史上失去了记载。其实从那时起,南海国的遗民悄悄迁往了琼州一带,找到了一处世外桃源隐居起来,过着与世无争的日子。不知从何时起,在琼州流传着一个美丽的传说故事——鹿回头。数百年后,一个少年在捕捉野兔时发现了一只满身发光的花鹿,一直追着这花鹿跑到了山林间……"

"快,快些!我看见它往山崖跑了!"时光退回到三十多年前,一个身着赭石色棉麻上衣和犊鼻裤的少年欧阳呈手持弓弩,带着一众族人追着飞驰的花鹿到了山崖,眼前就是万丈深渊,哪里还有花鹿的踪影。只见山崖前站着一个女子,徐徐回过了头。海棠红的锦绣华缎勾勒出姣好的身形,她梳着一丝不苟的归秦髻,蠑首蛾眉,眉间点缀金黄花钿,眉眼之中溢出无尽贵气,怀中抱着一只沙黄的猞猁。欧阳呈不由怔住了,族人们早已惊惶不已,纷纷跪拜,认为眼前这三十来岁的美艳女子就是鹿回头传说中,那个由灵鹿变成的神女。

这女子微微扬起笑容,扫了一眼他们的着装,道:"吾乃上天派来的鹿神南玳,替尔等掌管琼州的这片世外桃源。你们为何还穿着黎族的服装?你们其实是百越人,是南海国的遗民,我就是来替你们重建南海国的。"听罢南玳的一番话,这些人才知道自己的祖先原来是南海国的百越人,不由得窃窃私语。年少轻狂的欧阳呈走上前道:"我们族人的传统,是不能让女人当政的,我不管你是神是人,总之规矩不能破。"

南玳抚摸着猞猁抿嘴一笑,"那若是我儿子当政,总可以了吧?"族人们拉住欧阳呈,劝他不要得罪天神,就这样,南玳将这世外桃源经过八卦易经改造成了鹿眠谷,这里从此称作南海皇朝。次日,南玳带来了她的儿子,十九岁的叶岐云在震雷场的鼓声中,于离火宫大殿登上了圣主之位,站在他身边的丞相,正是南玳钦点的鹿眠谷中最文武双全的欧阳呈,后宫兑泽苑的夏湾殿中,南玳斜倚在竹床上,抚摸着怀中的猞猁,如愿当上了南海皇朝的太后。

日复一日,叶岐云每天下朝之后,都会跟欧阳呈在震雷场练武,他的

第一章 素口蛮腰

耳边总是回响着南玳的叮嘱，他知道自己的身上背负着血海深仇，他的生父是被唐朝皇族所杀害，有朝一日他定然要铲平大唐。不但如此，南玳每天还亲自与叶岐云比武，只要叶岐云打不过她，南玳就取出马鞭狠狠地抽打他的后背，直至鲜血淋漓染红了衣衫，南玳早已泣不成声："说！你活着的目的是什么？"疼痛得细汗密布的叶岐云咬着牙道："报仇！"

马鞭毫不留情地再度打下，"大声点！"叶岐云提高嗓门道："杀了仇人，为父亲大人报仇！"又一道血痕出现在他的衣衫上，"仇人是谁？"叶岐云高声道："皇帝李适！"马鞭终于停下来了，南玳心疼地拥住了叶岐云，"云儿，别怪阿娘对你下手狠，我只是希望你时刻记住你的使命，你要杀了李适，要重建南海皇朝。"叶岐云点了点头，忽然听见不远处传来阵阵机杼声，南玳擦了擦泪水，含笑道："春庭殿的那位找你了，快换件衣服，去见见她吧。"听见春庭殿三个字，叶岐云似乎身上的伤痛都消失了，眼睛中露出亮晶晶的神色，拜别了南玳匆匆而去。

一阵阵机杼声若隐若现地传来，春庭殿正中放着一架碧玉织机，玉梭来回纺织，半匹精美的黎锦已然织就。密密麻麻的五彩丝线遮挡不住坐在后面那位织女，她一身霜白的长罗襦，胸前系着丁香色的玉带，长长的黑发绕过堕马髻垂在肩后，右眉中依稀一点黑痣，波光粼粼的眸子目不转睛地盯着手中的黎锦，鹅蛋脸上稚气未脱，也方才十六七岁的光景，却出挑得格外美丽。她不是别人，正是画像上的那位姑娘，卢眉娘。

"眉儿！"一声低沉浑厚的声音传来，让人顿时心感踏实。卢眉娘惊喜地抬起头，只见春庭殿的门口，逆光中站着一个熟悉的人影。叶岐云跨进槛内，只见他换了一件皂色常服，束起一半长发，其余的垂在两肩，含笑走了过来。三四年的时光飞逝，除了在春庭殿露出笑容，叶岐云对外都是一副冷冰冰的模样，更是惜字如金，没有人知道这个年轻的圣主到底有多么深不可测。卢眉娘兴奋地起身跑上前肃拜道："圣主！"叶岐云笑道："这里有外人吗？"卢眉娘弯起双眼，笑着扑进了他的怀中，"岐云哥哥，你怎么才来呀？我看见槟榔熟了，走，我们去摘槟榔！"

鹿 回 头

卢眉娘拉着他的手笑着跑出了春庭殿，在后花园里欢快地摘槟榔，甜腻的果汁狼狈地滴在二人崭新的衣衫上，他们笑着闹着，在鹿回头的雕像后捉迷藏，这些年来他们就是这样度过，也是叶岐云最愉快的时光。"眉儿，你在哪儿？我认输了！"叶岐云跑得气喘吁吁，终于停下。卢眉娘咯咯笑着从雕像后面站起身来，却被叶岐云一把捉住，"别动，我送你个好东西。"

一条纯洁如玉的白砗磲项链，轻轻地戴在了她的脖子上。卢眉娘开心地抚摸着项链，与叶岐云坐在荔枝树下，靠在他的肩头无邪地笑道："岐云哥哥，你对我真好。以后长大了，我就要嫁给你！"叶岐云扑哧笑了，点了点她的鼻尖，"那你可不能离开鹿眠谷了。"卢眉娘笑着点头道："好，我嫁给你，我永远都不离开鹿眠谷！怎么，你不信？那我们拉钩。"她向叶岐云伸出一根小手指，斑驳的夕阳下，叶岐云的手指紧紧地勾了上去。

第二章　赤金芙蓉钗

耀目的阳光下，叮的一声，欧阳呈手中明晃晃的双锏与叶岐云的斩天剑触击在一起，登时拉出一道火光，巨大的力量让二人双双后退两步。看着大汗淋漓的叶岐云，欧阳呈止道："圣主，欲速则不达，歇一会儿吧。"叶岐云叹了口气收起斩天剑，与欧阳呈坐在震雷场的台阶上喝起了酒，"不知道我什么时候才能练好武功，为大人报仇。"他话音刚落，一双温暖柔软的手从背后伸来，轻轻捂住了他的眼睛。叶岐云道："是翩翩，还是欧阳小妹？"顽皮的人已经等不及松开了手，跳到了叶岐云的面前，卢眉娘明媚的笑容在他眼前摇晃，"岐云哥哥，你怎么就是不猜我？"叶岐云也忍不住轻笑了，"我就知道是你。"卢眉娘从怀中取出一个精美的椰雕递给他："送给你的！"

这椰雕造型古朴，上有贝壳镶嵌，立体浮雕，甚是漂亮，见叶岐云爱不释手，卢眉娘笑道："你喜欢就好，也不枉我用两匹亲手织的黎锦换来的。"原来当年南海国遗民迁往世外桃源，便过起了与世隔绝的生活，以东西换东西也一直延续到现在。叶岐云听罢，微微一惊，"你织的黎锦那么好，用两匹只能换得这一个椰雕，也不太公道。"卢眉娘道："这有什么，上次有两家因为用一担麦子换东西，吵得不可开交呢。"叶岐云微微蹙眉，侧头对身边的欧阳呈道："丞相，如今我们已经是南海皇朝了，既是皇朝，就该有自己的货币制度，你给我说说大唐都用哪些货币？"欧阳呈点头道："大唐的货币共有三种，一是金子，二是铜钱，三是绢帛。"叶岐云若有所思道："知己知彼方能百战不殆，金子和绢帛不是什么问题，只是铜钱要去铸造，还要有个形制。丞相，这件事就交给你了。"

仅仅三日的时间，欧阳呈就不负君望，在冬阁殿里造出了铜钱。他欣喜万分地取出一枚蜡样给叶岐云过目，这时卢眉娘正好也跑了过来，"岐云哥哥，你们在看什么呀？"叶岐云回头望着她微微笑道："是铜钱，快来看看，是我们南海皇朝的铜钱。"卢眉娘好奇地伸手将那枚铜钱蜡样拿来仔细看着，只见上面刻着篆体的"琼铢通宝"四个字，谁知她一个不小心，修长的指甲在那蜡样上划出了一道半月形的痕迹，欧阳呈不由低呼道："哎呀，卢姑娘，这可是蜡样啊！"叶岐云却笑道："别这么大惊小怪的，我倒觉得挺好看的，要不然这铜钱上面都没有花纹。丞相，你就把这蜡样原封不动地拿回冬阁殿，在蜡钱外面做泥坯子，往里浇铜汁，记得一定要带上这道半月形的花纹。"欧阳呈无奈地笑着摇了摇头，将这蜡钱带了回去。

卢眉娘吐了吐舌头，叶岐云宠溺道："今天太后要在鹿眠谷里挑最漂亮的姑娘，你怎么跑到这里来不去参加大选？"她笑道："选最漂亮的姑娘做什么，是不是给你选妃啊？"叶岐云正色道："别胡说，大仇未报，我不会娶妻的。"卢眉娘道："其实我过来是找你问问太后寿辰的事，我想送太后一匹亲手织的黎锦当贺礼，而且在上面绣上太后最喜欢的七卷法华经，你看好不好？"他点头道："卢眉娘织的锦是整个南海皇朝中最好的，而且你的绣工更是一绝，我想太后一定会喜欢的。"

他们在这里你一言我一语地聊着天，而南玳的夏湾殿里已然齐聚了整个鹿眠谷中的姑娘们。南玳怀抱着那只温顺的猞猁，斜靠在凭几上，扫视着站在殿中的每个姑娘。眼看叶岐云的武功越来越高，南海皇朝也愈发强大，南玳觉得向大唐复仇的时机已然到来，她要挑一个最漂亮的姑娘，替她去完成复仇。然而没有人知道她的这份心思，还以为是给叶岐云挑皇后，一个个打扮得花枝招展。南玳的目光却落在了本该属于卢眉娘的那个位置上。因为卢眉娘不在，她身边的婢女翩翩只得临时顶替。只见她约十六七岁，穿着宽大的白纱襦裙，泛黄的发丝上簪着豆绿的花钗，除了有些瘦弱，清丽的眉目间却别有风情，楚楚动人，站在这些姑娘之中，很能一眼让人记住。南玳伸手向她招了招，"你过来。"翩翩谨小慎微地低着头走上前去，靠近来看，南玳更是喜欢这个乖巧听话的姑娘，她不但长得漂亮，还这般柔弱温顺，定会让很多男人动心。

第二章　赤金芙蓉钗

南玳扬手示意其余人退下，微笑着握住了翩翩的手，道："以后你就在我身边吧。不用害怕，我只是闷得慌，想找个人陪我聊聊天。翩翩，你愿不愿意听我说说鹿眠谷外面的世界？"翩翩好奇地睁大了眼睛，"外面的世界？"南玳微笑着点点头道："我就给你说一个钗盒情缘的故事吧。曾经有个贵妃册封入宫之日，皇帝以金钗钿盒为定情之物赐给她，往后这贵妃一再以此固宠。后来皇朝发生了政变，贵妃和皇帝临阵而逃，在半路上，群臣指责贵妃是祸水妖物，要皇帝将她缢死，贵妃唯一的请求就是以金钗钿盒殉葬。贵妃死后，魂魄回到此处，念念不舍，生怕贪财之人未将金钗钿盒殉葬，她对着钗盒忏悔，感动了土地神。土地神向织女娘娘诉说贵妃因钗盒之缘，抱恨空守冥途的痴情。有人说，贵妃从此携金钗钿盒尸解了，在改葬的时候，居然发现墓中变成空穴，只剩下贵妃随身的香囊。贵妃紧守金钗钿盒，终于感动了织女，代奏天庭补恨，贵妃分钗一股，劈盒一扇，以为信物。皇帝与贵妃终于在天宫重逢，钿盒再联，钗头重对，情缘永续。"

"眉娘，我回来了！"翩翩在南玳那里津津有味地听完了这个故事，第一个想到的就是跟卢眉娘分享，谁知她刚刚踏入春庭殿，便看见殿中一片狼藉，满地丝线缠绕不堪，卢眉娘正焦急地找着金银线，翩翩还兴冲冲道："眉娘，你有没有听过钗盒情缘的故事？我说给你听……"卢眉娘一心要赶制出送给南玳的寿礼，哪里有心思听她说这些，"翩翩，我的金银线没有了，我得出去换一点回来，回来再听你说啊！"说罢，卢眉娘便匆匆地出门去了，偌大的春庭殿中只留下翩翩一人。

等到卢眉娘用东西换了金银线回来，已是到了黄昏，可春庭殿里却不见翩翩的身影，唯独留了一封信在台子上，卢眉娘忙打开一看，登时面色大变，转身便要跑出去，却结结实实地撞上了进门来的叶岐云。叶岐云道："什么事慌慌张张的？"卢眉娘举着翩翩的信笺急道："都怪我，怪我没听翩翩说完，她现在对外面的事特别好奇，擅自离开鹿眠谷！不行，我要去找她！"叶岐云连忙拦住了她，"眉儿！你不能去，擅离鹿眠谷是死罪，若是被太后发现就糟了。何况后天就是太后的寿辰了，到时你不在鹿眠谷中，很容易被发现的。翩翩毕竟地位与你不同，少她一个，太后也未必注意得到。这样吧，你留下，我派人出谷寻找翩翩。"见她忧心忡忡，叶岐云揽住她的肩柔声安慰道："你不是答应过我，永远不离开鹿眠谷吗？你放心，岐云哥哥一定将翩翩安全带回来。"

直到南玭的寿辰开始之际，派出去的人都没找到翩翩的下落，卢眉娘心不在焉地从织架上取下已经完工的黎锦，小心翼翼地叠好放在金盒中。她换上了精美刺绣的衭子，套上酡颜色的罗裙，再配上单丝银绫披帛，梳了一个慵来髻，额间微施黄粉，眉间贴上梅花钿，便匆匆跟着众人去夏湾殿为南玭贺寿了。正如叶岐云所说，来贺寿的人不绝于缕，谁会在意一个小小的婢女在不在？只见南玭穿上秋香色的绸缎礼服，高高地坐在金椅上抚摸着猞猁，叶岐云则立在她的身边，亲自将贺礼一一送上前去，"母后，这是眉儿的贺礼。"南玭轻轻打开了金盒，一匹极其精美的黎锦映入眼帘，上面用金银线所纺日月星辰，光辉艳若云，左右看去，光彩不同。不但如此，还刺有双面彩绣的七卷《法华经》，南玭从没见过这样华丽的黎锦和精巧的技艺，她的心中不由咯噔一声，抬眼向卢眉娘望去。这一望，便察觉到翩翩并不在殿中。南玭似乎明白了什么，却故意装作不知道，含笑招卢眉娘上前："眉娘，你送我的贺礼，我最喜欢。来，我也送你一样东西。"南玭施施然从自己的发髻上抽下一支金光熠熠的赤金芙蓉钗，疼爱地亲手为卢眉娘簪上。人人都以为这是恩宠备至，却无人知道南玭此举的用意。

令人想不到的是，夏湾殿的盛宴结束后，金盒里的那匹华美黎锦居然不翼而飞。这可是南玭最喜欢的贺礼，叶岐云下令将整个鹿眠谷都翻了一遍，可就是找不到这匹黎锦。与此同时，琼州以外的一个偏僻古道上，浩浩荡荡地走来了一队押解贡物进京的队伍。长安的广陵郡王李纯就要与王妃郭俪凝大婚，这些贡物正是送给二人的贺礼锦缎。队伍方才行至林间，忽然几个蒙面贼人由草丛中凌空而出，他们个个身法古怪，武艺高超，连这些押解贡物的武官都不是他们的对手，只能眼睁睁看着这些人将贡物劫走。贡物被劫可是死罪，官员们不由手足无措，就在这时，居然发现了草丛中不知何人遗漏了一个精致的金盒，他们上前打开金盒一看，里面安放着一匹比贡品更加华美的锦缎。这些人不由看得眼睛直了，正好他们无法交差，难免一死，倒不如以此锦缎冒充贡品搏一把，或许广陵郡王会更喜

第二章　赤金芙蓉钗

欢这匹锦缎，不再追究失职之事。他们商量一致，便将这金盒里的锦缎小心翼翼地运到了长安，送进了大明宫。

这匹华美的锦缎在德宗李适的手中缓缓放下，他不由拊掌赞叹："好锦！好锦！居然有这样工巧无比的织女，能于一尺绢上绣法华经七卷，字之大小不逾粟粒，而点画分明，细于毫发，其品题章句，无有遗阙。以丝一拘分为三段，染成五色，绣作十洲三岛，玉女台殿、麟凤之像，不计其数。这般的锦缎居然还轻若蝉翼，不足三两，简直天上人间，无出其右。"站在他身边的太子李诵望着这锦缎，不由想起了早已亡故的太子妃，她也曾如此热衷锦缎，若是能看见这巧夺天工的锦缎，一定很是喜欢。他当了二十多年的太子，却连最心爱的女人都留不住。如今他的儿子李纯要娶亲了，李诵亲自将这匹锦缎当作新婚贺礼送给了儿媳郭俪凝。

"哇，好漂亮的锦缎啊，这样的织法，我真是见所未见闻所未闻。大王，你快来看看！"广陵王府的寝堂中传来惊喜的声音，年轻的广陵郡王李纯循声推门而入，他正值青春年少，意气风发，穿着金白相间的圆领华衫，金玉束起的长发垂在肩头，星眉剑目，颇有大唐皇子的贵气。只见屋内正站着一个身穿青莲色罗衫襦裙的少女，她梳着端庄妩媚的朝云近香髻，头上插满了步摇搔头，面施红粉，眉间画着精致的牡丹媚子，用丹墨在两颊点上面靥，更显得娇俏美艳，举手投足间尽是皇家气派。这就是广陵王妃郭俪凝，她的出生尤为显赫，乃是中书令汾阳郡王郭子仪的孙女，驸马都尉郭暧和升平公主的次女，亦是德宗李适的外甥女，太子李诵的表妹。说起来郭俪凝还比李纯年长一辈，可二人从小青梅竹马，感情异常好，到了成婚的年纪，二人终于如愿结为夫妇。看着郭俪凝爱不释手这匹锦缎，李纯立即命人量体裁衣，做了一身华丽的衫裙送给郭俪凝。

第三章 黎 锦

"大王，王妃病了，今日不能随大王进宫过寒食节了。"听罢婢子的话，李纯匆匆赶回王府寝堂，只见郭俪凝倚在隐囊上，身穿着那匹锦缎裁成的襦裙，披着厚厚的袄子，望着食案上的饧大麦粥、子推蒸饼、干粥凉糕等寒食品，却没有食欲下箸，面色果真不好。李纯连忙挨着她坐下，"凝儿，身子不舒服，为什么还不多吃些？"郭俪凝有气无力道："就是对着这些东西才吃不下，寒食节禁火，要等到清明，宫内才向外颁赐新火，这时候都要吃冷菜冷饭，怎么能不生病？"李纯轻笑着拍了拍手，婢子端着一碗热气腾腾的馎饦汤走来，郭俪凝又惊又喜，"你好大的胆子，居然敢在寒食节偷偷弄热食，要是被公公知道，被陛下知道，你就是欺君之罪了。"李纯笑着亲自喂了她两口，"只要能博得美人一笑，虽死无妨。区区一碗馎饦汤也不够啊，凝儿，你等我一会儿，我去去就来。"

等到郭俪凝把这碗馎饦汤吃完，只听得门外传来急促的脚步声，呼着热气的李纯兴奋地进来，拉起郭俪凝就跑到了外面。后花园的台阶上正噼里啪啦地燃着柴火，火堆上架着一口锅子，里面蒸着热腾腾的东西。郭俪凝惊呼道："被人发现你生火，真的了不得！"李纯伸出手指嘘了一声，拉着郭俪凝坐在了玉阶上，伸手从锅子中取出滚烫的东西，"咱们悄悄吃，吃完把这儿处理一下，就当什么事也没发生过。我知道你吃腻了山珍海味，这是烤雀芋，用绝品炭，以龙脑裹芋煨之，是民间的美味，你一定喜欢。"他小心翼翼地为郭俪凝将雀芋的皮去掉，郭俪凝低下头轻轻咬食一口，顿感芳香四溢，软糯可口，果然是从未吃过的美味。郭俪凝也顾不得那么多了，开心地伸手又去拿了一个雀芋剥给李纯吃，二人吃着笑着，忽然一点火星迸溅上了郭俪凝的裙裳，那漂亮的锦缎登时被烧出了一个黑洞。郭俪凝扔掉雀芋，慌忙掸掉火星，心疼地抚摸着锦衣，"糟了，这么精美的锦缎被烧坏了……"看着爱妻焦急得眼泪直打转，李纯连忙安慰道："别急

第三章 黎 锦

别急,我这就下令,全国各地去找这位织女,叫她来把这个小洞补上,断然不是难题。"

一封密折在南玳的手中轻轻合起,她独自靠在夏湾殿的胡床上,一手抚摸着怀中的猞猁,一手拖住额头,悄然扬起一抹冷冷的微笑,"时机到了。"就在此时,夏湾殿的宫门被推开,只见叶岐云正往这边过来,南玳不慌不忙地将密折塞到了坐垫下,"云儿,上次眉娘送母后的那匹黎锦至今都找不到,母后想亲自出鹿眠谷找一找,你和丞相也陪母后一起去吧。"叶岐云心中咯噔一下,点了点头道:"虽说黎锦没了可以再织,但既然母后开了口,儿只有遵命,儿回去就叫丞相准备,明日启程。"

听说南玳和叶岐云都要出鹿眠谷,卢眉娘自然是坐不住,她吵闹着要跟叶岐云一起出谷,亲自去找翩翩的下落,但叶岐云严词拒绝:"眉儿,你当真以为太后出谷就是为了找什么黎锦吗?那都是借口,一定是太后得到了什么消息,她是要带我去报仇,不是闹着玩。"卢眉娘急道:"我不管,你们都走了,又不知道翩翩下落如何,我一个人在鹿眠谷里度日如年,我可过不下去!"她话音刚落,缓慢而温暖的声音从背后传来,南玳慈爱地走来拉住卢眉娘的手道:"好啦,让眉娘跟我们大家一起去吧,我也想路上多个伴儿说说话。"

这一夜无人入眠,南玳想着自己的计划已经开了个头,兴奋得睡不着觉,卢眉娘又是担心翩翩又是好奇外界的生活,翻来覆去也睡不着,而震雷场上,叶岐云则挥舞着他的斩天剑和欧阳呈练武,直到星辰漫天。欧阳呈收起双铜道:"圣主,你不必这么担心,我想太后一定是有了充足的准备,否则她不会带我们离开鹿眠谷的。"叶岐云的背影在星光下被拉长,他背着手走上了高台,坐在上面睥睨夜色中的鹿眠谷,叹道:"是啊,正因为如此,我必须要一举杀了李适,不容有半点差错。"欧阳呈端来两坛好酒递给他道:"看来圣主今夜无眠了,我就陪圣主在这里等到天亮吧。"

多少年来,从没有人离开过这个曾经叫作世外桃源,如今是南海皇朝鹿眠谷的地方,而这次离开,却是太后和圣主一起出谷,显然轰动了整个

鹿 回 头

鹿眠谷的百姓。天亮之际，满城百姓都来为他们送行，南玳和卢眉娘坐在华丽的牛车里，叶岐云和欧阳呈骑马于两侧，就此踏出了他们生活的这片土地。刚刚离开鹿眠谷没多远，眼前就横亘着一个分岔路口，就在他们查看着哪条路是通往长安时，叶岐云派出去追寻翩翩下落的人快马加鞭回来，卢眉娘忙唤他过来，附耳听他说道："宿州有人曾经见过翩翩姑娘，往左的道路就是通往宿州的。"卢眉娘连忙道："岐云哥哥，走左道！"南玳沉色道："右道才是去长安的路，走右道。"卢眉娘急道："不要啊！我们先走左道，到宿州之后，再绕一点点路还是可以到长安的！"叶岐云怕她把翩翩的事说出来，连忙截道："母后，你不是要找黎锦，或许我们绕一点路，会有更多的线索和发现，不如我们就先去宿州，再绕路去长安吧。"南玳心如明镜，抚摸着懒洋洋的狻猊笑道："真是拗不过你们，好吧，那就走左道，我只给你们一天的时间留在宿州。"

车辚辚，马萧萧，地上的车辙越拉越远，一行人奔波了几日，终于到达宿州。方才进城，卢眉娘就忍不住跳下了牛车，她从来没有见过这般繁华的街市，虽说宿州只是一个普通的州县，却也比鹿眠谷中热闹多了。坊墙内的深宅大院和寺庙道观的飞檐重楼依稀可见，坊市里的店铺热火朝天，灶下柴火明亮温暖地跳跃着，赤膊的胡人师傅当当地敲打着芝麻胡饼，蒸笼里的热气腾腾冒着。两旁成荫的槐树下，不少小摊卖着新奇的玩意儿。卢眉娘眼睛放光，四处奔跑张望着，目光被摊位上的一只玳瑁手镯吸引了，"老丈，我用三个椰雕跟你换这个，怎么样？"摊主用怪异的眼光打量着她，"去去，别捣乱！"叶岐云忙追上前，将早已换好的大唐开元通宝放在桌上，"这玳瑁手镯我买了。"他摇着头笑着给卢眉娘戴上手镯，道："现在不是在鹿眠谷，不是用东西交换东西的，唐朝是用货币才能买东西。"卢眉娘吐了吐舌头，却道："谁说的，你看我给你换了什么？"说着从怀中取出一串沉香木珠子笑道："我用金钗换来的！"叶岐云惊道："哎，你怎么用太后送的金钗换东西！"南玳轻笑着从二人身后走来，"丞相已经替你付了钱，金钗拿回来了，以后可不许拿这支金钗交换东西了。"

卢眉娘不好意思地挠了挠头，接过金钗插在云鬓之上，又拉着叶岐云跑进了人海之中。南玳幽幽地向身边的欧阳呈问道："你觉得眉娘和圣主，

第三章 黎 锦

是什么关系？"欧阳呈道："就像兄妹一样，不过似乎又不太相同，总之不一般。"南玳似乎还想问什么，忽然听见前面传来了嘈杂之声，忙和欧阳呈追上前去。一幢黑灰色屋顶，红柱白墙的宅院前，一个白衣姑娘正和几个大汉争执着，院门上赫然写着"水仙馆"三个大字。南玳定睛一看，那姑娘不是别人，正是擅自离开鹿眠谷的翩翩，只听她喊道："你们写着水仙馆，我以为就是看花的地方，谁知道你们这里是青楼……放开我，我不是你们这里的人！"翩翩一介弱质女流，哪里是这些人的对手，只见她口角流血，已然在反抗中受伤了，就在这时，凌空而来一个熟悉的身影，以极快的速度，抬腿踢开了那几个大汉，叶岐云翻身落在地上，护在了翩翩的面前。翩翩又惊又喜，低声唤道："圣主？"叶岐云冷冰冰的眸子抬起来，"谁还敢欺负她？都给我滚！"卢眉娘连忙也冲过人群上前来，拉住翩翩的手，"翩翩，你可担心死我了，要是你出了事，我心里一辈子都不会安的。哎呀，你受伤了！岐云哥哥，你快带翩翩回客舍疗伤，我去买些药回来。"眼看翩翩面色苍白，就快支持不住了，叶岐云只得道："好，那你买完药，就到柏塘前找我们。"卢眉娘已然跑远了，头也不回地摆了摆手，"知道了，白杨店见！"

"这位娘子，你的药称好了，共一百文。"药坊的掌柜娴熟地包好了药草。卢眉娘却数着手中仅剩的几枚铜板，紧蹙眉头道："一百文……是多少啊，好像不够……"她伸手就要去拔头上的那支金钗，可转念一想，方才太后才说过不可以再拿金钗换东西，只得抿嘴小心问道："掌柜的，我的钱不够，你知不知道哪里能快点赚到钱？"掌柜的奇怪地扫视她两眼，指着门外道："那你去对面那间长乐赌庄试试运气吧！"卢眉娘忙道："好，好，这包药给我留着，我去去就来！"说罢匆匆向赌坊跑去了。她从来没有进过赌坊，混在人群中看了许久，才伸手将铜钱押在了"大"上。谁知开的第一局偏偏是小，最后的几个铜钱也没了，卢眉娘登时急出了汗，连忙脱下手上的玉镯再押上，可也不知是怎么回事，每次都输得一败涂地，她甚至把叶岐云送给自己的玳瑁手镯都输掉了，现在唯一所剩的只有头上那支金钗……

"今天的手气真好啊，正好你嫂嫂要过生辰了，拿这钱去买些东西给她,她一定高兴!"两个郎君有说有笑地从长乐庄里走了出来,其中掂量着铜钱的那人一眼便看见了附近的小摊上摆满了打开的蚌壳,里面熠熠生辉的是一颗颗饱满的珍珠。这人走上前喜道:"咦,珍珠!"摊位后面闻声探出一位豆蔻年华的姑娘,只见她穿着艾色粗布袄裙,秀发用木簪随意地挽起,几缕碎发垂在不施粉黛的素面上,平添几分出水芙蓉的自然,一对波光粼粼的眼眸望着客人,含笑露出了嘴边的梨涡,"是呀,这今早才采到的珍珠,个顶个的圆润,只要十文钱。"那男子笑道:"我正好赢了十文钱,给!"那姑娘伸手接过了铜板,对着阳光随意一瞥,却愣住了,"等等,这位郎君,你这铜钱不对!咱们大唐的铜钱都是开元通宝,这上面怎么写的是琼铢通宝?"

"什么?"那男子大惊夺来铜钱,这才发现之前在光线昏暗的长乐庄里果真没有留意,这上面居然刻着的是"琼铢通宝"四个字,他登时怒了,"那女贼敢拿假钱骗人!"他一把拉起了卖珍珠的姑娘,"走,你给我去做个见证!"卖珍珠的姑娘哪里能挣脱这男子,被他连拽带拖地拉进了长乐庄。那男子进门便看见卢眉娘,顿时怒从中来,开口喝道:"大家别被这女贼骗了!她给我们的是假钱!"卢眉娘闻声抬起头来,看见那人凶神恶煞地把琼铢通宝扔在她面前,不由蛾眉倒蹙气道:"你这人怎么这么不讲理,我给的可都是货真价实的……"她的目光忽而落在了铜钱上,蓦地心中咯噔一下,糟了,她拿出来的可都是南海皇朝的货币,唐朝的货币都在丞相手中……那男子哼道:"我就知道你会赖账,幸亏带来了人证!娘子,你说句公道话!"他说着用力将卖珍珠的姑娘从身后拉了过来,她一个趔趄,差点摔倒在卢眉娘跟前。卢眉娘下意识地伸手去扶起了她,就在抬眼的一刹,四道目光交汇在一起。卢眉娘不由微微一怔,眼前的这位姑娘纵然荆钗布裙,却难掩天姿绰约。

第四章　符离邻女

"这位郎君说的是实话，他是拿着从娘子手上赢来的铜钱去奴的摊铺买珍珠，当中未曾做过手脚。"卖珍珠的姑娘半晌才将目光从卢眉娘身上移开道，她从未见过这样的人，身穿着奇怪宽大的华丽白色锦缎，眉目如画，亦正亦邪。赌坊里的其余人也都纷纷掏出铜钱看，果真都是琼铢通宝，登时围住卢眉娘要她还钱，更有几个赌坊的彪形大汉黑着面孔上前道："娘子若是不把欠我们赌坊的钱还清，休想安然无恙走出长乐庄！"卢眉娘顿时没了办法，焦急之中唯有孤注一掷，拔下了头上的金钗放在桌上："我把这支金钗押在这里，我去找人拿钱还给你们，总可以了吧！"阵阵惊叹声传来："这金钗真重啊，真漂亮！"卢眉娘忙道："喂，你们可别把它拿走了，我一会儿拿了钱，就回来换它！"说罢她便匆匆跑出了长乐庄，人潮之中却不见方才那位卖珍珠的姑娘踪影。

"你卖你的珍珠，干什么非要跟我作对？琼铢通宝和开元通宝有什么不同啊，明明都是一样的铜钱，根本不是假的……白杨店……我去白杨店找岐云哥哥，到时候拿了钱，看你们还说我是女贼！"卢眉娘愤愤不平地嘀咕着往前走去，她打听了半晌，终于在城东找到了白杨店。原来这是间临近官驿的客舍，想来叶岐云是带着众人入住此处了，可没想到卢眉娘进去问了店媪，却说根本没有这几个人来过，她怏怏地站在了白杨店的门口，望着熙来人往的街道，等到了黄昏之际。"怎么回事，岐云哥哥怎么还不来？不是说好在白杨店见吗？糟了，就快夕阳西下了，再等不来岐云哥哥，长乐庄就要关门了。太后的金钗还在里面，怎么办……"卢眉娘抬眼看着被夕阳映红的天际，不由焦急万分。她浑然不知，在城西的客舍门前，一片种满柏树的池塘前，叶岐云也是如此担忧地望着夕阳，站在门口徘徊焦急地等待着卢眉娘。分别的时候约定在柏塘前见面，她只是去买副药，翩翩的伤都治好了，可她怎么到现在还没回来？宿州城内叶岐云又不熟悉，又

鹿 回 头

怕自己走远了和卢眉娘错过,在这里更是半步都不敢离开,只得派出欧阳呈四处寻找。

嘈杂热闹的声音不绝如缕地从长乐庄中传出,没有人察觉到摆放金钗的案几旁边,那扇木窗被悄悄移开了一条缝。卢眉娘从缝隙中睁大双眼,望着那支金钗,又低头看了看自己脖子上的砗磲项链,这可是叶岐云送给她的,可是为了把太后的金钗换回来,也别无他法了。卢眉娘偷偷从窗缝里将金钗偷来插在了头上,又不舍地摘下了砗磲项链,再伸手从窗缝里放在案几上。就在她要缩回手的一瞬间,一只粗大的手重重地扼住她的手腕,向里狠狠一拉,卢眉娘惊呼一声,被拉着破窗而入,原来是那几个赌坊大汉,凶神恶煞道:"想偷金钗?钱呢?"卢眉娘支吾道:"我……"几人怒道:"你敢戏耍我们?"说罢他们冲上前就要殴打卢眉娘,幸好在鹿眠谷的时候,卢眉娘经常偷偷躲在震雷场后面看叶岐云和欧阳呈练武,自己也学会了一些皮毛,她敏捷地回身避开一拳,几个大汉围攻过来,卢眉娘却不是对手,一不小心被一拳打中肩头,重重地摔出了长乐庄的大门,不偏不倚地落在了路过的一个书生面前。

那白衣书生正摇着扇子翻着手中的书卷,一个姑娘被猝不及防地扔在自己的面前,冷不丁地被吓了一跳,连忙上前扶起卢眉娘道:"娘子,你没事吧?"卢眉娘浑身酸痛地爬起来:"你被人追打有没有事啊?"赌坊里的人紧追着跑了出来,那书生霍地站起身护在卢眉娘跟前:"喂,你们这些大男人怎么欺负一个弱质女流?"大汉抱起双手冷笑道:"你可知她在赌坊输光了钱?欠钱还债,没钱还命,理所当然!"那书生义愤填膺道:"她欠你们多少钱?我来还!"说罢扬手扔掉了折扇,从怀中掏出一个钱袋递给大汉,大汉挑眉解开钱袋,将里面的铜钱倒在了大掌上,冷笑道:"一百文?她欠我们十五贯!"那书生登时惊呆了,"什么?十五贯……一万五千文?"卢眉娘拽了拽他的衣衫道:"你有没有啊?就当借给我的,我会还你的!"

书生颤抖着声音低声道:"我……我哪有这么多钱,现在怎么办啊?"看着几个大汉慢慢向他们逼近,卢眉娘道:"还能怎么办,跑啊!"那书生

第四章 符离邻女

还没回过神来，只觉得一只温软的手抓上了自己的手腕，卢眉娘拉起他回头就跑，后面的人穷追不舍，卢眉娘索性拉着那书生凌空而起，逃离了这是非之地。那文弱的书生被卢眉娘拉着又是腾空，又是奔跑，很快就上气不接下气了，"等等我，我跑不动了！"卢眉娘无奈地摇了摇头，"好了，我们已经跑远了，他们追不上来了。不管怎么样，你帮我给了一百文，多谢了！你叫什么名字？"那书生疲惫地抬起头，"我姓白，名居易，字乐天。"卢眉娘这才注意到这个书生，他看上去比叶岐云要年少一两岁，只见他象牙白的圆领缺骻袍已然在逃跑中蹭脏了，瘦削的面孔也微微夹杂着汗渍，束起而垂在肩头的长发也有些凌乱，可是丝毫没有减去半分他温润如玉的气质，反倒更显得憨傻。卢眉娘从没见过这样的男子，在鹿眠谷中除了叶岐云，她很少与年轻男子接触过，像这样文弱又傻里傻气的书生，确实是第一次见。卢眉娘扑哧笑了，"居易？大唐居住很容易吗？"白乐天咧嘴笑道："长安米贵，居大不易。只是在下'居易'二字，是出自《中庸》，'君子居易以俟命，小人行险以侥幸'。"

卢眉娘点头道："白居易……好，我记住了，等我回去拿了钱就还给你。"白乐天道："施恩不图报，图报不施恩，娘子不用还我钱了。只不过我有几句话不吐不快，娘子是个女儿家，怎么可以赌钱，这样是有违礼教的。何况听说姑娘用假钱骗人，这就更是不应该了，君子……"卢眉娘咋舌道："停停停，你别再跟我说什么礼数啊，君子之道啊，你根本就不知道前因后果，我的铜钱根本就不是假的，只是你们大唐的人不用而已。"卢眉娘正在气头上，一股脑儿地把自己为了翩翩抓药才入赌坊换钱的事都说了出来，唯有将南海皇朝隐瞒了，"明明说好在白杨店见面的，岐云哥哥就是没来，我这才没办法，只好出此下策，用砗磲项链换了金钗啊，并不是偷啊抢啊。"白乐天耐心地听她说完，若有所思道："这么说来，那就是你的这位哥哥不是了，既然与人相约，就不该不守信用爽约不来，更不该让一个姑娘家等他这么久，他所作所为，并非一个君子。"卢眉娘登时怒道："岐云哥哥才不是这样的，不许你说他的坏话！"

她话音刚落，早已漆黑的天空轰隆一声巨响，暴雨猝不及防地倾盆而下，突如其来的骤雨顿时将卢眉娘和白乐天的衣衫打湿，可二人才从城中

鹿回头

跑出来，这里一片漆黑，四下没有一间可以避雨的屋舍，白乐天忙道："娘子，这雨太大了，我家就在前面不远的符离村，你还是去我家避避雨吧！"卢眉娘狼狈不已，只得点头道："谢谢你，书生！我叫卢眉娘，你今天帮了我，将来有什么事要我帮忙，尽管来找我！"白乐天满脸雨水，回头粲然一笑，拉起她的手奔跑在雨夜之中，在溅起的泥泞和暴雨声中，很快就跑到了符离村。

"乐天哥哥，你回来了？"白乐天才拉着卢眉娘跑进篱笆外的茅檐下，木屋里的荧荧灯火中就传来一个欣喜的声音，卢眉娘循声回头望去，只见一个粗服布衣的姑娘捧着热腾腾的烧鸡笑盈盈地走出来，"我给你做了符离集烧鸡，快趁热尝尝吧！"微弱的灯光下，轰隆的闪电中，卢眉娘和这姑娘双双抬起了眼，不约而同惊呼道："是你？"白乐天惊喜地拉着卢眉娘走上前，对那姑娘道："湘灵，你们认识？"这村女不是别人，正是今日指证卢眉娘用假钱骗人的卖珍珠的姑娘，陈湘灵。她一把拉过白乐天，警惕道："乐天哥哥，这是个女骗子，你怎么把她带回来了？"卢眉娘生气地道："你说谁是女骗子？我跟你无冤无仇，你为什么要冤枉我？"白乐天忙劝道："哎哎，我看是一场误会，卢姑娘刚才也都跟我说过事情的经过了，湘灵，她不是个坏人。你看，外面下这么大的雨，天色也晚了，我只有请卢姑娘回来歇息一晚了。"卢眉娘打量着陈湘灵，侧目对白乐天道："她是你夫人？"白乐天登时支吾地涨红了脸，"不是像你想的那样，其实湘灵是住在隔壁的，我们一起长大的。"

见白乐天忙不迭地划清关系，陈湘灵立时以为白乐天和卢眉娘有什么关系，登时气不打一处来，扔掉了符离集烧鸡，一把拉过卢眉娘，"好啊，你今晚住在符离村可以，但是你要跟我住在一个院子里！"卢眉娘见她生气，更是心中欢喜，故意气她道："我可是白公子请来的客人，又不是你的客人，当然是住白公子的屋子了。"陈湘灵哼道："白家可没有多余的屋子让你住，除了乐天哥哥，还有大哥和三弟，还有白大娘。"见她们水火不容地吵得不可开交，白乐天忙道："卢姑娘，实在对不住，我家里的确人多口杂，你一个姑娘家也确实不适合住在我家里，不如你跟湘灵将就一晚。"陈湘灵把嘴一撇道："是呀，反正就一晚上，明天你就要走了，我会好好招待你的。"卢眉娘努了努嘴，勉强道："好啊，住就住，谁说我明天就走了，我就要留宿在符离村，跟白公子同住一个屋檐下，抬头不见低头见。"

"自从苦学空门法，销尽平生种种心。唯有诗魔降未得，每逢风月一闲吟。"旭日初升，清早的符离村口便传来了白乐天的阵阵念诗声，陈湘灵笑盈盈地端着竹篓，踩着昨夜留下的水洼，从村口外走了回来，"乐天哥哥，这么早就起来读书了？我刚刚收集春蚕的缫丝回来，你都作好一首诗啦。"她走到他身边蹲下身摆下竹篓，伸手替他捋了捋发丝，"瞧你，读书读得头发都有些早白了，手生茧，口生疮，我看你才真是诗魔了。正好我给你烹了些新茶，端来给你润润口，你等着我啊。"白乐天道："对了，那位卢姑娘呢？"陈湘灵笑道："她呀，蒙头大睡到现在都不起来，也不知道是哪家的姑娘，不知道劳作，又不像大家闺秀，真是奇怪。"说罢她起身回屋取来了清香的新茶，只见白乐天笑眼凝视着她，忽地从背后抽出了一首新诗，陈湘灵接过来，只见纸上墨迹未干，龙飞凤舞地写道：娉娉十五胜天仙，白日嫦娥旱地莲。何处闲教鹦鹉语，碧纱窗下绣床前。陈湘灵不由得面上微红，嗔笑道："何曾有鹦鹉？"白乐天拉住她的手柔声道："你若是喜欢，我一定送你一只最漂亮的鹦鹉。"

第五章　醉宿州

"小小的宿州，派出去的人居然都找不到一个姑娘！"狭小的客舍里，叶岐云急得来回走动，听罢欧阳呈的回报，更是气得一拳打在了墙上，厚实的黄土墙登时裂开几道细缝。欧阳呈忙道："圣主不要着急，我们再找找。"叶岐云气道："一夜了，眉儿一点消息都没有！昨夜又是一场大雨，什么脚印都冲得干干净净。出了鹿眠谷，她人生地不熟的，万一出了什么事……"坐在一旁抚摸着猞猁的南玳也开口了："云儿，你这是怎么了，冷静些。"叶岐云伸手抹了一把脸，叹道："都怪我，我不该让她一个人出去的。"门口忽然响起了虚弱的声音："圣主，我想有办法找到眉娘。"叶岐云循声回头看去，只见伤愈的翩翩走了进来，"眉娘身上只剩几枚琼铢通宝，她为了给我买药，这些钱一定流动出去了，我们去问问有哪些人见过这钱，说不定就有眉娘的下落了。"南玳也安慰道："是啊，翩翩说的有道理，既然买药，一定去过药坊，你们去药坊看看。"宿州的药坊所幸不多，叶岐云和翩翩挨个儿寻找，终于问到卢眉娘原来去了长乐庄赌钱，又得知在长乐庄发生的种种，翩翩道："圣主，照这看来，眉娘为了逃避追捕，很可能不在宿州城内，我们去附近的郊外人家问问吧。"

出了城一路走去，最近的就属符离村了。正值白乐天出门去书肆买三坟五典，陈湘灵也抱着洗干净的衣衫到外面晾晒，符离村中人人都忙着自己的事儿，就剩卢眉娘日上三竿还在睡着。她翻了个身，被阵阵敲门声吵醒了，睡眼惺忪，出门打开了村口的篱笆门。熟悉的身影映入眼眸，卢眉娘登时欣喜若狂，再也没了睡意，扑进叶岐云的怀中道："岐云哥哥！你怎么才来呀？"翩翩道："你跑到哪里去了，圣主担心得一夜未眠。"叶岐云见她安然无恙，松了口气，拉过卢眉娘的手道："好了，我们走吧。"卢眉娘愣住了，"走？岐云哥哥，我能不能……不走啊？"翩翩惊愕道："你要留在这村子里？"卢眉娘连连点头，把昨天认识白乐天的事说给二人听，

第五章　醉宿州

叶岐云取出一锭金子道："这算作是还他的钱，可是你不能留下。眉儿，你要知道我们出来不是玩，太后还有要事要办，我们已经在宿州多停留了一天，也该走了。"卢眉娘道："那……也让我等白公子回来，亲自跟他告辞吧。"叶岐云轻轻地摇了摇头，卢眉娘垂下了眼睫，接过金子放在了白家的门口，牵起叶岐云的手，跟着二人悄无声息地离开了符离村。

他们刚刚离开不久，白乐天就抱着一摞书籍兴冲冲地回来了，他一看见地上的金锭，面上的笑容顿时就消失了，匆忙跑到陈湘灵的屋子里，绕过素屏，却见榻上被褥凌乱，哪里还有卢眉娘的踪影。"卢姑娘，卢姑娘！"白乐天拿着金锭焦急地呼喊着，与回来的陈湘灵在素屏后撞了个满怀，"湘灵，你有没有见到卢姑娘？她只留下了金锭，难道她走了？"陈湘灵也微微吃惊，心中却暗自欢喜说道："她一定是走了，连钱都还给你了。"看来卢姑娘是真的走了，白乐天闷闷不乐起来。陈湘灵见白乐天不高兴，心中也不免有点犯愁。忽然她看见挂着的鱼竿，便赶忙说道："乐天哥哥……乐天哥哥，你别不开心，我陪你去钓鱼吧！"她兴奋地拿下墙上挂着的鱼竿，拉着白乐天迎着初春微暖的风，一路跑到池塘边。只见几尾鲈鱼蹦出湖面，白乐天一时也来了兴致，暂且把卢眉娘的离开抛在了脑后，和陈湘灵钓了不少新鲜的鱼回去，陈湘灵立时就给他做了一顿可口的菜肴，虽是粗茶淡饭，却格外有滋有味。"乐天哥哥，你别动，你这儿有根白发，我替你剪了。"陈湘灵放下筷箸，拿来剪刀小心翼翼地剪下了白乐天新生的白发，白乐天捻着这根白发叹道："白发生一茎，朝来明镜里。勿言一茎少，满头从此始。"

此时此刻，卢眉娘回到客舍，众人见她回来，都放下了心。南玬嗔怪道："眉娘，你这次太任性了。"卢眉娘撒娇扑进南玬的怀中，"太后……"南玬伸手慈爱地抚摸着她的发丝，目光忽然落在了金钗上，靠得这么近，足以让南玬清晰地看见那支金钗上的芙蓉花瓣微微变了形，她心中蓦地一怔，却面不改色，轻声问道："告诉太后，你去了哪里，见了什么人？"卢眉娘绘声绘色地把昨夜的事说给了南玬听，末了还努嘴道："岐云哥哥不许我在符离村留下来，我都没跟人家好好告别。"南玬转了转明眸，柔声笑道："你真的很想留在符离村？"卢眉娘点了点头，南玬宠溺道：

鹿 回 头

"那好吧，你就回符离村吧，你想跟谁来往，就跟谁来往。"此言一出，卢眉娘兴奋不已，而叶岐云和欧阳呈却惊愕得面面相觑。

等到众人散去，叶岐云蹲在南玳面前蹙眉道："母后，让眉儿一个人留在宿州，儿实在不放心啊。"南玳笑道："是啊，她这么顽皮，又涉世未深，我也不放心，所以你和翩翩也留下来陪她吧。"叶岐云更是惊诧，"母后不是要儿去长安报仇吗？"南玳道："报仇也要有个时机，我看现在时机还未成熟。再说我也很疼爱眉娘，不想看她闷闷不乐的样子。何况这两天我的心疼病又犯了，恐怕要丞相送我去洛阳的行宫呦呦谷调理了，等我好了，眉娘的兴致也过了，时机也成熟了，咱们再去长安复仇也不迟啊。"一种怪异的感觉浮上心头，叶岐云也说不清这是什么感觉，只得点了点头，"好，母后既然这么说，儿就照做。明日儿就让丞相送母后去呦呦谷，为了眉儿的安全，儿就和翩翩暂住符离村。"

为了给白乐天一个惊喜，卢眉娘特意要叶岐云和翩翩悄无声息地搬进符离村。到了晌午时分，只见白乐天从屋内走了出来，卢眉娘躲在暗处，猝不及防地跳出来，"白公子，我回来了！"白乐天猛地一惊，再定睛一看，登时又惊又喜，笑道："卢姑娘，真的是你？"卢眉娘笑着点头道："是啊，我不但回来了，还搬到你们符离村住下了。"白乐天欣喜若狂，大声和卢眉娘有说有笑，白家的屋门吱呀移开了一条缝，一个快近而立之年的男子从门缝中向外看去，纵然年纪不小，却拥有一双清水般纯真的眼眸。只见卢眉娘敲了白乐天的头一下，"喂，你也太不够意思了，我走了之后，你都没有来找过我！"

"不许打我二弟！"突然一声闷响，白乐天惊愕地看见卢眉娘双眼一翻，轰然晕倒在自己的怀里，只见她身后赫然站着一个举着木棍的男子，白乐天惊道："大哥！你干什么打她？"男子正是躲在门后偷看的那人，他就是白家的长子，白乐天的大哥白幼文。白幼文浑然不觉自己做错了事，睁着双眼茫然道："谁让她打你，我就打她！"白乐天又急又气，横抱起被打晕的卢眉娘匆匆往陈湘灵的院子跑去，"湘灵，湘灵！快看看她怎么样了？"陈湘灵闻声从素屏后跑了出来，惊愕地看见他怀里晕过去的正是卢眉娘，

第五章　醉宿州

连忙让他把卢眉娘放在了自己的床榻上，"怎么是她？哎呀，她脑袋后面肿了个大包，我可没办法，我去找简简来！"不一会儿工夫，陈湘灵带着一个身穿缃黄色襦裙的少女匆匆而来，只见她比陈湘灵还要年幼两岁，梳着双鬟，发髻上只有一些绢花为饰，系发的两根水色丝带随着碎发飘在胸前，霞明玉映，倒也动人。她瘦小的身材背着一个巨大的药箱，不紧不慢地坐在榻边为卢眉娘把脉施针，这姑娘就是符离村里医术最好的医女苏简简，"这是被谁打成这样了？要是再偏颇些，不死也残，真是上天保佑。"

陈湘灵拉了拉苏简简的衣袖，使了个眼色道："是他大哥打的。"白乐天叹气道："是啊，大哥以为卢姑娘欺负我，就……"苏简简恍然道："原来如此，不过这也不能怪你大哥，要不是年少时，他为了保护你们两个弟弟不被人欺负，撞到了头，变得痴痴傻傻，从此心智就停留在那时候，也不会变成现在这样啊。"白乐天道："我知道，大哥还把念书的机会也让给我们兄弟二人，他对我们的大恩大德，我这辈子都不会忘记，只是卢姑娘若是有个什么三长两短，我心里可怎么过意得去……"苏简简收拾好了药箱道："你就放心吧，她没什么大碍，明儿就能醒了。"陈湘灵也道："是呀，你还是回去吧，毕竟孤男寡女不方便。我在这里煎药照顾她，她醒了我就叫你。" 白乐天点了点头，出门的时候还对苏简简耳语道："这两天三弟受了风寒，你有没有机会去看看他？"苏简简微微一怔，耳根都红透了，"我这里有包药材，你拿去给他。明儿我去见他，你会偷偷帮我的吧。"

晚风悠悠，符离村都进入了梦乡，唯独苏简简窗前的烛光隐隐若现，她正坐在窗前，对着烛光挑线，一针一线地细细缝制着加厚的衣衫。这衣衫虽然布料简单，却纫进了满满的情意，或许穿上它，他的病会好得更快些吧。苏简简缝完最后一针，低头轻轻咬断了细线，将这新衣抱在怀中摩挲着，不觉抿起嘴角的微笑。碍于白大娘不许他们来往，苏简简已经有将近一个月没有见到白知退了，听闻他病了，她又怎么能放得下心？一直等到天色微亮，只听白乐天装作咕咕的鹅叫发出信号，苏简简连忙拿起新衣，匆匆向篱笆外的小山坡跑去。薄雾笼罩着清晨的山坡，她心如鹿撞地跑来，远远地便看见一个熟悉的人影站在桃花盛开的树下，苏简简欢喜地轻唤了

鹿 回 头

一声："三郎！"那人闻声徐徐回过头来，温暖的阳光洒在他的身上，只见他身着石青色菱纹圆领罗袍，头戴布帛幞头，约莫十七八岁的光景，温文尔雅地抿嘴微笑迎上前来，他就是白家第三子白知退。他握住苏简简的手道："简简，吃了你的药，我的病立时就好了。若是能因此见到你，我宁愿天天生病。"苏简简含羞低下头，把衣衫递给了他，"初春尚凉，添件衣裳。"

"哎哟，我的头好痛……"与此同时，陈家温暖的卧榻上，昏迷了一夜的卢眉娘翻了个身，迷迷糊糊地醒了过来，看见一个人影坐在榻边，正悉心吹着热腾腾的汤药，目光渐渐清晰，她看清了那守在自己身边的正是陈湘灵，卢眉娘连忙坐起身来。这动静惊动了陈湘灵，她端着手中的药碗坐过来，难掩眼中的欣喜，"喂，你终于醒了！快把药喝了吧。"陈湘灵说着，舀了一勺汤药喂进她的口中。卢眉娘问道："是你替我医治的？"陈湘灵撇了撇嘴，笑道："别臭美了，是我的好姐妹苏简简替你医治的。她是个好心人，要是我才不理你呢。你知不知道是被谁打晕了？是幼文大哥，他是乐天哥哥的大哥，很显然，他不喜欢你。"陈湘灵凑到她的耳边，抿嘴偷笑道："你别想跟我抢乐天哥哥。"卢眉娘努了努嘴道："我又不是要他大哥喜欢我，有什么关系，我偏不让你得逞，叫你跟我作对。我们就试试看，谁更能讨白家的欢心。哎呀头痛……"陈湘灵关切地扶她躺下，责怪道："你别乱动了，伤得不轻。你既然醒了，我就去叫乐天哥哥过来，记得把药喝光啊。"说罢她把药碗递给了卢眉娘，踮着脚跑出去了。

第六章 杏园宴

"卢姑娘，你醒了？"听说卢眉娘醒来，白乐天欣喜地赶来看她，可陈湘灵却没跟他一起来。他绕过屋内的素屏，赶忙坐到榻边嘘寒问暖，又是替白幼文道歉，又是怪自己没照顾好她。卢眉娘扑哧笑道："好了好了，我也没那么容易就被打死，你们家还有哪些人、哪些事，赶快说给我听听，别让我下次又被谁打了还不知道。"白乐天笑道："除了大哥、我娘，我还有个三弟知退，你这会儿是见不着他了，因为他和简简见面去了。"卢眉娘笑道："我知道了，他喜欢苏姑娘，可是你娘又不许他们在一起，对不对啊？那你说，你娘会不会介意我……"话音未落，门外传来了一阵咳嗽声，只见白乐天面色顿变，连忙回身出门去了。只见陈家的院落里，站着一个三十多岁的女子，她穿着松花色的布裙，用碎玉簪挽起发丝，垂在两肩，虽然简朴却气度非凡，年轻优雅，谁也不会料到她就是白大娘陈念慈。只见她沉着面，白乐天的声音立刻变得飘忽了："娘……"陈念慈往屋里扫了一眼，"叫你别来，你就是不听话，一定要跟她见面吗？"

"是谁呀？"卢眉娘听得外面的动静，忍着头痛下榻走出门来，与门外的陈念慈四目相对，好奇地打量着陈念慈。白乐天连忙拉她过来道："卢姑娘，这是我娘。"卢眉娘不由睁大了眼睛："你就是白大娘？你娘这么年轻漂亮啊。"陈念慈面上的沉色也渐渐消退了，眯起眼睛仔细望着卢眉娘，"卢姑娘？你是……范阳卢氏？"卢眉娘不明白她在说什么，悄悄对白乐天低语道："范阳卢氏？跟你们有仇？"白乐天低声道："别胡说，我娘从不与人结怨。"卢眉娘自作聪明道："不是有仇，就是有恩了。是呀，我是范阳卢氏！"此言一出，陈念慈的神情登时变了，盈盈笑道："原来是范阳卢氏的娘子，可是你怎么会住在这里？"卢眉娘道："说来就话长了，我是被你的大儿子打晕了，是湘灵照顾我的。不过，我现在已经搬到符离村来住了，就在北面新盖的小屋里。"陈念慈笑道："幼文居然连五姓女都敢打，

鹿 回 头

真是糊涂，待我回去教训他！卢姑娘，既然你已经住在符离村，下次想找乐天，就尽管来我们家里玩。"卢眉娘没想到她对自己这般热情，心中欢喜不已，可提起住在符离村，她这才想起已经一夜没回去了，叶岐云和翩翩一定急坏了，于是告别了白家母子，连忙跑回去。

"岐云哥哥！你知不知道，白大娘同意我和乐天来往了！"卢眉娘蹦蹦跳跳地回到了家中，兴奋不已地拉着叶岐云的手说个不停，浑然没有察觉他忧心卢眉娘而彻夜未眠的憔悴。翩翩嗔怪道："眉娘，你每次都是这样，一下子就失踪，你知不知道圣主多担心你啊？"卢眉娘摇着叶岐云的手，又是撒娇又是保证，把昨天发生的事说给他听，叶岐云心疼地看了看她头上的包，道："我看白家的人都不正常，眉儿，你还是别去找他们了。"卢眉娘道："不行，难得白大娘不反对，我都没想到会这么顺利。岐云哥哥，你不知道，乐天对我真的很好，我想，我喜欢他。"叶岐云面色微变，转过深邃的眸子凝视着她，"你说什么？"卢眉娘沉浸在自己的幻想中，垂眼低笑道："我喜欢他，我想跟他在一起。"一字一句如此清晰，叶岐云什么话都没再说，起身进了屋内。

"圣主，丞相回来了！"当傍晚之时，翩翩进屋掀开布帘时，却见叶岐云把自己关在房内，地上满是空酒坛，他正醉醺醺地倚在凭几上，翩翩忙跑上前扶起他，"圣主，你这是怎么了……是不是因为眉娘？"叶岐云举起手中的半坛烈酒道："别问了，喝！"翩翩接过酒坛，心疼地自语道："我知道圣主心里不痛快，翩翩也没用，不能为圣主解忧，只有陪圣主一醉方休。"她仰起头大口将烈酒灌入，叶岐云醉眼蒙眬地笑道："瞧你都喝醉了，还是给我喝吧。"他伸手正要拿过翩翩手中的酒坛，突然一只大手将酒坛夺来："圣主，别再喝了！"

叶岐云抬起头，模糊的视线中看见了站在自己面前的欧阳呈，"丞相，我好想快点离开符离村，好想带眉儿早点离开。"欧阳呈见他这副模样，又气又急，"难道我不想吗？只是不知道太后在想什么，长安选拔织女的大赛已经开始两次，太后还让你们逗留在符离村……"叶岐云脑中忽一噙，顿时清醒了大半，"丞相这是什么意思？什么长安的织女大赛，你是不是

第六章 杏园宴

知道什么？快说啊！"说出去的话如覆水难收，欧阳呈只得透露了实情："其实……太后派人劫了广陵郡王的新婚贺礼，用黎锦代替。如今广陵王妃身上穿的就是卢姑娘所织的黎锦，可偏偏黎锦被烫出了一个洞，广陵郡王四处派人寻找普天下的织女修补，太后是想趁这个机会，送卢姑娘到皇室身边，伺机复仇。"叶岐云浑身一凛，"什么？怎么会这样……母后为什么要这么做？不行，我不能让眉儿去冒险。"欧阳呈急道："圣主，请以大局为重！"叶岐云扬手一挥，"你告诉母后，我还要在符离村好好练武，暂时不会去长安。"

此时此刻的长安城热闹非凡，正是一年进士科举，一个二十岁出头的年轻人摇着折扇行走在熙来人往的东市，这可是长安城里最繁华的街道，满街都是绸缎衣帽肆、珠宝首饰行、胭脂花粉铺，更有骡马行、刀枪库、鞍辔店，这些他都不感兴趣，而是径直往坟典书肆走去。书肆的门口有个推小车卖蒸饼的小贩，正高声吆喝着，热气腾腾的蒸饼扑鼻喷香，这年轻人前脚刚进了书肆，后脚便有另一人走到了蒸饼摊前，"给我两个蒸饼。"小贩娴熟地摊饼，那人从衣衫中摸出了两个铜板，微微一怔，略带歉意道："算了，可不可以只卖半块蒸饼给我？"那小贩不免气道："半块？你跟我耍着玩呢？"他抬起头打量着眼前这人，只见他身着蟹壳青金线襴袍，玉树临风的气派，一对深邃如大海的眼眸印刻在棱角分明的面庞上，举手投足间活脱脱一个富家子弟的模样，哪里像连块蒸饼都买不起？小贩更觉被欺耍，没好气道："走走走！"

"哎，这两块蒸饼我买了！"就在窘迫之际，一串铜钱扔在了推车上，那青衣男子感激地侧头看去，只见身边站着一个身着黄栌色圆领罗袍，头戴幞头的年轻人笑盈盈地望着自己，这正是刚刚去书肆里的那人，他有着一对含笑的弯弯双眸，器宇轩昂，豪爽热情。他接过热腾腾的两块蒸饼，递给那青衣男子一块，"趁热吃吧。"那青衣男子叠起双手向他做了一揖，"小弟柳子厚，多谢兄台解围，敢问兄台高姓大名？"那人摇着扇子笑道："在下刘禹锡，字梦得。我瞧郎君也是个儒士，更是非富即贵，怎么会连买蒸饼的钱都没有？"柳子厚无奈地笑着摇了摇头，"说来惭愧，柳某自河东而来，进京参加进士科举，这才考完，一路游山玩水，欣赏美景，却被贼

鹿回头

人窃去了钱袋,故而导致身无分文。今日若不是遇见梦得兄相助,恐怕柳某就要为一粒米折腰了。"刘梦得笑道:"原来都是同道中人,我与子厚兄一样,刚刚参加完科举,既然如此有缘,不如结伴而行。我看今日天朗气清,我们去乐游原赏景吧。"这二人皆是意气风发的少年郎,又如此投契,一路赏美景一路谈笑风生,站在乐游原上,长安城的景象尽收眼底,刘梦得不由叹道:"凤阙轻遮翡翠帏,龙墀遥望麹尘丝。御沟春水相辉映,狂沙长安少年儿。金谷园中莺乱飞,铜驼陌上好风吹。城东桃李须臾尽,争似垂杨无限时?"

匆匆一别已是两日后,刘梦得今日起了个大早,因为这天正是放榜之日。一声"洛阳刘梦得,进士及第",足以让他欣喜不已,虽然这已是意料中的事。十九岁的时候,他游学于长安洛阳,在士林中的声誉已经很高,如今又一举及第,还受到朝廷邀请,当日就要去曲江池以西的杏园参加最著名的杏园宴。曲江水面附近遍布行宫台殿,花卉环周,烟水明媚,柳荫四合,碧波红蕖,正是一年之中最好的时节。杏园与大慈恩寺南北向往,满眼杏花,灿若云霞。刘梦得换上一身正式的黄绸锦袍,与那些中举的士子们一同前赴杏园参宴。"梦得兄!"身后忽然传来熟悉的声音,刘梦得惊喜地回过头,只见杏花树下走来一人,正是柳子厚。"梦得兄,没想到你我一同中举了!"刘梦得爽朗大笑道:"你我同年中举,真是缘分啊。"杏园宴正式开始了,宫中的使官不偏不倚地挑中了刘梦得和柳子厚为两位"两街探花使",叫二人骑马遍游曲江各处名苑,采摘各种早春的鲜花,尤其要取得牡丹与芍药。若是有旁人捷足先登采走了牡丹与芍药,探花使就要受罚喝酒。这场盛大的杏园宴上,刘梦得和柳子厚意气风发,满目春色,桃蹊柳陌,无限风光。

"柳公子,河东郡的家书到了!"方才罢宴,刘梦得正与柳子厚一同准备离开杏园,一个驿者风尘仆仆地驾马而来,匆匆递给柳子厚一封信,柳子厚蓦地心中一颤,连忙打开看了看,顿时脸色忽变,"我爹去世了……"刘梦得也微微吃惊,忙安慰道:"子厚兄,还请节哀顺变。"柳子厚忍着眼眶中的泪水道:"还记得以前我跟随爹四处宦游,参与社交,结友纳朋。我爹柳镇长期任职于府县,让我对百姓的情况了如指掌,我爹教会了我这

第六章　杏园宴

么多，如今我中举了，他却走了……梦得兄，看来你我无缘同朝为官，我要回河东为我爹守孝，后会有期了。"刘梦得纵然不舍，却也万般无奈，取下自己腰上的玉佩与柳子厚交换，当作信物，拱手告辞，目送着柳子厚匆匆翻身上马，踏出长安的春色。

哒哒的马蹄渐行渐远，归心似箭的柳子厚疲惫不堪，他回头向长安的方向望了一眼，早已看不见长安城了。暮色已悄悄降临，奔波了一天的柳子厚也有些双眼昏暗，他又往前走了半晌，才发现在上个路口不慎走错了，这时若是再折回去，恐怕还要耽误不少时间，柳子厚只得咬牙，决定继续往前，从宿州绕路回去。黄昏的最后一缕夕阳也湮灭了，柳子厚驾着马也不知行至何处，忽然瞥见前方夜色中依稀有星星点点的灯火，似是有个村子可以借宿，他骑马到了篱笆前，就着月光抬头一看，只见上面写着"符离村"三个字，柳子厚翻身下马，轻轻敲了敲木门。"这位兄台，你找哪位？"身后忽地传来了声音，柳子厚回过头去，只见一个与自己年岁相仿的男子怀中抱着一尊佛像，此人正是白乐天。他刚刚给陈念慈请了佛像回来，想给她一个惊喜，不料在村口遇见了这个外乡人。

"在下河东人氏柳子厚，从长安来，要回乡奔丧，想在这里借宿一晚，不知兄台可否方便？"柳子厚把事情都说了一遍，白乐天不由得肃然起敬，叉手行礼，"原来是柳进士，快快请进。如不嫌弃，就在茅舍将就一晚吧。"柳子厚感激不已，目光落在了他手上的佛像上，不由叹道："家母也是信佛之人，看到这尊佛像，就想起家母了，父亲亡故，也不知道母亲现在如何……"白乐天将佛像捧给了柳子厚，"在下白乐天，虽苦读十年书，却未曾考上功名，今日与子厚兄一见如故，更欣赏敬佩子厚兄的才华文采，这尊佛像我就转赠给子厚兄。"柳子厚推辞道："这可不行，今夜留宿，已是叨扰，怎么好再收兄台的东西。"白乐天道："那就当我送给夫人的，夫人见着佛像，也许能聊感安慰。"柳子厚不便再推辞，从腰间又取下一枚璎珞赠给了他，"这璎珞原本是两块玉佩，我有一块已送给了一位朋友，这块如今送与乐天兄，从今以后，你就是我柳子厚的朋友。"

第七章　红泥小火炉

　　柳子厚走后已有半月之久了，眼看就要到一年一度的七夕节，符离村中的人们热热闹闹地准备了起来。别的不说，卢眉娘最是喜欢七夕节，每年这天她都会在鹿眠谷中摆放神台，供月供神，祈求织女娘娘赐予一双巧手，能织出更美的黎锦，绣出更好的花样。这是她离开鹿眠谷过的第一个七夕节，卢眉娘兴致盎然地准备着，这几日都不跑去白家，也不去和陈湘灵吵吵闹闹了。这天清早，白乐天一如往常地坐在村口读书，忽然念到一句好诗，立时偷偷跑到陈家，想与陈湘灵分享。谁知屋内空空荡荡，陈湘灵赶早就出去采莲蓬了。白乐天独自一人来到村外的池塘，满目的荷叶亭亭盖盖，只听得姑娘们欢声笑语，却不见人影船行。白乐天走进池塘，正巧一叶扁舟徐徐荡出荷叶丛，水蓝襦裙衬托着采莲蓬的陈湘灵更加娇俏，她抬眼看见白乐天，面上漾起微笑，露出了甜美的梨涡。这如画的景致与美丽的姑娘让白乐天不由晃了神，一首新诗脱口而出："菱叶萦波荷飐风，荷花深处小船通。逢郎欲语低头笑，碧玉搔头落水中。"

　　"乐天哥哥，你怎么来了？"陈湘灵已施施然从舟中上了岸，挽着一篮子轻翠的莲蓬笑道。白乐天笑道："我……没什么，我们回去吧。"陈湘灵把莲蓬塞给他拎着，道："我要陪简简上山采药，就不回去了，这篮子莲蓬你拿回去吃吧。对了，再给眉娘一些。"她说罢便回过身去山坡上找苏简简。此刻苏简简正背着药篓，俯身在山上采摘着药材。烈日炎炎照在头顶，她背后的衣衫已然湿透。忽然一阵凉风袭来，苏简简看见地上的影子，想都不用想，笑道："湘灵，你不用替我扇风了，快点一起把药材找齐，咱们就可以回去了。"陈湘灵笑着蹲在她面前的草地上伸手去拔药草，玉白的手腕露了出来，眼尖的苏简简一眼就看见她的手腕上随意地包裹着布帛，已然洇出了血印，苏简简连忙抓过她的手道："哎呀，你怎么受伤了？"陈湘灵道："不要紧，一点小伤而已，是采珠的时候被水中的石子划伤的。"

第七章　红泥小火炉

苏简简无奈地摇了摇头，"你啊，教你那么多医术，还是不会。这都没有包扎好，现在伤口又裂了，还是让我帮你吧。"她说着便从药篓里取出一些新鲜的止血药草，悉心地给陈湘灵的伤口敷上，再小心包扎好。自从陈湘灵的母亲去世，她一直独自居住在符离村，对她最好的就是苏简简和白乐天了。

七夕这天在不知不觉中已然到来，白乐天和白知退早早地就把屋内的书籍都拿出来，铺在地上对着太阳晒书，陈湘灵和苏简简也各自晒衣服。卢眉娘好奇地看着他们的习俗，觉得格外有趣，"岐云哥哥，你有没有书和衣服？我也拿去晒！"欧阳呈看不下去，道："卢姑娘，你和圣主已经在符离村耽误了快半年，难道你们忘记了太后要复仇吗？"叶岐云忙道："哎，今天是七夕节，别说这么扫兴的话，眉儿，你去玩吧。"到了晚上，符离村里欢腾不已，村民们穿上了自己最漂亮的衣服，三五成群地凑在一起说说笑笑，翩翩给卢眉娘端来了一盆水。这盆水是从七夕当日中午就放到院子里曝晒，晒上半日，水上蒙了一层灰尘，这时候就可以放针比巧了。

卢眉娘一时兴起，跑去拉来了陈湘灵，指着这盆水笑道："小湘灵，敢不敢跟我比试比试？咱们就比乞巧，往这水里放针，看谁的针能浮在水面上。"陈湘灵不以为然道："比就比，咱们俩平时什么事没比过？"说罢捻起一根细细的银针往盆中轻轻放下，却见银针不但没有下沉，还倒映出了云彩的影子。卢眉娘不甘示弱，也放下一根银针，白乐天好奇地凑上前来，"我给你们做个见证。"只见卢眉娘的银针在水面起起伏伏，终于平稳地停在了水面，方才来回搅动的水波与针影交相辉映，居然在盆里映出了一朵牡丹的形状。

陈湘灵不服气，努嘴道："再来比试一局，我们看看谁能在月光下用最快的速度把五彩丝线穿过针孔。"别以为这个容易，陈湘灵递到卢眉娘手上的那枚银针却不是普通的缝衣针，这小小的银针上居然有九个针眼，要一起穿过绝非易事。这原来是陈湘灵的一项绝技，本以为无人可敌，谁知卢眉娘竟比自己快了半炷香的时间，顺利地穿过了九个针眼。卢眉娘咯咯笑道："针线的事儿，你还是别跟我比了，你就认输吧！"陈湘灵捋起衣袖，起身抓了一只蜘蛛追着卢眉娘笑道："没那么容易，你看我的蜘蛛！"卢眉娘惊呼着躲到了白乐天身后，"为什么要抓蜘蛛？"白乐天忍俊不禁道："一般来说，七夕夜捉蜘蛛，然后关在粉盒之内，让它吐一整夜的丝结个网，第二天一早，大家再打开粉盒，看谁的蜘蛛结的网更漂亮，那就是哪位姑娘得巧了。"

"眉娘，你过来！"就在这时，翩翩拉住卢眉娘的手跑到花丛一边，那里又摆放着一盆水，里面泡着各种鲜艳的花瓣。据说在星空下用浸泡花瓣的水拍脸净面，可以使肌肤娇嫩净白。卢眉娘笑着扬了水洒在翩翩的面上，又俯身掬起一捧水，细细地低头洗脸。扑鼻的花香中她睁开了双眼，只见水盆里映出了叶岐云的容颜，卢眉娘欣喜地回过头，来不及擦去满脸的水渍。叶岐云宠溺地替她擦干净了脸庞，"眉儿，丞相说的话也没错，报仇的事你也不要掺和了，我想送你回琼州，好不好？"卢眉娘不解道："可是太后答应让我留在符离村了啊，而且就算要我走，我也要去呦呦谷，为什么非要让我回琼州不可呢？"叶岐云道："我也是为你的安全着想，呦呦谷在洛阳，毕竟离长安近，万一有什么事，我也无法照顾到你。太后是同意你留在符离村，可我又不放心你，所以报仇的事一拖再拖，你这样不听话，我也为难啊。"卢眉娘不情愿地低下了头，"好吧，我答应你。但是你让我明天早上看完谁的蜘蛛织的网更好，我就跟你走。"而那一边，白乐天正和陈湘灵并肩坐在村口，望着天上的牛郎织女星，白乐天信口拈来："烟霄微月澹长空，银汉秋期万古同。几许欢情与离恨，年年并在此宵中。"

"你瞧二哥和湘灵，聊得这么开心。"不远处坐着的白知退偷偷瞥了他们一眼，对身边的苏简简笑道。苏简简点头道："是啊，如今还有个卢姑娘，这三个人天天吵得不可开交，也真是热闹。不过你娘好像挺喜欢卢姑娘，毕竟她是范阳卢氏，可湘灵跟我一样只是个村女，你娘不会答应她和乐天在一起的，我真为她担心。"白知退道："这段时间他们都没机会独处，被卢姑娘闹得天翻地覆的，家里还有我娘盯着。"苏简简转了转眼眸道："我想到一个办法，你假装和乐天去扬州，实际上让他带着湘灵去杭州，我也可以跟你去扬州玩。"白知退笑道："这倒是个好办法，扬州和杭州都是景致最美的地方，就这么办，明日我就跟娘说，替我们几个制造机

第七章　红泥小火炉

会。"他们浑然不觉,这番对话被身后的卢眉娘原原本本地听去了,她不由暗暗生气,也决定明儿跟去杭州,早已把答应叶岐云的话忘到了九霄之外。

"翩翩,眉儿不是说好看完粉盒里的蜘蛛就走吗?已经等了她一个时辰了,怎么还不见她回来?"徘徊在村口的叶岐云看见翩翩回来,连忙上前问道。翩翩垂着头道:"不光是眉娘,白乐天和陈湘灵也都不见了……他们三人好像一起去了杭州。"叶岐云不由得心中一沉,"她还是跟他走了。"此时此刻的卢眉娘正跟着白乐天和陈湘灵取道金陵,去往杭州的方向。这一路虽然不近,但有卢眉娘和陈湘灵走一路吵一路,倒也热闹非凡。"喂,你怎么这么不识趣,乐天哥哥是带我去杭州的,又没有邀请你来。"陈湘灵拉扯着卢眉娘道,卢眉娘努嘴道:"说起来我更生气了,苏姑娘帮你偷偷地约乐天,我才不服气呢,要去杭州就一起去。"等她们吵吵闹闹,终于到了金陵的时候,天气都已经微微转凉了。眼见天色昏暗,凉风习习,白乐天指着前面的酒家建议道:"我们不如先去喝杯热酒暖暖身子吧。"三人围坐在酒铺里,掌柜的开封了一坛酒,用木勺将酒舀了出来,只见上面浮着一层洗白的酒垢,微微散发着酸败和酒气。白乐天一时兴起,叫来掌柜,拿来了笔墨,挥笔在墙上写下:绿蚁新醅酒,红泥小火炉。晚来天欲雪,能饮一杯无?

卢眉娘边饮酒边笑道:"乐天疯了,只不过吹起了秋风,他就写起了下雪。"陈湘灵伸手捏了一下她的脸道:"你不懂,这是乐天哥哥的想象。你想啊,等到雪满金陵的时候,路上寒风飒飒,只有酒家的红泥火炉燃着热气,绿蚁酒的香气和暖气沁人心脾,这是多么温暖的感觉啊。"三人有说有笑,直到酒已喝完,便相携一起去看花灯,酒家的墙壁上只留下了白乐天提笔写下的那首诗。暮色沉沉,华灯初上,卢眉娘和陈湘灵一人拉着白乐天的一只胳膊,手舞足蹈地比画着桥头的花灯。卢眉娘对花灯最是感兴趣,白乐天买了一个最漂亮的花灯送给了她,陈湘灵虽然没说什么,心中却是有些涩涩然。回到暂住的客栈后,白乐天轻轻敲响了陈湘灵的屋子,"湘灵,你出来一下,我有东西送给你。"陈湘灵正准备睡下,连忙起身拉开了门——一只五色鹦鹉站在银架上,出现在她的门口。白乐天侧过头拎着架子,微微笑道:"你不是说没有鹦鹉,我给你买来了。"

鹿回头

陈湘灵惊喜万分地接过了鸟架,想不到这么久之前的事情,他还替她记在心上,"乐天哥哥……"见她眼圈微红,白乐天笑道:"快想想给它起个什么名字?"陈湘灵沉吟半晌,道:"我也想不出什么好名字,只知道前朝贵妃杨玉环也曾有只鹦鹉,名叫雪衣娘。我就效仿前人,也叫它雪衣娘吧。"正说着,楼下忽然传来一阵悠悠的抚琴声,二人低眉看去,只见卢眉娘坐在庭院中,轻抚着一张古琴。优美的曲调从她的手指尖尖滑出,白乐天不由取出腰间别着的玉笛,轻吹以和。听着这乐音,陈湘灵也不由如痴如醉,走到了庭院之中,跟着曲子跳起了舞。一曲作罢,舞酣淋漓,白乐天放下玉笛吟道:"紫袖红弦明月中,自弹自感暗低容。弦凝指咽声停处,别有深情一万重。"

同一轮明月照耀着远方,刘梦得正站在楼台上迎风远眺,仅仅考中了明经进士的科举,却也是不能入朝为官的,在守选期间,必须还要参加吏部的这场博学鸿词科考试,可是自从柳子厚走后,刘梦得就觉得心中空落落的,时常灵感淤塞,更难以写出自己满意的诗文。这样的状态下去,博学鸿词科很难考得上。或许是时候给自己放松一会儿,刘梦得在月光下踱步,他已经从长安启程,打算去金陵找堂兄游历山水,说不定回来的时候,一切都会好起来。离金陵只有一日的脚程,刘梦得在次日就到达了金陵。刚进城门,又倦又冷的刘梦得牵着马找到一家酒铺坐了下来,招呼酒博士给自己上坛美酒。一碗绿沉沉的浊酒煮得烫烫地端上来,他抿了一口,虽觉酸涩,却将全身暖和了起来。刘梦得正要起身离去,抬头无意间瞥见了墙壁上泼墨的一首诗,不由念道:"绿蚁新醅酒,红泥小火炉。晚来天欲雪,能饮一杯无?"他蓦地站起身来,惊叹拊掌道:"好诗!达士拔俗,不同凡响!"他的目光落在墙角的落款处,喃喃自语道:"乐天居士……此人真乃诗王也,若能有幸结识此人,必是一世知己!"刘梦得连忙去问酒博士:"你可知道这位乐天居士住在何处?"酒博士摇头道:"这位郎君也不是本地人,并未留踪,实在不知。"刘梦得不免惋惜,"天下虽大,我也定要寻访到此人。"

第八章　雪衣娘

"雪衣娘，跟我学说，乐天哥哥，乐天哥哥……"客舍的院落里，陈湘灵正对着阳光逗鸟架上的五色鹦鹉，它羽毛丰盛，叽叽喳喳，最是讨人喜欢了。陈湘灵丝毫没有察觉到卢眉娘从身后走了过来，"跟鹦鹉说话呢？"陈湘灵微微一惊，回过头来看见是她，得意地漾起笑容，"眉娘，你快来看，这是乐天哥哥送我的雪衣娘。"卢眉娘伸手摸了摸它的羽毛，不以为然地轻哼道："有什么了不起，乐天还送我花灯呢。"陈湘灵扑哧笑道："花灯有什么稀奇？以前我和乐天哥哥经常坐着村口扎花灯，你还不知道在哪儿呢。"卢眉娘蛾眉倒蹙，气鼓鼓地叉起了腰，"你……你以为感情的事是先来后到吗？"她双手一拍案几，那鹦鹉被惊地突然扑棱起翅膀，哗啦一下凌空而起，急速地飞出了鸟笼。陈湘灵惊呼道："雪衣娘！"卢眉娘也没想到会这样，伸手去抓却抓了个空，只有两片羽毛晃悠悠地落在了地上。陈湘灵又气又急地捶打着她，"卢眉娘，都怪你！你还愣着干什么，快去追啊！"卢眉娘也慌了神，连忙跟着陈湘灵追了出去。

"雪衣娘，快回来啊！"眼尖的卢眉娘忽然看见扑扇着翅膀的鹦鹉倏忽飞过头顶，她连忙拉住陈湘灵柔软的手，指着天空加快脚步追去，谁知那鹦鹉越飞越高，很快就没了踪影。陈湘灵哪里跑得过卢眉娘，被她拉着跑了半晌，终于体力不支，扭脚摔倒在地。卢眉娘连忙回头要去扶她，陈湘灵摆手道："别管我，快去追雪衣娘！"卢眉娘知道这只鹦鹉对她很重要，只有一跺脚，扭头继续向前跑去。她刚刚转过街角，忽然看见巷弄里站着一个牵马的男子，他面如冠玉，楚楚不凡，肩头正停着那只漂亮的彩色鹦鹉，他正侧着头逗弄着那鹦鹉。卢眉娘惊喜道："雪衣娘！"一瘸一拐追上来的陈湘灵忙道："小声点，别把它再吓跑了！"那男子徐徐回过头来，扫了二人一眼，含笑道："二位娘子，这是你们的鹦鹉？"

鹿 回 头

　　她们点了点头。那男子低头浅笑，轻捧住雪衣娘递给了她们。陈湘灵这才松了口气，抚摸着雪衣娘的羽毛道："你可吓死我了，不许再飞走啦。"这雪衣娘猝不及防地开了口："乐天哥哥，乐天哥哥！"卢眉娘笑道："它真的会讲话！"那男子却猛地一惊，"乐天？绿蚁新醅酒，红泥小火炉？"陈湘灵抬起头道："这是乐天哥哥的诗。"那男子又惊又喜道："真是踏破铁鞋无觅处，在下刘梦得，于金陵酒肆得见乐天兄的这首诗，深感知己，四处寻访无踪，却没想到在这里遇见两位娘子，不知可否带在下去拜访乐天兄？"卢眉娘和陈湘灵对视一眼，会心一笑。

　　"乐天兄，今日若不是这只鹦鹉，在下也无缘与君相识。"众人围坐在酒楼里有说有笑，刘梦得举起一杯酒向白乐天敬道，"今日我定要好好谢谢这只鹦鹉。"他沉吟片刻，把酒吟道："养来鹦鹉觜初红，宜在朱楼绣户中。频学唤人缘性慧，偏能识主为情通。敛毛睡足难销日，弹翅愁时愿见风。谁遣聪明好颜色，事须安置入深笼。"卢眉娘凑到陈湘灵耳边笑道："瞧，这还是我的功劳呢。"陈湘灵却不理她，无意间正好瞥见刘梦得的腰间也系着一块与白乐天相同的玉佩，好奇道："咦，刘公子，你不是和乐天哥哥初次见面，怎么会跟他有同样的玉佩？"白乐天听罢，低头看去，"这是子厚兄临别时送我的，啊，我想起来了，子厚兄说过另一块玉佩送给了另一个知音人。梦得兄，原来这个知音人就是你啊！"刘梦得拊掌大笑道："想不到你我冥冥之中已有缘分。既然是这样，咱们今日不醉不归！博士，取一套论语玉烛银酒筹来！"

　　只见一具华丽金银酒筹放在面前的桌案上，形似一只乌龟，背上驮着蜡烛般的粗筒，筒里放满了四五十只银酒令筹。筒壁方框内，双勾线刻着"论语玉烛"四字，全器錾刻鱼子、缠枝卷叶、流云龙凤等各种鎏金纹饰，光彩耀目，煞是好看。白乐天笑道："梦得兄，你是座上客，就请你先取一支。"刘梦得伸手从筒中取出一支，卢眉娘好奇地凑上前去，念道："十室之邑，必有忠信。请许两人伴。"刘梦得笑道："那我就请卢姑娘和陈姑娘同饮一杯了。"说罢仰头喝了一杯，陈湘灵连忙摆手道："我不会喝酒……"卢眉娘笑着亲自给她灌下了肚，"你喝着喝着就会了。"接下来就是白乐天抽了一支，"有朋自远方来，不亦说乎。上客五分。"所谓五分，就

第八章 雪衣娘

是半杯酒，刘梦得豪爽地笑道："我正馋着呢，那我就不客气了。"众人欢笑一阵。轮到卢眉娘抽筹了，她挑了半天，终于选中一支，"君子欲讷于言而敏于行。恭默处七分！湘灵，这儿就属你说话最少了，该你喝了！"满座哗然笑嚷中，陈湘灵只得又喝了大半的酒，已然面若桃李，晕晕乎乎地靠在卢眉娘肩上，"你欺负我，我也要抽一支罚罚你！乘肥马，衣轻裘。衣服鲜好处十分！眉娘，你今儿穿的是妃色裙襦，颜色最鲜艳了，这次该罚你喝一整杯！"

"乐天兄，瞧她们……这两位姑娘真是可爱。"见她们醉醺醺地嬉笑玩闹，微醉的白乐天不由露出了笑容，"巧拙贤愚相是非，何如一醉尽忘机。君知天地中宽窄，雕鹗鸾皇各自飞。蜗牛角上争何事，石火光中寄此身。随富随贫且欢乐，不开口笑是痴人。"一来二往，刘梦得也不免诗兴大发，当即唱道："散诞人间乐，逍遥地上仙。诗家登逸品，释氏悟真筌。制诰留台阁，歌词入管弦。处身于木雁，任世变桑田。"这一相会可以说醉宴了几日，刘梦得与白乐天成了一对快乐知己。然而天下没有不散的筵席，博学鸿词科就要开考了，刘梦得不得不及早回长安去，白乐天一行也是时候回符离村了。辞别了白乐天，刘梦得骑着突厥马一路飞驰回到长安，此次有如醍醐灌顶，在考试那天，刘梦得奋笔疾书，写得酣畅淋漓，痛快无比。几日后发榜时，榜上赫然写着刘梦得的名字，他终于如愿以偿顺利考上了博学鸿词科，从此以后便可以入仕为官，开始自己的宏图壮志，报效朝廷了。这是后话，暂且不提。

可是在那人头攒动的榜墙前，正是几家欢喜几家愁，一个男子失落地转过了身，从人群中抽离出来，向着相反的方向走去。他看上去大约二十五六岁，身穿着琥珀色的麻布圆领长袍，面带沧桑，一对眼眸深不见底，却有些不羁的风骨。他已经看了许久许久，榜上却始终看不到"韩退之"三个字。去年是他第四次参加进士科举，却还是白蜡明经，屡试不中。好不容易中举的韩退之踌躇满志地来参加这次的博学鸿词科考试，却再度失败了。就在这时他又接到了从家乡河阳来的讣告，嫂嫂郑夫人病重去世。韩退之自小就失去了父母，一直与长兄韩会相依为命，大约在他十岁的时候，韩会就撒手人寰。从那以后，长嫂为母，郑夫人独自一人照顾着韩退

鹿 回 头

之,还供他读书学字,指望着他有朝一日能出人头地。在韩家除了他,只剩下年纪相仿的侄儿十二郎与他做伴,家里人丁单薄,生活贫苦。为了能让全家过上好日子,韩退之一心要在长安谋得一官半职,可没想到的是仕途坎坷,连续四年才中举,如今博学鸿词科的失败,彻底打碎了他入朝为官的梦想。加上嫂嫂去世,韩退之只觉得前路茫茫,他什么都不再多想,就此离开长安城,情在骏奔,赶回河阳为嫂嫂守孝去了。

刚出长安不远就遇到了一个驿站,韩退之徒步而行正觉疲惫,便走进驿站要了碗茶喝,就在这时,忽然听见背后食案前传来一人的声音:"掌柜的,给我上一盘虾蟆!"韩退之心中觉得有趣,这虾蟆居然也有人吃食,也不知是何人如此大胆。他好奇地扭过头去,只见那食案前盘膝跏趺着一个儒雅文人,一边品着小酒,一边下箸夹了一块虾蟆肉放入口中细细嚼了起来。那人看见韩退之在看自己,放下筷箸笑道:"这位兄台,可愿来一同尝尝美味?"韩退之见此人气度不凡,穿着一身锦衣华袍,像是个贵家子弟,却谈吐优雅,又不似顽劣之徒,便走上前道:"这虾蟆貌丑怪异,如何食之入口?"

那公子微笑道:"正是如此。《周官》中曾说,蛙声聒噪,扰人双耳,便用秋天不开之菊花烧成灰,撒在蛙上,蛙便死了,这就是圣人在布施教化,难道还不该尝尝这异味吗?"韩退之听罢,起筷尝了一口,拊掌笑道:"虾蟆虽水居,水特变形貌。强号为蛙哈,于实无所校。虽然两股长,其奈脊皴皰。跳踯虽云高,意不离汙淖。鸣声相呼和,无理只取闹。周公所不堪,洒灰垂典教。我弃愁海滨,恒愿眠不觉。痛快,痛快!从今以后,我便要每顿都食虾蟆。兄台真乃经天纬地之才,在下河阳韩退之,幸会幸会。"对面那人叉手而拜,笑道:"在下河东柳子厚。"原来这食虾蟆之人,正是当日离去丁忧的柳子厚,如今已然期满,他正要回长安。二人把酒叙了一番,便互相道别,各奔东西去了。

然而此刻千里之外,白乐天一行人也回到了符离村,走到村口时已然天黑,为了不让陈念慈发现,他们决定分两头回去。卢眉娘光明正大地回到了自己的房子里,却发现欧阳呈和叶岐云都不见了踪影,只有翩翩一人

第八章 雪衣娘

挑灯缝补着衣衫，卢眉娘连忙问道："岐云哥哥呢？"翩翩放下针黹，责怪道："你还记得圣主？我看你早就把答应圣主的话忘了吧，你说好第二天就走，这次倒一个人跟着白乐天跑到金陵去了，你有没有想过圣主有多担心，多伤心？"卢眉娘这才回过神来，咬着嘴唇，后悔不迭，"我……我真是忘记了。岐云哥哥生我的气了？他走了？"翩翩道："圣主已经走了好几天了，可能他想要独自去长安报仇吧。"卢眉娘急道："什么？他一个人去长安？太危险了，不行，我要去找他！"

　　卢眉娘想都没想，当即冲出了门外，连夜跑出符离村，在茫茫黑夜中四处寻找着叶岐云，"岐云哥哥！你在哪里呀？你快回来啊，我会听话，你别丢下我啊！"也不知跑了多久，跑了多远，只见四周一片黑漆漆，卢眉娘疲惫地蹲了下来，抱紧双膝忍不住哭了。就在这时，一声熟悉的马嘶声从夜色中传来，卢眉娘猛地抬起头，向马蹄哒哒的方向望去，只见一个人影在马背上，黑色的披风迎风舞动，向着卢眉娘飞驰而来。星光洒落在他的身上，清晰地看见他的眉目。卢眉娘惊喜地爬起身跑上前，"岐云哥哥！"他勒住了宝马，翻身跃下，卢眉娘吸了吸鼻子扑进他的怀里，"岐云哥哥，我以为你一个人去长安报仇了……"叶岐云露出了温柔的笑容，抚了抚她的长发，"你放心，在我没有完整的计划前，断然不会贸然送死去的。"卢眉娘抬起眼睛嘟囔道："那你跑到哪里去了？"叶岐云抿嘴一笑，张开了黑色的披风，只见一只短翅鸟儿，这就是曾经太宗皇帝最喜欢的鹞子，且看它浑身雪白，小巧可爱，卢眉娘惊喜万分，"这白鹞真漂亮！"叶岐云宠溺道："送给你的。"她不由睁大了眼睛，"送给我？"叶岐云低眉笑了，"君与鹦哥，予许白鹞。别以为你们在金陵，我就什么事都不知道了。我知道你喜欢这些，特意去给你抓白鹞了。"

第九章　故剑情深

　　而那边厢，陈湘灵一直目送着白乐天回到屋内，这才闪身出来。就在她往自己家的茅屋走去时，忽然听得一阵阵幽幽的呜咽声从不远处的田间传来，陈湘灵微微一惊，却又觉得这声音很熟悉，便折回头往田里循声过去。漫天的星光照耀着茂密的田野，陈湘灵踩着田埂顺着那哭声走近，拨开高耸的麦穗，只见一个瘦弱的姑娘蹲在田间颤抖着肩头偷偷哭泣，陈湘灵定睛一看，不是别人，正是比他们早一步回来的苏简简。陈湘灵连忙走上前，"简简？怎么了，出什么事了？"苏简简转过梨花带雨的面孔，一看见是陈湘灵，忍不住靠在她的怀中哽咽道："我和三郎去扬州的事被白大娘发现了，为了不连累你，我只说乐天是和卢姑娘出去的。你也知道，白大娘向来反对我和三郎来往，这次更骂我不知廉耻，说什么也不会答应三郎和我在一起。"陈湘灵长叹一声，挨着她坐下，"白家是官宦之家，而我们都是身份低微的村女，这也不能怨白大娘，她也都是为了儿子好。简简，你告诉我，你是不是真的很爱知退哥？"苏简简红肿着双眼道："今生今世，我非三郎不嫁。"陈湘灵咬了咬牙道："好，无论如何，我都会帮你，我一定要看见你们有情人终成眷属。"她将苏简简揽入怀中，抬头望着满天星光，细声安慰着她。

　　"乐天哥哥，这封信是简简给知退哥的，你千万要小心交到他的手上。约好了，今晚上在田埂边见面。"为了苏简简，陈湘灵也是使出了浑身解数，悄悄将书信塞给了白乐天，白乐天连忙收了起来，"好，三弟就在屋内，我这就进去给他，你也快走，别让我娘看见了。"送走了陈湘灵，白乐天转身便往白知退的屋里去了，只见他屋门大敞，白乐天想也没想就走了进去，"河鱼天雁来也！"谁知他话音刚落，却登时愕然怔住了，屋内没有白知退的踪迹，只有陈念慈沉着面色坐在胡床上。"娘……"白乐天顿时不知所措，陈念慈走上前来一把抢过了信笺，当着他的面撕得粉碎，

第九章 故剑情深

"我就知道，是你帮着那个苏简简传信。你还像个哥哥的样子吗，由得你三弟这么胡闹！"白乐天忙道："娘，三弟和简简是真心相爱，为什么不能成全他们？"

陈念慈冷笑道："你这话是为自己做铺垫吧？是你喜欢湘灵，要拿三弟打头阵，逼我答应你们的荒唐要求是吗？今日我就告诉你，要娶村女，你们想都别想。我们白家虽不是高门大户，但也是重圭叠组，要成亲也要娶一个门当户对的姑娘。你们爹去世了，这个家还有我做主！"白乐天扑通一声跪了下来，"娘，我不是为了自己，只是我不想看到三弟伤心。我求求你，你就成全三弟和简简吧！你要我做什么都可以。"陈念慈微微一怔，道："当真让你做什么都可以？"白乐天立时举起手道："我白乐天对天起誓，只要娘同意三弟和简简的亲事，我愿意听娘的话……"陈念慈截了他的话道："知退毕竟是白家最小的儿子，他的婚事倒也可以松一松。白家长子是你大哥，可你大哥的样子你是知道的，长房是娶不了媳妇的。所以白家真正可以娶亲的长子，就属你了。我可以答应知退的婚事，但你的不行。要我同意苏简简嫁给知退，你要答应我，终此一生，不能娶陈湘灵为妻。"

"好，我答应！"门外忽然传来了一个声音，陈湘灵含着泪冲进屋内，与白乐天并肩跪在陈念慈面前，"白大娘，只要成全他们，我什么都答应！"陈念慈显然也微微感动了，什么话都没有说，似有似无地叹了口气，拂袖而去。白乐天却焦急道："湘灵！"陈湘灵垂泪侧过头道："乐天哥哥，这是简简最大的心愿，我一定要替她完成。其实无论怎样，你娘都不同意我们两个在一起，与其四个人都不开心，不如成全他们。我相信你娘也不是铁石心肠之人，只要我们心中想着彼此，终有一天会感动你娘的。"白乐天的眼中闪烁着泪花，牵起陈湘灵的手，哽咽得无法开口。陈湘灵轻轻叹着，不舍地抚摸着他掌中的茧。

从这一天起，陈湘灵就重病不起，别说下海采珠了，就连去见白乐天都不能。苏简简衣不解带地在陈家照顾着她，亲自替她尝试了一碗又一碗的药，就是不见陈湘灵的病好转，苏简简又是心疼又是焦急，抓住她冰冷

鹿 回 头

的手道："湘灵，你千万不能有事啊。我知道，你都是为了我的事，害得你和乐天哥……我心里真是过意不去，如果知道会是这样，那我宁愿不要嫁给三郎。"陈湘灵忙抬起手，虚弱地掩住她的嘴，"别胡说，白大娘都同意你们的婚事了，都是要当别人妻子的人了，还这么信口开河。你若是不跟知退哥成亲，我所做的岂不都白费了？你放心，我只是有点风寒，没什么大碍。你快别顾着我了，还是跟知退哥去准备婚礼的东西吧，你瞧，新衣也没做，嫁妆也没备，还有十来天就成亲了，这可怎么行？"

"对了，我有办法治好你的病了！"苏简简沉吟片刻，似乎想到了什么，拍手笑道，"你这病是心病，白大娘不许你们见面，所以你才病了。心病还须心药医，正好趁着我和三郎去城镇买东西的时候，让你们偷偷见上一面。"知道可以见白乐天，陈湘灵忽然有了力气，从床榻上支撑起来。在苏简简和白知退的掩护下，他们每天都去城镇准备婚礼的东西，而陈湘灵也因此有机会和白乐天见面，几天下来，陈湘灵的病果真不药而愈。"湘灵，这段日子委屈你了。等三弟和简简成了亲，我就再去求娘，让我们在一起。"村口的阳光稀疏温暖地洒在二人身上，陈湘灵侧头靠上了白乐天的肩头，闭着眼睛享受这片刻安宁，"只要我们的心在一起，谁也分不开。"

陈湘灵拉起他的手，向东篱跑去，只见那里生长着一棵参天的紫藤树，花叶凋零落在了树下的秋千上。这棵紫藤树是陈湘灵和白乐天曾经一同亲手种植的，她笑着坐上了秋千道："乐天哥哥，你还记不记得，有什么烦心的事，就来荡秋千，把不愉快都荡到九霄云外。"白乐天上前推了她一把，陈湘灵紧握着绳索凌空高高而起，直到玩累了，方才下了秋千。白乐天忽然想起了什么，道："对了，为了庆贺三弟成亲，我特意亲手酿制了一批好酒，湘灵，你陪我一起去分给邻居们吧。"他拉着陈湘灵从地窖里取出了一坛坛美酒，还亲自舀了一勺喂给她喝，就连不胜酒力的陈湘灵也赞叹甘甜可口。二人把酒坛放在小车上，挨家挨户地推去送酒，白乐天一时兴起，当即唱了起来："开坛泻罇中，玉液黄金脂。持玩已可悦，欢尝有余滋。一酌发好客，再酌开愁眉。连延四五酌，酣畅入四肢。"

"乐天哥哥，你的衣裳坏了。"忙了一天，刚刚歇息下来，陈湘灵就看

第九章　故剑情深

见白乐天的冬衣外套上不知什么时候被挂了个洞，白乐天脱下来翻看着，陈湘灵却一把夺走，笑嘻嘻地边跑边回头说道："你在村口等等我，我一会儿就给你补好！"望着她欢快远去的身影，白乐天只觉心中暖洋洋的。微寒的夜晚，破旧的茅屋窗内隐约着如豆的灯火，陈湘灵捻针挑线，为他的冬衣缝上细细的针脚，怀中的冬衣还依稀夹杂着心上人的气息，陈湘灵不由将衣衫拥紧在怀中，缓缓地走到了村口，挨着白乐天坐了下来，"看看补得怎么样？"白乐天正望着天际上的几粒星出神，忽然被她微微一惊，下意识地回过头去，浑然不知她正离自己这般近。一回眸四目相对，仿佛时光都在此刻停顿，风微微拂过陈湘灵的发丝，吹上了白乐天的面颊。一种悸动在心中滋长，白乐天只觉心跳得快要窒息，不知不觉闭上了双眼，俯头在她的唇上烙下轻轻一吻。

夜风之中这定情一吻，也偏偏被卢眉娘所见。她从来没有这样的感觉，只觉得心中空落落地难受，可她从不是服输的人，暗自下定决心要和陈湘灵公平竞争。次日一早，卢眉娘就拎着一个食盒敲响了白家的门，"乐天，我做了你喜欢吃的点心！"陈念慈闻声拉开了门，看见是卢眉娘，便笑盈盈道："卢姑娘，乐天去了东篱外的池塘边写诗，你去那里找他吧。"谁知卢眉娘方才兴冲冲地提着食盒跑到小池边，却看见陈湘灵也正巧过来了，她的腕上也挽着一个食盒。卢眉娘挤了挤她，嘟嘴低声道："小湘灵，别以为我会输给你。"说罢一路快跑到白乐天身边，打开食盒兴高采烈道："乐天，这些都是我亲手做的，你尝尝吧。"只见那食盒里摆着几碟点心，黑乎乎油腻腻的，有的黏在了一起，有的又太过松散，看不出是什么东西。白乐天面上的表情都变得僵硬了，无奈地笑了笑，起筷尝了一口，几乎差点给噎住了。卢眉娘期待地问道："怎么样？好不好吃？"白乐天连连呛了两下，挤出一个古怪的笑容，"好……好吃。"

陈湘灵忍不住用筷子戳了戳盘中的东西，咯咯笑道："这是什么呀？眉娘，这东西能入口？哎呀，洗手做羹汤这种事，还是我们穷人家的丫头拿手，你这样的千金小姐，还是省省吧。"她说着放下了自己的食盒，打开盖子，只见里面放着一只白瓷杯，里面盛放的菜肴色香味俱全，青翠欲滴，闻起来酸酸甜甜，令人垂涎欲滴。陈湘灵得意道："这只杯子叫醋芹杯，

鹿回头

这里面的就是醋芹了。这是我自己种的水芹,粗壮鲜嫩,加上魏家店的秘方陈醋所制。太宗皇帝时期的魏相公,就最爱吃醋芹了。"白乐天夹了一筷细细品味,不由赞道:"湘灵的手艺,确实无人能比。眉娘,你也尝尝。"卢眉娘努了努嘴,从食盒的第二层又抽出一件新绫袄,这件衣裳比陈湘灵补的要精美得多了,不但刺着双面绣,还用了上等的锦缎。白乐天惊愕不已,抚摸着华丽的缎面,若有所思道:"水波文袄造新成,绫软绵匀温复轻。晨兴好拥向阳坐,晚出宜披踏雪行。鹤氅毳疏无实事,木棉花冷得虚名。宴安往往叹侵夜,卧稳昏昏睡到明。百姓多寒无可救,一身独暖亦何情。心中为念农桑苦,耳里如闻饥冻声。"

卢眉娘心中暗暗赞道,想不到乐天颇有诗圣那"安得广厦千万间,大庇天下寒士俱欢颜"的心胸,我卢眉娘果然没有看错人。从池上回来,卢眉娘一点也没因为自己的饭菜不好吃而气馁,哼着小曲儿回屋就找翩翩,"翩翩,你最拿手做什么菜?快点教我啊!"翩翩正靠在窗边读书,不由被她一惊,"我拿手的菜?你知道我不会很多,只有炉端烧梨。"卢眉娘笑道:"炉端烧梨好,这个又好学又好吃,来吧!"翩翩拗不过她,无奈地笑着摇了摇头,用一个炉火明着,又取来几个长安哀家梨,架在炉火上烧烤了起来。不一会儿香甜的气味顺着火苗滋长而出,卢眉娘也忍不住馋了,取下这个烤好的梨子尝了一口,外脆里嫩,汁液甜美,果然很好吃。卢眉娘跃跃欲试,卷起衣袖亲手来烤梨,谁知火星啪一声跳上了她的手背,登时灼伤了她的手,卢眉娘哎呀一声扔下梨子。叶岐云闻声跑进了厨院,连忙上前拉过她的手,小心翼翼地吹了吹,"怎么这么不小心,都烫出个泡了。翩翩,快去拿我的金创药!"门后的欧阳呈悄然看着屋内发生的一切,不由蹙紧了眉头。他刚刚给南玳休书禀告,可南玳的回应却故意让他们在这里浪费时间,也不知道这位年轻的太后到底在打什么算盘。

第十章　彩云易散琉璃脆

　　苏简简盼了多少天，终于盼到了纳吉纳征的这一天，至今为止还像在梦中一般不敢相信这是真的。虽说今日见不到白知退，苏简简心中也是忐忑不安，苏家只有她一人，陈湘灵特意为她请来村长主持，还陪着她在屋里偷偷打开窗户，看着外面的情形。只听外面传来了热闹的声音，白乐天和白幼文分别作为函使与副函使，带着一个用五彩线扎缚的楠木盒子，上面封题写着"通婚书"三字，身后跟着浩浩荡荡的彩礼队伍，正往苏家这边过来。最前面的两匹押函骏马，不着鞍辔，以青丝做笼头，后面几人抬着楠木礼函，礼函旁还有三名婢女守着，再后面抬着的是五色彩缎、大束锦帛、成堆铜钱、猪羊牲畜、米面粮油……眼见白家两位兄弟已经到了，村长代替苏简简的父亲走了出去，从白乐天手上接过礼函，用刀子撬开盒盖，由里面拿出了陈念慈亲手写下的通婚书大声念了一遍，又将自己写好的答婚书放回苏家礼函里，让白家二位兄弟再带回去。村长念的内容，苏简简已是充耳不闻，她激动地拥紧了陈湘灵，只知道从这一刻起，她就是白家的人了。

　　村长在苏家设宴款待了函使和彩礼队伍的人，酒宴直到晚上还没结束，苏简简在房内闷了一天，悄悄和陈湘灵从后门出去散心。刚走不远，忽然听到一声："简简！"她下意识地回过头，竟看见白知退含笑站在身后，"我等不及要见你了，简简，从今以后，我们不用再偷偷摸摸见面了，我们是夫妻了，是光明正大的。"他激动地上前拉起苏简简的手，陈湘灵抿嘴一笑，"那我不打扰你们了，我走了。"白知退道："湘灵！谢谢你。我知道我和简简的事多亏了你，所以我怎么也不能亏待你。你往西走三百步，那里是我送你的礼物。"

　　苏简简笑道："三郎，你给湘灵什么礼物，这么神秘？"白知退拥紧了

鹿 回 头

她道:"除了二哥,湘灵还需要什么呢?对了,你还记不记得我们小时候一起在墙角种的那株海棠?我们再去看看它吧。"白知退拉着苏简简在寒风中一路奔跑到一处荒废的墙垣,那株海棠纵然再开不出花,却在二人共同的灌溉下,又有了一丝丝的生机。就在这时,一阵忽远忽近的渔歌传来,二人不约而同地回头望去,只见远处暗沉沉的江面上,一叶扁舟晃着幽幽的灯火,那歌声正从船上飘荡而来。苏简简与白知退坐在海棠花的墙角处,轻轻靠在一起,远眺着江边渔火。而此时此刻,陈湘灵边走边数着第三百下,抬起头来正好看见白乐天笑盈盈地站在面前。

"你们舍得回来了?"当白乐天和白知退一同回到家中时,只见陈念慈沉着面坐在正堂中。二人面面相觑,连忙跪下,陈念慈冷笑道:"你们倒是兄友弟恭,互相帮忙。一个不守礼法,一个不守信用,我今天要好好教训你们这两个荒子孱孙!"陈念慈不由分说当即就将白乐天锁进柴房,再不给他有与陈湘灵见面的机会,白知退连连求情:"娘,你既然能成全我,也成全二哥和湘灵吧!"陈念慈气不打一处来,抽出家法藤条狠狠地抽打在白知退的身上。

得知此事的卢眉娘连夜赶到陈家,"湘灵,你别哭了。白大娘不会对乐天怎么样的,最多也就一顿打。你放心吧,我既然是要跟你公平竞争,断然不会乘人之危。我会替你想办法和乐天见面的。来,快披上我的外套!"卢眉娘脱下自己的披风给陈湘灵披上,又取出了叶岐云的特制金创药递给她,"如果乐天受伤了,你替我把这个给他。事不宜迟,快去!"或许是陈念慈累了,或许是她向来都偏爱卢眉娘,夜深昏暗,只见得卢眉娘的衣衫便认错了人。柴房的门被轻轻推开了,白乐天抬起头,"眉娘?"一双手探出来,摘下了斗篷,白乐天不由惊喜道:"湘灵……"陈湘灵连忙捂住他的嘴,"小声点,我是假扮眉娘过来的。对了,这是眉娘让我交给你的金创药,你没事吧?"白乐天握住她的手道:"我没事,挨打的是三弟,金创药还是替我送给他吧。你来看我,我已经很高兴了,早点回去吧。"

符离村口,卢眉娘穿着陈湘灵的衣衫左右徘徊,心中也担忧着白乐天。"眉儿!"叶岐云从她身后走了过来,"为了白乐天睡不着?"卢眉娘道:

第十章 彩云易散琉璃脆

"我又担心他，又担心湘灵。"叶岐云陪着她一起顺着月光散步，听着他的声音，卢眉娘觉得悬着的一颗心安稳了许多，"眉儿，我不想看到你这么难过，如果你真的喜欢白乐天，为什么要给陈湘灵机会？岐云哥哥舍不得看你难过，如果你放不下，就自己去争取。如果能放下，倒不如回琼州，永远也不要相见了。"卢眉娘点了点头，"岐云哥哥，你放心吧，我既然答应了你回琼州，我就会回去，不管我心里愿不愿意，只要是我答应你的事，我一定会做到的。只是……怎么说也要让我参加完苏姑娘的婚礼吧？你知道，我一向都喜欢热闹的，而且出了鹿眠谷，他们是我的少数的朋友。"叶岐云宠溺地扬起了嘴角微笑道："好。"

"幼文！这是怎么了？"天色微微亮，一阵嘈杂声就从白家传来，只见几个人架着满身是血的白幼文回来，陈念慈紧张地跑出房门迎上前。只听村民道："白大嫂，你家傻儿子又跟人家打架了。"白幼文擦了一把面上的血，嘿嘿笑道："他们说我偷包子，我给了铜钱的，是他们误会我，我才跟人家打架的。"被关了一夜柴房的白乐天闻声跑来，扶住白幼文，"大哥，你伤得不轻，快，我扶你回房给你包扎！"谁知刚刚把白幼文扶进自己的房间，白幼文就神秘兮兮地关起了门，笑着从怀中取出了一只金灿灿的镯子递给白乐天，"二弟，这是我用自己攒的钱，给你和湘灵买的金镯子，你什么时候把湘灵娶回来啊？"白乐天愣住了，"你不是去偷包子，而是为我买金镯子，钱不够被人打了吧？"白幼文傻笑着挠了挠头，看着一心为自己的大哥，白乐天不由得红了眼眶。

就在这时，陈念慈突然冲进门来，一把夺过金镯子狠狠地砸烂在地，"我看你们都疯了！我说过不许娶陈湘灵，一个个地都不把娘的话听进去吗？乐天，你这般不争气，好，娘已经替你找人，让你去浮梁县当个小官，明日就走！从此以后你就离开符离村吧。"白乐天登时面色苍白，"不要啊，娘……你为什么就是不肯让我和湘灵在一起？"陈念慈甩开他的手道："因为她是个贫家女，她不配当白家的媳妇。"说罢，陈念慈一脚踩上金镯，头也不回地出门去了。白乐天瘫坐在地上，苦笑叹道："贫家女……红楼富家女，金缕绣罗襦。见人不敛手，娇痴二八初。母兄未开口，已嫁不须臾。绿窗贫家女，寂寞二十余。荆钗不直钱，衣上无真珠。几回人欲聘，

鹿 回 头

临日又踟蹰……"

轰隆的夜雨浇灌在符离村中，白乐天跪在陈念慈的门前已经整整一天了，暴雨冲刷过他的面庞，和着泪水纵横在面颊上，模糊了他的眼睛。白幼文也走了过来，陪白乐天一同跪在门前，砰砰一个劲儿磕头，"娘，求求你成全湘灵和二弟吧！"连绵的雨声隔着房门，陈念慈靠在桌边，掩面无言地垂着泪。白幼文拉了拉白乐天的衣袖，"二弟，别再等娘回心转意了，天就要亮了，你快点和湘灵一起走吧，再不走就来不及了，天亮之后，你就要去浮梁县了！"白乐天犹豫道："可是……"白幼文用尽力气在夜雨中将他推出村口，"没什么可是，你不想做的事，大哥替你做，快和湘灵走！"看着白乐天一步一回头，终于离开了，白幼文低头展开手掌，白乐天的任职表正在他的手中。白幼文回头不舍地望了一眼陈念慈的屋子，别过头握紧了任职表，踏着泥泞走远，代替白乐天去浮梁县了。

"乐天哥哥，乐天哥哥！我们不能走！"暴雨之中白乐天拉着陈湘灵奔跑出符离村，陈湘灵却用尽力气甩开他的手，"你听我说，我们不能这样一走了之。你大哥二哥怎么办，你娘怎么办？还有，我虽然不是名门之女，但也懂得礼义廉耻，我若是跟你这样走了，岂不是落得个不守妇道。你若是走了，岂不是落得个不孝不仁？你大哥为了你，远赴浮梁县，难道你忍心吗？他本来就心智不全，若是被人发现他冒名顶替，他一定会受到牵连的。"白乐天长叹一声，终于决定和陈湘灵回去，只可惜回去的时候，白幼文早已走了。白乐天痴痴地坐在村口，案几上堆满了他写下的诗文，这一页上写着：井底引银瓶，银瓶欲上丝绳绝。石上磨玉簪，玉簪欲成中央折。风吹散纸张，又翻到了后面两页，正巧落在陈湘灵脚边，她俯身捡起，轻声念道："岂无父母在高堂，亦有亲情满故乡。潜来更不通消息，今日悲羞归不得……为君一日恩，误妾百年身……寄言痴小人家女，慎勿将身轻许人……乐天哥哥，这篇文章写得最是好，你我都明白其中的道理，只望能流传以警示后人，万万不可私相奔走。"白幼文离去已成事实，陈念慈纵然担心也无可奈何，若是此时追回，定然会被认为全家有意瞒骗朝廷，只得每日为白幼文祈祷，愿他在浮梁县顺风顺水。

第十章 彩云易散琉璃脆

"简简,你不是说过喜欢天上的彩虹吗?把手伸出来。"午后的村口,苏简简正拾掇着蓝色的锦缎新衣,白知退笑盈盈地走来,拉过她的手,又神秘兮兮地要她闭上双眼。一块冰凉的东西轻轻落在柔荑,苏简简好奇地睁开了眼,只见自己的手中静静地躺着一片琉璃,光线在上面流转若泪,反射出七色的彩虹。她不由惊喜道:"真漂亮!"白知退道:"这叫做琉璃,又叫西施泪。相传春秋时期,范蠡为助越王复国,锻造王者之剑,出剑之日,窑内有一块五彩石头与剑同出,此石剔透如冰晶,华美如锦帛,经过烈火百炼,有水晶的阴柔之气暗藏其间,是天地阴阳造化所达成的极致。越王将此石赐名为蠡,于是范蠡将这流光溢彩的天赐之物打造成佩饰,送给心上人西施。后来越国战败,西施被献给吴王。临别之际,西施的眼泪滴在蠡上,天地日月为之所动,宝物之中可以看见西施的泪水在其中流动,后人便称之为流蠡。"苏简简微微蹙起双眉叹道:"可惜了一对有情人。"白知退笑道:"别担心,最后的结局,范蠡和西施双双归去,泛舟隐居,做了一对神仙眷侣。"见心上人重展欢颜,白知退拿出怀中的眉笔,轻轻为她描摹一双柳眉,"以后我们也会像范蠡和西施,永远都不会分开了。"

响午过后,陈湘灵又来陪苏简简去城镇买东西,二人大包小包地拎着,苏简简摇头笑道:"湘灵,我们买的东西已经够多了,回去吧!"陈湘灵却显得比她还要兴奋,忽然想起来什么,拉住苏简简的手跑回了家中,"对了,我今天早上采珠,有个贝壳打不开,你试试。"只见案几上摆放着一个漂亮的贝壳,苏简简想都没想,便伸手打开了,一道温润的光芒从贝壳里照耀而出,她惊喜地看见里面放着一串大小一致的圆润珍珠项链,陈湘灵笑着拿出来替她戴上,"后天你就要出嫁了,我这个好姐妹没什么可以送你,这串珍珠项链就当作我给你的贺礼。"苏简简感动地吸了吸鼻子,"我们两个从小玩到大,都一样没有亲人,你就是我的娘家人。后天我就要嫁到白家了,今晚我想跟你一起睡,好不好?"陈湘灵开心地铺好了床铺,到了晚上,二人一起躺在被窝里,看着那串精致的珍珠项链,聊着说也说不完的话,直到困倦极了,才互相靠在一起入了沉沉的梦乡。

第十一章　简简吟

　　初春温暖的阳光透过窗棂照在了床褥上，陈湘灵迷迷糊糊地醒了过来，她忽然发现身边的苏简简不见了踪影，只有案几上留下了一封信：湘灵，我想到了一个办法，或许可以让婆婆同意你和二哥成亲。昨夜我想了一整夜，听说南坡山崖处有一片悬崖菊，若是能采得其中味最甘甜者，加以霜雪烹调，可使得容颜焕发。我这就去为你采摘悬崖菊回来，告诉婆婆这是你送她的礼物，或许她会喜欢你一些。放下这信笺，陈湘灵的心中莫名一阵慌乱，连忙追了出去。从符离村到南坡山崖还有不少的路程，任她怎么奔走，也无法阻止苏简简。而此时的苏简简早已背着药篓，迎着阳光爬上了艰险的南坡，脚下踩着未融的积雪，终于在山崖尽头看见了一片开得正盛的悬崖菊。只是这些菊花如此之多，又都悬在险峻的崖边，苏简简决定一片片地去尝。她小心翼翼地匍匐下来，摘下面前的一般花叶放入口中细细嚼了嚼，摇摇头又吐掉，就这样悉心地挑拣着，不知不觉已经离悬崖越来越近了。

　　"岐云哥哥，你说苏姑娘会不会喜欢这木雁？我听说成亲都要奠雁的，我特意挑的这木雁，也不知道合不合适？"南坡的另一边，卢眉娘正和叶岐云并肩而行，往符离村的方向赶回来。原来卢眉娘为了给苏简简订制这精美的木雁，不惜跑到邻镇去买，可又怕耽误了时间，这才抄近路从南坡回来。叶岐云笑道："雁乃忠贞之鸟，一生只有一个伴侣，这个寓意很好，她一定喜欢。"就在此时，苏简简正摘下一把悬崖菊放入药篓，正欲再往前尝试，忽然觉得心口一阵痛楚，也仿佛有些头晕目眩，她只道劳累了，准备站起身来休息片刻。哪知刚刚起身，顿时眼前乌黑，脚底一软，被地上缠绕的花叶绊住，整个人轰然从山崖上滑落。"啊！"苏简简惊呼着抓住了一根藤蔓，整个身躯都挂在山崖之外，底下就是万丈之渊，云雾层层，她害怕得头上细汗密布，连连大声呼救。声音传进了卢眉娘的耳中，她惊道：

第十一章 简简吟

"是苏姑娘!"她连忙和叶岐云飞奔而去。只见苏简简费力地拉着藤蔓,就快要支撑不住了。叶岐云也拉住一根藤蔓,踮脚飞身而出,一把拉住苏简简,将她托了上来。

"苏姑娘!"谁知被救上来的苏简简依旧站不稳,猛地摔倒在一片悬崖菊中,哇地吐出一口鲜血。卢眉娘惊呼着上前扶起她,只见苏简简已然面无血色,痛苦地指着药篓,"告诉湘灵,有毒……"卢眉娘登时慌了手脚,"岐云哥哥,快给她把毒逼出来啊!"叶岐云摇了摇头,"没用的,这种毒花毒液极其厉害,而且每片都不相同,苏姑娘吃了各种不同的花瓣,毒液已经渗入她的五脏六腑了……"卢眉娘惊恐万分地摇晃着苏简简,"你支持下去啊,你千万不能有事……"苏简简用尽最后的力气,轻声唤道:"三郎……"她的手悄然从卢眉娘怀中滑落,一只五彩的琉璃从袖中清脆落地,碎成了两半。"简简!"触目惊心的血迹映入了奔跑而来的陈湘灵眼中,紧跟她身后追来的,正是白知退。他身上还试穿着大红的喜服,脑中却立时空白一片,白知退冲上前推开卢眉娘,将苏简简拥入了怀中,可惜她再也睁不开眼,再也看不到心爱的人。陈湘灵瘫软在地,掩口失声痛哭,卢眉娘抱住陈湘灵轻轻拍着,不知如何开口。泪水纵横在白知退的面颊上,他横抱起苏简简,缓缓地从这盛开的悬崖菊中走远。

墙角的海棠花又开了,江上的渔歌又唱起了,白知退抚摸着苏简简曾经为他缝补的冬衣,靠在墙角一坛坛地灌着烈酒,那些酒坛上还贴着大红的喜字,他只觉得剜心刻骨的疼痛袭来,摩挲着已然碎裂的琉璃。"三郎!"飘忽的声音从身后传来,白知退醉眼蒙眬回头望去,只见苏简简穿着绿色的嫁衣,头戴着一对掩耳博鬓,百合髻上簪满了花钗宝笄,嘴角点着两颗面靥,半掀蔽膝头盖,笑盈盈地向他走来。白知退张开双手轻轻拥上前去,苏简简的幻影却霎时消失了。白知退苦笑着退回了坟前,颓然地跪在坟前,将这件冬衣和着泪一起埋下。一棵松树悄然在坟边种下,白知退只希望来年成荫,可以为苏简简遮蔽阳光,他哽咽道:"华省春霜曙,楼阴植小松。移根依厚地,委质别危峰。北户知犹远,东堂幸见容。心坚终待鹤,枝嫩未成龙。夜影看仍薄,朝岚色渐浓。山苗不可荫,孤直俟秦封。"

鹿 回 头

本来贴满喜字的屋里屋外，如今都挂上了黑白的幔帐，虽然未行大礼，但纳征过后苏简简已经是白家的人了，陈念慈也同意让她归入白家祠堂。一桩红事变成白丧，符离村中前来吊唁的人络绎不绝，白知退却一个人躲在了屋后，独自对着孤坟与小松垂泪。夜色渐浓，白乐天悄然走到他的身边陪他守灵，拿出一篇祭文放在了苏简简的坟前，眼中含泪，亲手点燃了祭文，看着火光蔓延，轻诵道："苏家小女名简简，芙蓉花腮柳叶眼。十一把镜学点妆，十二抽针能绣裳。十三行坐事调品，不肯迷头白地藏。玲珑云髻生花样，飘飘风袖蔷薇香。殊姿异态不可状，忽忽转动如有光。二月繁霜杀桃李，明年欲嫁今年死。丈人阿母勿悲啼，此女不是凡夫妻。恐是天仙谪人世，只合人间十三岁。大都好物不坚牢，彩云易散琉璃脆。"

"都怪我……如果不是为了替我去采悬崖菊，简简不会出事……"陈湘灵蜷缩在屋里的角落里，忍不住地失声痛哭着，"为什么死的人不是我？"她激动地起身要向柱子撞去，卢眉娘连忙从身后紧紧抱住她，"你别这样啊！苏姑娘在天有灵，也不想看到你现在这个样子。"陈湘灵痛哭着转过身搂住卢眉娘的脖子，喑哑着哭腔道："你不知道，简简好不容易守得云开见月明，她盼了那么久，等了那么久，还是没有和知退哥成亲……"卢眉娘见不得她这样伤心，拿出自己的手帕轻轻替陈湘灵擦去泪痕，"你不要怪自己，这不关你的事，苏姑娘命薄，昊天不吊，这是注定的。湘灵，答应我不要胡思乱想了，无论怎样，苏姑娘都不可能再复活了。你若是觉得亏欠，就更应该替她好好活下去啊。"

"岐云哥哥，我……我可不可以留下？我想替苏姑娘守丧。"卢眉娘心情沉重地回到家中，却见翩翩已把众人的包袱都收拾好了，叶岐云整装待发坐在胡床上正等着她回来，卢眉娘心中蓦地一沉，低头绞着衣角道。翩翩见状走出了门外，留给他们二人独处。叶岐云摇头道："我知道发生这样的事，你心里也很难受。你不要怪岐云哥哥不近人情，可是苏简简是你什么人？留下守丧不是你要做的事，你要留下，难道不是因为白乐天吗？眉儿，你真的那么喜欢白乐天？"卢眉娘咬了咬嘴唇道："是，我喜欢他。苏简简是白家的媳妇，如今白家遭逢巨变，我不想看着乐天难过，我想陪着他。"叶岐云霍地站起身来，"你就忍心让我难过？眉儿，岐云哥哥没有

第十一章 简简吟

求过你什么,这次就当我求你,不要再泥足深陷下去了,放弃白乐天,好不好?"见卢眉娘沉默不语,叶岐云紧蹙眉头凝视着她,忽地撩开衣裾,向她跪了下来。卢眉娘心中刺痛,连忙道:"好好,我答应你。但是我不要回琼州,我要跟你去长安,我不要和岐云哥哥分开。"

头七刚过,白知退就向陈念慈请求赴京赶考,陈念慈知道他是不想再留在这伤心之地,每每旧物都能让他触景生情,于是也就同意了,白知退却还长跪不起,"娘,孩儿不孝,还有一个请求。简简已经过世,儿不希望将来还会有什么变故,只求娘能成全二哥和湘灵。"陈念慈叹了口气道:"你起来吧,好,我答应。乐天你过来,不过娘也有个要求,只要你考上功名,你想娶谁,娘都答应。"白乐天连连稽首道:"儿定不负娘期望,这次儿就与三弟一同进京赴考,一定考个功名回来。"二人再度向陈念慈叩了首,转身走出门外。只见陈湘灵正在村口迎风而立,双眼红肿,面色憔悴,手中捧着一个盒子走上前道:"乐天哥哥,你们就放心去长安吧,我会替你们照顾白大娘的。临别之时,我也不知道该说什么,这是我送给你的。"白乐天叹了一声,接过盒子打开,只见里面是一颗圆润的夜明珠。陈湘灵道:"采珠这么多年,这是我见到最美的一颗宝珠,我一直留着,现在转送给你。"白乐天强忍着泪水,将夜明珠收下,临走之前又不由自主地去了卢眉娘的房子想与她告别,谁知这里早已人去楼空,卢眉娘也不辞而别了。

"圣主,真的要送卢姑娘回鹿眠谷吗?"出了宿州城门,叶岐云回头望了一眼牛车里熟睡的卢眉娘,欧阳呈低声问道。叶岐云道:"为了她的安全,我不能让她去长安冒险,丞相,我就把她交给你了。"欧阳呈若有所思地点了点头,目送着叶岐云和翩翩策马疾驰而去。叶岐云和翩翩两人一路急赶,快要到长安,天色已然乌黑一片了,叶岐云和翩翩牵着马走进了一家客舍暂住了下来。只见叶岐云坐在院中抚摸着斩天剑沉思,翩翩走上前道:"圣主,你是不是在担心眉娘?"叶岐云道:"我答应她跟我一起去长安,却没有做到。我怕她醒来会生气,但我更怕她受伤出事。以前每当我心中郁结时,眉儿总会给我跳一曲霓裳羽衣舞逗我开心,可是现在……"翩翩垂下眼睫,顿了顿道:"圣主,你很喜欢眉娘吧?"叶岐云微微抬起了眼眸,他的眼中满是星辰大海,沉默了许久叹道:"在我出鹿眠谷之前,我从来不知道我爱她。翩翩，时候不早了，你回去休息吧。"回到屋里的翩翩吹熄了灯火，久久不能入眠，她的眼前总是浮现叶岐云的那双眼，她翻身起来，对着妆镜伸出了手，赤着脚在地上练习着生疏的舞步，因为这支舞叫做霓裳羽衣。

  他们不知道，与此同时欧阳呈把牛车赶到了洛阳的行宫呦呦谷。对于南玳的原计划，就属欧阳呈最清楚了，他不能让叶岐云因为儿女私情耽误了大事，而且卢眉娘醒来后果然哭闹不止，非要去追叶岐云，也只有南玳能制得住她了。"太后！"卢眉娘委屈地跑进奢靡的坤地宫内，一看见南玳就扑进她的怀中，垂泪说着符离村发生的事，说着叶岐云不让自己跟去长安。南玳爱怜地抚摸着她的发丝笑道："傻丫头，不去就不去，你就留在呦呦谷里陪我，不也是很好吗？你不用惦记云儿，据我所闻，李适正好这两天要出宫，云儿有机会刺杀他，等云儿报了仇，很快就回来。"卢眉娘惊愕地抬起头来，"什么？岐云哥哥一个人去刺杀李适，这太危险了！我要去阻止他！"看着卢眉娘就这样跑出去，欧阳呈想阻拦也来不及，"太后，这……"南玳抚摸着猞猁毛轻笑道："我们不就是想要眉娘去长安吗，她若是不去，计划怎么进行得下去？李适根本没有出宫，眉娘去了长安，云儿恐怕要重新规划刺杀行动了。你也别闲着，等一等再追去长安，云儿也不好责怪你。总之我替你照看妹妹，你替我照看儿子，咱们合作得天衣无缝。"

第十二章　樱桃宴

倒春寒的江面上,一只小舟顺着水流缓缓向岸边靠去。船舱里走出两人,微风吹在橹头上,白知退与白乐天并肩看着茫茫江水,幽然叹道:"二哥,还是你最懂我。"白乐天道:"赴京赶考不过是你离开符离村的一个借口,既然已经出来了,你想去哪儿就去哪儿,我不会拦着你的。"白知退点头道:"就算现在让我去考,也一定不能中举,我打算就此下岸,行走万里路,等到释然的时候再回来。二哥,你呢?"白乐天拍了拍他的肩膀道:"我不想做的事,大哥替我做,你不想做的事,二哥替你做。我去长安赴考,一定要考中,回来娶湘灵。"白知退作揖道:"那好,我们就在此分别,二哥,珍重!"白乐天拱手相送他离去,远远地长吟道:"潇湘瘴雾加餐饭,滟预惊波稳泊舟。欲寄两行迎尔泪,长江不肯向西流……"岸上的白知退摇摇挥手,目送小舟渐行渐远。

此时的符离村正在一片雾霭中渐渐醒来,村长神色有异地拿着一封信匆匆向白家走来。陈湘灵刚好从屋内出来替陈念慈打水,准备给她起床洗脸。自从白家兄弟走后,她每天都到白家照顾陈念慈的起居生活,无微不至。陈湘灵放下水盆迎上前去说道:"村长,这么早来找白大娘?她还没醒呢。"村长紧蹙眉头,将手中皱巴巴的信塞给陈湘灵,"正好,那就劳烦陈姑娘替我把这信交给白大嫂,我……我不敢亲自给她。"说罢慌张地转身就走,陈湘灵奇怪地低头看了一眼信笺,只见上面赫然写着"讣告"二字。她心中蓦地一颤,连忙撕开信封看了起来,一双手颤抖得越来越厉害……

"湘灵,是不是乐天的家书?"就在这时,陈念慈闻声推门走了出来,陈湘灵大惊失色,顿时不知所措,"不是不是!"陈念慈见她面无人色,把双手背到身后,更觉古怪,"那你手上拿的是什么?给我看看。"见陈念慈向自己走来,脑中一片空白的陈湘灵猝然将信笺塞进了嘴里,企图吃下肚

鹿回头

里。陈念慈见她这样，心中越发焦急，伸手去拽她口中的信笺，"到底出了什么事？"刺啦一声，陈念慈撕下一块碎片，上面赫然写着"讣"字。陈念慈登时脑中嗡嗡作响，摇晃着陈湘灵的肩道："是谁？是谁！"陈湘灵见瞒不下去，垂眼低声道："是幼文大哥……乐天哥哥写的诗曾经得罪过一些恶霸，他们是浮梁县的官宦子弟，这些人误把幼文大哥当作乐天哥哥教训，幼文大哥为了不暴露自己冒名顶替的事，被他们活活打死了。"陈念慈顿时如雷轰顶，双眼一翻轰然晕了过去。

"白大娘，你醒了？"陈念慈迷迷糊糊地睁开了眼，只觉得方才的一切都是做梦，刚刚熬了药进来的陈湘灵连忙扶起她，小心地喂她喝了药，"我的医术虽然不如简简，但也是略通岐黄的，而且简简去世前，曾经给我一本医书，我知道怎么替人治病。白大娘，你不用担心，你只是伤心过度了。"陈念慈哽咽道："我的儿子死了……为什么要我白发人送黑发人，为什么我们白家如此多舛，先是三儿媳，又是长子……湘灵，这件事千万不要让乐天和知退知道，我怕会影响他们赶考。"陈湘灵含着泪握住她的手道："我知道。白大娘，今晚我来陪你为幼文大哥守灵。"陈念慈感慨地拍了拍她的手道："湘灵，你是个好姑娘，但我不能让你和乐天成亲，我有我的苦衷……我宁愿你怨我怪我，也不希望你有朝一日明白我的苦衷。"

暗夜微凉的风吹起了白家门楣上挂着的黑白纱幔，陈湘灵陪着陈念慈坐在灵堂中，为白幼文化去生前的衣物。大大的"奠"字刺痛了眼，棺木已经回归故土，陈念慈哭得肝肠寸断，外面的夜虫叽叽喳喳跟着相和。远方的夜也被叽叽虫声打扰着，住在客舍里的白乐天也莫名地睡不着觉，他翻来覆去，又起身倚靠着窗栏望着月亮，不由思念起了远方的符离村，轻吟道："霜草苍苍虫切切，村南村北行人绝。独出前门望野田，月明荞麦花如雪。"家乡的一切仿佛就在眼前，他好像看见了自己的屋子，看见了不远处的陈家还亮着如豆的灯火，等考完科举回家，再怎么样也要到秋天吧。白乐天挥笔写下：寒月沉沉洞房静，真珠帘外梧桐影。秋霜欲下手先知，灯底裁缝剪刀冷。写给湘灵的信笺一封封寄出去，却全部落在了陈念慈的手中。陈念慈叹了口气，悄悄将这沓信笺锁进了柜子中。

第十二章 樱桃宴

白乐天骑着马又前行了几日，总算到达了这繁华的京城。京城果然与众不同，纵横的三十八条街道构成井字形的里坊，偶尔能看见一座座气派的宅院，在坊墙上开了自家大门，门口列着两排戟架，还有甲士豪奴看守。除了王公贵戚和三品以上的大官，家门才可以对着大街开，普通人家只有向着坊内开门，这样的情形在宿州是从未见过的。街市上人来人往，还有不在少数的胡人、突厥人、回纥人，还有从琉球、东瀛远道而来的岛国人。白乐天十六岁的时候曾来过长安一次，那回是来拜访诗人顾况，匆匆一别已是经年。虽然不是初来乍到，但他还是对长安不熟悉，身上也没有足够的金钱，于是决定先在云栖寺安顿下来好好念书。这些寺庙往往都有些空闲的厢房，一来接待施主香客，二来招待赶路的文人士子，只要以上香布施的名义给寺里一些财帛，就可以在寺里住上一阵子。

"师父，快来这里看看吧，他们的病好像又重了。"白乐天才走进云栖寺，便看见一个缁衣少年拉着青衣沙门匆匆向寺内的病坊走去。这病坊是专门收治穷苦病人的，寺中懂医术的僧众也不在少数，常常替信徒医病。但见那少年约莫十五六岁，衣冠楚楚，眉清目秀，衣袍内穿着暗红带碧襕的半臂衣，衣着打扮却是个红尘中人。见他又是帮着看病，又是忙着为寺院收留流浪汉，白乐天也放下包袱上前帮忙。好不容易才忙完，那少年擦了擦满是汗渍的面颊，抬起头对白乐天粲然一笑，"多谢兄台帮忙。兄台也是借宿在云栖寺的考生吗？"白乐天笑道："正是，在下下邽人氏白居易，字乐天。"那少年恍然笑道："原来是乐天兄。在下元稹，字微之，排行老九。这次也是来参加明经考试的。早就听闻顾况先生说乐天兄'居大不易'的故事，说乐天兄年方才十六岁，便已然写出'离离原上草，一岁一枯荣。野火烧不尽，春风吹又生。远芳侵古道，晴翠接荒城。又送王孙去，萋萋满别情'，将来可谓在长安城内居何处都是易事了。"

二人笑了一阵，不知不觉已聊到深夜，竟聊得如此投契。白乐天更拿出携带来的美酒，与元微之边喝边聊，更相约明日听寺院俗讲，罢了再同去听艺人说书。这俗讲春夏秋三季各一次，明日正好赶上。一声"升座"，鼓磬齐鸣，主讲的和尚从边门出来，拜佛行礼一番，便坐到佛堂中间的高座上，佛音止息，法师便启齿高诵佛号开始讲经了。白乐天和元微之虔诚

鹿回头

地听完了俗讲,有说有笑地往云栖寺外走去,听听最近最是流传的一出《李娃传》。

堂内座无虚席,人们听着说书人眉飞色舞地说着:"从前有个荥阳公子郑生,来到长安应试,在平安里与名妓李娃一见倾心,后来耗尽资财,被逐出青楼,辗转入凶肆,只能靠唱挽歌自给。在天门街的挽歌大赛中,郑生脱颖而出,却被他的父亲认出。其父以他玷辱门庭,断绝了父子关系。后郑生沦为乞丐,在一个大雪之夜,郑生行乞到安邑东门,被李娃所救。在李娃的照顾下,郑生不但恢复了健康,而且科举连中登第为官,与李娃结成夫妇,李娃被封为汧国夫人,郑生与其父也和好如初……"听到这里白乐天早已泪水盈眶,长叹一声:"三弟还是这般思念简简。微之,你可知这出戏,是出自我三弟之手?"他幽幽地与元微之说起了符离村中的故事,并取出了临行前陈湘灵送给他的那颗夜明珠。元微之痴然地望着那圆润的夜明珠,不由感慨,挥笔而就写下了一篇《采珠行》:海波无底珠沉海,采珠之人判死采。万人判死一得珠,斛量买婢人何在。年年采珠珠避人,今年采珠由海神。海神采珠珠尽死,死尽明珠空海水。珠为海物海属神,神今自采何况人。

白乐天和元微之在云栖寺中一起读书,已是踌躇满志,又到一年科举日子,两人相视一笑走进了考场。不久就到了新科进士发榜时,文书来到云栖寺宣布二人双双中举,更邀请所有进士一同参加朝廷举办的樱桃宴。若说樱桃,此乃初春第一果,与荔枝一样都属珍贵之物,樱桃宴开始时,每位进士面前的桌上都摆放着两只琉璃碟。洗干净的鲜果樱桃一颗颗地放在琉璃上,鲜红欲滴的色泽透过晶莹的琉璃盏散发出美不胜收的光芒。旁边另一个小碟子盛放着糖蒸酥酪,拿来蘸着樱桃吃,酸甜的果肉与醇厚的奶香交融齿间,回味无穷。年仅十六岁的元微之意气风发地实现了两经擢第,不由飘飘然地唱起了"九陌争驰好鞍马,八人同著彩衣裳",白乐天笑着与他同饮同乐。醉醺醺的元微之一时兴起,挥笔泼墨一挥而就:神曲清浊酒,牡丹深浅花。少年欲相饮,此乐何可涯……一杯颜色好,十盏胆气加。半酣得自恣,酩酊归太和。共醉真可乐,飞觞撩乱歌……

第十二章 樱桃宴

"微之,你喝多了,我扶你出去吧。"只见元微之已不胜酒力,白乐天连忙起身架住他走出苑外,谁知刚刚出门,元微之哇一口吐了出来,不偏不倚地吐在了门前的路人身上。那人身后跟着的两个健奴登时骂道:"什么人这么不长眼,敢对太子校书不敬!"白乐天慌忙向那人赔罪,不料抬头一看,又惊又喜,"梦得兄?"对方也意外地抬起头,果然真是那年匆匆一别的刘梦得。刘梦得笑着拍了拍他的肩膀,"当年若不是你,我又怎么能考得上博学鸿词科?更别提如今登吏部取士科,释谒为太子校书了。本应咱们好好地喝上一杯,只可惜我娘去世,我正要赶回家乡丁忧。"白乐天躬身揖道:"梦得兄,万望珍重。"刘梦得归心似箭,辞别了白乐天后便策马而驰,踏出了长安城外。

白乐天与刘梦得告别之时,他们根本不知道这时正有一个落魄的身影徘徊在皇城门下,只见他小心翼翼地对人哀求道:"这位兄台,麻烦你帮我把这封信交给宰相大人,这对我很重要的。"斑驳的阳光洒在他的身上,照出了他沧桑的面容。这正是当年四次落榜进士的韩退之。两年前他为嫂嫂守孝回来,好不容易赶考了博学鸿词科却又落榜,今年又参加了博学鸿词科考,却再度失败告终。他拉扯着皇宫光范门外的阍人,阍人不耐烦道:"这里是光范门,不是菜市场,你都已经连续写了三次信给宰相了,你一介平民布衣,宰相哪有时间看你的信?你还是走吧。"经不住韩退之相求,阍人只得又收下了信转送给宰相,可是宰相那里依旧久久没有回音。百般无奈的韩退之,只有离开了梦寐以求的长安,前往东都洛阳转投幕府以求官运。

第十三章　云栖寺

　　如今比不得开元盛世，四处纷起的战乱没有片刻安宁，这次的战乱很快蔓延到了宿州，眼看就要祸及符离村，村中人人自危，都准备着行李四处流散逃命。听闻消息的陈湘灵也匆匆跑回白家，"白大娘，我们也快收拾收拾东西离开吧，符离村不安全了。"陈念慈百般为难道："当年就是为避战祸，我才带着三个儿子来到符离村，如今又要漂泊，我真不知道该何去何从。"陈湘灵道："不如我们去长安投奔乐天哥哥吧。"实在没有办法，陈念慈便与陈湘灵收拾了包袱，匆匆上路赶往长安。

　　这一路艰辛颠簸，二人相互扶持，真如同亲生母女，陈念慈也对陈湘灵非常好，只是怎么都无法同意她与白乐天成亲。好不容易来到了长安，可是两个从乡下来的女子，面对着繁华京都，茫茫人海，又如何去找白乐天？陈念慈心急见到儿子，于是道："湘灵，不如我们分头找吧，你往东，我往西，到时候在这里会面吧。"陈湘灵点了点头便走入人海之中。"这位郎君，你有没有见过一个书生，他高高瘦瘦的，长相很清秀。对了，他身上还带着一颗这样大的珍珠。"入世不深的陈湘灵举着珍珠见人就问，却没有一人给她满意的回复。就在陈湘灵失望之际，一个贼眉鼠眼的男子走上前道："小娘子，你找的书生我见过。他叫作，叫作……"陈湘灵睁大了眼睛道："是不是叫白乐天？"那人笑道："是了是了，就叫白乐天。小娘子，他现在可是大人物了，你要见他，还要有个信物才行。"陈湘灵想都没想，便从怀中取出一颗硕大的珍珠塞给那人，"麻烦你把这颗珍珠给他看，他就知道是谁了。"那人笑嘻嘻地攥紧了珍珠道："好，你就在这里等着，千万别走开啊。"说罢大摇大摆地消失在了人海中。

　　陈湘灵独自一人在街头等到了夕阳西下，却没见到那人带着白乐天过来，这才反应过来自己是被人骗了。她急匆匆地想要赶回和陈念慈约定的

第十三章 云栖寺

地方,没想到此刻鼓声响起,一道道坊门吱呀吱呀地关了起来。坊门一关,任何人都不得出入,陈湘灵登时慌了神。被分隔在另一坊间的陈念慈也发现和陈湘灵失散,着急地四处寻找不得,一不小心扭伤了脚,跌在了寺庙的门前。正从云栖寺中和元微之有说有笑出来的白乐天一眼看见了她,惊愕地上前扶起她:"娘?你怎么来了?"陈念慈看见朝思暮想的儿子,再也忍不住泪水,拥紧了他失声痛哭起来,什么话也说不出来了。元微之扶着陈念慈到云栖寺中好生安顿,陈念慈拉着白乐天的手,把符离村发生的事都说了出来。白乐天听闻长兄去世的噩耗,痛苦不已,长叹道:"没想到大哥是因我而死……我却浑然不知。娘,三弟去游历名川大江了,你不用担心他。既然你来了长安,就跟我住在这里,让我照顾你吧。"陈念慈看了看那些寄宿在寺中的流浪汉,道:"也好,我每天在这里熬些粥,发放给这些穷人,也算功德一件。"白乐天忽然想起了什么,慌忙道:"娘,湘灵呢?"

陈念慈犹豫了片刻,还是将陈湘灵与自己失散的事说了出来,白乐天听罢焦急万分,霍地起身就要去找陈湘灵。一个盒子从他怀中啪地掉落,咕噜噜地从里面滚落出一颗熠熠生辉的夜明珠。陈念慈俯身捡起,又气又恼道:"我叫你来赴考,你却一心惦记着儿女私情,居然还要为了她冲夜犯禁,我……我把你这颗珍珠扔了,看你还怎么想她!"白乐天来不及阻拦,只见陈念慈扬手就将那颗夜明珠扔到远处了。白乐天急道:"娘,你不是答应我中举之后就可以娶湘灵吗?如今我已经及第了,你为什么出尔反尔?"陈念慈气得发抖道:"你想娶亲,好,我替你找媒人,但是你要娶陈湘灵,却是万万不能!"说罢她怒气冲冲地回到了禅房。元微之悄然走来,不知什么时候捡起了夜明珠,偷偷塞还给了白乐天。

"杨柳腰,樱桃口……这样标致的娘子上哪儿去找?"一个做媒的冰人从气派的迨冰馆中紧蹙眉头走了出来。这迨冰馆是长安最大的冰人馆,可她还没遇到过要找这么漂亮的姑娘当媳妇儿的,这冰人不由有些为难了。就在这时,只听见街对面传来一个姑娘和辅兴坊胡饼店老板的吵嚷声:"掌柜的,我身上实在没钱了,难道不能用耳坠子换你的一块胡饼吗?"那声音宛转如鹂,背后看来身段风流,穿着一身酡颜色的锦绣华裙,漆黑的长发垂在胸前，头上一支金钗熠熠生辉。只见那姑娘侧过脸来，正是卢眉娘。她浑然不察，就在她和老板讨价还价之时，白乐天正从门外与她擦肩而过。那冰人喜上眉梢，一拍手道："杨柳腰，樱桃口，就是她了！"她连忙跑上前笑着拉住卢眉娘道，"娘子可有夫家？"卢眉娘茫然地摇摇头，冰人更是笑得合不拢嘴了，"娘子随我去见一个人，说两句话就有钱拿了，快来吧。"卢眉娘甩开她的手道："我不认识你，你要带我去见谁？"那冰人向着迨冰馆中指去，卢眉娘瞥见陈念慈正坐在其中，心中猛地一慌，暗暗想着，我既然答应了岐云哥哥放弃乐天，就不可以去见白大娘的。她用力推开冰人，匆匆跑远了。

"白大娘，你在哪里啊？"在陌生的长安走了一天一夜的陈湘灵已然疲惫不堪，还担忧得四处寻找陈念慈的下落，全然不知危险已暗暗向自己靠近。几个蒙面的刺客手持着明晃晃的大刀，在屋檐上凝视着陈湘灵，只待她再往前走两步，便猝不及防地从屋顶飞下，挥舞着大刀砍向陈湘灵。人群惊呼着跑开，街道上霎时乱作一团，陈湘灵惊恐地呼救着连连退后，她一介弱质女流哪里敌得过这刀刀致命的刺客。就在千钧一发之际，一个身影凌空而来，一脚踢中了刺客的胸口，卢眉娘跃身而下护在了陈湘灵的面前。又有个刺客从背后向陈湘灵挥刀而来，卢眉娘顿时大惊，扬手生生挨了一刀，那刺客似乎收回了些力道，见伤了卢眉娘又引起了街坊惊动，几个刺客纷纷撤退了。陈湘灵慌道："眉娘，你在流血！"卢眉娘胡乱地包起伤口道："我不要紧，你没受伤吧？湘灵，你怎么来长安了，你又得罪谁啦，为什么要你的命？"见陈湘灵泣不成声，卢眉娘道："别哭了，先跟我回去吧。"

"眉儿，你受伤了？"一看见卢眉娘捂着鲜血淋漓的手臂回来，叶岐云惊愕地霍然站起来要去查看，欧阳呈扫了一眼陈湘灵，心中咯噔一下，连忙拦住叶岐云，不让他去看卢眉娘的伤口，"圣主，你还是快去找几个闾阎医工回来替卢姑娘医治吧。"叶岐云道："长安的闾阎医工在东市和西市，离这里太远了。"欧阳呈又道："陈姑娘会先替她包扎的，圣主，快去吧。"叶岐云惦记着卢眉娘的伤势，为她跑遍了东市和西市，竟没有留意到欧阳呈的古怪。等到陈湘灵替卢眉娘重新包扎好，欧阳呈故意支开她和翩

第十三章 云栖寺

翩,扑通一声跪在了卢眉娘面前,"卢姑娘,其实太后此番来长安复仇,最重要的是你。太后要你以织女的名义成功进入广陵王府,接近皇室,以俟动手。圣主则担忧你的安危,迟迟耽误,不肯让你去冒险。已经浪费了好几次织女选拔的比赛,浪费了太多的时间。明天还有一次织女比赛,我求求你,去参加吧。"卢眉娘听罢他说完来龙去脉,这才知道原来南玳选中的人是自己,颓然瘫坐在胡床上。欧阳呈急道:"我也不是什么圣人,我这么逼你也是迫不得已。太后已经亲自抚养我的小妹,你知道这意味着什么吗?如果我不能替太后做好这件事,我的小妹不知道会出什么事。卢姑娘,你就当我自私,我求求你!"

"岐云哥哥,你替我东奔西跑了一天,也辛苦了。我让翩翩做了这一桌好菜,你快吃吧。"这是一顿只有三个人的饭局,叶岐云坐在食案前不由张望着,"丞相和陈湘灵呢?"翩翩一边给他斟酒一边道:"他们出去买东西了,今晚这顿饭就我们三人。"叶岐云一把握住翩翩斟酒的手道:"哎,眉儿身上还有伤,她不能喝酒。"卢眉娘笑道:"那好,你就替我把我的这杯也喝了吧。"叶岐云抿嘴喝了下去,顿时被辣得咋舌道:"这是什么酒这么辣?"翩翩笑道:"这是重阳节的辣茱萸酒,圣主,再喝两杯。"酒过三巡,卢眉娘忽然低呼一声,一只白鹞从她怀中扑棱起翅膀飞了出去,卢眉娘急道:"岐云哥哥,是你送我的白鹞!怎么办啊?"叶岐云只觉有些晕头涨脑,"别着急,我这就去帮你捉回来!"看着叶岐云跌跌撞撞地走出门外,卢眉娘握紧了手中的酒壶自语道:"若是不用茱萸的辣味,怎么能掩盖住其中的迷药气味?岐云哥哥,你放心,这迷药只是让你分不清东西南北,要找到白鹞,恐怕要两三天了。"翩翩取出卢眉娘的针线递给她道:"天快亮了,快去参加织女选拔大赛吧。"趁着叶岐云不在,卢眉娘从容顺利地通过了织女大赛的初赛,至于复赛,是给众人一天时间,后天献上一匹自己最拿手的锦缎。

只有一天的时间,卢眉娘费尽心思要织出一匹最好的黎锦。她不忍看见欧阳呈为了小妹求自己,更不忍叶岐云为了自己而独自去扛这不世之仇。卢眉娘将织机搬出了院外,不许任何人打扰,从清晨一直织到漫天星辰,一匹双面黎锦终于在玉梭下织就。卢眉娘只觉得浑身酸痛,正准备起身休

鹿回头

息一会儿,再拿金银丝绣上花样,忽然听见一阵马蹄,一个女子笑盈盈地向这里过来,"我倒要瞧瞧是哪般杨柳腰樱桃口的美人儿,居然连我追冰馆的生意都瞧不上?"卢眉娘循声望去,只见月光下驾马而来一个婷容修态的佳人,她束着高髻,头上簪满了金银步摇,穿着大红色的宽袖华袍,十二破仙裙透迤在马背上,璎珞随着叮咚作响,手中拿着一根皮鞭,头戴着一顶白羃离,到了卢眉娘的跟前潇洒地翻身跃下,"在下追冰馆馆主杨连城,受白大娘之托,来请娘子相睄。"她抬起双手揭开白羃离,粲然一笑,只见她不过十八九岁的年纪,面施薄粉,眉间一点月形花钿。靡颜腻理,沈腰潘鬓,光彩照人中又有几分英气。

　　卢眉娘正不知如何回答她,她的目光却不偏不倚落在了卢眉娘头上的那支金钗上。杨连城的面色忽然一凛,脱口而出:"金钗押赌坊,是你?"卢眉娘不由摸了摸头上的金钗,不由意外道:"长乐庄的事,你怎么知道?"杨连城双眉一挑,冷笑道:"真是冤家路窄,你难道不知道长乐庄和追冰馆,都是我无忧阁的门下吗?"卢眉娘猛地回忆起来了,不由惊道:"你就是无忧阁帮主?"杨连城哼笑道:"正是在下,当日娘子赊的账,今日我一并要讨来!"说罢挥起皮鞭打向卢眉娘,卢眉娘眼疾手快回身避开,可那皮鞭却不长眼,轰地从织机上劈下,那匹刚刚织好的黎锦登时刺啦被划出一道口子。卢眉娘又惊又气,没想到这个姑娘武功高强,自己也不是她的对手,看来也只有先避一避了。谁知那杨连城身手敏捷,旋起裙裾落在马背上对卢眉娘穷追不舍,卢眉娘也不知跑了多远,只见入夜的转角口有个大门,连忙闪身躲进去了。杨连城策马来回找了半晌,却不见她的踪影,只抬起头赫然看见那扇大门上的牌匾书写着"云栖寺"三个大字。

第十四章 牛头煲

"这位檀越，请问你找谁？"卢眉娘慌不择路地跑入了云栖寺躲避，与一个小沙门迎面撞上，当即摔倒在地上。"娘子，你没事吧？"就在这时，一双手轻轻将她扶了起来，卢眉娘定睛一看，登时又惊又喜，跳起身来搂住了对方的脖子，"乐天！没想到我在这里遇见你了！"白乐天也没想到是她，愣了片刻也露出了笑容，"卢姑娘，我真想不到还会与你重逢。"卢眉娘微微一怔，想起了陈湘灵，连忙松开了手退后两步，"对了，湘……"她还没来得及说出口陈湘灵在客舍，只听禅房内传出了陈念慈的声音："乐天，是谁来了？"卢眉娘挥了挥手，示意白乐天不要说出自己在这儿，连忙悄然从云栖寺的后面遁走了。云栖寺的正门前，杨连城正骑在马背上若有所思：佛门清净之地，我这样进去喊打喊杀的岂不是太过分了？那娘子一定是躲进去了，我就偏偏在这里堵住她，我倒要看看她能躲到几时。

"眉儿，我替你把白鹞找回来了！"客舍门前翩翩正在焦急地等待着卢眉娘，外面的织架碎了一地，黎锦也被划坏了，卢眉娘不知踪影，也不知到底发生了什么事，没想到这时叶岐云回来了。叶岐云惊愕地看着被砸碎的织机和黎锦，登时回过神来，气恼地摇晃着翩翩的肩道："你们合起来骗我，是不是？眉儿参加织女大赛了，是不是？"翩翩慌乱地跪了下来，"圣主，你怪我好了，现在眉娘也不知所终，你快去找她吧。"叶岐云连忙转身就走，却赫然看见卢眉娘站在院门口。她刚刚回来，就忙着去告诉陈湘灵在云栖寺遇见白乐天了，可是陈湘灵听说陈念慈为他说媒，心酸不已，不肯去云栖寺见他。卢眉娘眼中泛着点点泪花，"岐云哥哥，对不起……我知道你为我的安全着想，不想让我冒险，但我也是南海皇朝的人，我有幸被太后选中，替你们做一点点事，我心里是愿意的。你若是真的为我好，就让我替你分担一些吧。就算这次有去无回，我也绝不后悔。"白鹞扑扇着翅膀飞上她的肩头，叶岐云叹了口气，将她拥入怀中，"好吧，如果你执意如此，我一定会护你周全。"翩翩悄悄捡起地上的黎锦放在织机上，退了下去。叶岐云陪卢眉娘坐在不远处的江边，看着她一针一线细细地将那匹有裂痕的黎锦重新缝补起来，夜间的浪潮忽远忽近，听着这潮声，靠在他踏实的肩膀上，卢眉娘终于补完了黎锦，沉沉睡去。

此时的云栖寺外，杨连城等了许久都不见卢眉娘出来，不免开始有些不耐烦了。晚风寒冷，她不禁打了个哆嗦，又冷又饿的她忽然灵光一闪，抿嘴笑道："有办法了，这次看你还不出来？"她翻身上马匆匆离开了寺外，不一会儿工夫，一阵香喷喷的气味儿从云栖寺一墙之隔的门户里飘了出来。"哎，刚才眉娘要跟我说什么的？湘灵……难道她要问湘灵？也不知道湘灵现在怎么样了，等到天亮我还要去别的坊间去找找她。"云栖寺的禅房后院中，白乐天忧心忡忡地来回踱步着，迟迟难以入眠。幽幽的香气飘进他的鼻中，白乐天不由一怔，"什么味道这么香？像是有人在煮肉……不不，这怎么可能呢，这里是佛门清地，怎么会有人食荤呢，一定是我饿了，胡思乱想的。可是……好像是从寺外传来的，到底是什么人？我还是去看看吧。"

白乐天咽了口口水，蹑手蹑脚地走出了云栖寺外，那肉香更加浓郁了，他跟着那香气往旁边的街道走去，只见一间门户微微亮着灯光，门也虚掩着，袅袅的烟雾就是从那里传出来的。白乐天走上前轻轻一推，那扇屋门就吱呀打开了。昏暗的灯火下，一个红衣姑娘蹲在炉火旁炙烤，搅拌着锅子中的七八分熟肉块，还扬手放了些葱姜酱料，焦香的气味飘散出来，可是一种罕见的美味。"咦，你是什么人？"杨连城闻得步履声，还以为是卢眉娘被自己引出来了，谁知一抬头却看见了一个陌生的男子，不由睁大了双眼站起身来。只见她身材高挑，眉宇间有种翩然潇洒，颇有海棠醉日的风采，白乐天从未见过这样的女子，不由霎时愣住了，半响才回过神来，"小生白乐天，闻到烹饪之香寻来，不想深夜叨扰娘子，该死，该死。不知娘子所烹调的是何种肉？我怎么从来没有见过？"杨连城转了转眼珠，侧身让开，只见背后的木架上挂着一个牛头骨，下面的骨架血淋淋的未曾收拾，她狡黠地抿嘴一笑，"牛肉啊。"

第十四章　牛头煲

"什么？牛肉？"白乐天见不得血腥，登时双腿一软差点摔倒，脑中嗡嗡作响，这吃牛肉可是大唐的禁忌，白乐天慌忙道，"主自杀马牛者，徒一年。娘子你……"杨连城笑着将他一把拉过来，从锅中夹起一块牛肉硬塞进了他的嘴里，"好不好吃？"鲜嫩的味道绕齿蔓延，确实是难得的美味，可白乐天却吓得不知所措，杨连城咯咯笑道："吃牛肉呢，就要在月黑风高的时候一个人偷吃。既然你这么不巧撞见了，我只好让你也吃一块，你要是敢说出去，也是要跟我同坐的。傻书生，走吧！"杨连城猛地一推，白乐天踉跄两步摔出了门外，牛肉已然下肚，再是不可改变的事了，他慌张地捂住自己的嘴。就在这时，大明宫方向传来了阵阵鼓声，天已经微微亮了，一道道坊门按部就班地打开，白乐天连忙爬起身冲出坊门，去各个坊间再去找陈湘灵。

他刚刚跑出坊门没多久，只见一个鲜红色的身影飞檐走壁，以极快的速度向邻坊而去，白乐天揉了揉眼睛，那身影已然不见了，"我一定是眼花了。"街市上逐渐热闹了起来，杨连城接到了密报，匆匆回到了无忧阁中。她手持皮鞭，昂着头大步走过众人身边，回身坐在了高位之上，阴沉着脸把密报扔在地上，"怎么回事？我无忧阁的人，居然也能被江湖刀客所杀？查出是什么人干的了吗？"手下一个个噤若寒蝉，只有两人面面相觑，低声禀告道："帮主，这刀客轻功极高，手法娴熟，人如风影过，一下子就把徐大哥的头砍下来了。虽然没看清是什么人，但那人也受了伤，应该跑不远。"杨连城沉吟道："这小子平日里确实不务正业，我们开赌坊开冰人馆，他倒借机招摇撞骗，害了不少人，我本想以帮规处置他，这倒被人砍了头。只是这口气我咽不下去，你们几个，立即给我查清是何人下的手！"

"什么人？"突然一声不大的动静让帮中众人一惊，几个手下连忙从门外拉扯进一人，押到杨连城的面前道："帮主，这人在外面偷听！"杨连城低眉望去，不由惊愕道："傻书生，是你？"原来座下的不是别人，正是自己昨夜逼着他吃了牛肉的白乐天。白乐天连忙道："我……我不知道你是无忧阁的帮主，我只是想找湘灵，我不是有意要闯你们的帮会。"杨连城眯起眼睛道："刚才我们说的话，你都听见了？"白乐天不会说谎，下意识地

鹿 回 头

点点头，立时又察觉不对，连忙又摇摇头。杨连城哼道："谁知道你是不是那个刀客的同伙，来人，把他给我绑下去！"白乐天又气又急，咒骂道："你这妖女，我乃堂堂君子，怎么可能与贼人同伍？要杀要剐，悉听尊便！"从来没有人这样对她说话，没有谁不是对她战战兢兢的，杨连城倒觉得这个书生傻得可爱，于是悄悄来到锁住他的柴房，"喂，傻书生，你知不知道我是谁？你方才当着我的那么多手下骂我，你知不知道我生气起来，你真的会没命的？你不怕？"白乐天双手都被缚在背后，哼了哼扭过头去说："我本以为你是天真烂漫之人，想不到你是个贼女，我告诉你，并不是所有人都怕你，我又不是你的手下，犯不着怕你。"杨连城笑道："你这个书生倒有趣，来人，给他松绑！"

　　白乐天气呼呼地起身要走，杨连城却一把扣住他的肩膀，白乐天顿时动弹不得，气道："你既要放我，为何又不让我走？妖女，你到底想干什么？"杨连城笑道："昨天夜里还娘子娘子地叫，今天怎么就变成妖女了？你别紧张，我已经派人追捕那个刀客了，看你这样子也不像他的同伙，为了表示歉意，我请你吃炙牛肉。"她嫣然一笑，伸手指着院中的一丛生火，拉着白乐天坐在台阶上，一人拿着几根串好的牛肉放在明火上烤，白乐天嘟着嘴不作声，她却大口大口地吃了起来，"真好吃！你别装斯文啊，反正吃一次也是罪，吃两次也是罪，不还有我陪着你吗。吃了肉就放你走。""不吃。"白乐天坚持地说道。"好，不吃也行，你把这篇文章读给我听，不然休想离开半步！"杨连城从怀里掏出一张撕下的书页，递给白乐天。看着她凶巴巴的样子，白乐天读了起来："取皮光肉嫩的小牛头，先在火上烧一下去掉毛，再用开水烫洗，把毛根都去除干净。锅里下酒、豆豉、葱姜，把牛头煮熟，剥下肉切成手掌般大的肉块，跟酥油、花椒、酸橘一起调好味，塞进瓶瓮中，用泥封住瓮口，最后把肉瓮埋进火塘里，用微弱的火力慢慢加热烘出风味来……"读着读着白乐天的声音是愈来愈低。杨连城知道是强留不住他的。

　　哐当！一声不轻不响的声音从客舍外传来，陈湘灵方才陪卢眉娘将修补好的黎锦送去织女大赛回来，正好察觉到这奇怪的动静，悄悄走上前看去。只见客舍外的草垛中藏着一人，他大概不到二十岁的光景，身着鸭卵

第十四章 牛头煲

青的长袍，狭长消瘦的脸颊上印着一对微微上扬的眼眸，气质楚楚不凡，好似一位儒者文人，但见他捂着肩头，大片的血迹已然染透他的衣衫。陈湘灵不由低呼一声。他听得声响回过头来，额头微微冒着汗，低声道："娘子，有人追杀我，可否让我进去避一避？"陈湘灵连忙扶着他回到屋内，又亲自为他敷药，又包扎了伤口说道："这长安真是不安宁，你一个孱弱书生，怎么会惹祸上身？"那男子虚弱地咳了咳，道："正因为直言贾祸，得罪了些许权贵，才想置我于死地。多谢娘子相救，我想他们走远了，我也该走了，不能连累娘子。"他刚刚起身，却眼前一花差点摔倒，陈湘灵连忙扶住他道："哎，你瞧你的身子这么虚弱，还是留下吧。你放心，这里很安全，我也会一点医术，会好好照顾你的。"说罢小心翼翼地扶着他躺到床榻上，又悉心地为他盖上了被褥。就在陈湘灵一抬手的瞬间，叮一声，一块形状奇怪的玉佩掉在了床上。那男子猛地一惊，抢先抓起了玉佩仔细看着，只见那玉佩并不是个完整的，倒像是被切割成几块，很不规则，劣质的玉质上正面刻着小半个汉字，反面雕着似云似雾的形状。那男子霍地坐起身来，"你姓陈？"陈湘灵微微一怔，道："不错，奴家名叫陈湘灵。这块玉佩是我爹留给我的。"那男子神色大变，缓缓从腰间也取出了个一模一样奇形怪状的玉佩，与她的这小半块不偏不倚地拼合在了一起，上面显示出一个"东"字。陈湘灵愕然地说不出话来，他颤抖着声音道："五妹……我是陈青笠，我是三哥啊。"

陈湘灵不可置信地颤动着眼中的泪光："三哥……"陈青笠道："当年我爹遇见你娘，抛弃了我们全家，与你娘在一起生下了你，你就是我同父异母的五妹啊。这玉佩是爹亲手砸成五片，分给了他的五个子女，一片在我手里，两片在已经夭折的两位哥哥手里，还有一片在素未谋面的大姐手中，最后一片，就在你这里。"早早就失去父母的陈湘灵，一直以为在这世上无人与自己血脉相连，没想到今时今日还有个三哥。泪珠流过如玉的面颊，她再也忍不住五味杂陈的泪水，紧紧拥住了陈青笠，"三哥……我有亲人了，我有亲人了……"

第十五章　灞桥风雪

此时靠近太极宫的永兴坊中正举行着又一度的织女大赛，自从上次广陵王妃郭俪凝把火星溅在黎锦上，灼了一个小洞，广陵王李纯本以为找个织女弥补一下不是难事，谁知找了这么久，都没有一个织女可以修补那黎锦上的洞。看着李纯为自己耗费财力精力忙着，郭俪凝也于心不忍，说若是这次再找不到可以修补的织女，那件黎锦衣裳坏了也就坏了，再不要办什么织女大赛，引其他王公贵族议论纷纷了。欧阳呈和叶岐云陪着卢眉娘一起前来，看着她将黎锦呈给了主持的给使吐突承璀，都觉得此次必定入选，毕竟郭俪凝身上的黎锦就是她亲手所作。谁知吐突承璀拎起黎锦，对着阳光哗啦一抖，明媚的阳光穿过黎锦，一道长长的鞭痕赫然从反面印了过来。卢眉娘大惊失色，这才想起昨夜太晚了，实在看不清楚，竟忘记把双面都弥补一番。吐突承璀摇了摇头，再次宣布这最后一场织女大赛无人入选。

卢眉娘听到这个宣布结果，再也忍不住，掩面哭泣着推开人群跑远了，叶岐云赶忙追上前去，"眉儿，没关系的，别哭了，你已经尽力了。"听他这样说，卢眉娘越是伤心，她扑进叶岐云的怀中痛哭道："岐云哥哥，我没用，都怪我……太后给了我这么重要的任务，我居然没办法完成，我怎么会那么粗心，忘记了反面也要修补……"叶岐云心疼地抚摸着她的长发道："好了好了，再哭就不漂亮了。"他轻轻伸手拭去她面颊上的泪痕，含笑点了一下她的鼻尖，"说起来我还要多谢那个杨帮主，你知道的，我不想你去参加这个织女大赛，也不想你去冒险，但不让你去你又不会死心，这下好了，我悬着的心总算放下来了。"看见他露出了笑容，卢眉娘也不由破涕为笑。人群中倏忽悄然窜过一只沙黄色的猞猁影子，别人没注意到，但叶岐云却认出了它，一定是南玳也来长安了。

第十五章　灞桥风雪

将卢眉娘送回客舍之后，叶岐云带着翩翩借口出来，跟着那猞猁的脚印很快找到了南玳下榻的旅店。"母后，眉儿她……"叶岐云刚刚开口，南玳就抬手止住了他，"丞相都跟我说了，既然如此，我们也只好换个计划了。既然不能以织女的身份接近皇室，那就索性以采选女的身份进宫，正好李适又要选妃了。"叶岐云愕然道："什么？这绝对不行！"翩翩深知他的心意，连忙跪下道："求太后开恩，若是一定要选个人进宫为妃刺杀李适，翩翩愿意代眉娘前去。"南玳冷冷地望了她一眼，猝不及防地扬起宽大的衣袖，用尽全力打了她一个耳光，翩翩当即摔倒在叶岐云面前，哇地吐出一口鲜血。叶岐云连忙扶起翩翩，凝视着南玳道："总之我不答应，谁都不能进宫为妃！我会想出一个让母后满意的办法！"说罢他抱起翩翩转身而去。

"翩翩，难为你了，母后怎么下这么重的手？"隔壁的客房里，叶岐云一勺一勺地亲自喂翩翩汤药，他故意让她住在这里，不想让卢眉娘知道这些事。翩翩抿了一口药，含笑道："我想太后是急于报仇，才会怪翩翩越俎代庖。翩翩三生有幸，能被圣主照顾，一点小伤，还让圣主守在床边，亲自熬药端汤，翩翩已经很开心了。"而在隔壁，陈湘灵也正是如此悉心地照顾着陈青笠，"三哥，你的身子很虚弱，你是不是经常生病？"陈青笠一边咳着一边道："是啊，冬寒夏热我都受不了，春天还会过敏，秋日阴雨连绵之际又会头疼，真是个废人。"陈湘灵奇道："你现在的过敏红疹确实奇怪，你可千万别吃杏脯啊。"陈青笠道："你放心吧，我最讨厌吃的就是杏脯了。"陈湘灵道："那好，好好在这里休息吧，我这就出门给你抓点药补补身子。"谁知陈湘灵刚刚出门，陈青笠登时精神抖擞，从枕头下取出一包杏脯，打开津津有味地吃了起来。

从这里到东市的药坊必定要经过长安城东灞河上的灞桥，正值春光烂漫的季节，桥上走来一群牵马的人，手里都拿着刚刚折下的柳枝，要远行的人拱手接过对方送来的柳枝，一一拜别。这灞桥与附近河岸堤坝上栽植了无数的柳树，到了早春时节，春风吹拂而过，一团团的柳絮漫天飞舞，宛如纷纷飘雪。陈湘灵在这灞桥风雪中拾级而上，那群送行的人已经走了，被挡住的视线也一览无余。她忽然愣住了，就在桥的那头，站着正是她朝

鹿 回 头

思暮想的白乐天。洋洋洒洒的柳絮飘落在二人的肩头，陈湘灵回过神，连忙掉头就跑，白乐天追上前拉住她道："湘灵！我终于找到你了！"陈湘灵红着眼，别过头推搡着他道："你放手啊，我不想见你。白大娘都在为你招亲了，你还来找我干什么？"白乐天松开了手，叹道："我知道我现在说什么都没用，但我知道你安然无恙就放心了。我现在住在崇仁坊的静安邸，我会等你来的。"看着他依依不舍地走远了，陈湘灵心中怅然若失。没过几天陈湘灵实在忍不住，亲手做了些点心，来到静安邸，她想着把这些东西放下就走，却浑然不知卢眉娘悄然跟着她一路来到了这里，卢眉娘气呼呼地跑上前大声道："湘灵，你也太不够意思了，原来你知道乐天现在住在这儿，也不告诉我一声，枉我上次还好心告诉你他住在云栖寺！"

　　白乐天被外面的嘈杂声引出，看见卢眉娘拉扯着陈湘灵，双双站在静安邸门前，又是开心又是兴奋，"湘灵，你果真来了？眉娘，你也来了，真是太好了，快进来吧！"卢眉娘蹦蹦跳跳地走进了他的房间，四处打量了一番，从桌上拿起一沓纸笺，摇头晃脑地念着墨迹未干的诗篇："红线毯，择茧缲丝清水煮，拣丝拣线红蓝染。染为红线红于蓝，织作披香殿上毯……百夫同担进宫中，线厚丝多卷不得。宣城太守知不知，一丈毯，千两丝。地不知寒人要暖，少夺人衣作地衣。"她读罢不免愤愤不平："这也太过分了，日夜辛勤织就的却被铺在宫殿地上当地毯，任人踩踏。而且百姓尚不能吃饱穿暖，皇亲贵族就这样铺张浪费。"陈湘灵本想送了点心就走，这会儿看见卢眉娘与白乐天有说有笑，气不打一处来说道："你不就是经常织什么黎锦吗？你这种大家千金怎么会知道民间疾苦？"卢眉娘偏偏索性坐下来，趴在案几上边绕着手中的丝线边歪头看着白乐天，"我跟乐天有的是话题，你就别插嘴了。"见她娇憨的模样甚是可人，白乐天笑着摇了摇头，一时兴起，提笔展开画卷，一笔一画地将卢眉娘的模样画在了纸上。

　　"快看啊，这是乐天给我画的！"卢眉娘眼尖地发现了，笑嘻嘻地凑上前去看，陈湘灵也不甘示弱跑过去，二人顿时扭打在一起抢着这幅画，"一定是给我的，才不会给你画呢。"陈湘灵哪里是卢眉娘的对手，当即就被抢走了，卢眉娘定睛一看，兴高采烈地拍手道："你瞧，乐天画的真的是我呢！"陈湘灵不服气，伸手还要抢来亲自看，二人推搡之间，哗啦一声

第十五章　灞桥风雪

撞翻了案几旁的画筒，里面摆放的全部是白乐天珍藏的字画，咕噜噜都滚了出来，其中一张系着红丝带的画轴也散了开，只见那幅画上赫然而立着陈湘灵的模样。白乐天不由得面上一红，连忙把那幅画收了起来，面红耳赤道："你们两个啊，每次在一起都要吵个不停，什么时候能安安静静，互相谦让一点？"卢眉娘连忙伸手揽住了陈湘灵的脖子，"乐天，你瞧，我们好得很呢。"陈湘灵也笑道："是呀是呀，快来尝尝我的手艺吧，眉娘，你坐在我旁边，我给你夹菜啊。"说罢便拉着她一同坐下，三人其乐融融地围坐在食案边谈笑着。

就在这时，房门被猝不及防地推开了，白乐天面色登时大变，霍地站了起来，"娘……"卢眉娘和陈湘灵双双回头看去，只见陈念慈怒气冲冲地站在门口，陈湘灵心头一酸，扔下碗筷哭着跑了出去。卢眉娘见状也担心地追了出去，"湘灵，你别这样……你别哭了，你哭起来我就束手无策了。我知道白大娘不许你们来往，但我说过我不会乘人之危的，我要跟你公平竞争。这样吧，我先帮你哄哄白大娘。我记得白大娘也很喜欢珍珠，不如我陪你一起穿条珠链送给白大娘，或许能化解一点她对你的偏见。"陈湘灵伤心地靠在她的怀中哽咽道："到底是为什么，我真的不明白，为什么白大娘就是不许我和乐天哥哥在一起……难道真的因为我是个贫家女么？"卢眉娘不知如何安慰她，只有陪着她彻夜不眠地将一颗颗珍珠串起来，希望能讨得陈念慈的欢心。

卢眉娘与陈湘灵挑灯穿着珍珠，就在这时客舍外已来了一批人马。几个属下来到杨连城的马前跪拜道："帮主，有消息了！那个刀客留下的最后一个脚印就是在这家客舍前。"杨连城抬手用马鞭挑起了头上的羃离，露出得意的笑容，"那还等什么，还不进去把人跟我抓出来！"透过窗栏看着外面情形的陈湘灵忽然想起了隔壁的陈青笠，紧张地拉住卢眉娘道："千万不能让他们进来，他们是来抓我三哥的！"卢眉娘侧头看去，不由暗骂道："原来是这个妖女，上次就是她毁坏了我的黎锦，害我落榜，这次我正好跟她算算账！"说罢翻身从窗户外飞身而出，稳稳地落在了杨连城面前，扬起下巴道："大半夜的又来捣乱，这次岐云哥哥在家，我可不会怕你。想进去搜屋，做梦吧！"杨连城眯起眼睛打量着她道："又是你？找死！"说罢挥开皮鞭，从马背上凌空而起，与卢眉娘厮打在一起。陈湘灵冲出屋门，见她们打得难分难解，卢眉娘渐渐处于下风，她不免着急了，顾不得自己的安危，冲上前去帮卢眉娘，却被杨连城的皮鞭一下子扫到了小腹，当即摔倒在地上。

"住手！"就在这时，一双手怜惜地将陈湘灵扶起，喝止了杨连城和卢眉娘的打斗。二人闻声回头望去，只见白乐天正扶着陈湘灵，面带愠色地走上前来，"杨帮主，我本以为你是个恩怨分明的侠女，还敬你敢爱敢恨，但没想到你对两个姑娘动手，这实在算不上光明磊落！"杨连城收起皮鞭道："书生，又是你？我只是来找当日杀了我帮中之人的刀客，追寻脚印到此，她们却不让我进去，岂不是此地无银三百两吗？"陈湘灵暗中悄悄掐了白乐天一下，白乐天虽不明白怎么回事，顿了顿，提高声音道："什么脚印？这是我的脚印！"他说罢一脚踩上了沙地上唯一剩下的脚印，立时所有的痕迹都被磨平了。杨连城一时也分不清谁对谁错，只见他如此维护这两个女子，不由问道："你认识她们？"白乐天鼓足了气，将卢眉娘也拉了过来，"当然，她们二人是我最重要最在乎的人。如果杨帮主还当我是朋友，就请不要骚扰我的朋友。"杨连城微微蹙了蹙眉头，心中有种说不出的滋味儿，她收起了皮鞭，翻身上马，"书生，今天我是给你面子，你可要记着我这份人情。我们走！"看着杨连城一行都走了，卢眉娘不由好奇道："乐天，你怎么会认识她的？"白乐天却没有答她，连忙去追陈湘灵。陈湘灵拿出刚刚串好的珍珠塞给他道："这是给白大娘赔礼的，你走吧，下次也别再来见我了。"

第十六章　斩天剑

"五妹，你快看我身上又起红疹了！"回到客舍的陈湘灵第一时间赶去陈青笠的屋子里，确保他没有被杨连城带走。只见昏暗的灯光下，他正痛苦地抓挠着肩头与脖颈，红疹已经蔓延到他的脸上。陈湘灵慌忙道："哎呀，怎么会这么厉害？"陈青笠忽然拉住她的手道："五妹，我只有你一个亲人了，如果我是得了天花什么不治之症，死了之后，你可要好生安葬我。"陈湘灵忙捂住他的嘴啐道："胡说八道什么呀，这只是红疹，又不是天花。"看着她这个样子，陈青笠忍不住扑哧笑了，"别生气别生气，我只是想逗逗你，看你回来的时候很不开心，我看着心里难过。"陈湘灵无奈地笑了笑，伸手替他擦去嘴边的汤渍，"看你喝药都喝得满嘴都是，你这样怎么当人家哥哥？"陈青笠笑道："我从小跟着我娘长大，后来我娘死了，又没人理我，我就是这样过的。如今有个好妹妹，真是上天对我的恩赐。对了，我看你写得一手好字，我这个人写字最难看了，不如你教我写字，说不定分散注意力，我的红疹就不痒了。"

陈湘灵奇道："我看你文质彬彬像个士子，怎么会写字难看呢？"陈青笠也愣了片刻，又笑道："你跟我一起写就知道了。"说罢起身拿来了笔墨纸砚，与陈湘灵躬身一笔一画地写了起来。只见他手势不对，起笔落锋更不像个文人雅士，很快就把纸张涂得乱七八糟。陈湘灵不由笑道："我看你是身上痒得受不了，连手都打抖了。"她回头看去，只见墨汁不知何时溅上了他满脸，他居然还丝毫没有察觉，伸手擦了一把，顿时成了花脸。陈湘灵忍不住咯咯笑了起来，看见她释怀的笑容，陈青笠也傻傻地咧嘴笑了，"五妹，我不想看你不开心的样子，既然你和白乐天不能在一起，不如你跟我走吧，我们离开长安，去别的地方。"陈湘灵垂下眼帘摇了摇头，"我只想默默地看着乐天哥哥安好，如果他能如愿入仕为官，如果他也喜欢眉娘，我也希望他过得快乐。看到他快乐，我也会快乐的。三哥，你没有爱过一个人，你不会明白这种感觉。"陈青笠的眼中闪过一缕失望，轻声自语道："我明白。"

"卢姑娘！"次日一早，欧阳呈就慌慌张张地冲入卢眉娘的房内，卢眉娘正对着妆镜将金钗插入云鬓，见他这般焦急的模样便问道："丞相，什么事这么着急？"欧阳呈瞥了隔壁屋一眼，也顾不上那么多，全部说了出来："圣主恐怕只身犯险去了！其实是这样的，太后已经暗中来到长安，上回召见圣主，太后的意思是让卢姑娘你进宫为妃，趁机刺杀李适，最后圣主和太后闹得不欢而散。我想圣主一定是不想让你进宫，现在一个人跑去大明宫冒险了！"卢眉娘惊愕地站起身道："什么？他去了大明宫……不行，我不能让岐云哥哥冒险，我这就去拦住他！"卢眉娘匆匆冲出了门外，连披帛都来不及绕上身，更别说会注意到隔壁的屋子偷偷移开一条缝，翩翩把他们的话全部听去，心中暗暗下定了决心。

"糊涂！谁让你告诉眉儿的？你知不知道，我已经打听到李适明日会从大明宫出宫，去太极宫休养，我本想在路上设下埋伏，到了防线薄弱的太极宫附近杀了他。结果眉儿来了，我所有的布置都没有做，就被她拉回来了！"回到客舍的叶岐云气冲冲地将他随身佩戴的斩天剑砸在桌上，责怪欧阳呈道。卢眉娘在门外听得一清二楚，也很明白他单枪匹马地犯险都是为了自己。卢眉娘轻叹了一声，心道，反正也不是真的要当妃子，只要我能尽快杀了李适，岐云哥哥一定会救我出来的。他为我做了这么多事，难道我就不该替他着想吗……

"乐天，快开门啊！乐天！"深沉的夜被一阵敲门声打扰，卢眉娘的声音从静安邸门外传来，睡眼惺忪的白乐天闻声忙从床榻上起来，匆匆披上了外套赤着脚，端着油灯拉开了门，"眉娘？这么晚了，有什么事吗？"卢眉娘眼中满是期待，道："我想你陪我去看萤火虫，好不好？"白乐天醒了大半，有些惊讶道："现在？"她一把拉住了白乐天的手腕笑道："是，就现在！我们走吧！"白乐天连忙顺手拎起桌上的纸灯笼，跟着她飞奔过深夜的长安街道，摇晃的纸灯笼跟着他们一直来到郊外的芦苇荡。白乐天不知道，卢眉娘这是在跟自己告别，因为明天开始，她就要入宫去了，也许就

第十六章 斩天剑

此一去不还。她只想跟他度过这美丽的一晚，再拼死一搏刺杀李适。"哎，真的有萤火虫！"白乐天指着暗处星星点点的隐约亮光，欣喜地吹灭了灯笼。卢眉娘弯着双眸，粲然笑道："这还不算多，你跟我学，在这芦苇荡里跑，一会儿就变成漫天星辰了！"

她说罢便笑着转身跑进了茂密的芦苇荡中，白乐天也玩心大起，跟着她跑进去。丛丛掩映的芦苇荡在二人的欢声笑语中随风摆动，一粒粒飞舞的光点从枝叶里哗啦啦地凌空而起，直到卢眉娘跑累了，停下来抬头看去，无数的萤火虫点缀在这片天空下。"这么多萤火虫，真美啊！"白乐天也忍不住赞叹道，"眉娘，我们来比比谁抓到的萤火虫多！"卢眉娘兴奋地点了点头，当即又蹦又跳地去捉萤火虫了，一颗颗光点萦绕在身周，她小心翼翼地用双手扑上，紧张又期待地一点点移开一条缝，却看见手心中空空如也。白乐天也在旁边挥舞着手臂去抓萤火虫，卢眉娘不甘示弱，一次次地伸手去捉，可那么多飞舞的萤火虫，偏偏一只都没有抓到。"眉娘，我抓到了！"只听白乐天欣喜的声音从背后传来，卢眉娘惊喜地凑上前去，他小心翼翼地捧着微合的双手举到她眼前，慢慢地打开了缝隙，宽厚的手掌中扑扇着一点光亮的小虫子。萤火虫飘飘然地从他指间飞了出来，从二人相对的面前飞上了天空。卢眉娘回过神来，竟发现自己与他靠得如此之近，霎时四目相对，白乐天也恍惚了心神，相对凝眸了不知多久，白乐天忽然低下头，蓦地吻了她的侧面。卢眉娘登时心旌摇曳，猛地想起这一晚只不过是镜花水月一场，忙推开他匆匆跑走了。

浩浩荡荡的皇家肩舆车辇从大明宫出来，只见前后跟着七种大辇，三种小舆，七种一顶最是豪华的七宝步辇，四环金饰，以美玉为底，金漆柏木镂刻金花版，四面垂着鲛绡般薄弱的金幔，隐隐约约可以看见坐在其中的德宗皇帝李适。前后都有侍卫骑马护行，金辇的两边跟随着两排宫人婢子，一个低着头的宫女不时地悄悄打量着金辇里的李适，阳光照在这个宫女的面上，她居然是那个柔柔弱弱，不懂武功的翩翩。翩翩悄然捏紧了袖口中藏着的匕首，她实在不忍看叶岐云为难，也不想让卢眉娘受到伤害。她只是区区一个婢子，生死并不重要，若是能以自己的性命换得李适的命，那也是值得的。翩翩已经决定要拼死一搏，为叶岐云解决这个难题。只等着队伍渐渐靠近太极宫,她也知道这太极宫曾经是皇室最重要的宫殿,但如今已不比从前了,大明宫才是第一宫殿,太极宫的防备也大大下降。眼看着李适的金辇就要进城门了,翩翩猝不及防地抽出匕首,身手凌厉地向李适刺去。谁料这李适本就是个心计深沉,疑心极大的人,这金辇早就做过手脚,里面暗藏着七十二道机关,翩翩尚未出手,已然被暗器所伤,轰然摔出了几百米。随身的侍卫一队护着李适进入了宫城,一队向翩翩围攻过来。就在这时,卢眉娘从天而降,一把拉起翩翩将她推出危险的境地,自己却一不留神中了圈套,被这些侍卫团团围住。

卢眉娘倒吸一口凉气,自知那点微不足道的功夫连杨连城都打不过,别说面对这百十个禁宫中的高手了。但如今进退两难,卢眉娘只好硬着头皮挥出一匹精美的黎锦向众人打去。这黎锦虽不是什么武器,上面却沾满了迷烟粉,能让人顿时眼花缭乱。这些侍卫先是有些站不稳,却又整齐划一地摆了个阵,齐齐挥起手中的唐刀,将卢眉娘的黎锦劈成几瓣零落在地,卢眉娘尚未回过神来,胸口已被踢中,她登时重重地摔在地上,猛地吐出一口鲜血,那些侍卫和宫墙上的设防形成一个牢不可破的阵法,卢眉娘已再无逃脱的可能。就在这千钧一发之时,忽然一声清晰的马嘶声传来,卢眉娘惊喜地回头望去,只见逆光中一个身影策马而来,风吹起他背上的披风,腰间的长剑在阳光下熠熠生辉。"岐云哥哥!"

耀目的阳光悉数洒满他的身上,叶岐云拉住了马缰,翻身跃入阵中将卢眉娘护在身后。他霍地从腰间抽出那把斩天剑,登时剑气涌天,刀光剑影在卢眉娘眼底闪过,几个侍卫立时被重伤在地。剩下的侍卫们更是严阵以待,纷纷拉开弓弩对准叶岐云。"岐云哥哥,小心啊!"卢眉娘惊恐地呼道,霎时矢如雨集,纷纷向叶岐云飞来,他挥起斩天剑奋力打开那些长箭,为了保护卢眉娘不受伤害,他一个疏忽,一支喂毒的长箭扎入了他的大腿。只见叶岐云神色痛苦万分,咬紧牙关猛地将那支箭从腿上拔了出来,他反手取出背后的玉弓,将那支箭架在了弓上,拉紧了弦,紧蹙眉头,将箭镞对准对面的几人,猛地放出箭去,阵心的几个侍卫立时应声而倒。本以为阵法已破,没想到又有几个侍卫补了上来。就在此时,忽然一只沙黄色的猞猁窜了出来,它毫无章法地乱窜着,竟捣乱了这阵法,叶岐云借机拉住

第十六章 斩天剑

卢眉娘飞身破阵而出，双双坐上马背疾驰而去。

"岐云哥哥，你别吓我啊！你快醒醒啊！"骏马载着二人回到了客舍前，卢眉娘这才发现叶岐云的头垂在自己肩头，已然不省人事，地上也满是血迹，她从没见过无所不能的叶岐云受伤，不由慌了神叫道，"湘灵！快来帮我看看岐云哥哥！"陈湘灵闻声跑了出来，卢眉娘只说他们是被刺客追杀，并不敢告知刺杀皇帝的真相，陈湘灵连忙扶着叶岐云到隔壁的屋子，与陈青笠安顿在一起。看着陈湘灵为他清理腿上的毒伤，卢眉娘担忧得浑身发抖，陈青笠走过来安慰道："卢姑娘，你不用担心，我五妹的医术好得很呢。你看我身上的红疹都给她治好了，来来，我陪你出去散散心，省得你在这儿又碍事又心慌。"说罢他拉起卢眉娘的胳膊就往外走，刚刚出了门，陈青笠低声笑道："我看你们不像是被人追杀，倒像是刺杀未遂。"卢眉娘不由一凛，瞪了瞪他道："我看你也不像什么读书人，杨连城要找的明明是刀客，怎么会找上你？"陈青笠咧嘴一笑，"好好，我算是自找没趣。不过我们两个现在可是都知道对方的秘密了，我不说，你也不许说，我不想让五妹担心。"卢眉娘白了他一眼道："你真的把湘灵当作五妹？"

正说着，陈湘灵推门走了出来："眉娘，叶公子已经醒了，不过他先叫了欧阳公子进屋说话。"等到陈湘灵和陈青笠都走了，卢眉娘忍不住蹑手蹑脚地向屋前走去，忽然一只手在她身后拍了拍，卢眉娘吓了一跳，回过身看见是翩翩，这才松了口气，"嘘，别出声，我想听听他们在说什么。"翩翩也一时好奇，跟着卢眉娘在门外偷偷探首。只听叶岐云道："丞相，这次我都差点无法破了那阵法，最后关头还是母后的猞猁跑来搅了局，才让我有机可乘。我觉得……那猞猁是母后故意放出来救我们的。但我觉得更怪的是，好像母后和李适的关系不那么简单，你不觉得母后很了解李适吗？"

第十七章　祆祠胡姬

"知己知彼，才能百战百胜。太后就是因为对李适恨之入骨，所以才更加了解，这有什么不对？"欧阳呈的声音传出来，叶岐云又道："是啊，母后说我的生父是因为李适误听奸佞之言，被诬陷所杀。当年李适还要将我们全家满门抄斩，只有母后带着我逃了出来。这不世之仇，断不能善罢甘休。"欧阳呈道："我早就知道太后并非什么鹿神，是南海皇朝的人太过迷信，才相信太后的话。只不过我是一心希望南海皇朝能重新开国，所以我们有了共同的目标，圣主，我会帮你的。"他们的话一字不差地落入卢眉娘和翩翩的耳中，卢眉娘的心情更加沉重了，她从来没想到叶岐云有着这样深重的血海深仇，这么多年来他苦心孤诣，风雨不断地练武，就是为了能杀了李适报仇。如今机会就在眼前，只要她能放下儿女私情，一心帮助他，这个心愿很快就能完成了。

幽幽的灯火下，白乐天徘徊在客舍屋内，他的手中紧紧握着两只不同的鞋子，紧蹙着眉头，心乱如麻，不知如何是好。这左手的鞋，是用麻布加厚底缝制的，这右手的鞋，锦缎光滑模样好看，显然出自不同的人之手。白乐天推开门，准备去隔壁屋找元微之诉说满怀的心事，可偏偏不巧，元微之正好陪陈念慈出去散心了。元微之见自己的好友如此为情所困，也不忍看到陈念慈拆散他和陈湘灵，故而想讨好陈念慈，帮陈湘灵说上两句好话，所以就借个机会陪陈念慈去散心了。白乐天看见元微之的屋内空空无人，一时不知该找什么人诉说，在这偌大的长安城，能与他互诉心事的又有几人？他忽然一怔，想起了一个最合适的人选。

"书生，你的胆子还真不小，你知道你约了什么人陪你喝酒吗？"一只纤手从绛紫色的华丽锦袖中探出，拿起食案上的酒碗仰头便喝。白乐天自顾自地倒着酒，道："知道，无忧阁的帮主，杨连城。"摇晃的油灯勾勒出

第十七章　袄祠胡姬

他身边坐着的杨连城，她抿嘴微笑，露出两个梨涡，又喝了一口酒道："是啊，你怎么就知道我这堂堂的帮主，会来陪你这个穷酸书生喝酒？"白乐天跟跄着与她干了一杯，道："因为……因为我们是一起吃过牛肉的朋友，也算是同生共死的朋友。"杨连城笑道："既然如此，你说吧，要我帮你做些什么？"白乐天喝得面红耳赤，摆了摆手道："你帮不了我……"杨连城奇道："喂，你也太小瞧我这个帮主了吧？只要你说出来，我就一定帮你！"白乐天叹了口气道："我有件心事……"

杨连城凑上前道："心事？是赚不到钱，还是当不了官？"他摇了摇头，醉眼蒙眬地从怀中徐徐抽出了那两只不同的鞋子，轻轻抚摸着，"这两只鞋，就是我的心事。这只，厚实温暖又舒适，这只，华丽大气又好看。你说，要是你的话，你会选哪一只鞋？"杨连城笑了，伸手抢来这两只鞋道："这还不容易？一只都不要选，我替你做一双又漂亮又舒适的鞋就是了！你别这样看着我呀，我又不是只会打打杀杀，虽说德言容功我比不上一般的姑娘，但我的女工还不错，以前在家里的时候，爹和哥哥的鞋子都是我做的，都是又漂亮又舒适！"

她话音刚落，一阵极其细微的横刀与腰间璎珞撞击的声音从酒肆外传来。杨连城登时面色大变，白乐天从未见过她这般慌张。身为无忧阁的帮主，她从来都是高高在上，处变不惊，没有什么事能让她这样慌神。杨连城霍地站起身道："书生，我不陪你喝酒了，我要走了！记得，千万别跟任何人说起见过我！"杨连城连忙抓上桌上的皮鞭，慌慌张张地回身往后门出去，临走前还被食案绊了一下，她衣裳上的一颗铃铛悄然掉落在白乐天的脚边。白乐天醉醺醺地还没明白出了什么事，一个翩翩公子走进了酒肆。只见这人二十岁出头，穿着一身讲究的月白色锦缎华袍，星眉剑目，瘦瘦高高，英气中带着些许文质彬彬，算得上是文武双全的人物了。见他衣冠楚楚，气质儒雅，腰间还别着一把横刀，像是个年轻的官吏。这人的目光落在了白乐天的身上，这大半夜的，也只有他一个人坐在这里喝闷酒，这人走上前行礼道："这位兄台，不知可曾看见一个十八九岁的姑娘，手持皮鞭，样貌标致，行为古怪？"白乐天被他这么一问，酒倒醒了大半，心中暗暗道，杨姑娘果然说得没错，有人来找她了。白乐天打量了他一番，清清嗓子道："未曾。"

鹿 回 头

白乐天素来不会说谎，这一开口就有些漂浮，眼神更是飘忽不定，一副心虚的模样。那人眼中带笑凝视着他半晌，无意间又瞥见了地上的铃铛，于是不动声色地放下横刀，坐在了白乐天身边道："在下京兆尹杨慕巢，方才向兄台打听的姑娘，是在下的妹子，小妹任性刁蛮，离家出走，在下十分担心，四处都找不到她，如果兄台日后见着她，一定要告诉在下。"白乐天微微一怔，"你是她兄长？"杨慕巢波澜不惊地微笑着点点头，"这么说你见过她了？"白乐天转念一想，杨姑娘当这个帮主得罪了不少人，若是有人冒认会对她不利，那岂不是糟了？于是摇了摇头，"我不认识杨姑娘。"杨慕巢俯身捡起地上的铃铛笑道："这颗铃铛是妹妹衣服上的，怎么会在你的食案底下？莫不是妹妹刚才正与兄台把酒言欢？"白乐天慌了，连忙信口胡诌道："单凭一颗铃铛，怎么就能认定？这铃铛是……是义宁坊祆祠的胡姬身上的！刚才我叫那胡姬来弹龟兹乐，不行吗？"杨慕巢还能不知道他这一派胡言，看样子是问不出什么来了，倒不如去祆祠看看有没有妹妹的下落。

杨慕巢无奈地叹了口气，将铃铛攥紧在手，起身便出了酒肆。要说现在已经三更半夜，各坊门都已经紧闭，要去义宁坊不过是白乐天故意为难他的，出门都不容易。谁知杨慕巢与武侯铺的人和看门的坊正都有交情，他们睁一只眼闭一只眼，放了杨慕巢出去，他很快就来到了义宁坊。这义宁坊里基本上都是来自西域的胡人，他们聚集居住在长安城的西部，这里有着三大夷教，分别为景教、摩尼教和拜火教，至于祆祠，就是拜火教徒聚集的地方。杨慕巢绕过义宁坊，在东南的礼泉坊里找到了这间祆祠。虽然已是夜深，里面还燃烧着三坛熊熊大火，一些身穿长袍头戴罩面的祭司络绎不绝，原来正好赶上了拜火教的赛祆活动。

只见一群大鼻子深眼窝，满脸胡茬的中亚人，头戴尖帽，穿着翻顶的团花锦袍，围在祆祠内外吹拉弹唱，有的弹着琵琶，有的吹着筚篥，有的旋转而舞，他们说着听不懂的粟特语，在空地上架着火堆烤着肉，还有大坛揭了泥封的美酒，酒香四溢。最引人注目的，就是台上那个正跳着胡旋舞的胡姬。只见她穿着石榴红的紧身宽袖上衣和轻纱长裙，踏着一双红色皮靴，头披纱巾，佩戴着珠玉锦带各种首饰，一圈圈地舞动，衣裙纱巾随曼妙的身姿而舞动。旁边还有笛鼓相和，节奏欢快，美艳动人。那胡姬的

第十七章　祆祠胡姬

一双眼眸灿若琉璃，在黑夜间明亮流转，勾人魂魄，杨慕巢却一眼看见了她手上戴着的一串铃铛手链，乍看上去与自己手中的铃铛颇为相似。

难道这胡姬见过妹妹？杨慕巢心中一颤，想都没想，便冲上了台，一把抓住那胡姬的手急切地问道："姑娘的铃铛是从哪儿来的？是不是一个十八九岁的姑娘来过？"他贸然地出现在台上，浑然不顾这胡姬正在演出，无端地砸了人家的场子，这胡姬登时恼怒不已，一对明眸立时露出愠色，轻薄的纱袖中探出纤手，猝不及防地向他胸口打去。杨慕巢显然没料到这胡姬居然会武功，下意识地还了手，她更是恼怒非常，觉得这人就是故意来找茬的，愤愤地伸出长指甲向他抓去，这一招一式古怪无比，杨慕巢连连躲让，葱白的十指刷地从他眼前划了过去，杨慕巢仰面躲开了这掌，头顶摇晃的灯光洒在他俊朗的面庞上，胡姬这才看清楚了他的模样，那双眼睛，那对浓眉，都是如此的熟悉。胡姬登时惊愕地睁大了双眼，愣在了原地，脱口而出："恩公？"

她的思绪霎时被眼前人带回了很久很久以前……一所土造的房子里，精美华丽的铜镜中映出一个十五六岁的少女，她穿着色彩鲜艳的羊毛裙，浓密卷翘的睫毛下是一对玻璃珠子似的眼眸。她踮着脚跑出门外，外面天高地阔，近处是熙熙攘攘的市集，远处就是触目可及的雪山、草原和沙漠。"康娥，回来吃饭吧！"她的母亲本是汉人，父亲却是地道的粟特人。出生在西域绿洲国官宦人家的少女康娥，本是个无忧无虑的千金小姐，每天和父母弟妹坐在篝火旁唱着歌，吃着羊肉，喝着乳酪。可是一切都在这年发生了巨变，家道突然中落，所有的财物都没了，一家五口人，父母实在没办法养活这些孩子。这天夜里康娥听见父亲与母亲商量着，要将年龄最长的她卖给胡商，换回些丝绸香料，赖以生存下去。为了弟妹，作为长姐的康娥没有半点怨言，第二天就坐上了高大的骆驼，被胡商带走了。临走的时候，风沙迷住了她的眼，看不清遥遥远去的家人……

之后的两年是康娥这辈子最痛苦的时光，时至今日她还时常从这样的噩梦中惊醒。"快点弹！又错了！这五弦琵琶是这样拿的！还有你，康娥！你怎么回事，跟你说过多少回，这二十二根弦的竖箜篌是两只手一起拨弦，

鹿 回 头

你到底会不会擗箜篌？我可警告你，若是一天没人把你买走，我就多打你一天！"皮鞭重重地打在康娥的背上，她的衣衫已然印上了斑驳的血迹，她死死地咬着牙，泪水在眼眶中打转，却强忍着不掉落下来。日复一日，年复一年，她的手已经弹得鲜血淋漓，双脚跳那胡旋舞也已经生了茧。有一天，一队中原商人来到这里，准备买些金银宝石回去，胡商却把他们带到了一群胡姬面前，怂恿他们挑几个漂亮的胡姬回去贩卖。这队商旅中，为首的是一个二十多岁的年轻人，他披着厚厚的皮袄斗篷，举手投足间贵气逼人，那一颦一笑竟与杨慕巢如出一辙，面容神态，更是与之一模一样。康娥永远不会忘记，这个人名叫杨咏。

杨咏扫视了一眼这群胡姬，对那胡商摇头道："我们不买卖胡姬，就此告辞了。"眼看着他转身要走，康娥最后的希望就要破灭，她忽然从列队中跑了出来，轻唤了一声："大哥！"宛转的声音留住了杨咏的脚步，他回头看去，看见了那个十七岁就已艳冠群芳的美丽胡姬。胡姬低首讷讷地说道："大哥，我愿意跟你走，我……我……"胡姬再也忍受不了皮鞭的抽打了。杨咏蓦然看见她那举手抹泪时衣袖下的伤痕，又见到她那玻璃珠子似的眼眸里深深的哀伤和期待，决定买下她。他扶着康娥坐上了自己的骆驼，听她诉说着往事，心存不忍道："到了中原之后，你就去过你自己的生活吧。放心，我既然救你出魔掌，就不会把你再卖给其他人的。"红衣飘扬在黄沙大漠中，蜿蜒的商队穿过雪山和草原，一路上烈日暴晒，狂风沙暴，一望无际的沙漠里唯一能用做路标的就是死人的骷髅。杨咏带着她穿过龟兹、焉耆、西州……终于来到了中原最繁华的京都，长安。

杨咏带领着长队和骆驼羊马走过长安城内宽敞的街道，本想早早放走康娥，但这一路上杨咏对她暗生情愫，实在不舍。就在这时，偏巧不巧地遇上了最可恶的宫市。一群宦官依着皇帝的名义，擅自到民间巧取强夺，杨咏等人的去路被一个名叫俱文珍的宦官拦住了。他可是如今德宗皇帝身边有权有势的给使，他的目光落在了骑在骆驼背上的康娥身上。那鲜艳灼目的红衫与异域绝美的容貌霎时让俱文珍怦然心动。他掏出一张买婢券扔给杨咏道："哎，这个胡姬我买下了！"杨咏面色大变，脱口而出："不行！"

第十八章 丝 路

俱文珍平日里作威作福，还从没有人敢拂逆他的意思，他登时勃然大怒，一把拉住杨咏的衣襟骂道："你这田舍奴，也不睁眼瞧瞧老子是谁！我看你是活腻了！老子用钱买这胡姬，算是给你面子，你居然还不卖，简直找死！"他说罢挥手就是一拳，杨咏不过是个手无缚鸡之力的商人，当即被他打倒在地。其余几个宦官都涌上前对着杨咏拳打脚踢，只见他浑身鲜血淋漓，康娥惊恐地从骆驼上翻身下来，"恩公！别打了，我求求你们别打了！"俱文珍抹了一把面，上前就要去拉走康娥，杨咏拼尽最后一丝力气奋力护在康娥面前，俱文珍恼羞成怒，抄起旁边摊铺的一个瓷瓶，对准杨咏的头颅砸去。滚热的鲜血从杨咏的头顶缓缓流下，他在康娥的惊叫声中轰然倒地，至死也没能闭上双眼。就在俱文珍要抢走康娥的时候，又有几个宦官跑上前道："给使，宫门要关了！"俱文珍见杀了人，宫门也要关了，于是顾不得康娥，匆匆回头带着党羽跑走了。一身红衣的康娥跪在满地血迹中，从那时起，她就暗暗发誓要为恩公报仇。从此委身于新的胡商手中卖艺，开始暗中习武，更不顾性命，吃下了从于阗人手上买来的秘药。

"恩公？姑娘，你在说什么？"杨慕巢的声音不由将那美艳绝伦的胡姬从回忆中拉了回来，她蓦地收回了即将触碰到他脖颈的五根弯曲的手指，眼中似有泪光，"恩公，我是康娥啊！"杨慕巢茫然道："姑娘你认错人了，我不是什么恩公，我是杨慕巢。"此言一出，康娥登时激动地拉紧了他的衣襟，"你姓杨？你真的是恩公！"杨慕巢连忙推开她，正要辩解，忽然瞥见祆祠门外一缕纤影倏忽掠过，细微的铃铛声传入他的耳中，杨慕巢立时追了出去，"妹妹！"康娥一把没拦住他，却撕扯下了他衣上的半片布帛。只见他的那柄横刀也落在地上忘记拿走，康娥俯身捡起横刀，思绪万千地轻轻抚摸着。

鹿回头

"妹妹!你站住!"杨慕巢跟着那一闪而过的身影穷追不舍,一路追到了扬威镖局,却再也找不到那人的踪影。天已经蒙蒙亮,正巧几个富商押着一队紧锁的大箱子来到这镖局门口,里面走出几人迎来,富商道:"哎,我这里面可是五十两黄金,可千万不能弄丢了!"那人笑道:"五十两黄金算什么?你知不知道我们扬威镖局的老大是谁?那可是无忧阁的帮主,她手下有赌坊、冰人馆、镖局……金钱势力都不小,你就放心好了!"只见这手下伸手去接箱子,手腕上也露出了一条铃铛链子,杨慕巢看在眼里,心中暗暗有数了。闹腾一晚,他疲惫地回到了杨府,管家连忙迎上前道:"阿郎,你可回来了!"杨慕巢脱下披风扔给他,云淡风轻地说道:"对了,去取二百两黄金,一百匹绢,给二娘子送去。"管家立时为难道:"这……这二娘子离家出走这么久,我往哪儿送这些东西去?"杨慕巢轻描淡写道:"太平坊右转第二个路口,第六个门头,你会看到一间杂货铺,送给他们的掌柜就行了。另外再挑两个武功高强的健奴,随时保护二娘子,但切不可被她发现。"管家不明就里地挠了挠头,一一照做了。"帮主!外面有人送来了黄金布帛,是一个叫作杨慕巢的人派人送来的。"当手下向正在无忧阁中翻看账本的杨连城汇报时,她不由面色一变,霍地站起身来,看着面前那些黄金布帛,杨连城不由心慌道:"他怎么知道这儿……"

"这位客官,你是打尖还是住店?"而此时的杨慕巢早已换了一套衣衫,摇着折扇优哉游哉地来到了静安邸门前,掌柜的笑问道。杨慕巢:"住店,我要住在……"他话音未落,店内传来白乐天惊愕的声音:"哎,怎么是你?"他循声回过头去,露出一抹微笑,"看来我跟兄台很有缘啊,我就是要在这里住下,直到找到妹妹为止。掌柜的,我就要这位郎君隔壁的空屋。"白乐天奇道:"你这人真是古怪。"杨慕巢笑着拉过他来,坐在了食案前,"既然有缘再见,我请兄台喝酒!对了,还没请教兄台高姓大名?"白乐天打量着他,见他眉眼之间似乎与杨连城颇为相似,又见他行为乖张,与杨连城如出一辙,不由觉得他真的是杨连城的哥哥,于是接过酒盅喝了一口,"在下下邽白乐天。"

他们在这里把酒言谈,却不知外面有个姑娘正拿着横刀,挨家挨户地寻找着昨夜一面之缘的杨慕巢。虽说长安的街上胡人不少,但看见这样美

第十八章　丝　路

的胡姬，免不了让人多望两眼。康娥换下了昨夜的舞裙，穿着石竹色的襦裙，深深的眼眸与高挺的鼻子衬托出别样的风姿，虽然美艳，却不风尘，一双玻璃珠子的眼中透露着纯真，她紧抱着横刀见人就问："你有没有见过一个姓杨的郎君？"这样下去无异于大海捞针，倒是一个武侯认出了她怀里的横刀，"姑娘，这不是杨明府的刀吗？你要找杨明府，我倒是看见他往那边的静安邸去了。"康娥欣喜地向那人道了谢，加快脚步向静安邸走去，心中不由得慌乱起来。

"三哥，别去了！"康娥正对面的街道上，陈湘灵正和陈青笠拉扯着，陈青笠愤愤道："五妹，你不是喜欢他吗，为什么又不去争取？你做了一双鞋，卢姑娘也做了一双鞋，现在正是他最犹豫的时候，你不去我替你去！总之我不能让他辜负我的五妹！"二人拉扯不休，陈青笠倒退着往后走，正巧撞上了康娥，只听叮一声，她怀里的横刀掉落在了地上。康娥连忙拾起来，蛾眉倒蹙怒道："你这人走路怎么不长眼睛！"再向店内看去，刚才白乐天和杨慕巢坐着的位置如今已空空荡荡，康娥没心思跟他们纠缠，连忙冲了进去，"掌柜的，刚才坐在这里的那位郎君呢？"陈青笠一听，登时惊道："五妹，这胡姬也是来找白乐天的！现在两个女人，他已经很难抉择了，不能再多出一个对手来！"

他说罢就凑到康娥面前嬉皮笑脸道："胡姬姑娘，这里没人请你表演，还是快走吧。"康娥怒道："你这人好没礼貌，我找我的人，关你什么事？"陈青笠瞪大眼睛道："你的人？未必吧，我看你就是去找他，他都未必认得你！"康娥本就心烦意乱，又被他吵得烦躁，立时反手一掌，不偏不倚地打中了毫无防备的陈青笠胸口，他当即向后重重摔倒，哗啦啦地打碎了好几坛酒，陈湘灵连忙上前扶他，"这位姑娘，你也不能出手打人啊！"就在这时，楼上的人闻声走下来："怎么那么吵啊？"众人循声看去，只见杨慕巢徐徐走下楼梯，康娥顿时面上一红，欣喜地拿着横刀迎上前去，"郎君，我是来给你还刀的！"陈青笠和陈湘灵面面相觑，他不由耸了耸肩："这也不能怪我啊，她又没说不是来找白乐天。"

"多谢康姑娘，只不过我真的不是你的恩公。"杨慕巢含笑接过横刀来，

鹿 回 头

昨夜灯火晦暗，尚未看清她的容貌，今日一见只觉三魂六魄都不知所向了。她的眉眼中含着微波，时而纯真时而暧昧，柳叶弯眉勾勒出好看的弧度，一颦一笑风流不已。康娥抿嘴自嘲道："是我昨天吓到你了，你确实跟恩公长得很像，但是……眼神不像。"正说着，杨慕巢忽然咳了两下便喘了起来，连忙从怀中取出药丸吃了下去，康娥奇道："郎君也有哮症？"杨慕巢点头道："让康姑娘见笑了，其实都不怎么发作，但这哮症是我全家遗传的，没人能逃脱。不光我的父母，就连我小舅舅也有哮症。"康娥陪他并肩坐在了楼梯台阶上，幽幽叹道："说来也巧，恩公也有哮症。那时候他到西域做生意，把我从大漠里救出来，一路上让我骑着骆驼，自己冒着风沙走路，他对我百般照顾，可我却没能救得了他，眼睁睁看着他被人活活打死……"杨慕巢的神色微微变了，"西域做生意？被人打死？是不是俱文珍？"康娥意外地睁大了眼睛，"你怎么知道？"杨慕巢不可置信道："你的恩公，是不是杨咏？"康娥霍地站起身来，泪水已经夺眶而出，点了点头。杨慕巢倒吸一口气道："真想不到，康姑娘口中的恩公就是我的小舅舅。"

康娥已然哽咽无言，痴痴地凝望着他这双与杨咏一模一样的眼睛。时间仿佛在这一刻定格的，门外的车水马龙似乎都与他们无关了，匆匆的人群中，一个翩跹的身影走到了卖古董的摊铺前。"老板，这个花瓶怎么卖？"那摊主打量了一眼面前的姑娘，只见她穿着白色的罗裙，眉间点着金色花钿，长发垂在两肩，这姑娘不是别人，正是卢眉娘。摊主道："这不是花瓶，是商汤的观音瓶。"卢眉娘好奇地把玩着，"反正都是瓶子嘛，岐云哥哥喜欢我种的花，再拿个瓶子装上给他送去，他一定会很开心的。"正好路过此地的杨连城凑巧看见这一幕，心中不由暗笑道，天堂有路你不走，地狱无门偏闯进来。在赌坊欠我的钱，和之前的账我还没跟你算呢，这次正好让我遇见你。眼尖的杨连城看出这观音瓶可值十两金子，知道卢眉娘断然没这么多钱，她偷偷抿嘴一笑，一粒铃铛在她手中悄然弹了出去，不偏不倚地砸中卢眉娘手中的古董观音瓶，只听哗啦一声，那观音瓶应声落地碎了一地。摊主登时叫了起来："你打碎了我的观音瓶，你要赔十两金子给我！"卢眉娘立时慌了神，"什么？这个瓶子要十两金子？我只有一两，给你行不行？"那摊主气得抓住了她道："你要是不把钱赔齐，我就要

第十八章 丝 路

叫官府把你抓进大牢里！"杨连城忍不住咧嘴偷笑，牵了马转头就走。

"圣主，不好了！眉娘被人抓进大牢了！"翩翩慌慌张张地跑来汇报。叶岐云又惊又诧道："怎么会这样？这丫头到处给我惹祸……不行，我得去把她救出来！"叶岐云急忙冲出门去，却慢慢地倒退回来。在他面前的，是抱着猞猁一步步走进屋来的南玳，"云儿，我看你最近有些心浮气躁，哪儿都不许去。"叶岐云急道："可是眉儿她……"南玳道："自然有人去救她。你要做的事是报仇，不是保护一个女人。有母后在，母后答应你，不会让她有事的，你就安心留在这儿吧。"虽然南玳阻止他去，叶岐云还是让翩翩给陈湘灵传了个话，陈湘灵也没了主意，连忙跑去静安邸将此事告诉白乐天："乐天哥哥，叶大哥还说，在现场还发现了这个东西。"陈湘灵焦急地递给白乐天一颗铃铛，白乐天不由眼前一亮，恍然道："我知道是谁要陷害眉娘了！是杨帮主！我这就去求她放人！"他说罢转身就走，陈湘灵赶忙追上前道："我跟你一起去！"

"帮主，那个书生又来了。"无忧阁的二楼楼阁上，杨连城正靠在隐囊上边晒着太阳，边懒洋洋地翻查着账册，忽然手下人跑来汇报，她不由乐了，"这书生真是傻得有趣，我这就下来。"谁知当她来到大堂时，只见白乐天和陈湘灵双双气愤地站在这里，杨连城撇了撇嘴，"这气氛不像是来跟我喝酒啊，还把她也带来了，书生，你什么意思？"白乐天道："我是来求你放了眉娘的。"杨连城挑了挑眉，"她没钱赔东西被抓进大牢，关我什么事？"白乐天上前张开手掌，杨连城看见他手心的那枚铃铛不由神色一变，"好，是我干的。不过卢眉娘在宿州的时候就在我赌坊里欠下不止十两金子，我今天以牙还牙，有什么错？"白乐天急道："我不管你们有什么恩恩怨怨，我只求你放了她，她是我的朋友啊！"杨连城气道："我堂堂无忧阁帮主，岂能说放就放？不行！"白乐天凝视着她半晌，忽然猝不及防地掀起衣裾，猛地向她屈膝跪了下来。

第十九章　高平郡君

"喂，你干什么？"杨连城大惊，连忙拉他起身，"人家都说男儿膝下有黄金，你这书生怎么这么没骨气，说跪就跪？"白乐天固执道："如果能以我屈膝一跪，换得我朋友的平安，那我为什么不跪？杨帮主，我求你放了她。"陈湘灵也扑通跪了下来，"杨帮主，如果你为了在宿州的事，想找个人出气，我愿意代替眉娘入狱。"杨连城好奇道："你这个人怎么也这么奇怪，她不是跟你争心上人吗？"陈湘灵垂下眼帘道："我不会不管眉娘的。"杨连城顿了顿，干笑两声道："我倒成了恶人了，那好吧，既然你们两个又跪又求的，我也不是差她这点金子，我这就用我自己的钱赔了那只观音瓶，放她出来！"

"卢眉娘，你可以走了！"牢头阴冷着嗓门打开了卢眉娘的牢门，推搡着叫她出去。卢眉娘还没反应过来这是怎么回事，只看见杨连城站在自己的面前，"多亏了你的朋友求情，要不然我才不想这么轻易放了你呢。"她说罢猛地出手，从卢眉娘头上夺下那支金钗，"这就送给我吧。"卢眉娘劈手去抢，"不行！这不能给你！"杨连城挥起皮鞭缠着了她的双手道："我懒得跟你打，你又打不过我。将来找个有点用的人，再来从我这儿抢回去吧。"说罢轻笑了一声，得意扬扬地拿着金钗走了。卢眉娘气呼呼地追出去，只见叶岐云正站在大牢门口迎上来，"眉儿，你没事吧？"她看见他，顿时气不打一处来，"是啊，多亏了乐天和湘灵，否则也没人来救我！"叶岐云知道她责怪自己，却有口难辩。旁边藏身在巷弄中的南邺一边抚摸着猞猁，一边看着杨连城把玩着金钗越走越远，她清楚地看见那支金钗微微起了反应，形状少许改变。杨连城在来这里之前，见过的只有白乐天和陈湘灵，难道……南邺心中一凛，当晚就召集叶岐云和欧阳呈，突然决定暂停计划，在她新的计划出来之前，谁也不许擅自刺杀李适。

第十九章　高平郡君

卢眉娘倒是天真烂漫，从来不去忧心这些事情，但南玳的突然转变，不免让叶岐云觉得怪异。既然他已经在长安了，又部署了这么多年，要刺杀李适还算是有七分把握，只怕拖下去夜长梦多，叶岐云独自坐在屋内擦拭着随身的斩天剑，若有所思。知道这个消息最开心的当属卢眉娘了，她再也不用为了刺杀李适进宫的事烦忧，欢天喜地地来到静安邸去找她的心上人。可偏巧白乐天不在，卢眉娘见他的房门虚掩着，似乎才出去没多久。她蹦蹦跳跳地走进房内，只见白乐天桌上乱七八糟地堆着书籍，她歪着头好奇地一页一页翻看，全是一些她看不懂的经史，她索性替白乐天把桌上的东西分门别类收拾了一下，忽而觉得有些困倦，趴在案几上沉沉睡去了。不知梦到些什么，卢眉娘闭着眼睛微红着脸颊，抿嘴嫣然一笑，翻身继续睡，一根芦苇伸到她的鼻尖轻轻挠了挠，她这才迷迷糊糊地醒过来。

只见白乐天正笑盈盈地站在面前，她不由想起了方才的梦境，她披着翠色的嫁衣，正向白乐天走去……卢眉娘立时脸上红透了，又紧张又兴奋地回头捂住了脸，白乐天笑道："刚才梦见什么了，看你笑得这样开心？"卢眉娘的面颊上火辣辣地发烫，她偷笑着，闪烁着眼眸不敢看他，"没……没有什么。我就是来谢谢你帮了我。"说罢她心如鹿撞地低头跑了出去，正好与陈湘灵撞个满怀。卢眉娘拉住她的手笑道："湘灵！我正要去找你呢，我听说了这次的事，多谢你帮我。"陈湘灵忍着笑意道："谁帮你了，我只不过是帮乐天哥哥。你啊，别在外面再得罪什么人，让我担……让乐天哥哥担心。"

炎热的正午时分，外面传来阵阵卖冰的声音，路上的行人都扇着扇子，娘子们也穿上了轻纱薄裙，正是满眼繁华艳丽，却有一个人显得如此格格不入。这人穿着黑漆漆的布衣，胡子拉碴，形容憔悴，本不过三十岁，却看上去苍老无比。这是他又一次来到长安，长安的阳光都是如此的耀眼，不远处的大明宫在明日的照耀下熠熠生辉，那是他一生所向往的地方。他正是六次落第，只得去往东都洛阳当幕僚的韩退之。可是好景不长，他在幕僚府中与人政见不合，终于还是被赶了出来，这次他已经走投无路，决定在回家乡之前再来长安搏一搏。他破旧的衣袖中紧紧捏着一件信物，这是他最后唯一的希望。韩退之曾听嫂嫂说过，族兄韩弇曾与北平王马燧有

鹿 回 头

过交情，他当年为马燧挡过一箭，马燧也曾许诺，将来若有需要他帮忙，定义不容辞。可惜的是如今韩弇早已过世，留下的唯一信物就是韩退之手中的这枚旧箭镞头。他在大明宫的皇城前徘徊了许久，只等着马燧在宫中用过廊下食，出宫的时候冒死拦驾。

也不知道这旧日的恩情还作不作数，也不知他一介布衣究竟能不能见到堂堂北平王的面。可韩退之已经没有退路了，他攥紧了箭头，终于等到马燧骑着青骓马威风凛凛地出宫。只见马燧一袭华丽的大团花绫罗紫袍，头裹黑布巾，脚踏黑靴，腰间束带上挂着一把长刀。这马鬃毛整齐，梳成三花辫，整整一套金络头与金马鞍，显得气派非凡。韩退之一横心，猝不及防地冲上前去，尚未及近已被几个侍卫拦了下来。韩退之连忙跪下道："北平王爷，小人韩愈，乃是王爷故交河阳韩弇的族弟，王爷可还记得此物？"马燧被他的贸然吓了一跳，却面不改色，向他展开的手中看去，一枚生锈的箭头躺在手心。马燧虽然年纪已大，但还是一眼就认出了这个差点要了他性命的东西，不由惊道："快快放了他！你果真是韩弇的兄弟？本王答应过韩弇有事相求，定然鼎力相助，你有什么事吗？"韩退之从怀中取出一沓文章呈上去，直言道："小人不才，曾考了四次进士两次博学鸿词科，最后依旧落榜，小人想请王爷提携！"马燧接过他的文章收了起来，点头道："你的事本王记着了，韩弇曾救过本王一命，既然你是他的兄弟，就请来王府与本王叙叙旧吧。"韩退之作了一个大揖道："王爷恩情，小人没齿难忘。小人是一介布衣，难登大雅之堂，不敢与王爷同往。恭送王爷回府！"

奢华无比的北平王府中，马燧把怀中的那沓文章取出来放在桌上，只听门外传来宛转的声音："外公，我今日作了一首短诗，你来替我看看！"马燧抚着白须回头望去，只见珠帘被一只纤手撩开，一个年约二十三四的女子眼含浅笑，盈盈走了过来，举手投足间有着林下风气，螓首蛾眉，端庄大方。她穿着一袭雪青色钿钗翟衣，大袖连裳，以素纱为中单，文绣罗裳为褕衣，肩披缥色绣金披帛，腰缠青丝佩绶。鸾凤髻上并两博鬓，花钗覆笄，以金银琉璃为涂饰，眉间画着细致的月形珍珠花钿，雍容华贵，气质无双。马燧看见她，顿时露出慈爱的笑容，"楹楹，你来啦。"满屋子的

第十九章 高平郡君

下人婢子看见这位姑娘,也不约而同地施礼道:"参见郡君!"原来这位女子正是马燧的外孙女,高平郡君卢沉楹。她的父亲乃是范阳卢氏,母亲又是北平王的女儿,身份格外高贵。

她的目光落在马燧身后的桌案上,那上面堆满了很多纸张,卢沉楹好奇地走上前信手拿起就看,马燧笑道:"这些是往年进士的文章,我正要整理成册收录起来,以备陛下不时之需。"卢沉楹已然看罢一篇,摇了摇头道:"这篇也能中进士?我看名不副实。"说着又找来两篇看着,连连摇头道:"空洞乏味,堆砌字眼,一点意趣都没有。外公,这些人的文章还不如我写得好呢。"马燧哈哈笑道:"这是科举文章,都是以骈文为主。这骈文皆是四字句或六字句,多用对偶和华丽辞藻,形式死板,当然无法写出有思想的文章了。"卢沉楹又拿起了一沓文章。卢沉楹看着看着,不觉被带入了其中,很快读到结尾,依旧意犹未尽,不由咋舌叹道:"这篇好!外公,你瞧这篇文章,气魄宏达,想象丰富,在遣词造句和立意布局上都胜过那些陈陈相因的文章无数。最后还附上一首短诗,这诗也格外有趣,形式上居然有散文的意味,而且他居然在诗里发表议论,风格狠重奇险,实在是精美绝伦!"

马燧正要开口,她激动地拉着他的衣袖又道:"你瞧,这里写着'惟陈言之务去',文章里创造了好多让人耳目一新的词汇,这里的'不平则鸣',还有这里的'俯首帖耳''摇尾乞怜',真是太形象不过了!"马燧点点头道:"唉,这个年轻人脾气可真倔,他就是这样写文章,才导致六度落第啊!"卢沉楹翻过最后一页,只见上面赫然写着"韩愈"两个大字,不由大吃一惊:"他不是进士?"马燧摇摇头道:"他是我故人的兄弟,这次进京来求我提携。"卢沉楹沉吟道:"这样的人才,不用之岂不可惜?外公,不如把他推荐给我义父,宣武节度使董晋。"马燧若有所思道:"这个年轻人的确有才,看来你也很欣赏他呀。好,你说的这个方法不错,就按你说的去办!"

"山石荦确行径微,黄昏到寺蝙蝠飞。升堂坐阶新雨足,芭蕉叶大栀子肥。僧言古壁佛画好,以火来照所见稀。铺床拂席置羹饭,疏粝亦足饱我

鹿 回 头

饥。夜深静卧百虫绝,清月出岭光入扉。天明独去无道路,出入高下穷烟霏。山红涧碧纷烂漫,时见松枥皆十围。当流赤足踏涧石,水声激激风吹衣。人生如此自可乐,岂必局束为人鞿?嗟哉吾党二三子,安得至老不更归!"昏暗的灯光下,偌大而奢靡的寝室里,珠帘外站着几个婢子,而珠帘内影影绰绰的身影正是卢沉槛。她穿着单薄的白纱绣花睡褥,长发全部松散在肩头,手中捧着一沓诗文,赤着脚在地上来回走着,口中念念有词的正是这一首《山石》的七言古诗,时不时嘴角还扬起一抹微笑自语道:"真好,诗里融入哲理,以文为诗,铺采摛文,气势遒劲壮美,实在是春容大雅。"她虽然与这人素未谋面,心中却浪潮起伏,卢沉槛小心翼翼地将诗文压在了玉枕下,面带绯红轻轻靠上去,闭眼含羞沉沉睡去。

马蹄阵阵,金辔玎珰,车辚辚马萧萧地从长安的城门里出来。这一次再也不是落魄而归,韩退之穿着绿袍,坐在马背上挥袂生风,好不得意,从此自称"郡望昌黎"。他素闻宣武节度使举足轻重的地位,董晋的名声更是在几位节度使之中如雷贯耳,如今能够成为他门下的幕僚是何等荣耀。韩退之只道受到北平王马燧广厦之荫的恩惠,却丝毫不知有个深闺中的女子已悄然对他倾心,而他现在拥有的一切都是因为这个女子。仆人牵着他的马走过郊外的一片树林,忽然马蹄踩到了几块石头,微微顿了顿,韩退之瞥眼看见前方一处空地上似乎用树枝在沙地上画出一个八卦形,用几块石头摆在其中,形式古怪。韩退之对仆人道:"去看看前面是什么?"那仆人很快走了回来道:"昌黎先生,是个诗阵!"韩退之好奇地跳下马去,只见这个圆形里零散地放着五十三粒小石子,按理说这首七言诗还差三个字,就正好填满了。就在这时,一个小男孩蹦蹦跳跳地跑了过来,"别弄乱了我的诗阵,我想到是哪三个字了!"只见这小男孩约莫七八岁,纵然穿着寒酸简朴,却是一丝不苟,他神神道道地盘坐在圆形中央,捻着小小的手指算了算,将手中的三颗石子正好填入空缺中。

第二十章 天 议

"小郎君，你这写的是什么诗？"韩退之好奇地打量着这个小孩，见他眼如星辰，高额宽眉，小小年纪却流露出一股与众不同的气质，于是问道。那小孩指着地上的石子念道："悠悠绿水傍林偎，日落观山四望回。幽林古寺孤明月，冷井寒泉碧映台。鸥飞满浦渔舟泛，鹤伴闲亭仙客来。游径踏花烟上走，流溪远棹一篷开。"仆人不由笑道："小娃娃，你可别在我们先生面前卖弄诗文，我们先生可是文章大家……"韩退之忽然抬手止住了他，只见韩退之的面容大变，惊愕地喃喃道："你倒过来念！"仆人微微一愣，扳着手指念道："开篷一棹远溪流，走上烟花踏径游。来客仙亭闲伴鹤，泛舟渔浦满飞鸥。台映碧泉寒井冷，月明孤寺古林幽。回望四山观落日，偎林傍水绿悠悠……这……"仆人也已然支吾得说不出话来了，没人料到眼前这个七八岁的小男孩居然能写出这样好的回文诗。

"若是古人，吾曾不知。若是今人，岂有不知之理？小郎君，你叫什么名字？"韩退之又是欣喜又是激动，连忙上前问道。那小男孩翩然一笑，敛衣行礼道："昌谷李贺，小字长吉。请问先生高名大姓？"韩退之肃然道："在下河阳韩愈，字退之。"李长吉不由一惊，忙道："原来是昌黎先生！早已听说先生大名，先生作得千古文章，却不被朝廷重用，实在埋没了先生的才华。"韩退之道："咦，小小年纪竟有如此见解，小兄弟，我看你文采非凡，不如再写一首诗文，给我看看如何？"李长吉向他身后的车马望去，心中略一沉吟，从容笑吟道："华裾织翠青如葱，金环压辔摇玲珑。马蹄隐耳声隆隆，入门下马气如虹。云是东京才子，文章巨公。二十八宿罗心胸，九精照耀贯当中。殿前作赋声摩空，笔补造化无天功。庞眉书客感秋蓬，谁知死草生华风。我今垂翅附冥鸿，他日不羞蛇作龙！"

一首《高轩过》震惊了韩退之，小小年纪的李长吉居然有这般的才华

鹿 回 头

与志向，等他长大之后的成就可想而知。今后长安城中，必定有他李长吉的一席之地。只可惜韩退之要赶去宣武上任，来不及与李长吉坐下详谈，只有匆匆告辞。而此时此刻的长安城中热闹非凡，又一季的博学鸿词科放榜了，围着皇榜那熙熙攘攘的人群中挤来一人，他顾不得一身名贵料子的玄色圆领缺胯长袍在人群中挤脏，匆匆向墙上看去，目光落在皇榜上"河东柳宗元"几个大字上，他忍不住欣喜若狂地呼道："我中了！"他不是别人，正是为父守孝后，回京苦读许久的柳子厚。

"那可要好好庆祝一番啊！"吵吵嚷嚷的身后传来了一阵爽朗的笑声，柳子厚回头看去，只见刘梦得穿着华贵，含笑向他走了过来，"子厚兄，回到长安这么久也不找这个老朋友，今日你怎么说也要到我府上一聚！"柳子厚笑着拍了拍他的肩膀说："不登博学鸿词科，又哪有颜面见梦得兄？今日及第，若你我将来为陛下重用，应励材能，兴功力，致大康于民，垂不灭之声！"二人相邀痛饮了一番，更约定明日启程，在等待朝廷任职批文下来的这段时间里，去金陵游山玩水。金陵乃是六朝古都，每每文人骚客都会来此凭吊古迹，柳子厚和刘梦得双双骑马来到台城之上，正值秋高气爽，所有景色一览无余。刘梦得不由吟诵道："王濬楼船下益州，金陵王气黯然收。千寻铁锁沉江底，一片降幡出石头。人世几回伤往事，山形依旧枕寒流。今逢四海为家日，故垒萧萧芦荻秋。"

柳子厚赞道："梦得兄果然豁达，秋日萧瑟的怀古诗，在梦得兄口中竟如此豪气万千。"二人在金陵依傍山水的酒家里又饮酒作诗，直到深夜，看着明晃晃的月光倒影在秦淮河中，醉醺醺的刘梦得又吟诗道："山围故国周遭在，潮打空城寂寞回。淮水东边旧时月，夜深还过女墙来。"柳子厚正要题诗，忽然刘梦得的仆人匆匆送来了信，说是太子李诵有事请刘梦得尽快回京，刘梦得意犹未尽，指着纸签道："子厚兄，你抽取一支签，我们二人各以签上字为题，写一篇文章，下次再来切磋！"柳子厚笑着随意拈了一张纸，反手一看，只见纸上赫然写着一个"天"字。回到长安后，刘梦得挥手写下了《天论》，柳子厚则写下了《天说》，双双约定三日后在曲江之外互相交换文章切磋。

第二十章 天 议

"天之有三光悬宇,万象之神明也,然而其本在乎山川五行。浊为清母,重为轻始。两位既仪,还相为庸,嘘为雨露,噫为雷风。乘气而生,群分汇从,植类曰生,动类曰虫。倮虫之长,为智最大。"柳子厚展开刘梦得的文章念着,不由蹙起了眉头,"梦得兄,我不同意你这个观点。"刘梦得道:"在我看来天空有日月星辰高悬,它们都是宇宙万象中最神奇明亮的,而它们也本身源于山川五行之气。天是清而轻的气,地是浊而重的气,浊而重的气是清而轻的气之根本。天地一经形成就相互作用,元气缓慢则形成雨露,迅速则形成风雷,万物都凭借元气的运动而产生,又分门别类成植物动物,其中人是最有智慧的。你说说看,我这有何不妥?"柳子厚指着自己的文章道:"彼上而玄者,世谓之天;下而黄者,世谓之地。浑然而中处者,世谓之元气。寒而暑者,世谓之阴阳……天地,大果蓏也;元气,大痈痔也;阴阳,大草木也。天人之际,则是天和人的关系,断不是梦得兄所说的自然观。"刘梦得不满道:"天之所能者,生万物也;人之所能者,治万物也。你的看法实在片面!"

二人从曲江一直吵到街市都未能分出谁对谁错,越吵越激烈,柳子厚一不留神,与对面走来的一个书生迎面撞上。只听对方"哎哟"一声,怀中的东西被撞掉在地,连忙俯身去捡。柳子厚和刘梦得停止了争吵,俯身替那书生去捡,"对不起,对不起!"那地上掉落的不是经书史籍,居然是一双锦鞋。那书生抬起头来,一眼看见了柳子厚和刘梦得,欣喜若狂地脱口唤道:"子厚兄,梦得兄,是你们?"二人定了定心神,赫然看见面前的不是旁人,正是白乐天。刘梦得哈哈大笑,拍了拍他的肩膀道:"一别许久,我们三人今日算是聚齐了!"柳子厚拜手道:"乐天兄,我中了博学鸿词科,还没向你道谢呢!"白乐天奇道:"道谢?此话怎讲?"柳子厚笑道:"自从我听说梦得兄与你见面之后,就考上了博学鸿词科,我就知道你是个贵人,还是个举世无双的才子。所以你的诗文我都留了下来,每天都烧一篇,然后加入蜂蜜,倒进水中一饮而尽,每顿不少!只希望我能有你这样的才华,可巧,我如今也考上了博学鸿词科,岂不是你的功劳?"白乐天忍不住笑道:"你这痴人,居然还信这些!"

刘梦得指着白乐天手上的锦鞋好奇道:"乐天兄,你怎么把这双鞋子

鹿 回 头

放在怀里？"白乐天低眉一看，顿时急了，"坏了！我忘记还约了她！"他抬头看了看天色，连连跺脚道："糟了，相约的时辰早已过了，现在都快日落了，她看不见我来，一定早就回去了……"柳子厚也道："你在说什么？到底是怎么回事？"白乐天低头抚摸着这双锦鞋，道："如果有两双鞋子在你们面前，一双是厚底舒适的布鞋，一双是华丽大方的锦鞋，你们会选择哪一双？"刘梦得和柳子厚同时开口，却一人说"锦鞋"，一人说"布鞋"。柳子厚摇头笑指着刘梦得道："乐天兄，这人净和我作对，我选布鞋，他就偏选锦鞋。"刘梦得道："什么身份穿什么鞋，才是最合适的，我们三人都是文人雅客，自然要穿着讲究，哪能穿着布鞋上街？"柳子厚道："哎，这鞋子当然是要穿着舒适最为重要了，好看有什么用？"刘梦得道："你与我们不同，你娘是五姓女范阳卢氏，你打小家里什么好东西没见过，自然是不稀奇锦鞋，看见一双布鞋倒是如获至宝。"白乐天叹了口气，喃喃自语道："难道说，是天意不让我把这双锦鞋还给她？"

只是白乐天没有想到，枫叶盛开的丛林中，卢眉娘始终没有离去，她一直在等着白乐天到来。一阵脚步声从身后传来，她欣喜地回头看去，可惜的是，走来的只是叶岐云。卢眉娘的神色顿时黯淡了下去，叶岐云假装没留意到她的变化，还笑盈盈地走上前道："怎么在这里这么久？太阳要下山了，随我回去吧。"卢眉娘嘟囔道："乐天约了我在枫林见面，我要等他来。岐云哥哥，你知不知道，他一定是选择了我的锦鞋，所以约我过来见面！我和湘灵之间，他终于做出选择了！"叶岐云与她并肩坐在火红的枫树下，听她手舞足蹈开心地说着，叶岐云也仿佛觉得自己很开心，可是他忽然瞥见卢眉娘乌黑的发髻上缺了什么，忙一把拉住她道："眉儿，太后给你的金钗呢？"卢眉娘顿时气道："说起就来气，那个无忧阁的帮主杨连城把它抢去了！我又不是她的对手，没办法保护金钗。"叶岐云道："这金钗断不能丢，你放心，我这就去把它夺回来！"

叶岐云牵起卢眉娘的手直奔无忧阁，正好在扬威镖局门口与收账的杨连城不期而遇，只见她的发髻上插着金光熠熠的金钗。叶岐云二话不说，翻身下马与杨连城打斗在一起，杨连城挥舞着马鞭凌空而起，叶岐云的斩天剑劈出一道青光，当即将那马鞭斩成三段。杨连城自以为打遍天下无敌

第二十章 天 议

手,没想到今日遇见了强敌,不由气道:"卢眉娘,你还真找来了帮手,有本事自己跟我打!"只见叶岐云张开手掌向她的头发上抓去,一把握住了那支金钗,杨连城趁这机会伸手在他胸前打了一掌,叶岐云猛地趔趄两步,哇地吐出一口鲜血在手中的金钗上。杨连城也没想到他会受伤,连忙趁机跑走。卢眉娘忙扶住他道:"怎么会这样?她根本不是你的对手,岐云哥哥你怎么了……啊,是旧伤……到底发生了什么事?"叶岐云擦了擦嘴角的血,把金钗还给了她,"我没事,只不过我前两日瞒着太后,用斩天剑和玉弓的力量在大明宫外布下天罗地网,所以耗费了精力。眉儿,千万别告诉太后。"

杨连城没了马鞭防身,又对叶岐云心有余悸,一路向着无忧阁的方向狂奔而去,她时不时回头张望,想也没想就冲进了一条巷弄里。谁知她刚刚踏进这巷弄,突然一张大布从天而降,杨连城大惊失色,但赤手空拳敌不过早早埋伏好的人,被裹进麻布袋子中。"放开我!我警告你们,我要是有什么三长两短,整个无忧阁都会替我报仇!"装着杨连城的麻布袋子被扔在了一间富丽堂皇的大堂之中,她不得安宁片刻,不是破口大骂,就是在布袋里拳打脚踢。此时从厅堂后面走来一人,他扬了扬手,两个站在布袋旁的下人解开了绳索,哗啦一下扯下了布袋。杨连城灰头土脸地从里面跳出来,正要动武,蓦地看见笑盈盈的一人站在眼前,他腰间别着横刀,星眉剑目中透露着笑意和宠溺,这人正是杨慕巢。杨连城睁大了眼睛,忍不住扑哧笑了,扑进了他的怀里,"哥!"

第二十一章　会真记

　　杨连城捶打着他的胸口嗔怪道："你怎么把人家这样绑回家？"杨慕巢笑道："不这样做，你能回家吗？看你在外面闹了多少事，开了那么多店铺生意，还办了个无忧阁。要是爹还在世，一定揍你！"杨连城吐了吐舌头道："我知道你不会的。"说罢转身就要跑，杨慕巢一把抓住她，"既然被我抓回来了，你就别想出门了。管家，带二娘子回去歇着！"无论杨连城怎么敲门，杨慕巢都不许任何人再放她出来。

　　一阵阵的敲门声从静安邸中传来，白乐天闻声拉开了房门，只见元微之正站在门前，"乐天兄，我明日要去蒲州办事，回来之后再与你一起报考博学鸿词科，所以特来向你告别。"白乐天拍了拍他的肩膀道："好，为兄就在这里等你回来。对了，我这里有一把佩剑，送给你防身用。"他取出一个匣子递给元微之，元微之打开一看，里面是一把精美的古剑，应该是白乐天的父亲传下来的，他抚摸着剑鞘赞道："白虹坐上飞，青蛇匣中吼。我闻音响异，疑是干将偶。为君再拜言，神物可见不。君言我所重，我自为君取。"白乐天也拱手赋道："至宝有本性，精刚无与俦。可使寸寸折，不能绕指柔。愿快直士心，将断佞臣头。不愿报小怨，夜半刺私仇。劝君慎所用，无作神兵羞。"

　　次日一早，白乐天就在灞桥上送走了元微之，他这次去蒲州，也不知什么时候能够回来。白乐天叹了口气，望着他远去的船只消失在水波尽头，怏怏地走下了灞桥。他刚刚离去，一阵秋风吹散了满地的红枫，陈青笠踏着满地枫叶翩然地走上了灞桥。或许是为了安顿南玳，叶岐云前两日在崇义坊租了一幢赁屋，如今卢眉娘也要跟着他们搬过去，但卢眉娘不舍陈湘灵，故而邀请她和陈青笠也一起住过去。陈青笠这时正准备来西市买些日常用品带去，走过灞桥，穿街走巷来到西市，忽然瞥见一家首饰铺，若有

第二十一章　会真记

所思地转了转眼珠走了进去，他一眼就看中了一只紫罗兰玉镯，不由想到陈湘灵戴上是如何的美丽，"掌柜的，这只玉镯替我包起来。"掌柜的指着身后的帘子道："郎君，这位娘子已经买下这只玉镯了。"青色的门帘被徐徐揭开，一个绝美的胡姬从后面走了出来，这样漂亮的胡姬在长安城里除了康娥断然找不出第二个。一时间四目相对，不约而同道："是你？"

康娥连忙伸手去抢玉镯，却被他抢先一步拿到了，"你浑身上下戴了那么多首饰，不缺这一件，还是给我吧！"康娥怒道："你这人真不讲理，明明是我先看上的！"说罢扬手打了他一拳，陈青笠连连后退了两步，忽然上气不接下气，双目直翻，紧攥着玉镯轰地倒在了地上。康娥没想到他这么弱不禁风，吓了一跳，忙上前道："喂，你别装死啊！你没事吧？你怎么了？"康娥的呼叫声引来了很多人的围观，正巧杨慕巢也路过此处，看见是他们两个，推开人群走上前为陈青笠把了把脉，忍不住抿嘴偷笑，扬手给他吞了一粒药，"康姑娘，不用担心，我这就叫人带他回府上，一会儿就没事了。"康娥放心不下，也跟着杨慕巢回到府上，直到听闻陈青笠已经痊愈并被送走，她这才起身要走。杨慕巢忙拦住，拿出一个盒子递给她道："康姑娘留步，我这里有盒西域进贡的葡萄，转送给康姑娘，以解思乡之苦。"康娥闪烁着玻璃珠子般的明眸打开了盒子，看着里面晶莹剔透的葡萄，感激地抬头迎上他的眼神。

明月悄悄挂上了枝头，一路舟车劳顿的元微之终于来到了蒲州。眼看天色已晚，四下也没有逆旅客舍，他背着行李正不知该去往何处，忽然看见前方似乎隐约着灯光，循着微光走了一段，只见山野之中立着一座高大的寺庙，上面赫然写着"普救寺"三个大字。元微之连忙上前敲开了大门，请求借宿在此处，并捐了些许的香油钱，很快小沙门就带着他走进了普救寺的后厢房。绕过禅院，在病坊和寄殡处的走廊上，他赫然看见一具华贵的楠木棺椁停在这里。按理说寄殡在寺庙里的都是穷苦人家，怎么会有人用得起这样贵重的棺木？元微之好奇问了两句，小沙门道："这是一家崔姓的大户，扶老爷的灵柩回乡，半路上没处落脚，于是暂住在小寺。明日老夫人还要请人来做道场，为老爷超度。"隔墙便听见旁边的院落里传来老夫人在念经的声音，元微之透过镂空的花墙好奇地向对面张望，隐约中看

鹿 回 头

见一个华裳素服的老夫人坐在月光下敲着木鱼念念有词。就在这时西厢的门吱呀打开了。一个披麻戴孝的少女款款走来，送老夫人回房休息。虽然看不清那少女的模样，但见她行动弱柳扶风，娇贵多姿，可见是这户人家的千金小姐。只匆匆惊鸿一瞥，却让元微之心中颤动不止。

那少女却没有回到屋内，忧伤地抬眼望着天上一轮团栾月，对旁边的婢子道："玲珑，去取香炉来。"婢子应声拿来了香案和香炉，放在她面前，那少女点燃了三炷清香，摘下了白色的斗篷。月光清晰地洒在她的面颊上，元微之不由倒吸一口气，这般倾国倾城的容颜，他从未见过，顿时惊为天人。只见这少女一身白孝，更是娇俏不已，她霞姿月韵，一对眼眸宛若星辰，弯弯的柳眉微蹙，愁眉啼妆，平添几分妩媚。她双手合十对着月亮深深拜了三拜，元微之心中暗道，恐怕昔年的貂蝉也不过如斯美貌吧。他不觉看得痴了，脚底踩到了残砖碎瓦，顿时发出了声响。那婢子敏感地叫道："是谁？"崔家小姐连忙躲在了婢子身后，元微之缓了缓心神，清了清嗓子，隔着西厢院墙，在月下吟道："深院无人草树光，娇莺不语趁阴藏。等闲弄水流花片，流出门前赚阮郎。"那婢子紧张道："小姐，是个男人的声音。"崔家小姐却觉得他颇有诗文，心弦不觉被撩动，缓缓走到墙边，低声回复道："待月西厢下，迎风户半开。拂墙花影动，疑似玉人来。"

元微之没想到得到了她的回应，激动地走近墙边，道："在下鲁莽，唐突佳人。"婢子扶着崔家小姐也走到墙的那面道："你是何人，为什么偷看我家小姐？"元微之心中乱成一团，脑中竟空白一片，对着墙垣作揖道："在下洛阳元稹，字微之，家中排行老九。"婢子忍不住笑了，"小姐，你看他……"崔家小姐却面色忽变，低声惊道："表哥？"元微之心中一颤，忽然想起了什么，"崔家小姐……你是表妹双文？"婢子惊讶道："原来是九郎！小姐，是九郎！"崔双文又是惊喜又是激动，对着墙面道："表哥，自从竹马林一别，这么多年你我都未曾见面，没想到今日在此重逢。"听着她说起往事，元微之的思绪也被拉回了十几年前……

年幼的他们从小一起长大，可算得上是青梅竹马，两小无猜。记得附

第二十一章　会真记

近有个沁园，那里有一大片的竹林，到了春夏之际翠竹冉冉，小元微之就拉着小崔双文跑到竹林里乘凉玩耍。崔双文天生浪漫，最爱坐在石头上，靠在元微之的肩头听他说一些才子佳人的故事，至今她还记得那次他说起梁山伯与祝英台，还有孟姜女哭长城，崔双文难过了好几日，最后元微之带来了红蔽膝盖头，与她玩过家家拜天地，这才让崔双文开心了起来。茂密的翠竹林中，年幼的崔双文戴上了鲜红的盖头，与元微之双双跪在竹子前深深地向天地跪拜，那一幕永远地印在二人脑海中，那是他们有生以来第一次拜天地。虽然年少不懂痴情，情种却已然悄悄在二人心中埋下，只可惜尚未等到破土而出，崔双文的父亲被调往沁水公主的烟粉作坊做工，崔家举家搬迁，元微之和崔双文不得已从此分开。最后告别的那一天，二人又来到了竹马林，崔双文哭着把红盖头撕成两半，一半亲手绕让他的手腕，一半留在自己身边……

"表哥，你还记得那半块红绸吗？"崔双文摩挲着系在手腕已然泛旧的红绸，期待地问道。元微之心中一凛，他早先也是系在手腕的，可是这么多年四处漂泊，四处搬家，那红绸早已不知去向了。他连忙搪塞了过去，这一夜二人隔着一堵西厢墙，说了很多以往的事。眼看天快亮了，那个叫做玲珑的婢子让崔双文先回到屋里。元微之目送着她的背影远去，刚要回到屋内，只见一个沙门神色慌张地向西厢房跑去，一面跑一面急促地说道："哪位施主是崔双文小姐？"崔老夫人闻声走了出来，"师父有什么事找小女？"那沙门递上一封勒索信，崔老夫人拆开一看，面色青白，"附近一伙贼匪听闻双文花容月貌，要抓去当压寨夫人，否则就要血洗普救寺！"慌了神的崔老夫人实在没有办法，只得去各厢院，召集所有寄宿在普救寺的人，当众指日，许诺若是谁能击退贼匪，化解这次的危难，她就将小女崔双文许配给此人。

可是住在普救寺里的，不是书生文人，就是穷苦百姓，要么是手无缚鸡之力，根本不是贼匪的对手，要么是吃不饱穿不暖，又有什么心思娶如花美眷？这些人摇了摇头，不但无人相助，还都接连着搬出了普救寺，生怕遭到崔家母女的牵连。元微之看着他们一个个离去，剩下无助的崔老夫人站在原地，他忽然脑中想起了什么，忙走上前道："姨妈，我是元九，

鹿 回 头

我也许有个办法可以帮到你们,我只能试一试。"崔老夫人忙抓住他打量道:"元九……你是双文的表哥?你有什么办法,快快请说,只要成功解困,我就把双文许配给你!"元微之一横心,道:"我们元家曾与蒲州白马将军杜确曾有过交情,我这就给他写信寻求保护,或能击退贼匪。"没想到这杜确也是个重情重义之人,刚收到元微之的来信,念及曾经受元家恩惠,立即派兵马将普救寺团团围住保护了起来,任何贼匪都无法靠近,只得打消了强抢崔双文为压寨夫人的念头。

"九郎,老夫人让我来通知你一声,为了多谢你的救命之恩,明日正午老夫人在城内最好的酒肆为你设宴。"方才送走杜确一行人,元微之刚刚回到普救寺,崔双文身边的婢子就笑眯眯地从西厢院走来传话。那天夜里隔着西厢墙垣,元微之尚未留意这婢子,今日算是清清楚楚地看见了她的容貌。只见她穿着月色半臂素服,弯弯的眼睛顾盼生辉,两缕青丝垂在肩头,发髻上也簪着两支珠钗,微微圆润的鹅蛋脸显得娇俏可人,她也就二十岁的样子,比崔双文多了份直爽气魄。元微之险些移不开双眸,笑道:"多谢娘子相告,对了,还未得知娘子芳名。"她粲然笑道:"九郎连我都不记得了?我是小姐最贴身的商玲珑啊。你和小姐在竹马林拜天地的红葳膝盖头,还是我绣的呢。"女大十八变,元微之还是回忆了起来,从怀中取出一个精致的盒子递给她道:"玲珑妹妹,你可否将这样东西替我交给表妹?"商玲珑笑着接了过来道:"我可是瞒着老夫人的,你想想该怎么谢我吧。"

"小姐,这是九郎让我给你的。"回到西厢屋内,商玲珑把盒子放在了崔双文面前的案几上。镜子里倒映出崔双文的无双美貌,她换下了朴素的孝服,穿着一件娇黄色襦裙,一缕发丝绕在耳畔更显得风姿绰约。她刚刚抬手戴上了七宝耳环,好奇地打开了这个盒子,谁知里面空空如也,什么都没有。商玲珑不由叫道:"他分明说是买了明珠送给小姐的,怎么……原来他是买椟还珠呀!"崔双文抿嘴微笑道:"表哥只是个进士及第,又没功名没钱财,他自然是买不起明珠的,但这个盒子代表了他的心意,我心知肚明。玲珑,你去把那明珠也买回来吧,明珠始终是要放在匣中才算有个归宿。"

第二十二章　西　厢

　　元微之依约来到了蒲州城中最好的酒肆中，商玲珑早已在楼下等候，笑盈盈地带着他上了二楼，"恭喜九郎，看来我们崔家要有喜事了。"元微之推门而入，包厢内正坐着崔老夫人，桌上摆满了山珍海味，她笑拉着元微之坐下道："好外甥，这次多亏你仗义相助。玲珑，去请小姐过来。"不一会儿帘后人影绰绰，只见一只纤手撩开了珠帘，一个方才二十岁的姑娘含笑走了出来。只见她穿着一袭桃红色宽袖长衣与石榴红襦裙，玉臂绕着淡色绫罗披帛，发髻梳作慵懒的倭堕髻，头插金钗搔头，面施薄粉额黄，眉间描着金钿，一对拂云眉衬托得更有西子捧心之态。元微之不由看得痴了，原本只是隔着西厢墙垣远远一瞥，已觉惊为天人，今日一见，又平添了几分华彩神韵。崔双文抿嘴一笑，微微施礼道："表哥。"

　　崔老夫人笑道："别拘着了，大家吃饭吧。对了，微之，为表谢意……"听闻此话，元微之和崔双文不约而同地抬起头来，却见崔老夫人取来一箱金子和几匹绢帛道："这些金银绢帛是送给你的。"元微之一愣，起身道："姨妈，这些东西我都不要，我……"崔老夫人笑道："那你还想要什么呀？过两天办完你姨夫的身后事，我就带双文回老家了，你自己多多珍重。"却见崔老夫人丝毫没有要将崔双文许配给自己的意思，元微之又气又急，这顿饭可谓是食之无味。从酒肆出来后，崔老夫人只让商玲珑送他回去。一路上商玲珑愤愤不平道："老夫人怎么能这样出尔反尔……九郎你放心，我知道你和小姐心心相印，我一定会帮你们的。"元微之叹道："谁让我只是个进士，还没考上博学鸿词科，也没有功名，确实配不上崔家。玲珑，有封信你替我交给表妹吧。"

　　"艳极翻含怨，怜多转自娇。有时还暂笑，闲坐爱无憀。晓月行看堕，春酥见欲消。何因肯垂手，不敢望回腰。"夜深之时，崔双文念罢手中的情诗，不免面上绯红，匆匆提笔写了一首诗又让商玲珑带给西厢外的元微之。一来一回，商玲珑尚以为无人知晓，却在给双方送完信后被崔老夫人撞个正着，崔老夫人气得发抖道："你这贱婢，给我跪下！你好大的胆子，居然敢帮小姐和那元九暗通款曲，我打死你！"商玲珑拽着崔老夫人苦苦求道："老夫人，求求你成全小姐和九郎吧，我是贱命一条，今日被打死也毫无怨言！"崔老夫人大怒，抄起地上的断竹狠狠地打在商玲珑的背上，参差不齐的断竹将她的背后打得鲜血淋漓。

"玲珑，再替我把这封信给表妹。"毫不知情的元微之终于等来了商玲珑，欣喜地拉住她的胳膊道。商玲珑忍不住"哎呀"叫了一声，元微之连忙卷起她的衣袖，赫然看见手臂上道道伤疤，惊呼道："你受伤了！是姨妈把你打成这样的?"商玲珑垂头不语，元微之叹了口气，拿起身边的酒坛与她坐在月下喝了起来，"姨妈反对也没错，我确实配不上表妹，可我是真心爱表妹的……"本想安慰商玲珑两句，倒变成了她在安慰他："九郎，就算豁出我这条命，一定帮你和小姐在一起。你有没有听说过真娘的故事?"元微之道："胡氏真娘，是苏州的名妓，本出生于长安的书香门第，但为逃避安史之乱，与父母离散流落苏州，被骗去了乐云楼。但她只卖艺不卖身，守身如玉。后来遇到富家子弟王荫祥，真娘却因为幼年有了婚配拒绝，最后竟悬梁自尽，实在是一位贞烈女子。"商玲珑道："人家说以前的茉莉花都是没有香味的，真娘死后魂魄附于花上，从此茉莉花就有了香味，所以茉莉花又称香魂。"她话音未落，元微之信手摘下了旁边草丛中的两支茉莉花，抬手为她簪入发鬓，一股幽香飘入鼻中，商玲珑凝视着他的面容，蓦地一阵心慌意乱。

月色渐渐退去，长安静安邸的厢房前笃笃的一阵敲门声传来，白乐天拉开门，只见门外站着的居然是叶岐云和翩翩，不由心中一愣，忙堆笑道："叶兄，翩翩姑娘，你们怎么来了?"叶岐云抬起双眸，那双眼睛深不见底，周身散发出冷清高傲的气质，他面无表情道："我就开门见山了。眉儿好几天都没回家了，在长安城里，除了我们，她就只认识你了。我们已经把静安邸的每间客房都查过了，你到底把她藏到哪儿了?"白乐天摇头道："眉娘失踪了？我不知道啊，她会不会又被什么人捉去了？"翩翩忍不住道：

第二十二章 西厢

"若是有人抓了她，必定早就给我们下交换的条件了，可至今一点消息都没有！"叶岐云扬起手止住了她，"那好，若是白公子见到她，就告诉她岐云哥哥很担心她，让她早点回来。翩翩，我们走！"身后的黑色披风划过一道弧度，他拉着翩翩大步离开了静安邸。翩翩追上前道："圣主，眉娘应该是故意躲着你的。你想，她得知你暗中部署，一定是担心你会受伤，会被太后知道，所以玩失踪，让我们到处找她，好让你放下你的部署。"叶岐云蹙眉道："这傻丫头，我明白她是为我好。"

他们刚刚出门，陈湘灵正好拎着食盒走上二楼厢房，"乐天哥哥，怎么回事，叶大哥他们怎么也来了？"白乐天支吾道："他们说眉娘失踪了。"他说着伸手去拿食盒，倒没显得大惊失色，陈湘灵却惊愕道："什么？眉娘失踪了？乐天哥哥，你别顾着点心了，快跟我说是怎么回事？"白乐天摆手道："我有事先出去了，你在这里等我回来，我再跟你慢慢说！"说罢他拎起食盒着急地冲出去了，袖口刺啦一声刮过桌面，留下一根丝线。陈湘灵眯起眼睛捻起了丝线，这可是上好的丝线，断然是卢眉娘的。难道……陈湘灵回过神来，忙追着白乐天悄悄跟去。只见他穿街走巷，时不时回头张望，来到一家破旧的小屋子前，门吱呀打开了，竟看见卢眉娘从里面探出头来。陈湘灵猝然冲上前，以手抵住了屋门，"好啊，你不是说眉娘失踪了么？"卢眉娘忙拉过她来，"嘘，千万别嚷，别让岐云哥哥知道了。进来说吧！"

"原来是这样，叶大哥要找仇人报仇，你怕他受伤才以此搅乱他的计划，倒也是用心良苦。"陈湘灵听罢若有所思道，"原来乐天哥哥要我做的点心，是带给眉娘的。"白乐天忽然霍地站起身，一脸沉重道："眉娘，有几句话，我想问你很久了，你能不能实话告诉我？为什么你的翩翩妹妹，叫你哥哥为圣主？为什么你们一家总是受伤出事？为什么那么总在计划着怎么接近皇室？你们到底是什么人？"卢眉娘心头一凛，倒吸一口气道："你真的要知道，好，我就告诉你……"白乐天忽然神色一变，又咧嘴笑了，"你先别说，我想我弄明白了。翩翩姑娘叫的不是圣主，而是兄长，我之所以听错，应该是他们乡音未改。你们总会出事受伤，可能是因为你们身为侠义人士为人正直，会被官吏所记恨。至于你们总要接近皇室，那

鹿 回 头

一定是跟我一样，想谋取个一官半职，为朝廷效力！嘿，你瞧我真傻，别说了，咱们吃点心吧！"

"五妹，你怎么才回来呀？"看到陈湘灵回来，陈青笠从床榻上跳了起来，笑嘻嘻地迎了上前。陈湘灵笑道："我都被他们骗了，说是眉娘失踪，其实乐天哥哥在城南的小旧屋里让她住下了，刚才我正从那里回来。"陈青笠沉下面来，"什么？白乐天他居然金屋藏娇？五妹，你难道还看不出来么，他这个人摇摆不定，一会儿喜欢你，一会儿喜欢卢姑娘，你还跟着他疯，我实在是看不下去了！走，你现在就跟我走，我带你回符离村去！"他说罢拉起陈湘灵的手腕往外拽，她急道："哎，你干什么？三哥，你放手啊！放开我！"她焦急万分，又没力气挣脱他的拉扯，陈湘灵下意识地抽出另一只手，啪一声重重地打上了他的胸口，说："放开我！"陈青笠登时愣住了，松开了她的手，陈湘灵也惊愕地看着自己的手，一时不知如何是好，讷讷地说道："我……三哥，我不是故意打你的，可你若是阻止我和乐天在一起，我怎么都不会答应！"陈青笠没有了往日的嬉皮笑脸，眼中满是失望和心痛，"好，好，我不管你了！"他深深地望了她一眼，掀起衣裾转身扬长而去。

陈青笠才走出去没多远，就看见一个熟悉的身影闪身走进了珠宝铺。那人孤傲冷峻，正是杨慕巢。只听他跟掌柜的说道："那天那只紫玉镯还在吗？我想买下来。"掌柜的笑呵呵道："在在在，看来郎君是要送给心上人，这只玉镯再合适不过了。"心上人？陈青笠心中一凛，这玉镯分明是要送给五妹的，难道这姓杨的也对五妹有意？还未等他回过神来，杨慕巢已经拿着紫玉镯走出店铺外，陈青笠冲上前喝道："你想送给心上人，也要问我同不同意！"杨慕巢眯起眼睛道："又是你？上回我好心救你，你这人倒不讲理！"陈青笠轻哼道："救我？恐怕你已经看出来我不是个文弱书生了吧！"他说罢猝不及防地抽出一把唐刀向杨慕巢刺去，四周的人群皆惊恐四散，二人就在街头打斗了起来。

一时间刀光剑影交织在一起，也分不出谁胜谁负，忽然听得一声呼唤："别打了！"杨慕巢顿时听出了这是康娥的声音，就在这一不留神之际被陈

第二十二章 西厢

青笠一脚踢中胸前，重重地摔在了地上。康娥连忙上前扶住他，杨慕巢从怀中取出紫玉镯递给她，微微露出了笑意："康姑娘，这是送给你的。"陈青笠一愣，收起了唐刀，"什么，你是送给她的？"康娥见他伤了杨慕巢，立时要动武，却被杨慕巢拉住了："陈兄，我看你今天是故意找茬，你想怎么样？"陈青笠转了转眼珠上前轻声道："我没地方住了，能不能借你府上小住几日？放心吧，我刚才只是误会了，我喜欢的人不是这个胡姬。"杨慕巢强忍着笑道："康姑娘，这人又要发病了，我得带他回府上。既然遇见了，你也一起来吧。"

"二娘子怎么样了？"杨府大院里，杨慕巢背着手冷口冷面地对管家问道，或许是少年掌管全家，杨慕巢素来为人冷峻少言，很少有人看见他笑。管家道："二娘子在里面哭闹得久了，也就安静了。"杨慕巢点了点头，亲自打开了门锁走了进去。前脚刚刚迈进门槛，他的面上登时换了一副表情，他漾起暖暖的笑意走到杨连城的床边，柔声细语道："怎么，还在生哥哥的气？快看看，这是什么？"他顽皮地将背在身后的一棵兰花递给杨连城，她不由眼前一亮，"哥，这兰花是稀有的种类，你怎么弄来的？"他嘿嘿笑道："只要能讨得妹妹欢心，别说兰花了，你要星星我都去摘。"

"哥，你怎么受伤了？"见他咳了两声，杨连城敏感地问道。就在这时，门外传来一阵窸窣而又陌生的脚步，杨连城以为是贼人，忽地破窗而出，向门外那人打去。杨慕巢大惊失色，飞身出去挡在了那人面前，结结实实地挨了杨连城一拳。"杨大哥！"被他护在身后的那人连忙扶住他，杨连城定睛一看，此人正是康娥。见她美貌无双，又见杨慕巢如此心急，杨连城抿嘴笑道："原来家里来客人了，哥，你也不告诉妹妹一声。我还是回屋种我的兰花，不妨碍你们了。"

鹿 回 头

第二十三章　十里长亭

　　"叶大哥，天气这么冷，你怎么还站在外面？"已经到了月上梢头，陈湘灵从赁屋出来收下白天晒的衣服，看见叶岐云独自一人站在树下远眺，不由问道。他轻声道："你不也是一样吗？"陈湘灵抱着衣衫走上前道："我把三哥气走了，我在这里等他回来。"叶岐云呼出一口热气道："我在等眉儿。冬天了，这丫头衣裳穿得不够，又不知道照顾自己，一个人住在外面着实让人担心。对了陈姑娘，她喜欢吃单笼金乳酥、玉露团、秋葵汤。"陈湘灵不由一愣，试探道："你跟我说这些干什么？难道你认为我知道她在哪里，知道我会去看她？"叶岐云微蹙眉头笑道："你以为白乐天很会撒谎吗？"见他这般模样，陈湘灵也有些不忍心了，"我又不是眉娘的厨子，明天就要腊八节了，你还是自己去跟她煮粥喝吧。"

　　次日一早，整个长安城都沉浸在香甜的腊八粥气息中。陈湘灵带着叶岐云来到了一间寺庙门前。只见门前的空地上支起一口大锅，各种由施主捐赠的粮食杂果搅在一起，咕嘟咕嘟地冒着热气，卢眉娘正帮着僧人们舀粥盛放，施舍给穷苦的百姓。纵然是大冷天，她却跑前跑后忙得面色通红，发丝都被汗湿了。"眉儿！"叶岐云轻轻唤道，卢眉娘惊愕地抬起头看见了他，连忙扔下勺子就要跑，叶岐云上前拦住她道："别闹了好不好，跟岐云哥哥回家吧。我知道你是为我的安全着想，岐云哥哥答应你，我不会贸然行动了。"

　　卢眉娘道："你说的是真的？"叶岐云点头道："是啊，你相信我一次吧。"卢眉娘低头抿嘴笑了，拉着他的手跑到大锅前，把勺子递给他，"这么多粥我都分发不过来了，你帮我一起熬粥吧！"叶岐云点头笑了，开心地与卢眉娘一同握住勺子在锅里搅着热腾腾的腊八粥。忙了一整天下来，卢眉娘已是精疲力竭，趴在桌上打起了哈气。叶岐云爱怜地抚摸着她的发丝，

第二十三章　十里长亭

柔声道："累了就睡吧，醒来之后我会去跟母后请求，让我们回琼州，报仇的事再从长计议。"卢眉娘觉得心中踏实，沉沉地睡去了。叶岐云俯身看了看她的眼睫，转过身道："翩翩，出来吧。"翩翩悄然从墙角走了过来，"圣主，你真的要骗眉娘，把她一个人送回鹿眠谷？"叶岐云道："我也是迫不得已，我真不知道母后为什么要让眉儿和白乐天耗着，但她这么做一定有她的道理，或许白乐天真的是个人才，早晚要入仕为官，我们可以利用他。"

牛车在寒风中颠簸前行，卢眉娘趴在翩翩的腿上睡得正香，浑然不知这一路就是往琼州的方向。翩翩思前想后，担心卢眉娘醒来会生气，又很能明白她的心思，最终还是决定给她吃了一粒解药，化解了叶岐云的迷药。昏昏沉沉醒来的卢眉娘听罢翩翩的一席话，登时全醒了，又气又急道："你说什么？岐云哥哥，他骗我！快，快调转车头，我要回去！"此时此刻的赁屋内，叶岐云正和欧阳呈商量着下一步计划，只听见屋门轰隆一声被踢开，卢眉娘披着斗篷怒气冲冲地跑上前，啪地打了他一记耳光，"你又骗了我！岐云哥哥，我不许你伤害乐天，你要是敢动他，我跟你没完！"叶岐云只觉得面上火辣辣的，这疼痛却不及心中的疼痛，忍着苦说："眉儿，你听我说，你不能和白乐天在一起，你们两个都会被太后利用的！我保不了他，但我要保你平安啊！"卢眉娘别过头去，"我不会再相信你的话了，总之我一定要和乐天在一起。"叶岐云从怀中取出那支金钗递给她，"我就给你三个月的时间。如果三个月内白乐天不能在你和陈湘灵之中选择你，你就要听我的话。"

泠泠的琴声如同卢眉娘丝线般缠绕的心绪纠葛在一起，直到叮一声，琴弦在手中断了，余音荡上半空，唯有一轮明月高悬在苍穹。远在蒲州的普救寺中，也是一段琴音缥缈，但这曲子显得秾丽缠绵，撩动心弦。元微之坐在墙垣下弹奏着琴弦，自从酒肆一别，再没见到崔双文，他整个人都憔悴不已。此时此刻忽然听见西厢传来了崔双文的脚步声，元微之一时焦急，竟索性爬上树，翻进了西厢，"表妹！"正与商玲珑月下散步的崔双文被猛地一惊，花容失色道："表哥，你怎么……你快走，快走啊！我娘就在后面，别给她看见，快走啊！"就听到后面传来声音，"双文，娘就过来了。"元微之一惊回到厢房后立时大病一场。"小姐,你去看看九郎吧,他真的病得很重。"商玲珑几番探病,回来忍不住向崔双文请求,崔双文心软了,"好吧,我今晚就去见见他。玲珑,你可要帮我看着,千万别让任何人发现我和表哥见面。"商玲珑点头道:"小姐你放心,这件事包在我身上。"

病得昏昏沉沉的元微之躺在床榻上,半梦半醒之间,似乎听见有人在床边呜咽,他迷迷糊糊地睁开眼,只见幽暗的灯火下,崔双文梨花带雨地哭红了眼,"表哥……"她这副我见犹怜的模样,不由让元微之心中激动,把她拥入怀中,"表妹,能盼到你来见我,我就是死也值了。"崔双文忙伸手捂住他的嘴,"别胡说,我可不希望你死。"元微之轻吻着她的纤手道:"嫁给我,好不好?"她红着脸低下了头道:"我们不是早就拜过天地了吗。"元微之道:"我是真心实意想要娶你为妻,我要风风光光把你娶回家,姨妈那边我一定还会再努力的。我元微之对天起誓,今生非双文表妹不娶,否则一生颠沛流离,不得善终!"崔双文急了,"你这人,不让你胡说,你还说得越多了!我信你,我当然信你。"幽幽的灯火散发出暧昧的光芒,元微之低下头,轻轻在她的唇上烙下一吻。门外的商玲珑忽然看见屋内灯光熄灭,不由释然笑了,"有情人终成眷属,这条红线我拉得没错。"

"殷红浅碧旧衣裳,取次梳头暗淡妆。夜合带烟笼晓月,牡丹经雨泣残阳。依稀似笑还非笑,仿佛闻香不是香。频动横波娇不语,等闲教见小儿郎。"清晨的微光透入窗棂,披着薄纱的崔双文一边梳着垂下的长发,一边念着元微之写的情诗,面上绯红一片。见她娇羞模样,更是动人不已,元微之当即又吟道:"绮树满朝阳,融融有露光。雨多疑濯锦,风散似分妆。叶密烟蒙火,枝低绣拂墙。更怜当暑见,留咏日偏长。"说罢含笑轻轻吻了吻她的额头,就在此时,忽然听见门外商玲珑惊呼道:"老夫人!"元微之和崔双文登时大惊失色,连忙为她披上衣衫,双双跑出门外跪了下来。崔老夫人一看见崔双文衣衫不整,钗斜鬓堕的模样,立时气不打一处来,颤抖着骂道:"你……好不知廉耻的东西!我打死你!"元微之连忙护道:"姨妈,你要怪就怪我,不关表妹的事!"崔老夫人骂道:"你这个混账,居然敢勾引我的女儿,我说什么也不会让双文嫁给你!"崔双文哭着扑上前

第二十三章　十里长亭

去，"娘，我已经是他的人了……"崔老夫人惊愕不已，气急攻心差点摔倒，商玲珑忙扶住她，"老夫人，求求你成全九郎和小姐吧！"崔老夫人喘着气捂着胸口道："孽障，孽障啊！既然已经这样了，我也没办法了！好吧，过两天回家乡就把这门亲事订下来吧。"

"九郎，恭喜你啊，终于如愿以偿了。"当商玲珑来给元微之贺喜时，他却神秘兮兮地拉着商玲珑的手来到屋内，只见案几上放着一件用华丽锦缎包起的东西，他扬手掀开锦缎，赫然一把精美的凤首箜篌呈现在眼前。"我和表妹能够走到一起，多亏你的帮忙，这是我一点心意，你就收下吧。"商玲珑又惊又喜地抚摸着那凤首箜篌，不可置信道："送给我？"元微之笑着点了点头，她抱起来爱不释手地把玩了一阵，忽然趁他不备，抬起头亲吻了一下他的面颊，慌里慌张地抱着凤首箜篌跑走了。元微之整个人愣在原地，半天没有回过神来。就在这时，一封从长安来的信送到了他的手里，元微之打开一看，正是白乐天写来的。他不由蹙起了双眉，离开长安这么久，他差点忘记了自己的宏图壮志。

飒飒的寒风吹着十里长亭，饯别宴已然凉透，崔双文依依不舍地端起酒杯走到元微之面前，"表哥，你能不能不走？"元微之将她的杯中酒一饮而尽，叹道："博学鸿词科很快要开考了，我必须要回长安。这次我若有幸考中，就能获得官职，风风光光地来娶你了。表妹，你相信我，我一定会回来的。"崔双文含泪道："我明白，我一定会等你的。表哥你看，我的手上还缠着红丝绸，我已经是你的妻子了。"元微之深情地凝视她一眼，拜别了崔老夫人，翻身上马，扬尘而去。

自从他走后，崔双文每天都摩挲着那个空匣子，直到有一日商玲珑冲进屋来，拿起匣子就要丢到火堆里，崔双文连忙拦住她，"你干什么？你不如要了我的命！"商玲珑抬起眼眸，看得出她明显刚哭过，"小姐，他不会回来了，你别傻了！刚才我出去买东西，听见酒肆里茶余饭后谈的都是你的故事，这些都是他自己说出去的，不但如此，他还说小姐你是……大凡天之所命尤物也，不妖其身，必妖于人。"

鹿 回 头

　　崔双文不可置信地连连退了几步，跌坐在地上，商玲珑哽咽着跪了下来，紧紧抱住了她，"小姐，你别这样了，你哭出来会舒服些……"一滴晶莹的泪水悄无声息地从崔双文的眼中滑落，她拿起那个匣子狠狠地扔进了红炉火中，再也忍不住失声痛哭，"把那颗明珠拿来。"商玲珑从怀中取出递给了她，崔双文拿起小刀，边落泪边将珍珠碾磨成了齑粉，她蘸着新墨，和着泪水提笔在纸上写下一封决绝信：自从消瘦减容光，万转千回懒下床。不为旁人羞不起，为郎憔悴却羞郎！

　　悠悠的小舟载着元微之往京都的方向远去了，他根本不知道那些酒后醉言已让崔双文伤透了心，还时不时惦记着普救寺的那一晚，一时兴之所至，竟提笔写下了《梦游春》寄给了白乐天。"……身回夜合偏，态敛晨霞聚。睡脸桃破风，汗妆莲委露。丛梳百叶髻，金蹙重台屦。纰软钿头裙，玲珑合欢袴。鲜妍脂粉薄，暗淡衣裳故。最似红牡丹，雨来春欲暮……"收到信笺的白乐天紧蹙眉头，来回念着这几句，不免摇了摇头："荒唐。"两日后元微之终于回来了，兴冲冲地跑到静安邸找白乐天，谁知白乐天却沉色道："元九啊元九，我本以为你这次去蒲州是办要紧事，谁知你流连花丛，这也就罢了，如今又始乱终弃，你……你实在太荒唐！"元微之不悦道："你也觉得我是这样的人吗？我不回来考取功名，拿什么去娶表妹？乐天兄，你说我倒是大言不惭，可你自己又怎么样呢？湘灵和眉娘，你不也一直摇摆不定，害得三个人都不开心吗？"白乐天登时哑然，顿了半响道："这不一样！"元微之哼道："是不一样，你是两个都喜欢罢了！"

第二十四章　卖炭翁

　　天气越来越寒冷了，一场大雪纷纷扬扬，将整座长安覆盖，终于到了一年里最热闹的一天。除夕的当天早上，赁屋的大门就被陈湘灵敲开了。只见她穿着厚厚的褐绸袄衣，冬衣的夹层里塞满了絮状的浮丝乱麻以保暖，发丝上还沾了些许飞雪，陈湘灵提着食盒笑盈盈地对翩翩道："眉娘在家吗？我亲手做了些下酒菜送来给她。"翩翩笑着点了点头，拉开了大门迎她进去，陈湘灵回头看了看，道："我带个朋友来，你们不介意吧？乐天哥哥，一起来吧。"只见白乐天从陈湘灵的身后走了出来，翩翩见状不知所措，"这……我要问问叶大哥。"她话音未落，卢眉娘就听见声音跑了出来，"湘灵，乐天！你们也来了，太好了！今年的除夕一起过吧，一定很热闹！"说着便笑挽住二人的手往院子里去了，翩翩忽然听见身后传来了叶岐云的声音："既来之，则安之。我说过如果眉儿能在三个月内让白乐天选择她，我什么都答应她。"

　　"哇，好香啊！"当陈湘灵把食盒打开的时候，卢眉娘迫不及待地取出一盘热腾腾的蒸猪肉，把肉片搅碎了，浇上蒜汁蒜泥，又拌上陈湘灵才做好的豆酱，用刚出炉没多久的金黄面饼裹起来，送进口中咬了一口，顿觉味蕾绽开，美味异常。陈湘灵笑道："我还带来了炙野菌、腌鱼干、秋葵汤，不如叫上大家一起来吃吧。"卢眉娘又伸手卷了一块猪肉饼子，边吃边出去拉叶岐云，"岐云哥哥，今天是除夕，正好大家都来了，咱们聚在一起吃吃喝喝也热闹！走吧！翩翩，欧阳大哥，你们也过来！对了，我去叫母亲大人。"只见南玳慵懒地抚摸着怀中的猞猁，慈爱地笑道："你们年轻人去玩吧，我这两天身子不舒服，还是回屋里歇着的好。"说罢她抱着猞猁转身回屋了，就在进门之前，南玳不由回头望了众人一眼，嘴角漾起一抹意味深长的微笑。

鹿 回 头

"怎么也不叫上我？乐天兄，还在生我的气吗？"门外忽然传来了元微之的声音，白乐天又惊又喜地跑上前拍了拍他的肩膀，"元九！我还怕你不高兴，不敢去找你呢！"说罢拉着元微之也进屋坐下，卢眉娘见状忙对叶岐云道："岐云哥哥，他也是我的朋友，大家难得聚在一起，不如今天你就把这间赁屋借给我吧。"叶岐云端起一碗酒笑道："赁屋本就是借的，又不是我的，何况就算我的也是你的，你想请多少人来都可以，只要你开心就好。"白乐天看在眼里，点头笑道："叶兄，你对眉娘真好。"翩翩和欧阳呈怕自己喝多失言，早早就借口各自回屋了，只有叶岐云为了让卢眉娘开心一直陪着。到了午后，天空中又飘起鹅毛大雪，门外传来一阵敲门声，"乐天兄，我们来向你讨酒喝了！"白乐天闻声忙跑出去开门，只见柳子厚和刘梦得双双站在门前，不由惊喜道："子厚兄，梦得兄！今天真是团聚一堂，快快请进！"陈湘灵抱来一坛酒亲自给他们斟酒道："这些是乐天哥哥前段日子特意酿的美酒，可不是外面卖的绿蚁酒。"只见她倒出的酒液是一种清透的琥珀色，刚刚煮过还冒着热气，白乐天笑道："世间好物黄醅酒，今天大家不醉不归！"

他们围着炉火边吃边喝，玩起了律令和樗蒲，卢眉娘却觉得太文绉绉的，一点儿也没意思，"哎，不如我们来玩击鼓传花吧！"她红着脸从瓶内折下一支红梅，叶岐云道："我来打鼓，你们玩吧。"咚咚的鼓声越来越快，红梅在卢眉娘的手中抛开，众人觥筹交错，互相传着红梅，直到鼓声一停，红梅又落在了卢眉娘手中，害她被罚了一杯，大家哄笑着又玩起来了。就这样很快到了晚上，只听大明宫方向传来了禁夜的鼓声，各大坊门也即将在风雪中关起。卢眉娘拉起白乐天就往外跑，他只觉得她的手心冰冷，忙关切道："眉娘，你的手怎么这么冷？外面下着雪，还是别出去了，我们去烤烤火吧。"卢眉娘摆手道："不用不用，你带我去找块红炭吧！在我的家乡很少看见下雪，更没有人用红炭，所以我们家乡都说红炭表示幸福美满，谁能找到红炭是幸运的象征。"白乐天懵懵懂懂地点了点头，"原来如此，虽然京城没这个习俗，但多的是红炭，我带你去买一块！"

门外风雪正劲，二人拉着手踏上积雪狼狈地跑着，只见一个两鬓苍苍的老人拉着牛车费力地在风雪中步行，牛车上装载着千余斤的黑炭，他的

第二十四章 卖炭翁

十指都已冻裂了,面上沟壑纵横,裹着单薄破旧的衣衫,只等着在这个大雪天能把炭卖出个好价钱。卢眉娘道:"乐天,我不想买什么红炭了,咱们买两块老人家的黑炭吧,一会儿用火一烤,不也变成红色了!"白乐天笑着点了点头,于是上前,从卖炭翁手中买了两块炭。白茫茫的雪地中,只有卢眉娘和白乐天两个痴人坐在一旁,黑炭在火中啪啪地燃烧着,很快就变成了红色,白乐天高兴地忘了形,伸手就去抓,"哎呀!"白乐天烫了手连忙缩回。卢眉娘赶忙拉过他的手吹了两口,"瞧你怎么这么不小心!咦,你手心的这个掌纹是向上,我的这只手上这根纹路是向下,正好能对起来!"卢眉娘展开自己的手掌,与他的手凑在一起对上了掌纹。

就在这时,忽然听见风雪中依稀传来了呜咽声,二人好奇地循声望去,只见雪地中走来一个老人,他正是方才的卖炭翁,只是牛车也不见了,千余斤的黑炭也不见了。卢眉娘奇道:"老人家,怎么又是你?出什么事了,你的牛车和炭火呢?"卖炭翁放声大哭道:"从宫里出来两个给使,他们把我的炭全部抢走了,只给了我半匹红绡和一丈绫缎。那可是我辛辛苦苦在山里砍伐烧灼了多少个日日夜夜的炭啊……就指望着能在天寒地冻的时候卖几个钱,吃饱穿暖,我要这红绡和锦缎又有何用啊……"卢眉娘不由红了眼眶,"宫市,又是宫市的那些阉人!"她从手上摘下两个金镯塞给了卖炭翁,"老人家,我只有这些,你就收下去换点衣衫粮食吧。"卖炭翁感激涕零地给她跪下叩了几个头,抹着泪痕蹒跚着在风雪中走远了。望着他远去的背影,白乐天心中也很不好受,当即敲碎一块黑炭,在墙上写下:卖炭翁,伐薪烧炭南山中。满面尘灰烟火色,两鬓苍苍十指黑。卖炭得钱何所营?身上衣裳口中食。可怜身上衣正单,心忧炭贱愿天寒。夜来城外一尺雪,晓驾炭车碾冰辙。牛困人饥日已高,市南门外泥中歇。翩翩两骑来是谁?黄衣使者白衫儿。手把文书口称敕,回车叱牛牵向北。一车炭,千余斤,宫使驱将惜不得。半匹红绡一丈绫,系向牛头充炭直!

"眉娘,我正到处找你呢!"他们正为此事心酸,双双不语垂头往回走,只见陈湘灵兴冲冲地跑上前来,向他们喊道。卢眉娘忙擦干泪痕,怕扫了她的兴,陈湘灵笑道:"天快黑了,就要门禁了,我看那边有驱傩大队,不如我们也去参加吧!参加了驱傩大队,就可以跟着大家穿街走巷,不受

鹿 回 头

今夜的门禁!"她说罢就拿出两个面具,给自己和卢眉娘戴上,拉着她的手欢快地奔进了热热闹闹的驱傩大队中。白乐天惦记着柳子厚与刘梦得,便没有和她们去。此时天色已经彻底黑了,家家户户的院里都点着大火堆用来庭燎,冲天的火光透过院墙和大门,把大街上照得亮堂堂的。驱傩大队的最前面有一对男女戴着傩翁与傩母的面具,围在他们身后有千百个戴着小孩面具的护僮侲子,后面还有许多戴着各种鬼怪面具的,边走边跳,唱着《驱傩词》,好不热闹。"湘灵!"玩得起劲的卢眉娘回过头,却赫然发现与陈湘灵走失了,她慌忙掀起自己的面具,穿梭在驱傩大队中寻找着,"湘灵,你在哪儿啊?"可是这驱傩大队中那么多的人,她唯有靠面具认人,好不容易看见了一个戴着相同面具的人,她欣喜地冲上前,一把掀开对方的面具,"湘灵!"

纵然是旧相识,纵然是朝夕相处,这一眼仿佛隔了千万年。卢眉娘不由怔住了,望着眼前那熟悉的笑颜,轻声唤道:"岐云哥哥……"叶岐云宠溺地笑着,扬手摘下了自己的面具,"你在找陈姑娘?我看见她往那边去玩了,放心吧。"好像从没有这般凝视过他,卢眉娘竟觉得心中泛起一阵涟漪,拉起他的手道:"我也玩累了,我们去旁边坐会儿吧。"他们并肩坐在路边的台阶上,看着人来人往,叶岐云笑道:"刚才在面具后看见你,就想起我们以前在鹿眠谷捉迷藏,要是这样的日子永远不变该多好。"卢眉娘点头正要开口,只听砰一声巨响,她不由吓了一跳,原来是旁边几个小孩子在往火堆里丢着竹竿,发出啪啦啪啦的爆竹声。卢眉娘一时兴起,也拿来几根竹竿递给叶岐云,一起往火堆里扔去,竹竿噼里啪啦迸发出一阵阵金红色的小火花,二人笑着闹着,叶岐云还贴心地替她捂住了双耳。

送走了刘梦得和柳子厚,白乐天发现众人还没回来,便也跑到街上去找。驱傩大队的人那么多,他只得在人海中来回穿梭。"傻书生,你在找谁啊?"忽然一阵柔中带刚的声音从背后传来,白乐天下意识地回头望去,川流不息的人海隐约遮挡住视线,却见一个穿蓝色宽裙的姑娘抿嘴含笑向自己走来。只见她梳着精美的凌虚髻,两缕乌发垂在胸前,缀着五色彩珠,眉间点着金饰牡丹花钿,身披着雪白的狐裘,腰间别着一根皮鞭,飒爽英姿中又带有几分华贵。"杨帮主!"白乐天认出了她,不由脱口而出。杨连

第二十四章 卖炭翁

城笑道："怎么，是不是觉得我跟原来看上去不一样了？记住了，我就是杨明府家的二娘子。"白乐天惊道："啊？杨慕巢真的是你哥哥？那你怎么还躲着他？"杨连城诡秘一笑，道："今晚我也是偷偷溜出来的。"

"妹妹，妹妹！"人群的那一头，杨慕巢正在焦急地寻找着杨连城，他不免有些后悔答应让她今晚出来玩，看来她又要偷跑了。忽见前面一群人围着一座高台，杨慕巢推开人群挤了进去，只见一个女子站在高台上，戴着珍珠花帽，身穿纱罗绣花长袖裙袍跳着西域的柘枝舞。她的舞衣以金铃装饰，脚踏锦靴，合着鼓点的舞步变幻多端，身上的铃铛清脆急促。扬眉动目踏花毡，红汗交流珠帽偏。她回眸一眼看见了台下的杨慕巢，不由喜出望外道："杨大哥！"杨慕巢也认出了她就是康娥，正要上前，几个胡商拦住了他，说康娥是他们的人，今晚一定要跳完舞曲赚足了钱才行。杨慕巢气愤地从怀中取出一个装满金子的匣子扔在了他们的面前，"从今天起，康娥就是我杨明府府上的舞姬！"说罢拉住她冰凉的手走出了人群。康娥感激地凝视着他，恍然间仿佛又看见了死去的杨咏，"杨大哥，谢谢你。"

跟着驱傩大队一直向前走，陈湘灵这才发现卢眉娘早就不见了，忙摘下面具跑出驱傩大队，四处寻找着卢眉娘。虽然人海茫茫，可是一个人影却闯入了她的视线，陈青笠披着厚厚的羊皮袄站在人群外，显得遗世独立。已经许久没见到他了，陈湘灵蓦地一怔，扔下面具便追去，"三哥！三哥你别走啊！"陈青笠一看见她，连忙转身就跑，很快消失在了人海中。陈湘灵怏怏地蹲坐在路边，抱住双膝，喃喃自语道："三哥，我在这世上只剩你一个亲人了，你快点回来吧……"

除夕夜终于在热闹的爆竹声中渐渐沉寂，回到赁屋的众人也都累得倒头就睡，卢眉娘和陈湘灵躺在一张大床榻上，靠着彼此的头很快进入了梦乡。一个黑影掠过屋顶，悄然遁入了赁屋，隔壁的欧阳呈警惕地睁开了双眼，正要拔出腰间的双铜，却被身边的叶岐云拦住了，"嘘，都是自己人。睡吧。"那黑影悄悄推开卢眉娘和陈湘灵的屋门，脱下了身上的羊皮袄，盖在了陈湘灵的被褥上。

第二十五章　宣武变

"回来了？"那个黑影又凌空而起，离开了赁屋，直到他蹑手蹑脚地推开杨府大门，却赫然看见杨慕巢忍着笑走上前，那人才一把摘下面巾，"想不到你早就摸清了我的底细。"微微的灯光照亮了他的面孔，他正是平日里羸弱不堪的陈青笠。杨慕巢道："我只知道你装傻装病，不想让任何人知道你有武功，但你究竟是什么人，为什么要这么做？"陈青笠道："我就是那种给钱办事的刀客。杀的人多了，我还不怕别人找我算账吗？所以就假扮成弱不禁风的书生，混淆视听。不过我杀的都是该死的人，从没害过好人。"杨慕巢面色一凛，道："你闯祸了，你上次杀的就是我妹妹的手下！"见陈青笠怔住了，他忍不住哈哈笑了，"放心吧，我既然收留你在府上，就一定替你保守这个秘密！"

次日的正月初一，天还没有亮的长安城内已是一片火城，宰相等京官带着下人举火点灯，去往大明宫的含元殿上朝参加一年一度的大朝会。欢欢喜喜的新年持续了近一个月之久才结束，此时却从遥远的宣武传来了一份讣告，北平王马燧接到讣告连连叹气摇头，卢沉楹听闻噩耗，步履匆忙地跑进堂内，"外公，义父去世了？"直到看到马燧点头确认，她才不得不信，跌坐在了胡床上，"坏了，义父一死，宣武军必定有变。"马燧哼道："节度使的位置不知道有多少人想坐，董晋突然辞世，恐怕宣武军要有一场硬仗了。"卢沉楹心中一凛，喃喃自语道："不好，昌黎先生要有难！"

"昌黎先生，是北平王府的来信！"此时此刻远在他乡的韩退之正在为董晋守灵，他也不知自己该何去何从，就在这时收到了北平王府的来信，他连忙打开一看，却见字迹并非马燧，字迹娟秀清丽，一看就是个女子的。他匆匆看罢了信，止不住拊掌叹道："好主意！这位娘子究竟是什么人？居然能洞察到宣武军即将有变，还提醒我借扶灵柩回洛阳以避此劫，真是

第二十五章 宣武变

聪明绝顶啊。"次日一早，韩退之便披麻戴孝扶着董晋的灵柩浩浩荡荡地出了城门。果然不出所料，他刚走四日后，宣武军发生变故，两败俱伤，死伤惨重。韩退之来到洛阳埋葬了董晋，只觉东都也不是自己的去留之地，最终还是决定再次回到长安。就在他刚刚走出洛阳城门时，一辆华丽无比的金辇摇晃着进了城，坐在辇中的正是前来拜祭义父董晋的卢沉楹，她浑然不知与朝思暮想的梦中人擦肩而过。

三个月的期限就快到了，白乐天痴痴地望着面前的两只不同的鞋，依旧举棋不定。杨连城看不下去了，伸手将锦鞋塞进他的怀里急道："你还等什么？卢眉娘已经跟你说过，三个月之内如果你不能选择她，她就要乖乖和叶岐云回家乡去了。"白乐天心中一颤，抱着锦鞋道："是啊，我不能让她走……这样吧，我去约眉娘和湘灵出来说个清楚。眉娘最喜欢辛夷花，我就在门前挂一把辛夷花，她看见就会明白了。"门前忽地闪过一个黑影，杨连城敏感地追出去，可是门外却没有任何踪迹。白乐天让杨连城去通知她们过来，自己则在门前爬高登低地将辛夷花挂在门前。就在他刚刚挂上门楣时，一个蒙面人挥刀凌空而下，直向白乐天刺来。他登时大惊失色，整个身子轰然向后倒去，眼看就要从梯子上摔下来，忽然一阵马蹄响起，只见杨连城带着无忧阁的手下匆匆赶来。杨连城见白乐天被人刺杀，从天而降，一脚蹬住马鞍飞身而起，马鞭在手中挥出，缠住白乐天的腰间，稳稳地接住了白乐天。那刺客依旧挥舞着刀剑追杀着白乐天，杨连城反手一把拎起白乐天的后背，将他放在了马背上，驾马突围绝尘而去。眼看着他们远去，那刺客倒也没有追上前，扬手将门上挂着的辛夷花哗啦打落在地。

"乐天不是说让我来这里等他的吗，怎么不见人呢？"不一会儿工夫，卢眉娘就应约前来了，她丝毫没有留意到掉落在地上的辛夷花，只顾着四周环视，不由心中一沉，"难道……这就是他给我的答案？他选择了湘灵……"一阵心酸泛上心头，泪水不禁在眼中打转，卢眉娘伸手擦去泪痕，倔强地扭头离开了。她刚刚走了没多久，陈湘灵也应约而来，她一眼看见落在地上的辛夷花，风吹动那粉碎的花瓣，让她脑中嗡嗡作响。她不可置信地四处寻找着白乐天和卢眉娘的身影，却始终没有看到。她蹲下身来捡起一片片的花瓣，泪水悄然滑落，"我明白了，乐天哥哥还是选择了眉娘，他们一起走了，自然是不要这花了。"陈湘灵忍不住捂住口，迎着风哭着黯然跑远了。

等到白乐天回到门前时，却不见卢眉娘，也不见陈湘灵，他慌慌张张地跑去赁屋，可是那里也已经人去楼空。卢眉娘愿赌服输，终于和叶岐云一行离开了长安，前往洛阳行宫呦呦谷重新部署计划。白乐天失望地跌坐在赁屋的门前，只见陈青笠怒气冲冲地跑来，上前就给了他一拳，"你这混账，居然敢负我五妹！"白乐天当即被他打得流出鼻血，此时此刻他已是心灰意冷，闭起眼道："你说得对，我负了所有人，你打死我吧！"杨连城追过来，张开双手护在他的面前喝道："我看谁敢打他！姓陈的，你吃我家的喝我家的，你还敢对我的朋友动手，我看你真是活腻了！别以为我不知道，你就是当初我要找的那个刀客，新债旧账，咱们今天一起算！"她说罢从腰间抽出马鞭就打向陈青笠，显然低估了他的武功，陈青笠翻身而起，一把拽住她的马鞭，二人见招拆招厮打在一起。"别打了！住手啊！"刚刚去给琵琶换弦的康娥正巧路过，看见他们二人打了起来，抱着琵琶飞身而入，本想劝住二人，谁知杨连城挥手一记鞭子，重重地打在了她的琵琶上，那琵琶登时应声而碎。"康姑娘，你没事吧？"杨慕巢忽然凌空而来，一把护住了康娥。杨连城一看见他，慌忙扔下马鞭就跑，杨慕巢气得更懒得去追她，轻声安慰康娥道："我重新给你买一把龟兹琵琶吧。陈青笠，你立即跟我回府！"

春风十里明媚着长安，可众人心里都不痛快，刚刚从洛阳回到长安的韩退之正犹豫失去了宣武节度使的庇佑，自己从今后该何去何从，忽然听见一丛牡丹后传来了小孩子稚嫩的声音："姐姐你真好，帮我们绣这么多锦帕。"紧接着一个女子的声音飘了过来，"你们绣的锦帕越多，就可以卖更多的钱，赚到钱就可以帮家里分担了。不过千万记住，无论多么贫困，都不可以去偷去抢，一定要靠自己的双手。最后的这些绣好了，姐姐先走了，明天再来帮你们接着绣。"韩退之好奇地透过花丛望去，只见一个身穿粗布麻衣、茜色襦裙的女子起身走了，丝毫没有留意到一只耳坠掉在了地上。韩退之忙俯身捡起耳环，追上前去："娘子，你丢了东西！"那女子回过头，顿时让韩退之眼前一亮。她虽然穿着朴素简单，但是如此光彩照人，

第二十五章 宣武变

微风拂动两鬓的发丝,温柔而大气的面容宛若这春日里的牡丹。只是他不知道,在他面前的正是高平郡君卢沉槛。卢沉槛接过耳环抿嘴微笑着道了谢,忽然一阵春风吹起,树上的榴花纷纷落在她的发髻上。韩退之一时失神,望着她远去的背影,不由脱口而出:"幸自同开俱隐约,何须相倚斗轻盈。陵晨并作新妆面,对客偏含不语情。双燕无机还拂掠,游蜂多思正经营。长年是事皆抛尽,今日栏边暂眼明。"

"母后,我认为我们还是该按照原定计划的时间去刺杀李适,这件事就交给儿去办。"呦呦谷的坤地宫内,叶岐云正向南玳请示道。南玳慵懒地靠在隐囊上替猞猁瘙痒,微笑着摇了摇头,"别把自己逼那么紧,现在还不是时机。你看看眉娘也不开心,不如你带她离开呦呦谷去江南散散心吧。"叶岐云不由一愣,南玳轻轻拍了拍他的手道:"母后知道你喜欢眉娘。正好她和白乐天也分开了,你趁这时候去安慰安慰她,不是更好吗?母后虽然想报仇,但也希望你幸福。"叶岐云本还要推辞,却被南玳阻止了。看着他与卢眉娘双双离开呦呦谷,南玳的眼中忽地变了一种神情,扔下了怀中的猞猁,召来翩翩神秘道:"翩翩,我要你替我做一件事,你立即回长安给我盯住白乐天的一举一动。"

"乐天兄,别再喝了!"酒肆都快要打烊了,白乐天还坐在食案前抱着酒坛灌酒,元微之实在看不下去,一把将他的酒坛夺了过来。正巧刘梦得也来此沽酒,元微之忙道:"梦得兄,这人因为眉娘和湘灵都快发了疯,你快劝劝他吧。"刘梦得坐下,听元微之说了前因后果,豪爽地笑道:"真是儿女情长英雄气短,乐天兄,不如这样吧,我被太子殿下调去扬州当杜佑的幕僚和掌书记,明日就启程,你不如跟我一道去扬州散散心,很快就没事了。"白乐天醉醺醺地点了点头,元微之却因为要准备博学鸿词科的考试,就不与二人同去了。

这一路有刘梦得相伴,白乐天也宽慰了不少,二人骑着马一路来到了太湖边上,只见春光潋滟,正是大好时光,太湖波光粼粼,四处桃蹊柳陌,琪花瑶草,不由得驻足欣赏。就在此时忽听得有人落水,刘梦得和白乐天忙翻身下马赶去岸边救人,落水那人吐了两口水方才醒来,只见他手中

鹿 回 头

紧紧攥着一块漂亮的鹅卵石，不过二十岁光景，模样俊朗，穿着鼠毛褐的布衣长袍，也像是个读书人。众人一看是他，指指点点地四处散去了，这人不顾自己浑身湿透，还欣喜地把玩着手中的石头，只听旁人道："你们是外地人吧？不知道这个石君，他可是个藏石如痴的家伙，总爱搜集一些怪里怪气的石头，这次是掉水里，下次还不知道怎么样呢！"刘梦得拍了拍他的肩膀道："兄台，你衣服都湿透了，我包袱里还有件新衣，你快换上吧。"

"你们知不知道太湖石？"这年轻人一把抓住他们的衣袖，白乐天一个趔趄差点摔倒，尴尬地摇了摇头，"是不是你手中的这个？"那人道："不是，我最近看见一块上好的太湖石，就在湖边的芍药栏里，我带你们去看！"浑身湿漉漉的年轻人拉起他们直跑到开满芍药的丛林中，指着面前耸立的一块像极了凤凰飞天的假山石道："就是它了！太湖石分作水石和干石两种，水石是在河湖中经水波荡涤，历久侵蚀而成，这块就是水石。"刘梦得抚掌道："这的确是块好石，姿态万千，玲珑剔透，有皱、漏、瘦、透四美。"白乐天虽然不懂，经二人这样一说也赞不绝口道："烟翠三秋色，波涛万古痕。削成青玉片，截断碧云根。风气通岩穴，苔文护洞门。三峰具体小，应是华山孙。"刘梦得也当即赋诗一首："震泽生奇石，沉潜得地灵。初辞水府出，犹带龙宫腥。发自江湖国，来荣卿相庭。从风夏云势，上汉古查形。拂拭鱼鳞见，铿锵玉韵聆。烟波含宿润，苔藓助新青……"那年轻人不由大喜："二位果然是同道中人！在下安定牛僧孺，小字思黯，请教二位高名大姓？"他们各自拜手，告知姓名，牛思黯略一沉吟，当即诵道："池塘初展见，金玉自凡轻……似逢三益友，如对十年兄……念此园林宝，还须别识精。诗仙有刘白，为汝数逢迎！"

第二十六章　太湖石记

"太后，翩翩从太湖寄来了书信。"与世隔绝的呦呦谷中，欧阳呈将一封信递给了南玳，她打开一看，神色微微有变，"凤凰？这次真是天助我也。白乐天居然在太湖结识了一个藏石如痴的年轻人，他还带他们去看了一块像极了凤凰于飞的太湖石。丞相啊，你怕是不知道，李适最怕的就是凤凰！"提及这事，南玳蓦地一掌打在了案几上，吓得猞猁慌忙跑掉，欧阳呈没见过她这般动怒，更不明白她在说什么。只听南玳道："告诉翩翩，有关凤凰的石头都给我留住，这东西要是在李适眼前出现，他一定活活吓死！"当欧阳呈传信到翩翩的手中时，她这才恍然大悟，原来南玳根本是有心支开叶岐云和卢眉娘，为的就是她要亲自利用白乐天。虽然翩翩怎么也想不明白为什么她要跟白乐天过不去，但翩翩绝不能让白乐天出事，绝不能让卢眉娘伤心难过。

此时的江南，卢眉娘和叶岐云丝毫不知道这件事，二人骑着马追逐在山水之间，穿梭在盛开的牡丹丛中。玩了一整天也累了，卢眉娘与他并肩坐在水岸边，眺望着夕阳下波光粼粼的水面，她不由叹了口气，"岐云哥哥，我本以为离开了长安，离开了乐天，让自己充实一些，就不会再想他了。谁知道歇下来之后，思念更加浓烈。也不知道他和湘灵怎么样了，白大娘能不能同意他们成亲……"叶岐云拉过她的手道："既然走了，就别想那么多了。"卢眉娘咬了咬嘴唇，道："我……我想回长安，看看他们怎么样了，我就回去看一眼，只要看到他们开开心心在一起我就走。"叶岐云低声道："眉儿，你现在是越来越不像话了。你再这样闹下去，我就把你送回琼州。"她一时赌气，甩开他的手跃上马背就跑，叶岐云连忙骑马追她而去。

"乐天兄、梦得兄，难得你我三人如此投缘，小弟也没什么好东西，只

鹿回头

能送两位两枚石头且留作纪念。"牛思黯换了身干净的衣服,特意请他们一聚,翮翮坐在隔壁的包厢,悄悄透过屏障看着他们的一举一动。只见牛思黯从怀中取出两枚小小的鹅卵石分别递给白乐天和刘梦得,道:"这虽然不是太湖石,但这两枚石头也是奇石。梦得兄这块背面有个蛟龙的形状,而乐天兄这块背面也有个凤凰图形。"翮翮听罢,心中猛地一颤,太后就是想利用凤凰图形的石头,万万不能让这块石头落在白乐天手上,否则不知太后要怎么利用他。翮翮连忙起身绕过屏障,含笑盈盈走上前去,"白公子,你的这块石头可否给我看看?"白乐天惊愕地看见她出现在这里,急忙道:"咦,翮翮姑娘,你怎么会在太湖?眉娘也来了吗?我有话要对她说!"谁知他刚刚把鹅卵石放入她手中,翮翮却旋身避开,猝不及防地跑出门外,翻身跃上马疾驰而去,"记住我的话,不要碰有关凤凰的东西!"白乐天慌忙追出来,心中认定卢眉娘就在附近,赶忙拉来自己的马匹,紧跟着翮翮追了出去。

嗒嗒的马蹄翻飞尘土,翮翮见他穷追不舍,也加快了速度,谁知刚刚转过一个岔路口,竟与对面窜出来的一匹马险些撞上。翮翮慌忙拉紧了缰绳,定睛一看不由倒吸一口凉气,"眉娘?"对面那人也回过神来,她正是与叶岐云赌气跑走的卢眉娘,她怎么都没想到会在江南遇见翮翮,正惊觉奇怪,只见白乐天笨拙地驾着马追过来,"翮翮姑娘,你别走!"他惊诧地看见了卢眉娘,不由惊呼道:"眉娘!"卢眉娘又惊又喜,跳下马背向他飞奔而去,白乐天连滚带爬地下了马,一时激动不已,将她紧紧拥入怀中。才追上来的叶岐云不偏不倚地看见这一幕,眼中不由闪过一丝落寞。翮翮忙道:"圣主,我有事跟你说。"叶岐云道:"我现在不想听,我们走吧。"

"眉娘,你为什么要走?"白乐天哽咽地拥着她的发丝道。卢眉娘推开了他,反手抹了泪痕道:"你都选择了湘灵,还要来找我干什么?我愿赌服输,既然我输了,我就要跟岐云哥哥走。"白乐天焦急地扶住她的双肩晃动道:"输?眉娘,我选择的是你啊!你难道没看到我挂在门前的辛夷花吗?那是你最喜欢的花啊!"泪滴霎时从她的眼眶中掉落,她从来没想到会是这样的局面,一时竟不知如何是好。白乐天急忙从怀里取出一双锦鞋道:"眉娘,这是你做的锦鞋,我一直带在身边。我选择的人是你,你不要走,

第二十六章 太湖石记

好不好?"卢眉娘的心中早已溃堤,欢喜的泪水流过脸庞,她再度紧紧拥住了白乐天。

二人相拥倾诉着这分别后的时日,等到夕阳就快落下,沉浸在怡乐中的卢眉娘这才发现叶岐云和翩翩已经不见了,叹了口气道:"岐云哥哥一定生我的气了,他们一定是回洛阳了。"白乐天安慰道:"那我们也回长安吧,毕竟东都离长安不远,我可以陪你去找他们。"他含笑拉过卢眉娘的手,夕阳在二人的身后轻轻铺洒,她抿嘴一笑,与他双双牵马走远。当他们回到长安的时候,陈湘灵便什么都明白了。"五妹,你干什么收拾东西?"每天晚上都会潜入赁屋看望她的陈青笠,这天看见她坐在灯下收拾起包袱,边收拾着边拭去面上的泪水,陈青笠忙闯进屋拉住她的手道。陈湘灵惊愕地看见他,扑进他的怀中忍不住哭道:"三哥……我以为你不肯再见我了。明天我就要回符离村了,我不想留在长安了。如今我已经看到乐天哥哥和眉娘开心地在一起,也是我该走的时候了。"陈青笠道:"好,你要走,我就陪你走。我是你的三哥,是你唯一的亲人,无论你去哪里我都陪你。"临行前一晚,陈湘灵背着包袱来到陈念慈的门前,悄然跪下拜了三拜,陈念慈透过门缝都看在眼里,她虽然不忍,但也无可奈何地摇了摇头,始终没有出门接受她的拜别。

"生离别,生离别,忧从中来无断绝。忧积心劳血气衰,未年三十生白发……"一杯一杯的烈酒灌入口中,烧灼出一句句断肠诗。"乐天兄,你这是怎么了?"与白乐天一同回来的牛思黯,见他这般模样,不由关切道。白乐天浑身酒气浓烈,跟跄了两步道:"湘灵走了,湘灵走了……"牛思黯道:"你不是已经做出了选择吗?这两天卢姑娘都来看你呢。"白乐天叹道:"我觉得心里很乱,我也不知道该怎么办,我只想找个地方让我静一静。"牛思黯忽然笑道:"这好办,静安邸你是不能住了,其实我在终南山下樊川有一处别墅,你可以去我家暂住。"

这个提议对白乐天而言无疑很好,他只与陈念慈和元微之说了要去樊川暂住,便匆匆收拾了东西搬过去。想不到牛思黯虽然非富即贵,却在长安城内拥有这个不大不小的住宅,也着实令人羡慕。牛思黯笑道:"这只

鹿 回 头

不过是祖上的基业,不算我的,要说我的宝贝,都在这里呢!"他引着白乐天来到后花园的一个溶洞里,只见这溶洞里五光十色,以鹅卵石铺路,堆满了各式各样的石头,有罗浮石、天竺石、千层石、石笋石、太湖石、龟纹石……形状各不相同,厥状非一。有盘拗秀出如灵丘鲜云者,有端俨挺立如真官神人者,有缜润削成如珪瓒者,有廉棱锐刿如剑戟者。又有如虬如凤,若跧若动,将翔将踊,如鬼如兽,若行若骤,将攫将斗者,每一样都是精品。白乐天惊诧地抚摸着石块道:"想不到你还有这么多藏石。古之达人,皆有所嗜。玄晏先生嗜书,嵇中散嗜琴,靖节先生嗜酒,独有思黯嗜石。"牛思黯道:"乐天兄,你知不知道我为什么喜欢收藏这些石头?正是因为石头无文无声,无臭无味,跟书、琴、酒都不同,苟适吾志,其用则多。"白乐天赞道:"说得好!思黯果然与众不同,来日必成大器。"自从住在樊川别墅,白乐天也每日玩石,不由忘却了心中烦忧,更挥笔写下了一篇《太湖石记》。

"掌柜的,住在这里的白乐天呢?"然而卢眉娘再度来到静安邸的时候,却意外地发现白乐天的厢房已经被他人住下了,她慌忙拉住掌柜问道。那掌柜的道:"他呀,他昨天就已经结账走了。"卢眉娘转念一想,"走了?难道……乐天一定是回符离村找湘灵了!"她匆忙跑出客舍,骑着自己的小红马向着符离村的方向赶去。刚刚出了长安城没多久,荒郊野岭处她只听得一阵打斗声传来,远远看去,仿佛有两个人正被一群黑衣人围攻,其中一人显然已经受了伤,却还在拼力保护着身后的女子。卢眉娘暗暗骂道:"以多欺少,真不要脸!"谁知再往前行近两步,竟赫然看见那被围攻的二人竟是回乡的陈青笠和陈湘灵。原来二人离开长安城之后,陈青笠的刀客身份就已败露,昔日的仇家不约而同地要来取他人头,陈青笠保护着陈湘灵,奋战了一天一夜,已然精疲力竭,满身是血。卢眉娘大惊,飞身跳下马来,从袖中甩出一丈黎锦,缠住敌方的大刀,回身护在他们面前。

"眉娘小心!"卢眉娘只顾着他们的安危,浑然不知自己也陷入危险。陈湘灵眼见一把明晃晃的大刀向卢眉娘身后劈来,刺眼的刀光闪过眼前,她惊恐地叫道。卢眉娘应声回过头去,赫然看见那凶神恶煞的仇家瞪着眼睛一动不动地站在自己的面前,大刀还举在头顶,却仿佛定住一般。殷红

第二十六章　太湖石记

的鲜血从那人的天灵盖蔓延流淌下来，他轰然倒地而毙，只见身后赫然站着叶岐云。他面上溅了些许鲜血，手中的斩天剑悄然放入剑鞘，"眉儿，你没事吧？"众人尚还惊魂未定，叶岐云轻声道："你们都受伤了，跟我来吧。"他带着他们来到了宣阳坊的松泉别苑，转过身对卢眉娘柔声道："眉儿，我已经把这里买下来了，你既然决定留在长安，岐云哥哥唯有陪着你留下来。"

"三哥，你醒来了？"陈青笠睁开双眼，只觉得浑身火辣辣地疼痛，看见陈湘灵正守在自己的床榻边悉心照顾，不由心中一动，拉住她的手，"五妹，只要你安然无恙，我就算死，也心甘情愿。"他话音未落，只听见门外传来白乐天急切的敲门声，"湘灵，湘灵！我听说你们被刺杀，你没事吧？"松泉别苑的大门轰一声被叶岐云拉开，他凝视着白乐天的眼睛道："白乐天，你既已选择眉儿，为何还要与陈湘灵纠缠不清？"白乐天闪烁着眼神道："我，我只是……"斩天剑猝不及防地架上了他的脖颈，"白乐天，我要你答应好好对待眉儿，否则，我就杀了你！""不要啊！"只见卢眉娘和陈湘灵不约而同地冲了出来，卢眉娘张开手挡在斩天剑前，陈湘灵则护住了白乐天。叶岐云心中一酸，提高了声音，"白乐天，现在人都在你面前，你最好说个明白，你到底选择谁？"

白乐天推开陈湘灵，昂头走上前，将斩天剑移到自己的脖颈前道："我要参加秋日那场博学鸿词科，若是不能考上，我终身不娶。你若是不满意这个答复，就杀了我吧。"叶岐云恨恨地将斩天剑砸在了地上，回身旋起斗篷扬长而去。白乐天牵起卢眉娘和陈湘灵的手，轻轻拍了拍道："对不起，我……从明天开始，我和微之租了间清净的赁屋，名叫沉荇园，我们会去那里读书。你们放心，等我考过了博学鸿词科，一定给你们一个交代。"陈湘灵含笑道："我们能做得不多，只有每天去云栖寺给你送点吃的，我们断然不会打扰你复习应考，更不会再吵架斗气让你心烦。"卢眉娘也笑着点了点头，"是啊，我和湘灵会团结一气，陪伴在你身边，为你应试做准备。"

鹿 回 头

第二十七章　长安水边多丽人

　　自从白乐天搬去沉荇园，每日然荻读书，卢眉娘和陈湘灵就好得像是亲姐妹般，再也不吵不闹，一个为他补衣做鞋，一个为他煲汤做饭，相处得其乐融融，谁也不敢打扰他念书，都是每天匆匆去一趟就走。从沉荇园来回的路上，她们二人说的话比和白乐天还要多，也更加了解彼此。眼看日子一天天地过去，转眼就要到上巳节。正巧这日刘梦得从扬州休假回来，约上柳子厚去沉荇园找元微之和白乐天，"明天就是上巳节了，别闷在这儿念书了，不如我们大家一起去曲江游玩，也能散散心啊。"白乐天点头道："好，只不过我还想带上……"他话音未落，众人便取笑道："眉娘和湘灵！快去请她们来吧！"

　　上巳节的曲江春光秾丽，不但草长莺飞，更是女子们出来踏青的佳节。偌大的曲江池畔，大幅布帛所制成的行障和帷幕紧密相连，幄幕如云般聚合，车马拥挤喧闹，女子们穿着绮罗华服，头上身上系戴着的香囊首饰花钿，也免不了四下遗落，把道路都盈满了。元微之提议道："我们先去水边祓禊吧。"卢眉娘好奇道："什么是祓禊？"陈湘灵点了点她的鼻尖道："以前的祓禊是跳进水里洗澡，可以防病驱邪，用洁净的流水加上柳枝、香草、桑叶、荠菜花，把脏污洗掉，这一年就不会再惹上灾病了。不过现在天气尚凉，只要去河湖里洗洗手冲冲脚，便也算是祓禊了。"在鹿眠谷里可从来没有这么多好玩的，卢眉娘玩心大发，拉着陈湘灵跑到水边，赤脚玩起了水，二人互相撩起水花，笑着闹着。白乐天不由痴了，轻笑着吟道："三月草萋萋，黄莺歇又啼。柳桥晴有絮，沙路润无泥。禊事修初半，游人到欲齐。金钿耀桃李，丝管骇凫鹥。转岸回船尾，临流簇马蹄。闹翻扬子渡，蹋破魏王堤……"刘梦得笑道："我就说出来走走，说不定脑子更灵光了。"说罢他提笔挥毫了一篇，念道："洛下今修禊，群贤胜会稽。盛筵陪玉铉，通籍尽金闺。波上神仙妓，岸傍桃李蹊。水嬉如鹭振，歌响杂莺

第二十七章　长安水边多丽人

啼。历览风光好,沿洄意思迷。棹歌能俪曲,墨客竞分题。"

柳子厚取来了几个瓷杯道:"两个姑娘玩她们的,我们也别干站着吟诗作赋了,不如我们去曲觞流水吧。"河边早已是文人汇集,他们也坐过去,将酒杯放入流水,顺着回旋的波浪穿梭来往,酒杯到了谁的面前谁就拿起来一饮而尽,赋诗一首。没想到几轮下来,又到了刘梦得的面前,他豪爽地喝光了杯中酒,当即吟诵道:"凤城烟雨歇,万象含佳气。酒后人倒狂,花时天似醉。三春车马客,一代繁华地。何事独伤怀,少年曾得意。"此时卢眉娘和陈湘灵笑语晏晏,跑了过来道:"你们在玩什么呀?哎,这水中怎么还有鸡蛋和红枣?"元微之给卢眉娘解释道:"这是上游的人们煮的鸡蛋红枣,投入流水向下漂去,被有缘人捡起来就可以吃掉,这就叫'曲水浮素卵''曲水浮绛枣'。"卢眉娘伸手拿了一颗红枣递给陈湘灵,二人笑盈盈地吃了起来。

白乐天笑道:"看到你们两个这么和睦,我就安心了。"陈湘灵笑道:"乐天哥哥,你放心,我以后会像对待妹妹一样对眉娘的。"说罢从发髻上摘下唯一的一支珍珠发簪,抬手为卢眉娘插进发髻。卢眉娘只觉心头暖暖的,也伸手摘下了那支金钗为她亲手簪上。"山吐晴岚水放光,辛夷花白柳梢黄。眉娘,这是送给你的。"白乐天捧着一小把刚刚采摘下来的辛夷花递给了卢眉娘,她笑着接过来别在发髻上,拉起白乐天和陈湘灵的手,三人手挽手在草茵上踏歌。刘梦得和元微之不由和唱道:"何处深春好,春深万乘家。宫门皆映柳,辇路尽穿花。池色连天汉,城形象帝车。旌旗暖风里,猎猎向西斜……"一时石榴裙翻飞,欢声笑语不断,仿佛一切的烦恼都飞去了云天之外。

"大家快来看看,这就是我从太湖搬回来的那尊石头!"正在此时,只见牛思黯乐呵呵地带着几人拉来了那尊形似凤凰的太湖石,白乐天忙将他与众人引见。刘梦得也跟柳子厚说起了在太湖的事,柳子厚多喝了两杯,醉醺醺地走上前抚摸着石像道:"果然像极了凤凰!"他踉跄两步,刘梦得忙扶住他,"子厚兄,你喝多了!"他笑着推开刘梦得道:"今天这么开心,定要不醉不归!思黯,我与你也喝一杯!"谁知他那么一抬袖,正好撞

鹿 回 头

上了太湖石，巨大的石块轰然向后面倒下，只听哐当一声巨响，太湖石当即摔在了地面，那凤凰的翅膀全部碎了。"大胆！什么人居然敢冲撞郡君！"众人尚未回过神，只见面前停着一辆无比奢华的肩舆担子，那太湖石方才差点就砸中了轿中人。婢子怒气冲冲地向他们喝道，韩退之正在牡丹丛后徘徊，听得这嘈杂声，不免循声望去。只见一只纤手从帘中探出，一个穿着绛紫色钿钗礼服的女子从行障帷幔中走出，她梳着热闹的扫闹鬓，发髻上簪满金步摇和石竹花，画着精致的妆容，显然是个贵族女子，正是高平郡君卢沉槛。韩退之惊愕不已，他一眼就认出了她，她正是那日丢了耳环的姑娘。卢沉槛轻声道："轻云，不得无礼，我又没有受伤，何必大惊小怪。奴家范阳卢氏，叨扰各位了。"韩退之偷偷听去，不由倒吸一口凉气，"五姓女……这位娘子原来不是普通百姓，竟是比金枝玉叶还尊贵的五姓女……"

虽然牛思黯并没有因柳子厚毁坏了太湖石而生气，可这个消息不胫而走，传到了同样居住在松泉别苑的南玳耳中，她不由得勃然大怒，重重地将猞猁扔在地上，拍案而起，"什么？柳子厚他好大的胆子！他居然敢毁了那尊凤凰于飞的太湖石！"欧阳呈连忙道："太后息怒，圣主就在隔壁屋，还是不要让圣主知道的好。"南玳微微一怔，又坐回了胡床上，"去把云儿给我叫来。"欧阳呈不知她又想怎样，但碍于她抚养自己的妹妹，只得唯命是从。叶岐云刚刚进屋来，南玳就沉色道："云儿，我命你立即去杀了柳子厚！"叶岐云不由惊愕道："母后为何如此动怒？我们与柳子厚并无任何恩怨啊。"南玳道："是吗？那只是因为我一直不知道当初监斩我们全家的人是谁。当日的监斩官，就是柳子厚的父亲柳镇，也是他为李适搜集伪证，害得我们全家成为刀下亡魂！云儿，他柳镇是帮凶，难道不该杀吗？"叶岐云红着眼捏紧了拳头，"我知道该怎么做。"虽然家仇难平，但叶岐云始终无法对无辜的柳子厚下手。为了平复心头之恨，叶岐云当夜就掘了柳镇的坟墓，用尽毕生的功力，轰隆一声炸毁了柳镇的尸骨。

"爹！"此情此景正巧映入了柳子厚的眼中，他方才收到朝廷任命他为六品蓝田尉的通知，明日就要上路，临行前他特意带来了香烛冥锸拜祭父亲，却赫然看见叶岐云炸毁了柳镇的尸骨。他撕心裂肺地痛喊着冲上前，

第二十七章　长安水边多丽人

然而一阵清风吹过，柳镇的骨灰霎时被吹散。柳子厚通红着双眼就要冲上前，"叶岐云，我跟你无冤无仇，你为什么要这么做？我要杀了你！"他从篮子里抽出一把水果刀向面无表情的叶岐云刺去，卢眉娘冲上前，展开双手护在叶岐云面前喝道："不可以！你不可以杀岐云哥哥！"白乐天也跑了过来扭住柳子厚的手，竭力阻拦道："谁能告诉我，这到底是怎么回事？"柳子厚嗓音嘶哑道："是他，他毁了我爹的骨骸……他连一个死人都不肯放过！"卢眉娘闻言不由愕然地回头看去，却见叶岐云的眼神格外冷静，卢眉娘心中一沉，却道："我不相信，就算如此，岐云哥哥一定有他的理由。岐云哥哥，你说句话啊，我说得对不对？"叶岐云道："我自然有原因，但是眉儿，现在的情况你也应该明白了，要么你就跟我走，要么你就留下来。"卢眉娘深深地望了白乐天一眼，却看见他眼中满是疑问和厌恶，卢眉娘蓦地感到心凉，她轻轻伸出手，放入叶岐云的手里，说道："我跟你走。"

"对不起，眉儿，我让你为难了。"紧紧攥着她的手走出很远，天色已经渐亮了，叶岐云终于开口说了第一句话。卢眉娘停下来，凝视着他的眼眸挤出一抹笑容道："我们是一家人，无论你去哪里，我都跟你在一起。我相信岐云哥哥，你也不用告诉我到底为什么这么做，只要知道我的心永远向着你就够了。"沉苓园的藏书楼前，白乐天独自一人坐在石块上，凝望着小池塘中的倒影，不由得心神恍惚。为什么一切都扑朔迷离？为什么一切会变成现在这个样子？眉娘他们究竟是什么人？湖水中忽然多了一个影子，他蓦地回过头去，只见陈湘灵走来坐在自己身边，"乐天哥哥，我都听说了，我想这次眉娘走了，恐怕是不会回来了。我也不懂该怎么安慰你，这支是眉娘的金钗，你留着做个纪念吧。"她说着就从发髻上摘下了那支金钗，塞进白乐天的手中。

白乐天攥紧了金钗，轻轻拥住了陈湘灵，"若是连你也离开，我真不知道该如何是好。"陈湘灵道："对了，我刚刚做了点心放到你房内，快去趁热吃吧。"白乐天拉起她的手道："你跟我一起吃吧，今日我娘跟微之去西市了，一时还不会回来。"说罢二人双双走回了屋内，只见桌上放着好几碟精致的美食，看上去垂涎欲滴，白乐天信手将金钗往旁边供佛的佛龛上

鹿回头

一放，拉着陈湘灵围坐在食案前吃了起来。没有人察觉到，那支放在佛龛上的金钗竟仿似被什么力量吸引着，微微向金佛移动。啪！突如其来的一声巨响震住了白乐天和陈湘灵，二人不约而同地循声向供桌看去，赫然看见金佛后一只精美的钿盒竟与那支金钗吸在了一起。白乐天大惊，忙起身拿起那钿盒和金钗，却发现它们死死地黏合在一起，费了很大的力气才分开，"怎么会这样……这佛龛是我娘的，我从没见过这只钿盒，为什么会和眉娘的金钗吸引在一起？"陈湘灵不可置信地喃喃道："唐明皇和杨贵妃的钗盒情缘……难道说，乐天哥哥和眉娘是天定的情缘……"她不敢再想下去，掩面哭泣着跑出了沉荇园。

　　谁知她刚刚跑出去没多远，就和陈青笠撞了个满怀。见她梨花带雨的模样，陈青笠不由心痛地轻轻为她擦去泪痕，"五妹，你怎么了？是不是白乐天欺负你？"陈湘灵哽咽地摇了摇头，"三哥，你陪我去喝酒。"陈青笠道："女孩子家喝什么酒，你告诉三哥发生什么事了，我替你做主！"陈湘灵前言不搭后语地抽泣道："钗盒情缘，他们是天定的情缘……我根本就是个多余的人……"她瞥见他腰间挂着酒囊，伸手抢来就喝，谁知喝到嘴里的却是甘甜无比的三勒浆。陈青笠将她紧紧地拥入怀中道："好了好了，别哭了，有三哥在。你听着，眉娘现在已经走了，在白乐天身边的只有你，你若一心想和他在一起，三哥就是拼了这条命，也绝不让你失望。五妹你记住，无论什么时候，无论遇到什么事，这世界上还有三哥做你的后盾，只要你回过头，三哥的肩膀永远都是属于你的。"

第二十八章　姜兮吟

"五月榴花照眼明，枝间时见子初成。可怜此地无车马，颠倒青苔落绛英。"北平王府中，卢沉槛从婢子的手中接来一封信，打开念道。隔三岔五，她总是能收到这样的信。今日婢子又拿来了两封道："郡君，王府门外只有信不见人。"她好奇地打开这另外两封匿名信："谁收春色将归去，慢绿妖红半不存。榆荚只能随柳絮，等闲撩乱走空园。"翻过另外一封，只见上面写道："草树知春不久归，百般红紫斗芳菲。杨花榆荚无才思，惟解漫天作雪飞。"卢沉槛登时一愣，仿佛想起了什么，她匆忙从枕头底下翻出了那首《山石》，对起几封信一看，果然字迹一模一样。她惊喜万分道："是昌黎先生！"

卢沉槛欣喜地绕上披帛匆匆跑出了王府，只见不远处的木芙蓉树下，正站着一个熟悉的身影。她迎上前又惊又喜道："你……原来你就是昌黎先生？"韩退之连忙向她行了个大礼，"草民见过郡君！上次街市匆匆一面，竟不知郡君身份，怠慢了郡君。"卢沉槛笑着与他并肩坐在开得正盛的木芙蓉花下，道："其实我早就知道你了……你的诗文我都看过，每一篇都是衔华佩实，探骊得珠。"韩退之道："我还要多谢郡君相救，上次若不是郡君高瞻远瞩，写信教我如何借扶董节使灵柩回洛阳，而逃过了宣武军一劫，我恐怕已不能活着在这里与郡君说话了。我……我没什么钱，也知道郡君什么山珍海味金银财宝都看得多了，只有亲自摘了些新鲜的龙眼给郡君尝尝。"他说着从身后取出一篮夹杂着草叶腥香的龙眼，一颗颗为她剥开。甘甜的滋味抿入口中，木芙蓉的花瓣纷纷随风而落，垂在卢沉槛的发鬓上。韩退之不由心中一动，轻声诵道："新开寒露丛，远比水间红。艳色宁相妒，嘉名偶自同。"

从此以后，韩退之常常来到这木芙蓉花树下与她相见，说起这些年郁郁不得志，还提起曾经三次给宰相上书都毫无回应。卢沉槛却把他的话放

鹿 回 头

在了心上,搜集起韩退之的所有诗文,亲自进宫拜谒宰相。在她的极力推荐下,宰相一来不想得罪五姓女,二来不想跟北平王过不去,再加上他也认为韩退之是个有真才实学的人,终于破例上奏,升他为秘书省校书郎。当接到朝廷的任职书时,韩退之实在不敢相信他终于可以踏进梦寐以求的大明宫,去做一番轰轰烈烈的事业。他郑重地接过深碧色的圆领袴褶官袍与黄铜带,即刻前往秘书省任职。谁知他刚刚走进秘书省内,只见一个熟悉的身影正背对着自己,翻看着一卷卷朝廷藏书。韩退之走上前一看,竟脱口而出:"原来是你!"

那人闻声回过头来,他正是刚刚从蓝田尉调任为秘书省校书郎的柳子厚。柳子厚看见了他,立即想了起来,"韩退之!咱们不是一起吃过虾蟆么!"二人说罢哈哈大笑,聊起了当年往事。韩退之道:"我当初就是栽在了骈文之上,我始终认为六朝以来讲求声律辞藻的骈文是俗下文字,根本写不出好的文章。要我说,应该继承两汉文章的传统,恢复古代的儒学道统,以文明道才是根本。"没想到与柳子厚一拍即合,柳子厚又道:"虽然现在咱们这校书郎官职小,可是能随便阅读朝廷藏书,丰富自己的学识,而且驻在京城,离台阁很近,朝廷上有什么事,都可以第一时间知道。四年考课以后,还有一次大规模的官员调整,那就是飞黄腾达的好机会。在这之前,我们大可以推广这古文运动,以扩大自己的名声,期满之后,自然平步青云。"

柳子厚丝毫没有忘记毁尸灭坟的深仇大恨,便与韩退之说起此事。韩退之不由蹙眉道:"我总觉得奇怪,这一行人到底是什么人。你看他们的衣着打扮,虽然极力学着大唐的风格,却始终透露着怪异。"柳子厚也道:"我听乐天兄曾说过,卢姑娘刚来宿州的时候,竟然不知道买东西要用铜钱换,还用东西换东西的原始方法,后来拿出来的铜钱也不是开元通宝,反而写着什么……琼铢通宝。"韩退之眯起眼睛想了半晌,忽然一拍腿道:"我想起一个地方!琼州!以前曾有个南海国,虽然很早就灭亡了,但是那些遗民却不知去了何处,有传言说这些人集聚在琼州的某个秘密之处,形成一个南海皇朝,一心要覆灭大唐,重新复国!"柳子厚倒吸一口凉气道:"你是说……他们很可能就是南海皇朝的人?若真是如此,大唐岂不是要遭

第二十八章 萋兮吟

受一场浩劫？好在如今我已顺利入仕，母亲又是五姓女中的范阳卢氏，拥有的势力不小，待我找到时机要提醒陛下，一来保大唐安宁，二来也要报这不世之仇！"

柳子厚长留京中，免不了要将家人从河东郡接来，他在安仁坊内置了一处别苑，只等着家母和妹妹们到来。"娘，这些东西我来搬吧！"柳宅的门口停满了载物的车满，柳子厚的母亲卢蕴芝正抬着一尊金佛往屋内来，柳子厚忙迎上前伸手帮忙，卢蕴芝嗔怪道："对佛祖菩萨怎么能说搬，要说请！"暖暖的阳光在她的笑脸上蔓延开，她虽然已年过五十，却是这样的美丽动人，气质高贵，果真是五姓女中最尊贵的范阳卢氏才有的气魄。她穿着一身紫棠色华服裙袍，举手投足间皆是优雅，可以看得出年轻的时候一定美艳无双。柳子厚笑道："是是是，我这样请进屋总可以了吧！"他小心翼翼地接过金佛，虔诚地放在了佛龛里又拜了一拜，卢蕴芝笑道："行了，你别忙了，去看看你的妹妹们吧。"柳子厚道："萋萋不知又跑哪儿去了，兮兮也刚刚回房。"他话音未落，只听对面的闺房里传出一声稚嫩宛转的声音，"大哥，你快过来！"柳子厚应了一声，连忙推门进去。只见一个湘妃粉的背影对着自己，听见他进门来，那少女笑盈盈地回过头来。她不过十五六岁的年纪，梳着漂亮的灵蛇髻，一对象牙镶金的插梳别致地点缀其间，她穿着连枝花样绣罗裙，披帛上的粉色桃花如同映衬着她的红颜，眉间却有着一丝与年龄不符的落落穆穆，一对剪水双瞳中满是纯真与灵动。她就是柳子厚的三妹，柳兮兮。

她一看见柳子厚立刻露出了笑容，拉着他过来，找出好多卷书画递给他道："大哥，这是我画的山水画，这是我抄的佛经！"柳子厚点头赞道："想不到小小年纪，你的字画居然有种禅意。"柳兮兮指着案上的七弦琴道："还有你以前送给我的琴，我也带来了呢。"柳子厚的目光却落在古琴旁边的一桌琉璃棋上。这套琉璃棋是他们柳家的传家之物，是由红绿两种颜色组成，红色的是玛瑙棋子，绿色的是琉璃棋子，皆是晶莹剔透的小三角形，格外别致。柳子厚笑着坐到棋盘前，"来，让大哥看看你的棋艺进步了没有。"柳兮兮坐下来，拿起一粒红玛瑙的棋子，轻轻地放在一丛青琉璃棋子中，胸有成竹地和他对弈起来。

鹿 回 头

　　二人还没下出个胜负，俄而听见柳宅大门被敲响，柳子厚忙出门去看，只见门外站着的正是刘梦得。"子厚，我听说你调到秘书省为校书郎，今日我从扬州回来办事，特意抽出半天空赶来为你庆贺！"柳子厚大喜道："梦得，快快请进！"二人刚刚走入庭院，刘梦得就留意到满院堆着的东西，"你家里来客人了？"柳子厚道："不，是家母和二位妹妹搬来住了。"刘梦得恍然道："原来如此，我真是打扰了。"柳子厚道："既然来了，正好一同吃顿便饭，我们也准备开饭了。"一锅新蒸的黄澄澄的小米饭端上来，现杀的土鸡肉或蒸或煮，薅一把自家院内种的韭菜与豆叶烫一烫，配上酿好的浊米酒。刘梦得吃了两口，不由赞道："日日临池弄小雏，还思写论付官奴。柳家新样元和脚，且尽姜芽敛手徒。"饭后柳子厚对刘梦得说道："我有两个妹妹，三妹叫兮兮，正在屋里呢。还有个二妹，名叫萋萋，最是顽皮，这会儿也不知道去哪儿玩了。"刘梦得笑道："一位萋萋，一位兮兮，不如作一篇《萋兮吟》。"他说罢便饮酒唱道："天涯浮云生，争蔽日月光。穷巷秋风起，先摧兰蕙芳。万货列旗亭，恣心注明珰……"

　　"觅云，快点啊，还有多久可以到曲江？"依依的杨柳春风中，马蹄翻飞疾驰，两匹骏马一前一后地往曲江奔去。配以金饰的马背上坐着一个眉目清秀的年轻人，头戴着黑纱幞头，娇小的身躯上穿着绀青色圆领缺骻袍，悄然露出鲜艳的条纹裤，腰间束好蹀躞带，带上小孔里垂下五彩的丝缕，系着革囊、针筒与匕首，脚上踏着一双黑皮靴，叱咤纵横，英姿飒爽，丝毫看不出是个女儿家，俨然是一个公子哥儿，只是这容颜精美的过分，比那卫玠潘安还要美上不少，她就是柳子厚的二妹，柳萋萋。她的身后紧随着一个男服婢子和两个昆仑奴，那婢子道："二小姐，过了前面的小桥就到了。"柳萋萋带着一行人终于到了曲江，找到一处宽敞的草地，抛下蹴球玩乐了起来。

　　"哎呀，我的球！"柳萋萋正玩在兴头上，不一会儿就已经香汗淋漓。她飞起一脚，那蹴球猛地飞出去，两个昆仑奴都没有接住，只见蹴球咕噜噜地沿着下坡滚去，柳萋萋不由惊呼着追过去，哪知她脚底一歪，整个人重重地摔在地上。只见一只手捡起了蹴球，递到她的面前，"小兄弟，还给你。"这浑厚而温柔的声音让柳萋萋心头蓦地一颤，她下意识地抬起头来，赫然看见一个身着黛螺色长袍华服的男子站在自己的跟前，手中捧着

第二十八章　萋兮吟

那色彩鲜艳的蹴球。他的眉间隐隐有着无尽的忧愁，一对狭长的眼眸中仿佛看不到底，轮廓分明的面颊上散发着冷清的气息，他正是叶岐云。"谢谢！"柳萋萋半晌才回过神来，忙伸手去接蹴球，谁知一下子没站稳差点摔倒，叶岐云连忙扶住了她，"小兄弟，你的脚扭伤了。不如去旁边的树下坐着歇会儿，我替你看看。"柳萋萋的几个奴仆正往这边过来，她悄然使了个眼色，让他们都回去。茂密的树荫下，叶岐云轻轻脱去她的鞋袜，替她揉了揉脚，柳萋萋不由伸手抹着他的眉头道："你为什么总是皱着眉头？你很不开心？"叶岐云叹了口气，没想到在陌生人面前，在这小哥儿面前，方能尽情诉说自己的烦恼："如果你一生下来就肩负着血海深仇，你又怎么能开心？而我所爱的人，我知道她心里有我，可我毕竟不是她的最爱。"想不到柳萋萋跟他竟你一言我一语，说了很多很多的话，虽然只是初次见面，却好似久别重逢。

次日就是清明节了，柳子厚带着家人来到柳镇的衣冠冢前祭拜一番，得知柳镇尸骨被毁的卢蕴芝已经泪流满面，"到底是什么人，为什么连死去已经的人都不肯放过？"柳子厚正色道："他叫叶岐云，我怀疑他是南海皇朝的人。"卢蕴芝摇头道："你爹与人为善，从不结怨，更没有听说过什么南海皇朝。"他们正要走，柳萋萋上前道："大哥，我想自己一个人转转，很快就回家。"

她今天换回了女装，穿着缟色薄纱绫帛襦裙，画着时世妆，推髻赭面，领如蝤蛴，齿如瓠犀，桃羞杏让，更显得千娇百媚，比起那清纯的三妹柳兮兮，她的美是深入骨髓的，是一种成熟的美。只待众人走了，她欢快地拉着婢子往旁边跑去。那里架着高高的秋千架，无数红裙绿袄的女子正比赛着打秋千，看谁荡得最高。柳萋萋也站到一个秋千上迎风荡起，一时裙裾飘飘，衣带当风，就快荡到顶峰，与树梢平齐了。婢子惊呼道："二小姐，你别荡得那么高啊！"柳萋萋笑道："胆小鬼，我还能荡更高呢！"就在她咯咯笑着荡得更高，仿佛伸手就可以触摸到云端时，那秋千的绳索忽然毫无征兆啪地断了。"啊！"柳萋萋忽然觉得脚底一空，整个人被凌空抛了出去。

第二十九章　惊鸿一眼

就在这时，一个身影凭空而来，伸手接住了她的腰肢，在春风中稳稳地落地。她清晰地看见了那人的面孔，他冷清的眼神，紧蹙的双眉，正是前几日认识的那人，"是你？"叶岐云不由一愣，道："我们认识吗？"心中又有点疑惑，仿佛这姑娘像前几日的小哥儿。柳萋萋眼神闪烁了片刻，低头含笑道："不，不认识……"刚才从空中摔落的那一瞬，柳萋萋的心仿佛就丢了，也不知自己是怎么回到家中，更一反常态把自己关在屋内，只有在夜深人静的时候，展开画卷悄悄描摹着他的眉眼。

"萋萋，兮兮说你拿了她的紫毫笔，她现在要用，你放在哪儿了？"柳子厚匆匆推开柳萋萋虚掩的房门，却见屋内空无一人，桌上堆着乱七八糟的东西，他摇摇头叹了口气道，"还是我自己来找吧。"他翻了翻桌上也找不到，顺手拉开了旁边的抽屉，哗啦啦，一卷画卷突然从抽屉里滚了出来，柳子厚拿起一看，只见那画卷上画着的不是别人，正是他恨之入骨的叶岐云，看向落款处，则印着红彤彤的"萋萋"二字。"大哥，你怎么在我屋里翻东西？"柳萋萋惊愕的声音忽然在门口响起，可是一切已经来不及了，柳子厚勃然大怒，将画卷扬手撕了个粉碎，纷扬的碎片如雪花般落在柳萋萋的眼前，反手打了她一记重重的耳光，"糊涂！你知不知道这是谁？这就是掘坟毁尸的叶岐云！你居然……你居然敢偷画他！"

柳萋萋又惊又诧，泪水滑过火辣辣疼痛的脸颊，"不可能！你一定认错人了，我与他见过两次，他是个好人，绝不会这么做的！一定是你误会他了！"柳子厚扬手又掌掴了她一下，柳萋萋失去平衡，摔在了进门阻止的卢蕴芝怀中。"大哥，这是怎么了？"柳兮兮也跟了进来，她从没见温文尔雅的柳子厚发过这样大的脾气，害怕地哭了起来。柳子厚气得直发抖道："娘，你也不管管她，她居然喜欢上了叶岐云，还不如让我今天就打死她！"

第二十九章　惊鸿一眼

卢蕴芝倒吸一口凉气，"婆婆！你可真是糊涂！子厚，她毕竟是你的妹妹，还是将她禁足房内，好好反省吧。"

柳兮兮不忍见二姐两边脸颊红肿成这样，悄悄出门打算给她买些药酒敷面。她来到人来人往的东市，走进了一家豪华的店铺，径直上了二楼，挑选最好的药酒。

熙来人往的街道上，康娥正视若珍宝般地捧着杨慕巢的横刀，来到一个刀剑铺前，她的美艳一下子吸引了很多人的目光，她却浑然不觉，"老板，我想买一件好看的刀鞘，来配我家阿郎的横刀。"那掌柜的直勾勾地盯着她傻笑，抽出一件镶嵌红宝石的刀鞘递给她，"姑娘试试这件。"在她背后的摊铺前，也站着两个人有说有笑，"梦得兄，你快看，这块石头也不错！"牛思黯如痴如醉地抚摸着摊铺上的一尊石像道，刘梦得无奈地摇头道："我们出来这么久，你已经买了很多石头，我都快拿不动了，我也没钱了。"

牛思黯却爱不释手，笑着伸手从袖中掏钱道："我这儿还有一点碎钱，正好用掉！"谁知他匆匆忙忙地掏钱，一粒小巧的石头从袖中滚了出来，一直滚到了康娥的脚边。康娥抬脚正好踩了上去，只觉有东西硌脚，便俯身捡起了那石子。哪知她清楚地看见这石子上的花纹，脑海中顿时回想起多年前俱文珍来抢她的时候，手中也玩着这样花纹的一块石头，她不由大惊，脱口而出："俱文珍！""咦，我的石头呢？"而此时就听见牛思黯在找这石头，康娥怒气冲冲一把扼住他的脖颈道："说，你这石头从哪儿来的？你是不是认识俱文珍？"牛思黯连连咳嗽，涨红了脸道："我……我买来的……"刘梦得大惊失色，连忙道："姑娘，你误会了，先把手放开，有话好好说！"

"二小姐，这是您要的消肿药酒，还有这瓶也是小店珍藏的药酒。"而此时旁边的店铺楼上，掌柜的笑呵呵地递给柳兮兮两瓶药酒。柳兮兮只收下一瓶，冷冷地看着他推荐的第二瓶，哼笑道："这也算是药酒？你若是有五毒泡雄黄，到可以拿出来给我，这般货色，还不如倒了！"说罢她推开

鹿 回 头

二楼的窗户，扬手就要把药酒泼洒出去，就听到楼下在吵吵闹闹的。"你给我让开！"楼下已围了不少人，只见康娥怒不可遏地将刘梦得一把推开，他哪里是康娥的对手，当即向后仰倒，不偏不倚就在柳兮兮的窗户下摔了个四脚朝天。

柳兮兮蓦地心头一惊，再定睛看去，只见他文质彬彬，又有些仗义豪气，倒有些自己兄长那不屈不挠的气质。一度养在深闺人未识的柳兮兮，除了大哥柳子厚，从没见过别的男人，而且是被女人推搡的男人，她不由掩面扑哧笑了，刘梦得似乎听得楼上有人轻笑，回身抬头望去，只见二楼的窗户砰一声关上了。而此时的僵局正被赶来的杨慕巢化解，他拉着康娥的手，伏在耳边道："康姑娘，这样的石头到处都有，不一定是……何况你我现在都不是俱文珍的对手，不可以这么明目张胆，留得青山在，不怕没柴烧。"康娥也只听他三言两语，便就此放过了牛思黯。

松泉别苑中，南玼抚摸着猞猁从午梦中醒了过来，欧阳呈已在门外等候许久，这才进去禀告："太后，广陵王和王妃明天要去观音寺看戏，那儿的戏场都已经完全修好了。"南玼不由笑道："这个广陵王，一点都不像他爹那样谨小慎微，也不像他祖父那样心狠手辣，整天就知道陪着女人游山玩水，真是有趣。去把圣主和眉娘叫来吧，明天要有好戏看了。"不一会儿工夫，叶岐云就和卢眉娘进屋来了，卢眉娘依赖地靠在南玼的膝边，南玼温柔地笑着："观音寺明天要演百戏，我年轻的时候也喜欢看百戏，可是现在身子骨不好，想看又去不成。云儿，你带眉娘一起去看吧。眉娘，这出戏很好看，记得看完回来说给太后听。"难得有这么好玩的事情可以去凑热闹，卢眉娘兴奋不已，看着她这样开心，叶岐云也笑着答应了。

"乐天哥哥，这么好的天气，你怎么还把自己闷在屋里？今天观音寺表演百戏，不如我们也去凑凑热闹吧。"自从卢眉娘离开，白乐天每日都闷闷不乐，陈湘灵看着他日渐消瘦心里也很难过。他本想一口回绝，却看见陈湘灵期待的眼神，也不想扫了她的兴致，便点了点头。热热闹闹的观音寺已是人头攒动，这个戏场平日里是用来供和尚师父们做法事开俗讲所用，有时还可以用来蹴鞠和打马球，今日这儿要上演各种伎乐、傀儡、参军，

第二十九章　惊鸿一眼

引来无数的百姓。第一场寻橦开始了，只见头戴红帽青巾的女艺人们，绕着高耸入云的大竿攀缘，裙袜上下翻跃起舞，精彩得令人无法移开视线，台下一众人喝彩鼓掌。淹没在人群中的白乐天和陈湘灵，浑然没有察觉到其实在不远处，卢眉娘正和叶岐云高兴地指点着台上的表演。就在众人嘈杂玩闹之际，忽然从观音寺门口传来一声："广陵王爷、王妃驾到！"

众人连忙向两旁让出道来，只见最前面的骏马上坐着一个身穿金黄色背心袴褶的年轻人，他也就二十来岁，头戴黑纱幞头，气质非凡，面若冠玉，一对眼眸仿若含笑，这就是广陵王李纯。他旁边有两队侍卫跟随，身后跟着一架由八人抬着的四面封闭的奢华轿子，这轿子整体就像一座小屋子，还保留着飞檐屋顶与直棂窗，精美无比，寻常根本不可能看见这样的乘具。到了门前，李纯翻身下马亲自撩开轿帘，只见广陵王妃郭俪凝俯身从轿中款款走出来，她穿着金红色的宽袖曳地锦袍，发髻两边饰以博鬓，长发以假髻绾作复杂而高贵的鸾凤髻，簪以金梳搔头与正当时令的牡丹，面施粉黛额黄，眉间点缀着精美的落梅妆，两颊还饰以小小的面靥，高贵华丽，正符合她这尊贵的身份。

"哇，广陵王妃好美啊！"人群中的陈湘灵不由看呆了。等李纯与郭俪凝入座，百戏终于开场了。热闹的百戏演到最有趣的部分时，李纯也忍不住站起身拊掌称赞，就在这时，不知从哪儿突然窜出一只猞猁，跳上高台跑到李纯脚边，把他吓了一跳。台下顿时陷入一片混乱，卢眉娘还没反应过来，只觉背后贴上一双手，用力地将她从人群中推了出去，卢眉娘不偏不倚地跌倒在了李纯的面前。霎时间数百只刀剑架在卢眉娘的脖颈上，"大胆刺客！""眉儿！"叶岐云也没料到会这样，他下意识地要冲上前去救卢眉娘，突然觉得肩头穴道一麻，便再也动不了了。欧阳呈在他的身后幽幽道："圣主，对不起了，太后要我立即带你回去。"

"眉娘！"人群中的白乐天和陈湘灵不约而同地惊呼道，可是没等他们弄明白怎么回事，观音寺立即被官兵占领，百姓被清出场。白乐天突然发了疯似的大呼小叫道："不，我不相信，眉娘不可能是刺客！他们一定弄错了，眉娘不会刺杀广陵王的！"陈湘灵忙拉住他道："乐天哥哥，你别这样！不如我带你去找三哥，他是个刀客，对人事了如指掌，我们问问他到底是谁要害眉娘，我也不相信眉娘是刺客！"

当他们二人找到陈青笠，并将来意说明后，陈青笠却紧蹙眉头坐在桌前一言不发，陈湘灵急了，拉着他的衣袖道："三哥，你神通广大，我求求你帮忙查查到底是谁想陷害眉娘吧。"陈青笠终于开口道："我跟卢姑娘的交情，虽然只是几句话，但我们都认定是对方的挚友，我当然也不想看到她出事。可是，这件事我没办法帮你们，你们不要再来找我了。"陈青笠一反常态，不顾二人苦苦相求，竟起身离开，躲到杨慕巢的府中避而不见。他们俩追到杨府门前仍然在叫喊。"傻书生，别叫了，既然人家不肯帮你，你就是再求也没用！别忘了，你还有我啊，咱们可是共吃过牛肉的生死之交。这天南地北的事，没有能难倒我的，我帮你查！"白乐天闻声回过头，只见杨连城正手缠皮鞭，笑盈盈地站在杨府门外说。

广陵王府的大殿中，几个侍卫将卢眉娘押了进来，还没等她回过神，几扇门就哗啦啦地全部锁上了，只剩她一人被关在这里。卢眉娘不由大呼小叫道："喂，有没有人啊？放我出去，我不是刺客啊！"说来也怪，这广陵王也不严刑逼供，也不出面审讯，就把她丢在这里。卢眉娘叫了半天也没人理会，忽然觉得有些饿了，她嗅到一丝香甜的气息，回头看去，只见金灿灿的食案上摆着一叠荔枝煎，上面还点缀着几颗新鲜的荔枝，卢眉娘喃喃自语道："乐天说过，荔枝是娇贵的水果，若离本枝，一日而色变，二日而香变，三日而味变，四五日外，色香味尽去矣。真没想到这里还有用荔枝做成的荔枝煎。"

她伸手抓起便吃，不但吃光了荔枝煎，还把几颗点缀的荔枝也剥开吃了。这些荔枝壳如红缯，膜如紫绡，瓤肉莹白如冰雪，浆液甘酸如醴酪，果真是上等极品。就在这时，内堂里传来李纯的声音，"大胆刺客，是谁让你刺杀本王的？"卢眉娘一惊，忙扔掉了手中的荔枝。只见广陵王李纯背着双手沉面走了出来，目光紧紧地盯着卢眉娘，似乎在打量着她。卢眉娘忙道："我真的没有，我是被人推了一下，才摔到殿下面前的，我不是刺客！"李纯哼道："不承认也没用，反正你已经吃过桌上的东西了。"卢眉

第二十九章 惊鸿一眼

娘顿了顿，大惊道："有毒？"看着她惊慌失措要呕吐的样子，李纯渐渐忍不住笑容，抿嘴微微一笑，"行了，哪有你这样的刺客，连有没有毒都分不清，还想刺杀本王？看来本王抓错人了，娘子你是饿坏了吧？来人，给这位娘子带上一盒荔枝煎，送她出府！"

第三十章　江心镜

"岐云哥哥，快看我带了什么回来？这是荔枝煎啊！"卢眉娘从广陵王府出来后，拎着食盒兴冲冲地跑回了松泉别苑，似乎完全忘记在观音寺发生的事。谁知叶岐云气冲冲地大步走出来，紧紧拉住她的手，带着她直闯进南珉的房内，惊醒了正斜倚在床榻上午睡的南珉。叶岐云掀起衣裾与卢眉娘双双跪在南珉面前，他冷冷道："母后，请你给我们一个交代。你为什么要这么对眉儿？为什么要陷害她是刺客？你知不知道她这次有多么危险啊？"南珉缓缓睁开了眼睛，不紧不慢道："我这么疼眉娘，怎么会陷害她？我这么做可都是为了她好啊，我就是要她和李纯见面，我这是要成全她和李纯的钗盒情缘啊。"

此言一出，犹如晴天霹雳，卢眉娘和叶岐云纷纷抬起头，惊愕万分同时问道："什么钗盒情缘？"南珉摸着猞猁的皮毛悠悠道："钗盒情缘本是唐明皇和杨贵妃的故事，定情信物乃是一支金钗和一个钿盒，自从杨贵妃在马嵬坡死后，这两样东西就失传了。据闻拥有这两样东西的人就是钗盒情缘注定的有缘人，只可惜这两人注定困难重重。眉娘，你有我送你的金钗，李纯则有太子送他的钿盒，你们两个就是有缘人。"卢眉娘不可置信地连连摇头，"不可能的，不会这样的！金钗我已经送给了湘灵，我不会是广陵王的有缘人！"她再也听不下去，掩着双耳哭泣着跑了出去。叶岐云也通红着双眼，说什么也不肯相信，掉头跑走了。

"兮兮，你放我出去吧……"柳宅上锁的房内，柳萋萋不断地求着在门外看守的妹妹。柳兮兮隔着门窗道："二姐，你还是听话留在屋里吧，那个叶岐云是我们的仇家，你不要再去见他了。"柳萋萋叹道："我又何尝不明白，可是……你不会懂的，等你有心上人的时候就知道了。"柳兮兮微微一怔，从怀中掏出钥匙打开了锁，"二姐，现在大哥和娘都不在家，你快

第三十章　江心镜

点出去吧。"柳萋萋不由惊愕不已，但来不及说那么多，便匆匆跑出柳宅了。她正往曲江赶去，只见一个身影醉倒在岸边，柳萋萋一眼认出了他，忙跑上前扶起他道："叶大哥，你怎么了？"醉眼蒙眬的叶岐云仿佛看见了卢眉娘的面容，他紧紧捏住她的双肩道："我不要你跟别的人是什么情缘，你明白我的心意吗？"柳萋萋蓦地心中一颤，不由低下眼睫，那神情竟像足了卢眉娘。叶岐云一时晃神，竟轻轻吻了吻她的眼睛。

柳萋萋浑身一凛，下意识地推开了他，"叶大哥……"叶岐云一个踉跄，这时才回过神来，又惊又愕道："娘子，对不住，我刚才冒犯了……"柳萋萋红着脸道："你当真不认得我了？"说着伸手挽起了长发，叶岐云不由脱口而出："小兄弟，原来是你！"柳萋萋笑道："那你还叫我小兄弟？我是柳子厚的二妹，我叫柳萋萋。"叶岐云霍地站起身道："什么？你是柳子厚的妹妹？"柳萋萋见他这般反应，不由心中凉了，道："我知道你不想见柳家的人，我这就走。"她起身便走，发髻上的一只玉笸啪地掉在了草地上。

柳萋萋失落地回到了家中，却听见一阵门响，回头拉开了门，竟赫然看见叶岐云站在门前，不由大惊道："叶大哥？你怎么敢来我家，这太危险了！"叶岐云取出玉笸塞进她的手里道："你丢了东西，我给你送回来。"柳萋萋着急地跨出门来，推搡着他从小路走，"你快走，要是被我大哥发现就糟了！"谁知二人才穿过小巷弄，就被一群皇家侍卫团团围住，为首的那人指着叶岐云道："当日和刺客在一起的就是他！太子殿下说了，一定要将他拿回去好好盘问！"叶岐云喝道："柳姑娘，这里太危险，你快走！"谁知柳萋萋从腰间抽出一对双刀，不知轻重地向敌方挥打而去。叶岐云一眼就看出她的武功不高，根本不是这些侍卫的对手，他连忙伸手拉住柳萋萋的手，扬起双腿踢翻敌人。为了护着她，叶岐云根本没办法用斩天剑，霎时被人在背后劈了一刀，鲜血染红了他的披风，叶岐云紧拉着柳萋萋的手带着她冲出了重围。

"叶大哥，你受伤了！"二人跑到了偏僻的地方，叶岐云的伤口汩汩地流血，他踉跄着靠在墙垣坐了下来，柳萋萋伸手一看，自己的手掌上已经

鹿 回 头

染上了大片血迹，不由惊呼道。叶岐云道："一点皮外伤，不算什么。"柳萋萋却哽咽着垂泪道："你都是为了救我……我明白的，其实我对你……"她话音未落，就被赶来的柳兮兮一把拉起，"二姐，快回家吧！大哥和娘已经回来了，他发现你不见了，正在家里大发雷霆呢！"柳萋萋赶快随柳兮兮回家了。

近日来家中的事让柳兮兮烦闷不堪，她不想再听家中吵吵闹闹，于是换上了胡服，独自一人来到西山散心。听说这儿的风景极美，在这夏日里绿树成荫，倒也凉爽。她沿着山路走了不远，便看见掩映在山色中的一座兰若寺。柳兮兮正觉口渴，便进去向僧人讨了碗茶喝。

"玄华大师的茶果然是好物，不同于市井中的俗茶，清新淡雅，颇有禅意，恐怕这做法也不同寻常吧？"坐在石凳上的柳兮兮接来僧人的茶，品了一口，不由赞道。那大师呵呵笑道："想不到檀越小小年纪，就能品出个中滋味，真是有慧根啊。这是用煎茶的方法所制，先掰碎茶饼，放在茶盂里上火均匀炙烤两回，把烤好的茶叶趁热放在纸袋子里，再倒进茶碾子里碾成细末，再倒进茶罗子筛一遍，收好茶粉，用山泉水煎茶。初沸的时候加一小把盐，二沸的时候舀出一瓢，三沸的时候就算煎好了。一釜茶最多只能分五碗茶，檀越已喝了一碗，还剩四碗了。"他刚刚说罢，只听有笑声从树后传来，"可得给我留一盏啊！"

柳兮兮循声回头望去，只见一个熟悉的身影大步走来，斑驳的阳光洒在他的身上，仿佛浑身熠熠生辉，他正是柳兮兮在东楼上市匆匆一眼的刘梦得。僧人迎上前笑道："刘檀越，从扬州回来了？"刘梦得笑道："这不快要端阳了么，我这次回来是向陛下请示，寻找个进镜官去扬州护送江心镜进京。"他一坐下来，就看见了对面的柳兮兮，只见她身穿青色的绣花翻领胡服，头戴高高的尖顶帽，从肩直下垂到地的领缘，窄袖口的宽袖缘，皆是花纹繁复艳丽，腿上穿着条纹裤，脚踏麻线鞋，让她不谙世事的面孔更加稚嫩清纯，俨然一位未阅世的少年公子。玄华大师道："这位柳檀越也是性情中人。"刘梦得道："柳兄弟，我们是不是在哪儿见过？"柳兮兮避开他的眼神，低眉浅笑道："你我既然都是有佛缘之人，自然与佛相似，

第三十章 江心镜

便觉得亲切了。"

刘梦得笑着拿起一盏茶饮下,不由心旷神怡,脱口而出:"新芽连拳半未舒,自摘至煎俄顷余。木兰沾露香微似,瑶草临波色不如。僧言灵味宜幽寂,采采翘英为嘉客。不辞缄封寄郡斋,砖井铜炉损标格。何况蒙山顾渚春,白泥赤印走风尘。欲知花乳清泠味,须是眠云跂石人。"柳兮兮就坐在他的对面,听他吟诵着诗篇,不由觉得此人果真才华横溢,不输自己的大哥。刘梦得举起杯盏得意忘形,哪知脚底踩上了碎石,猛地一滑,柳兮兮眼疾手快去扶住他,可他却还是重重地跌在了地上,"哎呀,我的脚……"玄华大师忙过来看了看,摇头道:"刘檀越,你的脚扭伤了,怎么也要大半个月不能动了。"

从兰若寺寄来的信到了沉荇园,陈湘灵见白乐天看完这沓信后沉默不语,不免担心问道:"乐天哥哥,怎么了?"白乐天道:"是梦得兄的信,他呀,在西山扭伤了脚,但陛下又任命他为进镜官,去扬州护送江心镜进京,他这次走不了了。子厚兄家里事情繁多,于是他推荐我,想请我代为进镜。"陈湘灵道:"那我陪你去扬州吧。"白乐天拍拍她的手道:"不必了,端阳节前我一定回来。"

看着窗外江上热热闹闹的竞渡,刘梦得有些惋惜自己不能出门,"杨桴击节雷阗阗,乱流齐进声轰然。蛟龙得雨鬐鬣动,䗖蝀饮河形影联。刺史临流褰翠帏,揭竿命爵分雄雌。先鸣余勇争鼓舞,未至衔枚颜色沮……"而此时此刻的白乐天,正在人头攒动的岸边登上了去往扬州的小船。他刚刚走上甲板,却看见旁边驶来一艘龙舟,从上面走下来一个笑盈盈的人,竟是好久未见的卢眉娘。她显然也没料到会遇见他,霎时间四目相对,竟不知该说什么才好。

"我,我要去扬州进贡江心镜。这船是去扬州的,不是龙舟,你别跟着我了。"为了打破这尴尬的局面,白乐天先开了口。卢眉娘却和他并肩坐在船舷上,看着滔滔江水起起伏伏,她也故作轻松地笑道:"什么是江心镜?"白乐天道:"扬州的能工巧匠名闻天下,曾经有个铸镜师名叫吕辉,

鹿 回 头

此人更是个中高手，有一次他在铸镜的时候忽然来了一个老人，自称姓龙名护，会造真龙镜。这老人走入铸炉室，闭关三天，当再开门时，老人已不见踪影，炉前只留下一幅素绢，上面写着：盘龙盘龙，隐于镜中。分野有象，变化无穷。兴云吐雾，行雨生风。吕辉就将这个铸炉搬上大船，停在扬子江心，当年五月初五铸成了一面宝镜，进献道宫中。此宝镜径九寸，青莹耀目，背后有盘龙纹饰，据说几年后天下大旱，有道人持镜作法，镜背的龙口忽吐白气，须臾满殿，甘雨如注。所以自此以后，扬州每年五月初五都要在江心铸造一匹铜镜，打磨历年，于次年端午进献京师，以祈风调雨顺。"卢眉娘好奇地拿起一面青铜镜，照出自己和白乐天的影子。白乐天叹道："皎皎青铜镜，斑斑白丝鬓。岂复更藏年，实年君不信。"他看见镜中卢眉娘的面容，不由心中一动，提起旁边的朱笔在她的眉间点了一点朱砂眉钿，幽幽而道："花非花，雾非雾。夜半来，天明去。来如春梦不多时，去似朝云无觅处。眉娘，你告诉我，你到底是什么人？"

"白乐天！"旁边一艘龙舟驶来，船上忽然传来冷冷的声音，二人还没反应过来，叶岐云已然翻身跃上了他们的小舟，他一把拉起卢眉娘道："眉儿，你是怎么答应我的？白乐天，你不用煞费苦心了，也不用叫什么帮主来查我，既然你那么想知道，不如我今天就亲自告诉你，我就是南海皇朝的圣主，我们所谓的一家人，都是南海皇朝的人。"白乐天惊愕地站起身道："不，这不可能……南海国以前就是叛贼，如今更是邪魔歪道，是想要谋朝篡位的乱臣贼子！你们不可能是这种人！眉娘，你告诉我，你不是啊！"叶岐云道："你不是早就猜到了吗，只是你一直不肯承认罢了。"他说罢拉着卢眉娘飞身跃上旁边的龙舟。远远望着小舟上的白乐天，卢眉娘红着眼眶哽咽道："你是正人君子，我是乱臣贼子。现在你明白了吧？"看着他们的龙舟越来越远，白乐天不觉湿润了眼眶，他蹲下身喃喃道："为什么……一个不能爱，一个爱不得，为什么会是这样……"

第三十一章　观刈麦

"乐天哥哥，你回来了？"舟上发生的事白乐天缄口不言。等他从扬州护送江心镜回来后，陈湘灵激动地奔跑上前，从整理文章的诗筒里取出一些信，递给他笑道："元九哥也出去一段时间了，这些是他写来的信，我都给你保存着呢。"白乐天接过一沓信笺翻看着，道："一来一往走驿站传信，真是个麻烦事，你瞧，这些有的都损坏了。"陈湘灵笑盈盈地从背后拿出两根空心竹筒道："是啊，所以这是我特意给你们做的。"白乐天欣喜地接过来道："竹筒传书？"陈湘灵笑道："正因为你这次去扬州，我才想起曾经史万岁就是以这样的方式给朝廷传讯。虽然现在用竹子装信随波漂流，可遇到有缘人捡起来不大现实，但我们也完全可以从水路传信啊。你们可以把写好的信塞进竹筒，由来去的摆渡人交给彼此，岂不是又快又好？"白乐天大喜，拉起她的手道："走，我们现在就去曲江边给元九传信！"

正值烈日炎炎，二人笑语晏晏，携手并肩而行，正往曲江的方向过去，路过一片麦田，看见一群农人弓着腰盯着大太阳在田野中忙着割收麦子。地面热气腾腾地蒸着，他们的后背都已被汗湿，面容被太阳烤得如炭般又红又黑。妇人们用筐子挑着食物，小孩子提着汤水相伴送去田里。更有一位农妇背着孩子，右手捡拾着麦穗，左臂挂着破筐，实在是令人心痛。白乐天只觉心中郁结不已，叹道："田家少闲月，五月人倍忙。夜来南风起，小麦覆陇黄。妇姑荷箪食，童稚携壶浆。相随饷田去，丁壮在南冈。足蒸暑土气，背灼炎天光。力尽不知热，但惜夏日长。复有贫妇人，抱子在其旁。右手秉遗穗，左臂悬敝筐。听其相顾言，闻者为悲伤。家田输税尽，拾此充饥肠。今我何功德，曾不事农桑。吏禄三百石，岁晏有余粮。念此私自愧，尽日不能忘！"

回去的路上白乐天一言不发，似乎还在为刚才看见的一幕而揪心，陈湘灵陪伴着他一路走回沉荇园，他忽然牵起陈湘灵的手道："湘灵，一直以来只有你对我不离不弃，我也明白你的心意，我对你也是一样。不如……我们成亲吧。"陈湘灵蓦地一惊，道："成亲？可是你娘不会同意的。"白乐天道："什么门户之见，我根本不认同。等我们把一切准备好了，再告诉娘，我想她不会固执己见的。"陈湘灵露出了笑容，她没想到他选择的竟然是自己。回家之后她第一时间将这个好消息告诉了陈青笠，谁知陈青笠眼中闪过一丝落寞，站起身道："成亲？好，好，既然你开心，三哥也为你感到高兴。不过三哥不能来参加你们的婚宴了，三哥这就要走了。"陈湘灵不解道："为什么？三哥，我真的很舍不得你走，我对你很依赖，你走了，我该怎么办呢？"陈青笠转过脸去，不让她看见自己眼中的泪水，就在这时，忽然一张便条裹在石头上扔进屋来，陈湘灵打开一看，只见上面写着：湘灵，我是眉娘。我不是来祝福你们的，我是来告诉你，只要你们一天没有成亲，我就不会甘心的。我们还没分出个胜负，我不会这么轻易认输的。

"城儿，你怎么了，这两天总是心不在焉，闷闷不乐的？"杨府的宅第内，杨慕巢走到院中，看见杨连城正独自一人坐在池塘边绕着手中的皮鞭发呆。她连无忧阁也不去了，更是乖乖地回到家中，这反倒让杨慕巢有些担心。杨连城回过神道："哦，没什么，书生要成亲了，我在想送他什么贺礼。"杨慕巢心中咯噔一下，这丫头该不会是喜欢上白乐天了吧？他忍着笑问道："妹妹啊，你是不是……"谁知他话音未落，管家匆匆忙忙地跑来道："阿郎！康姑娘晕倒了！"

仿佛过了很久很久，康娥终于睁开了沉沉的眼皮，她赫然看见一群大夫围在自己的床榻边，有的给她施针，有的给她把脉，她大惊失色霍然起身，赤着脚跳下床，"庸医，都是庸医，给我滚！"大夫们被她叫嚷着赶了出来，正好撞上了来看望她的杨慕巢，他拉住一个大夫问道："康姑娘到底是什么病？"那大夫连连摇头道："这娘子的病情很古怪，一半身子至阴，一半身子至阳，以至于她每天都受冰火两重的煎熬。"杨慕巢惊愕无比，忙冲进屋内，"康姑娘，你醒了？你的病怎么这么奇怪，到底是怎么回事？"康娥挤出一抹笑容道："我没事，我真的没事。不信你看，我还能

第三十一章 观刈麦

跳舞呢。"她说着便跳起了西域的歌舞《惜惜盐》，旋转的衣角，赤裸的双脚，让杨慕巢不由得眼花缭乱，他的心中却仿佛觉得有什么不妥。

杨连城悄悄走上前，看着她衣袂飞扬，抿嘴微笑低声对杨慕巢道："哥，你和她互有情意，为什么谁也不肯说出口？难道你还要等人家说吗？"她用力一推，将他推到了康娥面前，"康姑娘，我哥哥有话对你说。"康娥停下了舞步，睁着玻璃珠子般的眼眸凝视着他。杨慕巢登时慌了神，开口却道："胡腾身是凉州儿，肌肤如玉鼻如锥。桐布轻衫前后卷，葡萄长带一边垂。帐前跪作本音语，拈襟搅袖为君舞。安西旧牧收泪看，洛下词人抄曲与。扬眉动目踏花毡，红汗交流珠帽偏。醉却东倾又西倒，双靴柔弱满灯前。环行急蹴皆应节，反手叉腰如却月。丝桐忽奏一曲终，呜呜画角城头发。胡腾儿，胡腾儿，家乡路断知不知？"杨连城扑哧笑了出来，无奈地摇头走出去了。

"杨兄，她这个病，我怎么觉得像是练武形成的？"陈青笠正准备今夜来辞别杨慕巢，却听见他咏的这番诗话，于是啜了一口酒道。杨慕巢道："我只知道康姑娘会功夫，但她使的功夫很是奇怪，像是西域的武功，你能不能帮我查个究竟？"正巧这天夜里，康娥蹑手蹑脚地从杨府出去，陈青笠悄悄地紧随着她跟去，只见她在空无一人的深夜街上穿梭，很快来到了袄祠。她跪在火堆前，虔诚地念念有词着，似乎在祈祷着什么，末了从怀中取出一个瓷瓶，倒出一粒药丸放入口中吞下去，顿时她的额头细汗密布，一会儿又浑身打战，感觉痛苦不已。陈青笠连忙跑上前道："喂，你怎么了？"康娥又惊又愕，一把抓住他道："你怎么会在这儿？求求你，不要告诉阿郎……我真的没事，求求你答应我，只要你替我隐瞒今日所见，你以后要我做什么，我都会帮你。"陈青笠不忍看她这副模样，只得答应了下来，先扶着她坐到一旁，痛苦不堪的康娥靠在他的怀里，有了他胸口的温度，她才渐渐恢复过来，就这样沉沉地入睡了。

灼热的夏日里，紫藤花开得正盛，一如符离村里那硕大的紫藤花树，白乐天正独自一人坐在树下若有所思，忽然听见背后传来卢眉娘欣喜的声音，"乐天，我没想到你还会约我！"她兴高采烈地蹦了过来，白乐天站起

鹿 回 头

身道:"我是来跟你说我和湘灵的喜讯。"卢眉娘的笑容渐渐僵住了,"我早就知道了,你不用特意跟我说。乐天,你是不是真的选择了她?我想知道你心里究竟是怎么想的。"白乐天长叹一声,拂掉肩头的落花道:"藤花紫蒙茸,藤叶青扶疏。谁谓好颜色,而为害有余。下如蛇屈盘,上若绳萦纡。可怜中间树,束缚成枯株。眉娘,我真的没有办法和你在一起,除非你不是南海皇朝的人,除非你放下南海皇朝的身份,除非你离开他们。"卢眉娘想都没想,脱口而出:"不行!鹿眠谷是我的家,岐云哥哥和太后都是我的家人,我不能这么做。若只能如此,那么我认输,我退出,我把你送还给湘灵,希望你们永结鸾俦。"

看着她转身离去,白乐天只觉得心中空落落的。一件外衣轻轻地披在了他的肩上,他回头看去,只见陈湘灵正含笑站在夕阳下,"有点起风了,我给你带了件衣服来。"二人相对凝眸而笑,并肩走回去了。陈湘灵刚刚回到自己家中,只见卢眉娘从里面跑了出来,手中还捧着一件精美的衣衫,笑容满面道:"湘灵,我给你做了一件诃子,让你成亲的时候穿,你看漂不漂亮?"只见这件诃子也是用黎锦绣成双面,以一种叫作织成的面料所做,又挺括又有弹性,两边垂下扎束所用的金带,确实非常精美。陈湘灵爱不释手道:"真漂亮啊。"卢眉娘笑着提起诃子,在她身前左右比画,"喜欢就最好了,快试试看合不合身,我还可以在你成亲之前再改一改呢。"陈湘灵微微一怔,笑容似乎有些淡了,"成亲……乐天哥哥是带我去买了很多成亲用的东西,可是自从那日以后,他再也没有提过成亲的事了。"

"圣主,我听说白乐天就要娶陈湘灵了,你不如带眉娘回琼州去吧。"松泉别苑中,翩翩轻轻走到叶岐云的身侧,自从得知卢眉娘和李纯是钗盒情缘,叶岐云也变得寡言少语了,翩翩不由建议道。叶岐云叹道:"眉儿现在三天两头就往陈姑娘那儿跑,我都见不到她。我真的好怀念那时候我和眉儿在鹿眠谷,她常常给我跳的那支霓裳羽衣舞。"据说《霓裳羽衣曲》是唐明皇所作,乐谱分为十八段。杨贵妃在华清池初次觐见唐明皇时,奏的就是这支曲子,后来杨贵妃将此曲编作一支舞,可它十分难跳。自从杨贵妃死后,世间少有几人可以完整地跳完这支舞。虽然他只是信口这么一说,翩翩却听在耳里,记在心里。从此以后无论是三伏暑日,还是狂风暴

第三十一章 观刈麦

雨,她都偷偷地练习着这支最难跳的霓裳羽衣舞,一次次摔倒在风里雨里,一次次遍体鳞伤。本想练好此舞让叶岐云开心,谁知到了白乐天和陈湘灵成亲的前一天,卢眉娘竟主动跑来,拉住叶岐云的手道:"我们回琼州吧。"

"笃笃……"沉荇园的大门被敲响了,陈念慈还以为是元微之回来了,连忙去拉开了门,只见门口站着一个她素未谋面的姑娘。她穿着耀眼的金橘色襦裙,梳着灵动的发髻,两缕发丝垂在饱满的额头前,麻花辫缠着五色铃铛放在胸前,笑起来的模样格外温暖。陈念慈打量着她,看出是个富家千金,"这位娘子,你来找谁?"她抿嘴一笑,挥了挥手中的皮鞭指着身后装满货物的牛车道:"我是来给傻书生送贺礼的!你是……你是他的母亲?我是杨家二娘子杨连城,白大娘,恭喜恭喜!"陈念慈一头雾水道:"恭喜?恭喜什么?这些贺礼又是怎么回事?"杨连城笑道:"当然是恭喜傻书生娶得他的心上人陈湘灵了,这些是我的一点心意。"

陈念慈听罢登时震愕在原地,"什么?他们居然要成亲?不行,我绝不同意!"就在这时,白乐天闻声跑了出来,陈念慈气得浑身发抖,"你好大的胆子,居然敢瞒着我要跟陈湘灵成亲,好,好,你要是敢娶陈湘灵,就别认我这个娘!"杨连城还没明白是怎么回事,陈念慈就转身跑进房内,收拾了细软怒气冲冲地从沉荇园搬了出去。白乐天在身后穷追不舍,却一个跟头栽倒在杨连城脚边,"娘,你听我说啊!娘,你别走!"杨连城好心去扶他,却被白乐天推倒在旁,"杨连城,你知不知道你害了我!"她气恼道:"我好心给你送贺礼,你还要怪我?你娘不同意,别娶陈湘灵就是了,有什么大不了!"白乐天摇着头凝视着她,怒斥道:"你根本就不懂什么是情,你给我走!"

第三十二章 假作真时真亦假

"岂有此理，这个臭书生居然敢对我大呼小叫！娶不了陈湘灵就娶卢眉娘好了，反正他两个都喜欢，有什么大不了的？"杨连城气呼呼地坐在无忧阁的帮主高位上，睥睨着空空荡荡的大殿上喝叫道。从来没有人敢这样对她说话，她气得飞身而起，抄起旁边一柄长剑，怒气冲冲地舞起了剑，一边怒喝道："臭书生，下次再让我见到你，我就砍了你的胳膊，砍了你的脑袋！"杨连城挥舞着光影中的刀剑，忽然又想起了什么，反手收起了长剑喃喃自语道："啊，我明白了，他一定是想念卢眉娘，所以找个理由发脾气。哼，不就是回了琼州，看我把她抓回来！"她自以为是地抿嘴一笑，立即叫人给她准备了奢华的船只，誓要赶往琼州截下他们，带回卢眉娘。

卢眉娘和叶岐云一行刚刚到达东都洛阳，方才找了间逆旅歇脚。卢眉娘拉着翩翩翻来覆去地问道："翩翩，你说乐天和湘灵，他们应该已经成亲了吧？你说他们的婚礼是不是很盛大？不对，他们要瞒着白大娘，一定是悄悄举办。你说他们成了亲，总要去见白大娘吧……"翩翩又好气又好笑道："眉娘，你都已经决定走了，还管他们做什么？"可是离长安越远，她的思念就越浓。这天夜里她辗转难眠，总是惦记着白乐天和陈湘灵，卢眉娘悄悄坐起身，自言自语道："我就回去看看他们有没有顺利成亲，我就看一眼，连夜就回来。"外面夜色渐沉，卢眉娘悄悄移开逆旅的门，翻身驾上骏马挥鞭而去，一轮明月下，一个身影站在门后把这一切看在了眼里。叶岐云紧蹙着眉头，心中明白他再也不能留她在身边了，既然她要回去，自己也该回去将血海深仇做个了断。叶岐云没有跟屋内的翩翩和欧阳呈说，也不辞而别，驾马往长安的方向去了，这次他要直取李适的人头。

在这之前，他已经在大明宫外布下了天罗地网，只是碍于卢眉娘，一直未曾有所行动，既然计划成熟了，叶岐云单枪匹马向大明宫闯去。一切

第三十二章 假作真时真亦假

正如他所预料的那样,无数的皇家侍卫听得动静从大明宫中一拥而上,叶岐云冷笑一声,踏上马鞍凌空而起,以极快的身法落入布置好的五行阵中。这五行阵完全按照润下、炎上、曲直、从革、稼穑来布置,以木生火,火生土的循环方式而行,不但可以让敌人无法接近,而且能发挥手中斩天剑的最大威力。似有若无的乌云渐渐被风吹散,露出了一轮清晰的明月,月光悉数泼洒在斩天剑上,正是最好的时机。叶岐云霍然扬起一剑凌空劈下,哪知从金木水火土五角处突然飞身而起数十个戴铁面具的侍卫,他们手中各拿着木剑、土盾、冰箭、火烛、金刀,从相克的五角向叶岐云奔来,霎时间相克的五行生出巨大的能量将他手中的斩天剑扔在了地上。叶岐云不由大惊道:"糟了,中计!逆五行阵!"这些侍卫有备而来,不但化解了他的阵法,还将五行阵逆转,四处布满了毒器,当叶岐云回过神时已然经脉逆转,跟跄难行。重重的一脚踢上他的胸口,叶岐云哇地吐出一口鲜血,摔在斩天剑的旁边。就在这千钧一发之际,欧阳呈踏空而来,拉住叶岐云冲出了重围。

"帮主,找到卢眉娘的下落了,她已经从洛阳回长安,往辅兴坊胡饼店的方向过去了!"然而此时此刻,杨连城的手下匆匆来到船上汇报道。杨连城惊讶道:"那还等什么,快调转船头,立即去接她呀!"

天色已经大白,所有的坊门也皆数打开,卢眉娘浑然不知夜里发生的大明宫行刺案,还驾着马向沉荇园疾驰而去。她刚刚路过辅兴坊,看见热腾腾的胡饼,想起白乐天也喜欢吃,翻下马买了两块,只听得旁边的人议论纷纷:"你们知不知道,昨天夜里大明宫有人行刺!""是啊,那人武功高强,要不是陛下有所防范,恐怕今天的长安就不安了。""我听说那人已经受了重伤,跑不远了,你们看,到处都张贴着刺客的画像呢。"卢眉娘心头猛地一凛,向墙上看去,赫然看见通缉令上画着的是叶岐云。她顿时花容失色,丢掉手中的胡饼,连忙驾马调转方向,朝松泉别苑的方向赶去了。她刚刚离开,杨连城就带着一队人赶来了胡饼店,可终究和卢眉娘缘悭一面。白乐天匆匆赶来道:"杨帮主,你是不是有眉娘的消息了?"杨连城叹了口气,指着墙上的通缉令道:"傻书生,别等了,我没接到她,她去见叶岐云了。"

鹿 回 头

整整这一天，白乐天都魂不守舍的，他的眼前时而浮现通缉令上的面孔，耳边时而响起杨连城的话，只觉得心乱如麻。不知不觉到了晚上，窗外又是与昨夜一般的一轮明月，他不由想起了刘梦得。他的几位好友之中，就属刘梦得为人最是豁达，所有不开心的事，他都能想出一个开心的法子。白乐天望着明月幽幽叹道："霁月光如练，盈庭复满池。秋深无热后，夜浅未寒时。露叶团荒菊，风枝落病梨。相思懒相访，应是各年衰。"次日一早，他便去找刘梦得诉说，想与他把酒共饮，一吐不快。谁知府邸前的阍人却告诉他，刘梦得清早便去了翠微寺。

"吾王昔游幸，离宫云际开。朱旗迎夏早，凉轩避暑来。汤饼赐都尉，寒冰颁上才。龙髯不可望，玉座生尘埃。空明大师，你不知道，我上次为了跟玄华大师讨口茶喝，在西山把脚都爬坏了！我呀，可不再去喝他的茶了！"翠微寺一丛深红的枫叶后，传来刘梦得爽朗的笑声，空明大师笑道："刘檀越既然不是来喝茶的，又是为何而来啊？"刘梦得道："我今天是来向大师讨教佛经的。"他话音未落，只听不远处传来阵阵丝竹声，便问道："那是在干什么呢？"空明大师笑道："敝寺的戏场正在演奏柘枝舞以筹资金，为大殿中的金佛重塑金装。刘檀越，这边请。"刘梦得跟着空明大师绕过枫树林，便看见戏场热闹非凡。台上正中站着一个花容月貌的少女，她头戴珍珠花帽，身穿纱罗绣花裙袍，裙裾上缀着铃铛，跟随着舞步晃动出悦耳的声音。刘梦得不由看得出了神，情不自禁地拊掌叹道："胡服何葳蕤，仙仙登绮墀。神飙猎红蕖，龙烛映金枝。垂带覆纤腰，安钿当妩眉。翘袖中繁鼓，倾眸溯华榱。燕秦有旧曲，淮南多冶词。欲见倾城处，君看赴节时。山鸡临清镜，石燕赴遥津。何如上客会，长袖入华裀。体轻似无骨，观者皆耸神。曲尽回身处，层波犹注人。"

台上那姑娘闻声停下了脚步，回头向刘梦得看去，一抹嫣红霎时在桃花面上泛开，她不由惊喜道："刘兄，是你？"刘梦得被她这么一唤，蓦地一怔，半响才不可置信道："你是……你是柳兄弟？"空明大师抚须笑道："这是柳三小姐。"柳兮兮已轻盈地从台上走了下来，刘梦得惊喜不已，"我真是拙眼，居然当初没认出柳兄弟是个女儿身。三小姐，想不到你还会跳西域的柘枝舞，真是让在下大开眼界。"柳兮兮笑道："你这么喜欢西域

第三十二章　假作真时真亦假

的东西，我再弹首曲子给你听吧。"说罢她取来一把西域的五弦琵琶，娴熟地拨动起琴弦唱道："杨柳郁青青，竹枝无限情。周郎一回顾，听唱纥那声。踏曲兴无穷，调同词不同。愿郎千万寿，长作主人翁。"刘梦得含笑听完这首曲子，从旁边的花丛里折下一支最鲜艳的牡丹，轻轻为她簪入发鬟，"庭前芍药妖无格，池上芙蕖净少情。唯有牡丹真国色，花开时节动京城。"

二人有说有笑地从翠微寺走出去，刚刚出了山门，竟迎面遇见了前来为卢蕴芝还愿的柳子厚。刘梦得大喜，上前唤道："子厚！"柳子厚抬眼看去，赫然看见柳兮兮在他身边，又惊又喜道："兮兮！"刘梦得不由惊讶得说不出话来，柳子厚道："梦得，这就是我三妹兮兮，怎么会与你在一块儿？"刘梦得大感有缘，将前因后果都说与他听，柳子厚拉过柳兮兮道："兮兮，我和梦得是结义兄弟，从此以后你要称他为义兄，要像对待大哥那样尊重他，明白吗？"柳兮兮微微一顿，向刘梦得欠了欠身道："义兄。"他们二人谁都没有察觉到，一丝失落在柳兮兮的眼中悄然划过。

"榲榲，真是打扰你了，但是姜姜现在这个样子，谁的话也听不进去，所以也只好请你去开解她了。"柳宅的门前，卢蕴芝正送一个华服女子走出来。她转过头道："姨妈，这是我应该做的。那个叶岐云若真是乱臣贼子，姜姜和他在一起着实令人担心。"她正是高平郡君卢沉榲，原来柳子厚的母亲，也是范阳卢氏，更是卢沉榲的姨妈，只是两家多年不往来，如今都在长安定居，才又有了交往。卢沉榲向她辞别，才离开柳宅不远，只看见一处空旷的山野中飘飞着漫天冥镪，与秋叶一同纷纷而下。似有人呜咽之声传来，她循声走上前，只见一块墓碑前跪着一个满身白孝的男子，痛哭流涕不能自已，"吾上有三兄，皆不幸早逝。承先人后者，在孙惟汝，在子为吾。两世一身，形单影只。吾与汝俱少年，以为虽暂相别，终当久相与处。故舍汝而旅食京师，以求斗斛之禄。诚知其如此，虽万乘之公相，吾不以一日辍汝而就也！"

哭声哀恸，字字泣血，卢沉榲的心中也不免为之颤动，她走上前一看，不由脱口唤道："退之？是谁过世了？"披麻戴孝的那人站起身来，他正是韩退之，他的双眼已经哭得充满血丝，沧桑无比，"郡君……这是我年轻的侄儿十二郎……"他却再也说不下去，取出一卷已经写好的《祭十二郎文》，在火光中化了，"汝病吾不知时，汝殁吾不知日。生不能相养于共居，殁不得抚汝以尽哀。一在天之涯，一在地之角，生而影不与吾形相依，死而魂不与吾梦相接。彼苍者天，曷其有极！"卢沉楹忍不住悄然落泪，也在坟前跪下，拿起冥镪放入火盆，陪伴着他一同守灵。

入夜的祓祠前却显得格外热闹，红彤彤的火苗在门前噼里啪啦地燃烧着，康娥又趁着夜深人静从杨府跑了出来，躲到这里悄悄地吞下一枚药丸。突然一只手伸来紧紧抓住了她的手腕，"喂，你怎么又在吃这种药？"康娥大惊地抬起头，赫然看见陈青笠出现在自己面前，"怎么又是你？你到底想怎么样？你千万别告诉阿郎啊！"陈青笠道："我可以不告诉他，但你必须实话跟我说，这到底是怎么回事？"康娥四下看看，忙拉着他进了祓祠后面的一间屋子道："是叶夫人……她说如果我吃下这药，归顺于她，她就会替我报仇，杀了俱文珍。我相信她说的是真的，你看他们那一家人每天都在绞尽脑汁怎么对付李唐，而且叶岐云的武功那么高，有他们帮我，我一定事半功倍。"陈青笠不由叫道："你真糊涂啊！什么叶夫人，她可是南海皇朝的太后！你想利用人家，殊不知你已经被人家利用了！她就是看上你也有深仇大恨，看上了你一半至阴一半至阳的身躯，以人身炼药，将你炼成至毒之物对付她的仇人啊！"他刚刚说罢，只听栅栏外响起了南玳的声音，"康娥，我来看你了！"康娥登时大惊失色，"糟了，她来了！你快躲起来！"

第三十三章　盂兰盆

"来不及了，这样吧，你按照我说的办！"陈青笠附在她的耳畔说了两句。南玳在门外敲了半晌门，只听见屋内传来康娥的惊呼声："陈大哥，你醒醒啊！"南玳微微皱了皱眉，伸手推开了屋门走了进去，只见康娥正费力地将晕倒在地上的陈青笠往床榻上移动，她焦急道："叶夫人，他晕倒了，怎么办啊？"南玳眯起眼睛扫了他一眼，只见他面色青白，瘦骨嶙峋，便哼道："这么个病秧子……随便给他扎两针吧，说不定就醒了。"康娥没想到她竟坐了下来，只得颤抖着拿出一根银针，对着陈青笠的脸上迟迟不知该如何下手。

"你不会施针？我来教教你吧！"南玳猝不及防地在她的手肘上一推，康娥手中的银针猛地扎中了陈青笠的人中，豆大的血粒即刻汩汩而出，却见陈青笠依旧没有任何反应。南玳道："罢了，我也不打扰你照顾病人了，记得我给你的药要按时吃，我就先走了。""吓死我了，吓死我了，总算蒙骗过去了……"看着南玳出了门，康娥一下子瘫软在床榻旁，陈青笠蓦地站起身，捂着血流不止的人中道："喂，你下手可真重！痛死我了，差一点点就演不下去了！"康娥蛾眉倒立怒道："怎么说我也是救了你，要不然被她发现你来见我，一定会杀了你的！"陈青笠笑道："好好好，为了报答你，我会替你在杨兄面前多美言两句的。"

看着白乐天的婚事再次以失败告终，刚刚回来的元微之也大感人生无常，回想起和他初识的种种场景。这天夜里，他起身关起被风吹开的窗棂，看着满地纷落的红色枫叶，不由想起了崔双文手腕上系着的那半条红绸，转眼时过境迁，他差点快遗忘了在蒲州的那段时光，"花笼微月竹笼烟，百尺丝绳拂地悬。忆得双文人静后，潜教桃叶送秋千。寒轻夜浅绕回廊，不辨花丛暗辨香。忆得双文胧月下，小楼前后捉迷藏……春冰消尽碧波湖，

鹿 回 头

漾影残霞似有无。忆得双文衫子薄，钿头云映褪红酥。我也该回去看看表妹了。"既然心有所念，他次日就决定启程去往蒲州。元微之背着重重的行囊走过一道道坊间，正要出了城门，忽然看见一个老婆婆正步履蹒跚，忙前忙后地从屋内拖出许多家当，放在牛车上，已是累得气喘吁吁了。就在这时，从旁边走来一个身材高挑的女子，背对着元微之，用轻柔的声音说道："老婆婆，我来帮你搬家吧。"

那老婆婆笑道："又是你啊韦姑娘，你人真好，我院里还有一些，就麻烦你了。"说罢哗啦把竹门一推，只见院里堆着满满登登的东西，那姑娘不由也吃了一惊，"这么多……没事没事，你站着别动，我来搬！"只见她瘦小的身躯搬着又重又大的家当里外跑着，早已汗湿了她那件精美的蜜合色裙襦，发丝也粘在了两鬓，上等的南珠步摇也微微倾斜，她伸手别起发丝，露出了漂亮的侧面。虽然只是半张脸，却可见她约莫二十多岁，生得仙姿佚貌，肌肤若雪，眉眼之间尽是温婉。

"娘子，我来帮你吧！"元微之见状，连忙扔掉了肩上的包袱，上前帮那姑娘搬出了破旧的床榻。那姑娘抬手擦了擦汗渍，抿嘴嫣然一笑道："郎君，多谢你了。"这个笑容算不上倾国倾城，却如同一汪清泉潺潺地渗入元微之的心里，只觉得甘甜舒适。他与这姑娘帮老婆婆全部搬好了家，也已经到了星辰漫天，他竟然都忘记了问这位好心的姑娘姓甚名谁，看着她已经走远消失的街道，元微之心中蓦然觉得空荡荡的。他捡拾起自己的行囊，再度迎着星光出发，正好坊门就要关上，他连忙小跑着出了长安城。这一夜元微之寄宿在长安城外的法门寺中，只等待次日一早继续赶路，谁知忙着搬家忙了一天，他当晚倒头就睡，沉沉地入了梦乡。

"天地玄黄，宇宙洪荒。日月盈仄，辰宿列张。寒来暑往，秋收冬藏。闰余成岁，律吕调阳……"一阵琅琅的读书声从窗外传来，当元微之被这声音吵醒时，发现已然日上三竿了，他匆匆忙忙换上衣服，拎起行李冲出厢房要去赶渡口的船，哪知刚刚出门，正好看见一个女子在善坊中教一群贫困的孩子念着《千字文》和《急就篇》。"是你？"只因为多看了一眼，元微之却登时惊喜地停住了脚步，脱口而出。那身穿豆青色的纤纤女子不

第三十三章 盂兰盆

是别人，正是昨日在市集与他一同帮老婆婆搬家的那好心姑娘。她也笑着放下了课本，走上前道："郎君，这么巧？我经常来这里给孩子们教书，你是要赶路吗？"元微之正不知如何作答，法门寺的住持正好走了过来，"二位檀越，今天就是盂兰盆节了，二位有缘人不妨留下来一起参加吧。"元微之笑道："那正好，娘子，你不介意吧？"她弯起眼眸笑了，"还不知怎么称呼郎君？"元微之忙道："在下元稹，字微之。"只见她盈盈下拜，含笑嫣然道："奴家韦丛，小字茂之。"

二人跟着住持来到了佛殿，只见正中央放着一个巨大的金盆，内置幡花、灯烛、衣裳、鲜花、水果、点心、素菜等等，原来这就是佛家的盂兰盆了。韦丛指着其中开得正盛的菊花道："元郎，你看这几簇菊花开得多好。"元微之笑道："秋丛绕舍似陶家，遍绕篱边日渐斜。不是花中偏爱菊，此花开尽更无花。"韦丛低眉浅笑，"好一句'此花开尽更无花'，天下的花你都看尽了，却还是念念不忘昔日最爱的这枝花。"二人相伴着走出佛殿，只见外面红叶如云，一阵秋风吹来，片片如落红般纷飞。韦丛俯身捡起一片红叶叹道："看到这红叶，我就想起宫女韩氏的那首'流水何太急，深宫尽日闲。殷勤谢红叶，好去到人间。'细细品来，竟没有第二首诗能与之媲美。"

元微之沉吟片刻，与她并肩坐在台阶上，提笔在红叶上用蝇头小楷写下：寥落古行宫，宫花寂寞红。白头宫女在，闲坐说玄宗。韦丛大感惊喜，捧着这片红叶道："这首诗我很喜欢，元郎，这片红叶就送给我吧。"这时又有一些富贵人家，领着浩浩荡荡的"送盆官人"队伍进寺，后面跟着一座座神座。等到佛前供奉之后，一些伎乐在庙里又奏起了民间小曲，有的带来了百戏演出，还有人抬着佛像和各种大盆里的供品一起出寺上街游行，伎乐百戏幡花云伞都跟在队伍里巡游，所到之处倾城轰动，一直玩乐到天黑方止。韦丛忽然想起了什么，惊呼道："哎呀，糟了，时辰已经来不及了，你还是快去渡口，看看能不能赶上最后一班船吧！"元微之却轻轻笑了，"不必了，既然已经误了船，我就不去了。"

前几日行刺大明宫的风波尚未过去，松泉别苑中众人都不敢出门去。

鹿回头

叶岐云这次的伤势极其严重,欧阳呈为他闭关疗伤了几日,他稍微恢复了些,卢眉娘连忙关心道:"岐云哥哥,你这两天觉得怎么样?"叶岐云显然有些虚弱,却强撑露出笑容道:"眉儿,这几天你这般照顾我,我已经很开心了,所以啊,伤都好了。"卢眉娘笑着端来一盏茶道:"我也不敢离开松泉别苑,所以就拿了一些从琼州带来的水满茶,给你泡了一盏。以前总听太后说,水满茶是五指山上的野茶,长年生于云雾之中,得天地之精华,你尝尝看,说不定喝完精神好些。"叶岐云接过抿了一口,点头道:"是以前的味道,眉儿,这样的日子真好。"只见卢眉娘笑着坐到古琴边,悠悠地为他弹奏出以前在鹿眠谷里常弹的曲子,那一瞬间,叶岐云觉得仿佛回到了过去。

他不由从腰间拿出许久未用的玉箫放在唇边,与卢眉娘的古琴相和了起来。一曲未罢,他突然连连咳了两声,猛地一口鲜血吐了出来。"岐云哥哥!"卢眉娘当即惊呼着冲上前扶住他,南玳闻声从屋内跑了出来,"云儿,你快跟我回屋,我亲自给你疗伤!"卢眉娘焦急地在门前徘徊着,直到南玳精疲力竭地从屋内出来,"太后,岐云哥哥怎么样了?"却见南玳面色苍白,很是疲惫,"这个李适如此狠毒,我早该料到。云儿擅自行动,果然中了他的计,他这次受了重伤,能保住性命已是万幸,所以暂时武功尽失。我为他疗伤也耗了不少精力,也觉得不太舒服,我想一个人先回呦呦谷。"

自从暗中送走南玳以后,长安城的戒备似乎松了些许,卢眉娘担心叶岐云的伤势,亲自出门为他去医馆配药。她刚从药坊出来,就和进门的一个姑娘迎面撞上,卢眉娘怀中的药全部掉在了地上,那姑娘忙俯身替她捡起,抬头的刹那,卢眉娘不由惊呼道:"湘灵?"陈湘灵看见了她,微微一愣,忙拉着她到一旁低声道:"乐天哥哥这两天都病了,你去看看他吧。"且看她的打扮与往常无异,卢眉娘不由奇道:"你和乐天没有成亲?"陈湘灵道:"不错,这事儿我们改日再说。现在乐天哥哥在孤山寺里,你跟我过去同他解释清楚。"就在这时,哗啦一声巨响,倾盆大雨从天而降,卢眉娘甩开了她的手,"还有什么要解释?我想不到,我也不想去解释,我现在要回家给岐云哥哥煎药了。"说罢她转身冲进了雨中。

第三十三章　盂兰盆

哗啦啦的暴雨冲刷在孤山寺的屋檐上，白乐天望着一片汪洋般的寺院，心中无尽惆怅，"拂波云色重，洒叶雨声繁。水鹭双飞起，风荷一向翻。空濛连北岸，萧飒入东轩。或拟湖中宿，留船在寺门。"直等到骤雨停歇，陈湘灵才踏着泥泞走回来，此时的夕阳已经红透了半边天，白乐天拉住她的手道："湘灵，你能不能陪我去乐游原登高看夕阳？"陈湘灵点头笑了笑，"你去哪儿，我就去哪儿。"二人并肩站在铺满夕阳的乐游原上，俯瞰着一览无余的长安城，陈湘灵忽然幽幽道："乐天哥哥，我们三个人能不能抛开一切，做一次了无牵挂的了断？"

此时的杨府中，杨慕巢正领着陈青笠往一处新辟的院落走去，"陈兄，我知道你身为刀客，不想被外人知晓身份，我特意给你用千年玄铁建了一间密室，这间房子以玄铁铸成，除非一内一外两只钥匙同时开启，才能打开，这样一来可以躲避仇家，二来可以专心练武。"陈青笠惊喜地打量着这间密室，赞道："果然是鬼斧神工！杨兄，多亏你的收留和鼓励，我才能专心练武，近来武功大增强不少！这间密室，还是留给二娘子吧。"杨慕巢无奈地摇头道："她呀，我可是管不了了。"

"书生，你总说我不懂情，那你告诉我，什么是情？"依旧是那家小酒馆中，杨连城啪一声将腰间的皮鞭放在了食案上，歪着头向坐在自己面前的白乐天问道。他喝了口酒，从怀中取出一份卷好的文章递给她，道："这是我自己记载的，里面都是我和湘灵和眉娘的故事。我不能告诉你什么是情，但我相信，你看完以后会明白的。如果你能看得懂，或许以后你也会变得更可爱。"杨连城将信将疑地接过了文章，细细地品味着字里行间的酸甜苦辣，不知不觉竟入了迷，时而蹙眉担忧，时而嘴角轻扬，也不知看了多久，故事还没写完就戛然而止了。她意犹未尽地合起了卷轴，抬起微蹙的双眉，竟幽幽地长叹一声。杨连城也被自己吓了一跳，她从来不会这样多愁善感，只是此时此刻，心中却仿佛空落落的，一滴晶莹剔透的泪水悄无声息地夺眶而出，滑过她的面颊。白乐天不由心中一动，伸出了手指轻轻替她拭去了面颊上的泪珠。

第三十四章 烧尾宴

"宋延年，郑子方。卫益寿，史步昌……"当韦丛照旧来到法门寺的善坊为孩子们教书时，却在门外就听见了琅琅的读书声，她好奇地走进去一看，只见元微之正悉心地教着孩子们提笔写字，背诵文章，她轻声笑道："元郎，你也来了？"元微之闻声抬起头，粲然一笑，"是啊，你天天教孩子们念书，那么辛苦，我也想帮帮忙。"正说着，一个小女孩拽着韦丛的衣角指着枯树道："韦姐姐，我想要树上的樱桃花！"元微之道："樱桃花？这季节哪有樱桃花？"韦丛忙小声道："哎，你别说了，这孩子从小心智不全，我不想让她失望，我这就去摘。"说罢她取来了几个花砖放在树旁，小心翼翼地攀爬上前，伸手努力地够着树梢，红色的罗裙随风摇摆，不由让元微之看得痴了。只见她悄悄从头上摘下两枝红色的绢花，放在枝叶后假装摘了下来，笑盈盈地递给了那孩子，"韦姐姐替你摘下樱桃花了。"那一瞬，元微之仿佛看见了春风里满树樱桃花盛放，她站在那里摘花的模样，心中一动念道："樱桃花，一枝两枝千万朵。花砖曾立摘花人，窣破罗裙红似火。"

突然而来一阵仓皇的大雨，韦丛忙领着孩子们进屋避雨，虽然她狼狈地半裹起几卷诗书，身上却已然被淋湿。元微之忙拉着她到另一间屋去揩擦。韦丛却笑着一边擦脸一边指着外面的池上道："你瞧那鹭鸶，给雨吓得飞了起来。我们就像这鹭鸶，慌乱得不知躲哪儿好。"元微之笑道："鹭鸶鹭鸶何遽飞，鸦惊雀噪难久依。哎，你怀中抱着的是什么？"韦丛掸了掸雨迹，小心地展开了，只见画卷上画着春光烂漫的景色，一片融融桃花夹岸而放，颇有桃花源的意趣，元微之好像走进了画中，看到了深深浅浅的大片桃花林，看见路尽头站着一个身穿白衣的女子，她盈盈回头浅笑，正是韦丛的模样。元微之不由磨墨提笔在画上当即题下：桃花浅深处，似匀深浅妆。春风助肠断，吹落白衣裳。

第三十四章 烧尾宴

雨停之后，韦丛抱着那幅题了字的桃花图，魂不守舍地抿嘴浅笑着回到了家中，刚刚进屋，父亲韦夏卿就拿着一张红单子推门进来道："茂之，过两天要给宫内上烧尾了，你来看看这食账如何？"韦丛才把画收好，手中还有一封信没有收起来，见父亲进来，连忙慌张地随手把信压在了花瓶下。韦夏卿刚刚升官为尚书，按理说都要在家中举行烧尾宴大肆庆贺一番。所谓烧尾宴，是源于一个故事。黄河上有道龙门，两岸峭壁对峙，水流湍急，每年春天，黄河的鲤鱼就会溯水而上来到龙门，如果有鱼能跃过龙门，立即会有云雨生成，天火降下烧掉鱼尾，从此这条鱼就变成龙。故而一旦当了大官，就像化鱼为龙一般也要烧尾，要举行烧尾宴请同僚亲朋一起庆贺，众人来为主人烧尾。但为谢皇恩，还要将一席山珍海味送往宫中进献给陛下，这便是上烧尾了。韦丛接过食账摇了摇头，亲自跑去后院厨房指点。韦夏卿的目光落在了花瓶下，他打开那封信一看，却是元微之的一首诗，只见上面写着："人生莫依倚，依倚事不成。君看兔丝蔓，依倚榛与荆。荆榛易蒙密，百鸟撩乱鸣。下有狐兔穴，奔走亦纵横。樵童斫将去，柔蔓与之并。翳荟生可耻，束缚死无名。桂树月中出，珊瑚石上生。俊鹘度海食，应龙升天行。灵物本特达，不复相缠萦。缠萦竟何者，荆棘与飞茎。"韦夏卿看罢落款，不由拊掌大赞："好！写得好！这个元微之，倒是很有才华。"

"元九，韦尚书给你送来了请帖，邀你去履信坊的韦宅赴宴！"沉荇园里，白乐天又惊讶又羡慕地将请帖递给了元微之，就连元微之也惊愕不已："什么？我没听错吧？这……这怎么可能呢，我根本就不认识尚书啊。"直到他来到韦宅门前，还仿佛在梦中一般不可置信。元微之跟着道贺的人群走进乌头门，将请帖交于阍人看过，随之往里走去。正门外安放着十根象征地位身份的戟架，上面绑着五色的幡旗随风摆动。这座大门楼高二层，前后有五架房梁，屋顶乃是悬山式，顶上覆盖着黑色的陶瓦，两侧各有一只上翘的鸱尾。支撑二层门楼的柱子和门板都刷上了朱漆，大门上还有崭新的铜头乳钉和兽嘴衔环的门把。

再往里走进去，可见这宅院是个回形的四合院，用正房、东西厢房、回廊、门厅等围合起来，其中还有个巨大的马球场。面前就是整个宅院最

鹿 回 头

豪华的正堂了，韦夏卿笑着从里面迎了出来，"元公子！老夫很欣赏你的才学，今日能应邀前来，老夫很高兴啊！"元微之被他热情地拉进了正堂，只见堂上正中靠北放着一架紫檀金银屏风，锦面上是名家绘制的山水，屏风前放着一张胡床，上面铺着厚软的茵褥，配着倚靠的凭几。角落里都是各式香炉、暖炉和灯烛，整个房间用帐幄和帘幕分隔，脚下则是水磨石雕花砖铺就的地面，上面还盖着一层厚厚的宣城红线毯。元微之从未见过这样的阵仗，不由惊道："韦尚书，我乃一介平民，实在惶恐！"韦夏卿笑道："你不必惶恐，去后院看看吧！"

元微之更是不知所措，这内宅通常都是家眷女子所住，怎么会随便让外人进去呢？阍人却带着他径直往里走，绕过内堂，便是一座二层小楼，这小楼的一层四面有墙，二楼却像个亭子，只用木柱支撑，没有墙体的遮蔽，是以帘幕为墙的透空阁楼，可以清晰地看见二楼放着一具很大的坐床，二楼四面屋檐下，都有竹卷帘，若是女眷上楼，婢子只要把竹帘放下来，便形成若隐若现的效果。此刻屋内没有女眷，但桌上的香炉还冒着热气，似乎才离去不久。后花园中竟还有个小湖泊，水榭歌台也都是没有墙面的木柱结构，时而用帘幕屏风和行障来遮蔽，实在奢华无比。

阍人却将他一路带到了厨房，元微之正感奇怪，只听一个熟悉的声音从厨房里传出，"阿禄，食账上还少了两道菜，一道是金银夹花平截，大姐最喜欢吃螃蟹海味了，还有一道是红羊枝杖，二姐身子不好，秋冬季节吃羊肉最好了。"一阵喷香的气息从厨房内传出，元微之不由走上前去，只看见一个婀娜的身姿在烟雾中忙来忙去，"阿禄，给陛下的菜式一定要精美。这道雪婴儿要用细豆粉糊在蛙肉上，一定要炸得白白胖胖的。这道汉宫棋，要做成印花双钱的棋子状。这道清凉臛碎要用最好的狸肉熬成浓厚胶结的羹，放凉成团再切碎。还有这道凤凰胎，取母鸡肚子里还没生下的蛋与鱼白一起拌着吃。至于素蒸音声部，一定要用面皮裹上蔬果馅，捏成七十个歌女乐人的模样，摆成蓬莱仙女的造型。其他的还有仙人脔、赐绯含香粽子、御黄王母饭和缠花云梦肉，都要做好。"

"韦姑娘？"元微之惊愕地脱口唤道，韦丛下意识地回过头，却赫然看

第三十四章 烧尾宴

见了他，不由又惊又喜道："元郎！怎么……你怎么会来我家？"元微之睁大了双眼，看着眼前这个衣着华丽的女子，实在无法相信每日和自己一起在寺庙里教孩子读书的那个善心姑娘，居然是堂堂尚书之女。韦丛笑着从怀中取出一只香囊递给他，"元郎，这是我亲手摘的我家里种植的月桂，给你做了香囊，你戴在身上，随时可以闻到秋天的味道。"这时外面的烧尾宴就要开席了，元微之只得暂时和韦丛分开。韦夏卿让他坐在自己的身边。不一会儿工夫，仆人们扛着一张大木盘上厅，盘子里放着一头完整的冒着热气和焦香的烤羊，厨子拿出刀将羊肚子剖开，里面还藏着一只烧鹅，鹅肚子里还有糯米饭，一起在火上炙烤，主要是分吃这只烧鹅。元微之不由大赞好吃，韦夏卿含笑道："这是小女亲手所做的浑羊殁忽，元公子若是愿意，可以每天都吃。老夫的意思是，不如将小女许配与你吧。"元微之震惊道："什么？"韦夏卿有些不悦道："怎么，你不愿意？"元微之连忙道："不不，在下……求之不得！岳父大人，请受小婿一拜！"躲在门后的韦丛听见了这番话，羞红了脸跑回屋内去了。

尚书嫁女是何等的大事，而且下嫁之人还是一个没有功名的区区进士，不光是长安城中人尽皆知，这消息都已经传到了遥远的蒲州。"什么？表哥要娶尚书之女为妻？"自从一别之后格外消瘦的崔双文从商玲珑的口中听到这件事，险些跟跄摔倒。商玲珑垂眸道："小姐，当年九郎走的时候说'必妖于人'，你就应该明白，你等不来他的。只是九郎为了功名利禄去娶尚书之女，我也是万万没有料到的。"崔双文含泪苦笑道："是我糊涂……你来看看！"她猛地拉开了抽屉，只见哗啦啦的无数纸笺如雪花般飞出来，每一张上面都只有两个字，一笔一画写的"平安"二字是如此触目惊心。泪水从崔双文眼中夺眶而出，滴在了那墨干的字迹上，霎时晕染一片，"玲珑，去告诉我娘，我答应王家公子的婚事。"带泪的"平安"字笺由商玲珑悄悄寄给了元微之，他看着这满目疮痍的字迹，不由心酸，"表妹……"元微之长叹一声，提笔奋笔疾书，写下一篇《会真诗》："幂幂临塘草，飘飘思渚蓬。素琴鸣怨鹤，清汉望归鸿。海阔诚难度，天高不易冲。行云无处所，萧史在楼中。"

终于到了大婚这天，太阳西斜之时，衣着摄盛的元微之春风得意地驾

鹿 回 头

在骏马上,带着一队人明火执仗地去往韦宅迎亲。只见他身穿红纱单衣绛公服,头戴黑缨冠,白纱里衣,白袜红鞋,两侧跟着四匹马,上面分别坐着白乐天、刘梦得、柳子厚和韩退之。众人到了韦宅前,却见大门紧闭,里面的姑嫂捉弄他半晌也不肯开门,更笑道:"除非当即作一首开门诗才算罢!"白乐天帮忙道:"柏是南山柏,将来作门额。门额长时在,女是暂来客!"话音刚落,门哗啦被拉开了,姑嫂们拿着棍子笑着追打捉弄女婿,好不容易过了这一关到了中门,却见门依旧紧闭,刘梦得也帮忙道:"团金作门扇,磨玉作门环。掣却金钩锁,拨却紫檀关!"

好不容易到了正堂内,谁知帘幕拢起,屋内空空如也。元微之忙来到那二层小楼下催妆,柳子厚也帮忙道:"今宵织女降人间,对镜匀妆计已闲。自有夭桃花菡面,不须脂粉污容颜!"一群姑嫂侍娘终于扶着头戴盖头的韦丛从屋内出来了,只见她身穿着青绿的宽袖华服,身段袅袅,两边的行障一遮,影影绰绰,宛若仙子。元微之忙亲自催撤障,吟道:"夜久更阑月欲斜,绣障玲珑掩绮罗。为报侍娘浑擎却,从他驸马见青娥。"一对童男童女轻轻移开了行障,元微之拿着一只大雁,面向北跪于坐在马鞍上的韦丛面前,奠雁礼仪正行,牛思黯正好派人送来了一对鸾凤和鸣的太湖石作为贺礼。韦丛悄然掀起盖头,偷看了元微之一眼。这场盛大的婚礼一直进行到深夜,而元微之并无家宅,也就免去了迎韦丛回家的过程,撒帐、同牢、合卺都在韦宅进行。帐帘轻轻放下,红烛映红了韦丛娇艳的面容,这一切都美好得仿若梦境。元微之轻轻摘下她头上的宝石簪子,长发悄然滑落,她含笑握住元微之的手道:"从今往后,这支簪子只为你留着,你来拔下它,我才歇下。"从那以后,元微之就搬来了履信坊,与爱妻同住在韦宅中。

第三十五章　千古文章

热闹的婚礼到后半夜才结束,喝了许多酒的刘梦得却兴奋得毫无睡意,独自一人来到岸边赏月,忽而听得一只商船中传来泠泠的弹琴声,时而急促时而宛转,拨动心弦,不由吟道:"大舸高帆一百尺,新声促柱十三弦。扬州市里商人女,来占江西明月天!"他话音刚落,身后传来笑声,"你醉了,这里是长安,不是扬州。"刘梦得回头看去,只见柳兮兮天真无邪地笑着走来,在他身边坐下来道:"刘大哥,我也睡不着,因为我二姐的事。她对叶岐云是那么在乎,不惜和大哥闹翻,可是叶岐云却对她避而不见,你说这该怎么办呢?"刘梦得道:"万事万物,不过情一字,我尚且不懂,又怎么解答?兮兮,我就要调任京兆府渭南县主簿了。"柳兮兮一怔,道:"那……我们还能再见面吗?"刘梦得爽朗地笑道:"一定会的。"

而另一边的酒楼里,韩退之和柳子厚又聚在了一起把酒当歌,一直喝到次日大早,兴致正浓时,忽然听见酒楼窗下传来一阵阵漫骂声,韩退之侧头看去,只见街市上一个商人骂骂咧咧地抽打着一匹骏马,"每天能吃一石粮食,还不是跟其他马一样根本跑不远,还说什么千里马!"韩退之摇了摇头,自言自语道:"世有伯乐,然后有千里马。千里马常有,而伯乐不常有。故虽有名马,只辱于奴隶人之手,骈死于槽枥之间,不以千里称也。马之千里者,一食或尽粟一石。食马者,不知其能千里而食也。是马也,虽有千里之能,食不饱,力不足,才美不外见,且欲与常马等不可得,安求其能千里也?"

柳子厚放下酒杯抚掌道:"好一句'世有伯乐,然后有千里马'。退之兄,这匹千里马就要平步青云了。既然你写马,我就写驴。"他略一沉吟,唤博士取来纸笔,提笔洋洋洒洒写下:黔无驴,有好事者船载以入。至则无可用,放之山下。虎见之,庞然大物也,以为神。蔽林间窥之,稍出近

鹿回头

之，慭慭然，莫相知。他日，驴一鸣，虎大骇，远遁，以为且噬己也，甚恐。然往来视之，觉无异能者。益习其声，又近出前后，终不敢搏。稍近益狎，荡倚冲冒，驴不胜怒，蹄之。虎因喜，计之曰："技止此耳！"因跳踉大阚，断其喉，尽其肉，乃去。这两篇文章一出，登时掀起轩然大波，二人的诗文刹那名满京洛。

漫长的冬日过去了，初春才崭露头角，已名满京洛的韩退之收到了天大的喜讯。他第一时间兴奋地跑去了北平王府，在那棵树下等到了卢沉楹，忙欣喜地跑上前道："郡君！我被任命为国子监四门博士了！我知道，你帮了我不少忙，我不知该怎么谢你，但是我记得你说过你一直想看华岳仙掌，我特意请了假，带你去华山游玩！"见他喜出望外得如同个孩子，卢沉楹心中也格外高兴，一口就答应了。二人找了个天朗气清的日子，一路有说有笑地去往华阴。二人经过千尺幢、百尺峡，飞蒙的柳絮萦绕在身侧恍若仙境，韩退之舒心而吟："新年都未有芳华，二月初惊见草芽。白雪却嫌春色晚，故穿庭树作飞花。" 他们越过苍龙岭直至将军石，终于登上了最高端，这个方向可以清晰地观赏到朝阳峰的危崖上五指分明，宛如一只巨人左手掌迹。卢沉楹欣喜道："快看啊，这就是仙掌崖了！退之，听说在上古时期，连年干旱，黎民百姓苦不堪言。河神巨灵悲悯人间疾苦，以手推华山，脚踏首阳山，使地轴折断，山脊断绝，一山移而为二，河水从两山之间奔流而去，从此巨灵神的手印就留下来了。摩诘居士曾说过：昔闻乾坤闭，造化生巨灵。右足踏方止，左用推削成。天地忽开坼，大河注东溟……哎，退之，你怎么了？"

卢沉楹回头看去，只见韩退之脸色苍白，双腿颤抖不已，望着那万丈深渊惊呼道："我命绝矣！"卢沉楹忙道："原来你恐高，那你还答应陪我来华山？别往下看了，应该会好些。"谁知韩退之更是伤心，竟痛哭流涕道："郡君，我这辈子没什么遗憾了，只是可惜若在此丧生，此生便无缘娶你为妻了。"卢沉楹心中一颤，别过通红的脸道："别胡说了，你别害怕，我就陪你坐在这里。我给华阴府令写信，让他立即派人来接我们。"等到华阴府令派了人将他们从山顶接下去后，韩退之慢慢才恢复了。他一想起在山顶上对卢沉楹所说的话，不由尴尬万分，可悄悄看去，卢沉楹却没

第三十五章 千古文章

有丝毫怪责的意思,反而觉得这次游玩很是开心。

这边是意外地诉说了心意,而杨府那边则是来来回回念了好几日的草稿,杨慕巢来回在院子中走着,喃喃自语道:"这次一定要跟她说清楚,没事的,就说一句话而已。"他正心绪不宁,只见康娥正好从屋内出来,杨慕巢忙上前道:"康姑娘!我……我是说,你的病好了吧?"康娥浅浅一笑,"都没事了,放心吧。"眼看她转身要走,杨慕巢一咬牙,脱口而出道:"康姑娘,嫁给我好不好?"康娥浑身一震,惊愕不已地回头望着他,"你说什么?"杨慕巢鼓起勇气上前道:"康姑娘,虽然我们相识不算太久,但从我第一眼见到你,就仿佛已经认识了好几世。人生苦短,在遇见你之前,我已经虚度了二十多年,剩下这些时日,我只想和你在一起度过。其实有好几次,我都浪费了向你诉说的机会,这一次我是不会放过的。我害怕如果我再不说,浪费的时间会更多。"康娥含着泪听他把话说完,心中虽然已默念了一千遍一万遍愿意,但想到自己的病,她还是开口道:"我……对不起,我想你误会了,一直以来,我都因为你长得像恩公,我只是把你当成恩公来报恩。而且你知道,我本应是你的小舅妈。这份情太沉重,康娥受不起。"她说罢头也不回,就此离开了杨家。

"康姑娘,快帮帮我!我的仇家寻上门来了!"康娥刚刚回到祆祠旁边的小屋,从旁边忽然跳出一人撑住门道,康娥定睛一看,他正是陈青笠,"喂,你这个人怎么回事,阿郎不是给你建了一间密室躲避,你来我这儿想害我啊?"谁知她还没说完,不远处已经传来了喊打喊杀的声音,康娥无可奈何地一把将他拉进屋来。砰砰砰!一阵急促的敲门声响起,外面的彪形大汉嚷嚷着开门,门吱呀被康娥拉开了,只见她的脸上画满了红斑,再也不复之前的美貌,"各位郎君,你们找谁?"为首的男人都不愿多看她一眼,道:"找一个刀客!我们看见他往这边来了,让我们进去搜一搜!"康娥忙道:"屋里只有我病重的丈夫,你们……"他们已经不耐烦地推开康娥闯了进去。只见床榻上斜靠着不似人形的陈青笠,他捂着胸口一直咳个不停,面容惨白,像是久病不愈。康娥追进来道:"你们弄错了,我丈夫只是个文弱书生,不是什么刀客。"为首的那人冷笑两声,"是吗?你怎么证明你们是两口子?"没想到这些人如此狡猾,康娥登时一愣,眼见事态紧急，也顾不了那么多了，她俯身上前，轻轻地吻上了陈青笠的唇，一时间陈青笠脑中空白一片，睁大双眼惊愕地看着她。那些人这才相信，骂骂咧咧地出了门去。

"喂，你占我便宜！"陈青笠蓦地翻身坐了起来。康娥登时又羞又怒，扬手扭住他的胳膊，"混账！我好心帮你，你居然还敢污蔑我的清白！我打死你！"陈青笠显然以为她只是闹着玩玩，谁知康娥也不知哪儿来这么大力气，体内仿佛有股火气腾腾而起，变得异常恐怖，长发在她的脖颈后随风飞起，她的手上运起内力，猛地向陈青笠的胳膊打去，只听咔一声，陈青笠痛苦地捂住了手臂道："你这个胡姬，下手还真重！哎呀呀，疼啊……"康娥突然好似从梦中醒了过来，惊愕地看着自己的手掌，连忙扶住他道："喂，我不是有心的……你是不是装的？你别吓我啊，让我看看，哎呀，你的骨头断了！"陈青笠满头是汗，龇牙咧嘴道："你现在满意了？"

康娥措手不及，忙道："你忍着点痛啊，我来替你驳骨。"她颤抖的手扶住他的骨节，猛地往上一接，陈青笠痛得张嘴咬了她手背一口，康娥惊呼着站起身来，"你怎么咬我？"陈青笠道："谁让你把我打骨折？我现在渴了，你去给我弄点石榴来吃。"康娥气呼呼地跑出去买了两个石榴扔在他面前，陈青笠道："喂，我的手都断了，你让我自己剥？你啊，一颗颗剥下来喂给我吃，我才原谅你。"康娥不情愿地坐下，亲手给他剥下一粒粒红透的石榴，陈青笠的目光落在她鲜红的指甲上，一把拉过她的手乐道："哎，你怎么染了蔻丹？啊我明白了，一定是为了过七夕吧。你明明喜欢杨兄，为什么不留下来？"康娥舀了一勺石榴塞进他的嘴里，脸色绯红道："你少管闲事！"

这日卢眉娘照旧来到药坊为叶岐云抓药，她刚刚跨出门槛，就迎面看见陈湘灵拉着白乐天过来，卢眉娘掉头就要走，却被陈湘灵拦住了，"眉娘，乐天哥哥，我们三个人也该好好谈一谈了。"她说罢把金钗重新插入卢眉娘的发髻，"这样东西，还给你。"卢眉娘躲避着白乐天的目光道："我……我不方便在外面逗留太久，岐云哥哥还在家里等我。这样吧，我们去沉苻园，把该说的都说了，你们就让我回去吧。"而这时的沉苻园门口，杨

第三十五章　千古文章

连城正骑着马翻身下来,只见大门没有上锁,想来元微之成亲后,现在这儿只有白乐天和陈念慈住了,杨连城索性推门而入,直接跑进他的屋内,四处张望道:"傻书生,你还有没有写的其他爱情故事?我觉得你写的很好看,再给我一点看看吧!"陈念慈闻声迎了出来,"杨姑娘,乐天不在家。"杨连城就坐了下来,笑道:"那好吧,我就在这儿等他。咦,这儿不是还有两本嘛,我先一边看看一边等他回来。"

她踮起脚伸手去够佛龛上的几本经书,哪知一个趔趄,哗啦啦一声连带着上面的那只钿盒和经书都拽了下来。就在这时,只听见门外传来了白乐天的声音,"湘灵,眉娘,我们进屋说吧。"三人正一起进屋,却赫然看见陈念慈也在,陈湘灵转身便要走,卢眉娘伸手去拉她,二人推搡之间,卢眉娘头上的金钗随着长发悄然散落滑下,砰一声,那支金钗竟霎时与地上的钿盒吸在了一起。这一切发生得如此之快,众人纷纷惊愕地看着这一幕,陈念慈倒吸一口凉气惊呼道:"钗盒情缘?"

"什么,你和白乐天才是钗盒情缘?"当南玳听到这个消息时,惊愕地将怀中的猞猁扔在地上,霍地站起身来。卢眉娘欣喜地点头道:"是啊,我就说我和乐天哥哥是注定的情缘!"南玳摇头道:"钗盒情缘虽然生生世世是注定的,可是每一世都要百经困苦,到头来却不能在一起。这就是因为杨贵妃和唐明皇的怨和情,所化作的一股力量。所以要化解这困扰的唯一办法,就是让你们立刻成亲!"卢眉娘还没听懂什么是钗盒情缘,只知道自己要嫁给白乐天了,欢天喜地地出门去了。看着她离去的背影,南玳悄然勾起一抹意味深长的微笑,一切都在她的意料之中,甚至要更快些。她当即换了衣衫,亲自去沉荇园找陈念慈提亲,话语之间暗暗推波助澜,"白大娘,我是来替眉娘提亲的。其实乐天也喜欢眉娘,只是在湘灵之间抉择不了,如果他能和眉娘成亲,自然就会忘记湘灵了。如果你怕白乐天不答应,完全可以告诉他,他要娶的人是湘灵。"陈念慈想都没想,便道:"好,我答应你,只是委屈眉娘了。"白乐天万万想不到湘灵会成为冒牌品。

第三十六章　钗盒重逢

　　"真的？你娘同意我们的婚事了？"浑然不知真相的陈湘灵听见白乐天带来的好消息，惊喜万分，不知所措。白乐天满面笑意，拿出一件漂亮的蓝绿色华服嫁衣道："是啊，这是娘亲自为你买的嫁衣，难道还有假吗？"陈湘灵开心地抚摸着嫁衣道："哇，上面还有金银线，真好看，好像眉娘的手艺呢。"好久没有这般开怀了，白乐天拉起陈湘灵的手迎着春风奔跑着，一路欢声笑语跑到了大林寺。只见寺中开满了朵朵红云般的桃花，陈湘灵泛着红晕的面颊却比桃花更娇艳，白乐天心中一动，吟诵道："人间四月芳菲尽，山寺桃花始盛开。长恨春归无觅处，不知转入此中来。"

　　微风吹落的片片桃花飘入了松泉别苑，卢眉娘又是欢喜又是羞涩地拉着南玳道："太后，你说白大娘答应了这门亲事，可是乐天怎么都不来看我？"南玳慈爱地拍拍她的手道："傻丫头，他要忙着筹办婚礼啊，何况在成亲之前，新郎新娘是不能见面的。来，这件喜服是我送给你的贺礼，看看喜不喜欢。"南玳从衣柜里取出一方叠得整整齐齐的蓝绿色嫁衣，这件衣服无论颜色花色，竟然与陈湘灵的那件一模一样。卢眉娘高兴得立即就换上了它，对着镜子照了半天，蹦蹦跳跳地跑出门去，"岐云哥哥，你看我穿这件嫁衣好不好看？"

　　天色已经黑透了，院中只有叶岐云一人独自抱坛喝酒，卢眉娘笑着跑上前去。看着她笑靥如花，看着一袭精美的嫁衣穿在她的身上，叶岐云的心莫名被刺痛。他蓦地站起身，猛然拔下卢眉娘头上的金钗狠狠地扔在地上，卢眉娘大惊道："岐云哥哥！你疯了？你为什么要扔我的金钗？"叶岐云紧蹙眉头转过身去，卢眉娘不解地提着长长的嫁衣追上前问道："我要嫁人了，而且是嫁给我最爱的人，难道你不应该为我高兴吗？岐云哥哥，你到底怎么了？"叶岐云的眼中似乎闪烁着晶莹的东西，他颤抖着唇道：

第三十六章　钗盒重逢

"你还记不记得你答应过我,永远不离开鹿眠谷,你还说过长大以后要嫁给我?"卢眉娘轻声笑了,"那些都是小时候的玩笑话,你怎么记得这么清楚?"叶岐云猛地转过身抓住她的肩头,深深地凝视着她的眼眸,用低沉的声音说道:"你要一个答案,我今天就告诉你。我不想让你嫁给白乐天,我不想让你离开我,因为……因为我爱你,我真的好爱你。"

卢眉娘霎时震惊地愣住了,大颗大颗的泪滴从她的眼中滚落,脑中顿时一片空白,不由自主地身体向前倾,一点点地靠上他的肩头,就在额头快要触及的时候,她猛地抬起双眼推开了他,摇头失声痛哭着转身跑走。叶岐云颓然地坐了下来,眼泪全部倒流回了心里。他伸手拿起酒坛便要喝,忽然一只手按住了酒坛,"圣主,我有话跟你说。"他抬起醉眼,看见了翩翩正在面前,"我刚才偷听到太后和丞相谈话,原来白大娘欺骗白乐天,说是让她娶陈湘灵,实际上到时候要换作眉娘成亲。我觉得太后这样欺骗眉娘,很是奇怪。"叶岐云仰头喝了一大口酒,苦笑道:"不管怎样,最终眉儿能嫁给白乐天,她能开心就是最重要的。翩翩,我真的好爱她……"他再也支撑不住,醉倒在翩翩的怀中,闭上眼紧紧地拥住了她,片刻间让他有种恍然的错觉。翩翩心疼地靠在他的肩上,悄悄伸出手揽住了他的腰。

风吹乱一页页纸笺,杨连城趴在案几上歪着头,魂不守舍地看着那些故事,这些天来她没有去无忧阁,乖乖地在府中看书,连杨慕巢都觉得她太过安静了。只见杨连城看着书,时而叹息,时而傻笑,杨慕巢走进来收起书道:"你都看了一天了,出去走走吧。"杨连城伸手抢来道:"不用,我把这个看完,傻书生写的故事真有趣,原来爱情就是这样啊。"杨慕巢凑上前轻声试探道:"妹妹,你是不是……喜欢白乐天?"杨连城啪一声合上书,蓦地站起身瞪着眼睛道:"当然不是了!哎呀,你不要胡思乱想,我出去散心了!"

还有一天就要大婚了,这天夜里卢眉娘却翻来覆去睡不着,竟不知不觉走到了叶岐云的房门口。翩翩从屋里走了出来,"眉娘,圣主已经睡下了,你也回去吧。"卢眉娘摇了摇头,坐在了门口的台阶上道:"岐云哥哥,或许你已经睡着了,不过有些话我不说出来,我心里很不是滋味儿。

鹿 回 头

今天是最后一晚,明天我就要出嫁了,我有很多很多话想跟你说,但又不知从何说起……我知道你对我好,我也记得我说过的话,只是为什么,你要在我成亲之前告诉我?我的心里很乱。"她在门外说了很多话,黑黢黢的房间内,叶岐云背对着躺在床榻上,眼中流转的泪光颤抖不已。

　　大婚之日终于到来了,卢眉娘穿上那件南玳特意送的青蓝色大袖外袍喜服,戴上一对掩耳博鬓,用金银杂宝花钗簪满了假髻堆砌起的高高发鬟,对镜施上薄粉,细细地描了一对远山眉,眉间也点上了圆形的珍珠花钿,显得雍容华贵,正是个新嫁娘的模样。可奇怪的是始终没等到白乐天的迎亲队伍到来,南玳笑道:"咱们又不是李唐的人,用不着那些繁文缛节,我让他都省去了,过一个时辰他的迎亲队伍就会来接你回沉荇园了。"卢眉娘沉浸在喜悦之中,全然不知此时此刻白乐天正去接陈湘灵。他们的车队正浩浩荡荡地往沉荇园出发,恰好路过松泉别苑。眼看婚车队伍就快到松泉别苑,忽然不知从哪儿冒出一堆障车人,笑着闹着拥上来围堵着道路,唱歌跳舞要吃喝要财帛。就在这时,忽然起了一阵铺天盖地的雾霾。松泉别苑的大门吱呀移开,翩翩扶着头戴蔽膝盖头、手持团扇的卢眉娘从烟雾中徐徐走出,坐进另一顶花轿,障车人互相使了个眼色,立时将卢眉娘的花轿和陈湘灵的花轿掉了包,一切发生在转瞬之间,随着烟雾散去,根本没有人察觉到。

　　一路吹吹打打,白乐天骑马前引,卢眉娘坐在后面的花轿里,一群傧相从众簇拥着到了沉荇园门口。侍娘挑开车帘,一群婢妇从沉荇园里出来,人人手中持着一块毡席,领头的婢妇把毡席铺在扯下,后面的人依次铺开成一条路,直引进家里大门。卢眉娘在众人的搀扶下走上毡子,身后又有婢妇将她踏过的毡席拾起来,小跑着继续往前铺着转毡。卢眉娘进了大门,从门楣上的三支箭下走过,进了院子又是拜猪圈又是拜炉灶,沉荇园的下人纷纷从偏门出来,踩在她的足印上,这称作蹦新妇迹。终于走进了成亲的青庐中,侍娘用行障和团扇遮住了卢眉娘的身形和面孔,她走进去和白乐天开始拜天地。

　　只见陈念慈正坐在高位之上满面堆笑,随着一声"一拜天地",白乐天

第三十六章 钗盒重逢

双膝跪地，卢眉娘双手在胸前合十躬身就行。紧接着又是一声："二拜高堂！"二人双双向着陈念慈拜下。就在夫妻交拜的最后关头，突然从青庐外传来一声高喝："不能拜！"叶岐云猝不及防地冲进了青庐，一把扯下了卢眉娘的盖头，金钗梳篦哗啦啦地从她的发鬓上掉落在地，卢眉娘惊愕地抬起头，白乐天震惊地看清了她的面容，"眉娘？怎么是你？"卢眉娘不解道："怎么是我？难道你娶的不是我吗？"白乐天连连摇头道："湘灵……我要去找湘灵！"他一把将胸前的花扯下扔在地上，头也不回地冲了出去，陈念慈大惊失色，然而一切都已经乱了套，叶岐云也拉起卢眉娘的手转身跑出去，谁知刚刚出了青庐，便迎面看见了怒气冲冲的南玳。南玳二话不说，猛地扬手打了他一记重重的耳光。

那顶被调换的花轿摇摇晃晃了许久，陈湘灵几乎都快要睡着了，忽然花轿猛地落地停下，她这才伸手掀开轿帘向外张望，登时清醒了过来。周遭竟是荒郊野岭，根本没有人烟，哪里有白乐天的踪影？陈湘灵大惊慌忙下了花轿，四处呼唤着，忽然听见有脚步声向这里跑来，她回头看去，只见陈青笠惊慌失措地赶来，"五妹！找到你太好了！我看见和白乐天成亲的是眉娘，你怎么会到了这里？"陈湘灵脑中一嗡，"什么，和他成亲的是眉娘？我明白了……这是白大娘的圈套罢了，她始终不会让乐天哥哥娶我的。"

笃笃……一阵敲门声在沉荇园门口响起，白乐天正扶着额头精疲力竭地靠在胡床上，他只道是陈湘灵回来了，连忙起身拉开了门，却见陈青笠板着脸站在门口，一只手捧着金笼，里面立着一只漂亮的鹦鹉扑扇着翅膀，他一眼就认出这是自己送给陈湘灵的雪衣娘。陈青笠又从怀中取出一枚珍珠道："这鹦鹉，是五妹还给你的，还有这颗珍珠，是五妹送给你和眉娘的新婚贺礼。"他不等白乐天辩解，放下东西转身就走。天色渐渐亮了，坊门也次第打开。陈青笠来到昨夜寄宿的荐福寺中，只见陈湘灵正独自一人站在小雁塔下凝视着初升的朝阳。一阵阵晨钟响起，飘荡在空中，让人心中蓦然清净。"五妹，别这样了，我看着你这样我的心也很痛。"陈青笠走上前道。陈湘灵背对着他不肯回身，"从此以后，我没有乐天哥哥了。"陈青笠一阵心酸，再也忍不住万千的情愫，脱口而道："你没有他，还有我啊！五妹，你知不知道，我……我爱你！"陈湘灵登时浑身一震，不可思议

鹿 回 头

地睁大了眼回过头道："三哥……你一定是疯了！我不要听你胡言乱语，我要回符离村。如果你还当你是我哥哥，你就跟我回去，再也不许提这些浑话了！"陈青笠伸手抹了一把脸，深呼吸一口道："对不起，我不该说这话，我陪你回家。"

樊川下的别墅前来了一位不速之客，当牛思黯打开门时，来者低沉着声音道："你就是嗜石如命的石君牛思黯吧？我是叶岐云。"牛思黯皱了皱眉，打量着他道："你就是子厚兄的仇人？"叶岐云毫不避讳道："是，但我这次来不是打打杀杀的，我是想求你一件事。我听说太湖石有灵性，而钗盒情缘就是因为金钗和钿盒会吸在一起，如果用太湖石的粉末裹住这两样东西，就可以抵挡吸引力，便能化解其中的怨念，从而化解钗盒情缘的痛苦，化解眉儿和白乐天的痛苦，让他们不用受苦。所以你能不能帮我找到最合适的太湖石？"牛思黯道："可以，这不是难事，但是我要告诉你的是，钗盒情缘有灵性，太湖石也有灵性，如果擅自将太湖石磨成粉逆天而行抵挡天赐的缘分，当然也包括孽缘，一定会引起天谴。而且石粉也未必能挡得住这段感情，除非用人的鲜血下咒，但下咒之人很有可能会因此而死。"叶岐云想都没多想，当即答应道："好，没问题。"牛思黯眯起眼睛道："你不怕我公报私仇？"叶岐云轻笑道："怕的话我就不会来了，何况为了眉儿，我愿意。"

"大哥，我求求你，让我去帮帮叶大哥，我们只是想化解白乐天和卢眉娘的痛苦，化解钗盒情缘罢了！"柳宅内已然闹作一片，柳萋萋哭喊着向柳子厚跪下，只求他能放自己出门。柳子厚气得面上一阵青一阵白，"我告诉你，只要我还有一口气在，你就休想踏出这个房门！乐天兄的事我会去帮他，用不着你操心！"柳子厚重重地将房门关上，当即上了锁，无论她在屋里如何拍打哭闹，柳子厚道："我就坐在楼梯口，我看你这次还怎么跑！"到了晌午时分，柳兮兮端着午饭上了二楼去给柳萋萋送饭，刚刚打开门，柳萋萋一把抓住她低声道："兮兮，如果能化解钗盒情缘，让卢眉娘和白乐天顺利成亲，叶大哥就不会挂念她了，我和叶大哥就可以在一起了。你明白我的心意，你帮帮我好不好？"柳兮兮左右为难，往楼下望了一眼道："大哥在门口睡着了，你跟我来。"

第三十七章　王叔文集团

柳兮兮带着她蹑手蹑脚地从二楼下来，只见柳子厚正坐在楼梯口，一只手撑着头沉沉睡着了。柳兮兮竖起一根手指，示意她别出声，从楼梯栏杆上悄然翻身而下，她压低声音对柳萋萋道："二姐，你快去快回，别让大哥发现了。"柳萋萋点点头，正要出门，忽然听见柳子厚在背后突然开口道："千万小心，照顾自己。"原来他是在说梦话，柳萋萋松了口气连忙出门去了，柳兮兮回过头，却赫然看见柳子厚不知什么时候已经正襟危坐，睁着眼睛望着已然空空荡荡的门口，眼中满是泪水。

"柳姑娘，你怎么来了？"这几日卢眉娘把自己关在房间，谁也不肯见，叶岐云也只能等着牛思黯找到最为合适的太湖石，却没想到柳萋萋竟找到了松泉别苑来。柳萋萋上气不接下气地喘道："我是来帮你化解钗盒情缘的。对了，我还有样东西要送给你。这个你收下吧。"她忽然从头上摘下了那只玉篦放在他的手心里，叶岐云勉强笑了一下，"谢谢你，只是要化解，一定要下血咒才行，我不希望你冒险。"柳萋萋摇头道："我不在乎，只要能帮上你的忙。我们进屋说吧。"就在这时，跟踪而来的柳子厚立即冲上前，一把扯过她的胳膊大怒道："萋萋！你疯了？你不想要命了？"柳萋萋大惊道："大哥，你跟踪我？"柳子厚猛地给了叶岐云一拳，勃然大怒道："叶岐云，你毁我父骸骨，还想祸害我妹妹，我跟你拼了！"已经武功尽失的叶岐云被他狠狠打中，不由踉跄了两步，柳萋萋见状连忙去拉柳子厚，可柳子厚已经红了眼，继续向叶岐云打去。"大哥！"只听啪一声巨响，柳子厚登时停住了，他的脸颊上霎时出现了一个红掌印，柳萋萋扬手打了他一记耳光。柳萋萋也登时慌了，柳子厚失望至极地苦笑两声，扭头便跑回去了。

"大哥，我回来了。"夜色深深，终于等到柳萋萋回家了，柳兮兮连忙

鹿 回 头

跑上前道:"二姐,你怎么能打大哥?"柳子厚在正堂背对着她,始终不肯见她一面,柳荽荽走到门槛旁跪了下来,"对不起,是我不好。大哥,你要怪就怪我一个人吧,我这次回来,是来跟你告别的。"柳兮兮惊讶道:"什么?二姐你要走?"柳子厚握紧了拳头,强忍住泪水哽咽道:"你今天要是敢走,就不再是我柳家的人。"卢蕴芝闻声跑了过来,痛哭着拉住柳荽荽道:"荽荽,娘求求你不要走,你跟大哥认个错,咱们还当作什么事都没有发生过,好不好?"柳荽荽红着双眼,将卢蕴芝的手从肩上挪开,向着屋内的柳子厚深深地叩了三个响头,"大哥,我对不起你,娘,我也对不起你,我……我走了。"她霍然站起身头也不回地大步跨出了柳宅,卢蕴芝伤心欲绝地要去追她,柳子厚流着泪道:"娘,别追了!就当我们柳家没有这个不孝女!"

转眼到了秋高气爽的时节,又到了一年发榜日,吏部博学鸿词科的榜上不出意料地有白乐天和元微之的名字。而两份校书郎的公文也发下了,一份到了韦宅,一份则到了沉荇园。当晚酒肆中传出白乐天和元微之把酒言欢的笑谈,"元九,想不到你我曾一起中举,如今又同登吏部科,同授校书郎,真是太好了!"元微之大笑着仰头喝了口烈酒道:"从今以后,我们就有功名了,我们可以为朝廷效力报效大唐了!"白乐天拍拍他的肩膀道:"你十五岁时就考上明经,有这一日是早晚的。"元微之笑道:"乐天兄,你二十九岁考上进士,这次榜上有名也是意料之中。你在长安终于是'有句如此,居亦何难'了!"白乐天也抿了一口酒道:"我已经在履道坊买下了宅院,跟你的韦宅只相隔一条街,从此以后我们又可以常常见面了!"元微之笑道:"是啊,我岳丈大人在兴道坊又重置了一间别苑,他搬去那里住了,如今家里就剩我和茂之了,你明天就过来坐坐吧。"白乐天点头答应了,瞥见外面夜色深沉,不由思念起漂泊在远方的三弟白知退,悠悠念诵道:"薄俸未及亲,别家已经时。冬积温席恋,春违采兰期。夏至一阴生,稍稍夕漏迟。块然抱愁者,长夜独先知。悠悠乡关路,梦去身不随。"

"茂之,乐天兄来了!"当次日来到韦宅门前时,白乐天就觉得这幢房子比起当初好像不那么气派了,也许是如今他也有了自己的宅第,比不得

第三十七章　王叔文集团

当初那样艳羡。元微之笑着迎出来，带着他往屋内走去。只见韦丛笑盈盈地从房内走出来道："好，你们先聊着，等我一会儿，我出去买点酒菜回来。"韦丛与往日的光彩照人有些不同，身后也没有了婢子相伴，倒是亲操井臼，只见她身上穿着的是次一等的缎子裙袄，长发也悉数挽起，绾作一个牡丹髻，只簪着两根玉钗，唯有耳畔还戴着贵重的南珠耳环，虽然不施粉黛，却依旧显得清丽过人。从她没有装饰的笑容中可以看出，她和元微之的生活是很开心的。白乐天笑道："元九，如今看到你们鹣鲽情深，花成蜜就，我真是替你高兴啊。"

韦丛披了件外套便匆匆出门去了，到了西市，她却没有去买酒菜，倒是转身走进了当铺。掌柜的一看见她便笑脸相迎道："元夫人，又来当什么？"韦丛伸手将南珠耳环和头上的玉钗拔了下来递给他，"就这些吧。"她换得了酒钱，便去旁边沽了酒。看着手中为数不多的铜子，韦丛叹了口气，独自走到野外的池塘边坐下，拿出埋在旁边的鱼竿和渔网垂钓了起来。一会儿工夫她就带着一篓子鲜鱼，拎着沽来的酒回家了。韦丛把东西都带进厨房，亲自洗手做羹汤，她将鳜鱼刮鳞拆骨，切成块下锅煮成稠汤，加了些香醋做成鱼羹，另外煮了一锅上好的白米饭，又用捕鱼时摘来的莼菜做成汤，又取出几只用蜜糖腌制的糖蟹放入碗中，与刚刚做好的切鲙一起端上了桌。只见这碟中的切鲙呈丝状，皆是半透明的颜色，极轻薄极细嫩，碟边还对着嫩绿色的葱碎，还有芥末、豆豉、蒜泥和橙齑调成的调料。白乐天起箸夹了一块，就着葱芥送入口中，只觉得又滑又凉，鲜腻中带着些许甜味，做成果酱的橙齑又酸又甜，配着鱼肴最是可口。白乐天不由大赞道："此乃禁鼎一脔，珍美之物！"韦丛羞红了脸，低头笑道："没有什么肥醲甘脆，珍肴异馔，乐天不要见笑就行了。"白乐天对元微之笑道："能娶得这样的贤妻，是你几辈子修来的福气，从此以后你是无疆之休了。"

一席说笑罢了，二人刚刚送走白乐天，韦宅的门又被敲响了。元微之惊讶地看见门外的正是杨连城，她倒先开口了："哎，我听说傻书生来你家做客了，他人呢？"元微之笑道："他已经回去了。"一股扑鼻的清香飘来，杨连城不由嗅道："什么东西这么香啊？"韦丛闻声迎了上前，含笑道："是我刚刚煮的茶，杨姑娘既然来了，请进来喝口茶吧。"二人只觉一

鹿 回 头

见如故，韦丛拉着她进屋，递上一盏热茶，只见里面漂浮着些许茗茶，还混合着大枣、桂皮的香甜味，杨连城小心抿了一口，又有些橘皮和薄荷的清凉味儿，末了还有一丝酥酪的奶香，她开心地多喝了两杯，"元夫人，你的茶真好喝。怪不得傻书生爱来你们家做客，原来元夫人的厨艺这么好。"韦丛扑哧轻笑道："你怎么还书生前书生后的叫？人家现在可是校书郎了。瞧你说两句话，一刻不离乐天。我觉得你呀，喜欢乐天。"杨连城放下茶盏，一跺脚嗔道："元夫人你……我不跟你们说了，我回家去！"

一阵略带凉意的风拂过山岭，一夜之间将满山的银杏叶吹黄。在这秋高气爽的季节，刘梦得因在太子李诵身边办事得力，被推荐升迁为监察御史，他难以掩饰自己的开心，当即将这个好消息告诉柳子厚，二人相约一同登上乐游原登高远望。柳子厚站在高处，远眺着长安城中的萧瑟景象，不由幽幽叹道："又到秋日萧索了，但梦得你是春风得意。"刘梦得哈哈笑道："你是为了萋萋的事烦扰，才觉得这秋日不美吧？"柳子厚轻笑道："什么都瞒不过你，我只当没有这个妹妹罢了。"刘梦得拍着他的肩膀，仰头高声吟道："自古逢秋悲寂寥，我言秋日胜春朝。晴空一鹤排云上，便引诗情到碧霄！"柳子厚笑道："梦得果然豪爽。对了，这是我送给你的贺礼。"他说着取出一样东西递给刘梦得，打开一看，只见里面是一方精美无比的叠石砚。刘梦得喜出望外道："我正想要这个东西！知我者，子厚也！"他一时兴起，挥笔在叠石砚底下题上字曰：清越敲寒玉，参差叠碧云。烟岚余斐亹，水墨两氤氲。好与陶贞白，松窗写紫文。

柳子厚陪他一路有说有笑地向御史台去，谁知刚到宫门口，一个给使拿着陛下的制书走上前道："河东柳宗元接旨！"柳子厚一怔，连忙跪了下来，他几乎都记不清那制书里写着什么，只听到最后一句高声道："着升为监察御史里行！柳宗元，还不接旨谢恩？"柳子厚恍恍惚惚地接旨谢了恩，还不敢相信这是真的，刘梦得大笑道："走吧，咱们两个一起去御史台！"去往御史台的路上，柳子厚欣喜不已道："梦得，这次我真是沾了你的福气，我终于也能到京都为官了！比起之前的那些小官职，这次实在是天大的喜讯！"二人刚刚走进御史台，便看见一个身穿官服的人坐在案几前认真地翻阅着书卷，柳子厚忽然一怔，跑上前拍了拍他的肩，那人忙抬起

第三十七章 王叔文集团

头来，柳子厚大喜道："退之兄！真的是你？"那人正是刚刚获得宰相破格擢升成监察御史的韩退之，他又惊又喜地看着面前的二人道："子厚，梦得？以后我们三人都同在御史台了！"

他们笑着互相拍了拍胳膊，韩退之道："今日下朝后，你们来我的韩宅聚一聚吧。"柳子厚笑道："如今都有韩宅了！"韩退之不好意思道："是郡君的意思，她在终南山下的樊川给我找了间屋子，暂且住下。"刘梦得道："那好，我还想请个老朋友一起来，介绍给你们认识认识。"下朝之后柳子厚先与韩退之一同去了韩宅，谁知等了半晌也不见刘梦得来，二人正怪他爽约，忽然门被敲开了。刘梦得含笑着让开身躯，他的身后赫然站着一个身穿红色朝服的男子，他向着众人颔首一笑，刘梦得道："我给大家介绍一下，这位就是太子身边的红人，太子侍读王叔文。"王叔文笑道："这两位就是鼎鼎大名的河东先生和昌黎先生吧！我一直想结识有才之士，想不到今日有幸相见，今日实在高兴！"柳子厚和韩退之不由大惊，肃然起敬道："原来是王侍读！"刘梦得笑道："叔文兄常为太子言民间疾苦，是个好官，我一向都是最佩服他的！"王叔文却没有一点为官的架子，显得很是平易近人，举手投足间儒雅非常，"只是在对抗宦官的这条路上很难走，若是能得到诸位的相助就最好不过了。"柳子厚和韩退之笑着拱手道："从此以后，我们兄弟三人愿意追随叔文兄，为叔文兄马首是瞻！"

第三十八章　百家锦

又是一场秋雨过后，天气渐渐转凉了，到了三五日后，长安竟飘起了细微的小雪。卢眉娘自从婚礼后就始终不愿意踏出房门半步，一日三餐都是翩翩亲自送进屋去。这天翩翩端着热汤来给她送晚餐，谁知敲了半天的门也不见开门，翩翩只觉得心中一阵慌乱，忙叫来了叶岐云。他扬起一脚踢开房门，赫然看见卢眉娘已然晕倒在地，叶岐云大惊失色地跑上前抱起她道："眉儿！你怎么了？翩翩，快去叫丞相来！"

欧阳呈很快跑了过来，看见卢眉娘脸色苍白，瘦骨嶙峋，不由摇了摇头。叶岐云急道："母后一定有办法的，你快去接母后回来！"欧阳呈从怀中取出一个蓝色的锦囊道："太后临走的时候留了这样东西，说圣主一定会用上的。"叶岐云怔住了，他打开锦囊，只见里面的纸笺上赫然写着三个大字：百家锦。翩翩惊讶道："集齐百家锦，感动苍天厚土，就可以起死回生。这个故事我也是从太后那里听过的。可是圣主，这外面冰天雪地的，而且你的通缉令还没有完全撤掉，你若是一家一家去求百家锦，万一被发现，你的武功又尽失，实在太危险了！"

"不，我明白了……这是母后的意思，既然母后要我做出点什么来表明决心，我就不能让她失望。当然，我也绝不能让眉儿有危险。翩翩，照顾好眉儿！"叶岐云将卢眉娘交给她，匆匆跑出门去。外面已是深更半夜，漫天飘飞着大雪，他一袭黑衣斗篷在雪夜中格外明显，深深浅浅的脚印在身后的积雪上烙下痕迹，叶岐云徒步走了这么远的路，终于找到一处最近的村子。他顾不得被冻伤的手，上前敲门道："有人在吗？请开开门！"屋内的灯火亮了起来，一对母子揉着眼睛拉开了门："哎，你找谁啊？这大晚上的，吵死人了！"叶岐云呼着白气道："大娘，兄台，能不能给我一块你们家的锦布？"

第三十八章　百家锦

那高大的男子定睛一看，回过神来，"哎呀，这不是那个通缉犯！快关门！"砰一声巨响，这扇木门将叶岐云狠狠地关在了门外。他连忙又敲门道："求求你们，开开门，给我一块锦布吧！"那母子在屋内道："你这通缉犯快走！再不走我们就告官府了！别在这儿连累我们！"叶岐云只得挨家挨户地敲着门，"求求你们，给我一块锦布吧，我要用来救人！求求你们，我不会伤害你们的！"整个村子的人都被他吵醒了，一个个认定他就是那通缉犯，不想惹祸上身，都紧闭房门赶他走。堂堂南海皇朝的圣主，曾几何时如此落魄，没有武功，没有尊严，狼狈地在雪夜中奔走，哀求着这些平民给他一块锦布。

"年轻人！"一只沧桑的手拍在叶岐云冻僵的肩膀上，他连忙回过头，只见一个白须老者站在身后，"你要救的是男人还是女人？"叶岐云道："女人。"老者慢悠悠地抚着胡须道："是你的女人？"他微微一怔，红肿着眼眶，摇了摇头，"不，她不是我的女人，从前不是，以后也不是。"老者又道："那她是你的什么人？"叶岐云深深呼了一口气道："她是……是我最珍视的一个人，我不想看到她难过，不想看到她有危险，如果这样我宁愿替她受苦。"老者呵呵笑道："那就是你的心上人！"他说着从怀中取出一张锦布递给了叶岐云道："年轻人，祝你好运。"虽然只有一块锦布，叶岐云却如获至宝，感激涕零。

他始终没有放弃，继续诚恳地求着一户户人家，始终没有人理会他。这时翩翩捧着好几匹精美的黎锦走上前来，"圣主，我来帮你。"叶岐云已经麻木得没有感觉了，他拉住翩翩道："你去告诉太后，以后我什么都听她的，求她帮帮眉儿！"翩翩推开他的手，跪在了门前柔声道："各位好心人，我姐姐一病不起，只有用百家锦才能救治。我没有什么好报答大家的，这些是我姐姐织的黎锦，现在我就送给大家，这个冬天你们会用得上的。无论谁是通缉犯，我姐姐都是无辜的，求求你们救救她！"房门吱呀移开了一道门缝，一块锦布从里面扔了出来，紧接着各家各户也都送了锦布出来，"姑娘，这是看在你的面子上给你姐姐的。快带这个通缉犯走吧，别连累我们大家了！"

鹿 回 头

"眉娘……你醒了？我是湘灵啊。"迷迷糊糊中卢眉娘费力地睁开了双眼，满屋子全是药草的香气，她依稀看见坐在床榻边的人影，立时清醒了过来，卢眉娘激动地起身抓住她的手道："湘灵！你告诉我，为什么乐天要娶的人是你，而不是我？"陈湘灵别过脸去，"我还没问你，为什么你要冒充我嫁给乐天，你知不知道这样做很卑鄙！你的金钗我已经还给你了，把我的钗也还来，以后我们就一刀两断，再也不是什么姐妹！"陈湘灵啜泣着拿起荆钗跑了出去，卢眉娘看着她的背影，只觉得莫名难受。

这冬日正是学禅的时机，白乐天和元微之相约一起去了遗爱寺。二人一进禅房，元微之就笑指着白乐天去年春日在墙上留下的字迹："弄日临溪坐，寻花绕寺行。时时闻鸟语，处处是泉声。"白乐天笑道："今年与往日心情却是不同了。哎，小心，你头上有个蜘蛛网！"元微之抬起头看去，只见一只大蜘蛛正在禅房梁间织网，忙俯身小心翼翼地绕过去，不忍碰到它，元微之轻声叹道："缝隙容长踦，虚空织横罗。萦缠伤竹柏，吞噬及虫蛾。为送佳人喜，珠栊无奈何。网密将求食，丝斜误著人。因依方纪绪，挂胃遂容身。"几天的闭门悟禅中，白乐天独自在禅房中一遍遍地抄着佛经，脑海中却总是浮现卢眉娘和陈湘灵的音容笑貌。直到期满之日，元微之来禅房找他，却见白乐天已然早已离去，空空荡荡的禅房中只有一张写满字的纸笺，他俯身捡起念道："须知诸相皆非相，若住无余却有余。言下忘言一时了，梦中说梦两重虚。空花岂得兼求果，阳焰如何更觅鱼。摄动是禅禅是动，不禅不动即如如。"

纷纷扬扬的小雪落在门外，松泉别苑中还亮着微弱的灯火，叶岐云正对着敞开的大门席地而坐，轻轻抚着许久不用的斩天剑。卢眉娘曳着长长的袄衣走上前来，也给他拿了件貂裘轻轻盖在身上，叶岐云回过神道："眉儿，你都好了？"卢眉娘点头道："都痊愈了。我听说那晚你为我做的事，我不知道该怎么谢你。你那么骄傲的一个人，却为了我……"说着说着，卢眉娘的眼眶不由红了，她伸手抹去眼中的泪水，"岐云哥哥，今天开始就是上元节了，难得有三天时间取消夜禁呢，不如我们也去看看花灯吧。"看她这么有兴致，叶岐云笑着点了点头，被她拉着跑出家去了。只见满街的香车宝辇，街头无问贵贱，男女混杂，缁素不分。卢眉娘开心道：

第三十八章　百家锦

"玉漏银壶且莫催，铁关金锁彻明开。谁家见月能闲坐，何处闻灯不看来？岐云哥哥，你看啊，那边有好多花灯！"她蹦蹦跳跳地跑到摊铺前，好奇地看着那些精美的灯具，一路看过去，不知不觉已走出安福门外了。只见安福门外立着一个巨大的灯轮，高约二十丈，上面缠绕着五色的丝绸锦缎，用黄金白银做装饰，灯轮悬挂花灯五万盏，如同彩云缤纷，霞光万道的花树一般。灯轮下还有数千名身穿锦绣罗绮华服满头珠翠的宫女，和长安城内的普通人家的女子，手挽着手踏歌跳舞，"千门开锁万灯明，正是中旬动帝京。三百内人连袖舞，一时天上著词声……"

再往前走，又看见一座灯楼，通体都是用丝织品做成的，高达一百五十尺，宽达二十架，灯楼上悬挂着珠玉、金银穗子，微风拂来，金玉铮铮作响。灯上又绘有龙凤虎豹，栩栩如生。乐工们坐在牛车上吹拉弹唱招摇过市，一个个身穿锦绣华裳，连牛身上都披着虎皮，还有些杂技百戏艺人，在花灯旁表演着。叶岐云看见娘子们穿着的都是精美无比的衣衫，而卢眉娘匆匆出门，还没来得及换上漂亮的衣服，他走到摊铺前，挥掷三十万钱买了一副花冠和一条霞帔给她戴上，看到卢眉娘开心的笑容，他也不由跟着高兴了起来。"岐云哥哥，快来呀！"卢眉娘拉着他跑到了一架百枝灯树下，只见这巨大的树形灯托安放在高处，点燃后百里之内都可以看见它，星星点点，光明夺目。她跑到这里的食摊前，买了些软软糯糯的粉果和金黄酥脆的焦糙与叶岐云吃了起来。

然而她不知道，他们刚刚出门后，白乐天就来到了松泉别苑，隔着栅栏看见她的织架空空如也，落满了积雪，屋内也一片漆黑，白乐天心中怅然若失，抚摸着身上那件卢眉娘曾经织给自己的衣衫，幽幽叹道："缭绫缭绫何所似？不似罗绡与纨绮。应似天台山上明月前，四十五尺瀑布泉。中有文章又奇绝，地铺白烟花簇雪。织者何人衣者谁，越溪寒女汉宫姬。去年中使宣口敕，天上取样人间织。织为云外秋雁行，染作江南春水色。广裁衫袖长制裙，金斗熨波刀剪纹。异彩奇文相隐映，转侧看花花不定。昭阳舞人恩正深，春衣一对直千金。汗沾粉污不再著，曳土踏泥无惜心。缭绫织成费功绩，莫比寻常缯与帛。丝细缲多女手疼，扎扎千声不盈尺。昭阳殿里歌舞人，若见织时应也惜。"他转身离去，不知不觉来到了陈湘灵

鹿 回 头

的住处。

　　门外几根枯竹阻挡着风雪，只见窗下灯影里陈湘灵正靠在窗前，一针一线地缝补着冬衣。白乐天的思绪霎时回到了符离村，他蹲下身伸出手指，在厚厚的积雪上一笔一画地写下：已讶衾枕冷，复见窗户明。夜深知雪重，时闻折竹声。谈笑声从屋内传出来，陈青笠端着一个陶盘，吃了两口便哭笑不得道："五妹，你捉弄我，这个好辣！"陈湘灵咯咯笑着指着里面一片青青绿绿的五种蔬菜道："这是大蒜、小蒜、韭菜、芸薹、胡荽，是五辛盘！最是辣气冲天了，冬天吃五辛盘可以发散五脏郁气，再配上这壶用花椒和柏树叶炮制的椒柏酒就最好了。"二人正玩闹着，忽然听见门外的枯竹被踩断的声音，陈青笠连忙出门看去，登时怒道："白乐天，你居然还敢来找五妹！她不会见你的！"陈湘灵的声音传来，"三哥，你进来。"陈青笠怒气冲冲地瞪了白乐天一眼，转身进屋去了，不一会儿又走了出来，"五妹说了，你要见她也可以，她要看看你的诚意是否足够。那天五妹不是送了你一颗珍珠当贺礼，今天你就找到一颗一样大小的珍珠给她，若是你可以找到，她就会见你。"

　　白乐天本就是痴人，听罢这话竟果真扭头而去，在冰天雪地中向湖边跑去。他浑身已冰透了，气喘吁吁地卷起袖子，拿起石块就这样站在岸边一下一下地砸着冰面，只听轰一声，冰面霎时被凿出个窟窿，白乐天抬脚便踩进了冰水中，那一刻他已经感觉不到寒冷了，只知道自己一定要找到珍珠。他躬下身子在寒冷的冰湖中打捞着一块块贝壳，重复着捞到的欣喜和打开时里面没有珍珠的失望。"傻书生！你想冻死自己啊？"就在这时，他忽然听到身后传来焦急的声音，回头看去，只见杨连城一袭金钗华服匆匆跑上前来，顾不得一切冲进冰冷的水中要将他拖上岸，又取下自己身上的貂裘给他披上。白乐天颤抖着手拍了拍她道："杨姑娘，谢谢你，我要下水打捞蚌壳找一颗珍珠，若是找不到，决不罢休。"杨连城又急又气道："你都冻成这样了，快歇着吧，我替你找！"白乐天一把拉住她道："你为什么对我这么好？"杨连城愣了愣，像是用尽了所有的力气，大声喊了出来："傻书生，我喜欢你啊！"

第三十九章　捕蛇者说

杨连城猝不及防地拥上前，亲吻了一下他的脸颊，白乐天当即惊在原地，怔怔地凝望着她的眼睛。白乐天回过神来，连连退后了两步，"杨姑娘，我……你明明知道……除了谢谢你，我什么也不能对你说。谢谢你一直帮着我，一直对我好，可是我不能接受。请你以后也不要再跟着我了，如果这样下去，我们连朋友都做不成。"他说罢起身要走，杨连城忙追上前道："你不找珍珠了？"白乐天苦笑一声道："这世上根本就不可能有两颗一模一样的珍珠，我找不到珍珠，难道我和湘灵真的是有缘无分？"

上元节三天过去了，卢眉娘犹豫了整整三日，还是来找叶岐云。只见他正坐在屋内悉心地擦着斩天剑，她走上前轻轻抚摸着剑刃，低着头道："岐云哥哥，有句话我还是想跟你说清楚。我和乐天是真心相爱的，我相信就算有钗盒情缘的怨气阻挡，就算困难重重，我们最后还是会在一起的。我希望你可以成全我们。"叶岐云叹了口气道："我会这么做的。你还记得以前我们一起种的小树苗吗？如今我再给你一粒种子，我们现在就把它埋下，来年春天你看看它会不会茁壮成长，就会明白我的用意了。"他展开宽厚的手掌，一粒小小的种子静静地躺在手心。卢眉娘接过种子，扬手扔进了屋外的土坑中，叶岐云捧起一堆细土，紧握着她的手一起将种子埋下，"眉儿，去做你想做的事吧，报仇的事交给我，我希望你和白乐天能永远幸福。"

"眉娘！出事了！"谁知卢眉娘刚刚离开松泉别苑，翩翩就神色慌张地追了出来，"圣主的功力还没有恢复，他就强行练武，结果无法承受斩天剑的威力，被斩天剑所伤！"卢眉娘大惊失色，连忙随她跑回家中，只见那把斩天剑在地上散发着阵阵寒光，叶岐云重重地摔在地面，痛苦地掩着心口，整个人都在寒光的笼罩下，哇地吐出一口鲜血。那斩天剑是最厉害的兵器，卢眉娘也碰不得它，她慌乱之下忙从袖中甩出一张百尺长的双面黎锦，哗啦啦地缠绕上去，裹住了斩天剑的剑刃，那寒冷的剑光霍地收起。卢眉娘忙跑上前扶起叶岐云，他额头上已细汗遍布，这时才微微缓过来些。

"眉娘，斩天剑的伤是伤于无形，要治好不难，但是药引子难找，我已经查过了，圣主的伤势要用西湖水为引子来煎熬。"松泉别苑门前，翩翩一再交代卢眉娘，她点了点头道："我知道了，我即刻启程去杭州，带西湖水回来给岐云哥哥疗伤。你和丞相一定要好好照顾他。"说罢卢眉娘接过翩翩手中的白羃离戴在了头上，翻身上马，疾驰而去。白纱羃离随风飘荡，她驾在马背上越行越远，忽然身后传来了嗒嗒的马蹄声，"眉娘，等等我！"卢眉娘回头掀开了白羃离，只见白乐天笨拙地骑马追了上来，"眉娘，我现在开始相信钗盒情缘了。既然不能逆天而行，我决定从今以后和你好好在一起。"卢眉娘抿嘴释怀一笑，"可是我现在要去杭州。"他咧嘴笑道："我陪你去！"两匹骏马翻飞着马蹄，一同踏出了京都之外。

"快看啊，有好多蝴蝶！"终于在这春光潋滟的时分来到了杭州，卢眉娘欣喜地看着满眼春色，蝴蝶翩跹，四处都是燕子纷飞，莺啼声声，湖边的各色花树都开满了星星点点的骨朵，不由得跳下马来，开心地追着蝴蝶玩了起来。白乐天眼看着她一袭轻纱白裙，点缀在青山绿水间是如此明艳动人。他不觉扬起了微笑，轻声念道："孤山寺北贾亭西，水面初平云脚低。几处早莺争暖树，谁家新燕啄春泥。乱花渐欲迷人眼，浅草才能没马蹄。最爱湖东行不足，绿杨阴里白沙堤。"卢眉娘擦拭着汗渍跑了回来，"一只都抓不到，好热！乐天，我先去洗把脸。"

她踮着脚尖跑到西湖边蹲下身来，只见湖面倒映出自己通红的面容，她俯身掬了一捧清澈凉爽的湖水洗了洗脸，起身回过头来，忽然看见一只精美的球形鎏金香囊出现在眼前，只见它镂空的外壁上錾饰着十二簇分布均匀的团花，团花内又分饰有四只飞蛾，纹饰鎏金，轻巧地启开两个半球的子母口，囊内有一个钵状香盂及两环，香盂用短轴铆接，在圆球滚动时，内外环也随之转动，香盂则始终向上平衡，故而香炭绝不会洒出。白乐天笑盈盈地提着金铰链道："送给你，这里面是百合香，是用雀头香、苏合

第三十九章　捕蛇者说

香、安息香、麝香碾捣成细末,洒沥阴干,再调以白蜜团成的香饼。你可以挂在床头的束帐上,保管你睡个好觉。"

"三哥,现在眉娘的病也好了,这次我可以放心回家了,不如我们走吧。"陈青笠站在门口看见陈湘灵收拾着东西,她忙跑上前解释道。陈青笠笑着摸了摸她的头道:"我还以为你真的恨眉娘,要跟她恩断义绝,原来你是想自己退出成全他们的钗盒情缘。五妹,我陪你走。"二人并辔驾出了长安城,漫天纷飞着柳絮,诉说着春日的到来。谁知他们才出了城门,却迎面看见白乐天和卢眉娘有说有笑地骑着马回来了。一时间四人都愣住了,陈湘灵不由心酸道:"卢眉娘,你……"卢眉娘见她误会自己,立时急道:"你别胡思乱想,我不是和乐天去玩的,我没有做过对不起你的事……"陈湘灵转过眼眸看向白乐天,"乐天哥哥,你说句话。"白乐天紧紧咬着嘴唇,支吾难言。陈青笠蓦地牵起了陈湘灵的手道:"你不用说什么,我们也根本不想听,我和湘灵早就在一起了。我们不管什么鹡鸰之乱,总之我们之间的感情绝不比你浅。湘灵,我们回去,别让人以为你是为了他伤心而回乡。"

"师者,所以传道授业解惑也。人非生而知之者,孰能无惑?惑而不从师,其为惑也,终不解矣。生乎吾前,其闻道也固先乎吾,吾从而师之。生乎吾后,其闻道也亦先乎吾,吾从而师之。吾师道也,夫庸知其年之先后生于吾乎?是故无贵无贱,无长无少,道之所存,师之所存也。"葱茏的山林间,柳子厚一边低头念着手中的书卷,一边拊掌赞叹道,"这篇《师说》写得好哇!退之兄果然是特立独行,适于义而已,不顾人之是非。眼下大唐的师徒关系,都是科举考试的主考官,是门生与座主的关系,早就不是传道授业解惑了。我也想指点后生,但我可没退之兄抗颜为师的决心,也就只能避开师的名义了。对了,让他也看看我写的这篇《种树郭橐驼传》如何,也让他指点指点!"柳子厚兴致勃勃地拿着书卷,抄近路走上麻姑山,准备在日落之前赶到樊川韩宅。谁知他一抬头,却发现来回在这竹林中绕来绕去,竟找不到南北西东。就在他焦急地找方向时,柳子厚一不留神一脚踩上了旁边的草地,突然一条隐藏许久的毒蛇蓦地跳起来,狠狠地咬上了他的小腿肚子。

鹿回头

"啊!"柳子厚痛苦地惊呼一声,却见那条毒蛇缠在脚踝上怎么也甩不掉,他着急地使劲跺脚,却觉得眼前渐渐开始发黑。"喂,别动!"一个清脆的女子声音在耳边响起,但柳子厚的眼前已模糊一片,根本看不清来者是什么模样。只见那女子用一根枯竹竿,用极为娴熟的手法迅速刺穿了毒蛇,将它挑下扔在了草丛中,连忙上前扶着柳子厚坐下,"喂,你千万别再动了!那是七步剧毒蛇,你若是再动,毒液随新鲜的血渗进心肺,你可就活不成啦!"柳子厚觉得脑中嗡嗡作响,浑身开始发麻,好像有根银针挑了挑伤口,将毒血尽数挤出,一种冰凉的药草轻轻敷上了他的伤口,他这才渐渐复苏过来。迷迷糊糊中,柳子厚只看见一个身着鹅黄半臂绣花襦裙的少女蹲在自己的面前小心帮忙敷药,她看上去也就比柳兮兮略大一点而已,却显得格外伶俐干练。她脚踏木屐,将发分股,结鬟于顶,梳成别致的垂鬟分肖髻,燕尾发丝垂在一边的肩头,额头前斜着一条皂色珠子的抹额,微微挡住细碎的刘海。发髻上没有多余的金饰,唯有新鲜的栀子花簪发。纵然不施粉黛,却是丹唇外朗,皓齿内鲜,匆匆一眼,却让柳子厚魂不守舍。

"郎君,我替你敷好药了,你试试能不能走动?"那少女抬起头来,撞上了柳子厚痴痴然的眼神,她伸出手在他眼前晃了晃,柳子厚忙回过神道:"多谢娘子相救之恩,只是这蛇如此剧毒,娘子是如何做到一击即中,这么熟练地杀了毒蛇?"那姑娘粲然一笑,打开背后的篓筐,只见里面全是那种黑白花纹的毒蛇尸体,柳子厚都不由连退两步,她却当作等闲事一般笑道:"今天算你走运,碰上了我这个捕蛇女。这种蛇很厉害的,它碰到的草木全部都干枯而死,如果人被咬,不及时治疗就必死无疑。"柳子厚惊道:"那你为什么还要冒着危险捕蛇?"她一边用枯竹竿在草丛中继续寻找毒蛇,一边轻描淡写道:"我说过啊,我是个捕蛇女。而且这种蛇虽然危险,但捉到它之后晾干用来做药饵是很好的。太医都在征集这种蛇,一年两次。如果有能力捕捉到这种蛇,就可以抵消赋税,永州一带的人都争着去捕蛇呢。我虽不是永州人,却也是捕蛇长大的,我爹、祖父也都是捕蛇为生的,他们也都是丧命于此。我捕蛇至今十余年,曾经险些丧命。"

柳子厚听罢不由唏嘘道:"既是这样,娘子为何还要捕蛇?不知我能

第三十九章　捕蛇者说

不能帮得上娘子，让你换个差事，继续恢复赋税如何？"那姑娘赶紧道："千万别，你这是在帮我还是在害我呀？捕蛇再危险，都比不上赋税。如果不捕蛇，我恐怕会活得更糟糕。自从我家三代到现在六十多年了，为了交税，乡亲们的生活一天比一天窘迫，他们把能交的都交了，还是不够赋税，只有辗转逃亡，一路上冒着风雨寒霜，一个个死去，这条路上曾经是白骨满堆。而我家却因为捕蛇这个差事才活了下来。一年之中冒死捕蛇也不过两次，其余时间我都能快快乐乐地过日子，哪像我的乡亲们天天都生活在危险之中呢？现在我即使死在捕蛇上，比起我的乡亲们，我已经赚了大把时光了。"柳子厚听罢，不由倒吸一口凉气，"怪不得孔子说，苛政猛于虎也！孰知赋敛之毒有甚是蛇者乎！"他又追上前去，"娘子，还未请教芳名？"她一边低头找着毒蛇，一边头也不抬地向他摆摆手道："我叫薛玉奴。我还要继续捕蛇，走了！""在下河东人氏柳子厚……"谁知等他抬起头，薛玉奴早已不见了踪影。

薛玉奴背着竹篓走了不远，忽然看见地上亲手布置的捕蛇圈套有些乱了，她心中不由一惊，难道有人路过？坏了，前面还有个布满捕蛇器的陷阱！薛玉奴连忙加快脚步向前跑去，葱茏的山林间依稀看见一个身着圆领缺骻长袍的痴人正向前走着，口中念念有词道："这麻姑山果然清净，是个冥想写作的好地方，如果我在这里建一座屋子……"眼看他抬脚就要踏入那捕蛇器中，薛玉奴惊呼道："小心啊！"却见已是来不及，薛玉奴猛地将枯竹竿往地上一撑，飞身上前，以极快的轻功飞过半空，一把拉住了他的胳膊，悬空而起，稳稳地落在了捕蛇器的旁边。那人尚未回过神来，怔怔地凝视着面前这个捕蛇女，他正是来山中寻找灵感写文章的刘梦得。二人靠得如此之近，刘梦得忽然看见她背后的篓子里全是黑白相间的蛇，不由大惊失色叫道："啊！蛇啊！"薛玉奴推开了他，皱了皱眉道："哎，一个大男人，大惊小怪的，这些蛇都死啦！"

第四十章 陋室铭

"今天捕了这么多蛇，看来不光可以抵消赋税，还能多出不少。我看这几条就不错，不如做成药酒去街上卖个好价钱！"薛玉奴今日收获颇多，哼着小曲儿回到家，次日趁着下午西市开市，她抱着几罐蛇酒来到西市摆了个摊子。人来人往的道路中，只见一个盲眼的拾荒老者在旁边又跳又叫："哎哟，怎么这么多虫子！"却见他身上沾满了污渍泥垢，苍蝇围着他嗡嗡地绕，他伸手挠出几个虱子，臭气熏天，旁人赶紧避之不及。"老人家，你看不见，我来帮你吧！"一个声音从旁边传来，薛玉奴顺势看去，不由暗暗道："咦，这不是昨天那个人吗？"只见刘梦得身穿着华丽的长袍，却也不嫌污浊，亲自上前帮那老人家捉身上的虫子，看得出他的手在颤抖，薛玉奴低声笑道："这傻子，自己这么怕蛇虫鼠蚁，还帮人家捏虫子，倒是心地善良。"就在这时，她的肩膀上忽然被拍了一下，"娘子，这蛇酒怎么卖？"

薛玉奴回过头去，不禁又惊又奇，她等了一个下午都没有人来买蛇酒，没想到第一个顾客居然是一个十六七岁的少女。只见眼前这个少女穿着莹白色的薄纱裙襦，双眼里的一汪清泉清澈见底，步履婀娜风流，像极了不谙世事的千金小姐，薛玉奴倒是好奇，这样的小姑娘居然会喜欢这些东西。"很便宜的，十贯钱。"那少女捧起晶莹剔透的玻璃罐子，睁着纯真的双眼打量着，欣喜道："倒是上好的蛇酒，哎，还有没有更毒的？再给我一些，直接送到柳宅给我，我是柳三小姐柳兮兮。"薛玉奴顿时来了兴趣，"没想到你还是个识货的呀，三小姐，你怎么也喜欢这些东西？"柳兮兮笑道："我自己也收藏了很多有趣的，都说我嗜痂有癖，我不这么觉得，倒是和你很投缘啊，不如我们找家酒肆坐下来慢慢说。"薛玉奴好奇地跟着她坐下边吃边聊，只听柳兮兮津津有味道："我的家里还收藏了鱼眼睛、龙髓、五毒泡雄黄……"

第四十章　陋室铭

　　夕阳已斜，二人还在乐此不疲地聊着。暖暖的夕阳抹过城中，抹过山林，麻姑山的半山腰上，刘梦得正爬高登低地在余晖中盖着一间崭新的茅屋。薛玉奴今天不但卖出了蛇酒，还交了个朋友，正兴高采烈地回家去，谁知竟在半路上看见了他，"喂，怎么是你？"在梯子上的刘梦得回头张望下去，不由欣喜道："娘子，我们又见面了！"他连忙从梯子上下来。薛玉奴打量着他道："你在这里盖茅屋，不怕山里有蛇了？"刘梦得爽朗一笑道："这里清净，是个好地方。而且就算有蛇，不还有娘子救我？"她扑哧笑道："别娘子前娘子后地叫了，我叫薛玉奴，你呢？"他收起嬉皮笑脸的模样，儒雅地行了个礼道："刘梦得。"薛玉奴笑道："我来帮你搭建吧，瞧你也不像会做活的人，这个屋子不难建的。"二人忙忙碌碌一起搭建，月牙慢慢挂上了树梢，这间茅屋终于搭成了。薛玉奴满意地拍了拍手，看着茅屋道："哎，你给它起个名字吧。"刘梦得略一沉吟，道："就叫陋室吧。"薛玉奴好奇道："陋室？你是觉得太简陋了吗？"他摇头轻声笑道："山不在高，有仙则名。水不在深，有龙则灵。斯是陋室，惟吾德馨。苔痕上阶绿，草色入帘青。谈笑有鸿儒，往来无白丁。可以调素琴，阅金经。无丝竹之乱耳，无案牍之劳形。南阳诸葛庐，西蜀子云亭，孔子云：何陋之有？"

　　薛玉奴似懂非懂地点了点头，她从屋里取出两杯果汁递给他，"忙了一天，你也渴了吧。我给你榨了蔗浆，尝尝吧。"刘梦得接过抿了一口，只觉得甘甜清爽之味润入心田。二人并肩坐在陋室门前，风吹过门外的一排斑竹，刘梦得道："我给你说个潇湘神的故事吧。"薛玉奴来了兴致，托着腮静静地听他说着娥皇女英的故事，末了只听他幽幽叹道："斑竹枝，斑竹枝，泪痕点点寄相思。楚客欲听瑶瑟怨，潇湘深夜月明时。"

　　几日之后，又到了一年一度的浴佛节。薛玉奴起了个大早，在家中摆好佛龛供品，深深地拜了拜，"菩萨在上，请保佑信女来年能捕到更多的蛇，能免除赋税的困扰。菩萨啊菩萨，我也不想杀生，可是我若不捕蛇，我就要没命了，还请菩萨体恤。"浴佛节这天，她照例没有去捕蛇，难得空闲下来一天，薛玉奴便下山去了最近的法华寺，为自己的杀业还债。谁知她刚刚进门，柳子厚就追了上来，"薛姑娘，你来了！"薛玉奴微微一怔，认出他来,"哎,是你啊!你不是那个……""柳子厚。"他再度说了一遍。薛玉奴笑道:"是了,你怎么也会在法华寺?"他忙从怀中取出一包橘子递给她道:"我是来给你送橘子的,这是南中荣橘柚,很甜的,你尝尝。"薛玉奴笑道:"谢谢你,哎,你是特意在这里等我的?"柳子厚不好意思道:"是住持大师跟我说,你每年浴佛节都会来的,我想着……谢你上次的救命之恩。对了,我听说这里的金佛求姻缘是很灵的。"薛玉奴欣喜道:"是吗?"只见她匆匆跑到大殿前,虔诚地向金佛跪拜叩了几个响头,柳子厚心中一动,道:"你是不是有心上人?"薛玉奴蓦地脸色一红,道:"你怎么这么问?"柳子厚笑道:"没有的话,为什么要许愿?"薛玉奴通红着脸,伸手抓了佛前的糕糜塞进他口中,"我要回家了!哎,你别跟着我了,一会儿再遇见蛇,我可就不救你啦!"

她只觉心中小鹿乱撞,匆匆从法华寺跑了出去,一路跑到了咸阳古渡边。夕阳正铺洒在金色的湖面,沽舟泛泛,渔艇悠悠。黑鳗赤鲤,沉浮于绿水之中。白鹭青鸟,出没于烟波之上。樵士羊肠而往,牧童牛背而归。就在这时,忽然听得有人在身后唱起曲子,薛玉奴回头看去,只见刘梦得含笑向她走来,"杨柳青青江水平,闻郎江上踏歌声。东边日出西边雨,道是无晴却有晴。""刘大哥,你怎么在这儿?"薛玉奴的眼中闪烁过星辰,连忙掩饰着自己的神色。刘梦得又唱了一遍《竹枝词》,似乎在问她是晴是阴,她不由羞赧着低下了头,"难道今天是阴天吗?"刘梦得大喜道:"不不,是晴!"

薛玉奴的回答他听得明白,刘梦得兴奋不已,回了宅院就将这个好消息告诉柳子厚:"子厚,明日你来草堂寺的古井旁,我要介绍个人给你认识。"柳子厚不由取笑道:"瞧你这几日都不见人影,一出现就这般开心,难道我该有个大嫂了?"刘梦得捶了他一拳道:"少贫嘴了,你来了就知道了。"次日清晨,刘梦得和薛玉奴来到了草堂寺,这里南对终南山诸峰,林茂竹修,幽静清雅,超凡脱俗。北院亭中的一口古井中传说有一条蛇卧于石壁上,故而井中时常有烟雾升腾的奇景。薛玉奴还不肯相信,谁知所见,这亭中的古井竟果真冒出袅袅白烟,好像让人置身仙境一般。"玉奴,客人来了!这是我的结拜兄弟,柳子厚。"就在她惊奇这古井烟雾时,刘梦得

第四十章 陋室铭

忽然说道，薛玉奴回头看去，竟赫然看见了柳子厚。刚刚进来的柳子厚也霎时愣在了原地，只见薛玉奴置身于烟雾中仿若仙子，如梦似幻，他连连摇头道："薛姑娘，怎么是你……"刘梦得登时也惊愕不已，柳子厚冲上前一把拉住她的手腕道："那天在法华寺，你许愿的心上人原来是梦得兄。"薛玉奴慌忙推开他道："对不起，我……我……"一面偷眼望着刘梦得，脸上布满了红晕。

谁都没想到这件事会是这种局面，刘梦得欣喜万分，请了几日假，专门带她去金陵游山玩水。青草葱茏的堤岸边，二人嬉笑着拉着纸鸢追逐玩耍，"刘大哥，再高一点！"刘梦得好久没有这般酣畅淋漓过了，他扯着线大笑道："再高就要飞出云天外了！"二人玩得精疲力竭，就展开手躺在了软软的草地上，望着蓝天白云说笑着。忽然几点零星的雨滴落在了眼皮上，薛玉奴跳起来道："哎呀，下雨了！"刘梦得拉起她的手，顶着纸鸢奔跑过几条街，转身躲进一条巷弄，看着外面开始倾盆大雨，谁知片刻工夫，雨又停了，阳光又冒了出来，一架漂亮的彩虹当即横跨在空中。薛玉奴笑道："真美啊！这次真是东边日出西边雨了。"刘梦得的目光却落在巷弄上的三个大字上："你看，这是乌衣巷啊！"薛玉奴喜出望外道："你是不是又有故事了？"他沉吟片刻，道："朱雀桥边野草花，乌衣巷口夕阳斜。旧时王谢堂前燕，飞入寻常百姓家。"

"你说什么？刘大哥和薛姑娘在一起了？"当柳兮兮从柳子厚口中听到这个消息时，她颓然地瘫坐在了胡床上，一双纤纤玉手悄然捏紧了锦缎垫子。可是她很快又像没事人一样，时不时还去找薛玉奴，聊着自己最近又收藏了些什么宝贝，末了又凑上前道："玉奴姐，刘大哥不能每天都住在陋室里，毕竟他还要上朝的，你们见面的机会也不多，以后有什么信，就交给我吧，我替你们传信。怎么说我也是他的义妹，我也希望你们能幸福。"一来二往的，柳兮兮倒成了他们最信赖的人，这天她把薛玉奴的信带给刘梦得时，他感激不已道："兮兮，真是多谢你了，刘大哥没什么好东西相赠，只是知道你爱弹琴，这把琴原来是我的，我就转送给你。"柳兮兮欣喜万分地抚摸着这把七弦琴，当即就坐下弹奏了起来。刘梦得满面笑意地望着她，一曲听完，拊掌称赞："禅思何妨在玉琴，真僧不见听时心。

鹿 回 头

秋堂境寂夜方半，云去苍梧湘水深。"

"岐云哥哥，你不要着急，一招一式慢慢来。"松泉别苑中，卢眉娘正拿着竹竿，与叶岐云在院中练武。自从他中了李适的逆五行阵，又被斩天剑所伤，如今恢复很困难。卢眉娘停下来，耐心地拉着他的手教着，浑然不知白乐天正站在栅栏外看得清清楚楚。他悄然掉头回了白宅，垂泪拿出钿盒轻轻抚摸着，忽然觉得这钿盒重了许多，白乐天连忙打开一看，竟看见里面放着一颗硕大而滚圆的珍珠，与陈湘灵送给自己的贺礼珍珠是一模一样。就在这时，陈青笠悄无声息地走进门里道："白乐天，我知道五妹心中只有你，我成全你们，你不要再让她伤心了，否则我断然不会原谅你。"白乐天谢过了他，连忙拿着这颗珍珠匆匆赶去陈湘灵的住处，"湘灵，你要的珍珠我拿来了！你可以见我一面了吗？"木门吱呀移开了，陈湘灵站在门口微蹙眉头道："你还想说什吗？"白乐天急道："我……该说的，不该说的，我都说过了，这一时半会儿我也不知道要说什么，可是我的心意你明白……"陈湘灵苦笑一声，点头道："是，我比你还要明白，在你的心中，我和眉娘缺一不可。"

第四十一章　呦呦谷

白乐天不得不承认，她的话一点都没说错。他手中拿着那个装着珍珠的钿盒，也不知是怎么走回了白宅。他刚刚到了门口，叶岐云也不知从哪儿得到的消息，怒气冲冲地冲上前给了他一拳，"白乐天，你到底是什么意思？眉儿和你是钗盒情缘，你居然两个都想娶，想享齐人之福？"对面又冲来一人，狠狠地向白乐天打去，口中喃喃骂道："白乐天，我好心帮你和五妹，你居然这样伤她的心！今天你必须给个交代！"叶岐云和陈青笠不约而同地都来找他算账，白乐天区区一介书生，哪里是他们两人的对手，很快便被打倒在地满身是伤，满脸是血。"喂，你们别打了！住手！"指指点点的人群被推开，杨连城焦心万分地跑上前，扶起白乐天护住他，"傻书生，你为什么不还手？"白乐天苦笑道："他们打得对，我是该死。"叶岐云和陈青笠一听，更是火上浇油，又要打他，杨连城霍地站起身，甩开手中的皮鞭挡住，"谁敢打他？你们听我说，他要娶的人不是陈湘灵，也不是卢眉娘，他要娶的人是我！"

"你们怎么还在这里？出事了！"卢眉娘焦急地推开人群冲了进来，竟丝毫没注意到白乐天被打，拉着叶岐云的手慌乱道，"湘灵不见了！"白乐天和陈青笠大惊失色，连忙分头去找，卢眉娘则拉着叶岐云来到了陈湘灵的住处，"你看啊，我就是来这里找她的，没想到她就失踪了。"叶岐云道："你不是跟她决裂了吗？为什么还这么关心她？"卢眉娘急道："不管怎样，湘灵若是有危险，我始终是不能放心的。"叶岐云仔细地环视着屋内的环境，微微眯了眯眼，似乎有了些想法。次日一早还没有找到陈湘灵，叶岐云便不辞而别，独自驾马离开了。没有人想到，他不去找陈湘灵，反而只身来到洛阳行宫呦呦谷了。叶岐云直接来到南玼的坤地宫内，只见她正高枕而眠，他上前轻声唤道："母后，请你放了陈湘灵。"南玼微微睁开了双眼，慵懒地转过了身，"云儿，你怎么一来就兴师问罪？这是什么意思？你怀疑是我抓走了陈湘灵？"

叶岐云用平和的语气道："母后，我去过陈湘灵的住处了，那儿没有打斗的痕迹，也没有钱财散失，这说明要么是她自己走的，但这不可能，要么就是有熟人来过。而当时所有的熟人都在我身边，没有人去找过她，那么只有一个人，不在我周围，而陈湘灵也认识。""不愧是南海皇朝的圣主。"南玳缓缓坐起身来，却不解道，"可是你这又是为何？"叶岐云抬起坚定的眼神，一字一句道："因为我爱眉儿。我不想她难过，陈湘灵不见了，她很着急。其实牛思黯说得没错，眉儿和白乐天钗盒情缘的困阻，并不是因为陈湘灵，而是因为有我，是我不想看到他们在一起。如果我的消失可以成全他们，我愿意以一死化解钗盒情缘的重重阻碍。"他猝不及防地举起一个瓷瓶，仰头饮下其中剧毒。南玳大惊失色，却已然来不及阻止，大呼道："云儿！"

"哎呀！"还在长安城内四处寻找陈湘灵的卢眉娘，匆匆与迎面一人撞上，那人怀中哗啦啦地掉落下许多石块，卢眉娘连忙道歉，顿时认出了他来，"牛大哥，对不起，这些石头我以后赔给你，我还有要事先走了！"牛思黯蹙眉道："卢姑娘，你在找人？"卢眉娘回过头道："是啊，你知道她在哪儿吗？"牛思黯不由倒吸一口凉气，"难道叶岐云真的喝了毒药？"卢眉娘大惊道："什么？岐云哥哥喝了毒药？这到底是怎么回事，他在哪儿？"牛思黯自责道："我没想到他真的会喝……那毒药是我给他的，我想替子厚兄出口气，就骗他如果他死了，你和乐天兄的钗盒情缘就可以化解，你们就不用受苦了。我一大早就看见他骑着马匆匆忙忙向洛阳方向去了，你快追去看看！"卢眉娘喃喃道："洛阳……呦呦谷！"

卢眉娘焦急万分，驾上骏马一路疾驰，竟跑死了两匹马，赶在天黑之前来到了洛阳的行宫呦呦谷。她风尘仆仆地冲进行宫大殿，赫然看见正中放着一块巨大的千年寒冰，叶岐云双眼闭合，静静地躺在寒冰之上动也不动，氤氲的冷气模糊了他的容颜。卢眉娘当即双腿一软，瘫软在地，扑上前失声痛哭道："岐云哥哥，你不能死！我不要你来成全什么钗盒情缘，我不要嫁给乐天了，我求求你不要死……"南玳悄无声息地出现在她的身

第四十一章 呦呦谷

后,悠悠道:"南海皇朝的圣主,我的儿子,怎么会这么轻易死?"卢眉娘垂着泪回头道:"太后……"南玳抱着猞猁走上前道:"你放心吧,他喝的虽然是毒药,但好在当初云儿中了李适的逆五行阵,经脉逆转,武功尽失,这种毒药恰恰是以毒攻毒,再度逆转了他的经脉,反而帮助他恢复了武功。他只是一时昏迷,半天后就会醒了。"卢眉娘忽然想起了什么,"太后,为什么岐云哥哥会来呦呦谷?"南玳抚摸着猞猁道:"你们不是都在找陈湘灵吗?她就在呦呦谷啊。"卢眉娘惊愕道:"太后,你……我求你放了湘灵,她若是有什么地方得罪太后,就让我来替她吧。"南玳慈祥地微笑道:"不行,不仅如此,你们也不能走,因为我要等一个人。"她轻轻扬起宽袖,突然从天而降的囚笼将卢眉娘和叶岐云关在其中。

一团忽明忽暗的火光在祆祠前燃烧,康娥独自坐在阶前紧蹙眉头,看着手中的一颗崭新的药丸许久,终于仰头吞了下去。"康姑娘!"杨慕巢冲上前怒气冲冲道,"为什么要这么做?陈兄已经什么都告诉我了,你明明知道那个太后在利用你,为什么还要吃她给的药伤害自己?"康娥看见是他,连忙别过脸去,"杨明府,我的事你不要过问了。"杨慕巢顿时心中一酸,"杨明府?就算你不接受我的心意,也该明白我只是关心你的病啊。"康娥又往前走了两步,头也不回道:"我没有病,你不用胡思乱想了,祆祠不是杨明府来的地方,请你走!"杨慕巢只觉心如刀绞,摇头连连退后跑走了。回到家中,杨连城看见他这样,也于心不忍道:"哥,我都查过了,康娥确实没有病。她之前的怪症,也查不出任何问题。"杨慕巢扶着额头道:"越是什么痕迹都没有,越是令人担心。我怕她为了对付俱文珍,什么事都干得出来。"

纷飞的裙裾缀着一排金铃,在马背上叮咚作响。康娥戴着黑面纱,紧握着马缰躬身疾驰,眼中透露出如寒冰般的杀意。等了这么多年,练了这么多年武功,终于有这样的机会了。康娥已经查到俱文珍今日要去东都洛阳办事,而且这一路上唯有他和三五个侍卫,是个下手的大好时机。康娥早已在俱文珍必经的路上布满了机关,只等他们中陷阱,她便过去瓮中捉鳖。毫不知情的俱文珍带着侍卫飞驰在洛阳道上,刚刚进入一片葱茏的竹林,顿时倏倏地从林中飞出无数毒箭,俱文珍眼疾手快,当即拉了旁边的

鹿 回 头

侍卫挡在自己面前,所有的侍卫当即应声倒毙,一时间七窍出血,面容腐烂,俱文珍大惊道:"西域剧毒?"他惊恐地看着一望无际的竹林,还不知里面有多少机关,好在他时常在京都和东都之间来往,熟知这一带的道路,俱文珍只思考片刻,当即决定翻身上马,孤身抄小路匆忙而逃。

迟来一步的康娥看到满地尸骸和血迹,可偏偏没有俱文珍的踪影,不由得大失所望。她从怀中取出一瓶无色无味的水洒在这些人身上,刹那间尸骨化作一摊血水,渗入土地消失无踪。康娥仔细地环视着周围,忽然瞥见地上有一排马蹄印。她立时眼前一亮,驾马跟着这排马蹄印追去。谁知这条路越来越蜿蜒,似乎从没有看见过,这小道左边站着黑色的石像,右边立着白色的石鹿,整个形状似乎按照五行排列,康娥放慢了步伐,警惕地视察着周围的一切。沿着这条路来到尽头,竟是一堵黑白相间的墙,上面有个八卦盘。康娥伸出手来,左转三下,右转三下,本是随意试试,哪知居然误打误撞对了,这堵墙吱呀地移开,她赫然看见墙后居然是一座空旷的山谷,那里漫山遍野开满了桃花,其中掩映着一座金碧辉煌的宫殿。康娥见四下无人,便飞身上了琉璃瓦,俯瞰整座宫殿,居然与太极宫是同样的形制,只是规模远不及那大小,倒是像极了亲王的府邸。她小心翼翼地揭开一片琉璃瓦向下看去,竟赫然看见一间暗室中关着一个女子,康娥登时心中咯噔一下,立时认出了她,不由暗暗心想:陈湘灵?怎么会是她?那一瞬间,她脑海中竟有些希望陈湘灵永远从陈青笠的眼前消失。

"白乐天,你找到五妹了吗?"已经过去三天了,整个长安城都已翻遍,陈青笠还是没有陈湘灵的下落。白乐天急道:"没有,别说湘灵了,现在连眉娘也不见了!你不是刀客么,你寻人应该很有本事的,也找不到吗?"陈青笠正要开口,二人只听得身后传来一个声音,"这个地方,刀客也找不到。"他们双双循声回头望去,只见一身黑衣的康娥走上前来,扯下了黑面纱,冷冷道:"我知道陈湘灵在哪儿。""真的?在哪儿?快说。"陈青笠和白乐天几乎同时喊道,一人拉住康娥的一只手臂。康娥冷冷地注视他俩,然后说道:"好吧,我带你们去。"康娥亲自带着白乐天和陈青笠一起往那条怪异的道路走去,到了地头,她娴熟地打开墙上的八卦盘,霎时一座山谷呈现在他们面前。白乐天不由倒吸一口凉气,"什么时候洛阳还有

第四十一章 呦呦谷

这么个世外桃源,我怎么不知道?"随着墙面移开,在坤地宫中小睡的南玳忽然睁开了眼睛,欧阳呈走进来道:"太后,白乐天来了,随行的还有康娥和陈青笠。"南玳坐起身道:"让多余的走,让白乐天进来。"几个宫人传了她的话出去,可陈青笠却不服气,"不行!我一定要亲自接到五妹!"康娥忙道:"她在人家手上,要想人家放人,只能听对方的,你还想不想陈湘灵活着回来了?快跟我走吧!"

"叶夫人!"当白乐天来到坤地宫时,赫然看见南玳斜倚在床榻上,不由惊呼道。几个宫人喝道:"放肆!见了太后还不行礼!"白乐天登时回过神来,苦笑道:"是……你是南海皇朝的太后。太后,我求你放了湘灵!"南玳笑道:"放人可以,但是你要答应以后为我办事。"白乐天虽然不愿意与南海皇朝为伍,但眼下也只好先示弱了,"好好,我什么都答应你。"南玳笑道:"既然这样,你现在就将钿盒交给我吧。"白乐天想都没想,忙将钿盒呈了上去。南玳抚摸着钿盒道:"行了,你去门口接陈湘灵吧。眉娘到时候自然会回去。"她一挥长袖,白乐天便被一股强大的力量推出了门外。南玳起身穿上披风,又转到了旁边的宫室,只见叶岐云和卢眉娘正在其中,翩翩和欧阳呈也都到齐了。南玳道:"云儿,你的武功现在恢复了,我们可以重新商量杀李适的计策。"众人聚在一起直商讨至夜里,卢眉娘早已沉沉睡着了。叶岐云小心翼翼地给她盖上披风,愈是小心还就愈是不小心地碰了她一下,卢眉娘却迷迷糊糊地被碰醒了,一下拉住他的手道:"岐云哥哥,好奇怪,我今天看见太后拿着钿盒偷偷落泪。她怎么会为钿盒哭呢?"叶岐云抚摸着她的发丝道:"或许她是担心你的钗盒情缘,别想了,睡吧。"

第四十二章　浪淘沙

　　春日在一声声蝉鸣中渐渐过去，仿佛一夜之间天气变热了许多。这天元微之送岳父韦夏卿去洛阳办事，自己先回长安，走在一条山道上，正觉天气炎热，欲要下马找些泉水来喝，忽然看见一个约莫二十多岁的年轻人正在旁呼救，他穿着奢华的沉香色圆领长袍，头戴黑纱幞头，一副富家子弟的模样，可是脚却陷在了旁边的捕兽器里，汩汩地流着鲜血。元微之连忙上前帮着他把脚拿了出来，替他捂住伤口，"兄台，你伤得不轻！"那人撕下衣裾缠在了伤口上道："没事了，这样止住血就好多了，我还要赶路去长安呢。多谢你的相救，否则我这条腿就废了。"元微之忙道："在下元微之，正好我也去长安，不如陪你一起吧，还不知兄台姓名？"那人欣喜道："我叫李文饶，随父亲进京，从蒲州过来，经过此处迷了路掉入陷阱，说来真是惭愧。"元微之蓦地一怔，"蒲州……"

　　听到蒲州，元微之叹了口气，从怀中取出一本经折装的书，对李文饶说："我读一段有关蒲州的故事你听听。贞元年间有个书生叫张生，有一次他路过蒲州，在普救寺寄宿。同在普救寺寄宿的还有个崔家寡妇。正逢蒲州大乱，官兵抢劫，崔家的人很害怕。这个张生和蒲州将领有些交情，就托他们保护崔家，以至崔家逃过一劫。为了表达谢意，崔夫人设宴重金相谢。这次宴会上，张生看见了崔家千金崔莺莺。这崔莺莺生得花容月貌，倾国倾城，二人一见钟情。张生时常让崔莺莺身边的婢女红娘为他传情诗，更曾经不顾礼法，月夜登梯过西厢。崔夫人得知此事，只得同意二人婚事。可是张生要进京赶考，崔莺莺在十里长亭送别张生，约定功成名就之日，张生一定会回来娶崔莺莺。"读到这里，元微之已哽咽不成声了。李文饶不由得湿润了眼眶动情地说："只希望有情人终成眷属。"元微之摇头道："不，实际上张生没有和崔莺莺在一起。后来张生另娶他人，崔莺莺也嫁给了别人。这次张生去洛阳，路过她家门前，本想相见却被崔莺莺拒绝，她

第四十二章　浪淘沙

写了一首诗：弃我今何道，当时且自亲。还将旧时意，怜取眼前人。"李文饶唏嘘道："清润潘郎玉不如，中庭蕙草雪消初。风流才子多春思，肠断萧娘一纸书。"说到这里元微之已经泣不成声了，李文饶一面抹泪一面说："兄台写得好文章，只是小弟不懂为何才子佳人不能结百年之好！"元微之叹道："你不懂，你不懂……唉……"李文饶心中暗道："我断不做张生！"后来果然应验了这话。

这几日京都一如往常，但太子李诵暗中和王叔文等人商量着如何改革。眼看着宦官一手遮天，李诵实在是坐不住了，只可惜自己坐下的有识之士太少，于是他派遣刘梦得去岳阳一带为自己寻觅可用之人。难得有这样的机会，刘梦得便叫上薛玉奴同往。烟波浩渺的洞庭湖上漂荡着一叶扁舟，薛玉奴靠在他的肩头，坐在甲板上望着这山水景致。"洞庭秋月生湖心，层波万顷如熔金。孤轮徐转光不定，游气濛濛隔寒镜。是时白露三秋中，湖平月上天地空。岳阳楼头暮角绝，荡漾已过君山东。"刘梦得兴致高昂地吟道。只见山城苍苍夜色寂寂，水月透迤地绕城流动，这清澈的湖面宛若一面寒镜，倒映着一轮明月触手可及。薛玉奴开心地伸手搅动碧波，圆月在手心被搅乱了，她咯咯地笑着，"你看啊，今晚的月亮像个大盘子！"刘梦得忽然拍手惊喜道："对，对！就是个大盘子！湖光秋月两相和，潭面无风镜未磨。遥望洞庭山水翠，白银盘里一青螺！"薛玉奴笑道："我最喜欢这首。对了，你说这世上真的有桃花源吗？"刘梦得揽她入怀道："有啊，一定有的。尘中见月心亦闲，况是清秋仙府间。凝光悠悠寒露坠，此时立在最高山。碧虚无云风不起，山上长松山下水。群动悠然一顾中，天高地平千万里……靖节先生说的武陵源，我们以后一起去看，你说好不好？"他一低头，薛玉奴便贴到他脸上，两人甜蜜地望着湖中月，慢慢地薛玉奴闭着双眼，沉沉地靠在怀中睡去。明亮的月光洒在二人肩头，波光粼粼映出天地浩渺，刘梦得怜爱地伸出一只手，悄悄地数着她的睫毛。

"梦得，你看那些人在干什么？"次日午后的阳光泼洒在身上还有些余热，薛玉奴和刘梦得牵着手在堤岸边散着步。她忽然看见河水边站着许多人，手中拿着簸箕样的东西躬身在浑浊的沙河湖里一次次地筛着。刘梦得道："他们在淘金，这些淘金者打捞起河里的淤泥后，在淘盘里将淤泥洗

鹿回头

干净，就可以找出天然的金沙了。千淘万漉虽辛苦，吹尽狂沙始到金。"薛玉奴好奇道："那我也去试试能不能淘到什么好玩意儿！"她卷起裤脚，赤脚跑进了水中，也学着淘金者拿起一个淘盘在层层浪涛中舀起来，"梦得！你看我找到了什么！"不一会儿工夫，薛玉奴就惊喜地叫道，她从淘盘中拎起一根金项链，激动地向刘梦得跑来，"你看啊，这上面还刻着秦篆，难道这是秦汉时候的链子？它的主人一定是个美人，我都能想象出来，它的主人穿着华贵的曲裾裙裳，戴着这条金链的模样。"刘梦得感慨道："九曲黄河万里沙，浪淘风簸自天涯。如今直上银河去，同到牵牛织女家。日照澄洲江雾开，淘金女伴满江隈。美人首饰王侯印，尽是沙中浪底来。千千万万年就这样过去，也不知将来还有多少人记得我们。"

　　从岳阳回到了长安，二人手牵着手走回麻姑山，忽然一阵咝咝声从草丛间响起，薛玉奴下意识地反手抄起枯竹竿，啪一下向后掷去，她拨开草丛，赫然看见一条黑白相间的毒蛇被枯竹竿钉在地上，却显然避开了要害，蠕动着尾巴。薛玉奴笑嘻嘻地蹲下来道："我和梦得因蛇结缘，今日算你走运，我就饶你一命。"她伸手拔走枯竹竿放走了毒蛇，刘梦得摇头笑道："你啊，就像这山里的小狐狸。"他忽然拉起薛玉奴的手，深深地凝望着她的眼睛道："曾游仙迹见丰碑，除却麻姑更有谁。云盖青山龙卧处，日临丹洞鹤归时。霜凝上界花开晚，月冷中天果熟迟。人到便须抛世事，稻田还拟种灵芝。玉奴，你可愿意做我的妻子？"薛玉奴面上浮起红云，低头轻轻地点了点。刘梦得大喜道："那……你能不能尊敬我的家人，善待我的朋友？"薛玉奴笑道："你的家人就是我的家人，你的朋友就是我的朋友，还有什么吗？"刘梦得欣喜若狂道："我暂时想不起了。"薛玉奴嫣然一笑道："那我们以后一起想吧。"

　　"掌柜的，就按我给的尺寸做吧，还是要这匹锦缎，我觉得这个绿色很好看。"薛玉奴在西市店铺里做了嫁衣，准备抄小路回麻姑山，经过一处偏僻而西晒的山坡，忽然听见前面传来了吵闹声，"大哥，你到底要我怎么样？"只听一个熟悉的声音响起："别叫我大哥，我不是你大哥！从你离家出走的那天起，你就不再是我柳家的人了！"女子的声音也提高了，"该说的我都说了，总之我是不会放弃叶大哥的。"那人怒道："好，从此以后你最好别让我再遇见你！"薛玉奴听出了他的声音，心中不由一惊，"柳子

第四十二章 浪淘沙

厚？"她为了避嫌正准备掉头走去，却见柳萋萋怒气冲冲地驾马疾驰而去，忽然听见前面砰一声，薛玉奴连忙跑上前去，只见柳子厚已晕倒在地。

"小郎！"薛玉奴惊愕地扶起他来，他面色惨白，嘴唇干裂，浑身冒着虚汗，微微地睁开了眼睛，"没事……我是给她气的。"薛玉奴关切道："不行，你中暑了！天气挺热的，这儿也没有水，难怪你气急攻心就中了暑。"她四周望了一圈，看见不远处有棵葡萄树，连忙上前摘了些新鲜可口的葡萄喂给他吃，甘甜的汁液渐渐让他缓了过来。迷迷糊糊中，柳子厚握住她的手道："薛姑娘，我真的很喜欢你。"薛玉奴抽出手来，道："对不起，我已经要嫁给梦得了，我对你的好，都是因为你是他的结义兄弟，是他的亲人，也是我的亲人。"柳子厚虚弱地苦笑道："好，从今以后，我会对你视若亲嫂，再不会有非分之想。"

柳子厚渐渐恢复了，辞别薛玉奴后失落地独自回到家中。也不知怎么回事，一进屋就闻到家里散发着异味，或许是这天气还有些热，柳子厚循着这味道一直到了柳兮兮的屋外。却见她的屋子门窗紧闭，柳子厚摇了摇头，推开门走了进去想为她开窗透气。谁知刚刚推开北边的窗户，一阵风正巧吹进空空荡荡的屋内，哗啦啦的纸笺从半开着的抽屉里如雪花般飞了出来，全部落在了柳子厚的肩头。他信手拿起一张，赫然看见上面密密麻麻地写满了"梦得"二字。他登时脑中一嗡，俯身又捡起一张纸，竟见这张纸上写着的是薛玉奴的生辰八字。柳子厚惊愕地睁大了双眼，用颤抖的手将两张纸拼在了一起。

"大哥，你找我？"今日柳兮兮又去西市淘一些稀奇古怪的东西，到了傍晚才回到家中。她推开柳子厚的房门，却见他阴沉着脸坐在一旁，他突然从怀中抽出一大把纸笺，狠狠地砸在柳兮兮的面前，"你这是什么意思？"柳兮兮蹲下身捡起一看，面色忽然大变，那清澈的眼眸里闪过一丝可怕的光芒，"先是二姐，现在轮到我了。你既然这么想知道，我就告诉你，我喜欢刘梦得，你偏偏让我认什么义兄！"柳子厚霍地站起身道："不行！他要娶薛姑娘了。"柳兮兮连连倒退两步，眼中闪烁着泪光，显得是那样我见犹怜，"什么？不可以，他若是敢娶其他人，我一个都不会放过！"一杯冰水猝不及防地迎面泼上她的脸颊，柳子厚气极了，大声呵斥道："我警告你，梦得是我义兄，薛姑娘是我大嫂，你若是敢胡作非为，我第一个就

鹿 回 头

不会放过你！总之我已经没了一个妹妹，不介意再少一个！"

"今夜吉辰，薛氏女与刘氏儿结亲，伏愿成纳之后，千秋万岁，保守吉昌。五男二女，奴婢成行。男愿总为卿相，女即尽聘公王。从兹咒愿以后，夫妻寿命延长！"这良辰吉日，一些婢子扶着身穿青色喜服头戴蔽膝的薛玉奴缓缓而来，一边撒着果子金银花钿，一边唱着《咒愿歌》，直将薛玉奴送进刘家的百子帐中。那儿已齐聚了来贺喜的人们，刘梦得一身大红袍子，欣喜地接过他的新妇。白乐天和韩退之在一旁唱着《去扇歌》："千重罗扇不须遮，百美娇多见不奢。侍娘不用相要勒，终归不免属他家。"团扇徐徐移开，薛玉奴额黄面靥，朱唇轻点，眉间画着一条金色的盘踞小蛇花钿，发鬓上簪满了金银步摇，再不是那个山间的捕蛇女，从此以后便成了监察御史的夫人。众人都在惊叹于她的美貌，而牛思黯却察觉柳子厚的神色有异，"子厚兄，你是不是不舒服？"就在这时，百子帐外跑进一个阍者，"河东先生，柳三小姐刚刚出门透气，在大堂被人掳走了！"

薛玉奴震惊地扔下手中的团扇，"什么？兮兮出事了？你们还愣着干什么，都一起去找啊！"刘梦得拉着她的手匆匆冲到大堂，四处都不见柳兮兮的踪影，忽然一把飞刀倏地钉在了门上，薛玉奴连忙取下上面的纸笺，"这人到底是谁？他果然绑架了兮兮，他说要我们的今日行礼的奠雁做交换。梦得，快把大雁拿来，去换回兮兮！"紧随而来的卢沉楹跟在韩退之身后，清楚地听见了字条上的条件，不由微微蹙了蹙眉头。眼看着他们将大雁放飞空中，不一会儿工夫，刘宅门前突然疾驰而过一驾马车，却见这马车上没有车夫，马不停蹄地飞驰过来，就在路过门前时，昏迷不醒的柳兮兮忽然被人从车内抛了出来。柳子厚眼疾手快，连忙伸手抱住了她，再回过头时，马车已经不见了踪影。刘梦得道："快回屋看看她怎么样了？奠雁已经放走，也行不了大礼了，今日婚宴暂停。"卢沉楹忽然走上前道："等等，大雁放走了，就拿我送来的贺礼金雁来奠雁吧，今日一定要完成婚礼。柳三小姐，我能让她醒过来。"她轻轻走上前看似在为柳兮兮把脉，却悄然凑到她耳边道："绑匪是不可能要一只大雁的，除非有人想破坏今天的婚礼。"卢沉楹给她吃了颗所谓的药丸，很快柳兮兮便苏醒了过来。柳子厚问究竟是谁绑走了她，她却只是扶着额头道："大哥，我记不清了，我的头很痛……"

第四十三章　谢秋娘

　　片片黄叶随着突如其来的雨吹满了刘宅庭院，薛玉奴的手中拿着一件衣裳，走到还在案牍边埋头处理公文的刘梦得身边轻轻为他披上，"梦得，天气凉了，多加件衣衫。"只见她换上了艾青色的宽袖钗钿礼衣，垂在肩头的发丝也盘了起来，显得端庄了许多。刘梦得拍了拍她的手道："我正在看叔文兄的案卷，其实太子殿下和我们几个人打算弄一个革新。这方案用来打击宦官，派老将去接管神策军的兵权，罢免宫市和五坊使，罢除贪官污吏，再削弱藩镇，收回财权，减免赋税。"薛玉奴点头道："这个想法真不错，别的我不知道，但赋税我是深有体会。可是这样一来，你们会得罪朝臣和宦官，还有那些一手遮天的节度使，岂不是太危险了吗？"刘梦得道："不错，确实是龙潭虎穴。正因为如此，我过两天要去苏州出使两个月，可偏偏这时候我营中的士兵又要操练集训，咱们这些人，以后都是太子的人。"

　　薛玉奴虽然不是很懂，但也记在了心上。这天夜里刘梦得翻来覆去想着改革的事睡不着，三更半夜却听见院中传来阵阵捣衣声，他推开窗户望去，一轮明月下，薛玉奴正坐在院中将布帛放在平滑的砧板上，一下下地用木棒敲平，熨帖柔软之后裁制衣衫，看她做了这么多。刘梦得知道她在为营中的士兵捣衣做秋衣。她明白自己帮不上什么，也只有用这种方式默默地支持自己的丈夫。刘梦得也不知为何心里空落落的，好像自己就是这远去的征人，和心爱之人聚少离多。他迎着晚风幽幽吟道："爽砧应秋律，繁杵含凄风。一一远相续，家家音不同。户庭凝露清，伴侣明月中。长裾委襞积，轻佩垂璁珑。汗余衫更馥，钿移麝半空。报寒惊边雁，促思闻候虫。天狼正芒角，虎落定相攻。盈箧寄何处，征人如转蓬。"

　　转眼就到了离别之日，薛玉奴一直送他送到青门桥上，她递过枯柳条和一把唐刀。"梦得，千万千万，照顾好自己。我替你照顾家里，照顾你营中的兄弟。"刘梦得蓦地一怔心酸，"刚刚和你成亲，却又要分别了，我真是对不起你。"他抚摸着唐刀道，"常恨言语浅，不如人意深。今朝两相视，脉脉万重心。"薛玉奴眼中含泪送走了他，只觉得这次一别，仿若永诀。她回到家中，只见妆台上放着一面崭新的镜子，这是刘梦得送给她的礼物，下面还压着一张字条，薛玉奴打开一看，只见上面写着：流尘翳明镜，岁久看如漆。门前负局人，为我一磨拂。

刘梦得走后方才半月，关中突逢大旱。正在关中视察的韩退之目睹灾情，看着哀鸿遍野，他激愤交加，一份《论天旱人饥状》呈上了朝廷。谁料这份疏文引起了京兆尹李实的不满，反被他谗害，岁末之时韩退之收到贬谪的消息，从此要离开长安，贬为连州阳山县令。临走的那天，卢沉槛凄风苦雨为他撑伞，一路送到了渡口。韩退之道："郡君，对不起，都是我太冲动了，才造成了现在的局面。你为我奔走求官，我却让你失望了。"卢沉槛含笑道："你说过，君子居其位，则思死其官。我欣赏的不但是你的文章，还有你这个人。我相信有朝一日你一定还会回京都来的。"看着她在风中瑟瑟发抖，韩退之接过伞，紧紧握住了她的手，"若我还能回来，我第一件事就是要去北平王府向你提亲，我不想再错过了。"

"这京都果然和赵郡赞皇不同，人才济济，才墨之薮，若是能拜访几位有才学之人，收于麾下，那就最好了。"人来人往的街市上，一个身着群青色华服的男子驾在马背上，腰间别着唐刀，徐徐穿梭期间，他正是那日被元微之所救的李文饶。他驾马刚好路过平康坊，忽然听见路上传来一阵嘈杂声，"喂，你不要多管闲事，这几个小丫头，我们可是正正经经买来的！"李文饶循声望去，只见一家青楼前，一个穿得花红柳绿徐娘半老的女人，正与一个背对着他的侠女，指着侠女身后的一群小姑娘说道。那侠女身穿黑红相间的长斗篷，裙襦上花纹繁复，有着茸茸的大翻领，领角背后缀着红豆般的纽扣，蹀躞带垂在一旁，有些像胡服又有些像男装，但又露出裙摆的石榴红，英姿飒爽中带着几分烈艳。只听她冷笑两声道："你说那些人贩子？他们拐卖姑娘，造成那么多人妻离子散，实在罪恶不赦，我也早就教训过他们了。这些小女孩我今天一定要带走，你要跟我抢，就先

第四十三章　谢秋娘

问问我手中的剑！"她话音刚落，手中一柄青锋剑刷地从剑鞘中闪出，凌厉的刀光吓坏了鸨母，慌忙骂骂咧咧地跑回了青楼里。

她轻笑一声收起了剑刃，护着这群小女孩转过身来正要走，却从天而降一些手持利器的刺客向她围攻打去。原来是那些被砸了饭碗的人贩子买凶要杀她，顿时街上混乱一片。却见这侠女身法极快，长发舞动，剑影交织，一招招从容地避开了。她的功夫绝对在这些人之上，可谁知刺客根本不讲江湖道义，眼看打不过，反手一刀向旁边一个来不及跑走的小女孩砍去。那侠女见状大惊失色，旋起双脚斜飞而去，连忙护着小女孩躲开，可是大刀落下已是避之不及，那侠女想都没想，扬起自己的左臂去挡。"啊！"李文饶见她的左臂当即被那利刃砍断，霎时血光飞溅，那侠女当即晕倒在地。李文饶连忙冲上前，从怀中取出父亲的令牌喝止道："都住手！"那些刺客看他衣着光鲜，又有中书舍人的令牌，连忙匆匆忙忙地跑走了。李文饶蹲下身抱起晕死过去的侠女，一路小跑带回了府中，又叫来最好的大夫为她诊治。

"我这是在哪儿……"一阵剧痛袭上心头，那侠女迷迷糊糊地睁开了双眼，忽然发现自己躺在陌生的床榻上，再看眼前的屋内陈设，一定是个富贵人家。她支撑着想要坐起身，猛地发觉自己的左臂没有了任何知觉，她惊恐地撩起袖子一看，登时脑中嗡嗡作响。她什么都想起来了……挥下的大刀，扬起的手臂，霎时间鲜血四溅的场景……"娘子，你醒了？"就在她出神之际，李文饶端着药碗走了进来，这侠女下意识地抽出长剑指着他，"你是什么人？"李文饶这时才清楚地看见她的容貌，她的长发绾作惊鹄髻，垂下两缕发丝在胸前，头上没有多余的装饰，只有一个银色的叶状插梳，耳畔带着红色的垂珠长耳环，显得脸庞格外修长，虽不是那千娇百媚的姿容，却别有惊艳英姿的气场。李文饶忙道："娘子别担心，我叫李文饶，小字台郎，这里是我的府上。我在路上看见你受伤了，于是带你回来疗伤。"她放下了戒备道："原来如此，是我错怪你了，在下谢秋娘。"

见她起身要走，李文饶忙道："谢姑娘，你的伤势很重，还是多留两天吧，我这里有最好的大夫给你专门诊治。"谢秋娘想着自己断了一条手臂，也确实要好好休养，否则出去被仇家追杀也是死路一条，便答应了下来。大夫每天都来检查她的伤口，又为她安装了假肢。这天谢秋娘换了药，拿起长剑到院中练起剑来，忽而听见不远处的小亭中传出李文饶的声音，她好奇地拨开树叶看去，只见李文饶和一个衣着寒酸的穷书生席地而坐，高谈阔论很是尽兴。直到李文饶送走那穷书生，他这才发现树后面的谢秋娘。"原来你爹是个京官，像你这样的富家子弟竟和这些穷书生来往，还肯提拔寒门学子，真让人想不到。"谢秋娘说道。二人并肩散着步，李文饶笑道："其实我是真心希望这些有学之士不要变成沧海遗珠，如果能找到他们，帮助他们，为朝廷所用，那不是很好吗？"谢秋娘点头道："我一向都觉得当官的没有好人，现在我不这么想了，你就是个大好人。"李文饶笑道："我可是无官一身轻，并无半点功名啊。"谢秋娘凝视着他道："不，我知道，你以后一定是个大官。希望你到时候还能不忘初心，为百姓和朝廷做好事。"

二人正走到一棵桂树前，只见上面挂满了红色的许愿带，李文饶道："这些就是来过我家的穷书生们写下的心愿，不知不觉已经这么多了，我希望他们的愿望可以感动这桂树里的千年树精。"谢秋娘惊喜道："真的有千年树精？那我也要许个愿。愿天下太平，海晏河清，时和岁丰。愿世上再无不平之事，愿所有侠义之人都可以解甲归田。"李文饶看着她虔诚地合十双手，取出红丝带挂在了树枝上，轻轻吟道："欲求尘外物，此树是瑶林。后素和余绚，如丹见本心。妍姿无点辱，芳意托幽深。愿以鲜葩色，凌霜照碧浔。"

这天下起了些小雨雪，柳子厚不知不觉走到了太子李诵的军营中，他知道自从刘梦得走后，这些日子薛玉奴每天都会去军营里看望士兵，有时带些热乎乎的粥食，有时带些新缝制的厚底鞋。他刚刚走到军营外，便从栅栏里看见一团篝火执着地在小雪中燃烧，众人围坐在篝火旁大碗喝着热酒，却见薛玉奴一身白舞衣，翩跹着裙裾，透迤着长袖，在火光里旋转而舞着白纻歌舞。柳子厚幽幽叹道："翠帷双卷出倾城，龙剑破匣霜月明。朱唇掩抑悄无声，金簧玉磬宫中生。下沉秋水激太清，天高地迥凝日晶，羽觞荡漾何事倾。"薛玉奴浑然不知他在外面，还在跳着舞，雨雪渐渐落了

第四十三章　谢秋娘

满头，柳子厚叹了口气回头悄悄走远了。

"十一月中长至夜，三千里外远行人。若为独宿杨梅馆？冷枕单床一病身。"冬至这天，家家户户都聚在一起吃着热腾腾的饺子，而白乐天正要出使邯郸，他走出旅舍，看着夜色蒙蒙叹着气吟出了这首诗。忽然身后传来一个声音，卢眉娘轻轻走上前来说："湘灵说从呦呦谷出来，你就跟她一刀两断了。她问你到底答应太后什么了，你怎么都不肯说，我不放心，所以来看你了。"白乐天不由一惊，回头看见了她，"我什么都没答应，太后只是想要我的钿盒，我就交给了她。你从洛阳追到邯郸，太后不知道吗？"卢眉娘道："冬至天里你一个人来邯郸，身边没个人照顾，我不放心。"白乐天取出一封信递给她道："我办完事就回长安，这封信你帮我寄给知退吧。"卢眉娘犹豫了一下，伸手接过信笺转身而去，看着她的背影在黑夜中渐行渐远，白乐天叹道："邯郸驿里逢冬至，抱膝灯前影伴身。想得家中夜深坐，还应说着远行人。"

"母后，我看这次的方法万无一失了。"呦呦谷的宫殿中，叶岐云对南玳指着案上的地图解释道，"我们现在就在猎场外打下埋伏和机关炸药，等到春日围猎时，李适闯进阵内，必死无疑。母后？"叶岐云一抬头，却见南玳抱着猞猁有些魂不守舍，她连忙回过神笑道："好，这个办法好，李适最爱围猎了，就让他死在围猎场里。就按你的办法这么做吧。"这时欧阳呈走了进来，"圣主，外面有个蒙面女子求见。"叶岐云不由有些惊奇，呦呦谷如此隐蔽，是谁会来呢？他披上苍色的斗篷匆匆出去了，只见谷中山口处站着一个全身黑衣的女子，她露出的那对眼睛似曾相识，仿若玻璃珠子般透亮。这女子摘下了面纱，向叶岐云拜下，"南海皇朝圣主在上，请受康娥一拜！"

第四十四章　燕子楼

"康娥？你这是干什么？快快请起！"叶岐云连忙扶起她来。康娥闪动着眼中的泪水道："我知道圣主也想对付李唐，我只想求圣主帮我杀了俱文珍，大恩大德，康娥愿意做牛做马来相报。"叶岐云道："你的武功不是很高吗？为什么要假手于人？"康娥蹙眉追上前道："不瞒圣主，我的功力时好时坏，我自己也无法控制。只要你杀了俱文珍，我愿意加入南海皇朝为你们效力。"叶岐云摇了摇头，"对不起，自从在逆五行阵受伤以后，我也没有十足的把握。所以就连要杀李适，我也不能亲自出马。"康娥从怀中取出一粒金色的丸子递给了他，"这颗是于闐的秘药，也是我这么多年来偷偷服用以增强内功的东西。你吃下去之后会武功大增，但是在成功之前，你会受火烧冰冷之苦。"

"岐云哥哥，我回来了！"当卢眉娘回到呦呦谷时，只见他独自一人在冰天雪地中徘徊，似乎心事重重。叶岐云回过头道："你去看过白乐天了？"她点了点头，目光却落在了他手中的药丸上，"这是什么？"叶岐云道："这是西域的一种神药。眉儿，我和母后已经商量好了刺杀李适的办法，但我始终想亲手杀了这个与我有不共戴天之仇的贼人。如今正是冬日调养内息练武之时，这颗药吃下去，我就会功力大增。眉儿，但我不知道这药吃下去，我究竟会变成什么样。如果不行，你就杀了我。"卢眉娘大惊失色，还没来得及阻止，他已然仰头将金丸吞入口中。哪知他刚刚吞下去不到一炷香的时间，他忽然浑身冒汗，面色赤红，"好热……我感觉五脏六腑都在燃烧，眉儿，我好难受。"

卢眉娘慌忙道："热？快，快在雪地里坐下，我给你扇扇风！"她焦急地又挪来无数的冰块堆在他身侧，裁下一截黎锦用力地扇着，自己已冻得鼻涕流下，"你感觉好些吗？"却见他额头上豆大的汗珠还没消失，叶岐云

第四十四章 燕子楼

突然又浑身瑟瑟发抖，眉毛上顿时覆上一层白霜，嘴唇也失去了血色，"冷……冷……"卢眉娘用力地扶住他，急急忙忙把他拖回了宫室内，她慌乱地在狭小的屋内点起了篝火，可叶岐云还是浑身发抖，卢眉娘忙脱下身上的袄裘为他裹上，却发现他额头滚烫，手骨冰凉，已快没有了知觉。卢眉娘慌了神，也不知该如何是好，于是将他紧紧拥入怀中，用自己的体温暖着他，不由潸然泪下，"岐云哥哥，你不能有事……撑过今夜，你就大功告成了。"这一夜如此寒冷和漫长，卢眉娘拥着他渐渐睡着了，直到次日醒来，她看见那貂裘又被盖在了自己的身上。

鹅毛大雪在天穹中纷飞而落，白乐天正从邯郸回长安，谁知途经徐州狂风大雪阻道，此时天色也已昏暗，他下马寻找可以落脚的地方，可偏偏四周没有逆旅酒肆，唯独不远处立着一幢灯光幽幽的高楼。只见这楼两面临水，水面已然覆满薄冰，飞檐挑角形如飞燕，掩映在枯败的树丛中，楼高二层，花棂雕窗，很是别致。白乐天走近一看，上面赫然写着"燕子楼"三个大字，这正是贞元年间武宁节度使张愔为其爱妾，一代女诗人关盼盼所建的小楼。张愔死后，关盼盼历十五年不嫁，行踪不定，游历山川。白乐天想起曾经与她有过一面之缘，此时来到这燕子楼，此楼却已颓败不堪，不由想起了陈湘灵，一时悲从中来，"满窗明月满帘霜，被冷灯残拂卧床。燕子楼终霜月夜，秋来只为一人长。"他不知不觉走进了满是尘埃的燕子楼，提笔在墙壁上挥毫：钿晕罗衫色似烟，几回欲著即潸然。自从不舞霓裳曲，叠在空箱十一年。

"阿嚏！"楼下忽然传来了喷嚏声，白乐天推开二楼小窗看去，只见雪夜的红梅花树下，不知什么时候堆起来一个白白胖胖的雪人，卢眉娘身披着鲜红的曳地长袄，搓着手从雪人背后走了出来。白乐天连忙跑下楼来，"眉娘？你怎么来了？"卢眉娘笑道："你别想避开我，要知道我们两个是钗盒情缘，永远会连在一起的。"白乐天无奈地笑着摇了摇头，"哎呀！"卢眉娘突然脚底一滑，整个人失去重心向后摔倒，白乐天眼疾手快，一把抱住了她的腰肢，霎时红裙扬起了零星的雪渍，霎时间仿佛时光停留，四目相对，卢眉娘浑然不知头上的金钗悄无声息地掉在了雪地里。"平生所心爱，爱火兼怜雪。火是腊天春，雪为阴夜月。鹅毛纷正堕，兽炭敲初折。

鹿回头

盈尺白盐寒，满炉红玉热。"白乐天凝视着她的眼眸，不觉开口念道。卢眉娘回过神来，忙站起身道："乐天，这儿一点人气都没有，我知道前面有家逆旅，我们还是去避一夜风雪吧。"他们刚刚离开不久，一个纤弱的身躯冒着风雪也来到了燕子楼前，她正是陈湘灵。为避风雪，她也走进了燕子楼中，刚刚脱下沾满雪的斗篷，她一眼就看见了墙上那熟悉的不能再熟悉的字迹，霎时间泪如泉涌。陈湘灵走上前抚摸着未干的墨迹："今春游客洛阳回，曾到尚书墓上来。见说白杨堪作柱，争教红粉不成灰。"

思绪回到几日前，那天陈湘灵正要去白宅找白乐天，看看他有没有从邯郸回来，谁知刚到白宅门口，却看见杨连城敲着门大声道："臭书生，你给我出来！你别以为躲着我，我就什么都不知道了。你以为我无忧阁是装模作样的吗？我的手下都查出了叶岐云他们是什么人，你居然还敢跟他们来往，你真是不要命了！"陈湘灵忙上前道："杨帮主，出什么事了？"杨连城看见了她，气呼呼道："你的乐天哥哥加入了南海皇朝！"陈湘灵不解道："什么是南海皇朝？"杨连城咋舌道："就是南海国的后裔聚集在琼州形成一个小皇朝，他们那里的人一直密谋推翻大唐，重建南海国，都是乱臣贼子！我已经召集无忧阁里的人，一定要阻止他！"陈湘灵大惊道："什么？怎么会这样？你别敲门了，我看他还没从邯郸回来，这样吧，我往邯郸去找他，希望能问个清楚，打消他这念头。"

"咦，我的金钗呢？难道是刚才掉在这里了？"一阵言语打断了陈湘灵的思绪，她推窗向下看去，只见红梅白雪间，卢眉娘正穿着一袭红袄回到燕子楼低头在月光下寻找着金钗。"眉娘？"陈湘灵不由脱口而出，卢眉娘惊愕地抬头看去，又惊又喜道："湘灵！"二人匆匆迎上前，自从一别，已经许久没有相见，卢眉娘紧紧拉着她的手顿时哽咽道："这次我回呦呦谷，什么都明白了。翩翩告诉我，成亲那日是太后和白大娘故意向你我隐瞒，我们都以为是自己嫁给乐天，结果在花轿临门时被太后掉了包，原来一切都是误会，是我对不起你……"陈湘灵的眼眶已然湿润，懊恼不已道："什么？原来是太后和白大娘做的？我竟然以小人之心度君子之腹，我认识你这么久，我怎么会不了解你是什么样的人？如果你要耍手段，早就把乐天哥哥抢走了，我怎么会这样误会你……是我错怪了你，眉娘。"终于冰雪

第四十四章 燕子楼

消融，二人忍不住相拥而泣。白乐天躲在红梅树后，看到眉娘找着了金钗，看到她和陈湘灵相见，他不想再见陈湘灵，于是悄然离去，独自漏夜回到了长安。

长安的风雪也丝毫没有停，杨连城坐在杨府的庭院中，望着锅子中咕嘟咕嘟沸腾的牛肉汤。空气中飘散着一股鲜香的气味，她搅着锅中的牛肉片不由叹了口气。"好啊，你又在这儿偷吃牛肉！"杨慕巢蹑手蹑脚地走上前，拍了拍她的肩膀笑道，谁知杨连城却没心情玩笑，垂头丧气地夹起一块牛肉道："哥，你要不要尝尝？"杨慕巢道："瞧你这样子，城儿，你最近瘦了很多。"杨连城微微蹙眉道："哥，你说书生他就真的那么讨厌我吗？从徐州回来之后，我好心好意想帮他，让他不要进南海皇朝，他不但不领情，还跟我大喊大叫，叫我不要多管闲事。"杨慕巢拍拍她的手道："这样吧，过两天我请他来家里吃顿饭，顺便替你问问。"没想到杨慕巢的帖子才送出去，白乐天就立即答应了。

天寒地冻的时节，白乐天拎了一坛自己酿的好酒上杨府来了，杨慕巢连忙迎出来，笑着引他进屋坐下，室内如沐春风，地上都铺好了厚厚的茵毯，食案已经架好了，上面放着一个锅子，炖着香喷喷的羊肉。二人有说有笑，白乐天将酒烫了一遍先饮为尽，杨慕巢给他夹了一筷羊肉道："乐天兄，天气寒冷，多吃点羊肉补补身子。"白乐天吃了一口，赞道："这羊肉炖得恰到好处，真好吃。"杨慕巢笑道："我倒不觉得，其实我私底下也很喜欢吃牛头褒。我听城儿说过，你和她曾经一起吃过牛肉，那可就是患难与共了。"白乐天微微一怔，道："杨姑娘还跟慕巢兄说了什么？"杨慕巢摇了摇头，他的神色忽然严肃了起来，"我这个妹妹，从来什么都放在心里。我只有她一个妹妹，父母也过世得早，这么多年我们相依为命，我不想看到我的妹妹难过，所以今天这顿饭，是我自己想请你的。我这个做哥哥的从来也帮不了她什么，害得她一个姑娘家在外面闯荡，我很是心疼她，今天我就想替城儿向你提个亲。"

"什么？提亲？"白乐天顿时脸色大变，手中的筷子叮咚落地，他猛地站起身来连连摆手，"慕巢兄，使不得，这万万使不得！杨姑娘是大家千金，是你的掌上明珠，而我只不过是一个小小的校书郎……"杨慕巢道："你知道城儿是喜欢你的，只要她喜欢，别说是校书郎，就算是乞丐，我也成全她。"白乐天急了，"不行，我真的不能娶杨姑娘……因为我的心里已经被眉娘和湘灵占据了，再也腾不出别的地方给其他人。"他话音未落，杨连城就拿着长剑冲了进来，冰冷的剑刃架上了他的脖子，杨连城泪眼婆娑道："你骗人！如果你真的这么说，那好，你就在卢眉娘和陈湘灵之间选一个。鱼与熊掌不能兼得，你选择一个，我立即替你们主婚，另一个，我就杀了她！"谁知白乐天咬了咬牙，猛地一扭头，杨连城大惊失色，连忙扬手甩开了剑，可他的脖颈上已然留下一抹殷红的血迹。杨连城睁大了眼道："书生，你宁愿死也不肯在她们之间抉择？你真的对我一点感觉都没有？"白乐天别过脸去不看她，豆大的泪珠从她眼中滚落，杨连城伤心欲绝地扭头跑走。

"乐天，你给我跪下！"刚刚从杨府回到家中的白乐天，却见陈念慈阴沉着脸坐在正堂，手持家法，气得浑身发抖，他不知发生了什么事，连忙跪了下来。陈念慈强忍着怒气道："你实话告诉我，卢眉娘她根本不是范阳卢氏，对不对？她是南海皇朝的妖女，是不是？你为了和她在一起，竟然不惜背叛大唐，投身魔教，有没有这回事？"白乐天慌忙道："娘，我不是因为眉娘才加入南海皇朝的，我有我的苦衷。"陈念慈气得拿出家法打在他的背上，"还说不是被这妖女迷惑？从此以后，我不许你再见她！"陈念慈痛打了他一番，将他赶去祠堂反省。就在这时白宅的门被敲响了，门外传来了卢眉娘欣喜的声音，"乐天，我给你做了一件新的棉衣！"门哗啦一下被拉开，出现在她眼前的是陈念慈冷冷的面孔，卢眉娘还没来得及回过神来，陈念慈便一把从她怀里夺来那件新袄衣，掏出剪子狠狠地将衣衫剪得破碎，里面的棉絮如雪花般纷飞，"妖女，快滚！别再来找乐天！"

第四十五章　鬟髻娃娃

卢眉娘看着一地狼藉登时愣住了，她连忙拽住陈湘灵的衣袖急道："白大娘，我不是什么妖女，我求求你让我见见乐天……"她话音未落，只听啪一声，陈念慈甩开她的手，反手就是一记耳光，卢眉娘失去重心摔进了刚刚走来的叶岐云怀中，只觉得脸颊上火辣辣地疼，委屈的泪水滚过殷红的脸颊。叶岐云勃然大怒道："你敢打她？"卢眉娘连忙拉住他道："岐云哥哥，不要动手！如果能让白大娘出一口气也好。"陈念慈冷笑道："南海皇朝都不是好人，别跟我装模作样的。你若是真想见乐天，好啊，替我把这锅衣服都洗干净！"她信手向院中一指，只见那盆里装满了无数的脏衣服，叶岐云顿时怒道："眉儿可是千金之躯，你把她当用人？这冰天雪地的，要她洗衣服，你想冻死眉儿吗？"

卢眉娘拦住了他，道："我洗。"眼睁睁看着最怜惜的人为了别的男人，不顾风霜雨雪，蹲在这雪地里将纤纤玉手泡在冰水里，一下下地洗着衣裳，从午后洗到晚上，直到两手都冻红，没了知觉，叶岐云看在眼里痛在心里。卢眉娘终于全部洗完了，她小心翼翼地将这些衣裳晾晒在月下的绳索上，兴高采烈地去找陈念慈，谁知陈念慈道："乐天最喜欢牡丹花，你想见他，就再去买一盆牡丹花来。"叶岐云忍不住了，"你分明是在刁难人！这大冬天的，去哪儿弄牡丹花？"卢眉娘推搡着他道："别吵了！我这就去买。"

为了一盆根本不可能买到的牡丹花，卢眉娘从东市跑到西市，从黑夜到白昼，却始终没有买到。她失望地坐在街边将头埋在膝里，忽然有人轻轻拍了拍她的肩膀，抬头一看竟是翩翩。她温柔地笑道："眉娘，来，你把这个拿去吧。"她从身后搬来一盆开得正艳的鲜红牡丹，笑盈盈地放在卢眉娘眼前，卢眉娘惊愕道："这怎么可能呢？这个天气不可能有牡丹花的。"翩翩含笑道:"的确没有,这盆牡丹花是我特意在呦呦谷中为你嫁接的,今天赶路给你送来,还能保持它盛开的样子。"

卢眉娘感激不尽,连连谢过了她,将这盆牡丹花小心翼翼地搬去了白宅。当陈念慈看见这牡丹花的时候不免大感意外,"妖女就是妖女,什么都能变出来。一会儿乐天要下朝了,你做顿饭给他,我尝尝若是好,就让你们见面,不再为难你们来往了。"卢眉娘欣喜不已,连忙跑到后厨里,可看见桌上那些蔬菜,又一时不知如何下手。她想起自己曾和陈湘灵都做过点心,想来也差不多吧。她笨拙地举起菜刀,一下下地切着菜,一不小心便切到了自己的手。她忍着痛吮吸掉伤口的血渍,片刻不敢耽误,忙活着煎炒烹炸,总算做出一顿热腾腾的菜。陈念慈舀了一勺汤放入口中,不由蹙眉道:"你是把盐全部放进去了吗?真是要命。"说罢又夹起一团黑乎乎的菜,忧心忡忡地抿了一口,当即吐了出来,"这……这也叫菜?岂有此理!这些东西,统统给我拿去喂狗!"卢眉娘再也忍不住,哭泣着掉头跑走,出了门翻身上马,疾驰而去。

卢眉娘伤心欲绝,骑着骏马也不知该往哪儿去,便匆匆跑回了呦呦谷。她哭着跑进南玳的坤地宫内,只见南玳刚刚醒来,正半倚着为怀中的猄猁挠痒痒,卢眉娘垂泪扑进了她的怀中,"太后……白大娘说我们南海皇朝都不是好人,说我们是乱臣贼子,还骂我是妖女……我真的好难过,难道说我和乐天之间的钗盒情缘,真的如此困难重重?"南玳轻轻抚摸着她的发丝安慰道:"傻孩子,钗盒情缘的怨气和深情积累了几世,岂是那么容易就可以化解的?你别担心,我们大家都会帮着你们,一定让你们今生今世成亲。哭吧,哭累了就睡会儿,醒来之后就没事了。"

翩翩随叶岐云也回到了呦呦谷。这几日南玳柔声安慰卢眉娘的话,翩翩都听在耳中,她不免觉得暗暗不妥,喃喃自语道:"太后现在的重心怎么从刺杀李适到变成撮合眉娘和白乐天?"这天翩翩刚伺服完南玳洗漱,卢眉娘又做了碗燕窝让她带给南玳,翩翩便又端着燕窝折回坤地宫。她正要进去,却看见宫殿的门虚掩着,她悄悄从门缝中望去,只见南玳从床榻上起来,用一把金钥匙将白乐天交上来的钿盒锁进了屏风后的密室里,过了

第四十五章　鬃髻娃娃

许久她才从密室里出来，猞猁跑到她的脚边蹭着，南玳为俯身去抱猞猁，便信手将金钥匙塞在了胡床的红线毯下，"好了好了，别闹了，我一会儿带你出去晒晒太阳。"等到南玳抱着猞猁离去，翩翩才蹑手蹑脚地溜了进来，她小心翼翼地扫了一眼四周，向那红线毯下的金钥匙伸出了手。"你在干什么？"翩翩浑身一颤回过头来，赫然看见欧阳呈阴沉着脸站在身后，"丞相？我觉得事有蹊跷，我想……"

欧阳呈走上前道："所以你想偷钥匙，看太后的秘密？翩翩，我求求你打消这个念头吧。"翩翩更觉不安道："到底有什么瞒着圣主？"欧阳呈别过头去，"我什么都不知道，我只知道我的妹妹还在太后手上！你只要相信，太后怎么都不会害自己的亲生儿子。"翩翩也只好作罢，她垂下眼帘，走下了台阶。此时呦呦谷外，一身黑衣黑纱的康娥向长安策马疾驰，她刚刚得到叶岐云的命令，去围猎场埋机关炸药。康娥恨不得当天猎场爆炸，能将俱文珍也炸个魂飞魄散。突然迎面窜出一匹马，康娥回过神来连忙拉住了缰绳，她定睛一看，马背上坐着的正是陈青笠。陈青笠问她："康姑娘，你要去哪儿？"康娥避开他的目光道："我的事不用你过问，让开。"陈青笠道："你来的方向是洛阳，这么匆匆忙忙，如果我猜得没错，你也加入了南海皇朝吧？"

"圣主，你说句话啊，这只是我的猜想，不一定对的，我只是觉得有些不对劲而已。"翩翩虽然没有偷到金钥匙，却始终不能释怀，将自己的顾虑全部告诉了叶岐云。叶岐云沉吟许久道："好，为免母后为了报仇节外生枝，这样吧，我回鹿眠谷一趟，查查母后到底想干什么。"叶岐云匆匆来到了南玳的寝殿，她刚刚带猞猁晒太阳回来。他上前道："母后，围场那机关阵需要玉弓镇压，我发现我的玉弓在逆五行阵的时候丢失了，我必须要在机关阵完成之前找到它，我想带眉儿一起去。"南玳轻描淡写道："那玉弓本没什么特别，但既然要用，那就赶紧去找吧。"

檐上的冰雪已渐渐消融，早春在滴答滴答的水声中悄然到来。呦呦谷中已被装饰上了花花绿绿的彩缕人胜，窗户上贴着翩翩用红纸剪的牡丹，旁边院门上贴着一双用零碎缎子裁出的飞燕，还有绿绸兰草、簪玉鸟雀，

鹿 回 头

这些丝织品、金箔与玉片裁剪做成各种华胜、金胜，庆贺这快到的人日。而此时白乐天被派遣送份文书前去洛阳。白乐天策马疾驰，先将文书顺利送达，路过那片竹林，他不由得停下马来犹豫不决，最终还是顺着那黑白石像的蜿蜒小路一直来到了那扇墙前。他知道后面就是世外桃源般的呦呦谷，他一直想见的人就在里面。他伸出手欲要打开机关，又缩了回来，如此两三回，突然身后响起了一个惊喜的声音，"乐天！"他连忙扭头看去，赫然看见卢眉娘正喜出望外地站在面前。她的头上还簪着金箔折剪的展翅凤凰，在阳光下微微颤动，如她眼中的泪光。白乐天翻身下马奔跑上前，"眉娘！我不是在做梦吧？"她笑道："我也没想到还会遇见你。对了，我才做了一个人胜髻鬟娃娃，送给你。"她从怀中取出一个人形的装饰贴纸，只见小人头饰双髻，戴着花冠，双手上举，双腿直立分开。据说这髻鬟娃娃能招魂、辟邪、送病、驱鬼、镇宅，这个纸人里饱含了她所有的祝福。

白乐天还在这洛阳多停留一日，卢眉娘打算与他一同回长安，于是先回去告诉叶岐云。她转身走回呦呦谷，谷中已是桃花满布，春回大地，叶岐云正站在落英缤纷的桃花树下。看见一袭白衣的卢眉娘兴奋地在花雨中奔跑而来，他却先开了口，说起要去寻找玉弓的下落："眉儿，你现在就跟我走吧。"卢眉娘垂下了眼睫，绕着衣衫道："不行，我想送乐天回长安。"叶岐云叹了口气，道："河北，那我在长安城外等你，你送完他就跟我一起回琼州。我必须要找到玉弓，而斩天剑在我身上，感应不到玉弓，只有你拿着斩天剑陪我一起去才行。"卢眉娘点头答应了，却让他不要出现在白乐天的面前，先去长安城外等自己。次日一早卢眉娘便依约与白乐天见面，二人同驾一匹马，有说有笑地离开了洛阳。刚刚出了洛阳城，卢眉娘只觉有些口渴，下了马来到一旁的小溪取水喝，谁知突然吹来一阵大雾，霎时间天地白茫茫一片，白乐天惊呼道："眉娘！你在哪儿？"卢眉娘也慌了神，摸索着冲过大雾向前走，"乐天！我在这里！乐天，你听见了吗？""眉娘！眉娘！"一声声的呼叫声却在大雾中越来越远，卢眉娘慌乱地顺着脚底的路一直走到了尽头，大雾终于散去了，她却赫然发现自己站在一片荒芜的野外，哪里还有白乐天的踪影。

可是出现在她眼前的，却是一个熟悉的不能再熟悉的黑色身影，卢眉

第四十五章　鬏髻娃娃

娘脱口惊呼道："岐云哥哥！"叶岐云闻声转过头来，也是惊诧万分，"眉儿？你怎么会在这儿？我们这是在哪儿？"卢眉娘更觉奇怪，"你也不知道这是什么地方？你不是去长安城外等我了，这里到底是洛阳，还是长安？我从来没见过这个地方。"

大雾早已散去，白乐天却还在原地徘徊，小溪边已经不见了卢眉娘，他焦急万分地一路走一路喊着她的名字，竟不知不觉牵着马回到了长安，这路上居然都没有看见卢眉娘。白乐天回家之后更是闷闷不乐，坐立不安，也不知卢眉娘出了什么事。他霍地站起身冲出门外还想再去找，谁知却迎面与陈湘灵撞了个满怀。陈湘灵一个趔趄差点摔倒，见他神色慌张，连忙关切道："乐天哥哥，你怎么了？"白乐天一把抓住她道："你有没有看见眉娘？她跟我一同从洛阳回来，路上却遇见了大雾，我们在半途走失了！"陈湘灵听他说完来龙去脉，却松了口气，"你别担心了，眉娘这么聪明，再说她已经和叶圣主约好见面了，她就不会有事，叶圣主会照顾她的。对了，就快到寒食节了，你不说最喜欢吃饧大麦粥吗，我给你备好了，到时你来我这儿吃饭。"白乐天回过神，故意保持了距离道："我不会去的。"陈湘灵眼中闪过一丝失望，"我都做好了，随你来不来。"

寒食节一大早，陈湘灵就在家中忙碌起来。她用蜜调水和面，抻成一束束细细的条子，把条子盘旋弯曲下油锅炸，炸得金黄酥脆的馓子用寒具捞了出来。陈湘灵又将大麦熬成浆煮熟，再将杏仁捣碎拌进去，冷凝以后切成块状，又浇上麦芽糖稀，这就是白乐天最喜欢吃的饧大麦粥。这粥里有大麦的醇厚味和杏仁的香苦味，别有滋味。她又做了一道干粥，将麦粉、粟粉、米粉炒熟，加水调成糊状。灶上的子推蒸饼也已经蒸好，散发着香甜的枣味。陈湘灵准备了一桌子菜，终于歇息下来。她坐在食案前望着这些食物，静静地等着。而此时白乐天还在外面四处寻找卢眉娘，他正好路过陈湘灵的房门外，那家乡的气息随着饭菜香味飘出，他不由驻足犹豫了片刻，却依旧扭头离开了。陈湘灵对着一桌子菜一直等到天黑，等到这些菜全部凉透，她的心也凉透，她轻叹了一声，起身正要端起盘子倒掉，门忽然被推开了。站在门外的却是陈青笠，他佯装什么都不知道，笑呵呵地走进来，"五妹，这么多好吃的可别浪费了，我陪你吃！"

第四十六章　巽风阵

"乐天哥哥，我和三哥回符离村了，千万保重，勿念。"当白乐天回到白宅时，看见门口的字条，顿时瘫坐在地，"湘灵，你不要怪我……是我浪费了你的心血。"这天夜里白乐天迷迷糊糊中，好像闻到一股菜香味，他循着这气息找去，只见陈湘灵穿着粗布麻衣，正在昏暗的灯光下准备了一桌子的菜，她喜笑颜开地上前道："乐天哥哥，尝尝我的手艺。"她笑着夹了一筷子递给白乐天，白乐天张嘴嚼了一下，忽然一阵疼痛袭上，他蓦地从梦中醒了过来，这才发现已把嘴唇咬出了鲜血。原来方才的一切都是一场梦，白乐天苦笑道："别来老大苦修道，炼得离心成死灰。平生忆念消磨尽，昨夜因何入梦来……我怎么会没有发现，那梦里是符离村啊……"晚风吹开了窗棂，他披上外衣临窗而坐，提笔写下：泪眼凌寒冻不流，每经高处即回头。遥知别后西楼上，应凭栏干独自愁。

"臭书生，你还敢来见我？"次日一早，无忧阁的门前就传来了杨连城的声音。一身紫衣的杨连城蛾眉微蹙，紧握着手中的皮鞭，与白乐天相对而立在无忧阁前，她眼中满是疑惑地望着他。白乐天深吸一口气道："我知道当日之举让杨帮主伤心，所以今天你要杀要剐，都悉听尊便。我只求杨帮主帮我最后一个忙，帮我找找眉娘到底在哪里。至今还没有她的消息，我实在没办法了。"杨连城道："想不到你真是个重情重义的人。来人啊，晌午之前给我回话！"短短一个上午，白乐天在无忧阁里坐立不安，杨连城看在眼里急在心里，终于有几个手下跑上前道："帮主，洛阳和长安城内外全部都找过了，没有卢眉娘和叶岐云的踪影。但是我们的法师说，他们很有可能是陷入了一个阵中。"杨连城拍案而起，大惊道："阵？这人怎么可能凭空消失在阵中呢？"

"巽风阵啊巽风阵，你可不要让我失望啊。"呦呦谷的坤地宫密室里，

第四十六章　巽风阵

一面巨大的落地镜子倒映出南玳的模样，她还是芳华未老，如此明艳动人。她抱着怀中的猞猁，抚摸着镜子。这面镜子前摆满了小风车，顶上缀满了风铃，最外面一层则放满了盛开的风信子。南玳幽幽地扬起一抹似笑非笑的微笑，凝视着镜中渐渐迷蒙而起的烟雾。"岐云哥哥，我发现不对劲，这个地方怎么走也走不出去，好像是凭空变出来的一个地方，我们出不去，外面的人也进不来。"卢眉娘提着裙裾来回走动，焦急万分道。叶岐云紧锁眉头，手中紧握着斩天剑四面环视了一圈，"坏了，这是巽风阵！这种阵法很古老，会用的人并不多。我听说过一次，在巽风阵要想活着出去，除非在三日内互相动情，否则外面的风信子就会引爆机关，风铃里会发箭射死外面的人，而风车里的毒暗器会让我们中毒身亡，连魂魄都永远困在阵中出不去。"卢眉娘倒吸一口凉气，"怎么会有这么毒的阵法？外面……啊，我过来的时候，好像觉得这条路虽然不同，但有些像是通往皇宫猎场的路。"叶岐云只觉头痛欲裂，蹲下来捂住了头道："眉儿，别再说了，你让我再想想……"

熙来人往的街市上，牛思黯又在这里淘着新石头，"哎，我看看这块石头，这块不错，替我包起来吧。"他正要拿铜钱，旁边铺头的摊主正给一个娘子推荐道："这个玉镯是价值连城的，我只收你一千两已经很便宜了，你若是不买可就没有了。"那娘子把玩着这玉镯犹豫了半晌，正要掏钱，牛思黯冲上前夺过玉镯道："不对，这根本不是什么价值连城的玉镯，这只是用玉粉所做，根本不值钱！"眼见被当场揭穿，那摊主横肉一斜，当即召唤了几个蹲在后面的小混混，那几人冲上前按住牛思黯就是一顿拳打脚踢。牛思黯哪里是这些人的对手，当即就被打得浑身是血。"住手！"突然一阵呵斥声响起，众人回头看去，只见李文饶背着手从人群中走出来，一副气派的模样。小混混都认出他就是当日救了谢秋娘的那个达官贵人，连忙收手匆匆逃走。李文饶上前扶起牛思黯道："兄台，你怎么样？要不要扶你去医馆？"牛思黯赶忙查看刚刚买到的石头有没有损坏，这才咧嘴笑道："没事没事，多谢兄台相救，我请你去旁边茶肆喝杯茶吧。"

"敢问兄台高姓大名？"牛思黯给他倒了盏茶问道。李文饶转念一想，我救人又不是图报恩，若是告知真名实姓，岂不是要人家报恩？于是他笑

鹿 回 头

道："在下余德。"牛思黯听出他这是假名，也不便多问，于是也报了个假名："在下安孺。"两人虽然都报了假名，但谈得十分投机。李文饶道："刚才看安兄受伤，还顾着石头，你很喜欢收藏石头吧？正好我这儿有一块上好的漏潭石，就送给安兄吧。"他立即写了字据着酒博士到府上拿了漏潭石，然后挥笔在这块美石后面题上：大哉天地气，呼吸有盈虚。美石劳相赠，琼瑰自不如。牛思黯欣喜地谢过他，也从自己包中取出一卷画卷道："多谢余兄相赠，这是我画的巫山石，送你做个纪念吧。"

这幅风格独特的画被李文饶带回家中，极为珍视地挂在了墙上。他凝视着画中的奇石，提笔在上面写上：蕴玉抱清辉，闲庭日潇洒。块然天地间，自是孤生者。"好一句自是孤生者！这画也好，题的诗更好！"李文饶闻声回过头，只见身穿朱砂色裙襦的谢秋娘含笑走了进来，"我今天打算去田里陪大家春耕，你呢？"李文饶放下笔，笑着走上前道："走，我陪你一起去！"谢秋娘以前经常帮这些农人耕种，如今断了一臂，却是力不从心了。李文饶抢着替她耕地，但从没劳作过的李文饶很快就气喘吁吁了，"想不到春耕这么辛苦！郊外杏花坼，林间布谷鸣。原田春雨后，豁水夕流平。野老荷蓑至，和风吹草轻。无因共沮溺，相与事岩耕。"谢秋娘笑着为他擦去额头上的汗渍，"瞧你已经累坏了，不如我们去小湖中泛舟一圈，吹吹凉风吧。"一只窄小的舴艋舟荡漾在碧波上，迎面吹来和煦的春风，李文饶闭上眼嗅着青草的香气，优哉游哉地吟道："无轻舴艋舟，始自鸥夷子。双阙挂朝衣，五湖极烟水。时游杏坛下，乍入湘川里。永日歌濯缨，超然谢尘滓。"

二人有说有笑地回到了伊川别墅，李文饶站在书楼上登高远望，而谢秋娘则在楼下的小池潭边的一排开得正盛的紫藤花树下用右手单臂练剑，李文饶悄悄拿起纸笔将她的模样画在了纸上。斜阳已悄悄洒落在他的肩头，谢秋娘终于收起了长剑，他卷起画轴匆匆下楼，抬手替她将吹乱的发丝夹在耳鬓后，夕阳之下仿佛看见她眼中闪耀的光辉。李文饶心中一动，缓缓牵起了她的手。波光粼粼的池塘泛着夕阳，光芒氤氲在二人的面孔上。李文饶凝视着她的眼眸道："我真希望这一刻能永远静止，真希望以后都有你在我身边，陪我看伊川晚眺。"谢秋娘抿嘴低头浅笑道："台郎……"

第四十六章 巽风阵

就在这时,伊川别墅的门被轰然撞开,只见一个身穿檀色的男子怒气冲冲地闯了进来,李文饶登时大惊,脱口而出道:"爹?"来人正是李文饶的父亲,当朝朝廷命官李弘宪,他勃然大怒道:"混账!你居然跟一个江湖女子厮混,怪不得整日不回家,流连在伊川别墅!我还以为你去办什么正经事了!要不是我看见你怀中掉出的珠钗,还不知道你这不知廉耻的东西做这样丢人现眼的事!"谢秋娘吓得低低讷讷道:"我,我和台郎是真心的。"李弘宪更是大怒,"你算什么东西,敢跟我这般说话?正经人家的大家闺秀,哪一个像你这样?我们李家绝不容许娶一个江湖女子为妻!你还舔着脸住在我李家的伊川别墅,你……"谢秋娘本就是刚烈女子,哪里听得了他这般羞辱,顿时气道:"你,你不用骂了,我这就走!台郎,我,我走了。"李文饶见状连忙去拉她,"不,秋娘!不要走!"李弘宪上前拉起李文饶的衣袖拽去一旁,"从今以后,你跟我回李府!再也不许住在伊川别墅了!"

"在下元微之,前来拜访文饶兄,想邀他出去一游。"李府的门被敲开了,李弘宪看着眼前这个年轻人,认出他就是韦夏卿的女婿,李弘宪笑道:"原来是犬儿的朋友,请稍等片刻,我去叫他出来。"不一会儿工夫李文饶就垂头丧气地出来了,元微之与他并肩在路上走着,故意打趣道:"文饶兄,我昨天晚上做了一个梦。闻有池塘什,还因梦寐遭。攀禾工类蔡,咏豆敏过曹。庄蝶玄言秘,罗禽藻思高……哎,你有没有在听我说?别闷闷不乐了,快看看那边站着的是谁?"元微之笑着推搡了他一下,李文饶抬起头来,赫然看见街角处正站着他的心上人,"秋娘!"他欣喜万分地跑上前紧紧拥住了谢秋娘。她含笑道:"我不会这么轻易放弃你的。台郎,那你呢?你愿不愿意为了我放弃一切?"李文饶连连点头道:"我愿意,明日西园,不见不散,我与你一起走!"

次日一早,李文饶借口去韦宅见元微之,却悄悄收拾了行囊,转身便来到西园。只见谢秋娘正在西园里独自跳着舞,她面前盛开着芳荪,花瓣随白色金边的裙裾晃动,李文饶不觉看得痴了,他只见过她舞剑的飒爽英姿,却没想到她跳起舞来也别有风姿,李文饶不由轻声念道:"楚客重兰荪,遗芳今未歇。叶抽清浅水,花照暄妍节。紫艳映藁鲜,轻香含露洁。

鹿 回 头

离居若有赠，暂与幽人折。"谢秋娘闻声停下舞步，欣喜地跑上前道："台郎，你果真来了？"李文饶点头道："我们走吧。"谢秋娘摇摇头道："不，我们在西园里再多留一日吧，你在这一日里想想到底愿不愿意跟我走。你这一走，父亲不能认，官职不能任，家财也都没有了，我想让你冷静地想一想，不要你将来再后悔。"她说罢拉着他跑上了前面的钓鱼台，二人边谈天说地，边坐在这里钓鱼，忽然谢秋娘指着水中道："快看，那儿有鸳鸯！"一对相依相傍的鸳鸯划过水面，李文饶点头道："君不见昔时同心人，化作鸳鸯鸟。和鸣一夕不暂离，交颈千年尚为少。双影相伴，双心莫违。宿莫近天泉池，飞莫近长洲苑。尔愿欢爱不相忘，须去人间罗网远。秋娘，我已经想明白了，不用再等了，我们现在就走，我绝不会后悔。"

二人骑着一匹马，从西园出来后一直走了很远，在昭行坊终于找到一间赁屋暂且住下，天色已经黑透了，谢秋娘进屋做了三两个小菜，"台郎，我平时闯荡江湖，在吃上面也不怎么讲究，你且试试看吧。"虽然这几碟菜都是些山间野菜豆腐，倒是色香味俱全。李文饶夹起一筷尝了尝，赞道："倒是比我在家吃的还有滋味儿呢！"谢秋娘正要坐下，忽然听见门外一阵窸窣的脚步声，她敏感地推门而出，"什么人？"李文饶紧跟着追出去，赫然看见李弘宪站在月光下，他不禁大惊道："爹？"李弘宪冷冷地望着他道："你留的信，我看了，为了这个女子，你要跟我断绝父子情谊？"他缓缓走上前，看着谢秋娘的眼睛道："你是个侠义女子，我明白了。"说罢放下一包金子在地上，李弘宪转身便走。李文饶已垂下两行清泪，向着他的背影叩拜，"秋娘，爹默许我们在一起了。"

第四十七章　永贞革新

"岐云哥哥，已经过去两天了，这个巽风阵实在太厉害了，根本就解不开啊。我们现在只剩下最后一日时间了。"外面的世界仿佛早已隔离，卢眉娘和叶岐云被困在这阵法中至今还未出去，外面的一切都跟他们毫无关系。这阵法内看似有山有水，有花有草，甚至有茅屋低檐，池塘粼粼，但一只蝴蝶都飞不进来，他们心里明白这些都是幻象，他们所处的地方根本只是一处荒山。从他当上南海皇朝圣主开始，叶岐云从没有这般束手无策，他紧蹙着眉头叹气道："对不起，岐云哥哥没用，一点办法都想不出来，这个巽风阵，我解不了。"卢眉娘挨着他身边坐下，伸手轻轻揉了揉他的眉间，"不要紧，我们不是还有一日吗，只要我们能互相动情，就可以解开阵法了。"叶岐云道："我对你的心意你是明白的，可是你……你心里只有白乐天，又哪里容得下我呢？"卢眉娘拉住他的手道："不，你在我心里本来就是有很重很重的分量。无论是为了外面的人不无辜中箭，还是为了我们能活着出去，我都会用尽全力在最后这一日爱上你。"叶岐云凝视着她的眼睛道："真的可以吗？"卢眉娘笑道："不试试，怎么知道。"

她牵起叶岐云那骨节分明的手，十指交叉紧紧握住，深深地凝视着他那对深不见底的眼眸，一字一句道："岐云哥哥，我……"最后两个字还没说出口，叶岐云已然转过脸去，将手猛地抽了出来，"别这样，没有用的。"卢眉娘道："那好，我们就把这最后一天当末日来过，当作在鹿眠谷的时候来过，岐云哥哥，临死之前，我希望跟你快快乐乐地过。"卢眉娘一路奔跑到山崖顶，俯瞰着这苍茫的天地，开心地对着山谷大声叫着。她拉着叶岐云笑着闹着，奔跑在这虚假的山水之间，只要她闭上眼幻想，就可以变出一株桃树，变成满池芙蕖的盛夏，变成鹿眠谷的样子。二人在假山后面捉迷藏，卢眉娘被他抓了个正着。叶岐云卷起裤脚下水捞上了新鲜的鱼儿，用冰镇酒熏，做了些鱼干吃。卢眉娘又幻想出一些面粉，和他卷

鹿 回 头

起袖子一起揉面团,她调皮地将满是面粉的手搓在叶岐云的脸上,叶岐云也放松地笑了,在夕阳下追着她跑啊闹啊,卢眉娘忽然停下脚步,猛地回过头搂住他的脖子,轻轻地吻了一下他的脸颊。叶岐云霎时怔住了,面色顿时凝固了,"眉儿,别……你别这样,太辛苦了。我不想看到你这样努力,我看在眼里,疼在心里。"卢眉娘摇头道:"不,我真的快要成功了,只差你没有感觉到了。"叶岐云苦笑道:"真的吗?"她坚定地点了点头,"很快你就会知道了,现在说什么,你会信吗?"

夕阳已然渐渐淡去,月光已悄悄蔓延而上,卢眉娘坐在花树下,靠在他的肩头含笑进入了梦乡。叶岐云凝视着她的模样不由一阵心酸,"眉儿,我不想让你勉强自己,很快天就要亮了,就要到最后的时间了。"他抬头望了望天上的月亮,悄悄握紧了斩天剑,这一夜过得如此短暂,月升月又落,终于看见第一缕阳光从云层穿过。叶岐云深深望了卢眉娘一眼,将斩天剑猛地拔出,挥剑抹上自己的脖子。就在这千钧一发之际,一只手突然紧紧握住了剑刃,卢眉娘被一闪而过的刀光刺痛了眼而醒来,她大惊失色地抓住剑刃道:"岐云哥哥,你干什么?"叶岐云道:"巽风阵还有一个解决办法,就是不能动情的两人之中,死去一个,巽风阵就可以解开了。眉儿,快松手,不然就来不及了!"卢眉娘声泪俱下道:"不!你不能死,我不想让你死……"剑刃上的鲜血淋漓而下,和着她的泪滴落在了叶岐云的手上,霎时间巽风阵外的风铃哗啦啦作响,一丛风信子全部移开了一条路,身后的海市蜃楼渐渐消失,巽风阵竟就这样霍然打开。叶岐云连忙拉着卢眉娘跑出了阵外,看着那片荒芜的阵,叶岐云也不解道:"怎么会这样?阵法失灵了?"卢眉娘也没回过神,"我也想不明白……"

猎猎的风呼啦啦地吹起,巽风阵外不远处竟然就是那宫中所设的围猎场。这是一片林草茂密的地方,此时号角已然吹响,围猎正式开始。一时间成百上千的人马各就各位,听到号令,便敲锣打鼓,飞鹰走狗,人们追赶猎物。同为校书郎的元微之和白乐天也在座中远远观看这围猎赛,元微之瞥了白乐天一眼,道:"乐天,你怎么了?我看你心神不宁,好像有些不安,是因为眉娘失踪,湘灵回乡的事吗?"白乐天摇了摇头道:"我不知道怎么回事,总觉得有什么事要发生。"他向对面看去,那座位前正坐着李

第四十七章　永贞革新

弘宪和李文饶父子。眼看一些惊慌失措的猎物被赶到一片小凹沟处，坐在正中龙椅上的李适站起了身，他跨上马去，反手拎起弓箭向一只漏网的野兔追捕过去。虽然已经不再年轻，但李适依旧身手敏捷，他驾着马很快就追着野兔不见了踪影。

就在那凹沟外的草丛中，悄无声息地散发出了白烟，这正是康娥早在寒冬腊月埋下的毒气，那野兔瞬间迷糊了方向，又跑出了凹沟，向着另一处偏僻且设好万箭穿心机关的陷阱跑去，李适毫不知情，紧跟着野兔追击而去。"岐云哥哥，我们这是快到长安了吧？"本来一切都如康娥计划进行，谁知卢眉娘和叶岐云刚巧从巽风阵中出来，不偏不倚惊了那只野兔，野兔顿时清醒过来，跑出了圈套之外。叶岐云赫然看见李适，慌忙拉着卢眉娘在草丛中躲下，"别动！是李适！"杀父仇人离自己这么近，叶岐云的眼中已然燃起怒火，他悄悄地从背后抽出了玉弓，拉开弓弦对准李适。卢眉娘惊道："这玉弓不是丢了吗？"叶岐云突然毫无征兆地心口一揪，手中的箭不听使唤地猛地发了出去，却擦过李适的胳膊向座位飞去。

"台郎小心！"那支歪斜的飞箭却正好向着毫无防范的李文饶飞去，就在这时，一个身影猝然扑上前来，挡在了李文饶的面前，飞箭狠狠地扎入了谢秋娘的心口，她猛地吐出一口鲜血，倒在了李文饶怀里。"快！保护陛下！"一时间猎场混乱一片，叶岐云忽然觉得一阵心痛，额头上满布了细汗，卢眉娘连忙扶着他悄悄逃了出去。"秋娘！你不能死啊，秋娘！"猎场上只剩下李文饶一人，他跌坐在地上紧紧抱着满身是血的谢秋娘，痛哭流涕道。谢秋娘抬起那假肢，轻轻抚摸上了他的脸颊，"台郎，别哭，我只是先走一步……只可惜，今生始终无缘做你的妻子。"没有温度的假手轰然落下，带着对李文饶的牵挂，化作一缕清风而去。

接连几日，大明宫中乌云密布，李适已经很多天没有上朝了，听说那一箭虽然没有射中他，却将李适吓得大病一场，至今还没有痊愈，唯有太子李诵照顾在侧，内宫与外廷断了全部消息，没有人知道李适和李诵安否。"父亲，喝点药吧。"李诵端了碗药送到李适的寝宫内。李适显得有些精神涣散，刚喝了一口药，忽然外面风雨大作，狂风吹开了窗棂，宫内的烛光

鹿 回 头

全部熄灭。几个宫女惊慌失措地跑进来道:"太子殿下,有鬼!在外面的窗户上!"李诵呵斥道:"一派胡言!别吓到陛下,我跟你们出去看看!"哪知李诵刚刚出去,宫殿的窗户又被吱呀吹开了,一个身穿青织褕翟的女子在雨雾之中徐徐飘来。

李适惊愕地睁大了眼睛,只见她穿着九色九等的钿钗礼衣,縹色罗裙,朱锦鞠衣,头戴十二钿钗,肩披单丝罗红地银泥帔子,梳着杨贵妃式样的假髻,上面簪着金插梳和琉璃步摇,画着漂亮的柳叶眉,眉间一点牡丹花钿,显得如此得雍容华贵。李适惊恐地坐起身来:"萧惠妃……"那美貌女子冷笑着一点点逼近,李适只觉得呼吸不畅,颤抖着发了病,轰然倒在床上口吐白沫。刚刚巡视完的李诵正回寝殿,赫然看见一个翩跹的身影一闪而过,虽然只是匆匆一眼,李诵却登时怔在了原地,"琼儿……"他忽然想起了李适,连忙跑回去,却发现李适早已没有了呼吸,"父亲!"众宫人哀哭跪倒一片,"陛下驾崩了!"李诵哭得不能自已,跪在床榻边念念有词道:"琼儿,是你回来了吗?原来这么多年来,你都没有投胎转世。是我对不起你……父亲死了,你也如愿了吧,请你安心地去吧。"他哭着哭着,便忽然浑身抽搐,猛地向后倒去,几个宫人连忙扶住了他惊呼道:"快来人啊!太子殿下晕倒了!"

"什么?太子殿下中风了?"当消息传到御史台的时候,王叔文惊愕地霍然站起身来,急切道,"这可怎么是好?眼看就要登基大典了,太子怎么能中风?不行,梦得、子厚,我们一起帮太子即位!"贞元二十一年,唐德宗李适驾崩,做了二十六年太子的李诵于同年八月即位,是为唐顺宗。可惜的是这时的李诵已经中风,不能言语,唯有坐在宣政殿的珠帘后。他递了个眼神给旁边坐着的牛昭容,牛昭容点了点头,起身将圣旨传给宦官,那宦官又交到了王叔文的手中,王叔文大声向朝野宣读道:"封广陵王李纯为东宫太子,广陵王妃郭氏为太子妃!"

温泉汩汩流出,这座窗冒白汽、檐蒸水雾的浴殿内,一群宫女捧着沐浴的花瓣与干净的衣物,隔着垂地帷帘纱帐而立,郭俪凝正坐在浴床上用水浇灌凝脂般的肌肤,一个宫女递了澡豆方进来,这是用来沐浴的东西,

第四十七章　永贞革新

是用细辛半两、白术三分、栝楼二枚、土瓜根三分、皂荚去皮、商陆一两半等十九味药细筛捣烂，以面浆煮猪胰，取汁和散作饼子，用来洗澡最佳。宫女们替她擦身，从衣桁上拿起一套金红色的华裳为她披上，只见这件华裳透迤着长长的拖尾，上面赫然绣着一只昂头欲飞的凤凰。郭俪凝仪态万方地走进了东宫之中，李纯上前拉着她道："凝儿，你看看，这是刘梦得为先皇写的挽歌。"郭俪凝取来念道："凤翣拥铭旌，威迟异吉行。汉仪陈秘器，楚挽咽繁声。驻绋辞清庙，凝笳背直城。唯应留内传，知是向蓬瀛。确实是好诗。"

李纯道："这个人倒是很有才华，而且豪气万丈，是个大丈夫。只是我看不惯王叔文那一伙人，动不动就破格提拔，刘梦得现在升为屯田员外郎，判度支盐铁案，参与财政大权。柳子厚则提拔为礼部员外郎，掌管礼仪、享祭和贡举。就连韩退之也被赦免，离开了阳山县，授江陵法曹参军。一天到晚都是王叔文在传达父亲的圣旨，谁知道他做了什么手脚？其实我也知道，他们心里根本不服我这个太子。"郭俪凝若有所思道："我听说，以王叔文、刘梦得、柳子厚为首，一共有十个人，开始在搞什么永贞革新。又是打击宦官，又是罢免宫市和五坊使，还要削弱藩镇，收回财权，减免赋税。"李纯哼道："这个王叔文自以为曾经是父亲的太子侍读，还有柳子厚仗着是父亲的太子校书，就可以替代父亲发言了？朝廷上下现在是一片乌烟瘴气。虽然说这革新本意是好的，但这样得罪了朝臣和宦官，简直无法无天。打击宦官，岂不是让我们连身边人都没了？你看吐突承璀跟了我这么多年，我可不会让这伙人欺负他。"

第四十八章　南海神姑

　　漫天的白色冥镪在天际纷飞，落满了身穿麻衣的李文饶肩头，他面容憔悴，仿佛一夜之间苍老了许多。李文饶抱着谢秋娘的灵位向李府走去，李弘宪从屋内迎了出来，可见他也是眼袋深重，眼眸红红，郑重地接过了谢秋娘的灵位，声音颤抖着道："你是我李家的好媳妇！当初是我误会你，是我不知道你原来是如此侠义刚烈的女子。李门上下听着，谢氏秋娘，有情有义，从今日起灵位入李家祠堂！"李府上下挂起了白色纱幔，正堂中赫然一个大大的奠字，李文饶坐在棺椁旁，接过李弘宪亲手写的一篇墓志铭放在了火盆里，"秋娘，爹为你写了文章，爹也认可你了，你一定很开心，是不是？"很多人来灵堂拜祭，李文饶都只是点个头，已然没有力气站起身来，谁知忽然瞥见人群中一个熟悉的人影，李文饶抬起头看去，惊道："安兄？"

　　来者正是当日以假名相识的牛思黯，他定定地望着李文饶道："余兄，你……你是李党的李文饶？"李文饶一怔，道："你说李党？这么说你是牛，牛党……""我就是一直反对李党的牛思黯。"当他一字一句说出来时，李文饶不由倒退了两步，霎时间空气都凝固了。就在这时，元微之与白乐天也来了，白乐天与牛思黯递了个眼神，却被李文饶看在眼里，李文饶当即挡住他们的去路，指着白乐天道："微之兄，这个人原来是跟牛思黯一伙的，是牛党的，怪不得当日我在猎场上看见他神色紧张，他一定是跟牛思黯合伙要害我们李家，所以杀了秋娘来打击我！"元微之连忙道："文饶，你别胡说，不是这样的。"李文饶又气又恼道："元微之，你若是帮着他，那好，从今天起我就跟你恩断义绝！"他狠狠地将长袖哗啦撕裂，撵走了他们，自己也当即跑出了灵堂。

　　这一路奔跑，脑海中不断浮现起谢秋娘的音容笑貌，他一直跑进了罗

第四十八章　南海神姑

浮山中，终于没了力气，脸上纵横着泪水瘫坐在了山丘之上，"月照一山明，风吹百花气。飞泉与万籁，仿佛疑箫吹。""台郎……"忽然身后传来一声缥缈的轻唤，他回过头去，泪眼中仿佛看见了谢秋娘正向他徐徐走来，她伸出那只假肢，抹去他面颊上的泪水含笑道："不要哭，我虽然离开了，但我的心不曾离开你。只要你心里有我，我就永远活在你的心中，活在你身边，只是你看不见我，但你用心还是可以感受得到，我们永远都不会分开。"李文饶伸出手想要将她拥入怀中，可是谢秋娘的幻象却宛如云烟一般在他的怀抱中消散了，他望着苍茫天地，随心中所感，创下了《望江南》的曲子。

"恭喜太后，贺喜太后，终于大仇得报！"松泉别苑中却是张灯结彩，欧阳呈、卢眉娘、翩翩都站在南玳面前诚心恭贺道。而南玳却显得面色苍白，没有昔日的光彩，也没有想象中那么兴奋，好像有些魂不守舍地摸着猞猁的皮毛。叶岐云走上前笑道："母后，我的父仇也终于报了，以后我们一家人可以开开心心地过日子了，不如我们回琼州鹿眠谷，继续过与世无争的生活吧。"谁知南玳突然霍地站起身来，将猞猁扔在了地上，"不行！你们以为这样就完了吗？李唐害了我们全家两代人，就死一个李适，岂不是太便宜他了？既然我们第一步已经完成，就开始准备第二步吧。都想想，怎么杀了李诵？"众人不由惊愕万分，不约而同道："什么？杀李诵？"南玳挥了挥手道："你们都出去吧，我倦了。"等他们都走了，南玳关起了门，从床榻底下抽出一个蒙尘的箱子，打开箱子，那里面赫然是一匹卢眉娘亲手所织的双面黎锦。

"太子殿下，门口有人放了一个盒子！"李纯的宦官吐突承璀正替他回广陵王府拿东西，发现了这个盒子，连忙抱着跑回来。李纯警惕道："小心点打开，看看是什么。"吐突承璀扬手打开，只见里面放着一匹双面的金银线锦缎，那上面绣着米粒大小的神仙瀛洲，栩栩如生。李纯一眼就认出了这举世无双的锦缎，惊喜地拿去给了郭俪凝，"凝儿，你快看！还记得当年你穿的那件衣裳吗？我们当初找了许久能为你那件衣裳织补的织女。"郭俪凝也认出了这锦缎，大喜道："是啊！你看，这匹锦缎跟我那件衣裳是出自同一人之手！太子，快看，这反面有名字！"李纯翻过来一看，只见

鹿 回 头

右下角绣着极小的三个字："卢眉娘。"为了哄郭俪凝高兴,李纯借李诵的名义当即派人去召卢眉娘入宫。

"什么?眉娘入宫?"杨连城的无忧阁是第一时间收到这个消息的,她也没有多想,便急忙告诉了白乐天,白乐天惊愕地猛然起身,当场双眼一黑晕了过去,杨连城惊呼道:"哎,书生!哎呀,你怎么就晕了……这可怎么办……"没办法,她只得将白乐天扶回白宅,衣不解带地在这里照顾他,每一顿汤药都是她亲自去抓,亲自煎了喂给他喝,总算让白乐天缓过来了。这三天两头就有无忧阁的人来白宅找杨连城,可这里还有个陈念慈,为了不吓到她,杨连城竟下令无忧阁的人一律不准前来找她。她要陪在白乐天身边。

前有李适驾崩,后有李诵登基,如今又听说卢眉娘被召入宫,长安发生这样大的事,在符离村中的陈湘灵也如坐针毡,"三哥,我想回去看看。"陈青笠擦着蒙尘的唐刀道:"我知道你一定会回去的,也好,我刚刚接了一单生意要做,正好也是在长安,我陪你回去。"二人当即收拾了行囊,匆匆赶往长安。到了长安他们俩在路口分手,陈湘灵几乎是冲到了白宅门口,只见屋门被打开,杨连城正扶着伤风的白乐天从里面出来,眼中满是关切,根本没有留意到陈湘灵。陈湘灵悄悄地转身,然后向松泉别苑走去,她要去找卢眉娘。

呼啦啦一群牛千卫包围了松泉别苑,叶岐云紧张地握着斩天剑走出来,却见为首一人跪下道:"陛下有旨,请卢姑娘入宫!"叶岐云惊愕地回过头,却迎上了南玳意味深长的目光,他登时怔在了原地。南玳走到茫然的卢眉娘面前,忽然向她跪了下来,"既然人都来接你了,眉娘,我求求你了。"泪水夺眶而出,卢眉娘连忙扶起她道:"太后,别这样……我进宫。"卢眉娘恋恋不舍地走出松泉别苑,叶岐云已然不知不觉红了眼眶,南玳悄然按住了他的肩膀。"眉娘!"就在这时,陈湘灵飞奔而来,与卢眉娘相拥而泣,"让我送你吧。"在牛千卫的护送下,陈湘灵拉着卢眉娘的手一直相送到了宫城。望着卢眉娘的背影消失在宫门内,陈湘灵叹了口气,抹去脸颊上的泪痕回过头去,赫然看见站在自己身后湿了眼眶的白乐天。二人无

第四十八章　南海神姑

言并肩而行，一路走到了观音台上，只见长安城百千家宛若棋盘分布，十二条大街井井有条，官员们上朝的火把仿佛一串星宿排列在大明宫旁。白乐天长叹道："百千家似围棋局，十二街如种菜畦。遥认微微入朝火，一条星宿五门西。"白乐天回过神，从怀中取出四封信道："湘灵，这四封信你替我分别交给元九、梦得、子厚和退之，这里面分别写着四段关于南海皇朝的事情，我要提醒他们千万留意。"陈湘灵顿了顿道："你和眉娘……"他俯身舀起一瓢水倒进旁边的小池里，陈湘灵的倒影在水中很快就被搅乱了。

"神姑，这身衣服是陛下赏你的。"珠镜殿中，几个宫女捧来了一件缀着宝石珍珠的酡颜色宽袖华服。卢眉娘展开双手，套上了这长长的钿钗礼服，面上已点了两颗丹墨面靥，眉间精致地画着一朵祥云，头上也簪满了玉搔头和步摇，那支金钗已经掩埋其中，很不起眼。她这身打扮雍容华贵。原来李诵下旨，赐封她为南海神姑，居住在宫中的珠镜殿中，主要教导宫女们纺织，为后宫妃嫔制造新衣。没想到李诵也这么喜欢卢眉娘织出的黎锦，他摩挲着这匹双面的黎锦，悄然流下一行清泪，他纵然说不出话，却向身边的宦官示意了一眼，那宦官凑上前道："陛下，是要去承欢殿吗？"李诵闭了两下眼皮，那宦官高呼道："起驾承欢殿！"在这大明宫中有这样一座特别的宫殿，后宫里唯一没有主人的宫殿。听宦官们传说，这承欢殿是李诵专门留给他最爱的女人的。吱呀一声，承欢殿的门被推开了，李诵虽然动不了，却敏感地察觉到就在开门一瞬间，一只猫状的动物一闪而过。他坐在肩舆上进入了承欢殿，赫然看见地上有两撮沙黄色的动物毛，李诵登时惊愕地睁大了双眼，手中的黎锦悄然滑落。

"你说什么？陛下要禅位？"打听到消息的御史台再次乱成一团，柳子厚惊愕地站起了身。王叔文点了点头确认这件事，叹气道："陛下已经召我和牛昭容一起拟好了诏书，明日就要宣读了。"韩退之不解道："这简直是荒唐！陛下才登基八个月，为什么要匆匆禅位？梦得，你说说看。"刘梦得摇头道："虽说我从陛下当太子的时候就在他身边当侍读，但我也不明白他为什么会这样做。"没有人知道李诵到底怎么想的。他坐在肩舆上动弹不得，用眼神示意最信赖的宦官将自己抬回了昔日的太子宫。李诵让所有

鹿 回 头

宫人都退了下去，望着那布满蛛丝灰尘的屋内，回忆宛若潮水般滚滚而来，泪水不由模糊了他的双眼，依稀中仿佛看见雕梁画栋又变回往日的金碧辉煌，仿佛看见年轻的自己和一个身穿海棠红刺绣礼服的美貌女子携手正站在案几前，一笔一画练习着隶书。

"殿下，你看我抄的佛经怎么样？"那女子笑盈盈地拿起纸张凑到李诵面前。他点头赞道："果然不错，放到佛龛前吧。"二人一起走到佛前双双跪下，转动着手中的佛珠向金佛祈祷来年能添个小世子。"琼儿，这是送给你的。"年轻的李诵抱起一只毛茸茸的动物递给了身边的女子，她喜出望外地抱在了怀中道："真可爱啊，我很喜欢。"这位女子正是他的太子妃萧琼。她出生极为高贵，母亲是肃宗的女儿郜国公主，又与李诵两情相悦。可是郜国公主从小娇纵任性，在丈夫萧升去世后，不甘寂寞，与彭州司马李万、蜀州别驾萧鼎、澧阳县令韦恽和太子詹事李升都暧昧不清，严重影响皇室颜面，引得李适格外不悦，以为郜国公主以通奸为名在为太子李诵结交党羽，李适甚至产生了要废掉李诵太子之位的想法。

可是没想到的是，太子妃萧琼就在这时梦熊有兆，李适故而网开一面，只是将郜国公主软禁在了宫中。八个月后，萧琼终于为李诵生下了一个男孩，当李适看见孙儿的时候霎时心被融化了，当时就打消了废太子的念头。谁知只过了八年安稳的日子，郜国公主的宫殿里竟被发现了厌胜之术的布偶。勃然大怒的李适废掉了郜国公主的封号，将与她来往的几人要么杖杀，要么流放岭南，至于萧琼，李适也没有放过，"皇儿，我给你最后一次机会，若是你执意不肯休了萧琼，改立王良娣为太子妃，朕就替你解决！"李诵跪倒在地拉着他的衣袖苦苦哀求，但他知道萧琼若是落在父亲手上，断然逃不过一死，李诵哽咽道："好！我休妻！我答应立王良娣为太子妃！"

"殿下……"身后传来了萧琼颤抖的声音，李诵别过头不忍去看她垂泪的双眸，决绝地转身而去，听着她哭喊着被关进了一座设满木栏杆的宫殿里。日复一日，月复一月，萧琼被关在这栅栏里，也不知多久没有看见外面的天空，没看见任何一个人了。昏暗的宫室就像个囚室，忽然一阵脚步声传来，萧琼披头散发地跑上前抓紧木栏杆望去，竟看见了李诵，她神神

第四十八章　南海神姑

道道地伸手出去抓住他的衣衫,"太子殿下,我儿子呢?你把他带去哪儿了?"李诵吸了吸鼻子道:"琼儿,你放心,我们的儿子在一个很好的地方。我们已经不再是夫妻了,这是我最后一次来探你,你多多保重。"看着李诵转身离去,萧琼瘫坐在地上念念有词道:"完了,完了……很好的地方,他们一定把我儿子杀了,他们一定不会放过有萧家血脉的人……"忆到这里,李诵闭上了双眼,任泪水点点滴滴……

第四十九章　二王八司马

　　公元805年八月，李纯头戴着十二旒的冠冕，身着黑色大袖龙袍，红黄色系下裙，腰间配着佩绶与长剑，脚踏厚底木舄，在他最信赖的宦官吐突承璀的伴随下，走过文武百官的面前，于宣政殿即位，是为唐宪宗。李纯在位期间，读列圣实录，见贞观、开元故事，竦慕不能释卷，中外咸理，纪律再张，一度出现了唐室中兴。他励精图治，重用贤良，改革弊政，勤勉政事，力图中兴，史称"元和中兴"。李纯又召回李弘宪，授他考功郎中、知制诰，他又被召为翰林学士，改任中书舍人，还获赐紫衣，从这以后李家的地位平步直上。李纯沿袭了前几位君主的习惯，依旧没有册立皇后，只是将郭俪凝加封为贵妃，入住李诵王贵妃的清宁宫，而李诵则离开大明宫，迁居去了太极宫，从此以后太极宫中又传闻空余了一座仙居殿。

　　"贵妃，这是陛下送来的螺子黛。"宫女端着一斛价值十金的波斯螺子黛走上前。郭俪凝拉开了自己箱柜抽屉，只见里面满是刻花螺钿、雕镂精绝的各色画眉石、眉砚、眉笔、调露。眉砚和眉笔都较寻常笔砚要短小精致，几支玉杆兔毫边还有一方极小巧的辟雍砚，中间凸突，圆边内有沟，下置矮足。画眉石墨在中间研磨，墨液便会流入圆沟中。郭俪凝道："最上等的画眉石是岭南始兴石黛，据说出自溪水之中，天然温润松软，滴以香露，研磨出来的墨液就更加鲜亮遂心。这螺子黛又是什么？"宫人道："陛下说，这螺子黛来自遥远的西域，乃是海中的螺贝变异而成，非常珍贵。"郭俪凝不悦道："哼，他又不来陪我，要这些再好的石黛有什么用？"她接过螺子黛就往抽屉里一扔，忽然身后传来了李纯的笑声，"是谁在生气啊？凝儿，看我给你准备了什么？"她回头看去，只见李纯换下了冠服，穿着一身墨绿色的锦衣，用幞头紧紧包住头发，翻领窄袖的袍服用腰带扎在身上，下面穿着紧身的裤子与长靴，手中持着两把月杖，笑着扔给她一把，"走吧，太液池梨园那边，马球赛就要开始了！"郭俪凝喜出望外地接

第四十九章 二王八司马

住月杖,"太好了,我好久都没有打马球了!"

　　大明宫的梨园内千万株梨花形成一片粉白色的花海,马球赛就在这里举行。马球场乃是个长方形,周长一千步,三面用矮墙围住,只在北面造了一排高台用来观赛。球场的地面是用黄土一寸寸砸实砸平的,还用油反复浇铸了地面,以至光滑如砥,光亮如镜。球场的两端各立起一处短门,门上雕红画彩,十分耀目。换上男装的郭俪凝挑选了一匹高贵的突厥马,马鬃编成三花形,马尾也紧紧扎了起来。她轻抚裹着兽皮的月杖,跃身飞上了马背,宫人拿着马球进入场地,放在中心位置上。这马球只有拳头大小,且是木头琢成的实心球,球面上被绘上了彩漆,格外好看。龟兹乐终于响起了,郭俪凝与李纯相视一笑,扬着月杖疾驰而去,当即在地面上激起一片黄土,马球被远远地打飞出去,啼声如惊雷响起,双方都在紧追着球。一面面小红旗插上了计分架,直到李纯和郭俪凝都打成了平手,才尽兴地下场。吐突承璀匆匆跑上前道:"陛下,这是王叔文和王伾的奏章。"李纯接过一看,怒气冲冲地砸在地上,"怎么,他们以为现在还是父亲当皇帝的时候,任由他们二王说了算吗?这群混账!"

　　"圣上有旨,贬王叔文为渝州司户,贬王伾为开州司马……"那日吐突承璀捧着圣旨来到御史台宣读的场景还历历在目,然而仅仅一年的时间,王伾就病死在了开州,王叔文则被李纯有意刁难,借故赐死,昔日十人同朝为官的辉煌已是一去不返。柳子厚拿起桌上的三角形琉璃棋子,轻轻放在了棋盘上,"梦得兄,如今只剩下我们八个人了,新皇登基,看来誓把我们这些人铲除干净。"坐在他对面的刘梦得拈起红玛瑙棋子也放了下来,叹道:"永贞革新不但触犯了朝臣和宦官,就连当时是太子的陛下,我们也得罪了,他现在反过来对付我们,也是合情合理。只是我一直以为有太上皇一日,就有我们十人一日,谁知只做了八个月的皇帝,他就变成太上皇了。"薛玉奴从屋内走出来,端上一壶刚刚煮好的酒给二人斟酒,"就像我以前捕蛇那样,谁也无法料到哪一条会给自己带来财富,哪一条会结束自己的性命。所谓是福不是祸,是祸躲不过。我们大家一定要好好的,别再激怒当今陛下了,什么改革日后再说吧。"她话音刚落,刘宅就来了一位不速之客,只见吐突承璀捧着圣旨走上前来,众人连忙纷纷跪下,他展开

鹿 回 头

圣旨，阴阳怪气地念道："圣谕：贬刘禹锡为连州刺史，贬柳宗元为邵州刺史。三日后启程，不得延误。"

"利剑光耿耿，佩之使我无邪心。故人念我寡徒侣，持用赠我比知音。我心如冰剑如雪，不能刺馋夫，使我心腐剑锋折。决云中断开青天，噫！剑与我俱变化归黄泉！"夜色中的樊川韩宅中，满身酒气的韩退之一边对影舞剑，一边醉醺醺地发泄道。他浑然不觉回廊上正站着卢沉楹，风吹过她头上的金梳，几缕发丝挡住了视线，卢沉楹轻轻走到他身边道："退之，永贞革新只有一百四十六天就失败，让你很受打击，这件事谁也没有想到，你已经尽了力，没有像子厚梦得被贬远州，已经是万幸了，一切也只有等机会重新开始了。"韩退之别过身不敢去看她，"郡君，我对不起你，我答应你的事，一件都没做到。我数度落榜，幸得郡君襄助，我才能好不容易爬到今天这个位置，却没想到一朝大厦倾颓，什么都没有了。"卢沉楹走到他面前道："不，你还有一件事没做，但可以做到。还记不记得你说过，若是有朝一日能回长安，你就要娶我为妻？"韩退之惊愕地抬起眼睛，"郡君……我如今是在最落魄的时候，我一无所有，而你是金枝玉叶，你真的愿意嫁给我？"卢沉楹含笑道："从看见你的文章开始，虽然我还没有见到你的人，但我就知道今生今世，我的心里再也容不下第二个人了。我帮你求官，帮你做的一切，不是为了我自己想要得到这些，只是希望能替你完成心愿，除非你的愿望里没有我。"韩退之眼中的泪水颤动着，紧紧握住了她的手，"不，你一直在我的愿望里，只是我觉得那是可望不可及的愿望，便不敢再提起。"

为了顾及韩退之的颜面，卢沉楹甚至不肯从北平王府出嫁，就在樊川下的韩宅里简单地举办了婚礼。堂堂五姓女的范阳卢氏，堂堂高平郡君，却是这般清简地出嫁，卢沉楹却觉得这一天是一生中最美好的日子。

白乐天参加完二人的婚宴，刚刚从韩宅出来，迎面看见身着绛紫色华服的杨连城。她面色蜡黄，不复往日神采飞扬，焦虑地拉过白乐天道："王叔文他们都出事了，你跟韩退之三人又走得这么近，我真担心你受到牵连。"白乐天道："当今陛下遭宦官蒙蔽，不分是非，实在……"杨连城连

第四十九章 二王八司马

忙伸手捂住他的嘴,"你这书生,不要命了?你不顾自己不要紧,你家里还有母亲要照顾啊。"白乐天倔强道:"我娘也会支持我这么做的。"杨连城急道:"可是我不放心你啊!书生,眼下卢眉娘也进宫了,你的心里不是已经空出一块地方了,可不可以让我住进来?"白乐天别过头去,"对不起,我现在没有心情提儿女私情。"

明日八司马就要上路了,卢眉娘在宫中焦急万分,只等着李纯来宣政殿的时候替他们求情,谁知只等来了吐突承璀,"神姑,你还在这里等着?陛下今天不会来宣政殿了,郭贵妃病了,陛下在清宁宫照顾她呢。陛下这会儿什么人都不想见,神姑你还是回去吧。"

夜色已经深沉,柳宅的灯火还闪烁着,刘梦得和柳子厚靠窗坐在榻上把酒夜谈,过了今夜他们就要分隔一方,也不知何年何月还能重逢。喝得醉醺醺的柳子厚也根本没有在意,柳兮兮早已溜出家门。砰砰砰!一阵急促的敲门声响起,刘宅的门被薛玉奴拉开了,她意外地看见门外站着的并不是归家的刘梦得,而是柳兮兮,便道:"兮兮?怎么是你,梦得呢?"柳兮兮红着眼提起一个食盒,浑身颤抖道:"玉奴姐,出事了!刚才陛下从宫中派人送来一盅燕窝,是赐给刘大哥的……我知道这一定是赐死的毒燕窝,我不知该怎么办,只好扣了下来找你商量办法,陛下还着人等着要拿喝光的碗送回宫里。"薛玉奴惊恐地连连后退两步道:"陛下真的要杀梦得……糟了,他还不知情,如果没人喝了这碗毒燕窝消陛下的心头之恨,陛下始终不会放过梦得。"薛玉奴犹豫了片刻,一滴泪悄然落进碗中,她猛地端起那碗燕窝仰头一饮而尽。

"玉奴姐!"柳兮兮惊愕地叫道,薛玉奴已然将一碗燕窝喝光了,谁知她却没有任何不适,"没有毒……兮兮,这碗燕窝没毒!这么说陛下是饶过了梦得!我要去告诉他!"柳兮兮忙拉住她道:"不好了,天亮了。我想他和大哥应该要去渡口了,玉奴姐,你从麻姑山抄近路过去吧!"薛玉奴连连点头,想也没想就向麻姑山跑去。柳兮兮望着她的背影,忽然扬起一抹古怪的微笑,她端起空碗闻了闻里面,喃喃自语道:"这可是上好的血燕,玉奴姐,我对你不错吧?"要说这麻姑山,没有人比薛玉奴更熟悉路径了,

鹿回头

阳光透过树叶洒满了她的周身，薛玉奴一路在山路上奔跑，谁知突然脚下一阵剧痛，一道铁锥索缠住了她的脚踝，将她轰然拉倒在地，她摔进了一个铺满稻草遮盖的陷阱里。

"啊！"薛玉奴毫无防备地掉进了这不深不浅的陷阱中，下意识地用枯竹竿撑地欲要起身，却赫然看见枯竹竿竟全部腐烂，她再度重重地摔了回去。薛玉奴敏感地听见一阵咝咝的声音传来，她惊恐地回头看去，只见那陷阱里满是成百上千的五步毒蛇，猝不及防地咬上了她的脚踝，一时间黑血如泉涌出，薛玉奴痛得徒手驱赶，却引来了更多的毒蛇缠住她的四肢，双手、脖颈、后背全被咬出了深深的印子，霎时间她浑身剧痛无比，脑海中浮现起刘梦得的模样。薛玉奴用尽最后的力气强撑着爬出了陷阱，浑身是血的她一下一下用力向前爬去，忽然面前出现了一双穿着绣花鞋的脚。柳兮兮冷笑着蹲下了身子，伸手拔去她头上的金雁，"玉奴姐，高平郡君的金色奠雁，保得了你一时，保不了你一世。"她将金雁扔在地上，趾高气扬地站了起来，她那纯真的面颊上洋溢着可怕的笑容，咯咯笑着转身离去。已然发不出声的薛玉奴痛苦地够到了金雁，薛玉奴流着泪摩挲着它，意识渐渐模糊，轰然倒在地上。漫天的枯叶沙沙落下，轻轻覆满了她的全身。

"哎呀！"忽然一阵莫名的刺痛袭上心头，好似被蛇咬的痛楚一般，正在渡口与柳子厚告别的刘梦得差点没站稳，柳子厚连忙扶住他，"梦得，你没事吧？"他摆了摆手，正要上船，只见一个樵夫慌慌张张跑过来，"刘司马，令夫人在麻姑山出事了！"刘梦得登时大惊失色，连忙向麻姑山飞奔而去，只见一片落叶之中，薛玉奴已然倒在血泊里，身躯早已冰凉，再无生机。刘梦得失声痛哭，紧紧将她拥入怀中，"为什么……为什么老天要这般对你我？你我由捕蛇结缘，今日你却因蛇毒而去。我想不明白，你明明已经不再捕蛇了，为什么还要来麻姑山？玉奴，你醒醒啊！"追赶而来的柳子厚赫然看见这一幕，顿时胃里一阵翻腾，哇地吐出一口鲜血，当即瘫坐在地。可惜皇命难违，刘梦得看着心爱的妻子匆匆入土以后，只能上路了。岸边枯柳依依，泪水不由模糊了他的眼睛，"清江一曲柳千条，二十年前旧板桥。曾与美人桥上别，恨无消息到今朝。"

第五十章　金凤环

这一路上刘梦得每到一处就取一些泥土，随行的人都不明白内里究竟。夜里的驿站中亮起煌煌灯火，刘梦得的寝室内挂满了白帐，墙上还挂着一幅字，上面写着：邑邑何邑邑，长沙地卑湿。楼上见春多，花前恨风急。猿愁肠断叫，鹤病翘趾立。牛衣独自眠，谁哀仲卿泣。郁郁何郁郁，长安远如日。终日念乡关，燕来鸿复还。潘岳岁寒思，屈平憔悴颜。殷勤望归路，无雨即登山。刘梦得正坐在灯火下，用收集来的泥巴塑成人高的泥像，他的眼里满是血丝，用细刀在泥像上描摹，竟不知不觉刻出了薛玉奴的模样，原来他听说用天下的泥土塑像可以祈求重生。刘梦得抬起头，伏在泥像上哽咽道："玉钗重合两无缘，鱼在深潭鹤在天。得意紫鸾休舞镜，能言青鸟罢衔笺。金盆已覆难收水，玉轸长抛不续弦。若向蘼芜山下过，遥将红泪洒穷泉……三山不见海沉沉，岂有仙踪更可寻？青鸟去时云路断，姮娥归处月宫深。纱窗遥想春相忆，书幌谁怜夜独吟。料得夜来天上镜，只应偏照两人心。"

薛玉奴的死对他是巨大的打击，刘梦得断断续续地病着，拖着病躯继续往连州方向行进。这天刚刚路过一座形状怪异的山，刘梦得多问了两句，随从答道："这座就是望夫山了！"刘梦得一怔，凝视着山头沉吟道："鸾飞远树栖何处，凤得新巢想称心。红壁尚留香漠漠，碧云初断信沉沉。情知点污投泥玉，犹自经营买笑金。从此山头似人石，丈夫形状泪痕深。玉奴临死前，一定很想见到我，她也是这样苦苦地盼望着丈夫归来，可惜她还是没有见到我。"这天夜里正好落脚在甘棠馆中，刘梦得给元微之和白乐天写了一封书信，又着人给牛思黯送去信笺，便躺上床榻沉沉睡去。"玉奴！"三更半夜，刘梦得突然一声惊叫梦魇着坐起身来，他的衣衫已经全部湿透，刚刚在梦中，他仿佛看见薛玉奴临死前被无数毒蛇缠身，痛苦地在地上爬行的模样。他忍不住落下悲戚的泪水，遥望着窗外的望夫山道：

鹿 回 头

"终日望夫夫不归,化为孤石苦相思。望来已是几千载,只似当时初望时。"可是刘梦得的噩梦还没有结束,一道圣旨再度打破了平静,"圣上有旨,刘梦得加贬为朗州司马,柳子厚加贬为永州司马。纵缝恩赦,不在量移之限。"

到任后的柳子厚暂且居住在龙兴寺,庭院外已种满了芍药与杨白花,"杨白花,风吹度江水。坐令宫树无颜色,摇荡春光千万里。茫茫晓日下长秋,哀歌未断城鸦起。"他凝视着薛玉奴的画像,喃喃自语道:"立身一败,万事瓦裂。身残家破,为世大僇。"他心中一酸,又咳出了鲜血来。"大哥!"一阵熟悉的声音从背后传来,柳子厚回头看去,惊愕地看见柳萋萋与卢蕴芝相携而来,他连忙迎上前道:"萋萋,娘,你们怎么来了?"许久未见的柳萋萋出落得更加美艳绝伦,她吸了吸鼻子道:"兮兮去朗州找刘大哥了,我们就来陪你了。大哥,我永远是你的妹妹,我们是一家人,你有什么事,我们都会陪着你的。"

柳子厚垂泪道:"娘,我给你说个故事听吧。扶风有个年轻人,他十五六岁那年,在凉亭里看见一个美貌的女子,她身上穿着青色的皮衣,皮衣里衬有白色的花纹,头戴着步摇花冠,光彩熠熠,仙姿绰约。几个富家子弟便上前搭讪轻薄,这女子沉下脸,称自己是天上的仙子,因心高气傲被玉帝贬谪人间,七天后还会回到天宫里去。七天后,她喝下一杯琼浆玉露,将水喷成了色彩绚烂的云雾,她将衣衫反过来披在身上,化成白龙,徊翔登天,回归了她来时的地方。"卢蕴芝叹道:"她本就不是凡人,总有一天要回去的,儿啊,你也想开些吧。"

一片片白色的花瓣从庭院中随风飘摇而出,化作一片片洁白的雪花零零落落,将永州覆盖上了白雪。已然到了天寒地冻的时节,放眼望去都是白茫茫一片,天地之间,只有柳子厚冒着风雪在岸边独行,或许只有寒冷的风能将自己吹得更清醒些吧。山山是雪,路路皆白,飞鸟绝迹,人踪湮没。他忽然看见一个披着蓑笠的渔翁正独自坐在荡悠悠的小舟上,遗世独立地垂钓着。柳子厚心中一颤,不由诵道:"千山鸟飞绝,万径人踪灭。孤舟蓑笠翁,独钓寒江雪。"

第五十章　金凤环

冰天雪地中，长安袄祠的门又被敲响，康娥正在屋内焦急地翻找着药丸，她的病又发了，一半身体燥热，一半身体冰冷，她听见门响，连忙用颤抖的手拉开门，"太后……"谁知她赫然看见门外站着的居然是杨慕巢，康娥急忙想要关门，却被杨慕巢伸手挡住，"康姑娘，你怎么了？你是不是病了？"康娥别过头道："我没病，杨明府，你怎么来了？"杨慕巢道："最近发生了太多的事，我感觉到什么叫世事无常，我不想再拖下去了，有些话，我一定要和你说。"康娥摇头道："你要说的，我心里一清二楚。可是我也对你说过，我对你只是报恩，我只是把你当成恩公来对待，我不是真的爱恩公，也不是真的爱你。从前我不明白，我只知道恩公对我好，我就该用我一世性命来报答他。后来遇见了你，你又和恩公长得这么像，又是恩公的亲人，我就认为我该用我所有的爱来报答你，延续对恩公的报答。可是我错了，直到那天在呦呦谷，我看见陈湘灵，我突然不想让她出现在她三哥的面前。我一直以为我爱的人是你，可是直到那天我才发现，陈青笠不知什么时候在我心里已经埋下了深深的种子。"

她迎上杨慕巢不可置信的目光，一把拉住他进了屋来，康娥指着桌上的一只金兽首玛瑙杯道："这玛瑙杯状若伏卧的兽首，口部镶有笼嘴形金塞，一旦卸下，杯里的酒可自流中泻出。这是我冒着危险从南玳太后那儿偷来的，我知道陈青笠喜欢喝酒，所以替他偷来的。当时我也不知道为什么会偷这东西，后来我才正视自己的心。这只玛瑙杯，请你替我交给他，以后我康娥不要他再在我身边出现，我也不需要你的帮助，我的事我自己解决，我不想连累任何人。"

"凝儿，你听我说，你别发脾气啊！"大明宫的后宫之中却是吵闹不休，李纯匆匆追着郭俪凝上前道，她却不依不饶道："你现在几天才来我的清宁宫？吐突承璀说你在批奏折，我才不信！你以前总是陪我，现在也不知道去哪个妃嫔的宫里去了！"李纯道："瞧你说的，四个妃位，朕只立了你一个，而且还是地位最高的贵妃，相当于皇后之位，其他那些哪个能和你相提并论？我现在是当皇帝，又不是当广陵王和太子，哪有这么多时间，你别任性了行不行？"郭俪凝气呼呼地转头就走，却迎面撞上了给尚宫局送衣裳的卢眉娘，只听哗啦啦一声，卢眉娘手中的黎锦全部掉在了地上，郭

鹿 回 头

俪凝正眼也不瞧，提着裙裾就走了。卢眉娘连忙俯身捡起，李纯走上前，正好瞥见了她戴在头上的那支金钗。

只见那金钗有些老旧，是芙蓉花的模样，卢眉娘拾起衣裳站起身来，李纯不由呼道："是你？原来你就是南海神姑卢眉娘？"卢眉娘认出他就是昔日的广陵王，忙低下头去，"对不起陛下，我要去尚宫局了。"李纯却拦住了她道："你头上的金钗让我想起了一个故事。"卢眉娘心头一颤，忙道："我听说过那个故事了，很凄美的结局，我不想再听了。"李纯道："小时候，一个皇兄有钿盒，我就跟他借来玩玩，谁知他后来夭折了，钿盒就落在了我的手里。直到我慢慢长大，再也不相信什么钗盒情缘，那钿盒也不知所踪了。可是今日朕又见到了你，我们果真很有缘分。"卢眉娘走开两步道："陛下，你应该去好好陪陪贵妃，而不是听信这些无稽之谈。"她匆匆行了礼，赶忙走远了。

吱呀一声轻响，一家客栈的门被推开，白乐天正坐在屋内，见状起身，向门外的南玳行礼道："太后有什么吩咐？"南玳走进来道："李诵最近身体不好，听说他连太极宫都住不下去了，搬到了洛阳紫微宫。你不是也要去洛阳办事，替我查查紫微宫。"见白乐天犹豫了，南玳笑道："你放心，这次我允许你带着陈湘灵一起去，省得她看不见你又碍手碍脚地追过去，还不如带她去。我若是想把她抓走，也不是谁能防得了的。"白乐天深知南玳的能力，又知道卢眉娘如今进了宫，南玳面前连个求情的人都没有，他若是不照她的吩咐去做，南玳随时随地都可能抓走陈湘灵。白乐天点头道："好，我答应你。"

"眉儿进宫已经这么久了，这样下去不行，你不知道，李纯当日还是广陵王的时候就对眉儿有好感，否则为什么误以为她是刺客还放她回来？我真担心李纯会纳眉儿为妃。"松泉别苑中叶岐云坐立不安，他对翩翩说了许多，越想越觉得焦急，起身便冲出门去。"圣主！"翩翩连忙紧跟着追出去，却赫然看见南玳正站在门口，挡住了他的去路，"干什么？闯皇宫带人走吗？"叶岐云急道："母后，你到底想怎么样？李诵已经退位了，现在的皇帝不是李诵，是李纯！眉儿在宫中已经毫无意义了！"南玳冷冷道：

第五十章　金凤环

"你忘了，我曾经说过眉娘和李纯是钗盒情缘。谁知凭空又冒出个白乐天，不让她去试试，又怎么知道谁是她真正的有缘人呢？我这是为了她好，也是为了你好。云儿，你别忙这事了，我的猞猁走丢了，你若真想眉娘出宫，你就去替我找到猞猁，到紫微宫交给李诵，到时他什么都明白了，一定不会留眉娘在宫中。你不要问为什么，照我说的去做。"

吱呀的织布声断断续续从珠镜殿中传出，这里是一座豪华的宫室，一个珠镜殿的大小就比得上司珍、司制、司膳、司设四房的尚宫局了，甚至与妃嫔的宫室媲美，哪里是个女官的住所。只见殿中放着一架用纯金打造的织架，一把镶金嵌玉的织梭在金银丝线中来回穿梭，玉手娴熟地来回纺织着，卢眉娘正坐在这里认真地为司制做新衣，忽然一个声音在背后响起，"原来这就是琼州的黎锦，果真如梦如幻，宛若天衣。"卢眉娘回头看去，只见李纯含笑地凑上前看着，她连忙起身施礼道："陛下，你怎么来了？"李纯笑着扶起她道："还记不记得我们是什么时候认识的？"卢眉娘紧张道："那年在寺庙的戏场，我被人推了出来，陛下以为我是刺客。"李纯笑道："不，我觉得认识你是在更早之前。你看这是什么？"他从身后取出了那件被郭俪凝烫坏的衣衫，上面的法华经依旧清晰可见，卢眉娘一下子认出了这是她送给南玳的贺礼，"这是我织的！"李纯点头道："也不知道当年发生了什么，琼州的黎锦竟到了我的手上。或许就是从那时候起，我们的缘分就开始了。"卢眉娘不由一怔，"我们？"李纯从怀中取出一只金凤环，拉过她的手轻轻为她戴上，"送给你。"

从珠镜殿回去，李纯嘴角忍不住漾起的微笑，回到宫中就即兴提笔在纸上写下了几个字。就在这时吐突承璀跑了进来道："陛下，贵……贵妃来了！"李纯不由一惊，慌忙把纸笺揉成一团塞给了吐突承璀，而郭俪凝已经兀自进来了，看见二人鬼鬼祟祟，直走到吐突承璀面前道："拿来！怎么，你怕陛下要了你的脑袋，就不怕我现在就要你狗命？"吐突承璀只得讪笑着递给了郭俪凝，她展开那纸团，竟赫然看见上面墨迹未干的三个字，"眉贤妃？李纯，你太过分了！"郭俪凝气恼地狠狠将纸团扔在地上，气呼呼地转身跑出宫外，拽来一匹突厥马翻身跃上，冒着漫天风雪赌气冲出了大明宫。李纯立时慌了神，连忙也骑上马去紧追她。"凝儿，是我不好，

鹿 回 头

是我不对！外面风雪这么大，我们回去再说吧！"李纯飞驰追上郭俪凝。二人的马踏过厚厚的积雪，扬起一片雪渍，郭俪凝气得头也不回，"你都打算立妃了，怎么不把我的清宁宫也让给她算了！"她又冷又气，忽然眼前一花，登时晕了过去，从马背上轰然倒下，李纯大惊失色，飞身一把抱住了她，"凝儿！凝儿！"

第五十一章 紫　微

"贵妃怎么样了？"清宁宫内，李纯焦急地问道。太医道："陛下，贵妃是受了风寒，又气急攻心，服用几服药就好了。"李纯衣不解带地守在她的床榻边，每碗药他都亲自尝过再给郭俪凝喂下。她面色苍白地靠在床榻上耍脾气道："你不必这样，若是想表真心，答应我一件事。既然你要册妃，我也拦不住你，但我不甘于与卢眉娘平起平坐，我要当皇后。"李纯面色一变道："这不行，百余年来都没有立皇后的规矩，你别任性了，贵淑贤德四妃之中没有一个能与你相提并论的。"郭俪凝扬手打翻了他端着的药碗哭闹道："你出去！"李纯无奈地摇了摇头，起身走出了清宁宫。郭俪凝伏在床褥上啜泣不已，一个宫女拿上一幅字道："贵妃，这是按贵妃命令，让刘司马写的。"她红着眼接过来展开一看，"望见葳蕤举翠华，试开金屋扫庭花。须臾宫女传来信，言幸平阳公主家。"两行清泪悄然滑落，滴在这纸笺上晕开了墨迹。

"十月江南天气好，可怜冬景似春华。霜轻未杀萋萋草，日暖初干漠漠沙。老柘叶黄如嫩树，寒樱枝白是狂花。此时却羡闲人醉，五马无由入酒家。"襃城驿里，白乐天望着窗外的雪景幽幽叹道。"乐天哥哥，你又掉了一把头发。"站在他身后为他细细梳着发丝的陈湘灵，握着一把落发递给他。白乐天苦笑道："多病多愁心自知，行年未老发先衰。随梳落去何须惜，不落终须变作丝。"陈湘灵见他这副模样，忍不住道："你这次来洛阳，我心里很不安。乐天哥哥，你是个正直的人，你不应该陷在南海皇朝的旋涡里，我不想看到你行差踏错。"白乐天转过身道："我已经给元九写了信，让他尽量在陛下身边辅佐。"他走到案几前，抚摸着布满尘埃的琴道："架上非无书，眼慵不能看。匣中亦有琴，手慵不能弹。我这么做都有我的苦衷，你别再劝了。"

鹿 回 头

而此时的长安城中,叶岐云刚刚与翩翩驾马离开,去替南玳寻找走失的猞猁。南玳一转身又要欧阳呈立即与自己启程回呦呦谷。南玳坐在牛车中闭目养神,忽然牛车猛地停住了,只听见欧阳呈道:"是你?"南玳撩开车帘,只见牛车已到达了呦呦谷的机关墙外,然而那堵墙前还站着一个美艳女子,她正是柳萋萋。柳萋萋一看见南玳,连忙上前行礼道:"太后,我是来投南海皇朝麾下的。"南玳似乎也没有太过意外,只是淡然笑道:"看来你什么都知道了,也不枉你从柳宅离家出走后,跟着我们这么久。你从永州过来,连你大哥都丢下不顾了。既然你这么心诚,那我就收下你,来吧,这边就是呦呦谷了。"

欧阳呈实在不明白,为什么南玳会这么轻易收一个外人进南海皇朝。但是柳萋萋来到呦呦谷之后,倒是很讨南玳的欢心,南玳的衣裳也都是她亲手洗晒。这天柳萋萋正坐在门口为南玳洗衣服,忽然看见水中漂浮着一撮沙黄色的毛,她还以为是自己眼花,连忙伸手拈了起来,不由喃喃自语道:"丞相明明说过,叶大哥和翩翩出去替太后找猞猁了,猞猁不是走失了吗,这又是什么?"柳萋萋越想越不对劲,她偷偷在马厩里找了匹千里马,翻身上马疾驰而去,一直追上了毫无头绪四处寻找猞猁的叶岐云,"叶大哥!"叶岐云正和翩翩并辔而行,忽然听得有人唤他,他回过头竟看见了柳萋萋,"柳二小姐?怎么会是你?"柳萋萋气喘吁吁地追上前道:"来不及解释这么多了,太后的猞猁根本就没有丢!你看!"她伸出握紧的拳头在叶岐云眼前展开,叶岐云登时惊愕道:"怎么会这样?母后到底想干什么?"柳萋萋上气不接下气道:"我听说太后让白乐天和陈湘灵去紫微宫了。叶大哥,我不能多逗留了,我要先走了。"叶岐云顿了顿,道:"翩翩,我们立即掉头,去紫微宫找他们!"

整座紫微宫现在都是太上皇李诵一人独享,可是他除了每夜回到寝宫休憩之外,基本上都独守在空空荡荡的长生殿。长生殿外的一个小宦官好奇地向旁边的宦官问道:"太上皇每天都在长生殿,又不去别的妃嫔那里,这是为何?"那宦官抬起头嘿嘿笑道:"太上皇在当太子的时候,有个结发妻子萧氏,后来这个萧氏死了,才立了王良娣为太子妃,也就是后来的王贵妃。太上皇这是在怀念那个萧氏,这件事除了我,没几个人知道。"这宦

第五十一章 紫　微

官一看就是宫中的老人，他衣着光鲜，目光如炬，此人便是曾叱咤一时的俱文珍。他指了指小宦官道："哎，太上皇要在这儿坐上一整天，你先在这儿看着，我出宫去看看。"俱文珍转身大摇大摆地走出了紫微宫，街市上的小摊贩一看见他，慌里慌张地跑开了，可见他不是第一次来这儿抢夺金银珠宝了。虽说永贞革新已经打击了宫市，但洛阳毕竟不是长安，也没人管得了他。一个戴着黑面纱的女子在屋檐上悄然露出一对眼眸，死死地盯着俱文珍。她握紧了手中的毒暗器，对准俱文珍的背心正要发出，突然被一只手按住了，她惊愕地回头看去，撞上了陈青笠的目光，"康姑娘，你不要命了？这附近都是他的手下，你这样行动，无异于玉石俱焚！跟我走！"

陈青笠拉着康娥一路跑到荒郊野外，她又气又急地甩开了他的手，一把扯下面纱道："你干什么？重新计划杀俱文珍，根本就做不到！我告诉你，在宫外杀不了他，回到紫微宫里我更杀不了他！你知道这紫微宫有几处机关吗？"二人正在争吵不休，忽然听得一阵马蹄声传来，白乐天和陈湘灵正好也路过此地。陈湘灵一眼就看见了陈青笠，激动地跳下马奔上前去，"三哥！"白乐天却也赶过来，听到康娥还在说机关一事，便赶忙问道："康姑娘，这紫微宫的机关究竟是怎么回事？"康娥道："第一道是天玄地煞，要用道家的法门才能解开。第二道是朱雀玄武，利用风水四象解开。第三道是空空如也，这是佛家的机密法门。虽然这三道机关比不上大明宫的机关危险重重，但更要命的是，我们一道都解不了，我们根本束手无策啊。"她话音刚落，只听身后传来了叶岐云的声音，"这个李诵根本不是什么好人，他居然还信道佛，简直是笑话。"众人回头看去，只见叶岐云和翩翩也牵着马走了过来。叶岐云走到白乐天面前道："你跟我来一下，我有话跟你说。"白乐天跟他走到一旁，叶岐云背起双手道："白乐天，你刚才也听到了，紫微宫根本无法突破，母后叫你做的事你做不成了。不如这样吧，我们两个联手，想办法把眉儿弄出宫，到时候有眉儿在，你就可以从南海皇朝脱身了，而且眉儿一定会保护陈湘灵的。只要眉儿可以出宫，我这南海皇朝圣主之位可以让给你坐，当然我知道你也不稀罕，但这是我甘愿退位的。"

鹿 回 头

"神姑，你怎么了？心不在焉似的？"卢眉娘正坐在珠镜殿中织锦，浑然不知李纯走上前，她猛地一惊，连忙起身行礼，"陛下……"李纯扶起她道："哎，我都说了，你我相识于旧时，不用这么拘礼。告诉朕，是谁欺负你了，眼睛红红的？"卢眉娘擦了擦泪痕道："没有人欺负我，我只是有点想家了。"李纯点头道："是啊，说起来你入宫这么久都没回家了。我给你一日时间，明天你出宫回家看看吧，但是在日落坊门关闭之前，一定要回来啊。"卢眉娘喜出望外道："多谢陛下！"第二天她兴高采烈地拿了令牌出了宫城，她已经许久没有看见大明宫外的天地了。卢眉娘奔跑出丹凤门，赫然看见门外站着一个熟悉的身影。

她蓦地心中一颤，飞奔上前紧紧拥住了他，"岐云哥哥！"叶岐云爱怜地抚着她的长发道："眉儿，我一定会想办法带你出宫的。"卢眉娘摇头道："不行啊，我答应了太后，一定要帮她的。而且李家跟你有不共戴天之仇，我也想帮岐云哥哥报仇。"二人在街上并肩散步，不知不觉走到了昔日卢眉娘最喜欢去的东市和西市，卢眉娘看见满眼的商铺开心地跑来跑去，"岐云哥哥，这个好吃，你尝尝！"她举着一块热糕递给叶岐云，露出了一截玉白的手腕，上面赫然戴着一只金灿灿的金凤环。叶岐云一怔，伸手拉住她的手臂道："这是什么？"卢眉娘轻描淡写道："这是陛下送给我的。"叶岐云的心中却猛地咯噔一下，忽然大明宫方向传来了阵阵鼓声，这时二人才发现已是夕阳西下，卢眉娘急忙向丹凤门跑去，"岐云哥哥，鼓声响了，我答应陛下要回去的，你要多保重！"

"混账！"一份奏折被李纯怒气冲冲地扔在了地上，不偏不倚落在刚刚进门的吐突承璀脚边，他不由得吓了一跳，连忙道："陛下，小心气坏身子。"李纯气道："区区两个校书郎，竟然敢这样对朕说话，白居易和元稹真是活腻了！你知道吗，他们鼓动群臣，硬要说神姑是百越人，说百越人处心积虑篡夺皇位，搞得人心惶惶，朝政喧哗！神姑是琼州来的，也不一定就是百越人啊，何况篡位一说更是胡说八道！"想不到这只是个开始，紧接着几日，奏折像雪片般飞来，每一份都是要求李纯处置卢眉娘的。

这天李纯刚刚去上朝，文武百官全部齐刷刷地跪地叩首，齐声高呼道：

第五十一章 紫 微

"请陛下以江山社稷为重，处置卢眉娘！"李纯气急败坏地起身要退朝，但众人却长跪不起，吐突承璀凑上前低声道："陛下，这样下去可不大好，陛下才登基不久，若是此时动乱臣心，那就糟了。不如……"李纯眼中一亮，清了清嗓子道："来人，去把神姑请来！"丝毫不知道发生什么事的卢眉娘在宫人的带领下走进了宣政殿，只见满殿跪着文武百官，气氛格外凝重，她也有些心惊胆战，李纯招手道："神姑，你过来。"吐突承璀不知从哪儿端上一杯酒，李纯递给她道："这杯酒是朕敬你的。"卢眉娘稀里糊涂地接过酒杯仰头一饮而尽，却登时眼前一黑，当即倒在了百官的面前。吐突承璀上前探了探鼻息，挥手示意宫人抬着她出去了。

"岐云哥哥……"只觉得头痛欲裂，卢眉娘迷迷糊糊地醒来，竟发现自己居然躺在松泉别苑的床榻上，叶岐云正坐在旁边守着她。原来李纯只是给她喝下了假的毒酒，让她在群臣面前假死过去，回到宫中又让吐突承璀着人悄悄将她送出了宫，纵然不舍，但李纯一定要保住她的性命。白乐天和叶岐云正是抓住了这一点，才不断地向李纯施压。叶岐云扶着卢眉娘起身，外面的陈湘灵闻声跑了进来，一把搂住她的脖子哭道："你这该死的，我真以为你没气了！"二人百感交集相拥在一起，白乐天也湿润了眼眶，"太好了，我们三人许久都没有团聚了，今晚湘灵做顿好菜，再配上我的好酒。"看着三人其乐融融，叶岐云也替他们高兴，他含笑着悄然关起房门走了出去。洛阳呦呦谷中沉睡着的南玳忽然睁开了双眼，她悠闲地抚摸着怀中的猞猁喃喃自语道："李纯，你真的爱上卢眉娘了吗？生生将她从你身边带走的感觉怎么样？别着急，太子妃，你儿子要受的罪才刚刚开始。"

第五十二章　古冢狐

"太后！圣主把卢姑娘从宫中接出来了！"得到消息的欧阳呈，第一时间就来到坤地宫内想要告诉南玳，却见大殿的门虚掩着，许久都听不见南玳的回应，只有咚咚的声音传出，欧阳呈轻轻推开了虚掩的门走进去，只见整座大殿空空荡荡，南玳根本不在其中，唯有一个八九岁左右的小女孩，正站在南玳的床榻上蹦蹦跳跳。"小妹！"欧阳呈看见她，惊喜地跑上前笑呵呵地抱起了她，那小女孩咯咯笑道："哥，这朵花瓣翘着，我踩不下去！"欧阳呈顺着她所指的方向看去，只见床榻上的红线毯已经滑落在地，木头床板上有块浮雕，刻着立体的芙蓉花，欧阳呈伸手敲了敲木板，竟发现这床榻底下是空的，他仔细看了那朵芙蓉一眼，可见花瓣一共有五层，分别按照单数和双数的花瓣来排列，虽然很是奇怪，但欧阳呈被称为南海皇朝中最聪明的人，只是微微愣了愣，便猜出了机关。他轻轻转动芙蓉花瓣，直至重新排列，最下面一层也变成双数花瓣时，只听咔嗒一声，紧接着木板哗啦一声打开了，这床榻下的隔层里竟放着一个木盒。欧阳呈心中一颤，打开了那木盒，只见里面竟是一块腐朽的灵牌，上面赫然写着：太子惠妃萧氏阿琼之位。落款竟是贞元六年。

砰！松泉别苑的门上响起了一声动静，翩翩闻声跑了出来，拉开门一看，只见欧阳呈面色惨白倒在了她的面前，"丞相！你怎么了？"翩翩慌忙扶起他道。欧阳呈哇地吐出一口黑血，费尽力气道："圣主……圣主他是……"他支撑着最后的力气伏在翩翩的耳畔说了两句，便轰然晕死了过去，翩翩听罢惊愕地睁大了双眼。她半晌才回过神来，架着欧阳呈回到了屋里。叶岐云闻声急忙跑来寸步不离地守在床边，只见欧阳呈身上多处中了沾毒的暗器，经脉已然错乱，别说武功了，能保得住这条性命也怕是难事。卢眉娘赶忙找来陈湘灵帮他医治，陈湘灵也是急出一头的汗，来回翻看着苏简简留给她的医书，用颤抖的手在欧阳呈的穴位上扎下了银针。

第五十二章 古冢狐

　　灯烛已经烧了大半，夜色已然深沉，唯有叶岐云紧张地守在床边，欧阳呈对他来说不光是教自己武功的师父，还是一同出生入死的兄弟，是南海皇朝的支柱。从来没有人能打得过欧阳呈，今天他被如此重伤，叶岐云实在是放心不下。迷迷糊糊中，欧阳呈总算醒了过来，"圣主……我中了暗器，武功尽失，从此以后是个废人了，不能再替圣主解忧了。"叶岐云关切地扶起他道："别这么说，我现在只想知道这到底是怎么回事？你的武功与我不相上下，究竟是谁能伤了你？"欧阳呈道："圣主，其实是……"他刚刚开口，门外却出现了一个影子，"云儿！"叶岐云略显惊讶，拉开门出去了，"母后，你怎么回来了？"欧阳呈的眼中闪过一丝惊慌，连忙吹熄了灯。

　　次日一早，叶岐云和卢眉娘牵着马匹在曲江边踏春，她显得有些疲惫，心事重重道："岐云哥哥，昨天夜里翩翩来找我，她问我真的认为自己是钗盒情缘吗？她还问我，就算是钗盒情缘，那到底是跟乐天，还是跟陛下……我的心里乱得很。"叶岐云奇道："翩翩怎么会突然这么说？"卢眉娘道："她还说……还说希望我能跟你在一起。我也不知道她这是怎么了。"叶岐云深深吸了口气，从背后取出玉弓，架上了长箭，对准云霄之端的大雁射去，那大雁扑棱着翅膀坠落了下来。卢眉娘追上前道："岐云哥哥，你别避开我的话，你告诉我，我到底跟谁才是钗盒情缘？"叶岐云拉起她的手道："这个问题，只有母后知道！"他拉着卢眉娘一路跑回家中，跪在南玳的面前道："母后，眉儿有话要问你。"谁知卢眉娘还没有开口，南玳就摇头道："眉娘啊，谁是钗盒情缘就真的那么重要吗？难道你爱的是谁，你自己不知道吗？只要你觉得开心快乐，那就是你的情缘啊。"卢眉娘恍然道："是啊，乐天就是我的有缘人！我不会跟陛下有什么关系，我也不想跟其他任何人有什么关系，我要去找乐天！"

　　"乐天，乐天！"卢眉娘头戴着白纱羃离纵马在长安街道上驰骋，她一路疾驰冲向白宅，也不知为什么，此时此刻她特别想见到白乐天。只见白乐天正巧从白宅出来，卢眉娘掀开羃离，翻身跳下马来，笑着迎上前道："乐天，我给你买了一支紫毫笔，这是送给你的。"她笑着取出木盒递给白乐天，谁知他却别过脸去，"眉娘，我……那天看到你没事，我就安心了。

鹿 回 头

其实从你进宫那日起,我就决定跟你一刀两断了。你始终是南海皇朝的人,这是不可改变的事实,你我缘分早已尽了。"卢眉娘道:"可你不也是在为南海皇朝办事吗?"白乐天长叹一声,接过她的紫毫笔,蘸了蘸水池里的水,在墙上挥笔而就:假色迷人犹若是,真色迷人应过此。彼真此假俱迷人,人心恶假贵重真。狐假女妖害犹浅,一朝一夕迷人眼。女为狐媚害即深,日长月增溺人心。何况褒妲之色善蛊惑,能丧人家覆人国。君看为害浅深间,岂将假色同真色!他重重地将笔扔在地上,转身轰然紧锁了大门。卢眉娘望着水渍淋漓的墙面,忍不住哽咽道:"古冢狐……我在你眼里就是褒姒和妲己吗?"

一包沉甸甸的金子放在头戴斗笠的陈青笠面前,"这些是老大交给你的定金,让你今夜子时去杀了那个贪官。"陈青笠从帘底伸出手拿过包袱道:"好办,既然是该杀的人,我一定不辱使命。"这夜明月当空,夜色笼罩着整座安静的长安城,陈青笠在房顶上快速前行。他腰间别着一个布袋,正缓慢地渗出血渍。他已经轻而易举地取了那贪官的头颅,正要回去交差,谁知突然旁边从天而降一个黑衣蒙面女子,当即挡住了陈青笠的去路,她弯起十根纤细的手指,向陈青笠伸手打去。只见她武功奇特,暗器如流星般洒落,一招一式都要夺命,陈青笠几乎不是她的敌手,幸而他轻功更胜一筹,旋起身躯避过了那些毒暗器,却不慎被她甩开的长发划伤了手臂,陈青笠赶忙避开,下意识地抓住了她的衣袖,只听刺啦一声,那女子的衣袖被撕烂,她的手背上也留下了一道血痕。陈青笠趁她一个晃神之际,连忙凌空而去,跌跌撞撞地跑到了杨慕巢的府邸。

见陈青笠受了伤,杨慕巢为他悉心包扎好伤口,次日一早就决定去通知康娥,谁知当他敲开房门时,康娥正显得极为疲惫,"杨明府,你找我有事?"她说着打了个哈欠,下意识地用手掩了掩口,杨慕巢却赫然看见她的手背上有一道血痕。杨慕巢心中一凛,连忙说没事,匆匆离开了袄祠,将此事告诉了陈湘灵。"什么?三哥受伤了?"陈湘灵霍然站起身来,她赶忙跟着杨慕巢向杨府跑去,全然忘记了今时今日与白乐天在灞桥相约见面的事情。漠漠的柳絮飘飞在灞桥之上,白乐天独自站在这里苦苦等待,人来人往中却始终没有看见陈湘灵。他刚要回去,忽然看见杨连城大包小包

第五十二章　古冢狐

地拎着东西往桥头过来,白乐天迎上前道:"杨帮主,你这是去哪儿?"杨连城擦了擦汗渍,收起了惊喜的目光,故作平静道:"我的无忧阁也解散了,我又不想回家住,所以准备搬到你家旁边的赁屋里去。你这个傻书生,万一出点什么事,我也不至于鞭长莫及啊。"白乐天拿过两大包东西道:"我来帮你吧,走,我陪你去。"

杨连城红着脸没有多说,跟着他一路来到了赁屋,只见这赁屋与白宅只是一墙之隔。杨连城推开门走了进去,将包裹放在了地上,打开包袱将里面的东西一件件摆好。看她忙得不可开交,白乐天俯身欲要拎起一包道:"这包这么大,我替你拎起来吧!"杨连城回头瞥去,只见他拎起了最大的一包,顿时神色慌张地喊道:"不要,不要!你别动这包!"白乐天以为她在跟自己客气,还傻乎乎地笑道:"没事的,这包很轻,好奇怪啊!"杨连城慌里慌张地冲上前与他抢夺,只听刺啦一声,这包裹霎时被撕裂了,哗啦啦的纸笺如雪花般全部从包裹里纷飞而出,落了满地。杨连城心中一慌,踩到了一张纸上,重重地摔坐在了地上,她的面色已经红到了耳朵根。白乐天瞥见那些纸笺,他俯身捡起几张,赫然看见那上面全部是杨连城一笔一画抄写的自己写的所有诗。他只觉得心跳霎时停止了,一张张地捡起纸笺,直捡到杨连城的面前,白乐天抬起头来,迎上了她深深的目光。白乐天不由得心中一动,扶住她的双肩,情不自禁地在她的额头上烙下轻轻一吻。

转眼就要到四月的"举才识兼茂,明于体用科"考试了,元微之和白乐天相约一起搬去华阳观中静读一月参试。他们正匆匆忙忙地往华阳观里搬东西,元微之回过身迎面撞上了魂不守舍的白乐天,哗啦啦一声,白乐天怀中抱着的书卷全部掉落在地,他望着满地书卷不由出了神。元微之伸手在他眼前摆了摆道:"乐天,你怎么了?"白乐天摇头道:"没,没什么。"这个月来白乐天都心不在焉,元微之真担心他能不能通过这次最重要的考试。终于等到了皇榜张贴之日,想不到二人竟又同时及第,白乐天授九品周至县尉,元微之授左拾遗。元微之兴奋地跳了起来,"乐天!我们都中了!"白乐天笑着打了他一拳道:"太好了,左拾遗这个官正好,虽然官阶不高,但这个官职都是向陛下提意见的,南海皇朝的事,还真要靠你多提醒陛下了。"元微之得意道:"放鹤在深水,置鱼在高枝。升沉或异势,同为非所宜。"

白乐天笑道:"过几天我就要去周至县上任了,我家的亭台重新装修了一遍,不如你来我家聚聚。"跟着白乐天来到白宅,看见那万分精美的亭台楼阁,元微之忽然笑了,"我怎么觉得这虽然华美,却有些像符离村的陈设?"白乐天吟道:"平台高数尺,台上结茅茨。东西疏二牖,南北开两扉。芦帘前后卷,竹簟当中施。清泠白石枕,疏凉黄葛衣。开襟向风坐,夏日如秋时。啸傲颇有趣,窥临不知疲。东窗对华山,三峰碧参差。南檐当渭水,卧见云帆飞。仰摘枝上果,俯折畦中葵。足以充饥渴,何必慕甘肥。况有好群从,旦夕相追随。"

元微之道:"我今天收到了知退的信,听说他也升为司门员外郎,这些年与他见面也少了。乐天,我一直有这么个想法。东汉末年至今,有不少的乐府诗以及沿用这些诗题仿作的诗,但现在渐渐不多了。我倒觉得我们不如模仿乐府诗,但不用旧标题,来一次新乐府。此诗,为君为臣为民为物为事而作,岂不更好?"白乐天拊掌赞道:"好主意!我先来写一首!"他略一沉吟,提笔写道:帝城春欲暮,喧喧车马度。共道牡丹时,相随买花去。贵贱无常价,酬直看花数。灼灼百朵红,戋戋五束素。上张幄幕庇,旁织笆篱护。水洒复泥封,移来色如故。家家习为俗,人人迷不悟。有一田舍翁,偶来买花处。低头独长叹,此叹无人喻。一丛深色花,十户中人赋!

第五十三章　乐府运动

"乐天哥哥，你找我？"陈湘灵来到白宅时，看见这十亩之宅，有五亩划为庭园，水池之边斑竹千竿。有堂有庭，有桥有船。有书有酒，有歌有弦。只见白乐天正独自坐在池塘边喂养着池中的白鹤，她走上前轻声问道。白乐天回头笑着从怀中取出一卷皱巴巴的纸张道："你来看看我写的这篇文章怎么样？"陈湘灵念道："如鸟择木，姑务巢安。如龟居坎，不知海宽。灵鹤怪石，紫菱白莲。皆吾所好，尽在吾前。时饮一杯，或吟一篇。妻孥熙熙，鸡犬闲闲。优哉游哉，吾将终老乎其间。乐天哥哥，你都想到以后在这里生活的日子了。"白乐天笑道："是啊，可惜我三日之后就要去周至县了，这里留不了太久。今晚元夫人请我去吃烧尾宴，庆贺我和元九升官，你陪我一起去吧。"这次的烧尾宴是韦丛亲自下厨，她做了赐绯含香粽子、仙人脔、冷蟾儿羹、蕃体间缕宝相肝、缠花云梦肉、红羊枝杖等，全部是陈湘灵听都没听说过的，她不由心生艳羡，"原来还有这么多精美的菜肴，我只会做些家常菜给乐天哥哥吃。"送走陈湘灵和白乐天后，元微之还精神抖擞，回到屋内挑灯读书，韦丛含笑走来，与他并肩坐下，在灯下一起翻看着书页。

"岂有此理！"大明宫中的李纯正勃然大怒，将桌上的奏折全部扫在了地上，吐突承璀连忙俯身要捡，李纯却呵斥道："不许捡！这个元稹，真是不知好歹！朕不计前嫌提拔他，他到职之后倒是接二连三上疏献表，先论'教本'给皇子选保傅，再论'谏职''迁庙'，一直论到西北边事，又支持裴度对朝中权贵的抨击，真是给朕找麻烦！"吐突承璀道："陛下，这个人如此锋芒毕露，迟早会得罪权贵的。"没想到仅仅一个月，吐突承璀的话就应验了。无数弹劾元微之的文章已在李纯的桌上堆砌如山，李纯纵然知道元稹也是一片好心，但敌不过这么多大臣联名弹劾，他背着手紧蹙眉头徘徊许久，提笔写下了一道圣旨：贬元稹为河南县尉。

鹿 回 头

"好，好，元微之这个碍事的家伙，终于从李纯身边调走了。云儿，是时候去紫微宫布置一下该怎么刺杀李诵了。"得知消息后，南玳出乎意料地高兴。叶岐云却犹豫道："母后，其实李诵现在已经不能动弹，不能言语，活着比死了还要难过，不如……"谁知他话音未落，南玳就板下脸来，霍地站起身道："不行！大丈夫绝不可以心慈手软。李适十恶不赦，死不足惜。李诵也不是好人，我也不能原谅他，他……"她明显地顿了顿，收起眼中的泪光道，"我的意思是，如果李诵不死，我们南海国什么时候能够复国？"叶岐云不解道："李诵的生死根本没用，就算他死了，现在的皇帝还有李纯啊。"南玳道："李诵若是因南海皇朝而死，眉娘又是我们的人，那李纯会比死了还痛苦。这个年轻人根本就没经历过什么大风浪，到时候我们趁机一举进攻，李唐就如一盘散沙，李纯毫无招架之力，我们就可以拿下大明宫了。"叶岐云只觉得这么多年来，一直心怀仇恨地活着，一直为了报仇而奋不顾身，本以为李适已死，一切都可以尘埃落定，想不到如今却又循环一遍，他真的很累了。叶岐云叹了口气，但还是遵从了他最敬重的母亲，"好，那我就先去洛阳了。"谁知道叶岐云刚刚离开长安，卢眉娘却出事了。

"太后，丞相！不好了，眉娘她……她醒不过来了！"翩翩惊呼道，南玳和欧阳呈闻声而来，只见卢眉娘静静地躺在床上合着双眼，似乎全然听不见他们的呼唤声。得知此事的白乐天第一时间请了假，从周至县策马赶回长安，日夜守护在卢眉娘的身边。卢眉娘的症状很是奇怪，白天睁着眼睛，能走能动，却是不与人说半句话，眼皮眨也不眨，跟她说什么都听不进去，吃饭睡觉也都正常，却是这种不正常的正常，让人更加担心。白乐天小心翼翼地一勺勺给她喂汤，只见她痴痴地张开嘴喝了下去，竟也不知冷热，白乐天急了，"眉娘，你看看我，我是乐天啊。那天我跟你说的都是气话，你别吓我，好不好？"

可惜的是卢眉娘依旧没有半点反应。白乐天又取出了一小碗樱桃道："眉娘，这是初春第一果，我曾经也在樱桃宴上吃过，你尝尝好不好吃？"卢眉娘的眼神直勾勾地望着前方，让他不寒而栗，白乐天焦急地扔下樱桃，一把拉起卢眉娘直奔向曲江。望着满江春水，白乐天大声道："江南好，

第五十三章 乐府运动

风景旧曾谙。日出江花红胜火，春来江水绿如蓝。能不忆江南？你看，我们曾在这里曲觞流水，我在这里，就是这里，我送了你一把辛夷花，你还记不记得？"看着卢眉娘毫无感觉地望着曲江的一切，白乐天摇头倒退了两步，"不可能，你不可能一点都记不起来……你跟我来，我要带你去遍所有我们去过的地方！"他带着卢眉娘一直跑遍了长安城中昔日游玩过的地方，但卢眉娘给不了他任何反应。

"乐天哥哥，眉娘怎么样？"白乐天刚刚送卢眉娘回到松泉别苑，陈湘灵就焦急地跑来询问，白乐天叹了口气摇摇头。陈湘灵一跺脚，追进屋内，拉起卢眉娘道："眉娘，我和乐天哥哥今晚要成亲了！你听见了没有？你快点出声啊，我们真的要成亲了！"但无论陈湘灵怎么刺激卢眉娘，怎么摇晃着她，她的睫毛都动也不动。陈湘灵忍不住急哭了，焦急地捶打着她道："卢眉娘，你到底想干什么？你快点回过神来啊！你醒醒，我把乐天哥哥让给你，我让你们钗盒情缘在一起！"白乐天走上前道："没用的，她根本什么都听不进去。"就在这时门响了，二人回头看去，只见杨连城带着几个有名的大夫走上前道："书生，我都听说了，这些是京都最有名的大夫，是来给卢姑娘看病的。"她示意了一眼，几个大夫上前把脉了一番，纷纷摇头，最终向杨连城道："这位姑娘的三魂六魄已经没有了，徒留一口气罢了。她已是病入膏肓，诸位还是替她准备身后事吧。"

"陛下，陛下，神姑出事了！"李纯正坐在宫中批改奏折，吐突承璀就慌慌张张地跑了进来，气喘吁吁地伏上前道。李纯听罢，登时脸色大变，"什么？快起驾出宫！等等，还是不要太大张旗鼓了，省得凝儿知道又要大吵大闹。去把朕的照夜白牵来，朕要微服出宫去见她。"李纯换上常服，悄悄带着吐突承璀一起出宫去了。他来到松泉别苑时，白乐天惊愕万分，带着陈湘灵双双向他施礼道："参见陛下！"李纯道："快别多礼了，我要去看神姑。"他撩开门帘走进去，只见卢眉娘正痴痴地坐在胡床前，双目无神地望着前方。李纯蹲下身子轻声道："神姑，是朕啊。其实朕不想让你出宫的，朕实在被逼得没办法了，这些日子以来，朕一直在挂念你。其实……朕早就想册立你为贤妃，绫绮殿都已经给你准备好了。眉娘，你快好起来吧，朕要封你为贤妃。"吐突承璀轻轻在门外道："陛下，该回宫了。"

鹿 回 头

当他依依不舍地从松泉别苑出来的时候，正好与抱着猞猁的南玳擦肩而过，李纯不由一怔，"这位夫人，我是不是在哪里见过你？"南玳凝视着他半响，挤出一个微笑道："公子认错人了。"说罢她转身便走，悄然攥紧了拳头。

哗啦一声，袄祠的门被突然推开，康娥正坐在火堆前疑惑地看着手背上不知什么时候留下的血痕，闻声看去，只见南玳面色青白，直接闯了进来，拉住康娥走到一边，"我要你立即启程去紫微宫帮云儿部署。只要紫微宫一攻下，俱文珍就交给你，你不是一直盼这个机会吗？我一定要李诵死，也要李纯死！"康娥从没见过南玳如此凶神恶煞的模样，不由惊道："太后……"南玳深深吸了一口气，匆匆转身离去了。康娥想到很快就能手刃俱文珍了，也不免心中激动，赶忙回到屋中准备收拾东西离开。等到天色已暗，康娥背上包袱，正要出门，陈青笠却焦急地冲进屋内来，一把抓起康娥的手，果不其然看见她的手背上有被抓的血痕，大惊失色道："怎么会是你？你就是那日袭击我的蒙面女……你为什么要杀我？"康娥惊愕地睁大了眼睛道："你胡说什么？我怎么可能要杀你？何况我根本不是你的对手啊……"陈青笠摇头道："不，这是我亲手所抓的血痕。康娥，你到底怎么了？我觉得有的时候你变得不像你，你到底有什么怪病？"康娥努力地回想手上的伤痕从何而来，只觉得头痛欲裂，怎么都想不起来，"对不起，我没时间与你多说，让开！"她回身点住了陈青笠的穴道，甩开他的手，匆匆出门驾马疾驰而去。

天气不知什么时候变得如此炎热，叶岐云在大太阳下徘徊了许久，他已经对这座紫微宫有所了解了，他已经安排好了一切，想办法支开了侧门的守卫，准备进行下一步的部署，汗水不知不觉流淌下来模糊了他的眼睛，忽然一方绢帕擦上了他的额头，叶岐云不由一惊，回头看去，竟看见柳萋萋正站在自己的面前，红着脸道："叶大哥，你要不要休息一会儿？"叶岐云道："柳二小姐，你怎么来了？这儿日头正辣，你去旁边歇会儿吧。"柳萋萋抿嘴微笑道："不要紧。我不妨碍你，我替你扇扇风吧。"只见柳萋萋从怀中取出一把精美的团扇，悉心为他扇风，叶岐云不习惯她对自己这样好，连忙摆手道："不用不用，你去坐着吧……"柳萋萋一个趔趄，手中

第五十三章 乐府运动

的团扇玉坠不偏不倚勾上了紫微宫门外防刺客的门钉，叶岐云惊呼一声："不要啊！"可是一切已经来不及了，只听咔嗒一声巨响，机关霎时打开，叶岐云脚底突然出现一个黑洞，他猝不及防地坠入其中，柳萋萋还来不及伸手去拉他，机关又轰然合起了。刹那，远在长安城中的卢眉娘赫然睁开了双眼，她猛地从床榻上坐起了身，直着眼睛喃喃自语道："岐云哥哥有难……"她穿着睡衣跑出门外，跳上马背扬长而去。

"叶大哥，叶大哥！"惊慌失措的柳萋萋跌在地上拍打着地面惊恐地呼叫着，刚刚来到洛阳的康娥看见这一幕，一把拉住柳萋萋道："叶圣主呢？"柳萋萋指着地面道："机关……这里有机关，叶大哥就是从这里掉进陷阱的，会不会他已经被人发现，他会不会已经出事了？"康娥倒吸一口凉气道："怎么会这样，这下可全都完了！"忽然一阵马蹄声响起，她抬头看去，只见卢眉娘身穿睡衣，眼神木然地骑马而来，柳萋萋连忙抓住卢眉娘道："卢姑娘，我求求你，你快救救叶大哥吧！都怪我不好，是我碰到了这个门钉，叶大哥就掉进陷阱了。"卢眉娘直直地走到那满是门钉的大门前，凝视着半响，突然趁康娥和柳萋萋不在意，猛地伸出手按了一下门钉，在二人的惊呼声中，卢眉娘也轰然掉进了陷阱里。也不知过了多久，卢眉娘慢慢地苏醒了过来，"哎呀，我的头好痛……这是哪里？"她抬起头，环视着眼前的一片漆黑，经过这么一摔，她居然痊愈了，"我怎么好像睡了很久，我怎么会在这里？岐云哥哥有难……为什么我的脑海中总有这句话？"卢眉娘揉了揉额头，摸索着在黑暗中站起身，渐渐适应了黑暗，竟发现远方似乎有一光亮处，她顺着那光亮走去，终于走出了蜿蜒的地道。"哇，好美啊！"当卢眉娘走出地道的那瞬间，她看见了一处堪比呦呦谷般的人间仙境，这是一处宫苑，遍地都是含苞待放的昙花，景致中掩映着雕梁画栋，只觉这设计风格与呦呦谷出自同一人之手。卢眉娘忽然看见昙花林深处倒着一个熟悉的身影，她不由冲上前扶起他，惊呼道："岐云哥哥！"

第五十四章　庭有枇杷树

"眉儿？"叶岐云费力地睁开眼睛，他已经几日没有吃喝了，被困在这昙花林里怎么都走不出去，已经体力不支了。卢眉娘连忙取出些随身的果子给他吃下，"岐云哥哥，看到你就好了，你现在感觉怎么样？"他支撑着站起身道："我没什么了，只是这个地方很奇怪，我从陷阱掉落到此处已经这么久了，紫微宫也没人发现有刺客闯入，这到底是怎么回事？"看到他焦虑地紧蹙眉头，卢眉娘伸出手轻轻抚摸着他的眉道："别着急，我们慢慢想办法。我们现在是两个人，总比一个人要强得多，总会想出办法的。"叶岐云奇道："眉儿，你怎么会到这里来的？"卢眉娘道："我觉得像是做了个很长很长的梦，梦中有个声音告诉我，你出事了，我就不知怎么来到了这里。不管如何，我都会跟你同生同死。上次的巽风阵我们都可以逃出来，这次一定也没事的。"

叶岐云握紧了她的手，小心翼翼地往前走去。卢眉娘好奇地看着满地含苞待放的昙花，不由蹲下身，伸手抚摸着花瓣道："这花好漂亮！我在鹿眠谷从没见过！"哪知她的手刚刚碰到昙花的花瓣，霎时间几支短竹竿刷刷地向叶岐云飞去，卢眉娘大惊，下意识地站起身扬手挡在叶岐云面前，手掌当即被划破，一滴殷红的血悄然落下，不偏不倚落在了昙花上，一时间月色下的所有昙花全部盛放。丁零零，一阵风铃声急促地响起，李诵闻声睁开了眼睛，焦急地召来俱文珍，俱文珍道："太上皇，这风铃怎么响了？难道是昙花林的昙花开了？太上皇不是说只有钗盒情缘才能唤起昙花开放……哎呀，坏了，一定是有刺客闯入！"李诵焦急地眨了几下眼睛，俱文珍连忙唤人抬来肩舆，急匆匆地将李诵抬去昙花林。谁都没有料到，这紫微宫的禁地之中居然有两个陌生人闯入，霎时间卢眉娘和叶岐云惊诧地与李诵相对而立，"李诵？"

见叶岐云悄然握紧了腰间的斩天剑，卢眉娘连忙按住了他的手，悄悄

第五十四章　庭有枇杷树

摇了摇头。俱文珍见状高呼护驾，无数的侍卫将他们包围住。叶岐云凝视着李诵，不由咬紧了牙关，心中却暗道，自己死不足惜，但这会连累卢眉娘与他一起葬身此处。正在他犹豫之际，卢眉娘冲上前向李诵跪下，"太上皇，我是南海神姑，我是受陛下之命来紫微宫寻找锦缎，误闯禁地，只求太上皇饶了我们。"就在她跪下的一瞬间，李诵的目光恰好落在了她头上的那支金钗上，霎时他的眼中盈满了泪水，闭了闭眼睛，示意放了他们。俱文珍大感奇怪，却只得挥手道："太上皇说了，放他们走！"

一只竹筒从陈湘灵手中递来，白乐天接过打开了其中的书信，这是元微之的来信，只见上面写着：君应怪我留连久，我欲与君辞别难。白头徒侣渐稀少，明日恐君无此欢。乐天，家母病逝，我与茂之要从河南取道回洛阳守孝，切切保重。白乐天叹了口气，陈湘灵安慰道："乐天哥哥，眉娘去了洛阳那么久都没消息，我打算去一趟洛阳。你已经请了这么久的假，还是安心回周至县吧，这里就交给我，我一定会安全带眉娘回来的。"白乐天点了点头，感激不已道："眉娘现在这样的情况让人担心，一切就交给你了。"无奈公职在身，白乐天只得立即启程。这天夜里下起了大雨，刚刚回到周至县的白乐天看着窗外庭院中的池塘被雨花搅乱，提笔在灯下写道：我有所念人，隔在远远乡。我有所感事，结在深深肠。乡远去不得，无日不瞻望。肠深解不得，无夕不思量。况此残灯夜，独宿在空堂……

长安的天色还未亮，陈湘灵撑着伞站在坊门前就已等候开门，她今天就要启程去洛阳了，这场瓢泼大雨还没有停，忽然身后传来了焦急的呼唤声，"五妹！"陈湘灵回头看去，只见陈青笠冒着大雨，踏着雨水一路跑来，"五妹你要去哪儿？我陪你去！"陈湘灵连忙移过伞遮住他湿漉漉的身躯道："三哥，你怎么来了？你的伤还没好，我不许你去。"陈青笠急道："我没事，只是点皮外伤，你放心吧，我真的没事了。"他哪里知道，虽只是被发丝划伤，却早有毒液渗入血脉。忽然陈青笠眼前一花，旋即晕倒在地。陈湘灵大惊失色，扔掉了伞蹲在地上摇晃着他，"三哥！三哥你怎么了？"大雨中匆匆跑来了康娥，她冲上前急道："陈青笠！你醒醒，你又装病？糟了，他的体内有毒，陈姑娘，我得带他回去疗伤。"眼看坊门已经开了，陈湘灵担心道："那只好这样，三哥就交给你照顾了，我还有要事，先告辞了。"

陈湘灵坐上了牛车，冒着风雨赶往洛阳。她几天没睡好，心中又挂念着陈青笠，当她终于来到洛阳的时候已是感冒发烧，整个人昏昏沉沉，毫无头绪地在街道上寻找着卢眉娘。忽然她被一只手拉进了旁边的巷中，陈湘灵惊愕地抬头看见在自己面前的正是卢眉娘，看见卢眉娘痊愈了，陈湘灵惊讶地出了身汗差点叫出声。卢眉娘捂住她的嘴道："别出声，你跟我来。"她拉着陈湘灵来到旅舍，推门而入，只见叶岐云和柳萋萋正在其中。陈湘灵上前道："眉娘，叶圣主，你们几个人还是走吧。你们回琼州也好，回呦呦谷也好，留在你们的南海皇朝不要出来，不要再掀起风风雨雨了，算我求求你们了。"叶岐云道："这是李唐欠我们的，陈姑娘还是不要劝了。"陈湘灵拉住卢眉娘的手道："乐天哥哥很担心你，为了你，他左右为难，你也别让他进退维谷了好不好？"卢眉娘垂下了眼帘，"对不起，我们做不到。"门后忽然响起了咯咯的笑声，只见南玼抱着猞猁笑盈盈地走了进来，"好啦好啦，一个个愁眉苦脸的干什么？陈姑娘一片苦心，也不能让她白跑一趟啊。我已经决定了，这事情到此为止，咱们不再兴风作浪了，咱们回鹿眠谷。"

转眼守孝之期已过，元微之又带着韦丛由洛阳家乡回到了河南，这次二人都明显瘦削了不少，憔悴了不少。母亲郑氏的死对元微之是个巨大的打击，他一路上走走停停，病了不少次，快到河南的时候韦丛也病倒了，好在只剩不远的脚程便可到家，二人就在山野中的酒家暂且歇了歇脚。二人刚刚坐下，元微之喊道："老板，给我们来两碗面。"那老板跑来道："好，请公子先付钱吧。"元微之从怀中掏出了两枚铜板，不由得顿了顿道："还是给我夫人来一碗吧。"老板笑着收了钱，不一会儿工夫就端上一碗热腾腾的面，放在了韦丛的面前。元微之道："再拿个碗来吧，我们两个分着吃。"老板笑着又拿来个空碗，"分着吃好，分着吃才热乎。"元微之接过空碗，捧起韦丛面前的面条，只将汤倒进了空碗内，又将满满的面条推给了韦丛。"微之，你不吃面光喝汤，怎么能饱呢？来，我给你夹一些。"韦丛好笑道，说着伸手就要去拿他的碗，元微之忙道："不不，你不知道，我就爱喝汤，一碗面的精华都在汤里了。"韦丛明白，他虽然这样说，其实是因为现在二人的生活不比从前了，根本没有多少钱。韦丛不过是韦家的

第五十四章　庭有枇杷树

季女，韦夏卿能将韦宅送与二人，已经是很体恤了，现在她是夫家的人，没道理向娘家再要钱。而元微之如今被贬，正是落魄的时候，但她心甘情愿与他做一对贫贱夫妻。

回到河南之后，元微之每天照常执行公务。早上送走他后，韦丛从茅屋里走出来，亲自背着竹篓爬上附近的山坡，举起镰刀挖着野菜，不一会儿已是汗流浃背，她抬手擦了擦汗渍，又摘了些许树叶和野果，终于将竹篓装得满满登登，这才心满意足地回家去了。韦丛将采来的野菜野果都倒进锅子中烹煮了起来，炊烟灼红了她的面颊，她全然不再是昔年在豪宅中为皇帝挑选烧尾的那个千金模样。她却甘之若饴，哼着歌儿炒着菜，刚做好热腾腾的饭菜，就看见她的丈夫回来了。

韦丛开心地迎上前道："你回来了？饭做好了，快进屋吃饭吧。"元微之吃着这些野菜野果，却也是津津有味，只是心中一酸，握住了她的手道："茂之，都是我不好，是我害你跟我吃糠咽菜，跟我吃苦。你以前是个大家千金，现在却亲自下厨，跟着我吃野菜，跟着我豕食丐衣……"韦丛笑道："别这么说，我始终相信你的才华不会被埋没，日子总有好起来的一天。牛衣对泣又如何，只要我们夫妻同心，没有过不去的坎。"她话音刚落，忽然一阵作呕，韦丛扔下碗筷跑出门去干呕，元微之连忙关切地追上前问："茂之，你怎么了？"只见她面上绯红一片，低头道："我……你要当爹了。"元微之猛地一怔，欣喜若狂道："什么，你说真的？"韦丛含笑点了点头，他喜出望外地一把抱起韦丛，开心地转起了圈。这天夜里元微之牵着韦丛的手在堤岸边散步，只见夜间的浪潮一阵阵咆哮而来，他坚定地望着韦丛的眼眸道："沧海虽大，我却只取一瓢饮。"

当夏末再一次来临时，一声响亮的啼哭在屋顶响起，此时此刻，元家喜得一位千金。元微之开心地抱着刚刚出生的女儿，坐在韦丛的床榻边笑道："快看，她跟你一样漂亮，起个什么名字好？"韦丛疼爱地抱过小女儿，伸手点了点她粉妆玉琢的面孔笑道："就叫降真吧。"元微之笑道："这个名字好听，从现在开始，我要照顾两个女人了，我一定会更加努力的。"时间一天天地过去，等到韦丛能下地的时候，元微之神秘兮兮地拉着她出了门，只见不大的庭院之中赫然种着一棵成荫的枇杷树，树荫满地，

鹿 回 头

果香萦绕。韦丛沉醉在其中道："真好，我一直希望在庭中种一棵树，只是原来的宅子不能种，想不到如今心愿成真了。"

时过境迁，元微之的处境也渐渐变好了。韦丛取出一件礼物塞给了他，"这也是你一直想要的，送给你。"元微之打开一看，惊喜万分道："箕斗砚？太好了！知我者茂之也。不如我们来赌书吧。"他拉着韦丛跑进房内，炉上正烹着热茶，元微之拿起几卷书道："我们这么玩吧，言某事在某书某卷，第几页第几行，以中否，角胜负，为饮茶先后。"韦丛笑道："那你可别输不起啊。"说罢翻起了书卷，二人有说有笑地对答着，你一杯，我一杯，开心得连茶水都泼了一身。

这一年来，远在琼州鹿眠谷的卢眉娘和叶岐云仿佛已经不再过问世事，二人时而一起骑着马看山高水长，时而又织着锦布，过回了从前那平静的生活。这天卢眉娘去欧阳呈兄妹所住的冬阁，逗了一会儿他的小妹妹，刚刚回到自己的春庭，只见翩翩正忙里忙外地指挥着其他的婢子，"快把这些收起来，一会儿眉娘回来看见就不好了！"卢眉娘走上前道："你在干什么？"翩翩猛地一惊，回过头来，手中的花瓶啪地落在地上碎了，里面的插花掉落一地，卢眉娘俯身捡起那花束，眼中不由盈满了泪水，"原来是辛夷花。"翩翩蹲下身子道："眉娘，你是不是又想起白乐天了？"卢眉娘垂泪道："我以为一年来，我已经忘记了长安，忘记了他，可是原来并没有。也不知道他和湘灵怎么样了，不知道长安现在又是什么样子。"

月光倾洒在千山万水，也为长安覆上了朦胧的夜色，一阵阵刀光剑影，陈青笠正在袄祠外的小屋练着武功。这一年来，都是康娥在悉心照顾着他，他的伤势不但恢复了，而且武功大增。屋门被轻轻推开，康娥端着一碗刚刚煎好的药走上前道："该喝药了。"陈青笠擦了擦汗，接过药碗一饮而尽，"谢谢你。"她抿嘴笑道："我既答应了陈姑娘照顾你，就不会言而无信。你怎么也不回去找她？"陈青笠正要回答，接过空碗的康娥忽然浑身一颤，啪一声，那只空碗猝不及防地落地碎了。"康姑娘，你怎么了？"陈青笠急忙上前要去扶她，谁知康娥的眼神中忽然杀气毕露，扬手向他的心口打去，就在这千钧一发之际，杨慕巢飞身而来，一把拉住陈青笠凌空而去。

第五十五章　永州八记

"杨兄，这到底是怎么回事？康姑娘她……"被救走的陈青笠回过神问道。杨慕巢叹了口气道："我也不知道，但我发现她很不对劲，她发病的时候武功很高，恢复之后又什么都不记得了。我现在一点头绪都没有，只有提醒你，在她发病的时候一定要离开。我们再想想别的办法。"

窗外飘飞的落叶渐渐变作了片片飞雪，远在朗州的刘梦得望着雪花，又思念起了薛玉奴，昨天夜里他又一次梦见了和薛玉奴在开满桃花的仙境里追逐玩乐，墙上还挂着他新画的桃源图，上面题诗曰：渔舟何招招，浮在武陵水。拖纶掷饵信流去，误入桃源行数里。清源寻尽花绵绵，踏花觅径至洞前。洞门苍黑烟雾生，暗行数步逢虚明。俗人毛骨惊仙子，争来致词何至此。须臾皆破冰雪颜，笑言委曲问人间。因嗟隐身来种玉，不知人世如风烛。刘梦得回过头，看见蒙尘的镜子里隐约倒映出那尊栩栩如生的泥像，他走到泥像面前轻抚着她的面庞道："佳人对镜容颜改，楚客临江心事违。万古至今同此恨，无如一醉尽忘机。"就在这时门被敲响了，一个侍者走进来道："刘司马，白县尉送来的包裹。"刘梦得接过打开一看，只见里面竟是一支蜡烛，上面还贴了一张字条：照梁初日光相似，出水新莲艳不如。却寄两条君令取，明年双引入中书。刘梦得释然笑了，拿起桌上的镜子，提笔在后面泼墨而书，便让侍者给白乐天寄回去了。

过了没有三五日，刘梦得这天正要出门前，拉开门竟赫然看见白乐天笑盈盈地举着酒坛站在门外，"梦得，你不是以镜换酒吗？你要的酒，我亲自给你送来了！"刘梦得惊喜万分道："乐天，你怎么来朗州了？"白乐天道："我此次是来朗州办事的，不过可以停留几日。"二人有说有笑着往院中走去，坐在树下开坛畅饮。刘梦得煮着酒吟道："案头开缥帙，肘后检青囊。唯有达生理，应无治老方。减书存眼力，省事养心王。君酒何时熟，相携入醉乡。"白乐天提笔在酒瓮上写道：凌烟阁上功无分，伏火炉中药未成。更拟共君何处去，且来同作醉先生。近年来发生了太多的事，二人的心中都难以清净，眼看快到薛玉奴的生祭，于是他们相约明日一起去寺庙里斋戒，为薛玉奴祈福。第二日，刘梦得来到寺庙跪在道场前，双手合十，心中默念道："常修清净去繁华，人识王城长者家。案上香烟铺贝叶，佛前灯焰透明花……明日若过方丈室，还应问为法来邪。只求佛祖保佑，让玉奴了无牵挂，好好地转世投胎，我愿用我一世，来为玉奴积福积德。"

片片冥镪在火光中消失殆尽，永州的柳子厚在新的屋舍里提前为薛玉奴烧着纸钱，不由得被烟雾迷了眼，一行清泪悄无声息地滚落，他猛地咳了两声，只见手帕中又有些血丝。他忽然听见身后传来脚步声，他回头看去，竟看见白乐天正站在自己的面前，"我从梦得那儿过来，我看见他憔悴的样子，也担心起你来，所以我修书称病，趁机来永州见你。我一直没想到，原来你的心上人就是薛姑娘。"柳子厚苦笑道："在永州这么多年，我遇到四次火灾，无数次的水患人祸，也不知道是不是老天要惩罚我。大嫂或许就是因为我这个不祥人才瘗玉埋香。"白乐天拍了拍他的肩膀道："别胡思乱想了，我难得来到永州，你也带我四处观光看看吧。"

柳子厚点头笑了笑，与他一并散心，向小丘西行百二十步，便看见竹篁葱茏，听闻水声鸣响。柳子厚带着他伐木取道，一直来到小潭前，只见这里水尤清冽，全石以为底，近岸，卷石底以出，为坻，为屿，为嵁，为岩。青树翠蔓，蒙络摇缀，参差披拂。潭中鱼可百许头，皆若空游无所依。日光下澈，影布石上，佁然不动，俶尔远逝，往来翕忽，似与游者相乐。潭西南而望，斗折蛇行，明灭可见。其岸势犬牙差互，不可知其源。四面竹树环合，寂寥无人，凄神寒骨，悄怆幽邃。白乐天不由赞道："亏你能找到这般的仙境！"柳子厚笑道："这里叫作小石潭，还有其他一些好地方，我还为它们写过几篇游记。"他说着取出一本成册的书递给了白乐天，白乐天打开一看，说道："《永州八记》，这些偏居荒芜、寂寥冷落的山水景致，竟被你写出了气势磅礴，以小见大，犹如沙里淘金，下笔构思，精裁密致，璨若珠贝，果然是好文章！"柳子厚道："虽不合于俗，亦颇以文

第五十五章 永州八记

墨自慰，漱涤万物，牢笼百态，无所避之。"白乐天道："如今八司马事件已经过去了那么久，陛下也早就消了气，你放心，我一定会想办法向陛下谏言的。"

终于功夫不负有心人，在卢沉楹和白乐天的各方面努力下，李纯终于答应召回刘梦得和柳子厚，但只予以闲官、韩退之则熬出了头，加上白乐天的极力推荐，李纯授之为国子监博士，并许他为史馆修撰，为李诵撰写《顺宗实录》。卢沉楹喜出望外道："退之，修国史是无数人梦寐以求的，这实在是莫大的荣耀啊，你终于苦尽甘来了。"韩退之也笑道："科举及第，娶五姓女，修国史，三大喜事都让我占齐了，我韩退之不知是修了几世的福气，才换得这般的荣耀。楹楹，我知道你为我四处奔波，为我做了很多，我真不知道该怎么感谢你。"卢沉楹笑道："咱们是夫妻，还说什么谢不谢。来，你去修国史，我来替你研墨吧。"

阔别京都这么多年，刘梦得和柳子厚的车马竟然同时在城门口相遇了。二人都比当年苍老了不少，一时间相对无言，眼中满是泪水。柳兮兮开心地跑上前拉住刘梦得道："刘大哥，今天天气很好，难得你回来，我带你去曲江玩玩吧。"她的出现打破了这相见的尴尬，刘梦得忙跟着她走远了。坐在枫叶树下，柳兮兮拿着煮熟的鸡蛋，在上面画上各种各样的花纹图案。这镂画鸡子本是清明节的习俗，她却觉得好玩，这时也拿来玩，"刘大哥，你看我画的好不好看？"她伸手将彩蛋递给刘梦得，刘梦得神情恍惚地接过来道："好看，好看。"谁知他一个不慎，手中的彩蛋啪地掉落在地上，立时蛋壳上出现了无数道的裂纹。柳兮兮面色微微一变，笑道："没关系，我们再来画！我们比比谁画的好，输了的人就要罚酒！"刘梦得站起身道："对不起，我今天没心情，今天是玉奴的生祭。你是她的好姐妹，难道你一点都不记得吗？"柳兮兮冷下了面孔道："这么多年了，你心里还记挂着那个死了的人？"刘梦得皱了皱眉道："你怎么这么说话？"柳兮兮那稚嫩的面孔上却冷若冰霜，她冷笑一声，转过身道："我为你所做的也不少，你以为我这些年晚上不做噩梦吗？但为了得到你，我只能除掉绊脚石，可惜你至今对我还是一点感觉都没有。"

鹿 回 头

刘梦得不可置信地睁大了双眼，倒吸一口凉气道："你说什么？你这是什么意思……"柳兮兮冷言冷语道："好，那我就实话告诉你，这一切都是我做的。你不是想跟她双宿双飞吗，这么多年你活着不就是要查出是谁害死了薛玉奴，那你现在什么都知道了，毒酒就在你面前，我成全你，我得不到的东西，还不如毁了！喝啊！"柳兮兮端起一壶酒递到他的面前，刘梦得霎时觉得从未真正认识过她，那双纯真无邪的眼眸中，原来还有这样深沉的杀机，着实让人不寒而栗。他苦笑着倒退了两步，就在这时，卢蕴芝忽然冲上前来，狠狠地扬手打了柳兮兮一记耳光，一把从柳兮兮手中夺走了毒酒，仰头一饮而尽。红肿着半边脸倒在地上的柳兮兮惊恐地呼道："娘！"卢蕴芝已然哇地吐出一口黑血，刘梦得急忙冲上前扶住她，"郡君！"卢蕴芝倒在他的怀中道："刘司马，是我教女无方，害了尊夫人的性命，我愿意用我的一条命来相换，求你放过兮兮吧……"刘梦得惊慌道："郡君，你撑住，你千万不能有事啊……"卢蕴芝含笑道："你和子厚是好兄弟，我希望你们以后还能够互相扶持……互相……"她的小腹一阵剧痛，猛地又吐出了毒血，霎时间手臂悄然滑落，立时没了气息。

"娘……"柳宅的门上全部挂上了白纱幔帐，面无人色的柳子厚失声痛哭，跪在灵堂前一度昏厥。他一时伤心至极，猛地咳了两声，鲜血霎时从口中流出，前来拜祭的刘梦得赶忙上前扶起他，"子厚！你别这样……对不起，都是我害了郡君。"一直强忍着悲恸的柳子厚抬起头看见了他，再也忍不住心中的悲伤，瘫坐在地，大哭着倒在刘梦得的臂弯中，"我现在没有娘，没有三妹，也没有二妹了。我什么都没了……"刘梦得心中一酸，跪下与他抱头痛哭。灵堂中哀哭一片，这一切都被一个人看在了眼里。听闻母亲去世的消息，柳婆婆也赶了回来，但她知道柳子厚不想看见自己这不孝的妹妹，始终不敢踏入家门，仅仅站在门外泪流满面。她放下腰间的长剑，悄然在门外跪了下来，遥遥地拜祭着卢蕴芝。

遥远的琼州正是秋高气爽，没有人感受到长安凛冽的秋风，更不知道长安发生了这些巨变。卢眉娘这天在南玳跟前听她说完故事，从夏湾里出来，见叶岐云正焦急地站在门口，一把拉过她道："眉儿，外面出事了！"卢眉娘惊诧地与他双双跑出宫殿，只见鹿眠谷中的所有子民都齐刷刷地跪

第五十五章 永州八记

在神坛前高呼乞天，卢眉娘上前道："你们这是干什么？"百姓看见叶岐云来了，纷纷围上前道："圣主，我们已经接连两天看见天上出现异象了，白昼之时，紫微星当空出现，你看！紫微星乃是帝王之星，预示着我们南海皇朝要复国了！圣主，请你重建南海国！"众人齐声拜道："请圣主灭李唐，复南海！"卢眉娘倒吸一口凉气，"岐云哥哥，怎么办？"叶岐云紧蹙着眉头道："现在所有百姓都跪在这儿，我不能不答应，眉儿……"他回过头，却撞上她坚定的目光，"我说过，我一定会陪着你。要反，就一起反！"叶岐云释然一笑，扬起黑色的长袍，在万民瞩目中径直走上了高座，回身睥睨道："本座决定，明日出发，杀李诵，攻紫微，灭李唐！"

浩浩荡荡的军队从琼州出发，叶岐云坐在最前面的马背上，欧阳呈坐在紧随的小车中，而后面跟着的牛车里坐着卢眉娘和翩翩，最后的金辇里便是南玳了。此次叶岐云带了无数的兵力，准备要与李唐来一场硬仗。披星戴月行走了数日，眼看翻过前面那座山就要进长安了，忽然迎面传来哀乐，一行人披麻戴孝，撒着漫天冥锱往这边过来。卢眉娘好奇地伸手撩开了牛车的帘子，竟赫然看见送葬队伍为首的居然是柳子厚，他的怀中抱着的灵位上写着：柳门范阳卢氏。白乐天、元微之、刘梦得和韩退之都在两侧相伴而行。卢眉娘大惊，脱口唤道："乐天？"

白乐天闻声抬头看去，赫然看见牛车中的卢眉娘，霎时间两队人马对立停下。通红着双眼的柳子厚一看见叶岐云便要冲上前去，白乐天连忙拉住他："别这样，你不是他的对手。"卢眉娘赶忙从牛车中走出来，展开双手挡在叶岐云的面前，"我不许你们伤害岐云哥哥。"白乐天看着他们的军队道："眉娘，你这是要干什么？"卢眉娘看了叶岐云一眼，道："我们这次来，就是要跟李唐做个了断。既然我们立场不同，从今天开始，你我就是敌人了。"白乐天的视线逐渐被泪水模糊，柳子厚试图挣脱他，"让我杀了这群魔头！"众人忙架住他道："子厚！还是送郡君入土为安重要，这些事我们再从长计议！"叶岐云冷冷地望着众人道："想跟我们南海皇朝作对，就看你们有没有这个能耐了。眉儿，我们走。"卢眉娘俯身坐回了牛车，两队就这样擦身而过，卢眉娘忍不住掀开车帘，回头望了白乐天一眼，看着他的背影越走越远。

第五十六章　长恨歌

"你说什么，南海皇朝要攻打大唐了？"杨连城得知这个消息时，惊愕万分地霍然站起。见白乐天掩着额头痛苦不堪，杨连城顿时柔声道："书生，别怕，我的无忧阁虽然遭散了，我还有办法再召集我的旧部下。你叫上元微之、刘梦得、柳子厚和韩退之来我的无忧阁，我们一起商量对策。"正当众人齐聚到昔日的无忧阁中，商讨如何提醒李纯留意南海皇朝的出击，才谈到斗志昂扬之处，一个手下匆匆闯入门内道："帮主，大事不好了！元县尉的赁屋失火了！"元微之大惊地站起身道："坏了，茂之和降真还在家中！"

杨连城赶忙带着众人随元微之回到赁屋，只见火势极其凶猛，冲天的火光和浓烟密布一片，元微之焦急地抢过水桶往自己身上浇灌，大呼着妻女的名字要冲入火场，"微之！"忽然熟悉的声音从背后传来，他狼狈地回过头，看见韦丛抱着女儿含泪安然无恙地站在面前，元微之心中一酸，冲上前去紧紧拥住了她，"茂之，我好害怕，刚才我的脑中一片空白，我不知道如果没有了你，我该怎么活下去……"杨连城怒道："岂有此理！南海皇朝如此丧心病狂！我敢肯定这是他们的所作所为，这是想警告我们别指望和他们作对。对了，还有你们几个，也快回家看看吧。现在是元家，难保下一个不会轮到你们，记住万事小心！"

哪知韩退之刚刚回到樊川宅子，管家匆匆地跑上前道："阿郎，夫人从昨夜开始就一直高烧不退！"韩退之心中咯噔一下，忙跑到屋内，只见卢沉櫄躺在床榻上，沉疴不起，病重得不似人形，半睁半闭着眼睛，嘴里还说着胡话。几个大夫围在一旁把脉，纷纷摇头道："韩博士，令夫人的病情很奇怪，不像是普通的发热……倒像是被人下了蛊。"韩退之惊愕地睁大双眼，"什么？下蛊？"大夫道："不错，这样的病情除了找下蛊之人拿来

第五十六章 长恨歌

解药，我们也束手无策，唯有找巫师来试试驱蛊了。"

韩退之脑中嗡嗡作响，他身为朝廷大员，怎么能擅自搞巫蛊之术，可眼看卢沉楹病入膏肓，他也顾不得这么多，一咬牙道："来人，快去请巫师！"不一会儿管家就带来了一些长相古怪的巫师，一群人围在卢沉楹的床榻边又是摇铃又是作法，出奇的是，卢沉楹的高烧果然渐渐退了，也慢慢地苏醒了过来。就在韩退之高兴地握住她的手时，韩家的大门却轰然被踢开，一群神策军立时将韩退之团团围住，为首那人冷冷道："陛下收到密报，说韩博士在弄巫蛊之术，没想到是真的！带走！"众人根本不听韩退之的解释将他押走了。

"贬韩愈为河南县令，即日启程，不得有误！"吐突承璀读完了这道圣旨，韩退之颓然瘫坐在地，卢沉楹还在病中，他怎么能就这样离开？圣命难违，没办法，韩退之只得匆匆上路。刘梦得一路相送他到了渡口，取出一个木盒道："退之兄，我这里有颗仙丹，是我亲自炼了七七四十九天的，嫂夫人体内的蛊虫已除，这仙丹可以治好嫂夫人，你就放心走吧，千万别再惹出什么事了。"韩退之拍了拍他的肩膀道："好兄弟，那就多谢你了。我现在明白，一切都是南海皇朝在捣鬼，先是元九，现在又轮到了我，你和乐天一定要加倍小心。"看着韩退之登上船远远离开，刘梦得挥手作别，他回到家中便着下人将这个木盒送去了樊川韩宅。他却浑然不知，这个早已被买通的下人悄悄将木盒掉了包。

大明宫中的清宁宫里，郭俪凝早已迷上了修道之术，她的宫殿里放着一个巨大的金炉炼丹，每天早中晚三顿不断地吃着所谓长生不老的丹药。可谁知她今早刚刚吃了一粒，忽然小腹剧痛，口角汩汩地流出毒血。得知此事的李纯慌忙派太医前来施针，好不容易才将郭俪凝从鬼门关前拉回来。李纯气得要砍宫人的脑袋，一个宫人颤抖着跪下道："陛下，贵妃今早所食的仙丹，并非以往制作的，而是……而是刘司马进献的。"李纯勃然大怒道："朕看他是活腻了！来人，把刘梦得给朕抓起来，下进天牢，等候发落！"

鹿 回 头

砰砰砰！一阵急促的敲门声在松泉别苑前响起，叶岐云正和众人在屋内商量着如何进攻，卢眉娘警惕地拉开了一道门，只见门外出现一张许久未见的面孔，卢眉娘不由脱口而出："白知退？"自从上一次分别，已经有许多年没有看见他了，但他眼中深深的哀伤和面上的沧桑还是让卢眉娘认出了他，没想到苏简简的死给他的打击至今还没缓过来。白知退道："眉娘，我这次本是来京都看二哥，却听说了你的事。我不管什么南海皇朝，但我们大家都是朋友啊，你们已经害了微之、退之和梦得，我只想求你们收手，念在往日的旧情，放过我二哥吧。"卢眉娘吸了吸鼻子，闪动着眼中的泪光道："别说了，我什么都不能做。当日回来的时候我就说了，我和乐天的立场不同，从此以后只能是敌人。"她说罢便要关门，陈湘灵奔跑而来，拉住她的裙裾向卢眉娘跪了下来，声泪俱下道："眉娘，我求求你，收手吧！你不是不知道乐天哥哥的为人，他一定会跟南海皇朝对抗到底。乐天哥哥和你可是钗盒情缘，你真的忍心让他死吗？"卢眉娘的泪水夺眶而出，她甩开了陈湘灵，把门重重地关上。

"陛下，南海皇朝已经蓄势待发，实在不容小觑啊！"朝堂之上已经是沸腾一片，现在所有人都知道长安城即将迎来一场腥风血雨。宣政殿内的李纯看着面前堆砌如山的奏折，头痛欲裂，心烦意乱道："这到底是怎么回事？为什么会凭空冒出一个南海皇朝要跟朕作对？"一个年迈的老臣道："陛下，当初那个南海神姑就是南海皇朝的人，据臣所知，那个神姑已经复活，也正是她带领着南海皇朝来向陛下复仇了！"又有一人道："这个神姑无所不能，但只要是人就有弱点，臣等已经查出，神姑有一个心上人，此人就是周至县尉白乐天。若是陛下能给神姑和白县尉赐婚，便可化解南海皇朝之危！"

众人纷纷附和，向李纯齐刷刷跪下，"求陛下以大局为重，赐婚神姑与白县尉！"李纯霍然站起身，看着一发不可收拾的局面，他怒气冲冲地拂袖而去。吐突承璀追上前道："陛下，咱们没必要跟南海皇朝硬对硬，反正神姑也已经出宫了，陛下早已不能立她为贤妃了，还不如做个顺水人情，缓解这次危机，也让贵妃顺口气。"李纯长叹道："朕和她才是钗盒情缘，难道真的要朕将这天赐情缘拱手让人？"可是事态一天比一天严重，李纯也

第五十六章　长恨歌

始终不堪重负，亲自召白乐天入宫，"为了大唐的安危，朕决定将卢眉娘赐婚于你，希望你们成亲后，南海皇朝可以撤退回琼州。"白乐天惊愕地抬起眼，"不，我不能娶眉娘！"李纯蹙眉道："你想抗旨？这件事没有你商量的余地，朕的圣旨已下，朕还会将刘梦得放了。朕将眉娘交给你，你一定要好好对待她。"

"湘灵！湘灵！"当这道圣旨公之于世之后，陈湘灵一夜之间好像从人间蒸发，哪里都找不到她和陈青笠的踪影。白乐天奔跑在山野之间呼喊着，跑着跑着，竟遇见了同样在寻找她的卢眉娘。二人相对而立在山丘之上，霎时间不知该说什么才好。卢眉娘避开他的目光道："我不会嫁给你的，我要找到湘灵，这个傻丫头自己退出了，却不知道你们两个才应该在一起。"白乐天苦笑两声，眼睁睁看着卢眉娘与自己擦肩而过。"艳质无由见，寒衾不可亲。何堪最长夜，俱作独眠人？"一滴泪落在这封冬至夜寄来的书信上，已经回到符离村的陈湘灵在屋内将昔日的书信都放在盆里烧着，她依依不舍地将这张纸也放入火盆里，直到所有东西都焚为灰烬，眼泪悄无声息地流下来。陈青笠站在门外凝视着她许久才走了进来，陈湘灵站起身道："三哥，我也不想留在这里了，你愿意陪我远走他乡，去另一个没有纷扰的地方吗？"陈青笠点点头道："天涯海角，只要你想去，我都会陪着你。只是五妹，你真的决定退出了？"陈湘灵忽然挤出一个微笑，拉起他的手道："我们成亲吧。"陈青笠却抽出了手，"五妹，我们……还是走吧。"

二人从符离村中离开后，去了很多没有去过的地方，走遍了大江南北，这天路过歌楼，只听见歌女拨动着琵琶婉转地唱着："汉皇重色思倾国，御宇多年求不得。杨家有女初长成，养在深闺人未识。天生丽质难自弃，一朝选在君王侧。回眸一笑百媚生，六宫粉黛无颜色。春寒赐浴华清池，温泉水滑洗凝脂。侍儿扶起娇无力，始是新承恩泽时。云鬓花颜金步摇，芙蓉帐暖度春宵。春宵苦短日高起，从此君王不早朝。承欢侍宴无闲暇，春从春游夜专夜。后宫佳丽三千人，三千宠爱在一身。金屋妆成娇侍夜，玉楼宴罢醉和春。姊妹弟兄皆列土，可怜光彩生门户。遂令天下父母心，不重生男重生女。骊宫高处入青云，仙乐风飘处处闻。缓歌慢舞凝丝竹，尽日君王看不足……"听到这里，只见陈湘灵早已泪流满面，她听出了弦外之音，她太熟悉这样的文风，她心里明白，这是白乐天在自己走后写下的绝唱诗篇，陈湘灵拿起桌上的烈酒大口灌着。

这正是白乐天写的《长恨歌》，白乐天在仙游寺触景生情而作，当他写道：渔阳鼙鼓动地来，惊破霓裳羽衣曲。九重城阙烟尘生，千乘万骑西南行。翠华摇摇行复止，西出都门百余里。六军不发无奈何，宛转蛾眉马前死。花钿委地无人收，翠翘金雀玉搔头。君王掩面救不得，回看血泪相和流。黄埃散漫风萧索，云栈萦纡登剑阁。峨眉山下少人行，旌旗无光日色薄。蜀江水碧蜀山青，圣主朝朝暮暮情。行宫见月伤心色，夜雨闻铃肠断声。天旋地转回龙驭，到此踌躇不能去。马嵬坡下泥土中，不见玉颜空死处。君臣相顾尽沾衣，东望都门信马归……所有的伤心与失意都化作了笔下的字字血泪，白乐天仿佛不是在写唐明皇，而是在写自己所能感受到那蚀骨的思念与悲痛，伊人皆去，独留一身。

而当卢眉娘看到白乐天的这首诗时，不由徘徊在屋内低声哽咽念道："归来池苑皆依旧，太液芙蓉未央柳。芙蓉如面柳如眉，对此如何不泪垂？春风桃李花开日，秋雨梧桐叶落时。西宫南内多秋草，落叶满阶红不扫。梨园弟子白发新，椒房阿监青娥老。夕殿萤飞思悄然，孤灯挑尽未成眠。迟迟钟鼓初长夜，耿耿星河欲曙天。鸳鸯瓦冷霜华重，翡翠衾寒谁与共？悠悠生死别经年，魂魄不曾来入梦。临邛道士鸿都客，能以精诚致魂魄。为感君王辗转思，遂教方士殷勤觅。排空驭气奔如电，升天入地求之遍。上穷碧落下黄泉，两处茫茫皆不见……"这就是杨贵妃和李隆基的故事，这就是承载了钗盒情缘的故事，卢眉娘念着念着，早已泪如雨下。门外的叶岐云全部看在了眼中，他实在不忍心卢眉娘左右为难。

"卢眉娘，这就是你织的黎锦？"次日一早，叶岐云就沉着脸兴师问罪来了，他将锦缎扔在卢眉娘的面前冷冷道，"你看看你，这两面都没有任何反光的色彩，你到底是怎么回事，连织锦都织不好，还配是南海皇朝的人吗？"卢眉娘惊诧道："岐云哥哥，你怎么了？"叶岐云呵斥道："放肆！你是什么身份，竟敢跟本座没大没小？在南海皇朝里，你必须叫我圣主。"

第五十六章 长恨歌

卢眉娘垂下眼帘道："是,圣主,这匹锦缎我没织好,你再给我一次机会吧,你别赶我走。"叶岐云冷言道："好,拿着我的斩天剑,去外面一边舞剑,一边织锦!"卢眉娘费力地接过斩天剑,才走到织架前,却是一个趔趄,手中的斩天剑不偏不倚地划破了织架上的黎锦,叶岐云冲上前怒道:"真是没用!你这样的人,还能跟我们去攻打李唐吗?来人,传我命令,把卢眉娘逐出南海皇朝!"

第五十七章 雪 盲

"岐云哥哥，不要啊！"卢眉娘从没见过他对自己发这么大的脾气，更没想到他要将自己逐出南海皇朝，她惊慌地拉住叶岐云的衣袖，却被他扬手推开，"还不把她带走？"他话音未落，南玳抱着猞猁从屋中走出来，"谁都不许赶她走！"南玳走到哭泣着的卢眉娘面前道："好了，别哭了，你的岐云哥哥是怕你为难，故意要刁难你，想让你没有南海皇朝的牵绊，可以安心嫁给白乐天为妻。"卢眉娘垂泪抬起眼眸，一把拔下头上的金钗扔在了地上。没想到恰在此时，李纯的赐婚文书到达，卢眉娘夺过李纯的圣旨，当着宫中使者的面撕了粉碎，"我不嫁，我不嫁！"使者大惊失色，不知所措。南玳却高深莫测地说："你们把她带走，若不能成婚就莫怪我南海皇朝！"看到卢眉娘真要被使者带走，叶岐云登时又着急起来，要上前阻止，南玳却按住了他的肩膀，在他耳边压低声音道："我看你真是昏了头！让她去吧，即使被关在狱中还能安全些。"

"康姑娘，不好了，卢姑娘被陛下抓起来了！"白乐天得知这个消息，立即去杨府求杨连城想办法，不料杨连城不在，却遇见了杨慕巢。此时杨慕巢没有心思去关心卢眉娘，他正在担心康娥。他匆匆赶去祆祠旁的小屋，推门冲进去却不见康娥的踪影。只见屋内空空荡荡，墙角挂着一件黑色的夜行衣，杨慕巢心中一颤，走上前抚摸着夜行衣喃喃自语："难道康姑娘也果真加入了南海皇朝？不会的，一定是我弄错了，她只是想杀俱文珍报仇罢了。"谁知他一不小心碰到了夜行衣下的暗纽，那面墙竟吱呀移开，出现一间密室。杨慕巢从不知道这里还有间密室，他小心翼翼走了进去。只见这密室蜿蜒曲折，在第九道弯后，他赫然看见面色苍白的康娥正盘膝坐在床榻上双目闭合，练功疗伤。杨慕巢的动静打扰了康娥，只见她猛地睁开了双眼，眼神中透露出一种死人般的冷光，霎时腾空而起，一掌向杨慕巢打去。他居然不是康娥的对手，被她一掌打倒在地，哇地吐出一口鲜血。

第五十七章 雪 盲

这相似的场景立时在康娥的脑海中如碎片般浮现，她仿佛看见了当年被活活打死的杨咏，康娥心口一揪，跌坐在地，霎时恢复了本性。

"康姑娘！"杨慕巢不顾死活，撑着爬过去道，"你到底怎么了？"康娥连连退后道："别，你别过来，我会害死你的……其实，其实自从恩公死后，我为了替他报仇，吃了于阗的秘药开始练功，从此身患怪病，一半身子至阴，一半身子至阳。为了确保我的功夫能杀得了俱文珍，我还用巫术下咒，以自己的鲜血练就武功，每每练到高一级，就要消耗一次。我的身体承受不住冰火两重的煎熬，所以才会变成现在这样，几乎要走火入魔，我也控制不了自己。等到武功练到极致，我就可以杀了俱文珍，但与此同时，我自己也会精力衰竭而死。"杨慕巢不可置信道："不会的，不会治不好的，康姑娘，你让我帮你吧，我一定为你找到药方，每一种药我都会亲自尝过再给你试，总会有解决的办法。"康娥苦笑道："大千世界，有那么多药草，就算你日夜不眠地寻药采药，煮药试药，也未必能配得出解药。就算能找出解药，恐怕我也早已油尽灯枯。我知道你对我好，若是真的想要帮我，我只希望临死之前，可以见到陈青笠。"

杨慕巢掩着伤口跟跟跄跄地回到了府中，他犹豫了许久，终于来到了密室前。只见陈青笠正在院中舞刀练功，原来自从那晚陈湘灵听见《长恨歌》之后，二人便心照不宣，一起回到了长安。只是陈湘灵居无定所，时而住这家旅舍，时而住那家客舍，就是怕遇见故人。而陈青笠则躲到了这里，也不想见任何人。杨慕巢走上前把今天所见所闻都与他说了，"康姑娘的遭遇实在太可怜了，她的一生就是在报恩与报仇之间徘徊，如今已没多少日子了，她只是想为自己活一次。如果她喜欢的人是我，我一定义无反顾照顾她，可惜……她曾亲口对我说，她真正所爱的人是你。陈兄，就当我求求你，别让康姑娘伤心，在她余下的时光里好好陪伴她。""我们是义兄妹，你知不知道？""义兄妹也不行，湘灵喜欢的是白乐天，康姑娘是真心对你的。"

陈青笠惊愕地听完他的话，连连退后道："不可能，康姑娘明明爱的是你……我没想过会是这样，我……对不起，我做不到，我的心只有这么

鹿 回 头

大，只能容得下五妹一个人。就算我和五妹不能在一起，我也无法接受其他女子。"杨慕巢激动地揪住他的衣衫道："陈青笠，你实在太过分了！"他涨红了脸扬手就给他一拳，陈青笠却也不还手，擦去口角的鲜血道："如果打我能让你消气，你就尽管打吧！"杨慕巢气冲冲地又抬起拳头，却在半空中停住了，若是把陈青笠打死，康姑娘岂不是要气急攻心，毒发得更快了？杨慕巢恨恨地收回拳头道："这笔账我将来再跟你算，现在我们快去为康姑娘找药方！"

"汴水流，泗水流，流到瓜洲古渡头。吴山点点愁。思悠悠，恨悠悠，恨到归时方始休。月明人倚楼……"迎着凛冽的冬风，白乐天站在南浦边吟唱着，也不知道陈湘灵如今身在何方。他每个月都会来这渡口等待，期望或许有一天能看见陈湘灵回来。旁边的树干上还刻着他上次刻下的诗，白乐天伸出手轻抚着这字迹：南浦凄凄别，西风袅袅秋。一看肠一断，好去莫回头。他哪里知道，心中所挂念的那人，远在天边近在眼前，只是陈湘灵刻意躲着自己，就算世界再小也不会重逢。

寒风哗啦一下吹散了窗棂，屋内的韦丛起身要去掩上窗扉，哪知床榻上的小女儿元降真忽然猛地大哭了起来，韦丛连忙抱起女儿安抚地哄着，元微之闻声跑进来担心道："降真最近是怎么了？为什么总是这样哭？"韦丛叹气道："是那场大火……我和降真差点丧命火场，从那以后她就常常做噩梦。哎呀，她的身子好烫，她怎么发这么高的烧！"元微之伸手摸了摸额头，登时大惊失色，匆忙出门叫来了大夫，"大夫，快来看看我的女儿！"谁知大夫仔细地看了看，连连摇头道："这孩子先天不足，再加上受了惊吓……哎，我开两帖药，能不能熬得过这一关，就看今晚了。"韦丛霎时脑中一片空白，伏在床榻上哭道："不，降真……女儿，你别吓娘，你一定不会有事的！"这一夜如此的寒冷，韦丛亲自喂她吃了药，守在床榻边半步不肯离去，只见元降真哭了又醒，烧退了又起，折腾了大半夜，韦丛实在困极了，便靠在床边迷迷糊糊地睡着了。

也不知睡了多久，韦丛猛地从梦中惊醒，竟发现自己躺在床上，她立时坐起身喊道："管家！我的女儿呢？微之呢？"管家闻声急匆匆地跑来，

第五十七章 雪 盲

只见他已然哭红了双眼，扑通一声跪在地上，"小姐她……"韦丛脑中一嗡，连忙赤脚跑了出去，只见在元降真的屋内，所有下人都哭成一片，元微之伏在床榻前失声痛哭，堂上赫然题着一首墨迹未干的诗词，如此刺目地扎进她的眼中：雨点轻沤风复惊，偶来何事去何情。浮生未到无生地，暂到人间又一生。韦丛颤抖着走上前去，元降真正安静地躺在床榻上，不哭不闹，静静地合着眼仿若睡着了，那粉妆玉琢的面孔惹人怜爱，她伸出手去，却猛地发现元降真已经没有了气息。韦丛撕心裂肺地大哭着跪下，霎时心中剧痛，眼前一黑晕了过去。

得知噩耗的白乐天匆匆赶去了元家，只见神色憔悴的元微之正坐在灵堂前烧着冥镪，白乐天走上前正要安慰他，他却起身摇了摇头，"别说话，陪我去院中走走。"二人并肩无言地在院中徘徊，走到了枯树下，只见枝干上挂满了白色的绢帛，上面分别题着无数首悼亡诗，白乐天伸手拉过一块，上面赫然写着：才能辨别东西位，未解分明管带身。自食自眠犹未得，九重泉路托何人？再看旁边的那张绢帛上写着：莲花上品生真界，兜率天中离世途。彼此业缘多障碍，不知还得见儿无？一阵风吹落树上的白绢落在了白乐天手中，这又是一首字字啼血的诗：长年苦境知何限，岂得因儿独丧明。消遣又来缘尔母，夜深和泪有经声。白乐天忍不住道："若不是南海皇朝的那一场大火，令爱就不会……都是我不好，都怪我。"元微之终于开了口："乐天，我没怪过你，只能怪降真命薄。经过这件事，我更加不会向南海皇朝低头，我们兄弟同心同力，一起撑过这个难关！"他扬起手来，白乐天坚定地点了点头，与他郑重地击掌为盟，"试玉要烧三日满，辨材须待七年期。周公恐惧流言日，王莽谦恭未篡时。向使当初身便死，一生真伪复谁知？"

天气一日比一日寒冷，这天竟渐渐飘起了雪花，不一会儿工夫，白雪就覆盖了长安城。白乐天坐在宅院前，百无聊赖地捡起一根枯树枝，望着厚厚的积雪，一笔一画写下：忽闻海上有仙山，山在虚无缥缈间。楼阁玲珑五云起，其中绰约多仙子。中有一人字太真，雪肤花貌参差是。金阙西厢叩玉扃，转教小玉报双成。闻道汉家天子使，九华帐里梦魂惊。揽衣推枕起徘徊，珠箔银屏迤逦开。云鬓半偏新睡觉，花冠不整下堂来。风吹仙

鹿 回 头

袂飘飘举,犹似霓裳羽衣舞。玉容寂寞泪阑干,梨花一枝春带雨。含情凝睇谢君王,一别音容两渺茫。昭阳殿里恩爱绝,蓬莱宫中日月长。回头下望人寰处,不见长安见尘雾……他写着写着,忽然觉得这些字迹渐渐模糊了,眼前氤氲起白茫茫的雾气,白乐天惊惶地伸出双手,却什么也看不见,"怎么会这样,我的眼睛……"

白乐天万万没有料到,他的眼睛竟突然患上了雪盲症。元微之关切地前来探望,"怎么好端端的,会变成这样?"白乐天道:"眼损不知都自取,病成方悟欲如何。夜昏乍似灯将灭,朝暗长疑镜未磨。我现在眼前都是白茫茫的,什么也看不见,这样也好,我倒不用出门了,只顾在家休养了。"正说着,便听见刘梦得也走了进来,"乐天兄,这位是杨明府替你找来的眼医婆罗门僧,据说医术极其高明。"元微之看见刘梦得身边有一位浓眉大眼的婆罗门僧,他走到白乐天面前仔细地查看了半响,用一口古怪的音调道:"檀越的眼疾是急性发作,贫僧开几服药,请檀越一日三次按时服用,若是嫌麻烦,可以将汤药倒出,分成三份,晾凉了揉成丸子带在身上,随吃随取。另外贫僧有一剂秘方外敷双眼,每日热敷冷敷两次,一定不可断药。"

白乐天谨记着这婆罗门僧的话,叮嘱下人每天为自己换眼药。这天在换药的时候,忽然他感觉到一双柔软细腻的手触碰到了面颊,手腕上一股熟悉的香味传入鼻中,白乐天连忙一把拉住那人的手道:"湘灵?是你吗?"那只手赶忙抽了出去,耳畔却传来了另一个婢子的声音,"白县尉,你认错人了。"白乐天失望地低下了头,"我真是糊涂了。"可他浑然不知,自己的身后正站着陈湘灵,她竖起一根手指,对着面前的婢子示意不要揭穿。原来一直以来,陈湘灵每天都悄悄来到他的家中,为他亲自煎药,为他亲手换药,只是白乐天从来都没有想到他一直挂念的人就在身边。

第五十八章 相思始觉海非深

当春风又绿江南岸的时候,白乐天终于摘下了蒙在眼睛上的纱罩,他清晰地看见元微之和刘梦得站在面前,他欣喜万分道:"我的眼睛好了!"元微之走上前伸出手掌在他眼前晃了晃,白乐天笑着一把抓住他的手。刘梦得大喜道:"果真好了,这位婆罗门僧的医术确实非凡!"他当即题了一首诗递给婆罗门僧:"看朱渐成碧,羞日不禁风。师有金篦术,如何为发蒙。"

那婆罗门僧笑道:"其实贫僧只是略尽绵力,当日还是杨明府费尽心思四处寻找贫僧,要谢还是该多谢杨明府吧。"提及杨慕巢,白乐天不由得想起当日拒婚,不免过意不去,惭愧不已。"杨明府,这是白县尉送来的东西!"杨慕巢刚刚下朝回家,便看见随从拿着一个盒子过来,他好奇地接过打开,赫然看见那只盒子里装满了香喷喷的胡饼,杨慕巢大喜道:"这不是我最喜欢吃的辅兴坊胡饼吗?这个乐天,看来他的眼睛是好了!"只见其中还夹着一张纸笺,他取出念道:"胡麻饼样学京都,面脆油香新出炉。寄与饥馋杨大使,尝看得似辅兴无。"

此刻刘梦得正带着白乐天四处散心,试试他的视力,竟不知不觉来到了许久没来的麻姑山。那座陋室还伫立在空空荡荡的山间,刘梦得叹了口气道:"乐天兄,这就是我曾经所写的陋室了。"自从与薛玉奴成亲,他就再也没有来过陋室,刘梦得走上前轻轻推开了门,随着吱呀的声响,满屋的灰尘迎面而来,四处都挂满了蛛丝蒙尘,早已没有了人迹。还记得他曾和薛玉奴一起搭建这座屋子,一起在门前有说有笑,刘梦得不由悲从中来:"从郎镇南别城阙,楼船理曲潇湘月。冯夷蹁跹舞渌波,鲛人出听停绡梭。北池含烟瑶草短,万松亭下清风满……侍儿掩泣收银甲,鹦鹉不言愁玉笼。博山炉中香自灭,镜奁尘暗同心结。从此东山非昔游,长嗟人与弦俱绝。"

白乐天安慰道："梦得，别这样了，嫂夫人在天之灵也不想看到你至今不能从悲伤中走出来。如今郡君已经替柳兮兮赎罪一命，冤冤相报何时了，罢了罢了。"刘梦得抹去泪痕道："乐天，珍惜眼前人才是最重要的。其实我们大家都知道，你和眉娘两情相悦，不如你去劝劝她，你们成亲对谁都好，何必要弄到这个田地？"

自从卢眉娘被下狱至今已经过了这么久，李纯显然没有要处置她抗旨的意思，叶岐云越发觉得心中不安。他在松泉别苑中来回走动，翩翩走上前道："圣主，你找我？"叶岐云拉着她走到一旁低声道："翩翩，我有些话想问你。最近我越想越觉得不对劲。虽说眉儿被关在狱中很安全，但母后好像并不这么希望，而且之前母后一再跟眉儿灌输，嫁给白乐天不如嫁给李纯。我真的想不明白这是为什么。还有，为什么丞相当日会受那么重的伤，到底是什么人伤了他？翩翩，是你先发现丞相的，他有没有跟你说什么？"翩翩闪烁了一下眼神，避开他的目光道："没有，丞相什么都没跟我说，就晕倒在地了。"叶岐云自顾自地说着，丝毫没有察觉她的异样，"我一直以为母后要杀的只有李适，但如今看来，不知为何我总觉得母后对李诵的恨意更加深刻。一直以来我查的都是母后，从没想过从李诵那里查起。翩翩，我想去查查李诵登基之前的事，你愿不愿意跟我一起去？当然，这毕竟有危险，如果你不想去，我也不会勉强你。"

翩翩从怀中取出一个龟壳道："我们来抛龟壳卜筮吧，若是卦象好，我就随你去，否则你哪儿也别去。"她扬手将那龟壳抛上半空，眼看着它悬在空中，虽然只有片刻，翩翩的脑海中却急速浮现了种种想法，啪一声，龟壳落在了不远处的草地上，翩翩挡住叶岐云，冲上前抢先捡了起来。她赫然看见手中的龟壳裂了无数道细缝，竟变黑了，她连忙把龟壳背在身后，转过身深深吸了口气道："我陪你去。圣主去哪儿，翩翩就去哪儿。哪怕用我的一辈子换陪圣主一阵子，我也心甘情愿。"叶岐云喜道："翩翩……既然你决定了，那好，我打算追本溯源，先回到李诵当太子之前的宣王府邸去看看。"

宣王府邸远在宣城，二人并辔骑马而行，悄悄离开了长安去往宣城。

第五十八章 相思始觉海非深

刚刚来到驿站已是深夜，叶岐云却怎么都睡不着，他站在清冽的月色下，取出腰间的玉笛幽幽地吹奏起来，脑海中浮现的全是卢眉娘的音容笑貌。他只想把一切弄个清楚，确定安全后再救出卢眉娘。忽然一阵辛夷花香随风飘来，叶岐云浑身一颤，"眉儿？"他激动地回头望去，却看见翩翩在月光下捧着一把辛夷花正在忙着嫁接，她累得额头上布满细汗，双手都已经通红。她捧着辛夷花走上前道："圣主，送给你。虽然我不是眉娘，我只是希望你能开心些。"

月光照在她的面颊上，叶岐云忽然看见她的脖子和脸上竟出现了一块块的红斑，"翩翩，你这是怎么了？"她只觉一阵头晕，却强撑道："没什么，就是好痒啊。"哪知她话音刚落，却眼前一花，当即晕倒在叶岐云的怀中。"翩翩！你怎么了？"叶岐云大惊失色，连忙横抱起她跑进房中，匆匆找来了附近的大夫。翩翩终于苏醒了，叶岐云担心不已地坐在床榻边守着她，他不由叹道："翩翩，你怎么这么傻，原来你对辛夷花粉过敏，你还替我种这些花，刚刚你差点都没命了！"翩翩虚弱地漾起微笑道："只要圣主高兴，翩翩这条命都是你的。"

"卢眉娘，有人来看你了！"被关在牢狱中的卢眉娘正坐在墙角惦记着南海皇朝，忽然被狱卒敲响了门，她下意识抬起头去，只见狱卒别过身让开，白乐天从他的身后走了上来。卢眉娘连忙转过头道："你还来干什么？我说过不会嫁给你的。岐云哥哥逐我离开南海皇朝也是为了我，我不能抛下他不管不顾。"白乐天向狱卒示意一眼，众人都退下了，只剩下白乐天站在牢狱前："眉娘，我们必须成亲。我相信你也不想看到南海国建立。一旦南海皇朝变成昔日的南海国，到时候就要跟大唐争夺天下，你也不想生灵涂炭，四处开战吧？一旦开战，你们鹿眠谷的人连安身立命之处都没有了，哪里又会像从前那样过着安稳的日子呢？你们要报仇，我无话可说，但要天下大乱，这就是你要帮你的岐云哥哥所做的事吗？我们成亲或许可以避免一场灾劫，这不光是对大唐，也是对百姓，对你的岐云哥哥，都是一个劫难。"卢眉娘紧蹙着眉头听罢他的话，犹豫了许久，"是啊，李适已经死了，岐云哥哥的仇已经报完了，我不想他永远生活在杀戮中。我……我再想想……"

鹿 回 头

"陛下，陛下！神姑答应嫁给白乐天了！"第一时间得知消息的吐突承璀匆匆忙忙地闯入寝宫中，险些被门槛绊了个跟头，李纯伸手扶住了他，惊喜道："真的？快去，去调白乐天回京任职，再把眉娘放出牢狱！"许久都没有离开过天牢，看着重重的牢门在眼前移开，卢眉娘终于呼吸到了外面新鲜的空气，她不由得抬起头环视着一望无际的蓝天，闭起双眼用力地嗅着青草的香气。"眉娘！"一个熟悉的声音响起，她睁开眼看去，只见白乐天正笑盈盈地站在门口等候着她，迎上前道："眉娘，我们回家吧。"

卢眉娘道："乐天，我想过了，我不能立即嫁给你，因为我心里惦记的事情太多了。你再给我七天，等我七天好吗？让我心里平静平静。"白乐天傻乎乎地笑道："好的，好的。来，眉娘，我带你去曲江玩！"他拉住卢眉娘的手，二人一起游山玩水，看遍了山川春色，玩得不亦乐乎。不知不觉一天就这么过去了，夜色已覆满了江面，零星的渔船灯火点缀在其间，卢眉娘和白乐天坐在小舟中在湖中央荡悠悠，她一时兴起，抚起面前的七弦琴，泠泠的琴声飘荡在宽阔的水面上，白乐天轻声吟和道："蜀桐木性实，楚丝音韵清。调慢弹且缓，夜深十数声。入耳澹无味，惬心潜有情。自弄还自罢，亦不要人听。"

悠悠的琴声飘过夜空，空了许久的无忧阁又灯火通明了，杨连城披着睡衣站在窗前，望着一轮明月听着似断还续的琴声，心中蓦地一阵酸楚。她又当起了无忧阁的帮主，白乐天很快就要成亲了，她留在白宅附近也只是徒添感伤，倒不如重新建立无忧阁，让自己每天忙一些，思念短一些。回到松泉别苑的卢眉娘在床榻上辗转反侧，从出狱开始，她一直没有见到叶岐云和翩翩，不知道他们两人去了何处，卢眉娘的心中始终不安。她披上睡衣起身挑灯，坐在窗前写了一封又一封的信，却不知该寄去何处，一次次将写好的书信揉成一团扔在地上，很快满地都是那些没寄出去的书信纸团。

又到月初了，白乐天不知不觉走到渡口南浦，看着夜间的浪潮滔滔不歇，他不由吟诵道："一泊沙来一泊去，一重浪灭一重生。相搅相淘无歇日，会教山海一时平。"巨大的浪潮席卷而来，霎时沾湿了他的鞋袜，白乐

第五十八章　相思始觉海非深

天忍不住对着天地间大声呼喊道："湘灵！"泪水不住流淌而出。白乐天俯身捡起一块石头，泪流满面地在树干上一笔一画费力地刻下：借问江潮与海水，何似君情与妾心？相恨不如潮有信，相思始觉海非深。黑黢黢的林间，在一棵毫不起眼的树后，陈湘灵正靠在树干上，抬手掩口失声痛哭。她见白乐天和卢眉娘过得很好，也知道只有他们成亲才能化解大唐的灾难，陈湘灵决定不再去打扰他们，她悄悄抹去了泪水，奔跑着离开了林间，就让他以为自己一直没有回来吧，所有的念想让她一个人来承担就够了。

"茂之，茂之……"自从女儿元降真死后，韦丛一直无精打采地躺在床榻上，谁也不肯见，门也不肯出，元微之走上前轻声唤道。她微微睁开了眼睛，元微之握紧了她的手道："过几日我就要出使剑南东川了，不如你陪我去辋川散散心吧。"她当然明白元微之是想带自己散心，也不想扫了他的兴。二人即日启程，很快就到了蓝田县的辋川镇。只见这里青山逶迤，峰峦叠嶂，奇花野藤遍布幽谷，辋河水流潺潺，波纹旋转如辋，烟雨蒙蒙。这里素来是文人骚客喜爱的地方，当年的诗佛王维就在这里过起了"晚年惟好静，万事不关心"的生活，陶醉于山壑林泉之间，练赋敲诗，泛舟往来。

辋川别墅前的墙壁上还留着王维曾写下的诗句：空山新雨后，天气晚来秋。明月松间照，清泉石上流。竹喧归浣女，莲动下渔舟。随意春芳歇，王孙自可留。元微之望着眼前的景色叹道："世累为身累，闲忙不自由。殷勤辋川水，何事出山流？"二人并肩走到山间的高台亭中，亭外开满了早春新梅，韦丛折下一枝开得正盛的梅花递给了他，"别担心我，我没事的，你安心去东川吧。"元微之接过梅花，握住了她的双手，"才见岭头云似盖，已惊岩下雪如尘。千峰笋石千株玉，万树松萝万朵银。茂之，你一定要好好地等我回来。"他伸出手，将韦丛紧紧拥入了怀中。

第五十九章　萧惠妃

　　一阵敲门声在白宅前响起，白乐天拉开门一看，竟看见许久未见的三弟白知退手提着食盒站在门口，"二哥，我听说你和眉娘七日后就要成亲了，我特意来恭喜你的！还有，这是我给你做的一些小菜，你尝尝。"白乐天欣喜地拍了拍他的肩膀，"好！我们兄弟二人许久都没有好好聚上一聚了。今日我陪你去游城南，我们一边喝酒一边吃小菜！"说罢白乐天抱出一坛新酿的酒，有说有笑地与白知退一直来到了曲江游春，"只可惜今日元九不在，否则在外面我们三人可以好好谈天说地了。"白乐天望着眼前的春光烂漫，不由思念道："春来无伴闲游少，行乐三分减二分。何况今朝杏园里，闲人逢尽不逢君。"直到夜幕四合，二人去附近的酒肆继续吃喝。喝得醉醺醺的白乐天忽然放下了酒杯，迷迷糊糊道："今天是二十一日了，元九出使剑南东川，按照脚程算来，他今天大概已经到了梁州。博士，拿笔来！"他接过一支笔，当即在墙上挥毫泼墨：花时同醉破春愁，醉折花枝作酒筹。忽忆故人天际去，计程今日到梁州。

　　"二哥，是微之的信！"几日之后，白乐天正在偷偷为卢眉娘准备嫁衣，只见白知退欣喜若狂地举着一只竹筒跑了进来，白乐天接来，娴熟地抽出竹筒中的信笺打开一看，又惊又喜道："奇了，奇了！你还记不记得二十一日，我们同游曲江的那天？这封信就是元九在二十一日所写的，那日他果然是到了梁州，更有趣的是，当天夜里他还梦见与我们在游城南曲江，你看看！"白知退接过来念道："梦君同绕曲江头，也向慈恩院院游。亭吏呼人排去马，所惊身在古梁州。"白知退不由拍腿笑道："这可真是神奇了！我的《三梦记》中已然完成两篇，正差最后一篇想不出来，我就把这段故事写进去罢！"

　　七日已经过了大半，成亲的日子也一天天接近，卢眉娘也定下心神决

第五十九章　萧惠妃

定要嫁给白乐天了。这天她正在白宅内帮他收拾堆满桌的书卷，忽然画卷底下掉出一块昔日敷眼的布，卢眉娘俯身伸手去捡，却沾上了光滑冰凉的珍珠粉，她拿起来仔细一看，只见这块布的两端都有些许的珍珠粉，卢眉娘心中咯噔一声，"湘灵？"无数的念头在她脑海中转来转去，她忽然想明白了，惊愕地拿着这块敷眼布跑到了最近的医馆，"大夫，前段时间是不是有个姑娘来配过这块布上的药？"那大夫闻到了布上浓烈的药香便道："哎，这味道我可受不了，说是什么婆罗门僧配的怪方子，所以我印象可深了，那个姑娘每天都来，她就住在对面那间小屋里。"

掌柜的话还没说完，卢眉娘就焦急地跑到了对面的小屋，一阵猛敲门，毫无准备的陈湘灵拉开了门，赫然看见门外站着的居然是卢眉娘。她大惊着要关门，卢眉娘却一下挡住了大门，"湘灵！你什么时候回来的？"陈湘灵根本不敌她的力量，门一下子被打开了，她连忙跑开两步道："你别管了，我知道你和乐天哥哥要成亲，我就安心了。"卢眉娘着急地拉住她的衣袖道："湘灵，你听我解释，我跟乐天成亲完全是为了大局着想，我不想这么做的……可是，可是如果我们不成亲，天下就要大乱了。湘灵，既然木已成舟，你再去见他一面，了却心愿吧。"陈湘灵摇头道："我不想让他看见我，分散了心思。你们好不容易才走到一起，我不想破坏你们的钗盒情缘。"卢眉娘脱下身上的披风递给了她，"你瞒得了别人，瞒不了我，我知道你还想见他。你不如换上我的衣服，今天晚上偷偷去看他一眼也好啊。"

"贵妃殿下，一切已经准备妥当。"此时此刻的清宁宫中，郭俪凝正闭目炼丹，一个杀手在她身边冷冷地开口道。郭俪凝懒洋洋地睁开了双眼，"很好，那今晚就动手吧。"那杀手道："可是属下不明白，那个卢眉娘已经要嫁为人妻了，难道还会对贵妃有什么威胁吗？"郭俪凝的眼中闪过一丝杀机，蓦地站起身道："哼，嫁为人妻又怎样？只要陛下心中有这么个眉贤妃，她总有一天还是会成为眉贤妃。就像当年的杨玉环，她本是寿王李瑁的妻子，但只要玄宗喜欢，自己的儿媳妇也能当上贵妃。你说区区一个县尉的妻子，难道不能当上贤妃吗？"就在这天夜里，刺客已按照郭俪凝的指示埋伏在白宅门外，只见不多时，一个纤纤身影走进门来，那刺客一眼

鹿 回 头

就认出了她身上的双面黎锦，他悄然拉紧了弓弦，一支喂毒的短箭对准了她，不偏不倚地直刺进她的背心。那刺客眼见得手，立时凌空飞走，卢眉娘闻声冲进院中，赫然看见陈湘灵倒在了血泊中，她大惊失色道："湘灵！你不要有事，你撑住，我带你回松泉别苑找太后！"

"眉娘，你可知她中了什么毒？箭虽然拔出来了，这毒可是要命的，这是于阗的毒药，我也无能为力。"当听见南玳这么说，卢眉娘脑中一片空白，当即跪在床榻边，想也没想便要以口为陈湘灵吸毒。陈湘灵虚弱地推开她道："别，眉娘……你这么做会死的。"南玳摇头道："别费劲了，没用的。这种毒已经渗入血脉，除非用与她相合的血互换才行，而我已经试过了，我们这么多人当中，只有你的血和她相合。"卢眉娘忙道："好，用我的血！"她说着便抽出一把匕首在胳膊上割下一道血痕，向碗中挤着血，渐渐她的面色也变得苍白了。南玳按住了她的手道："可是就算换血成功，你们两人也只能活一个。"陈湘灵支撑着爬起来道："眉娘，别这样了，我愿意替你去死！"卢眉娘再也忍不住痛哭起来，她扬手连连打了自己几个重重的耳光，"都怪我，都怪我！"陈湘灵也泪流满面，紧紧与她相拥在一起："别打了！生死有命，富贵在天，我们谁都不要勉强了。"卢眉娘号啕大哭道："不行，你要是死了，我永远都会恨我自己的！"

砰砰砰！祆祠小筑的门被敲响，康娥刚刚从密室里出来便听见了门响，赶忙拉开了门，竟看见卢眉娘跪在门口哭得像个泪人儿，她一把抓住康娥道："康姑娘，湘灵中了于阗的毒，我知道你有很多暗器，我知道你武功高强，我求求你救救她，帮她逼出体内的毒吧。"康娥心中一颤，陈湘灵若是有个什么三长两短，陈青笠断然会伤心欲绝。虽然康娥刚刚恢复体力，但一口答应了："好，我跟你去。"到了松泉别苑，康娥立即为她疗伤。她盘膝坐在陈湘灵的身后，将自己的内力逼上手掌，紧紧贴着她的后背，烟雾徐徐升起，康娥的额头上已渐渐布满了细汗，她的双手也开始颤抖，面色也青一阵白一阵，突然一股巨大的力量袭来，陈湘灵和康娥纷纷吐出一口鲜血，卢眉娘听得屋内的动静正要进去，却见康娥扶着墙走出来，"陈姑娘没事了。"卢眉娘喜出望外地进去看陈湘灵，康娥抹去嘴角的鲜血，支撑着离开了松泉别苑，谁知刚刚出了门，便觉得一阵天旋地转，她晕倒在地。

南玳轻轻扶起了康娥,亲自将她送回了袄祠。南玳站在小屋里环视一圈,目光落在了墙上挂着的夜行衣上,她取下了这件夜行衣扬手穿上,策马直奔去了洛阳。这段日子以来,她没有告诉任何人,俱文珍每天宫市去抢的那家铺子就是她着人开的,那里的东西全部都是经过她手中的毒药熏染,最终这些玩意儿都进入了紫微宫,渐渐释放出毒气。算着时日差不多,毒气入骨,会使李诵产生幻觉,南玳决定亲自来送他一程。一切都在南玳的计划中,她顺利地扮成宫女混入了紫微宫。谁知她径直来到贞观殿时,却听说太上皇除了每天入寝之外会回贞观殿,其余时间都留在空空荡荡的长生殿。南玳莫名觉得心头一颤,默念道:"长生殿,一个负情之人,也配去长生殿?"

此时的李诵正坐在长生殿里,只听吱呀一声门响,长生殿的宫门被推开了,李诵看见一个宫女走了进来,他霎时察觉到不一样的感觉。旁边的俱文珍又惊又怒,跑上前呵斥道:"你是哪个宫的宫女,竟敢私自闯进长生殿?太上皇早就下旨,闲杂人等不许进入长生殿,你活腻了?"南玳手中捧着一碗热腾腾的药道:"我是来给太上皇送药的。"这个声音传进李诵的耳中,他仿佛觉得心跳一时停止了,他向俱文珍闭了闭眼示意,俱文珍大感奇怪,对南玳道:"算你走运,太上皇说让你留下服侍吃药,其他人全部跟我出去!"南玳也没想到如此顺利,她捧着药碗绕过肩舆,走到李诵的面前,只见他早已泪流满面,一双眼睛深深地凝视着自己,那样的眼神霎时让她感慨万千,往事历历在目。她红着眼蹲了下来,轻轻地搅动着碗中的药,"太上皇,还记得这碗药吗?二十年前,你休了萧惠妃,夺走了她八岁大的儿子,害死了她的儿子还不算。郜国公主死后,在你一病不起的时候,你父皇德宗就给她端来了这碗药。可惜啊,萧惠妃偏偏命不该绝。"

南玳扬手撕下了脸上的人皮面具,露出了那精致的美艳容貌。李诵的眼中却看不到任何惊讶,盈满了泪水,深深地看着这张再熟悉不过的脸庞,南玳凑上前道:"太子殿下,还记得我吗?我是二十年前本该死了的惠妃萧琼啊。当年我醒来的时候被埋在乱葬岗,李适在宫中宣布我病死了,还

鹿回头

给我谥号惠妃,至死都不承认我是你的结发妻子。我对李适恨之入骨,我也恨你无情无义!从此以后我远走他乡,到了琼州,拥有了我自己的天地,世间再无萧琼,只有南玳。你已经苟活了二十年,今天该是偿还的时候了!"她端起药碗颤抖着手,亲自给李诵灌了下去,然后瘫坐在地大哭大笑道:"萧琼,恭送太子殿下升天!"元和元年,太上皇李诵于紫微宫长生殿驾崩。消息一时间传遍了大江南北,刚刚回到京都的元微之得知此事,大感昔日东宫侍读一去不复返,失去了李诵这个靠山,二王八司马就彻底倒台了。他悲恸不已,提笔写道:前春文祖庙,大舜嗣尧登。及此逾年感,还因是月崩……俭诏同今古,山川绕灞陵……自嗟同草木,不识永贞春。

"圣主,你看!"刚刚在宣城里找到宣王府,翩翩就惊愕地指着前方,叶岐云顺势望去,只见烈火浓烟蔓延天际,昔日的宣王府已被大火吞噬,大半已化为了灰烬。叶岐云大惊着跳下马去欲要救火,翩翩连忙拉住他道:"别去,圣主,太危险了!没用了,这火势这么大,就算是救下来,什么蛛丝马迹都没有了!既然李诵已死,我们还是快点回长安看看吧。"叶岐云连连退后,看着眼前的大火喃喃自语:"怎么会这样……"他千里迢迢赶来,却无功而返,心中格外失望。他和翩翩策马疾驰,终于赶回了长安,一回到松泉别苑,叶岐云就急匆匆地往里走,"母后,听说李诵暴毙了!"

他却迎面撞上了拿着新嫁衣从屋里出来的卢眉娘,她欣喜万分地搂住叶岐云的脖子,"岐云哥哥!你终于回来了,我后天就要嫁给乐天了,我还在想如果你不回来参加我的婚礼,就太遗憾了。"叶岐云的目光落在她手中的那件新嫁衣上,他忽然板下脸来道:"既然你要嫁给他,就是向李纯妥协,那你就不再是我们南海皇朝的人。虽然李诵已死,但我们南海皇朝已经暴露,下一步怎么打算,还要看母后的安排。你既然是李唐子民的妻子,就请你离开松泉别苑,从今以后我们势不两立!"卢眉娘惊愕道:"岐云哥哥……"谁知她话音未落,叶岐云大声呵斥道:"出去!"她伤心欲绝地将手中的嫁衣扔在地上,扭头哭着跑出了松泉别苑。

· 300 ·

第六十章　金缕衣

伤心不已的卢眉娘抽泣着跑出了很远，直到她在人来人往的街市上跑累了，停下脚步抬头一看，竟不知什么时候跑到了白宅门前来。就在她驻足不前时，门外传来了熟悉的声音，"眉娘？"她回头看去，只见白知退正往这里走来，"你也是来找二哥的吧？快快进来吧。"卢眉娘擦了擦眼泪，跟着白知退走进宅院，绕过亭台楼阁，竟迎面遇见了从厨房里端出符离集烧鸡的陈湘灵，她不由惊讶道："眉娘？这么巧，你们都来了，乐天哥哥正一个人在池边呢。"三人一起来到池边，白乐天在池畔摆了一局棋，眼看他们来了，又惊又喜地拉住白知退与他坐下对弈。卢眉娘好奇地站在旁边看着，"为什么你们的棋子是黑白色的？柳家的棋子可漂亮了，红绿红绿的，晶莹剔透的。"

陈湘灵不耐烦地给她塞了个鸡腿，"别吵了，安静地看着吧！"白知退哈哈笑道："真好，真好，看到大家都还在一起，看到你们两个又像以前那样吵吵闹闹，感觉又像回到了符离村的日子里。欲识春生处，先从木德来。入门潜报柳，度岭暗惊梅。透雪寒光散，消冰水镜开。晓迎郊骑发，夜逐斗杓回。"白乐天笑着拂袖搅乱了棋局道："郁郁眉多敛，默默口寡言。岂是愿如此，举目谁与欢。去春尔西征，从事巴蜀间。今春我南谪，抱疾江海壖。相去六千里，地绝天邈然。十书九不达，何以开忧颜。渴人多梦饮，饥人多梦餐。春来梦何处，合眼到东川。"

就在这时门忽然响了，白乐天兴冲冲地去开门，却听他声音忽然变了，"太后？"卢眉娘闻言惊愕地跑上前去，只见南玧面色苍白地站在门前，失去了往日的神采，她从怀中取出了那只钿盒递给了白乐天，"物归原主。眉娘，我不打算再跟李唐耗下去了，我实在太累了，明日起我们就回呦呦谷，你是跟我们走，还是留下来做你的白夫人，任你选择。"眼看着南玧转身离开，卢眉娘看了一眼陈湘灵，转身对白乐天道："既然太后不再对付

鹿 回 头

李唐，南海皇朝也决定撤兵了，那我们的婚约就取消吧。"白乐天显然一怔，拿在手中的钿盒掉在了地上。卢眉娘的眼中闪动着泪光，弯腰拾起了钿盒，苦笑道："这次我心甘情愿退出，希望你和湘灵能走到一起。明天我就走了，或许不会再回来了，你们多多保重。"说完，便捂着嘴巴跑走了。

次日一早，卢眉娘就随着众人悄无声息地离开了长安。他们刚刚走，一道圣旨就降在白宅：升周至县尉白居易为进士考官、集贤校理，并授翰林学士。与此同时，李纯又将元微之召回，重新任命他为左拾遗。当年二王八司马的风波已经过去，众人都重新开始了新生活，再度相聚在长安城里。"书生，恭喜你！"没想到第一个上门拜访的人竟然是杨连城，她拎着一个精美的食盒欣喜万分地跑上前，弯起双眸笑道："不对，我应该叫你白学士了！"她凑上前低声道："我给你带来了牛肉。"陈湘灵走来道："杨帮主，令兄可曾见过我三哥？自从我们回长安，他就没了消息，我想他应该是住在杨府了吧。"杨连城看见了她，面上的笑容渐渐淡去，"陈青笠让我哥跟你说，他会祝福你们的，但是他不想再见到你了，让你好好照顾自己。"陈湘灵听罢，只觉得心中空落落的，不由垂下了眼睫。

此时此刻的陈青笠正和杨慕巢分头为康娥寻找解药，与要去白宅的元微之撞了个满怀。元微之踉跄两步回过神来，"咦，是你？这是怎么了，慌慌张张的？"陈青笠连忙道："康姑娘身患怪病，我和杨明府正在四处为她寻找药方。现在我来不及多说了，她的病情恶化了。"元微之拉住他道："哎你等等，我这里有一本《传信方》，是梦得自己写的医书，我把它转送给你，希望能帮得上忙。"陈青笠笑着接过，拍了拍他的肩膀道："谢谢你，左拾遗。见到我五妹的话，告诉她无论我身在何方，我永远都会牵挂着她。如果她需要我，我随时随刻都会到。"

"劝君莫惜金缕衣，劝君惜取少年时。花开堪折直须折，莫待无花空折枝……"一阵悠悠的唱腔从平康坊的青楼内传出，一个身穿嫣红色金丝襦裙的少女正坐在榻上，弹拨着琵琶开口轻唱着，她看上去只有十四五岁的光景，却是娇媚无双，一双含情的眼眸仿若会说话。随着琴弦的拨动而颤

第六十章　金缕衣

动。她梳着愁来髻，头上簪满了金步摇，眉间点缀着月形的花钿，她是这间青楼里最有名的都知杜秋娘。座中一个俊朗不凡的男子一边喝着酒，始终目不转睛地盯着她看，一曲作罢，这男子借着酒意走上前，拉住她的手腕道："杜秋娘，你以后就是我李锜的女人。"说罢他挥掷了千金，在众人的唏嘘声中带走了杜秋娘。这个奇锜，正是赫赫有名的镇海节度使。

"禀告陛下，镇海节度使李锜声称染病，不肯入朝，请求延缓到年底再见。"一份奏折呈上，李纯听罢不由大怒道："笑话！区区一个节度使，竟跟朕拿起架子来了！警告他，若是再不入朝，就永远不要入朝了！"不出几日，李锜一身病态地来到了麟德殿，向着高高在上的李纯俯首拜道："臣李锜参见陛下！"李纯已然不是昔年刚刚登上皇位的年轻皇帝了，他睥睨着李锜，向吐突承璀挥了挥手道："给节使端个胡床来坐着。"李锜咳着坐了下来。李纯道："朕看你病得不轻，这样吧，朕征调你出任左仆射，让李元素接替你的镇海节度使罢了。"李锜却支撑着身躯站起来道："不，臣为陛下效力，死而后已，这个镇海节度使，臣不敢轻易交给旁人。"李纯看着他假惺惺的模样，心中充满了怒气，但仍旧没有发作。

直到这次参拜后，李锜离开了长安，李弘宪匆匆上书道："陛下，臣得知这个李锜得志募兵，拣选精于箭术的人为一屯，称为挽硬随身，又将外族为一将，称为蕃落健儿，这些人都成了李锜的心腹，甚至唤他为假父。司马昭之心路人皆知，臣认为李锜必定会反叛，陛下理应召回李锜，回朝控制。"李纯听罢又是懊悔又是生气，不由得大发雷霆，下旨要召李锜回朝。谁知天高皇帝远，李锜竟公然抗旨拒绝。李纯勃然大怒，立即下旨削了他的宦爵和属籍，"弘宪，你代替朕出兵讨伐这叛贼，将他一举擒回长安！"沉醉在杜秋娘歌声中的李锜浑然不知危险已悄然步近，李弘宪不辱使命，终于将他擒拿，押解着李锜全家回了京。

"贵妃殿下，那镇海节度使李锜全家都被押解来京了。听说李锜造反，陛下很生气，已经定罪了，今日就是李锜腰斩之日，陛下还要亲自去监斩。"朝堂之上的事，清宁宫却是了如指掌，盘膝坐在炼丹炉面前的郭俪凝缓缓睁开了双眼，冷笑道："我看陛下是没事找事，欲加之罪何患无辞，

鹿 回 头

李锜算什么？陛下要杀他，恐怕是为了他那个美丽的妾室杜秋娘吧。"正午之日，寒冷的风中，开铡斩下，霎时间血染刑场，叱咤风云的李锜终于伏法，被关押在牢狱中的杜秋娘忽然心口一疼，哇地吐出一口鲜血，她望着窗外的天空，泪流满面地跪了下来，"节使，秋娘今生无法报答你的大恩大德了……"

成功灭杀了李锜之后，李纯大感李弘宪是自己的股肱之臣，此番更是功不可没，于是当即册封李弘宪为赞皇县侯。李弘宪也没让李纯失望，自从拜相之后，李弘宪接连上书奏请，让节度使属下各郡刺史独自为政，建议禁止刺史擅自谒见本道节度使，禁止节度使以岁末巡检为名向管内州县苛捐杂税，凡此种种，让李纯更对他刮目相看，越发倚重。从此以后李弘宪家中的势力如日中天，李党地位也是突飞猛进，一日强过一日。"哼，还说什么不喜科举，最终还是凭门荫入仕，补任校书郎，这种人我是最看不起的了。"得知李文饶因为李弘宪拜相，官位也一升再升，牛思黯一拳打在桌上，义愤填膺道。"牛相公，又有人送来了奇石！"就在这时，家中的仆人捧着一块巨大的石头进来了。这些天来牛思黯接二连三地收到了许多精美的怪石，他抚摸着石块顿时笑了，"乐天兄和梦得兄真是有心了，送来这么多石头。"他却不知道此时此刻，李府之中的昏暗灯光下，李文饶却在悉心地挑拣着精美的石头，"我瞧这块也不错，改日给他送去吧。最近牛党被打压了，他一定心情不好，希望这些石头能让他开心些。"

"劝君莫惜金缕衣，劝君惜取少年时。花开堪折直须折，莫待无花空折枝……"一声声婉转的歌声从宫苑中传来，正在花园中散心的郭俪凝也不由驻足聆听，"是谁在唱歌？"宫婢道："贵妃殿下，是陛下新纳入后宫的舞姬。据说是反贼李锜的妾室。"郭俪凝面色一变，回头惊愕道："什么？杜秋娘？他真的把杜秋娘带进宫中来了？"郭俪凝又急又气，提起长长的礼衣循着歌声跑去，只见翩翩枯叶零落中，一个纤弱的女子在高台上唱歌跳舞。杜秋娘身穿着翠蓝色的舞裙，头戴金色流苏步摇，举手投足间风姿绰约，又有少女的曼妙和稚嫩，相比之下，郭俪凝忽然觉得自己的年华已一去不复返。只见李纯正坐在那含笑看着杜秋娘跳舞，郭俪凝气不过，冲上前打断了歌舞，"李纯，你……我就知道，你杀李锜根本就是私心作怪！

第六十章　金缕衣

你就是看上了这个贱人，想把她纳为己有！"

李纯拍案而起，气绿了脸道："贵妃，你胡言乱语什么？"郭俪凝不依不饶道："那你说啊，为什么要将她带进宫？先是卢眉娘，又是杜秋娘，我看你根本就没把我放在心上，你就是不顾糟糠之妻！"旁边的吐突承璀连忙道："哎哟，贵妃殿下，您怎么能这么跟陛下说话。陛下现在是皇帝，不是太子，也不是王爷。"李纯怒道："你让她说，我倒要看看她还有什么要说的！"郭俪凝自恃身份尊贵，又是他的结发妻子，冷笑道："我倒要看看你敢不敢立一个反贼的女人为妃。"李纯赌气道："好，朕就如你所愿。杜秋娘听旨，今日起朕就立你为秋淑妃，入主拾翠殿，赠金缕衣，赐你与朕一起商讨国家大事的权力。"郭俪凝怎么也没想到他会这么做，登时掩面哭泣着转身跑走了。

"陛下，你还是去看看贵妃吧。"杜秋娘连忙劝道。李纯道："不必了，让她自己想想做错了什么。对了，朕看你的字写得很漂亮，你有空的时候，替朕教皇子写字吧。"杜秋娘笑道："陛下，以前我在府中还有个好姐妹郑氏，她饱读诗书，比我写的字要好看多了。听说当年有个看相的，说郑氏将来能生天子，于是节使就将她纳入府中为妾室，可惜江湖术士之言不可尽信，到头来节使却如此短命。"李纯好笑道："什么，居然有这种传闻？郑氏……朕记得她好像被分配到了清宁宫，是凝儿的洗脚婢。"

哐当一声，清宁宫中正要休憩的郭俪凝一脚踢翻了面前的洗脚金盆，对着洗脚婢大声呵斥道："你想烫死我啊！"她抄起玉枕狠狠地打骂着蹲在面前的洗脚婢，口中念念有词道："你以为你是李锜的妾室有什么了不起，还不是本宫的洗脚婢？你和杜秋娘没一个好东西，给我滚出去！"这人正是杜秋娘口中的郑氏，她没有绝世的花容月貌，但是品性纯真，含泪任郭俪凝打骂，大半夜被撵出去，躲在门外偷偷地啜泣。她对着月光取出怀中的一张纸笺，她素来听闻白乐天才高八斗，很是敬佩他，总喜欢偷偷抄录一些他的诗词，郑氏打开轻轻哽咽地念道："上阳人，上阳人，红颜暗老白发新……未容君王得见面，已被杨妃遥侧目。妒令潜配上阳宫，一生遂向空房宿……上阳人，苦最多。少亦苦，老亦苦，少苦老苦两如何。君不见昔时吕向美人赋，又不见今日上阳白发歌！"

第六十一章 世 子

"好诗!"忽然身后传来了李纯的声音,郑氏回头看见了他,连忙大惊跪下,"参见陛下,这是白学士的诗文,不是我写的。"李纯含笑扶起了她,仔细地打量着,只见郑氏倒也眉清目秀,很是得体,"你就是李锜的侍妾郑氏?朕听说早年有看相之人替你算过,说你所生的儿子将来是天子。"郑氏惶恐道:"陛下取笑了,这是不可能的。"李纯轻轻拉起她的手笑道:"如果有这个万一呢?朕总不能把这个万一拱手让给其他人吧?"

数月之后,一声啼哭打破了大明宫中的平静,郭俪凝机关算尽,却怎么也没料到自己的洗脚婢竟为李纯真的生下了一个儿子。李纯喜出望外,当即封此子为光王,正式册立郑氏为郑德妃,入主含冰殿。得知这个消息的郭俪凝暴怒着推翻了殿中的丹炉,瘫坐在冰冷的地上失声痛哭,"为什么……为什么会变成这样。不,我不会认输的。陈阿娇曾经向司马相如买过《长门赋》,对了,白乐天的诗文举世无双。来人,给本宫花重金,向白学士买一首诗赋!"几日后,白乐天的诗赋落入了郭俪凝的手中,她颤抖着打开一看,不由垂泪念道:"泪湿罗巾梦不成,夜深前殿按歌声。红颜未老恩先断,斜倚熏笼坐到明……"

"乐天,你最近眼睛怎么样?"眼看天气又转冷了,快要下雪了,元微之关切白乐天眼疾,又来到白宅询问。白乐天笑道:"已经那么久很少再犯眼疾了。"元微之伸手往怀中掏东西道:"梦得上次把婆罗门僧给你的方子也记在了《传信方》里,我给你留着看看吧。"谁知他找了半晌,忽然反应过来,"哎,我把那医书给了陈青笠!"陈湘灵闻言上前道:"我三哥病了?"元微之道:"不必担心,他没什么,其实是康姑娘患了不治之症,你三哥和杨明府都在为她寻找药方呢。"陈湘灵若有所思道:"上次康姑娘为我逼毒,反而害得她元气大伤,这都怨我。乐天哥哥,我们也出一份绵力

第六十一章 世　子

吧。"

　　白乐天道："可是我们根本就不知道什么能治得好她啊。"陈湘灵道："还记得简简吗？当年她就是为了去找悬崖菊。那悬崖菊乃是仙药，就算不能治好，也能续命。我们到处找找看吧，不管怎么样也要试试。"

　　二人从长安一直找到洛阳，在快到呦呦谷的一处山崖上，终于找到了罕见的悬崖菊。白乐天小心翼翼地将绳索缠在腰间，攀爬在悬崖上伸手去够悬崖菊。陈湘灵担心道："乐天哥哥，小心啊！"他奋力一跃，终于将悬崖菊拔下，陈湘灵拉扯着他爬了上来，却浑然不觉将脚边的石块踢了一下，"太好了，我们终于采到了！"谁知他们刚刚兴冲冲地离去，那块石头竟缓缓地吱呀挪动了。

　　"什么声音？"正在呦呦谷中练着斩天剑的叶岐云忽然察觉到了细微的异样，他连忙跑了出去，一直跑到一丛草堆前，只见草垛似乎被移开了，露出地面上一块石板，上面还刻着南海皇朝的标记和八卦图。叶岐云从没见过这里还有这么个机关，他好奇地俯身轻轻抚摸着砖瓦，转动了八卦图，霎时哗啦一声，机关全部打开，一条通往地下的黑黢黢的密道展现在眼前。叶岐云惊愕不已，犹豫了片刻还是走了下去。这条密道极其隐蔽，内里却是富丽堂皇，每十步就亮着一盏长明灯，以至于密室中灯火辉煌，竟好似一座巨大的地宫。只见两边的墙壁上密密麻麻得写满了字，记载着李诵当太子的时候与太子妃的种种爱情往事，字迹清秀，思路清晰，仿佛执笔人如数家珍。

　　叶岐云却惊诧地睁大了双眼，他认出了这些字迹正是出自南玳之手。为什么南玳会知道这么多宫廷秘闻？为什么她要设这个密室，还要将李诵的生平往事都记载下来？叶岐云越往前走，腰间的斩天剑就颤动得越发厉害，他渐渐发现这条密道所通往的方向，一直向前走，大概就会到紫微宫。无数种设想在叶岐云的脑海中浮现，他越发觉得心跳得快了。不一会儿他就顺着密道走到了一间宽阔的室内，只见所有的陈设竟全是按照东宫太子的地位摆放，正中的墙上还挂着一幅画像，那画上的男子是年轻时的李诵，他旁边站着一个华贵美貌的笑盈盈的女子，叶岐云惊愕地认出她不是别人，就是自己的母后南玳，可是再看旁边，却赫然题字曰：东宫太子妃萧氏阿琼。

鹿回头

"眉娘,你跳了半天的舞,还是歇歇吧。"此时在呦呦谷的山坡上,卢眉娘正穿着舞衣跳着这曲最难的霓裳羽衣舞,翩翩走上前关切道。卢眉娘摇了摇头道:"不行,我要练好这支舞,在乐天和湘灵成亲的那天,这支舞就当作是给他们的贺礼。你先回去吧,我一会儿就好。"谁知翩翩刚走,卢眉娘实在太累了,踮着脚旋起长裙跳着舞,忽然脚下一软,竟从山坡上滚了下去。"哎呀!"她狠狠地撞到了一棵树,晕头转向地不知身在何处,忽然草地里出现一个洞穴,还没等她回过神来,卢眉娘已惊呼着掉进了甬道。卢眉娘浑身酸痛地站起来,看着眼前一片黑暗自言自语道:"这是什么地方啊?"她在黑暗的甬道中摸索着往前走,可是四面都封死了,她越往前走,越没有退路。卢眉娘用力地拍打着墙壁叫道:"有没有人啊,救我出去啊!"

一墙之隔正是站在画像前的叶岐云,他蓦地听见了熟悉的声音,不由大惊道:"眉儿?"他循着声音找到一扇墙,回应道:"眉儿!是我!你怎么会在这里?你往后退,我马上打开这面墙救你出来!"卢眉娘惊喜地听见了他的声音,连忙按照他的话躲开半丈。叶岐云立时运功,一掌劈开了面前的石墙,哗啦啦的一声巨响,无数的碎石从天而降,叶岐云一把拉住卢眉娘从里面出来,墙面轰然倒塌,一卷泛黄的经书从石块里悄然掉了出来。"咦,这是什么?"卢眉娘好奇地俯身捡起,打开一看,只见最后赫然写着一行熟悉的字迹:大历十三年,为亡儿超度。落款处写着"萧琼"两个字。叶岐云登时脑中一嗡,"大历十三年,亡儿……这怎么可能,她的儿子原来在二十多年前就死了?那我又是谁,我根本不是她的儿子!"卢眉娘惊见他的神色大变,连忙问道:"岐云哥哥,究竟发生了什么事?"叶岐云却不理会她,扬起斩天剑将密道劈开了一条出口,紧紧握着她的手腕冲了出去。

叶岐云径直冲回了呦呦谷,闯进了南玳的坤地宫内,只见南玳正抱着猞猁斜靠在床榻上休憩,她听得声响缓缓睁开了眼,却见叶岐云双眼通红走上前,将手中的经书扔在了地上,"母后,你告诉我,我到底是谁?"南玳惊愕地看着那经书,顿时认了出来,她连连摇头苦笑道:"天意啊,想不到你还是知道了。不错,我就是李诵的结发妻子萧琼。我的儿子早在大历十三年被李适害死了,你根本就不是我儿子,你是李纯的亲哥哥,你是李诵和王贵妃的儿子。"泪水猛然从叶岐云的眼中夺眶而出,他不可置信地

第六十一章 世　子

摇头退后，"不可能，不可能……"她坐起身道："我和李诵本来两情相悦，但因为我母亲部国公主的事，李适误以为我们要谋篡皇位，一直想废掉太子。后来因为我生了儿子，李适才放过了我们。过了八年，我和李诵陷入母亲厌胜之术的事件中，李诵为了自保，不惜休了我，娶了王良娣为太子妃。他生生夺走了我的儿子。我的母亲死后，李适给我端来一碗毒药，可惜我命大没死，但我知道，他们断然不会留下我的儿子。就是那一年，我写下了这份经书。忘了告诉你，其实真正的钗盒情缘，不是白乐天，也不是李纯，而是你，你才是钗盒情缘真正的另一半。"

刚刚追进来的卢眉娘正好听见了这句话，她当场愣住了，"这到底是怎么回事？"南玼把怀中的猞猁扔在地上，缓缓开口，接着说了那个许久之前的故事："我喝了毒药，却没有死，从乱葬岗里爬出来，听说宫中已宣布我暴毙身亡，李适只给我谥号惠妃。我恨李适，也恨李诵无情。从此以后我远走他乡，改名换姓为南玼，一路流落至琼州，遇见了一群自称黎族的百越人。我看他们都是南海国的后人，我又看见了方才十三四岁的眉娘，你那么擅长织锦，这时我有了想法和计划。我想利用你们重建南海国，找机会回宫报复李适和李诵。为了让百越人信服，我假装是鹿回头显灵的鹿神。本来一切顺利，但族人偏要求有个儿子即位。我想到了我的儿子已死，于是我偷偷跑回皇宫，眼睁睁看着王良娣的两个儿子在玩我和李诵定情的钿盒——当年李诵不知怎么拿到了传说中杨玉环和李隆基的金钗钿盒，他将金钗送给我，钿盒留给自己，说我们会像杨玉环和李隆基，生生世世都不会分开。可是他却负了我，我的头上还戴着这支金钗，却看见他和王良娣的儿子在把玩我们的定情钿盒。我实在气不过，就劫走了其中一个世子，假装是我的儿子，并骗他喝下了鹿回头旁边的忘情泉水。于是他成了我的儿子，成了南海皇朝的圣主。我要让他背负仇恨，要他回去亲手杀了李适和李诵！"叶岐云已颓然瘫倒在地说道："为什么会这样……"

萧琼已然泪流满面，"眉娘，所以云儿和你才是钗盒情缘。"卢眉娘惊愕地抬起头，"不，这不可能，我和岐云哥哥不会是钗盒情缘，我和乐天才是！"萧琼苦笑道："别傻了，那都是假的。当年李纯和云儿在宫中玩耍，看见云儿被抓走之后，李纯把云儿留下的钿盒埋在树下祈祷，后来被宫女挖走卖出了宫外。白子申正好在大街上看见了，便买下来送给陈念慈，陈念慈还把它当作传家之宝，要给儿子娶媳妇。没想到大儿子愚钝，成亲无望，这钿盒才落到白乐天的手中。"卢眉娘不肯相信，"我不信！这些都是障碍而已，我一定要和乐天成亲！"

卢眉娘哭泣着跑了出去。叶岐云望着她的背影心酸不已，萧琼也垂泪道："可是这么多年来，我已经把你当成了我的亲生儿子。我不忍心看你难过，所以最后是我亲自杀了李适和李诵，云儿，你可以原谅娘吗？"叶岐云在她的面前就像个孩子一般，失声痛哭扑进了她的怀中，"一切都过去了，我不是什么世子，我只愿意当你的儿子，让我们把过去都忘了，好不好？"萧琼轻轻拍着他的后背柔声安慰着，让叶岐云倍感温暖，可是他却没看见，一抹不易察觉的微笑漾上了萧琼的面颊。她心中暗道："好孩子，你若是我的亲儿子多好？可惜你是王良娣的儿子，母后只有对不起你了。计划都已经实现了，李适和李诵死了，下一个就该轮到李纯了。"她要让李纯和叶岐云兄弟自相残杀，方能解心头之恨。

"乐天，开门啊！"伤心欲绝的卢眉娘一路跑到了白宅门口，用力敲开门。白乐天惊诧地看见她，她哭着拉住白乐天的手道："乐天，我知道我们是钗盒情缘，会有很多的障碍，我求求你，我们快点成亲吧！"白乐天惊愕道："你……"正巧陈湘灵拎着食盒过来给他送饭，看见这一幕，连忙跑上前道："眉娘，出什么事了？"卢眉娘痛哭道："湘灵，我知道感情的事不能勉强，但我只要勉强这一次，我求求你退出吧，让我和乐天成亲。"陈湘灵垂下眼帘道："可是……乐天哥哥已经答应要娶我了。"白乐天却长叹道："湘灵，我今天就是要来找你的。我……我以为我现在成了翰林学士，功成名就，我娘不会再阻拦我们的婚事，谁知道我跟她提起，她就以死相挟，说什么也不许我和你成亲。我真的想不通，我娘明明也很喜欢你，为什么不可以……"陈湘灵霎时愣在了原地，卢眉娘连忙道："那你可以娶我了吗？"白乐天转过身去摇了摇头，"一个有情，一个有义，你们两个人我谁也不能负，所以我不能娶任何一人。"

第六十二章　太白积雪

　　泪水霎时从卢眉娘眼中夺眶而出，她转过身紧紧地拥住了陈湘灵，放肆地大哭着，陈湘灵将脸埋进她的发丝里，一滴清泪悄无声息地滚落，"我们回家再说吧。"她带着卢眉娘一直回到了温暖的小茅屋里，陈湘灵悉心为她擦去脸上的泪痕，"别哭了，别哭了，你告诉我，到底发生了什么事？"卢眉娘扑进她的怀里哽咽道："我不想说，我现在谁都不想相信了。湘灵，我不想回松泉别苑，可不可以留在你家里？"陈湘灵吸了吸鼻子含笑道："当然了，只要你不嫌小。以后我们两个就是同病相怜，乐天哥哥不会娶我们之中的任何一个，你说对吗？"从这以后，卢眉娘就在这间小茅屋里住下了。每天一早陈湘灵出海采珠，卢眉娘则坐在织架前吱呀吱呀地织锦，她们用珍珠和黎锦卖了不少钱来维持生活，倒也其乐融融。

　　快到中午了，卢眉娘坐在门口择菜，屋内飘出了香喷喷的菜香味，陈湘灵系着围裙跑出来道："眉娘，饭做好了，快来吃饭吧！"卢眉娘放下手中的活，替她解下围裙，二人有说有笑地对坐在食案前吃着。她们从没想过有朝一日会这样和睦相处，日子过得这般无忧无虑。卢眉娘从火炉上端来一壶酒道："天冷了，我煮了壶酒，咱们喝着吃菜吧。"她说着就给陈湘灵满上，陈湘灵忙道："我不会喝酒。"卢眉娘笑道："别扫兴了，多少喝一点吧。"在卢眉娘的劝杯下，陈湘灵被灌了一杯又一杯，很快就面红耳赤了，她醉醺醺地拉住卢眉娘道："你知不知道，乐天哥哥最喜欢吃我做的菜了。"

　　卢眉娘也喝得有些迷糊了，"不见得吧，我当年也做过蒸梨的。"陈湘灵咯咯笑了，"你的手艺我可是见识过的，第一次做菜，那黑乎乎的是什么呀？还是让我来做饭，你给乐天哥哥缝衣服吧。"卢眉娘笑道："说起这个，你就没我拿手了。我一直想着我成亲的时候要穿上亲手所做的最漂亮的黎锦……可是，不会有这一天了。"她的笑容渐渐淡去，陈湘灵的眼中也起了泪光，"我也想过，我成亲的那天，要用我亲手找到的夜明珠做一顶凤冠，可是也不会有这一天了。"说着说着，从大笑到大哭，二人忍不住紧紧地相拥在一起痛哭。

"云儿，你还在等眉娘吗？"大雪压断了树枝，落在松泉别苑的门前，萧琼踩着积雪走出来，只见叶岐云还站在门口痴痴地望着远方。叶岐云回头道："她那天走了之后就一直没回来，我很担心她。"萧琼为他披上了外套道："你知道她住在陈湘灵的小茅屋，为什么不去见她？"他叹气道："我是怕她不想见到我。想见的人不能见，不想见的人天天来找我。母后，你为什么要让柳萋萋加入南海皇朝？"萧琼的眼眶湿润了，"你还愿意叫我一声母后，我真是对不住你……其实柳家的恩怨都是我自己编出来的，我是气柳子厚撞坏了那太湖石，因为我想拿太湖石去吓李适的。李适一直不喜欢我，就是因为看相的说我是凤凰转世，他怕我带着李诵篡了他的皇位，所以他一直都怕凤凰。好儿子，都是我的一念之差，让我们把这些都忘了，重新开始吧。"就在这时，松泉别苑门外传来一阵敲门声，原来是随行的南海皇朝臣子们一起来了，"有请圣主、太后起驾回鹿眠谷！"他们离开太久，琼州已经乱了，叶岐云听见连忙道："母后，我不想见他们，我从后门出去。"

他刚从后门出去，只见天上已然飘起片片雪花，不一会儿就覆了满地，叶岐云踩着沙沙的积雪，一路走到了陈湘灵的小茅屋前。屋内亮着微弱的灯光，里面还传出卢眉娘和陈湘灵的笑声。他走上前轻轻敲了敲门，"眉儿，是我。我知道你不想见我，但你一走这么多时日，我真的很担心你。天冷了，我给你带来了冬衣，你开开门，我放下就走。"霎时屋内的笑声都停止了。叶岐云道："我知道你不能接受，我也同样无法接受。我们就当作什么事都没有发生过，我还是你的好哥哥。"门忽然被拉开了，走出来的却是陈湘灵，她手中拿着卢眉娘的金钗道："眉娘说，让你不要再来了，否则她就要搬走。你也知道，眉娘在长安城里无处可去，还不如住在我这里，我会替你好好照顾她的。"叶岐云心中一酸，接过了金钗，灯光下飞雪如花，沾满了他的发鬓，他叹口气转身离去。

第六十二章　太白积雪

　　在这场突如其来的大雪中，日渐老去的陈念慈却病倒了，白乐天忙道："娘，你怎么样？我这就出去给你抓药。"陈念慈拉住他道："不行，外面大风大雪的，你三弟又刚走，你若是也倒下可怎么是好？我没事的，喝点热汤就好了。"就在这时屋门被敲响了，白乐天拉开门一看，只见杨连城浑身是雪，鼻尖冻得通红站在门口。她举起手中的药材道："我听说白大娘病了，这是我从哥哥那里拿来的上好药材，快点给白大娘煎药吧。"陈念慈忙道："杨姑娘，你身上全是雪，快进屋来坐坐吧。"白乐天替她脱下披风，让她坐在火炉旁烤火，对她感激不已。接连几日来，白乐天每天上朝后，都是杨连城在白宅里忙前忙后地照顾着陈念慈。她亲自蹲在炉灶前煎药，亲自服侍陈念慈，弄得她也打喷嚏生病了。陈念慈都看在眼里，不由对这个毫无架子的大小姐很是赞许。

　　这天白乐天回家，陈念慈让他关上了门，"乐天啊，你也老大不小了，终身大事一直没有着落，这是娘心里的一块心病。对不起，娘知道湘灵是个好姑娘，但真的不能让你和她成亲，娘有自己的苦衷。至于卢眉娘，你也知道你们立场不同，勉强在一起是没有好下场的，说什么钗盒情缘，到头来都是镜花水月一场梦。娘不想看到你难过，不想看到你被命运纠缠。这几天杨家二娘子照顾娘，娘也看出来了，她一个堂堂千金小姐，做这么多事都是为了你，她是真心对你好。如果你能娶她为妻，娘就是死也瞑目了。"白乐天忙道："娘，你别这样说……"他心中五味杂陈，安顿好陈念慈睡下，便心事重重地走出门。

　　"书生，你娘跟你说了什么这么久？"看见他出来，杨连城忙迎上前道。白乐天微笑道："这些天累坏你了，我娘的病好多了，我看今天天气不错，我陪你四处走走吧。"杨连城开心道："好啊，现在雪也停了，我想去太白山上看看积雪，咱们走吧！"她笑盈盈地拉着白乐天，往太白山上走去。太白山南连武功山，于诸山最为秀杰，冬夏积雪，望之皑然，茫茫天际银光四射，壮观不已。只见白乐天双脚狼狈地陷在雪地中，杨连城咯咯笑着。她蹦蹦跳跳地跑了回来，费力地拉起他，一直往前走去。直到半山腰的山崖处，看见漫山遍野全是白雪茫茫，杨连城兴致勃勃，大声喊叫道："喂！"山谷中很快又传来了回音。她笑道："书生，你也来喊两句，把所

鹿 回 头

有的不愉快都抛到九霄云外！"

　　白乐天顿了顿，也学着她的样子喊了起来，一声声的回音飘荡在山谷之间，二人比赛谁喊得更大声，玩得不亦乐乎的杨连城一时开心，脱口而出道："我喜欢白乐天！"此言一出，她顿时愣住了，杨连城尴尬地回过头去。只见白乐天站在她的身后已然红了双眼，"你……愿不愿意嫁给我？"杨连城忽然愣住了，避开了他的目光道："你娘找你，说的就是这些？"白乐天追上前，扶住她的双肩道："不，我不是敷衍我娘，也不是因为对你感激或愧疚，我白乐天不会娶一个我不爱的人。其实……从我在你的包袱里看见那些东西的时候，我就爱上你了。"杨连城惊诧地睁大了双眼，盈满了泪水望着他的眼睛，感动不已地跳起来，紧紧拥住了他的脖子。

　　一阵急促的敲门声在杨府门前响起，正要出门为康娥找解药的杨慕巢打开门，竟赫然看见白乐天站在门外，这冰天雪地的，他却是一头的汗，气喘吁吁地笑指着门外的无数聘礼道："慕巢兄，当日是我有眼无珠，是我糊涂，今日我是来向你提亲，求娶杨二娘子。"杨慕巢大喜道："快快进来再说吧。"二人一路绕过前院，来到了积雪的南亭。杨慕巢不由停住了脚，"当日在这里，城儿煮着牛肉，心里还惦记着你。"白乐天微微一顿，开口诵道："小亭门向月斜开，满地凉风满地苔。此院好弹秋思处，终须一夜抱琴来。"他正要继续往里走，杨慕巢却忽然拦住了他，"乐天，我想问问你，你是真心对城儿的吗？我只有这一个妹妹，我一定要问个清楚。对于卢眉娘和陈湘灵，你真的能放下吗？"白乐天苦笑道："我明白，我与眉娘、湘灵的缘分都已经尽了，而我对杨姑娘也是真心实意的。若能娶杨姑娘为妻，我愿意放弃一切。若是你不肯相信，我甘愿对天发誓！"他说着便竖起了手指。"书生！"杨连城从南亭后跑了出来，连忙拦住了他，她含笑泪流满面道："我不要你发誓，我只要知道你的心意就行了。"杨慕巢点头道："好，既然这样，这些聘礼我就收下。"

　　杨连城轻轻拉住白乐天的手，把一个令牌塞进他的手中，"这就是无忧阁的令牌，我今日将帮主令牌交出，从此以后不再涉足江湖中事，我也不再是什么帮主，我只愿安心做你的妻子。"天空中又飘起了细碎的小雪，

第六十二章 太白积雪

白乐天牵起她的手道:"我陪你再去一趟太白山吧。"

寒冷的冬日里,二人并肩说笑着行走,竟也不觉得冷。当他们再度攀爬上太白山,正午的太阳已渐渐将白雪融化了。杨连城坐在石阶前,侧头靠在白乐天的肩头,哗啦啦的一声,树上融化的雪花全部落在二人的发鬓上,她抚摸着白乐天宽厚的手掌道:"别擦,我觉得此刻这样好像白头到老。书生,我真的好想跟你一直这样到白头。"白乐天含笑着为她裹上身上的貂裘,"连城,我绝不会负你,我一定会陪你到最后。"

从太白山回来之后,杨连城就一直傻笑个不停,直到傍晚时分,她忽然想起了什么,开开心心地跑到祆祠的小筑前敲门喊道:"康姑娘,你身体好些吗?我可以进来吗?"最近康娥康复了不少,她忙迎出来,好奇道:"二娘子,你找我有事?"杨连城瞥见她的桌上正放着一件没有缝完的衣衫,跑上前拎起比画道:"哎,这件衣服真好看,你是做给我哥哥的?不对啊,我哥的衣服比这个要小一些,啊,我明白了,是陈青笠?"康娥登时面色一红,抢了过来道:"二娘子别胡说,你到底找我什么事?"杨连城道:"想当初我跟书生说过,卢眉娘和陈湘灵做的鞋都不适合他,将来我可以为他做一双鞋。只不过这么久了,我的针黹都生疏了,所以想叫你教我做一双鞋。"康娥抿嘴笑道:"看来二娘子的喜事将近了,坐下吧。"她取出一些针线递给杨连城,更耐心地一针一线教着她。杨连城高兴地哼着曲儿,谁知一不小心扎破了手指,一滴血霎时冒了出来,她连忙吮吸了两下,笑嘻嘻地继续为白乐天缝制最舒服的鞋。

第六十三章　大隐隐于市

"你说什么？乐天要成亲了？他和谁成亲？"当卢眉娘得知这个消息时，她难以掩饰自己的惊愕，陈湘灵再也忍不住，倒在她的怀里痛哭道："是和杨明府的妹妹，无忧阁的帮主……"卢眉娘惊诧道："杨连城……怎么会是她？不，这不可以，他既不娶我，也不娶你，怎么能娶别的女子？"卢眉娘越想越气，拉开门冒着漫天风雪一路冲去白宅，拼命地敲打着门："白乐天，你给我出来！你给我把话说清楚！"白乐天闻声连忙打开了门，谁知迎来的却是卢眉娘扬手一巴掌："你负了我，负了湘灵！"陈湘灵追上前拦住她道："眉娘，别这样……"卢眉娘不依不饶地骂道："白乐天，我告诉你，你若是娶了别的女人，我不会原谅你的。只有湘灵心疼你，舍不得你，不让我骂你，我偏偏要骂你！你无情无义，你忘恩负义！"陈湘灵边哭边拖着她离去，白乐天的脸上火辣辣地疼，心中也是五味杂陈。暴风雪之中，陈湘灵与卢眉娘相拥而泣："眉娘，我知道你是为了我好，我知道你为我不平，别这样了……"

这场暴雪沾湿了浑身，陈湘灵回去便受了风寒，一病不起，高烧不退。卢眉娘悉心地坐在旁边忙忙碌碌地照顾着："湘灵，你等着，药就快煮好了，我再去换块冷毛巾来给你敷着。"卢眉娘刚刚出门去，烧得迷迷糊糊的陈湘灵便仿佛看见了白乐天含笑坐在床榻边，她支撑着身子坐起来："乐天哥哥……"她虚弱地伸出手去触摸，白乐天的影子却霎时消散了，陈湘灵连忙赤着脚追了出去，外面已然是冰天雪地，她追着眼前那幻象一直奔跑到了渡口边，病糊涂的陈湘灵仿佛看见白乐天往水中走去。她丝毫没有犹豫，竟紧跟着追上前，浑然不知冰水已渐渐漫过了双脚，漫过了膝盖，不知不觉中陈湘灵已然走到了水中央。

"五妹！"就在这危险时刻，陈青笠忽然跑来，一把将陈湘灵拉上了岸，

第六十三章　大隐隐于市

他又急又气道："我什么都知道了，白乐天负了你，他娶了别人，你竟然这么想不开要为他自尽，我一定不会放过他的！"陈青笠怒气冲冲地抽出腰间的唐刀直闯白宅，正逢白乐天出门置办婚礼的东西，陈青笠立时挡住他的去路，扬起唐刀指着他道："白乐天，我今天要给五妹出气！"陈湘灵追了过来连忙扑上前去，挡在白乐天面前道："三哥！你要是杀他，就先杀了我吧！"陈青笠气道："你还要继续犯傻吗？这个负心汉，你要为他连命都不要了？"陈湘灵落泪道："不管怎样，他永远是我心中的乐天哥哥，我不许你伤害他。"她话音未落，轰然晕倒在雪地之中。"五妹！"陈青笠大惊失色，忙扔下了唐刀，冲上前横抱起陈湘灵，回头怒视着白乐天，"这笔账我回头再跟你算！"

转眼又到除夕之夜，元宅的门外插着一根根很长的竹木竿，竿顶随风飘着用来祈福的长条幡子，屋内隐隐传出了一阵弹琴声。韦丛弹罢一曲，不由思念起亡女，悄然垂泪。元微之轻轻为她拭去泪痕，"别鹤声声怨夜弦，闻君此奏欲潸然。商瞿五十知无子，更付琴书与仲宣。"桌上堆满了精致的菜肴，如今元微之又是左拾遗了，再也不会像从前那样落魄地要吃野菜，但这些菜都不是出自韦丛之手，食之无味。韦丛道："明天你就要去杭州办事了，记得要照顾好自己。"就在这时敲门声响了，韦丛放下碗筷，起身打开门，"乐天？"只见雪夜之中，白乐天捧着热乎乎的酒酿笑道："我是来给微之饯别的。"元微之端起热酒道："庭有萧萧竹，门有阗阗骑。嚻静本殊途，因依偶同寄。亭亭乍干云，袅袅亦垂地。人有异我心，我无异人意。不管去哪里，我们的书信都不能断。"白乐天笑道："好，今夜我们就不醉不归！"

就在这千家万户团聚的除夕之夜，陈青笠却接了一单不该接的生意，他没想到这笔买卖是仇家设下的一个陷阱，他刚刚出发就中了计，被这些仇家一路追杀。身负重伤的陈青笠飞檐走壁，一滴滴血悄然落在皑皑白雪之上。快支撑不住的时候，他看见就要到杨府了，没有多想，飞身闪避进了杨府，然而地上的血迹却出卖了他的行踪。一帮恶人竟不顾杨慕巢的身份，敲响了门。不一会儿工夫，杨慕巢提着灯笼板着脸拉开门，众人道："杨明府，我们追一个刀客到此，请让我们进去搜一搜，这也是为了杨明府

鹿 回 头

的安全着想!"杨慕巢怒道:"放肆!我杨府岂是你们想进就进的!"

  为首的那恶人抽搐了一下面部的肌肉,冷笑道:"是,那是自然。不过无忧阁却是什么人都能进得去。若是杨明府执意不让,也得拿出点诚意来!"啪一声,一把匕首从他手中飞出,晃悠悠地钉了树干上。杨慕巢担心陈青笠伤势未好,又怕他们去找杨连城的麻烦,他一咬牙,猛地从树干上拔下匕首,狠狠地向自己的小拇指切去。霎时间骨肉齐齐切断,手指血流如注,这些人也愣住了,慌忙掉头跑走。杨慕巢疼得直冒汗,当即摔倒在地。"杨大哥!"就在这时,康娥从门外匆匆跑了进来,心疼不已地要为他包扎伤口,杨慕巢疼得眼前一黑,晕倒在她的怀中。

  这时的杨连城正陪在白乐天身边,丝毫不知道家中发生的事。一轮明月挂在梢头,白乐天不由思念起了远在他乡的白知退,"吊影分为千里雁,辞根散作九秋蓬。共看明月应垂泪,一夜乡心五处同。"杨连城绞着发丝道:"我听说你的大哥很早就去世了,只剩你和白知退,也难怪你挂念他。"白乐天苦笑道:"不知道为什么,我们家里从来都是骨肉分离,我娘和她的兄弟姐妹也是天各一方,再没见过面。"忽然林间飞过一只鸟儿,白乐天感慨道:"谁道群生性命微,一般骨肉一般皮。劝君莫打枝头鸟,子在巢中望母归。"天下间骨肉分离的又岂止他一人,此时的柳宅中,柳子厚也迟迟难以入睡。自从母亲死后,柳兮兮大为悲恸后悔,离家出走之后再也没有回来,而柳姜姜则加入南海皇朝,本其乐融融的一家,如今只剩他一人独守着。

  "河东先生,这是三小姐寄来的。"就在这时,下人捧着一只精美无比的檀木盒跑进来,柳子厚忙接过打开一看,赫然看见里面放着一把用红绳系起的白发。柳子厚心头一颤,仔细翻看着这只木盒,只见盒底刻着细小的"华阳观"三个字。厚厚的积雪仿佛在一夜之间就被渐暖的风吹散了,当次日大早柳子厚去往山中华阳观时,只见冰雪皆融,甚至有些枝丫都冒出了新绿。道观中的钟声幽幽响起,一袭青色襦裙的柳兮兮正跪在真人的金像前,一头花白的长发披在身后,如此扎眼。自从卢蕴芝死后,刘梦得知道她害死薛玉奴,柳兮兮便伤心欲绝一夜白发。这时柳兮兮双手合十,

第六十三章　大隐隐于市

一行清泪悄然在稚嫩的面容上滑落，口中念念有词道："娘，对不起，都是我不好。我没有脸面再回去见大哥，也没有脸面再去见刘大哥。"她向真人拜了拜，忽然拿起一把大剪刀挥手而过，雪白的长发霎时被剪断在地，只余下齐肩的发丝随风飘动。柳兮兮卷起这些白发，戴上道姑的发冠，展开双手套上缁衣。她浑然不知，这一幕都被门外的柳子厚偷偷看在眼里。他背靠在门外，紧握自己的拳头，泪水早已氤氲了视线，他知道这也许是柳兮兮最好的归处，既然她不想见任何人，他也不会出现，只要知道妹妹安好，他便放心了。

这天陈湘灵从外面采珠回来，只见卢眉娘还坐在门前织锦，走上前道："眉娘，外面有个人想见你。"卢眉娘一听，头也不抬道："我说了我不会见他，他再来找我，我马上就搬出去。"陈湘灵急道："不是叶圣主，是翩翩姑娘，而且只有她一个人。"卢眉娘犹豫了一下，放下手中的玉梭走出门去，一段时间没见，翩翩也显然消瘦了许多。看见卢眉娘出来，翩翩忙迎上前道："我以为你连我都不肯见了。"卢眉娘与她并肩走着，只听翩翩道："眉娘，圣主不敢来找你，怕惹你不高兴，但他又担心你。我看他这些天来吃不下睡不着，所以我瞒着他来找你。眉娘，不管怎么样，圣主是真的在乎你，你还是回家吧。"卢眉娘道："我心里很乱，我不想回去见南海皇朝的人，我不想再被骗了。"翩翩关切地拉起她的手道："我明白，可是我也听说白乐天就要娶杨连城了，一切都已经过去了。眉娘，我们大家都是一家人，大家都等着你回去呢。"二人说着说着，不知不觉就走到曲江边，旁边草地上有一个撑起的白纱帘幕，二人俯身坐了进去互诉心事。

忽然一阵惊呼声从四周传来，翩翩透过缝隙看去，看见一群身穿黑衣的刺客手持刀剑，已然将她们团团围住，"不好，有刺客！"卢眉娘连忙看去，目光落在他们手中的刀剑上，不由倒吸一口凉气，"我认出他们的刀剑了，这是宫里的人！糟了，他们一定是来对付我的，翩翩你快走！"翩翩拉住她道："不行，既然他们的目标是你，我更不能让你送死。让我代替你出去，他们发现抓错了人也不会对我怎么样。一会儿我冲出去，你立刻趁乱逃走。"翩翩娴熟地拿出一张人皮面具蒙上脸，冲出了帘幕。那群刺客叫道："是卢眉娘，快抓住她！"卢眉娘本想出去救她，可知道自己的武功

鹿 回 头

根本敌不过这些侍卫，于是一咬牙趁乱跑走找人来帮忙。

  看见卢眉娘逃走，翩翩便松了口气。这群刺客已将她团团围住，翩翩再无脱身的可能，她望着这些人道："你们究竟是什么人，为什么要杀我？"其中一人冷笑道："反正你也快死了，不妨让你死个明白。我们都是宫中的侍卫，是郭贵妃要你死！"他说罢扬起一刀直刺向翩翩，刀光闪过翩翩的面颊。就在这千钧一发之际，一个黑影仿若旋风般迅速袭来，叶岐云飞身而降，一把揽住翩翩的腰肢，一手横斜着斩天剑，只听巨响连连，那些侍卫手中的刀剑全部被他截成两段。叶岐云小心地护住翩翩，搂着她的腰肢凌空而去。叶岐云稳稳地带她落了地，满眼关切道："眉儿，你没事吧？"翩翩忽然想起她此刻是一张与卢眉娘一模一样的面容，连忙闪烁着眼神避开道："我……我没事。"

  叶岐云道："眉儿，你若是不想见我，我这就走。"看见他起身要走，翩翩脱口而出："不！岐云哥哥，别走。我跟你回家吧。"叶岐云惊喜万分地回过头道："眉儿，你愿意跟我回家？"翩翩犹豫了片刻，含笑点了点头，"是我太任性，不该一个人跑走，我现在想通了，我们回家吧。" 若是能让他开心，她变成谁都无所谓。叶岐云露出了大孩子般的微笑，这笑容是翩翩从未见过的。他展开手将她拥入怀中，翩翩的脸顿时红到了耳朵根。他轻轻牵起她的手，翩翩下意识地缩了一下，却还是让他将自己的手握住。叶岐云却丝毫没察觉，开心地拉着她奔跑道："我带你去一个地方。"

第六十四章　南海变故

　　叶岐云拉着翩翩在大街小巷中穿梭，带着她来到闹市中的一处小屋，"眉儿，我和母后都已经放下了一切，愿意穿粗布麻衣，当普通百姓隐居在闹市之中，做一对普通的母子，过平凡人的生活，以后我们不会再住在松泉别苑了，南海皇朝的人都不知道我们住在这里，不会再有人打扰我们，你愿不愿意跟我们住在这里？"翩翩含笑道："只要有岐云哥哥的地方，眉儿都愿意。"叶岐云开心地拉住她的手冲进门去，"娘，你看谁回来了？"

　　萧琼闻声走出屋来，她已然褪下了奢华无比的绿沉色金丝缎裙，换上了寻常人家的荆钗布裙，举手投足间不再是气派万千，而是流露出端庄娴雅，她一看见翩翩，便惊喜道："眉娘？太好了，我们一家人又聚在一起了。"叶岐云今天显得特别兴奋，兴冲冲地道："娘，快到中午了，我去给你做饭。"翩翩笑道："岐云哥哥，你还会做饭？"叶岐云笑道："是啊，你来看我砍柴，以前我从来没砍过柴。"他拉着翩翩走到一旁，拿起一根圆木放在地上，全神贯注地从腰间抽出了斩天剑，对着那根圆木半晌，像是集中精力对着敌人一般，大喝一声，斩天剑猛然挥下，那圆木霎时从中间断开了。他欣喜若狂地笑了，翩翩含笑摇了摇头道："用斩天剑砍柴，你可真是第一人。"

　　还没多久，刺啦刺啦的声音从炉灶里传出，翩翩连忙跑去厨房，只见叶岐云笨拙地挥舞着勺子搅动锅里的菜，那手势全然是拿剑的姿态，把大块大块的芹菜往里倒。翩翩忙指着锅中的菜道："岐云哥哥，这个芹菜是要切成细丝儿的，你这样不行。"她话音未落，叶岐云就惊呼道："哎呀，快煳了！"他连忙伸手去拿锅，当即被烫灼了手，翩翩大惊失色，抓过他的手悉心地为他吹着，叶岐云咧嘴笑道："没事没事，我一点都不疼。"一碟碟饭菜放在了食案上，萧琼的面色却有些尴尬，"这是……你们做的饭菜？"顺着她的目光看去，那些菜黑乎乎的，有的干瘪，有的油腻，叶岐云不好意思地挠了挠头，"娘，你尝尝好不好吃。"萧琼夹起一块放进嘴里咀嚼了两口，神色更是古怪，勉强笑道："好吃，好吃。"叶岐云高兴地夹起一块尝了尝，顿时吐在了地上，"这也太咸了！娘，真是对不起，我真没用，连顿饭都不会做。不过你放心，我一定会学会的，我还要去外面做工赚钱，养活我们这个家。"

不知不觉天色已经晚了，"哥，我回来了！"杨连城兴冲冲地回到家中，只见康娥从屋内出来压低声音道："嘘，你哥刚刚休息下了。"杨连城的目光落在了康娥手中的布上，只见那布上沾满了鲜血，杨连城大惊道："我哥受伤了？"康娥垂泪道："他是为了你和陈青笠，砍了自己一根手指……"听康娥啜泣着说完来龙去脉，杨连城默然许久道："康姑娘，我哥用手指换了你心上人一条命，我别无他求，只求你能留在他身边，好好照顾他。"康娥道："若是没有遇见陈青笠，我一定会误以为我爱的就是杨大哥，可现在我心如明镜，我真的不能骗自己，我也不想骗杨大哥。"

杨连城正要开口，忽然听见一个声音从门口传来，"城儿，让康姑娘走吧。"不知什么时候，杨慕巢已站在了门口，他失望地看着康娥，那眼神着实令人心碎。看着康娥施礼离去，杨慕巢走下台阶，"城儿，拿酒来，陪哥哥喝一场。"她叹了口气，抱来了酒坛陪他坐在南亭里喝酒，看着他不停地灌酒，杨连城拦住了他，"哥，你手上还有伤，别这样喝了。"杨慕巢苦笑道："你也爱过一个人，你也知道那是种什么样的感觉。我和陈青笠是好兄弟，但我也真的好爱康姑娘，哥现在不知如何是好，好妹妹，你就让我喝吧。"时间悄然流逝，杨连城担心地陪着他，浑然忘记了与白乐天约好晚间去挑选嫁衣的事。

而此时的白乐天在铺子前等了许久，不见杨连城来，眼看坊门就要关，他只得先行离去。谁知路过珠宝摊铺前，白乐天忽然瞥见了一支珠钗，他不由得驻足拿起了珠钗晃神，那摊主笑道："郎君，这可是上好的珍珠，买了送给夫人吧。"白乐天犹豫了一下，掏出钱买下了这支珠钗，他摩挲着珠钗不知不觉走到了水岸边，看见树干上依稀剥落斑驳的字迹，无数的回

第六十四章　南海变故

忆仿若潮涌而来，一浪盖过一浪，似乎都是陈湘灵的笑靥。白乐天狠狠地打了打额头，拿起珠钗用力将树干上的字迹全部划掉，扬手将珠钗扔进了水中，"九月西风兴，月冷露华凝。思君秋夜长，一夜魂九升。二月东风来，草拆花心开。思君春日迟，一日肠九回。妾住洛桥北，君住洛桥南。十五即相识，今年二十三。有如女萝草，生在松之侧。蔓短枝苦高，萦回上不得。人言人有愿，愿至天必成。愿作远方兽，步步比肩行。愿作深山木，枝枝连理生。"

"乐天！"次日一早，杨连城想起昨日失约，匆匆跑去白宅，却不见他的踪影，杨连城着急地拉住陈念慈道："白大娘，乐天去哪儿了？"陈念慈又惊又气道："这孩子真是的，就快要成亲了，还是这么不见人影，我昨儿以为他跟你出去挑嫁衣了，没想到他一晚上没回来。"杨连城慌道："糟了，他不会出什么事了吧？"她越想越担心，跃上马背疾驰而去，发疯似的到处寻找，可是一点头绪都没有，正当她跑累了停下来的时候，却看见面前的正是陈湘灵的小屋。杨连城跑上前敲开了门，气喘吁吁地拉住二人道："眉娘、湘灵，你们有没有见到乐天？"二人惊诧道："他不是跟你在一起吗？"杨连城急道："本来我们说好昨晚去看嫁衣的，但我哥出了事，我陪着他耽误了时间，没想到乐天一晚上没回家去，我到现在都找不到他。你们两个最了解乐天，快帮我找找吧！"

卢眉娘连忙牵来了一匹马，扶着陈湘灵坐上马背，她翻身跃上，坐在陈湘灵的身后，与杨连城一起驾马四处找寻。所有白乐天可能去的地方她们都找遍了，曲江也好，南浦也好，城内城外，可是都没有他的踪影。就在三人精疲力竭的时候，路过一处偏僻的山野，卢眉娘道："我们先在这里歇一会儿，我去取点溪水来喝。"她刚刚离去，杨连城就挨着陈湘灵坐在草地里，"湘灵，对不起，我想他应该是不辞而别了，他也许是悔婚了，我应该明白他心中始终爱的是你。如果能找到他，我就把他还给你。"陈湘灵摇头道："二娘子，你千万别这么说。乐天哥哥断然不会食言，你该信任他才是。何况我和眉娘都跟他缘分已尽，你才是最适合他的人。一直以来我都羡慕你敢作敢为、敢爱敢恨，能娶你为妻，是乐天哥哥的福气。"

·323·

鹿回头

就在这时，一群五六岁的小孩子挽着手边唱歌边跳舞往这边来，"陇西鹦鹉到江东，养得经年嘴渐红。常恐思归先剪翅，每因喂食暂开笼。人怜巧语情虽重，鸟忆高飞意不同……"那熟悉的曲调正是陈湘灵从前在符离村里爱唱的小曲，只不过填了新词，陈湘灵霎时面色大变，霍然站起身来，"他就在这里，我知道他在这里！"卢眉娘正好取水回来，却被陈湘灵撞翻弄了一身的水渍，只见陈湘灵大喊着白乐天的名字，跟着那些孩子们往附近的小村里跑去，卢眉娘和杨连城相视一眼，也赶忙追去。一个小村落的山丘上开满了野菊花，白乐天正坐在花间教孩子们唱着这首歌，霎时间陈湘灵的眼眶湿润了。"乐天！"杨连城欣喜地唤道，白乐天闻声回过头，却赫然看见了她们三人，"你们怎么都来了？"杨连城笑道："是她们带我找到你的。"白乐天避开眼神道："我知道，不过……"白乐天见到眉娘和湘灵不知道说什么好。卢眉娘还想说什么，陈湘灵却一把拉住她说："我们回去吧。"

"岐云哥哥，我给你做了早饭，你尝尝我今天的手艺怎么样？"一碗热腾腾的汤面端上食案，翩翩笑盈盈地坐在叶岐云身边，递给他一只勺子。叶岐云尝了一口，却放下勺子，凝视着碗中的汤面叹了口气。翩翩道："怎么了，是不是不好吃？"叶岐云忽然猝不及防一把握住了翩翩的手腕，他侧过头用那双深邃的眼眸凝视着她，仿佛要将她看透，"不，你的手艺比眉儿好多了。我很感谢你这么多天来陪伴在我身边，本来我也想就这样下去，每天活在幻觉之中，我们一家人其乐融融的，可是我已经很痛苦了，我不想连累你，让你也痛苦。翩翩，对不起。"他扬起手，撕下了那张人皮面具，翩翩的容颜霎时暴露在阳光下，她惊愕地望着叶岐云道："圣主……原来你早就知道了？"叶岐云苦笑道："眉儿就是眉儿，任何人都不可能扮得像。你回去吧，我和娘住在这里，就是不想让别人来打扰。"纵然万般不舍，翩翩还是听话地走出来门，她恋恋不舍地回头望了一眼，转身离去。

咚咚，一阵门响，叶岐云走上前拉开门，赫然看见真正的卢眉娘站在门前，他转过身道："不是让你回去了吗？"谁知她突然跪了下来，"岐云哥哥，鹿眠谷出事了！请你和太后回去主持大局！"叶岐云连忙扶起卢眉娘

第六十四章　南海变故

道："眉儿，到底怎么了？"卢眉娘急道："百姓要求重建南海国，现在分成主战和主和两个帮派互相残杀，鹿眠谷里已经乱成一团，群龙无首，没人控制得了局势。岐云哥哥，你回去做圣主吧，他们只听你的话啊。"萧琼闻声从屋内走出来，"不行！眉娘，我和云儿已经不问世事了，我们不再是太后和圣主，我们只是普通百姓。你也不愿意自己是什么钗盒情缘，你应该比别人更明白我们只想做个平凡人，不是吗？"卢眉娘站起身道："如果要我一个人受苦，可以换得大家安宁，我愿意是钗盒情缘。我想通了，我要和岐云哥哥冲破宿命，什么钗盒情缘，我只信人定胜天！"叶岐云点头道："好，为了顾全大局，那我就跟你回鹿眠谷。娘……"萧琼微笑道："既然你决定了，娘就跟你一起回去。"

卢眉娘一行人再度离开了长安，此时白乐天的婚期也近了。杨连城拉着康娥从西市逛到东市，她身后跟着好几个抱着无数布匹珠宝的下人。杨连城展示着手腕上的金镯子道："康姑娘，你看这对镯子好不好看？"康娥抿嘴笑道："好看极了。二娘子，我发现你像变了一个人，从前你雷厉风行，是天不怕地不怕的帮主，如今却像个小女人了。"杨连城捻着胸前的发辫，不由得红了脸，抿嘴含笑露出了梨涡，"你就会取笑我。我也是要当人家妻子的人了，总不能再像从前那样。无忧阁的帮主，杨府的二娘子，这些我从来都不在意，因为对我来说最重要的是白夫人。"她说罢羞涩地转头跑开了。杨连城拎着一个食盒，跑到白宅来，"乐天，你看我给你带来了什么？"白乐天接过食盒，顿时闻出了香味儿，又惊又喜道："是牛头褒？"杨连城神秘兮兮地捂住他的嘴，"嘘，别让白大娘知道了。走，我们去后院吃！"

第六十五章　一梳梳到底

　　杨连城挽着白乐天进门，她身后跟着好几个下人，他们搬着一架昂贵的卧读书架进来，只见那书架形状好似烛台，方座立柱上有一根横木，两端各有一个圆托，圆托里侧则为短柱，柱上有两个可以启闭的小铜环。若要展卷读书，便可开启铜环，放入卷轴，慢慢转动，无须用手伸展，确是一件极好的文房器具。白乐天惊道："这是……"杨连城笑道："这是我送给你的！我看你有那么多卷轴书，看起来多麻烦，所以我派人特意给你订制了一架，你喜欢就好。"二人偷偷分吃完牛头褰，杨连城又道："今天天气真好，春暖花开的，我们不如去游湖吧。"白乐天点头称好，带着她去湖上泛舟。调皮的杨连城咯咯笑着扬起湖水泼洒了他一身。

　　直到玩累了，二人才手牵着手从郁郁葱葱的竹林往回走。"哎，你看啊，这是在干什么？"路过热闹的街市，杨连城的目光就被旁边的小摊吸引住了，只见地上摆放着各式各样的玩意儿，摊主手中拿着好多竹圈道："十文钱套十次圈，只要你套中了，无论是什么都可以拿走。"杨连城拍手笑道："这个好玩！"她拿来十个圈，轻而易举地挥手落地，不是套中古董就是套中珠宝，没有一次失手，杨连城开心地直跳脚，旁边那摊主的面色却不好看了。白乐天抱着她套回来的东西凑上前低声道："连城，你的武功那么好，别砸了人家的小本生意，你看我们也拿了不少东西，见好就收吧。"杨连城笑道："那好，我们回去吧。"她又转过头把一锭金子放在了摊主手中，"这个送给你！"

　　"哥，我回来了！"杨连城连蹦带跳地跑回家中。杨府此刻都忙成一团，所有下人都在忙里忙外地张罗布置红纱幔帐，杨慕巢从屋内走出来，看见她身后的随从抱着那么多东西，不由好笑道："你怎么买了这么多东西回来？"杨连城得意道："这些是我套圈套来的。哥，你又在写字？"杨慕巢

第六十五章　一梳梳到底

回头看了一眼桌上道："是啊，我刚刚又拿到一个药方，试着给康姑娘配。只不过我现在右手不能写字，都是用左手，却又不习惯。对了，我的墨快用完了，你替我再研一些。"杨连城一边看着他费劲地用左手写字，一边歪着头研墨道："哥，你对康姑娘真好。"杨慕巢叹了口气道："可惜她的心上人不是我。"杨连城转了转眼珠，猝不及防地将墨汁抹在他的脸颊上，咯咯笑道："别想那么多不开心的事啦！"

杨慕巢笑道："你这淘气鬼，别跑！"他提起笔追着杨连城。二人开怀地在房内追逐玩耍着，那情景就像小时候一般，他们已经很久没有这般开心过了。杨连城忽然停下了脚步，回头撞进了他的怀里哽咽起来，"哥，我就要出嫁了，以后你一个人要好好照顾自己。"杨慕巢也不由鼻子一酸，这么多年来，都是他们兄妹相依为命，此刻唯一的妹妹要出嫁，他自然是万般不舍，杨慕巢抚摸着她的发丝道："傻丫头，看到你可以嫁给心爱的人，哥哥已经很开心了，别哭了。"

"圣旨到！"就在白乐天和杨连城大婚的前一天，吐突承璀捧着圣旨走到宣政殿上，众人连忙跪了下来，白乐天觉得心咚咚直跳，格外不安，连吐突承璀前面念的是什么内容都不知道。忽然他听见吐突承璀念道："……着升左拾遗元稹为监察御史，升翰林学士白居易为从八品左拾遗！"白乐天惊喜万分地抬起头，与元微之一起谢了恩，二人拍着对方的肩膀互相道喜。元微之笑道："太好了，乐天，你这下可是双喜临门，先是升官，明日又要娶得娇妻，真是好福气啊！"白乐天道："你也总算是苦尽甘来，走，陪我回家喝一杯。"

"一梳梳到底，二梳白发齐眉，三梳儿孙满地……"杨连城望着镜中的自己含笑盈盈，她旋开手中镂满花鸟的碧色象牙细筒，筒里鲜红如火的颜色与芳冽的甲煎香气诱人心神。她伸出细指探入筒内轻轻一点，艳丽的口脂被带了出来。一张浸透红胭脂的绵纸反过来轻轻一抿，点出了石榴娇的唇妆，镜中的杨连城身穿青绿色的大袖礼服外袍，衫袖上缀满了珍珠，头戴一对掩耳的博鬓，正中簪着象征身份的凤冠，显得格外华丽。她从来没有想过自己身为叱咤风云的帮主，也会有这一天。

鹿 回 头

热闹的喜宴上白乐天正在招待众人，忽然一声熟悉的声音从门口传来，"二哥！"白乐天回头望去，竟看见了白知退，他惊喜地迎上前，"知退，你回来了？"陈念慈也喜极而泣地拥住了他，"好，好，我们今天一家团聚。"牛思黯捧着酒杯笑着走上前道："乐天兄，恭喜你娶得美人归，嫂子可是杨舍人的掌上明珠，你可要好好对她。"白乐天一口饮光了杯中酒，拉着牛思黯过来，对杨慕巢道："哥，我要给你介绍一个人，这就是我的老友牛思黯。"杨慕巢仔细打量着他笑道："原来是牛党的领头人，久闻大名。"牛思黯道："听说杨明府日前刚刚升为中书舍人，我也要敬贺你一杯。"半醉的元微之走上前道："杨舍人，今日是令妹和我乐天兄的大喜之日，我们三人来一次联句吧。"杨慕巢笑道："好，那我就献丑了。"他略一沉吟，道："昔日兰亭无艳质，此时金谷有高人。"牛思黯拊掌道："好，好，此诗压倒元白！若是我牛党有杨舍人的加入，那就实在太好了。"

夜已渐沉，醉眼蒙眬的白乐天在众人的簇拥下走进了百子帐中。红烛高照，杨连城徐徐移开了面前的团扇，只见她红颜娇俏，眼波流转，眉间一点朱砂，抿嘴低头浅笑，令他不由心中一颤。傧相走上前，端来了一盘盛着肉饭的同牢盘道："一双同牢盘，将来上二官。为言相郎道，绕帐三巡看。"说罢分别喂了杨连城和白乐天三口饭，又让一对童子递来了金银小瓢盏子，里面装着的正是合卺酒，分别奉上女婿和新妇，二人相视一眼，交杯仰头抿了一口。童子又用五色丝线将他们的脚趾系在了一起，"系本从心系，心真系亦真。巧将心上系，付以系心人。"

晃动的烛光下，旁边的侍者轻轻除去白乐天的衣衫，口中念道："山头宝径甚昌扬，衫子背后双凤凰。"婢子又为杨连城除去帽惑，"璞璞一头花，蒙蒙两鬓渣。少来鬓发好，不用帽惑遮。"一朵朵鲜花从发髻上摘下，"一花去却一花新，前花是假后花真。假花上有衔花鸟，真花更有采花人。"一把玉梳将二人的头发梳在了一起，白乐天看着镜中缠绕的发丝含笑道："本是楚王宫，今夜得相逢。头上盘龙髻，面上贴花红。"侍者轻声道："天交织女渡河津，来向人间只为人。四畔旁人总远去，从他夫妇一团新。"摇曳的灯光中，帘帐缓缓放下，房内的烛光悄然被吹灭。

第六十五章　一梳梳到底

"乐天，你醒了？"春日的朝阳洒落在窗棂上，白乐天迷迷糊糊地睁开双眼，只见杨连城已换上了豆绿色的宽袖长衫裙，长发挽起盘在脑后，收起往日光芒毕露的神采，多了几分温柔贤淑，她端着热汤走上前嫣然一笑道，"我学了很久厨艺，你尝尝怎么样？"白乐天怜爱地抚摸着她的面颊道："连城，为了我，你真的变了很多。"他翻身起床，坐在书案前挥笔写下一张纸笺，杨连城好奇地侧头念道："春被薄亦暖，朝窗深更闲。却忘人间事，似得枕上仙。何物呼我觉，伯劳声关关。起来妻子笑，生计春茫然。"她欣喜地拿起来道："这是写给我的？你给我写诗？"看着她天真开怀的模样，白乐天笑着将她拥入了怀中，"漠漠暗苔新雨地，微微凉露欲秋天。莫对月明思往事，损君颜色减君年。"

这天清晨白乐天就出门上朝去了，杨连城收拾着家，只见他的桌案上堆满了许多手抄的诗词，她转念一想，这样抄写岂不是太辛苦了？杨连城便瞒着他，当了自己的皮鞭换来不少钱，亲自将这些书卷送去书坊让抄书手再抄，以减轻白乐天的劳累。她所做的一切，陈念慈都看在眼中。看着她忙里忙外的，陈念慈含笑道："连城，瞧你忙了一天，今晚我来做菜，你好好休息吧。"杨连城擦了擦脸上的汗渍道："那怎么成？我既然嫁入白家，就是白家的人，理应孝顺婆婆。"陈念慈拍着她的手笑道："那好吧，你陪我出去买菜。"二人挽着手像母女般有说有笑地来到了西市。蔬菜摊铺前的摊主看见杨连城，连忙装了一篮子的菜上前道："白夫人，我一家老小曾受过你的恩惠，这些菜是送给你的。"陈念慈看她这么受欢迎，心中更是美滋滋的。杨连城拉着她向旁边人多的地方指道："婆婆，你看那边有好多人啊，我们也去看看吧。"挤进人群去，只见一个卖花郎面前摆放着无数珍贵的牡丹，有白色的雪夫人，有紫色的蓬莱相公，有浅红的百叶仙人，更有昂贵的四本牡丹。陈念慈道："这些花儿真好看，当年我嫁给你公公的时候，他就送了我一朵四本牡丹。这牡丹本是玄宗移植在兴庆宫沉香亭的，花开红、紫、浅红和通白四色，牡丹盛开时，玄宗乘照夜白，杨贵妃步辇相随，赏花于兹。李龟年奏乐助兴，李白作新词《清平调》，玄宗自调玉笛倚曲，杨贵妃则以七宝杯酌西凉州葡萄酒，可谓是一段佳话。"

好日子还没有过多久，身为左拾遗的白乐天又犯了当年元微之刚正不阿的禁忌，竟当面指责李纯的错误，还大肆批评节度使和宦官乱政，更直指俱文珍和吐突承璀的恶行，气得李纯勃然大怒，当即降旨要打他五十大板。当行刑官带着人冲进白府时，杨连城大惊失色地拦住众人，匆忙跪下道："要打就打我，乐天是个书生，他根本经受不起！求陛下开恩，我愿意替夫受刑！"行刑官叹气摇了摇头喝道："来人，将白夫人拉开！"板子重重地打在白乐天的身上，却疼在杨连城的心里，她用尽力气挣脱，扑上前伏在白乐天的身上，板子如同雨点般落在她的后背，白乐天焦急道："连城，快让开！"她痛得发丝被汗湿沾染，紧紧握着白乐天的手道："不，我不能让你有事。"剧痛袭上心头，杨连城终于支撑不住，眼前一花晕了过去。也不知过了多久，隐隐约约中，杨连城似乎听见陈湘灵的声音，"三哥，他们二人都伤得不轻，尤其是白夫人。这味药我已经配好了，你记得每天要来给白夫人送药。我不适合留在这里，先走了。"

此时此刻在遥远的琼州，卢眉娘双手合十，跪在鹿回头的雕像前轻声许愿："求鹿神娘娘保佑，保佑乐天和白夫人白头到老，琴瑟和谐，也保佑湘灵能早日找到她的归宿。"一阵脚步声从身后传来，她回头看见叶岐云，他眉头深锁，走上前与她并肩坐在雕像前道："没想到这次回来，一切都不一样了。好不容易平息了之前的纷乱，我又成了圣主，欧阳呈又成了丞相，但我们都觉得力不从心。我真的好累，好想找一个世外桃源，带着你和娘去那里避世住下来，过着无忧无虑的生活。"卢眉娘握着他的手道："岐云哥哥，你放心，一定会有这一天的。"谁知她话音刚落，只见翩翩焦急地跑上前来，"圣主，眉娘，夏湾宫出事了！"叶岐云大惊失色，拉着卢眉娘一同冲进后宫兑泽苑，只见夏湾宫处已聚集了黑压压的人群，纷纷高声呼喝着："杀了她，杀了她！"

第六十六章　牛李党争

叶岐云惊愕万分，大怒喝道："反了！你们在太后宫前到底想干什么？"卢眉娘和翩翩相视一眼，连忙冲进宫内，只见萧琼被几人押住，卢眉娘从袖中甩出一匹双面黎锦，打飞了挡在面前的几人，翩翩趁机上前扶起萧琼，"太后，你没事吧？"众人纷纷向叶岐云跪下，道："圣主，这个女人可是李唐的妃子！她到底怀的什么鬼胎，我们根本就不知道，但绝不能让她当太后，不能让她掌管南海皇朝！请圣主杀了她！"叶岐云怒目圆睁，冲过众人的面前，旋起身后的黑色斗篷，护在萧琼面前，横起斩天剑呵斥道："你们谁敢杀我娘，就先杀了我！"众人面面相觑，只得退步道："那好，请圣主将这个女人逐出鹿眠谷，不得再入南海皇朝。"叶岐云冷言道："行，如果她走，我也会走，到时南海皇朝就不复存在，更别提会有什么南海国！"萧琼看着他维护自己，挡在面前，不由五味杂陈，心中暗暗道：云儿，为什么你不是我的儿子……我所做的一切都是为了我枉死的儿子，为了对得起他，我只能对不起你了。

叶岐云斥退了众人，回过身蹲下来柔声道："娘，你别害怕，只要有我一日，我就会保护你一日。今天晚上我就留在夏湾里，我倒要看看他们还敢不敢放肆。"这一夜平静得有些不正常，次日叶岐云疲惫地来到离火宫上朝，他冷着脸坐上高台，睥睨着臣民道："本座要再提醒你们一次，若是将来谁再敢对太后不敬，本座决不轻饶！"哪知就在这时，一群手持棍棒的百姓竟兀自闯进了皇宫大殿中，"大家别听他的！这个人不配当我们南海皇朝的圣主，他根本是李唐的皇子，他是李诵的儿子，是当今皇帝的哥哥！"此言一出，众臣惊愕不已。叶岐云大惊失色，猛地站了起来，"你们……"这群人围上前道："太后是李唐的妃子，你是李唐的皇子！族人们，他们根本是串通一气的，他们根本不会为我们做什么，甚至他们很可能是李唐派来潜伏在我们这里的细作，不知什么时候就一举将我们南海灭了！"

鹿回头

众人不由愤怒道:"岂有此理,快将他杀了!"

得知消息的卢眉娘和翩翩连忙赶来,卢眉娘喝道:"都住手!你们都疯了吗?你们若杀了他,谁来当南海皇朝的圣主?难道你们都不记得之前互相残杀的情景了,一盘散沙,群龙无首,又谈什么复国?"众人停止了动乱,却大喊道:"我们要重新选圣主!""对,重选圣主!"卢眉娘见事态无法控制,与叶岐云对看一眼,他走上前道:"好!我可以退位,只要你们选出一位合适的圣主。"众人在底下窃窃私语了一番,领头的人大声道:"我们已经商量好了,我们要卢姑娘当圣主!"卢眉娘大骇倒退一步,甚至以为自己听错了,"什么?我?"这人道:"不错,卢姑娘是真正的南海皇朝人,而且她从小就在宫中长大,跟皇宫中的人关系亲近,对南海皇朝的事务最熟悉不过了。而且据我们得知,当今皇帝李纯曾想立卢姑娘为妃,说明他对卢姑娘有情,若是卢姑娘当上新的圣主,李纯未必会对她下狠手,而卢姑娘就可以带领我们大家,利用李纯这个弱点,一举攻破!"有人赞同道:"对呀,卢姑娘不是钗盒情缘吗?她就是杨玉环转世,她会克着李唐的!卢姑娘当圣主,再合适不过了!"卢眉娘脑中嗡嗡作响,她忍不住喝道:"都给我住口!你们……让我想想。"

月光泼洒在鹿回头的雕像上,卢眉娘独自一人坐在雕像前摩挲着金钗,叶岐云走上前叹气道:"眉儿,都怪我不好,是我连累你了。如果你不想当这个圣主,我们今夜就离开鹿眠谷吧。"卢眉娘摇了摇头道:"不,我想通了。若是让别人来当新圣主,倒不如让我自己当,起码我不会胡作非为,让南海皇朝大乱,起码我在位的时候可以保住你和太后。"次日良辰吉时,一袭黄衫石榴裙披在卢眉娘的身上,她梳着高高的假髻,头上簪满了芙蓉玉钗与金步摇,其中点缀着那支金钗,脑后盘着一朵盛放的牡丹。卢眉娘的面上额黄,脸颊两侧点着丹墨,眉心点着朱砂花钿,她曳着长长的拖尾,走过齐刷刷的臣民面前,在万众瞩目中走向了离火宫的高台,她回过身来,众人纷纷匍匐在地,拥立她为南海皇朝的新圣主。没想到卢眉娘处理起事务来也井井有条,叶岐云看到南海皇朝被她治理得很好,心中也倍感安慰。

琼州的内乱刚刚平息,长安的斗争却在暗中开始了。以李弘宪为首的

第六十六章 牛李党争

李党，以牛思黯为首的牛党，这场长达数十年的你争我夺也拉开了帷幕。如今李弘宪拜相，身为儿子的李文饶为避嫌，则调去了藩镇任职。这天他正在府中看书，下人捧着一个盒子走进来，"李藩台，有人送来了一包东西。"李文饶放下书，好奇地打开了盒子，只见里面放着雨后新茶，他大喜，拿起一块茶饼掰碎，上火烤得又红又干，捣碎倒进瓷瓶中，烧开了水，往里面加入大枣、桂皮、橘皮和薄荷，最后将茶叶末倒进水中，煮成已过茗粥，倒在杯中细细品着，"好茶，果然是上好的茶叶。"回味两下，李文饶忽然闻出这熟悉的茶香，不由得泪眼婆婆，"是他……"李文饶放下茶盏道："来人，把我要送给牛相公的那块石头拿来。"一块精美无比的奇石放在了桌上，李文饶提笔挥袖，在石块上题下：碧流霞脚碎，香泛乳花清。六腑睡神去，数朝诗思清。其余不敢费，留伴读书行。

一双颤抖的手缓缓将石块放下，牛思黯的眼中已满是晶莹的泪水与惊诧，若不是今时今日看见石块上的字迹，他怎么都不会料到这么多奇石，都是李文饶送来的。本以为只有他会偷偷给李文饶寄茶，却没想到他也依旧惦记着自己，"文饶啊，为什么你偏偏是李弘宪的儿子，为什么你偏偏是李党？可惜今生今世，你我注定对立！"他一横心，咬牙扬起手，将这块石头扔进了湖底，霎时溅起了千万层波浪。"思黯，你怎么了？"就在这时，身后传来了刘梦得的声音。牛思黯擦去泪痕回头叹气道："我没事，只是最近牛李党争愈发激烈，我心里不太痛快。"刘梦得拍了拍他的肩膀道："你南墅的牡丹花该开了吧，我想去赏花，你陪我散散心吧。"牛宅中最有名的除了无数的奇石，还有这些品相极其美艳的牡丹花，到了春深之时，这里芳菲一片，格外怡人。

二人比肩在牡丹丛中散心，刘梦得却见他愁眉深锁，于是提议道："不如我们来联诗吧。我先开个头：偶然相遇人间世，合在增城阿姥家。有此倾城好颜色，天教晚发赛诸花。"牛思黯笑道："粉署为郎四十春，今来名辈更无人。休论世上升沉事，且斗樽前见在身。珠玉会应成咳唾，山川犹觉露精神。莫嫌恃酒轻言语，曾把文章谒后尘。"刘梦得又道："两度竿头立定夸，回眸举袖拂青霞。尽抛今日贵人样，复振前朝名相家。"牛思黯被他逗得开怀笑了，"今日若是乐天兄也在，我们三人就可以好好醉一场了。"刘梦得从怀中取出一封信道:"说起乐天,他现在出使洛阳,居住在香山寺中,他给我写了一封信,要我好好帮衬着你。你放心吧,我们大家都站在你这边,李党风光不过一时而已。"牛思黯苦笑道:"我看未必。陛下如今要李弘宪出镇淮南,还亲自为他饯行,可见陛下多么重视他。党争这条路,可真谓路漫漫其修远兮。"

春光潋滟之中,一个身穿雪白色缺骻圆领长袍的男子迎着阳光,骑着毛驴缓缓进了长安城门。他头戴黑纱幞头,上去约莫十九二十岁,圭角岸然,风操严峻,生着一张轮廓分明的方脸,浓厚的眉毛更添俊朗的气质,一对似笑非笑的桃花眼中含满春风,器宇轩昂地挥动手中的折扇,年轻的脸上满是朝气,好似当年刚刚来到长安的白乐天。这年轻人骑着毛驴一直来到了樊川下的韩宅前,他伸出修长的手指,从挂在毛驴脖子上的锦袋里掏出了一沓纸笺,重新整理了一遍,翻身下去,只见他方领矩步,全然是儒者仪态,他拿着纸笺走上前对阍人道:"小生李长吉,拜见昌黎先生。"

"黑云压城城欲摧,甲光向日金鳞开。角声满天秋色里,塞上燕脂凝夜紫。半卷红旗临易水,霜重鼓寒声不起。报君黄金台上意,提携玉龙为君死。"屋内的韩退之接过这卷诗卷,方才看到首篇,就已不由拊掌大赞,"好,真是好诗!快去请这位年轻人进来!"不一会儿,下人领着一个楚楚不凡的年轻人走了进来,只见他气质脱俗,举手投足间儒雅,身上却有种亦正亦邪的气息,眉眼间似曾相识,但韩退之怎么也想不起来了。这年轻人笑盈盈地合起折扇,对着韩退之施了一个大礼,"老师在上,请受弟子一拜!"

韩退之又惊又愕,连忙上前扶起道:"快快请起,这位郎君,你自称韩门弟子,可我却似乎并没见过你。"只见他抿嘴一笑道:"二十八宿罗心胸,九精照耀贯当中。殿前作赋声摩空,笔补造化天无功。庞眉书客感秋蓬,谁知死草生华风。我今垂翅附冥鸿,他日不羞蛇作龙。"此言一出,韩退之登时想起当年路过林间遇见的那个聪明绝顶的小孩,当即喜道:"原来是你?"他回眸笑道:"正是,在下福昌昌谷李贺,特来拜谒老师。这篇《雁门太守行》就是弟子游历时所作。"韩退之喜出望外道:"楹楹,快替

第六十六章　牛李党争

我准备一桌好菜，阔别这么多年，今日我要和长吉开怀痛饮！"多年不见，二人一直聊到深夜，李长吉坐在窗边饮了一杯道："老师抗颜为师，对抗门生与座主的关系，实在是令人敬佩。"

韩退之道："其实河东先生也很喜欢指点后生。"李长吉点头道："不错，只不过河东先生出身名门世家，毕竟有所顾忌，可以做着'师'的事，却要避开'师'的名义。对了，老师近来可好？"韩退之笑道："这些年起起落落，也谈不上什么好不好。对了，我要出道题目考考你。宫中的郭贵妃要我写一篇诗赋，你且来试试看。"于是李长吉正襟危坐，听他说完郭俪凝的故事，略一沉吟，提笔写下：丁丁海女弄金环，雀钗翘揭双翅关。六宫不语一生闲，高悬银牓照青山。长眉凝绿几千年，清凉堪老镜中鸾。秋肌稍觉玉衣寒，空光贴妥水如天。韩退之拍案赞叹道："长吉，以你的才华将来必定金榜题名，你不如去参加科举吧。"李长吉道："可是我游历尚浅，还须多多历练。"韩退之道："这好办，我带你去见见左拾遗白乐天，或许你会受到他的启发。"

隔天韩退之带着李长吉一直来到白宅，他对白乐天道："乐天，这位是我的韩门弟子，福昌昌谷李长吉。当年他曾以一首《高轩过》让我刮目相看，今朝他誉满京洛，是个不可多得的人才，我想向你引荐引荐。"白乐天打量着眼前的这个年轻人，只觉得他似乎有些仙风道骨，又似乎有些桀骜不驯，颇有昔日诗仙太白的风骨，又多了几分光怪陆离的气质，不免一下子就被他吸引，心中很是喜欢。忽然一阵曲子从屋中飘出，打乱了白乐天的思绪，他连忙道："是内子在弹奏《莫愁曲》，二位请进来说话吧。"李长吉却跟着这曲子的节拍哼了起来："琉璃钟，琥珀浓，小槽酒滴真珠红。烹龙炮凤玉脂泣，罗帏绣幕围香风。吹龙笛，击鼍鼓，皓齿歌，细腰舞。况是青春日将暮，桃花乱落如红雨。劝君终日酩酊醉，酒不到刘伶坟上土。"白乐天不由驻足回头凝视着他，赞许道："退之兄，我看这位小郎君是你所有弟子中最有潜力的，将来必成大器。"

第六十七章 休遣玲珑唱我诗

"陈姑娘,陈姑娘,快去看看我们家夫人吧!"这天陈湘灵刚刚采珠回了小茅屋,只见元宅的下人匆匆忙忙跑来。陈湘灵忙道:"元夫人怎么了?"那下人道:"前两天主子出使杭州之后,夫人总是觉得身体不适,又不让大夫来看,自己随便吃了些药,哪知道今天早上忽然晕倒了,我们大家都束手无策,一时也找不到大夫,想起陈姑娘你会医术,就来请你帮忙了。"陈湘灵连忙进屋拿起药箱跟随而去。"陈姑娘,我这是怎么了?这几日来头晕眼花,全身无力,好似哪儿都不对劲。"病榻上的韦丛面色蜡黄,忧心忡忡地让她把着脉道。陈湘灵沉默许久,却起身道喜:"元夫人,恭喜你,你梦熊有兆了!"韦丛不可置信地睁大了双眼,又惊又喜道:"你说真的?我又有孩子了……太好了!微之,我们又有孩子了!"陈湘灵也为她高兴道:"元夫人,这段日子元御史不在家,我每天都会来看你的,你切记不要乱动,一定要好好休息安胎。"

"元夫人,你今天的脉象好多了。"陈湘灵又依约来到了元宅,这几天她都陪伴在韦丛身边,悉心地照顾着她,亲自为她煎药,每天来陪她说话。韦丛拍着她的手道:"吃了你的药,我整个人都觉得舒服多了。陈姑娘,你的医术真是高明。"陈湘灵摇头道:"能看到一个新生命的诞生,对我来说也非常有意义。说起医术,很多年前,我还在符离村的时候有个好姐妹,她的医术比我要高明得多,她生前将医术汇集成册留给了我,以至于这些年来我都是用她书中的偏方替人治病。这种感觉真好,就像我们姐妹一起悬壶济世,她虽死犹生,就像她从来没有离开过这个世界。"说着说着,韦丛也不由得红了双眼,"我腹中的骨肉,说不定也是降真生命的延续。你说得没错,只要我们心中记挂着,她们都不曾离开过人世。"二人互诉着心事,一来一往竟渐渐成为闺中密友。韦丛喝完了安胎药道:"陈姑娘,你扶我起来,我想给微之写信,告诉他这个好消息。"她拿过一尺长的绢帛,

第六十七章　休遣玲珑唱我诗

提笔写下娟秀的字迹，小心翼翼地塞进鲤鱼形状的函套乘信匣中，陈湘灵接过抚摸道："客从远方来，遗我双鲤鱼。呼儿烹鲤鱼，中有尺素书。长跪读素书，书中竟何如。上言加餐食，下言长相忆。"

未出几日，陈湘灵就高兴地拿着信笺回来，"元夫人，有回信了！"韦丛欣喜地接过展开一看，元微之熟悉的字迹映入眼帘：重叠鱼中素，幽缄手自开。斜红余泪迹，知著脸边来。韦丛含泪笑着，将纸笺捧放在心口。就在这时，下人跑了进来道："夫人，左拾遗和白夫人来看望你了！"陈湘灵心中一惊，可是已然来不及躲避，只听见杨连城的笑声从门外传来，白乐天和她正手挽着手一同走进来，谁也没料到会在这里遇见陈湘灵，霎时间三人都怔住了，气氛立时凝固。陈湘灵慌忙向韦丛道："元夫人，我明天再来替你煎药。"说罢匆匆忙忙便出门去了，看着白乐天魂不守舍的模样，杨连城忙将手抽了出来，走上前打破沉寂道："元夫人，听说你有喜了，我们特意来给你道喜的。哎呀，糟了，我们给元夫人的礼物忘了拿来，乐天，你回家去拿吧。"白乐天知道她根本没有什么礼物要拿，只不过故意给自己机会和陈湘灵独处，不由感激地望了她一眼，回头追了出去。

"湘灵！"白乐天追上了她。陈湘灵抹去泪痕回过头道："左拾遗……"他不由得心酸道："左拾遗？你跟我就这么生疏吗？"陈湘灵苦笑道："不然我还可以说什么？看到你们夫唱妇随，过得这么好，我就很开心了。只不过我有句话要提醒你，牛李党争至今抗衡不下，我总觉得要出大事，而你牵连在牛党里跟李党过不去，我怕你会有危险，不如早日抽身吧。"白乐天蹙眉道："君子有所为有所不为，若是为了保命而苟且偷生，我宁愿轰轰烈烈赴死。"陈湘灵见怎么也劝不了他，只好和他分手。这一夜她辗转难眠，想想还是翻身起来，坐在灯光下将此事写入信中，遥寄给琼州的卢眉娘，或许她的话，白乐天会听上几分。

卢眉娘收到这封信后，整日心中不宁，每天下朝之后就回到春庭宫里，坐在织架前魂不守舍地织着黎锦。看见她这副模样，叶岐云不忍心走上前道："眉儿，到底出什么事了？"她放下玉梭，取出陈湘灵的信递给了他，"湘灵说，京都开始牛李党争了，乐天也是牛党中人，他们跟李弘宪对着

鹿回头

干,无异于以卵击石,我现在心里乱得很,我什么也帮不上。"叶岐云已看完了全信,道:"这样吧,你还是回长安一趟吧。"卢眉娘忙道:"不行,我要是走了,你和太后怎么办?你看现在鹿眠谷里的臣民都对你怒眉相对,视作仇人,我一旦离开,你们的处境就太危险了。"她话音刚落,只见翩翩走来道:"眉娘,我倒有个办法,让我故技重施假扮作你,你就安心脱身出去吧。"

卢眉娘拉起她的手道:"那更不行了,上回你假扮我,差点害得你没命。若是这次被他们发现端倪,你也会很危险的,我不允许你再为我冒险了。"翩翩急道:"可是眉娘,你这样下去都快累倒了。现在丞相的病越来越重,每天都在冬阁里休养,由他的妹妹照顾着,根本不能为你分担什么。你心里又牵挂着长安,这怎么行?"叶岐云也道:"是啊,眉儿,这几日臣民们不断对你施压,要你出兵攻打李唐,要你重建南海国。"卢眉娘长叹道:"我真的不想打仗,我不想让任何人受伤,可为什么到最后谁都不肯放过我?岐云哥哥,我们想想办法吧,能拖一天是一天。"

次日一早,卢眉娘照常来到离火宫上朝,她刚刚坐下,便又有几个大臣上言道:"何时出兵李唐,还请圣主尽快做个决定。"卢眉娘挥手站起身大声道:"本座已经决定,三日后出兵,攻打李唐!"谁知她话音刚落,只听轰隆一声巨响,头顶的房梁毫无征兆地断裂,猝不及防地砸中卢眉娘的背心,她当即从高台上滚落下来,哇地吐出一口鲜血。翩翩连忙上前扶起她:"圣主,你怎么样?"哪知就在此时,又有个宫婢慌慌张张地跑来,"不好了,不好了,圣主的春庭宫失火了!"众人不由大惊失色,翩翩扶着受伤的卢眉娘匆匆跑回兑泽苑,只见春庭宫浓烟四起,叶岐云和萧琼站在门外帮忙扑水。火势如此之大,宫中忙了整整一天一夜才终于灭了大火。第二天,卢眉娘拖着疲惫不堪的身躯上朝,只觉得头疼欲裂,又有个老臣神色匆忙道:"圣主,琼州城内出现了无数血色的怪虫,闹得人心惶惶!"卢眉娘惊愕地站起身,紧蹙眉头道:"糟了,这一定是天意……大家都看见了吧,本座刚说要攻打李唐,就接二连三地出了这么多事,看来时机还不成熟,本座不能拿整个南海皇朝的性命做赌注,所以本座决定,暂时息兵,静观其变!"

第六十七章　休遣玲珑唱我诗

　　长安城中丝毫没有感到一场大战的威胁，白宅中流淌着水，温暖的水流滑过杨连城那乌黑的发丝，她正在屋内跪在地上的垫子上，俯身弯腰洗着一头长发，木盆中的浊水还泛着酸味，正是淘米的米汤泔水，她娴熟地拿来麻布裹上头发，白乐天替她一边梳着长发一边道："连城，真是对不起，我没能让你过上好日子。从前无论你是无忧阁的帮主也好，是杨府的二娘子也好，都是锦衣玉食，就连洗头的皂荚都看不上眼，如今却要你用淘米水代替皂荚，要你跟着我淡饭黄齑，箪瓢屡空，我这个左拾遗真是失败。这些是哥给你寄来的金子，算是你娘家的补贴，你拿着吧。"

　　他从怀中取出一包金子塞给她，杨连城却笑道："别这么说，你是个清官，自然是两袖清风。我不需要什么娘家的贴补，我既然嫁到白家，生是白家的人，死是白家的鬼。你把这些金子还给我哥吧，我杨连城以前作威作福惯了，如今倒想过些平平淡淡的生活，我愿意跟你甘苦与共。"白乐天鼻子一酸，将她拥入怀中，"白发长兴叹，青娥亦伴愁。贫中有等级，犹胜嫁黔娄。"谁知杨连城忽然觉得眼前一花，竟轰然晕了过去，白乐天大惊道："连城，连城！快来人啊，快去找大夫！"也不知昏睡了多久，杨连城终于苏醒了过来，只见陈念慈和白乐天都守在床边，她忙要起来，"哎呀，我刚刚是怎么了……"陈念慈忙道："快别起身，好生躺着。"白乐天欣喜若狂地握住她的手道："连城，刚才大夫说你有喜了！我要当爹了！"杨连城却不肯罢休，一定要去太白山上向山神还愿。白乐天小心翼翼地扶着她一路走到了昔日满是白雪的山头，杨连城看着满眼繁花，舒心笑道："当初我站在这里，心高气傲，一心想做大事。可如今站在这儿，两个人变成三个人，可是我的心却变小了，只能容下夫君和孩儿两个人。"

　　喜出望外的白乐天逢人就说，更觉不够，还提笔写信告诉了远在杭州的元微之。元微之正坐在青楼上自斟自酌，看着他的信不由笑道："先是茂之有孕，现在连白大嫂也有喜了，真是太好了。"忽然一阵婉转的箜篌声从楼下大厅传来，元微之莫名觉得这曲调如泣如诉，很是熟悉，他好奇地推门出去，只见楼下坐满了富家子弟，台上正坐着一个女子，她身穿鸡冠紫的绣金华服宽袍，绕着粉色披帛，手中弹拨着一架凤首箜篌，背影似曾相识。元微之缓缓从楼梯上走下来，看清楚了她的正面。只见她眉目如画，

鹿 回 头

　　清丽无双，眼中饱含着深邃的哀怨，纯真的面容上却描画着鲜艳的妆容，头戴夸张的金饰步摇，却显得格外瘦小，元微之大惊，当即认出了她来，她不是别人，竟是表妹崔双文的婢子商玲珑，元微之脱口而出道："玲珑？"箜篌声猛地停了，商玲珑闻声抬头看去，惊愕地站起身来，泪水悄然滚落，往事一幕幕浮上心头……

　　"玲珑，你怎么流落至此？表妹呢？"元微之带着她回到阁楼上问道。商玲珑抽泣道："九郎……自从你和韦家娘子成了亲，小姐就嫁给王家少爷，后来没过多久，二人就和离，小姐回到崔府。可是崔府又在一场风波中被查出老爷生前贪污，一夜之间抄了家。小姐因为和离回家，也被牵连其中。小姐不堪羞辱，生吞寒食散，瘗玉埋香了。而我也从那时起就入了妓籍，辗转至此，没想到有生之年还能再遇见九郎。"元微之唏嘘不已，眼前全是当年和崔双文在蒲州普救寺的点点滴滴，他口中念道："半欲天明半未明，醉闻花气睡闻莺。㹴儿撼起钟声动，二十年前晓寺情。"商玲珑抚摸着手中的凤首箜篌道："这只箜篌，是你送给我的，今日我就为你再弹奏一曲。"

　　看着她轻拢慢捻拨动起琴弦，泠泠的曲子颤动着心弦，元微之酸楚不已，和唱道："休遣玲珑唱我诗，我诗多是别君词。明朝又向江头别，月落潮平是去时。"一曲作罢，商玲珑已然泣不成声，"还记得那一年，我跟你说过胡真娘的故事吗？想不到今时今日，我也成了胡真娘，只可惜……九郎，在这个世上，只有你对我好，你能带我离开这里吗？"她的一双眼中充满了期待，凝视着元微之。就在这时，一个下人举着一封信函闯了进来，"元御史，京都来的信！"他连忙打开一看，惊道："什么，明日出使东川？玲珑，我……陛下要我明日就走，我不能多留了，你多多保重，等我回杭州来，一定救你离开这里。"等，又是等……商玲珑已经看见崔双文等来了什么样的下场，她失望地瘫坐在地，看着他的背影匆匆离去。

第六十八章　池上双鸟

　　此番前去蜀中路途遥远，元微之却每天都能收到邮竹，这一封封的信笺都是白乐天算计着路程和天数，一天一封给他寄去。"万重青嶂蜀门口，一树红花山顶头。春尽忆家归未得，低红如解替君愁。叶如裙色碧绡浅，花似芙蓉红粉轻。若使此花兼解语，推囚御史定违程。"第十二首诗落到元微之手中的时候，他已然安全抵达了蜀中。元微之刚刚到达蜀中，就收到了节度使的邀请，二人坐在食案前边吃边聊了起来。元微之道："听说前任剑南节度使韦皋，曾经有个女校书郎，这校书郎向来是男子所担任，这个女子定然非比寻常。"节度使笑道："不错，此女名叫薛涛，是蜀中出名的才女。不过这个女子性情古怪，敢作敢为。她的父亲薛郧曾是个京官，薛涛八岁的时候，其父在庭院梧桐树下乘凉，吟诵了一句'庭除一古桐，耸干入云中'，这个小女孩就脱口接道'枝迎南北鸟，叶送往来风'。后来她的父亲因为得罪当朝权贵被贬蜀中，又因出使南诏沾染瘴疠而死。那个时候薛涛才十四岁，两年后她只好沦入乐籍。"

　　元微之道："原来她还有这么悲惨的过去，我只知道当年中书令韦皋出任剑南西川节度使，酒宴中让她写诗，她便作了一首《谒巫山庙》：朝朝夜夜阳台下，为雨为云楚国亡。惆怅庙前多少柳，春来空斗画眉长。就是这首诗让她声名鹊起，成为女校书郎。"节度使道："不错，后来很多人想见韦皋，先去贿赂薛涛。后来韦皋得知此事很是生气，将她发配到松州。这女子又写了《十离诗》，打动了韦皋，被召回蜀中，脱去乐籍，如今住在西郊浣花溪畔已有十一年了。她的院子里种满了枇杷花，还豢养着韦皋送的南越孔雀，倒是个情深义重的女子。"

　　耳畔总是回荡着这位传奇女子的各种传闻故事，元微之这一夜竟怎么也睡不着觉，他躺在床榻上一直等到天色亮了，翻身跃上马四处散心，谁

鹿 回 头

知出了城门过了山丘,竟不知不觉快到梓州。正当他觉得口渴时,瞥见前面不远处的水岸边有个独立的小亭子,亭中有一口水井,元微之忙跳下马背,上前伸手想要舀一点井水解渴,忽然身后传来一个女子的声音,"喂,这些水不能喝!"他不免一惊,回头望去,只见那水边横斜着一艘精致的画舫,两面红纱帐若隐若现,风一吹,便露出了船中放着的红漆食案,上面还摆放着香喷喷的桂花糕,一个身着茄花色薄纱襦裙的女子笑盈盈地从船舷上走下来,"这玉女津的水是我用来酿酒的,所以你不能喝。若是郎君渴了,不妨来船上喝一杯我酿的酒。"元微之的目光已经被她所吸引,她梳着一丝不苟的鸾凤髻,一条水色的披帛绕在腕间,鬓边簪着三五步摇,衬托着正中的一支水晶凤钗,脑后簪着一朵栀子花,面是虢国夫人的时世妆,清丽脱俗,仙姿玉质,举手投足间风姿绰约。

元微之愣住了,跟着她坐到小船之上。这女子拿起一壶酒为他斟酒道:"我看你不像是本地人,倒像是个京官。"元微之回过神道:"在下监察御史元稹……"他尚未说完,那女子手一抖,酒已洒了出来,她惊诧道:"元九郎?"元微之不免惊讶道:"娘子认识我?"这女子面上忽然泛红,抿嘴含笑道:"久仰大名了,小女子薛涛,字洪度。"元微之惊喜道:"原来你就是蜀中才女薛涛!"看他激动地站了起来,薛涛扑哧轻笑道:"你坐下吧,快尝尝我酿的酒怎么样?"元微之抿了一口道:"以前我觉得乐天兄的酒好喝,如今比起来,娘子的酒更胜一筹。"薛涛含笑打量着眼前这个俊朗不凡的人,不由得怦然心动,她夹起一块软糯甜腻的桂花糕递给他,二人在船上有说有笑,又是一起练习书法,又是对弈联诗,不知不觉已到了夜晚。

元微之看见桌上摆放着一沓桃红色的纸笺,他一时兴起,拿起来叠成一些纸莲花,点上明晃晃的烛芯,走到甲板上小心翼翼地放在水中,俯身扬水将一盏盏莲花灯推远。薛涛也捧着莲花灯走上前,在他身边蹲下将莲灯放入水中,她放完了最后一盏站起身来,突然脚底一软,重心不稳向水中摔去,元微之眼疾手快,一把拉住了她的手。薛涛被他拉了回来,险些摔入他的怀中。霎时间四目相对,水中泛着粼粼月光,照耀着二人。元微之取出为她留下的一盏莲灯递给她,"这盏灯是送给你的。"薛涛含笑接了

第六十八章　池上双鸟

过来，望着水天间的明月道："水国蒹葭夜有霜，月寒山色共苍苍。谁言千里自今夕，离梦杳如关塞长。"虽然相距十一岁，但一种微妙的情愫就在这初次相遇之际悄然蔓延。

"双栖绿池上，朝暮共飞还。更忆将雏日，同心莲叶间。"薛涛念着这首诗，与元微之十指紧扣，漫步在锦江边吹着夏末的风。这些日子以来二人相伴游玩遍了蜀山青川。薛涛从怀中取出一些用桃红色纸笺包裹的椒盐酥饼喂他，"这是我新做的，看看好不好吃？"元微之咬了一口赞道："味道果然特别。哎，你这些桃红色的纸笺真漂亮，是怎么做的？"薛涛笑依偎在他的肩头，缓缓道来："这是用浣花溪的水、木芙蓉的皮、芙蓉花的汁所做。我还有很多呢，只是一时也想不到做什么，就顺手拿来了，你若喜欢，我再给你些。"

这里是你侬我侬，京都里却有人面临着夫妻分离。"什么？调任杭州？"这突如其来的圣旨让白乐天无所适从，杨连城更是百般不愿，"乐天，我才有身孕，你就要走，我真的舍不得你。"白乐天拥住她叹道："我也不放心你，可是我不能抗旨……连城，这段时间你回杨府去吧，这样有哥照顾你，我就安心多了。你放心，我很快就会回来的。"杨慕巢当天下午就来接她，他扶着杨连城进门，惹得她直笑，"我这还没几个月，瞧你担心的。对了，康姑娘的病怎么样了？"杨慕巢紧锁眉头道："情况不佳，好像开始慢慢复发了，陈姑娘今天替她针灸，希望能有效果。"

祆祠的小筑门口，陈湘灵敲响了她的屋门，"康姑娘，我来给你施针了。"谁知屋内却没有动静，她伸手推门进去，正好看见一袭黑衣的康娥从密室中出来，陈湘灵还没察觉她的异样，上前要替她把脉，谁知康娥凌厉的眼神中忽然冷光一现，猝不及防一把抓住陈湘灵的手腕，五根手指向她的心口剌去。就在这危急之时，陈青笠冲破窗户闯了进来，从她的手掌下一把将陈湘灵救走，康娥一掌打向他，就在快要打上之时，康娥的眼眸中映入了他的容颜，康娥顿时浑身如被雷电击中，猛然收回了手，这倒回的功力回击在自己的心肺上，霎时吐血晕倒在地。"康姑娘！"陈湘灵连忙扶起了她，回头感激地望了陈青笠一眼，"三哥，这世上还是你对我最好。"

鹿回头

此时的白乐天已然到了杭州，这天晚上他正在坊间散步，心中惦记着远方的妻子，忽然听得酒肆传来一阵箜篌声，他抬头望去，只见一个身着宝蓝色华服的女子正坐在阁楼外拨弄着琴弦，她的发髻上簪着精美的金花冠，圆润的面孔稚气未脱，却笼罩着与此不符的哀愁。白乐天不由走上楼，来到她的身边道："娘子弹的是什么曲子，如此哀愁？"她失望地苦笑道："只不过是个失意人的曲子罢了，休遣玲珑唱我诗，我诗多是别君词。"白乐天一怔，道："这不是元九的诗吗？"她惊诧地回过头道："你认识九郎？你是……"他点头道："我是白乐天，娘子又是谁？"她幽幽道："既然是九郎的好友，左拾遗可曾听他说过蒲州普救寺的那段故事？"白乐天恍然道："普救寺……双文表妹？"

她含泪笑道："是啊，他也只会提起小姐，他永远都不会知道，玲珑的心思。"商玲珑放下箜篌，与白乐天诉说起当年的往事，仿若皆在眼前。白乐天不觉湿了眼眶，"罢胡琴，掩琴瑟，玲珑再拜歌初毕。谁到使君不解歌，听唱黄鸡与白日。黄鸡催晓丑时鸣，白日催年酉前没。腰间红绶系未稳，镜里朱颜看已失。玲珑玲珑奈老何，使君歌了汝更歌。"他提笔在纸上写了一篇文书，从包袱中取出了官印，重重地盖了上去，"商姑娘，如今我正好调任杭州，有这个权利。我已替你解除了妓籍，你快去蜀中找微之吧。"商玲珑又惊又喜，连忙向他跪拜道谢。

正处于盛夏的鹿眠谷一点也不平静，卢眉娘掌政没多久，先是好不容易平息了要攻打李唐的事，哪知她正觉得精疲力竭，难得有个休憩的午后，翾翾却大惊失色地跑来道："眉娘，出大事了，鹿眠谷里发生疫症！琼州全城的百姓，已经倒下一大半了！"卢眉娘从梦中惊醒，骇然道："疫症？怎么会这样……翾翾，你快点跟我去煎药给大家服下，断然不能让疫症再蔓延下去了。"门前传来了萧琼的声音，"眉娘，你们怎么忙得过来？让我们也来帮忙吧。"她抬头看去，只见叶岐云扶着萧琼含笑走了过来，卢眉娘望着他的眼睛坚定地点了点头。一口大锅放在震雷场上，里面咕嘟咕嘟地冒着热气，众人有条不紊地煎药、分药。可是人手不够，倒下的百姓又那么多，卢眉娘放下圣主的身份，亲自端着碗跑到宫外，给百姓挨个儿喂药。叶岐云和萧琼也分别端着药碗去帮忙，扶起瘫倒在地的病人小心翼翼地喂

第六十八章　池上双鸟

药。就在这时，只听砰一声碗碎，萧琼面色苍白地轰然晕倒在地。翩翩连忙上前把脉，登时面色大变，连连退后道："不好了，太后……太后也染上疫症了！"

"娘，娘！"叶岐云大惊，慌忙横抱起萧琼跑回夏湾宫中。这些天来他衣不解带地照顾着，萧琼的高烧终于退去，她好像做了一场很久很久的梦，整个人都有些神志不清了。"娘，喝口药吧。"当她睁开双眼时，发现自己正靠在叶岐云的臂弯中。他递来一勺汤药，萧琼猛然清醒过来，伸手推开了他，"云儿，我患上疫症了，你离我远点，不要靠近我！"叶岐云道："不行，现在在琼州城内人人自危，我若是再不管你，你会死的。"萧琼哽咽道："可是你不怕我的疫症传染给你吗？"他却笑道："娘，不管过去发生了多少事情，在我心里你永远都是我娘，我不能让你有事。"一滴滚烫的泪从眼中滚落，萧琼啜泣道："傻孩子，为什么你要对我这么好，不值得……"

叶岐云柔声安慰道："娘，你别胡思乱想了，我一定会把你治好的。"这几天来为了照顾萧琼，叶岐云半步不肯离开夏湾，而鹿眠谷中的疫症也愈发严重，倒下的臣民也越来越多，最终只剩下卢眉娘和翩翩在熬药治病。这天就在卢眉娘喂病人喝药时，一个宫婢匆匆跑来，"圣主，大事不好了！秋圃的叶君，他也染上疫症了！"卢眉娘大惊失色地霍然站起，"什么？岐云哥哥！"她回头冲进兑泽苑，只见叶岐云面色煞白地躺在病榻上，卢眉娘急得泪水涟涟，上前紧握住他的手道："岐云哥哥，你千万不能有事啊，我不能没有你……"他伸手抚摸着卢眉娘的脸颊含笑道："我没事，你别管我了，快去为大家找疫症的解药吧。"卢眉娘心中一酸，不忍看他这般憔悴模样，转头哭着跑出了秋圃，一路跑到鹿回头的雕像前，她扑通跪了下来，"鹿神娘娘，求求你给我启示，救救鹿眠谷的人吧！"她话音刚落，霎时间漫天黑云，明月顿时消失在天际，一道惊雷轰隆闪过，凌空劈坏了鹿回头的雕像，里面赫然露出一个木块。

第六十九章 曾经沧海难为水

卢眉娘连忙捡拾起来，只见上面用古老的百越文写着"琼州圣物，千年寒冰"八个大字。"千年寒冰？琼州这么暖和，这么可能有寒冰？"卢眉娘忽然眼前一亮，"对了，碧寒湖！千年寒冰应该就在湖底！"卢眉娘一直跑到湖边，她焦急地扔下鞋履，奋力一跳，跃进了湖水之中。"眉儿，眉儿！"她刚刚潜入湖底，叶岐云就发着高烧追了过来。他也不知道为什么，只觉得冥冥中有股力量带着他来到了碧寒湖，瞥见卢眉娘的鞋子留在岸边，登时大惊，想也没想就跳了下去，刺骨的寒冷湖水袭来，叶岐云只觉呼吸不畅，就在昏迷之前，仿佛看见一条人鱼划开水波向自己游来，轻轻地吻上了他的唇……

"岐云哥哥，你醒醒……"也不知过了多长时间，叶岐云迷迷糊糊地从梦中醒来，只见卢眉娘正担忧地坐在床榻旁。见他醒了过来，她再也忍不住一把拥住了他哭道："你怎么那么傻，你为什么要陪我去湖底采寒冰？你知不知道你差点没命了？"叶岐云慌忙推开她："你别碰我，我有疫症！"卢眉娘却笑着抹去泪水，"没了，都没了，我和翩翩用千年寒冰驱毒，你和太后的疫症都好了，全城也都挺过来了！"

这场疫症离开了鹿眠谷，人们终于全部缓了过来，一丝丝微凉的风将所有的伤痛都吹散，鹿眠谷又恢复了昔日的欢声笑语。而此时蜀中的天气还很是炎热，元微之正和薛涛在荷花涌中泛舟，她穿一身水色薄衫襦裙，头戴水晶凤钗，根本不像年过三十的女子。小舟载着她在荷花丛中掠过，薛涛笑盈盈地采下莲花，轻启朱唇道："风前一叶压荷蕖，解报新秋又得鱼。兔走乌驰人语静，满溪红袂棹歌初。"只见她面若桃李，美艳异常，元微之心中一动，轻轻将她拥入了怀中。薛涛面上浮起浅浅红霞，抿嘴笑道："水荇斜牵绿藻浮，柳丝和叶卧清流。何时得向溪头赏，旋摘菱花旋泛舟。"

第六十九章　曾经沧海难为水

薛涛从怀中的锦囊取出一把红彤彤的荔枝，挨个儿用玉指剥开，一颗颗地喂给元微之吃。他一把握住薛涛的手，含着这颗荔枝闭上了眼，缓缓向她靠近。

就在这时，一阵微风吹起，薛涛怀中的桃红色纸笺哗啦啦地被吹落，漫天纷飞，元微之伸手抓住了几张，只见上面题着：魄依钩样小，扇逐汉机团。细影将圆质，人间几处看。他又拿出下一张念道："绿英满香砌，两两鸳鸯小。但娱春日长，不管秋风早。"薛涛含笑低下了头，微风拂开了水岸边的鸳鸯草，岸上正站着一个女子，她身穿粗布麻衣，肩头背着重重的包袱，其中没有别的东西，唯有一架精美无比的凤首箜篌。离开杭州的商玲珑一心一意奔赴蜀中，想着就要见到心心念念的元微之，谁知却在这里看到他和薛涛卿卿我我。一行清泪悄然从商玲珑的眼中滑落，她不由自嘲时至如今，她才明白他是一个自己永远也等不到的人。商玲珑含着泪水悄然转过了身，一步一步仿佛走在刀尖之上，心在汩汩流血，她逼着自己不许回头。来也匆匆，去也匆匆，仿若一阵风，在元微之的心中却没有掀起半点微澜。

幽幽的箜篌声在西湖边飘荡，也没有人知道这里什么时候开了一间小酒馆，只是每天到了傍晚时分，打烊后，屋内传出悠扬哀婉的箜篌声。一个美丽的女子荆钗布裙，从屋内走出来，她每天都会在箜篌声断的日暮之后，抱着一个木盆将洗脸水倒入西湖之中。没有人知道，这个普通的老板娘就是曾经红极一时的歌姬商玲珑。远在蜀中的薛涛这天刚刚出门，一个小孩子塞了封信给她，薛涛还来不及问，小孩就匆匆跑开了。她好奇地展开一看，只见上面写道：峨眉山势接云霓，欲逐刘郎此路迷。若似剡中容易到，春风犹隔武陵溪。后面署名正是白乐天。薛涛是何等的聪明，她当即读懂了诗中的意思，不由得蹙起双眉："左拾遗，你一定比我更了解九郎。可是我如今已经回不了头了，是什么下场我都不在意，只求和他在一起的日子可以开开心心地过。"

乐而忘返的元微之在蜀中已经流连大半年，这些日子以来，陈湘灵每天都去元宅为韦丛把脉安胎，只见她如今已经是步履蹒跚，大肚便便了。

鹿 回 头

这天韦丛甚是不适，陈湘灵紧锁眉头把着脉半响，方才开口道："元夫人，你最近是不是忧思过多，难以入眠？"韦丛点头道："不错，我想微之已经去了蜀中这么久，怎么到现在还没回来，我真的很担心他，而且我也不知道为什么最近总是莫名的不安和烦躁。陈姑娘，我的孩子没事吧？"陈湘灵的神色却不是太好，韦丛着急地抓她的手腕问道。陈湘灵只得实话实说道："刚刚我给你把脉，察觉到你腹中的孩子胎位不正，恐……恐有滑胎之危。"

韦丛大惊坐起身道："什么？不，我不能让我的孩子有事！陈姑娘，我求你再想想办法，这是我跟微之的骨肉，我一定要替他留下孩子，你要替我保住孩子啊！"陈湘灵也慌了，道："元夫人，你快别激动，我这就去想办法！"她焦急地翻看苏简简留下的手稿，找得焦头烂额，终于找到了，"有了有了！一会儿我用艾草熏你的房间，再给你施针，希望能稳固胎位。"陈湘灵忙里忙外地准备着艾草，满屋子地熏着，又悉心地为韦丛针灸，一连几日，陈湘灵都没有合过眼。这天夜里她实在困得受不了了，不知不觉就靠在窗棂旁睡着了。

突然一阵轰隆巨响，暴雨倾泻而下，雷声惊醒了刚刚入睡的陈湘灵，只听内屋传出韦丛痛苦的叫声，陈湘灵浑身一个激灵，连忙冒雨冲过庭院跑进去，只见韦丛捂着肚子，汗渍已然沾满了发丝，痛苦万分道："陈姑娘，我要生了……"陈湘灵惊愕道："什么，怎么会提前这么多天，稳婆还没找到……快来人啊，快扶夫人躺在床上，我这就去找稳婆！"陈湘灵慌张地冲出门外，此时已是夜半时分，又没有月光照路，眼前全是一片黑漆漆，她奔跑在暴雨之中，却被一道坊门挡住了去路，陈湘灵顾不得那么多了，焦急地敲门道："快开门啊！"旁边熟睡的坊正被她吵醒了，顶着蓑笠走上前道："喂，你是什么人，竟敢冲夜，不要命了？"陈湘灵扑通跪在水渍中，"坊正大哥，我求求你快开门吧，元御史的夫人就要生了，这是人命关天啊！"坊正登时也愣了，"可是我们也有规矩，没有通行令是不能开门的，你就在这个方间找个稳婆吧。"陈湘灵措手不及，忙不迭地折回去挨家挨户找稳婆，就在她绝望之时，忽然看见从酒肆里出来，正要回袄祠的康娥，陈湘灵忙冲上前道："康姑娘，现在只有你能帮我了！"

第六十九章　曾经沧海难为水

惊天暴雷划破长空，陈湘灵和康娥在元宅内一起手忙脚乱地帮韦丛接生，府中上下乱成一锅粥，暴雨不断，随着韦丛痛苦的叫声，一声啼哭终于从屋内传了出来。康娥欣喜地抱起新生儿道："元夫人，恭喜你，是个千金！"精疲力竭的韦丛面容惨白，躺在床榻上虚弱地笑了，"我就知道，果然是降真回来了，快给我看看我的女儿。"康娥爱不释手地抱着孩子走上前递给她。韦丛望着这粉妆玉琢的小脸蛋笑道："我给她起个名字，叫她元保子。"她话音未落，忽然听见陈湘灵啊地惊呼一声，康娥回头道："怎么了？"只见陈湘灵面无人色，从被褥里拿出了手，她的双手已沾满鲜血，被褥也全部被染红了。二人惊诧地看向韦丛，却见她面如死灰，虚弱不已道："我知道，我快不行了……你们要替我照顾好女儿，替我把她交给微之。微之，我真的好想见到你……"陈湘灵急道："不，你一定要撑下去，元御史马上就到家了！元夫人，你不可以放弃。"韦丛轻轻地笑了，眼前又浮现当年的种种情景，思绪好像又回到了当年，依稀之中，她仿佛看见元微之骑着白马，意气风发地向自己走来，一滴泪潸然滚落，韦丛冰冷的手猛地滑落。陈湘灵痛哭道："不，元夫人！"

哗啦一阵暴雨降下，惊醒了蜀中睡梦中的元微之，他猛地觉得心口一阵绞痛，猝然吐出一口鲜血。下人慌忙拿着信笺跑进来道："元御史，京都急报！"元微之连忙接过打开一看，只见白乐天的字迹已经被暴雨晕开，却字字如锥刺入眼中，元微之登时脑中一片空白，"茂之……不，这不可能，茂之不会死的……"他再也忍不住，赤脚冲了出去，他一个趔趄，重重地摔在庭院之中。元微之身穿单薄的睡衣，跪在夜雨之中痛哭流涕，他向京都的方向遥遥拜了三拜，捶胸顿足，泣不成声，几度哭得晕厥过去。等他醒来时，已然不似人形，元微之拿起桌上的匕首割破手指，他蘸着自己的鲜血，在韦丛曾寄来的鱼中尺素上一笔一画写下：曾经沧海难为水，除却巫山不是云。取次花丛懒回顾，半缘修道半缘君。

"寻常百种花齐发，偏摘梨花与白人。今日江头两三树，可怜和叶度残春。"江亭外秋风飒飒，仅仅一夜，元微之仿佛苍老了数十岁。只见他发丝凌乱，胡子拉碴，面对着薛涛为他准备的一桌子饯别菜，却无动于衷，面无表情地望着江边，等候着归家的船。薛涛叹了口气，翻看了他用血写就

·349·

鹿 回 头

的五首《离思》道:"九郎,你真的要走?"元微之一把夺来那些锦帛,拿起桌上的烛台将它们全部烧为灰烬。见他去意已决,一言不发,薛涛含泪提笔在亭中墙壁上挥毫:绿沼红泥物象幽,范汪兼倅李并州。离亭急管四更后,不见公车心独愁。船只已经来了,元微之匆忙拿起包袱头也不回地上了船,向长安方向赶去。薛涛再也忍不住,两行脂粉泪悄然滑落,望着他渐行渐远的背影挥手作别道:"扰弱新蒲叶又齐,春深花发塞前溪。知君未转秦关骑,月照千门掩袖啼。芙蓉新落蜀山秋,锦字开缄到是愁。闺阁不知戎马事,月高还上望夫楼。"

这一路披星戴月,从水路转陆路后,元微之策马加鞭,一路往家中赶去,可是谁知就在快进洛阳之时,竟又收到一道密旨。原来李纯听信李弘宪所言,说牛思黯收藏那么多太湖石必心存想法,或许这些太湖石中藏着什么秘密,李纯便即刻下旨要元微之改道太湖,去将牛思黯曾经看过的太湖石背面的花纹全部拓印下来。一边是尸骨未寒的妻子和尚未谋面的新生女儿,一边是不能违抗的圣旨,眼看就要到家了,元微之悲恸难当,当即写了一篇祭文寄回长安,万般无奈下调转反向朝太湖疾驰而去。"哥,你让我去吧,这祭文是元御史托付我念给元夫人听的。"此时此刻的杨府中,杨连城正和杨慕巢吵着。她如今已经行动不便,杨慕巢更是不同意了,"城儿,你如今身怀六甲,元夫人又刚刚去世,你不适合去啊……"杨连城哭着甩开了他的手,"哥!元夫人对我那么好,我不能不顾啊!这么多年来我行走江湖,对于什么红白喜事的冲撞,我根本不在意,我一定要去!"杨慕巢拦不住她,只好由得杨连城在韦丛灵前代读了这篇祭文。可惜直到韦丛入土,元微之都没能回来。

这场雨在元微之回来之前始终没有停过,半个长安城几乎要被淹没了。轰隆,一道惊雷划破长空,元微之身骑白马冒着暴雨终于赶回长安。他那件精美的青衫上沾染了无数的泥泞,马匹载着他一路溅起雨水。刚刚到达家门口,那白马累得倒在了地上,将元微之从马背上狠狠摔下,他当即滚落在一摊泥泞中,他踉跄着爬起身推门而入,只见夜雨中的家宅四面都挂满了白色的纱幔,正堂中一个硕大的"奠"字刺痛了他的双眼。

第七十章　薛涛笺

灵堂中的棺材早已入土，只剩下空荡荡的门庭和摇晃的白蜡烛，元微之扑通一声跪了下来。就在这时，陈湘灵从堂后抱着一个婴孩走来，她红肿着眼睛，将孩子递给了元微之，"元大哥，这是元夫人留下的女儿，这就是你们的骨肉，元夫人已经给她起了名字，叫做元保子。"元微之用颤抖的手接过孩子，泣不成声地贴脸上去，"茂之，这是我们的孩子……"谁知他刚刚碰到孩子的面颊，突然发现她的脸蛋已然冰冷，元微之大惊道："女儿！女儿！陈姑娘，你快看看她这是怎么了？"陈湘灵慌忙接过来，在白灯笼下赫然看见这孩子面色青紫，一动不动，身体早已僵硬了，她伸手摸了摸心脉，霎时脑中一片空白，"怎么会这样……小姐她，她没气了……"元微之不可置信地睁大了双眼，霍地向后倒去，众下人忙扶住了他。元微之瘫坐在地，失声痛哭道："秋天净绿月分明，何事巴猿不瞭鸣。应是一声肠断去，不容啼到第三声……"他抓着心口，快透不过气来，"茂之，我对不起你，我不该去蜀中，更不该离开你！我从没想到会跟你阴阳两别。茂之，我真的好后悔……我没能保得住你，也没能保得住你留给我的孩子……"

元微之不知是怎么伤心欲绝地走回后院，只见韦丛的屋子已然空了，屋内摇曳的灯火还没被吹熄，他挂着泪痕失魂落魄地走进空屋，仿佛又看见红烛之下，韦丛拆下头上的花钗，一头乌黑的长发垂在睡衣上，她伸出玉手拿起桌上的剪刀剪去多余的烛芯，元微之的泪水惊动了她，幻影中的韦丛对他回眸一笑，片刻间消失在视线中。元微之伤心地坐在墙角，随手捡起地上的石子，在墙壁上刻画：朝从空屋里，骑马入空台。尽日推闲事，还归空屋来。月明穿暗隙，灯烬落残灰。更想咸阳道，魂车昨夜回。吱呀一声竹节断裂的声音从窗外传来，元微之竟下意识以为是韦丛回来了，他回头看去，只见回廊的竹林间飘忽着韦丛的幻影，她怀中正抱着小小的女

鹿回头

儿，含笑望着他，元微之追上前想伸手去拥抱她，却眼睁睁地看着她们一点点散去，化作漫天的星辰。他苦笑着坐在了地上，望着天上的星辰喃喃自语："感极都无梦，魂销转易惊。风帘半钩落，秋月满床明。怅望临阶坐，沉吟绕树行。孤琴在幽匣，时迸断弦声。"

"起戴乌纱帽，行披白布裘。炉温先暖酒，手冷未梳头。早起烟霜白，初寒鸟雀愁。诗成遣谁和，还是寄苏州。"一封信笺从白乐天的手中寄到了苏州，刘梦得把这封信握在手中，望着外面零星下起的小雪。不知不觉已到了初冬，刘梦得才刚刚被调去苏州上任，得知韦丛过世的消息，他感慨万千，不由得想起了昔日的薛玉奴。

转眼韦丛去世已满月，元宅内点满了白蜡烛，四处都挂上了元微之亲手所做的白灯笼，每盏灯笼上都题满了字字泣血的悼亡诗，元微之抚摸着韦丛为自己所缝制的衣裳，一时泪如雨下，"头白夫妻分无子，谁令兰梦感衰翁。三声啼妇卧床上，一寸断肠埋土中。"他拿来三炷香走到院中，对着一轮明月拜了拜，哽咽道："十月辛勤一月悲，今朝相见泪淋漓。狂风落尽莫惆怅，犹胜因花压折枝。"说罢他扬手将杯中酒还酹一地。就在这时，下人匆忙跑上前道："元御史，左拾遗来了！"白乐天刚从杭州回来，便急忙赶去了元宅，他一进门便看见元微之苍老了许多。二人什么话都说不出口，只有默默地流泪相拥在一起。白乐天走到灵堂前，给韦丛上了一炷香道："夜泪暗销明月幌，春肠遥断牡丹庭。人间此病治无药，唯有楞伽四卷经。"

此时此刻的琼州也不好过，虽然疫症已过，但满城惊慌，纷纷说着鹿神愤怒降灾于琼州，谁也不肯再留在鹿眠谷中，臣民们纷纷上书求卢眉娘带领大家去洛阳行宫呦呦谷避天灾，卢眉娘无奈之下唯有答应，带着南海皇朝所有的百姓离开了琼州，鹿眠谷顿时变作了一座空城。浩浩荡荡的人马一路来到洛阳，好不容易安顿下来，卢眉娘却听说韦丛的死讯。她犹豫了半晌，绞着发丝为难地走到叶岐云身后，"岐云哥哥，元夫人去世了……"叶岐云回过头道："我明白，你要回长安去祭拜她，是不是？"卢眉娘点了点头道："我跟元九认识这么多年，而且元夫人真的是非常好的女

第七十章　薛涛笺

子，我没想到她竟会就这样去了。三日，三日内我一定赶回来。"叶岐云抚摸着她的长发道："去做你想做的事吧，无论如何我都会等你。"卢眉娘感激地望了他一眼，叶岐云亲自为她执辔，看着她跳上马背，疾驰出了呦呦谷。

卢眉娘出了呦呦谷，一路直往长安奔去，如今天气虽晴，却也着实更加寒冷，卢眉娘浑身冻得没有了知觉，终于到了元宅。她拜祭完韦丛，刚刚从元宅内走出来，只见南海皇朝的几个宫人紧随上来，异口同声道："请圣主立即回行宫！"卢眉娘不由被吓了一跳，皱眉道："谁让你们跟着我的？我三日内一定会回去的，都给我让开，我还要再去见一个人。"就在此刻，一个熟悉而惊愕的声音在她的背后响起，"眉娘？真的是你？"

她下意识地回头望去，赫然看见陈湘灵和白乐天正相伴而来。陈湘灵不可置信地睁大了眼睛打量着面前的卢眉娘，只见她虽然穿着素色的锦缎华袍，头上换成银色步摇，眉间点着白珍珠的花钿，俨然一副霸主的气势。陈湘灵走上前道："他们刚刚叫你什么？圣主？"卢眉娘深深呼吸一口，点头道："不错，我就是南海皇朝现在的新圣主。"白乐天连连摇头，上前一把抓住她的手臂，"你说什么？你疯了吧，你明明知道南海皇朝要和大唐作对。你当圣主，南玳也要出兵攻打大唐，你也要我们死吗？"泪光从卢眉娘的眼中一闪而过，她故作坚强道："我没得选，我只能选择和岐云哥哥同生共死。对不起，我要回宫了。"卢眉娘就这样侧过身，在二人的目光中随着宫人头也不回地离开了。

"花开不同赏，花落不同悲。欲问相思处，花开花落时。揽草结同心，将以遗知音。春愁正断绝，春鸟复哀吟。风花日将老，佳期犹渺渺。不结同心人，空结同心草。那堪花满枝，翻作两相思。玉箸垂朝镜，春风知不知。"浣花溪畔，一个身着红衣的女子正唱着哀婉的曲子，坐在枇杷花树下，身后还有一只五色的孔雀，在这冬日里多了一抹鲜亮的光彩。薛涛正用细小的毛刷，将裁剪好的小纸笺涂上红色的鸡冠花、荷花瓣，再将花瓣捣成泥状加上清水，从红花中提炼出染料，一遍遍地涂抹在纸上，做成深红、粉红、杏红、明黄、深青、浅青、深绿、浅绿、铜绿、残云十种颜色的花笺。

　　薛涛提前笔尖，在花笺上落笔写道：冷色初澄一带烟，幽声遥泻十丝弦。长来枕上牵情思，不使愁人半夜眠。题罢这首诗，薛涛拿起棉线将它穿了起来，又在第二张上写上：春教风景驻仙霞，水面鱼身总带花。人世不思灵卉异，竟将红缬染轻沙。她在每一张上都写上了诗，将几张花笺穿在一起做成了风铃。薛涛拿着这些风铃，一直走到西岩山丘的海棠溪边，将它们挂在冬日暖阳下的枯枝上。寒风微微吹拂，十种颜色的花笺风铃随风而动，夕阳透过斑驳的树叶照在她的脸上，薛涛算着元微之离去的日子，远眺着长安方向幽幽叹道："凭阑却忆骑鲸客，把酒临风手自招。细雨声中停去马，夕阳影里乱鸣蜩。"

　　她话音刚落，身后便传来一阵拊掌声，"想不到洪度的诗词是越发的好了，这些花笺如此别致，不如就叫做薛涛笺吧。"她惊诧地回头循声望去，可惜却没有看见元微之。夕阳之下站着一个而立之年的男子，他身着乌金色圆领长袍，高大俊朗，虽然多年没见，薛涛还是一眼就认出了他，"退之？"此人不是别人，正是韩退之。原来他刚刚改授都官员外郎，分司东都兼判祠部，没想到在这出使路过蜀中时，与薛涛在此重逢。

　　"一别多年，真没想到还会再遇见你。"夕阳之下，韩退之与薛涛并肩而行道，"洪度，这些年你过得怎么样？"薛涛叹了口气道："我遇见了一个人，一个再也不会回来的人……罢了，不提也罢。你呢？我还记得当年你被贬河南县令的时候，我也正好被韦令公流放松州，那时在路上跟你有过一面之缘，想不到你现在飞黄腾达了。"韩退之莫名觉得心中一阵慌乱，竟有些言不达意，"其实从那时候起，我对你就有一种惺惺相惜的感觉。"薛涛没听清，回头道："你说什么？"韩退之忙道："啊，没有什么，我是说过两天就是人日了，不如我们一起去登高吧。"薛涛哪里知道他早已成了亲，更不知此番调任，卢沉楹也随他一并前来，便一口答应了下来。

　　眼看就要到人日了，韩退之却越发显得心不在焉。卢沉楹刚刚梳好了头发，却看见镜子里的他正在喃喃自语："闻到边城苦，今来到始知。羞

第七十章 薛涛笺

将门下曲,唱与陇头儿。黠虏犹违命,烽烟直北愁。却教严谴妾,不敢向松州。"卢沉楹在他眼前挥了挥手,"退之,你最近怎么魂不守舍的?"韩退之回过神道:"啊,没什么,我今天有事要出去一趟。"他匆匆拿起桌上的诗赋转身离去,卢沉楹凝视着他的背影,如此聪慧的她难道会不了解这个与她同床共枕的丈夫在想什么吗?

"天街小雨润如酥,草色遥看近却无。最是一年春好处,绝胜烟柳满皇都。"站在最高处,薛涛看着微融的冰雪,不由脱口而出。韩退之笑道:"这不是我写给张十八员外的诗吗?"薛涛笑道:"是啊,我只是希望这些冰雪能早日融化,能早日春暖花开,一切都会好的。"说到这里,韩退之见薛涛的眼中闪着点点泪光,却含笑强忍着,这模样让他心疼不已,不由得伸手将薛涛揽入怀中,她泪水如决堤,伏在他的怀里低声啜泣着。韩退之却不知,这一切都被跟来躲在树后的卢沉楹看在眼里。韩退之和薛涛从高台下来之后,又去了酒肆,一直把酒夜谈到深夜,薛涛醉醺醺地道:"退之,天色也晚了,你早点回去吧。"韩退之叹了口气道:"那好吧,我明日再来看你。"

谁知等韩退之回到家中时,屋内还亮着一豆灯光,卢沉楹显然还没有先睡,他蓦地心中一怔,推门而入,只见卢沉楹正坐在灯前看着书卷。看见他回来,卢沉楹笑盈盈地放下书卷,起身替他除去了身上的裘衣,"你回来了?床榻都铺好了,屋里也都暖和了,你去睡吧,我再看会儿书。"见她没有多问一句话,韩退之这才松了口气。他回到屋内掀开被褥正准备睡下,却忽然瞥见床榻边夹着一枚不慎遗落的纸笺。那纸笺乃是浅红色的,上面还题着四言绝句,韩退之心中咯噔一下,登时认出这正是薛涛的花笺,难道……难道楹楹什么都知道了?可是她既然什么都知道了,为什么还要假装不知道?韩退之越想越觉得愧疚万分,他捡拾起那纸笺放在烛火上,看着它一点点被火焰吞噬,"一朝富贵还自恣,长檠高张照珠翠。吁嗟世事无不然,墙角君看短檠弃。"

第七十一章　敷水驿

就在这一夜，一个木盒落在元微之的手中，他打开一看，只见里面放着一片桃红色的花笺，上面是如此熟悉的字迹：诗篇调态人皆有，细腻风光独我知。月下咏花怜暗澹，雨朝题柳为欹垂。长教碧玉藏深处，总向红笺写自随。老大不能收拾得，与君开似教男儿。此笺上满是字字深情，然而饱受丧妻与丧女之痛的元微之，如今的心里却再也溅不起半点微澜，纵然蜀中与薛涛的种种都在眼前，可那仿佛都是上辈子发生的事。元微之望着镜中胡子拉碴的自己，摇了摇头，提笔接连写下了三封信，交给驿者送往蜀中，"锦江滑腻蛾眉秀，幻出文君与薛涛。言语巧偷鹦鹉舌，文章分得凤凰毛。纷纷辞客多停笔，个个公卿欲梦刀。别后相思隔烟水，菖蒲花发五云高。洪度，我已经害死了自己的妻子，我不能让她在阴间再伤心了。你我的缘分今生今世就到此为止吧，只愿来生有缘再续。"

当信笺再度回到薛涛的手中，一滴清泪砸落在纸上，晕开了纸上的字迹：我爱看不已，君烦睡先著。我作绣桐诗，系君裙带著。别来苦修道，此意都萧索。今日竟相牵，思量偶然错。这已是他的第三首诗信了。薛涛一面反复地读着，一面哽咽道："我始终不是最懂你的那个人，既然如此，我也不会再妨碍你，成为你的绊脚石。"从那以后，浣花溪畔少了一位绝代风华的女诗人，而碧鸡坊则筑起了一座吟诗楼，人人都知道那里有一个身着道袍，每天站在楼上吹芦管远眺夕阳的道姑。

"两位檀越，可是来找人的？"楼下的道姑拉开门。只见卢沉楹和韩退之正携手前来，韩退之点了点头道："不错，我们是来看望洪度的。楹楹，这位薛娘子，是我早年认识的才女。"卢沉楹含笑道："那我真的要见见了。"二人随着道姑走上楼，只见一袭道袍的薛涛正站在阁楼前吹着哀婉的芦管，她听见脚步声，转过身来，昔日的艳丽已然褪去，今日的薛涛则是

第七十一章　敷水驿

清丽无双，更添一份气质。卢沉楹看她消瘦的模样，不由道："薛娘子，你这又是何必呢？"薛涛看见他们手挽着手，再看卢沉楹盘起的发髻，便什么都明白了。她浅浅笑道："韩员外、韩夫人，让你们费心来看我了。其实我只是为了心中的念想，我只是在等一个人。不，应该说在等我弟弟，只要知道他安好，我便安心了。"韩退之叹了口气，接过卢沉楹怀中的七弦琴，席地而坐，将琴横放在膝上，悠悠拨动起来唱道："或云欲学吹凤笙，所慕灵妃媲箫史。又云时俗轻寻常，力行险怪取贵仕。神仙虽然有传说，知者尽知其妄矣……"

一阵阵抚琴声从屋内传来，此时此刻的李文饶正在房中弹着琴，不由得想起了谢秋娘，他早已是泪流满面。"李藩台，有人送来了一封匿名信。"就在这时，下人推门而入说道。李文饶连忙擦去面上的泪痕，接过这封信，好奇道："会不会是思黯寄来的？"他摸到这信笺里凹凸不平，似乎还有别的东西，打开倒出来一看，竟看见一支箭头和一枚铜钱。李文饶拿起铜钱，赫然看见上面写着"琼铢通宝"四个铭文，而那支箭头……他到死也不会忘记，射死谢秋娘的那支箭头就跟这支一模一样，有着同样的花纹。李文饶的手颤抖着捏紧了箭头，"南海皇朝……为什么，原来杀死秋娘的是南海皇朝的人！为什么会这样，她和南海皇朝根本没有过节啊。原来我一直误会了思黯，我怎么会这么想，实在是以小人之心度君子之腹！快，备马！我要回长安向他道歉！"

就在李文饶回到长安的当天，一场惊天动地的大事猝不及防地发生了。街头巷尾都在说着春日里的那场科举考试，皇甫湜偷偷贿赂翰林学士王涯的外甥，而这个皇甫湜，正是牛党中人。这件科场案都没有分出个是非，便匆匆让李弘宪拿去借题发挥，他打算一举灭了牛党。而牛思黯作为牛党的首领，更是让李纯勃然大怒，当即要将他斩首示众。宣政殿上一片唏嘘声，李弘宪就等着牛思黯一死，牛党彻底瓦解。谁知这时李文饶却从队列中走了出来，"陛下，臣有话要说！"李弘宪惊愕地看着自己的儿子手举着玉笏走上前为敌人求情。李纯见李文饶为牛思黯说情，一时也为之心软，将牛思黯贬了官，同时也连带着将牛党的韩退之再度贬谪，贬他为河南县令，勒令次日启程。就在这一夜，李长吉收到从家乡寄来的讣告，他轰然

鹿 回 头

跪倒在地，泪如雨下道："我爹去世了……"韩退之拍了拍他的肩膀道："长吉，我也要去河南上任了，此番我就陪你一道回家吧。"

"昔日戏言身后事，今朝都到眼前来。衣裳已施行看尽，针线犹存未忍开。尚想旧情怜婢仆，也曾因梦送钱财。诚知此恨人人有，贫贱夫妻百事哀。"漫天的白色冥镪飘飞在洛阳的郊外，元微之含泪捧着韦丛的衣裳，细细抚摸着针脚，哽咽不止，他蹲下身把这些东西都葬埋成了衣冠冢。洛阳是他的家乡，韦丛既然嫁入元家，理应魂归夫家，但当日元微之未赶得及回长安，众人只将韦丛葬在了长安，今时今日，他也只能在这里立一座衣冠冢。他俯身取出怀中的一篇文赋，在火苗中渐渐化了，依稀可见上面的字迹写着：生憎野鹤性迟回，死恨天鸡识时节。曙色渐瞳瞳，华星欲明灭。一去又一年，一年何可时彻。有此迢递期，不如死生别。天公隔是妒相怜，何不便教相决绝。然而，仿佛是祸不单行，丧妻之痛尚未平复，一道圣旨突然降临，"监察御史元稹弹劾河南尹不法事，纯属诬陷，罪不可恕。着召回京罚俸，即日起从东都出发，不得延误！"猝不及防的圣旨使元微之惊愕难平，韦丛死后，他已经不问政事了，唯有河南尹的事实让他看不过眼，这才奏了一本，谁知竟反被诬陷，元微之百口莫辩，只得立即启程回长安。

就在这天经过华阴县时，天色已晚，四下除了一间敷水驿，再无别的旅舍，元微之一行人只得在敷水驿落脚。谁知这敷水驿如此狭小，唯有一间上房，不过好在敷水驿地处偏僻，也没什么人来住，元微之毕竟是个朝廷官员，当即就被安排住进了上房。这一夜他却是心绪不宁，躺在床榻上总想起韦丛的音容笑貌。元微之翻身而起，站在窗前望着夜色喃喃道："伤禽我是笼中鹤，沉剑君为泉下龙。重纩犹存孤枕在，春衫无复旧裁缝。我随楚泽波中梗，君作咸阳泉下泥。百事无心值寒食，身将稚女帐前啼。小于潘岳头先白，学取庄周泪莫多。止竟悲君须自省，川流前后各风波……"

哐当！一声巨响吓得元微之手中的笔一颤，他还不知道发生了什么事。敷水驿的大门被轰地踢开，一伙气势汹汹的宦官冲了进来，侍者连忙跑上前卑躬屈膝道："原来是仇给使、刘给使，二位……"其中一个叫刘士元

第七十一章 敷水驿

的宦官打断他道："少废话了，我们是来住店的，还有没有空房了？"侍者不由一怔，支吾道："有是有，但……都是下房。"刘士元一拍桌子，勃然大怒道："你说什么？你好大的胆子，连皇帝都不敢怠慢我们，你敢给我们住下房？还不拿上房出来！"侍者浑身颤抖道："小驿……小驿只有一间上房，已经让元御史住下了。"一言不发的仇士良忽然冷笑道："区区一个御史，也配住上房？"他说罢拿起桌上的马鞭与刘士元一同冲上了二楼。轰一声，二人猛然将元微之的房门踢开，看着眼前这个文弱书生，仇士良冲上前扬起马鞭就向他抽去。刘士元骂骂咧咧地按住他一顿暴打，"你算什么东西，敢跟我们抢上房？"元微之哪里是他们的对手，顿时被打得鼻青脸肿，浑身血痕累累，当即被赶出了敷水驿。

这件事顿时在朝堂上引起一片哗然，尚不及元微之上诉，刘士元和仇士良倒先在李纯面前告了一状，说元微之架子很大，竟不给他们宦官让上房，还诬陷元微之先动的手。李纯当然心知肚明，孰是孰非，可是这刘士元和仇士良都是吐突承璀的人，吐突承璀又亲自向李纯求情，想起吐突承璀从自己做广陵王的时候就一直相伴在侧，李纯实在不忍他声泪俱下，便答应不会让他们受委屈，当即在宣政殿上拟旨要将元微之斩首。白乐天登时大惊失色，顾不得自身安危，连忙举着玉笏上前道："陛下，万万不可！"李纯面色很是难看，道："白学士又想说什么？"白乐天道："臣认为不可斩杀元御史，有三不可。一是元御史一心报国，众人皆知，杀忠者不可。二是此番敷水驿事件全因宦官无理取闹，错不在元御史，杀无辜者不可。三是事情过后，又有许多藩镇节度使借机报复，上了谗言，杀被害者不可。"

李文饶正想上前为元稹说情，猛听他父亲李弘宪轻轻地咳了两声，李文饶犹豫了片刻，一边是曾经救过自己的人，一边是自己的父亲，虽然左右为难，但还是决定说情，于是走上前奏道："陛下，监察御史元稹罪行不可饶恕，丢尽了官员的脸，丢尽了朝廷的脸，理应收监，秋后斩之。"本来李纯降旨斩立决，又被白乐天一席话说得下不了台，这时李文饶正好解围，李纯忙道："说得没错，此人断不能饶。来人，把元稹押进天牢，秋后问斩！"元微之浑身是伤地被关进了暗无天日的天牢。牢门刚刚锁上，他

鹿 回 头

回头就看见这间牢房里还有几个蓬头垢面的囚犯,这几个人鬼鬼祟祟地上前低声道:"元御史,我们是来帮你的,你在这里有什么不方便就跟我们说,对了,这是我们带来的被褥和食物。"元微之惊讶道:"你们是……"门外忽然响起一阵脚步声,元微之回头看去,看见李文饶站在门前,"这些人你可以放心用,都是我的人。这次只有缓兵之计可以救你,你在狱中会安全很多,我都打点好了。过两天陛下消了气,也只会贬你的官,你的性命算是保住了。"元微之这才明白他刚才是在救自己,感激不已道:"我不知道该怎么谢你,但你爹是李党,你不该救我的。"李文饶苦笑道:"可是你也曾救过我,这次我们算是互相扯平了,希望以后我们两个人再不相见。"

"无身尚拟魂相就,身在那无梦往还。直到他生亦相觅,不能空记树中环。"烟波浩渺的江上,元微之孤身一人站在甲板上挥泪告别长安。仅仅三五日,李纯就找了个借口将元微之从狱中放出,将他贬为江陵府士曹参军从此,元微之便开始了困顿州郡十余年的贬谪生活。元微之从怀中取出白乐天寄来的信笺,看着上面熟悉的字迹:勿云不相送,心到青门东。相知岂在多,但问同不同。同心一人去,坐觉长安空。他坐在船上落笔回信道:想君书罢时,南望劳所思。况我江上立,吟君怀我诗。怀我浩无极,江水秋正深。清见万丈底,照我平生心。感君求友什,因报壮士吟。持谢众人口,销尽犹是金。日子一天天地过去,元微之终于到了江陵。他日日夜夜都怀念着长安的那些人,惦记着远方的友人,牵挂着去世的妻儿,容颜日渐消瘦的他望着墙壁上的狂草,喃喃哽咽道:"平生每相梦,不省两相知。况乃幽明隔,梦魂徒尔为。情知梦无益,非梦见何期。今夕亦何夕,梦君相见时。依稀旧妆服,晻淡昔容仪。不道间生死,但言将别离。君骨久为土,我心长似灰。百年何处尽,三梦夜中来。逝水良已矣,行云安在哉?坐看朝日出,众鸟双裴回……"真是吟诗滴血啊!

第七十二章　巫　医

就在元微之左迁江陵没多久后，白乐天便改任京兆府户部参军了。这日正值春暖花开，陈湘灵也开始了新一年的采珠。今天的运气似乎特别好，她下水找到了数十个精美饱满的蚌壳，陈湘灵满意地敲打着蚌壳，"真是太好了，我若是采到更多的珍珠，就可以卖更多的钱，到时候三哥就不用在刀刃上讨生活了。我拿给三哥看去。"她开心地将蚌壳放进篮子中，呼吸着暖阳与草腥混合的气息往回走。"掌柜的，这个长命锁多少钱？"就在陈湘灵背着篮子路过一家首饰铺前，忽然一个熟悉的声音从里传来，她下意识地抬头看去，只见白乐天正举着一个长命锁向掌柜的问道，丝毫没有察觉到她就站在身后。陈湘灵心中一颤，算来杨连城腹中的骨肉已经出生了吧。这些日子发生了这么多事，陈湘灵也很不放心，于是偷偷跟着白乐天一路回到了白宅。

"连城，我回来了！"白乐天开心地攥着手中的长命锁，推开门道。杨连城已然闻声跑了出来。陈湘灵偷偷看去，只见她身穿翠色长袍，梳着精致的发髻，乌云珠翠相绕，面上微施薄粉，褪去了昔日的浮躁与光彩夺目，多了一份温婉贤惠。她怀中抱着一个小婴儿含笑迎上前，白乐天欣喜地抱起孩子道："金銮子，看看爹给你买了什么？"他拿出手中的长命锁给女儿套上。他们一家三口，其乐融融，谁也没有发觉到门外的陈湘灵。看见他膝下小儿垂髫，夫妻和顺，陈湘灵不由心中一酸，泪水流过面颊，她伸手擦去，却发现自己的嘴角轻轻扬起。她不知自己到底是哭了还是笑了，只怕被他们发现，赶忙转身离去。

"五妹，今天采了这么多珍珠啊！"陈湘灵也不知自己是怎么回到小茅屋，陈青笠笑着替她取下身上的篮子道。陈湘灵忽然拉住了他的手道："三哥，我们面对现实吧，我心中所爱的只有乐天哥哥，而你是我的三哥，我一直都把你当成亲哥哥看待，我们不会有结果的，你不要再对我这么好了。"陈青笠蓦地一怔，松开了她的手道："你去见过他了？哪怕他已经有妻有女，你的心里还是他？"陈湘灵别过头去，"我有我的坚持，三哥，康姑娘对你也很坚持，她的病没得医了，你还不如在剩下的日子里好好陪伴该陪伴的人。"陈青笠苦笑一声，道："好，我明白了。"他扬起翩跹的衣裾，从陈湘灵面前走了出去，便再也没有回来。而康娥也再没出现在袄祠附近，人人都说如今长安城中多了一对劫富济贫的侠侣，身穿黑衣，头戴黑纱，来去无踪，形影不定。

偌大的清宁宫中，郭俪凝正坐在铺着红线毯上，面对着丹炉闭目养神，她这几年来痴迷于炼丹，在宫中已经不是什么新鲜事了，据说近日还招来一个巫医住在宫中。就在这时，一个杀手在宫人的带领下走上前道："贵妃殿下，我们打探到当年的南海神姑并没有死，她如今成为南海皇朝的新圣主，带着所有臣民移居到洛阳呦呦谷。"郭俪凝登时睁大了双眼，勃然大怒道："什么？卢眉娘还活着？居然还成了圣主……李纯啊李纯，你当年居然偷偷放走了她，可你想不到吧，她如今回过头要杀你了！"郭俪凝怒气冲冲道："来人，快去把巫医给本宫叫来！凝儿这次可是要帮你除害了，陛下，你可别怪凝儿。"

"翩翩姐，圣主最近是怎么了，为什么要喝这么多药？"此时此刻呦呦谷中飘出一阵浓浓的药香，一个婢子正在炉灶前煎着药，看翩翩走来，她好奇地走上前问道。翩翩伸手揭开锅盖看了看道："自从疫症以后，圣主劳心劳力，所以病倒了。上次请回来的那个巫医说了，一定要熬些药给圣主补补身子。不过为保安全，每次都要尝尝这些药。"说罢翩翩亲口尝了这碗药，点了点头。哪知就在翩翩端起药碗要走时，那婢子不慎踩到了翩翩的衣衫，她一个趔趄，手中的药碗哗啦一下砸碎在地，那婢子顿时慌了，翩翩忙道："算了算了，你再盛一碗吧。"翩翩忽然想起来，从怀中取出一粒丹药，"哎呀，我险些忘了，这是巫医才给我拿来的药，说是放在药汤里效果更好。"那婢子慌慌张张地端来另一碗，接过她手中的药丸放进碗中，递给翩翩。谁知翩翩将这瓷碗一直端到卢眉娘的寝宫外，打开盖子一看，竟发现里面装的是要送给萧琼的燕窝汤粥，摇头道："这丫头，今天是怎么回事，怎么把眉娘的药和太后的燕窝粥弄混了。哎，罢了，我还是

第七十二章 巫 医

先给太后送去好了。"

"太后，太后！你怎么了？"一阵惊呼声从萧琼的坤地宫内传出，翩翩惊慌失措地扶住喝完燕窝粥后忽然吐血的萧琼。卢眉娘闻声跑了过来，惊愕道："这到底是怎么回事？"萧琼痛苦地指着地上的碎片道："燕窝粥……有毒。"翩翩登时一愣，想起了那颗药丸，"是那颗药丸有毒！是那个巫医给我的药丸。眉娘，大事不好了，有人想要毒害你，却阴差阳错给太后服下了！"卢眉娘大惊道："来人，把那个巫医给我押过来！"那巫医颤抖地跪了下来道："圣主，我真的什么都不知道，这颗药丸，是我从京都皇宫里面弄来的，我不知道是毒药啊……"卢眉娘沉吟道："什么，皇宫里的丹药？"一众臣民已然在宫殿外高呼着。卢眉娘忙得焦头烂额，跑出去一看，只见他们纷纷跪在地上，"李唐想毒杀圣主，已存歹心，请圣主立即进攻，大破李唐，复新南海国！"卢眉娘一再避开两方交战，可没想到如今已是不得不行了。翩翩道："眉娘，太后如今命悬一线，不打李唐就没办法拿到解药啊。"卢眉娘一咬牙，道："好，明日我就带兵入长安，攻大明宫！"

卢眉娘带着一众人马一路进入长安，先回到松泉别苑住下。陈湘灵这天采珠回家，路过松泉别苑，竟看见又有人居住，她不由得心中一颤，"难道是眉娘他们回来了？南海皇朝怎么来了这么多人，该不会要出事吧？不行，我还是告诉乐天哥哥一声。"当卢眉娘从松泉别苑里出来的时候，一下子就被守在门外的白乐天拦住了，卢眉娘不由一惊，连忙回头要走，白乐天拉住她道："眉娘，你告诉我，你们这次回来到底想干什么？"卢眉娘道："干什么都与你无关，你快点回家陪你娘子吧。"白乐天拦住她道："难道你攻打李唐也跟我无关吗？眉娘，你不是这样的人，趁早收兵吧。"卢眉娘叹道："我也不想打，但是他们对太后下毒，他们本来也是要向我下毒！我若是不打，就找不到解药给太后！"

白乐天摇头道："可是战争害的是天下百姓。我曾经看到过一个新丰老翁，为了保命不上战场，把自己的手臂生生砸断。我曾经把他写了下来，我读给你听：夜深不敢使人知，偷将大石捶折臂。张弓簸旗俱不堪，从兹

鹿回头

始免征云南。骨碎筋伤非不苦,且图拣退归乡土。此臂折来六十年,一肢虽废一身全。至今风雨阴寒夜,直到天明痛不眠。痛不眠,终不悔,且喜老身今独在。不然当时泸水头,身死魂孤骨不收。应作云南望乡鬼,万人冢上哭呦呦……"卢眉娘听着,不由得心中酸楚,打断了他道:"别念了!好,我给你一天时间,你若是能找出是谁用丹药下毒,我就收兵,我独自一人进宫求药!"白乐天心头咯噔一下,"丹药?"虽然如今朝野上下有不少人在服食丹药,但要说想杀卢眉娘的,恐怕只有清宁宫的那位了。白乐天在书房内徘徊,紧蹙眉头地想着,郭俪凝身为贵妃,自己本就不易见到,要想她交出解药更是不易,他沉吟许久,坐下提笔写下:苟无金骨相,不列丹台名。徒传辟谷法,虚受烧丹经。只自取勤苦,百年终不成。悲哉梦仙人,一梦误一生。

"乐天,我给你的一日之期已到,看样子你什么都没做到。"次日这个时分,卢眉娘在松泉别苑门前见到了如约而来的白乐天。谁知他却从包袱里取出一套宫人的衣裳塞给了卢眉娘,"我什么都试过了,可与其求这位主给解药,倒不如你进宫去见陛下吧。"卢眉娘微微一怔,"这位主?我明白了,你说的是贵妃?真是岂有此理,我与她无冤无仇。"叶岐云的声音忽然从背后传来,"你以为你跟她无冤无仇,其实当年李纯差点立你为眉贤妃,这件事李唐的人都知道,郭贵妃就是因此而记恨你的。所以你此番入宫若遇见了她,更是危险,让我代替你去吧。"卢眉娘犹豫了片刻,点点头道:"那好,你一定要万事小心,直接去找陛下,跟他说明来意,千万别引来旁人。"

正值李纯下朝回宫,穿着侍卫服装的叶岐云早已成功地混进宫中,悄然在暗处等候着。见吐突承璀陪李纯一起往这边走来,叶岐云正担心没机会,李纯却对吐突承璀道:"刚才有几份奏折,朕落在宣政殿了,你去拿来。"眼看吐突承璀一走,李纯身边没了人,叶岐云快速走上前去。李纯似乎察觉到了异样,下意识地从腰间抽出长剑回身刺去,叶岐云眼疾手快一把握住了刀刃,血立时汩汩淌出,"陛下,我没有恶意,请你把解药给我。"李纯惊愕地看清了他的容貌,"南海皇朝的圣主?你想刺杀朕?"李纯惊慌地扬手夺回长剑,叶岐云赫然看见他手掌中有一颗与自己一模一样

第七十二章 巫 医

的痣，脑海中霎时响起萧琼对自己说的种种话语，李纯一脚踢在他的胸口，叶岐云却是不还手，登时摔倒在地，猛地吐出一口鲜血。

李纯颇感惊讶，却不敢掉以轻心，回身一剑向叶岐云胸口刺去。就在这时，一个霜白色的身影凌空而来，扑通一声跪在李纯面前，展开双手护住叶岐云。身后的叶岐云伤痕累累地靠在她的身上，李纯猛地收住了剑，震惊万分道："眉娘？"那张如此熟悉如此想念的面孔突然出现在他的眼前，李纯却有些恍惚了。卢眉娘挡在剑前道："陛下，我们并无恶意，我们只是想来求取解药，清宁宫的郭贵妃炼制的丹药，可是剧毒无比。"

李纯听罢，当即惊诧地愣在原地。就在这时，一个声音从花苑后传来，"陛下不用着急，这解药，臣妾有。"众人循声回过头去，只见一个身穿翠蓝色钿钗礼服的妃嫔徐徐走来，她生得娇媚动人，眼波婉转，正是因一曲《金缕衣》被册为秋淑妃的杜秋娘。李纯感激地握住杜秋娘的手道："秋娘，你这份人情朕会记着，朕不会委屈你的。眉娘，你把这解药拿去吧。"杜秋娘道："二位圣主，解药已经拿到了，小女子只求二位立即撤兵，南海皇朝的人全部退出长安。"卢眉娘接过解药，扶起了叶岐云道："好，一言为定。"

这场风波刚刚平息，眼看卢眉娘带领南海皇朝的人离开了松泉别苑，退回呦呦谷，陈湘灵也算是松了一口气。谁知她这天回到小茅屋的时候，却看见杨慕巢正焦急地在这里等着。"陈姑娘，你快帮忙找找陈兄和康姑娘吧！康姑娘的病很快就要复发了，她离开我家这么久，没有服药会很危险的。"见她回来，杨慕巢忙迎上前道。陈湘灵道："那对劫富济贫的侠侣，我想应该就是他们。"杨慕巢惊诧道："是吗？我今日还听人说，在西村有人见过那对黑衣侠侣。这样吧，我派几个人跟你一同去西村找找。"可是西村这么大，众人一直找到快傍晚，陈湘灵道："杨明府，你带着你的人马去那边找，我在这边找，我们分头行动吧。"谁他们刚刚分开不远，天色渐渐黯淡，陈湘灵一个不留神，忽然脚下一滑，整个人失去重心跌坐在地，只觉一阵剧痛从脚踝袭来，她企图站起身来却又摔倒在地。"娘子，你没事吧？"就在这时，一只宽大的手掌伸到了眼前，陈湘灵抬起头来，却惊诧地脱口而出："乐天哥哥？"

第七十三章　洛姝真珠

　　"湘灵？怎么会是你？"原来白乐天正好去给女儿金銮子买东西，为了能赶在天黑之前回家，于是抄近路从西村走，没想到竟在这里遇见了陈湘灵。她不由心中一慌，忙要起身躲开，可是脚下一扭，白乐天忙扶住了她，"湘灵，你扭伤了脚，我背你回去吧。"白乐天不等她回应，小心翼翼地将她背上了身，陈湘灵轻轻地扶住了他的肩头。天色已经黑了，白乐天就这样背着她穿梭在山林之中，那一瞬间，陈湘灵竟觉得好似回到了符离村中的日子，她悄悄地侧过头靠在他的肩头。

　　白乐天一直将她背回了小茅屋，悉心将陈湘灵安顿好，这才从屋内出来，谁知白乐天刚刚带上屋门，回过身去，赫然看见站在门口的杨连城。只见她眼中满盈泪光，怔怔地望着自己的丈夫，白乐天大惊道："连城，你听我解释……"陈湘灵听见外面的动静，连忙扶着墙跑出去，"白夫人，你别误会，我和乐天哥哥真的是偶然遇见，我扭伤了脚，他才送我回来的。白夫人，我陈湘灵今日对天发誓，我不会再跟他藕断丝连，更不会影响你们夫妻，我明日就离开长安！"

　　"我回来了！"此时此刻一间狭窄的酒肆中，陈青笠趁着夜色匆匆而归，他一把摘下黑色的面纱，欣喜的神色浮于面上。窗前的女子抬起头来，隐隐的烛光照出她绝美的容颜，虽然一袭黑衣，也难以掩盖她的美艳。她正是失踪多日的康娥。她含笑道："今天又没有活要做，你又去哪儿喝酒到现在了？"陈青笠抿嘴一笑，从怀中抽出了几页纸，"今天有一件比劫富济贫更重要的事，我去杨府把治你病的药方拿回来了，放心吧，没人跟来。"康娥惊喜地接过，又道："你此番回去，没去见陈姑娘？"陈青笠脸上的笑容僵住了，"你说五妹……我和五妹不可能的，我心里明白。康姑娘，我已经决定忘记五妹了，不如我们好好在一起吧。"

第七十三章　洛姝真珠

康娥点头笑道："你陪我练武吧。"陈青笠笑了，扬手扔给她一把剑，二人来到夜色下的院落外面，双双舞起了刀剑，月光映照着两人的影子缠绕在一起，如此默契合拍。就在这时，草丛中忽然传来沙沙的声音，康娥敏感地调转了剑刃，指着草丛喝道："什么人？"一个长相古怪的西域人颤颤巍巍地从里面爬了出来，直摆手道："别杀我，别杀我。我只是一个豹奴，主人的豹子丢了，我是来找豹子的，若是找不到，我一定会被主人活活打死的。"康娥看见这西域人，不由得想起了昔日的自己，悲悯之情油然而生，"你别着急，我们帮你去找。"

康娥和陈青笠相视一眼，分别用刀剑在两边草丛中拨弄着，就在康娥继续往深处走时，一只巨大的豹子猝不及防从草堆里咆哮着跳起，康娥大惊失色，却已然来不及逃脱。就在这危急之刻，陈青笠想也没想就扑上前推开康娥，猛地将手中的唐刀插进了豹子的咽喉。"陈大哥，你没事吧？"康娥惊呼着跑上前，那凶残的豹子鲜血淋漓地倒在了地上，可陈青笠被咬伤了，他捂着受伤的胳膊强撑道："只是些皮外伤，你没受伤吧？"

那豹奴见豹子死了，瘫坐在地上大哭道："主人一定会杀了我的……"陈青笠走上前拍了拍他的肩膀，从怀中取出一袋金子道："小兄弟，这些金子足够你过下半辈子了，你快走吧。"那豹奴惊喜地接过金子，向着二人磕了几个响头，感激不尽地一步一回首，终于走远了。康娥用赞许的目光盯着陈青笠，她的嘴角扬起了一抹微笑。

一轮明月倒映在波光粼粼的江面上，此刻夜深人静，这条长堤上只有陈湘灵一个人。她背着重重的行囊，独自在湖边走着，月光拉长了她孤寂的身影。陈湘灵已经不知道这是自己第几次离开长安了，只希望这次离开，再也不要回来了。当日的誓言还在脑中回想，陈湘灵不愿意因为自己的出现，让白乐天夫妇过得不安生，何况她知道陈青笠也有康娥相伴，自己倒像是个多余的人了。陈湘灵坐上了孤舟，恋恋不舍地回头望了一眼夜色中的长安，她决定此次不回符离村，至于去哪里，她自己也没有想好，就跟着这小船浪迹天涯，走到哪算哪吧。

鹿 回 头

"驾,驾!"一阵急促的马蹄声匆匆逼近,卢眉娘坐在马鞍上焦急地往江畔赶来。在呦呦谷中她收到了白乐天寄来的信笺,说陈湘灵要离开,卢眉娘知道她的脾气,这次一走,也不知何年何月会再相见,她就想赶来送陈湘灵一程。卢眉娘翻身跳下马来,她看着空空荡荡的长堤,空空荡荡的江面,叹了口气道:"我始终来迟一步了,湘灵,你自己一定要保重。"

"东方风来满眼春,花城柳暗愁杀人。复宫深殿竹风起,新翠舞衿净如水。光风转蕙百余里,暖雾驱云扑天地。军装宫妓扫蛾浅,摇摇锦旗夹城暖。曲水漂香去不归,梨花落尽成秋苑。"春风吹满了河南城中,韩退之一面翻看着这沓诗卷,一面拊掌叹道,"好,实在是好!长吉,你这份《河南府试十二月乐词》果然出彩!想不到你才二十一岁,就已经能有如此成就,我敢保证这次你参加河南府试一定中举。"身边的李长吉温润地笑了笑,"老师谬赞了,这全是老师教导有方。"韩退之笑道:"今天发榜,走,我陪你去看看!"春风拂面而来,李长吉踌躇满志地走在河南大道上,来到了皇榜张贴的墙前,可是越往下看,李长吉的面色越是难看。

韩退之盯着皇榜许久,道:"长吉,你再看一遍,是不是老师眼睛不好,看漏了你的名字?"李长吉摇了摇头,"没有,老师,真的没有我的名字,我……我落第了。"韩退之愤慨道:"这不可能,来人,快告诉我到底发生了什么事?"几个小吏跑上前道:"韩县令,上面说了,李贺因父名犯讳不得中举。"韩退之登时又惊又愕,更是气愤不已,当即回去写了一篇慷慨激昂的《讳辩》:今贺父名晋肃,贺举进士,为犯二名律乎?为犯嫌名律乎?父名晋肃,子不得举进士,若父名仁,子不得为人乎?夫讳始于何时?今考之于经,质于律,稽之以国家之典,贺举进士为可邪?为不可邪?

可惜木已成舟,加上今时今日的韩退之再也没有昔日的辉煌,根本保不住自己最得意的门生。失魂落魄的李长吉在街道上散心,他没想到满腹经纶与满腔热血,却因一个名字击碎了梦想。他不知在路上走了多久,忽然一阵急促的马蹄声从身后传来,一辆飞驰而来的马车撞翻了路边两旁的摊铺,一个少女正坐在马车前挥动着马鞭,"驾!快点,你这该死的马!让开让开,别挡道!"可李长吉正沉浸在失意之中,浑然没有察觉到这一

第七十三章　洛姝真珠

切。那少女的马车眼看就要撞上这个不知躲避的年轻人，她惊愕地连忙拉住了马缰，马儿长嘶一声，抬起了前蹄，却已然将躲避不及的李长吉踢倒在地。"喂，你找死啊？"那少女又恼又气，跳下马来，一把揪住李长吉道。擦破了手掌的李长吉还没回过神来，就这样对上了她的目光，登时三魂六魄都没了。只见这少女约莫十六七岁，身穿着一件洋红色薄纱罗裙，袖口缀着一排小珍珠，乌黑的长发盘作简单的螺髻，垂下的余发披散在肩头，一支燕子金钗挽起发丝，不施粉黛的面颊却如粉雕玉琢，漂亮上扬的眉角边还画着一朵精致的梅花钿子，更平添一份灵动娇俏，像是个出身名门的任性小姐。

"喂，我问你话呢！你知不知道，我急着为我哥找药方，你挡住了我的路，是想害死我哥吗？"那少女蛾眉微蹙，大声地呵斥道。李长吉连连摇头道："娘子，对不起，对不起，都是我不好。"那少女却似乎正在气头上，找个人发泄道："我哥就要病入膏肓了，你这个倒霉蛋，跟我回去给我哥道歉吧！"旁边已然围观了无数的人，其中一人指指点点道："这位娘子，李郎君又不是故意的，何况生死有命富贵在天，就是神仙也帮不上啊。"李长吉却眼前一亮道："娘子，在下李长吉，别的本事倒没有，不过我可以在睡梦中通鬼神，或许能为你哥哥添福添寿。"那少女不由惊喜道："当真？"李长吉点头道："敢问娘子芳名？"她扫了一眼袖口上的珍珠，喃喃自语了片刻，道："真珠，我是洛阳人氏真珠。"

李长吉笑盈盈地吟道："真珠小娘下清廓，洛苑香风飞绰绰。寒鬓斜钗玉燕光，高楼唱月敲悬珰。兰风桂露洒幽翠，红弦袅云咽深思。花袍白马不归来，浓蛾叠柳香唇醉。金鹅屏风蜀山梦，鸾裾凤带行烟重。八骢笼晃脸差移，日丝繁散曛罗洞。市南曲陌无秋凉，楚腰卫鬓四时芳。玉喉窱窱排空光，牵云曳雪留陆郎。"听他这么一吟，那自称真珠的少女一把拉他上了马车，"别啰啰嗦嗦了，我今晚请你吃顿好的，你一定要帮我哥。"

"真珠姑娘，你不要破费请我吃饭了，我……"李长吉说着，她却扬手止住了他，"到了，这就是我家别苑，请进。"既然却之不恭，李长吉便只好随她进去了。这间别苑虽然不是很豪华，但处处得见精致。真珠引着他

鹿回头

在贵客的位子坐了下来，酒过三巡，菜献数道，真珠含笑道："李大哥，一会儿要上一道当世名馔，还请你慢用。"她拍了拍手，只见一名疱人牵着一头活羊，走到堂前阶下，向堂上行了个礼，翻手擎出一把明晃晃的尖刀，熟练地插入活羊颈子，杀羊放血，剥皮斫肉。李长吉不由大惊失色，啊一声叫了出来。

真珠轻笑一声，仿佛不当一回事，背着手款款走下堂，来到刚杀好的肥羊面前看来看去，看中了一块羊肉，亲自接过刀子将这块割了下来。旁边的下人奉上一条红色彩锦，把她挑中的羊肉包扎好送去蒸熟。真珠笑盈盈地挥着刀子道："李大哥，你要吃哪块？"李长吉不敢看那血淋淋的死羊，眯着眼睛侧过头去，随手那么一指，真珠咯咯笑道："好，就这块了。"不一会儿工夫，蒸好的羊肉一块块送来，真珠把红锦的羊肉放在自己盘中，又将紫锦的羊肉给了李长吉，娴熟地用一把竹刀将羊肉切成一片片，再撒上胡椒，浇上杏酱，美滋滋地吃了起来。李长吉犹豫地学着她吃了一口，"真珠姑娘，这是不是太残忍了？"真珠笑道："这叫过厅羊，你不知道吗？就是要这样吃才更鲜香。"就在她捉弄李长吉之时，一个下人匆匆跑来，附上去低声一句。真珠面色煞白，放下碗筷道："李大哥，我哥病重了，我得赶回去，请你也跟我一起回洛阳吧。"李长吉心想如今在河南也没有作为，于是便拜别了韩退之，跟着真珠一同回到洛阳。奇怪的是真珠只给了他一间赁屋住下，便不见了踪影，李长吉再没看见过她与她口中那病重的兄长。

时间一天天地过去了，离开长安的陈湘灵至今也辗转了好几处。眼看过了这座山头就要到达下一个城，陈湘灵边啃着手中的胡饼边加快了脚步。她正要穿过一片树林，只听里面传来刀剑的打斗声，陈湘灵害怕地躲了起来偷偷看去。只见一群人正和一帮恶霸打着，这些恶霸似乎有备而来，将对方团团包围，被困的那方为首的是一个年轻貌美的少女，她身穿樱草黄的襦裙，编着细小的长发辫，头上缀着珍珠额饰，水蛇腰肢，身材婀娜，手持着弯刀，轻功甚是不错，她正是那个叫作真珠的姑娘。她的身后跟着好几个保镖大汉，皆已受伤，她的胳膊上也汩汩地流着血。真珠却丝毫不惧，对着敌人喝道："算什么男子汉大丈夫，居然偷袭我们！"那群恶霸

第七十三章 洛姝真珠

道:"臭婆娘,也不看看你杀了多少人!"真珠冷笑道:"我要为我哥找神医治病,我天南地北地跑了,找到这些没用的草包大夫,就该杀!"那些被买通的恶霸挥着刀向她冲来,真珠猝不及防地抓起自己的随从猛地扔了出去,那人当即被一刀刺穿心肺,倒地毙命。真珠却趁着这混乱之际脱了身,可是她捂着手臂的伤口却也跑不远,血迹滴落满地,只听后面传来追捕声,"快,跟着这血迹追!"

第七十四章　续命缕

　　就在这紧急关头，突然一只手按住了真珠的肩，她大惊失色地回过头，却看见陈湘灵竖起一根手指低声道："跟我来。"虽然不认识她，但真珠也只能赌一把了，她被陈湘灵拉进旁边一个山洞里，陈湘灵用杂草和石块堵住了洞口，听着那些人越跑越远，她终于松了一口气。谁知弯刀却架上了她的脖子，真珠狐疑地打量着她道："你是什么人？为什么要救我？"陈湘灵摇了摇头道："我只是个医者，见你受伤了，想来帮你，并无恶意。娘子，你太多疑了。"真珠忙放下了弯刀，"是吗？那你帮我治治，若是治不好，我就杀了你。"陈湘灵从药箱中淡然地取出了止血药和包扎的布帛，云淡风轻地含笑道："娘子小小年纪，戾气怎么这么重？来，把你的手给我。"

　　一阵冰凉袭上，真珠觉得舒服极了，她惊喜地拉住陈湘灵道："大姐，你的医术真高明！你随我回家吧，我哥哥病入膏肓，我求你救救他！"陈湘灵点头道："救人一命胜造七级浮屠，我随你回去。"真珠带着她一并骑马折回，越往前走，陈湘灵越觉得路途熟悉，"怎么，你是洛阳人氏？这条路都要到洛阳了。"真珠却是笑而不语，没想到一拐，竟进入呦呦谷中一处偏僻的竹屋，陈湘灵登时大惊道："你是南海皇朝的人？"真珠拉着她下了马来，笑盈盈地转过头道："本姑娘就是南海皇朝的县主欧阳络儿。"陈湘灵大惊道："那你哥哥是……"她伸手往屋内一指，"我哥就是丞相欧阳呈。"

　　"哥，我给你找来了一个神医！"欧阳络儿根本不理会惊诧得定在原地的陈湘灵，拉住陈湘灵的手就往屋里跑，一阵浓烈的药味便冲入鼻腔。只见欧阳呈从床榻上下来，他惊愕地看见多年未见的陈湘灵，脱口而出："陈姑娘……"这么久没见，陈湘灵也很讶异如今欧阳呈像变了一个人，再

第七十四章 续命缕

没有以前豪气冲云的气概，也不再英姿飒爽，整个人都显得格外憔悴和消瘦，可见沉疴许久。桌上还放着他昔日所用的双锏，如今已经蒙起了灰尘，欧阳呈这辈子都不可能再练武了，如今的病是一日重过一日，无非苟延残喘罢了。陈湘灵连忙为他熬药。欧阳呈关上了门，将欧阳络儿拉住，递给她一卷泛黄的书卷，"妹妹，这本武功秘籍是爹留给哥的，如今哥也不知哪天就撒手人寰，所以先将此物交给你。你要好好练功，将来也传给你的孩子。"欧阳络儿顿时红了眼眶，从桌上抓起一把剪刀，当即绞了大半的头发，哭喊道："不，我不要！哥，你不会死的，你一定会好起来的！在你痊愈之前，络儿绝不成亲，络儿要照顾你！"

从此竹屋里多了一个人，有陈湘灵的悉心照顾，欧阳络儿也放心不少，她继续走南闯北为欧阳呈寻觅药方。这天她刚刚出洛阳城，竟看见李长吉牵着一匹肥马笑盈盈地站在她的面前等候着，"真珠姑娘，你终于出现了。我在赁屋等了你好多天，这匹马是我专程去长安的西市骡马行买来送你的。"她惊喜地抚摸着光滑的马毛道："果真是一匹上好的骏马！"李长吉笑道："龙脊贴连钱，银蹄白踏烟。无人织锦韂，谁为铸金鞭？腊月草根甜，天街雪似盐。未知口硬软，先拟蒺藜衔。此马非凡马，房星本是星。向前敲瘦骨，犹自带铜声。真珠姑娘，你走了二十三天，我就为你的马写了二十三首《马诗》。"欧阳络儿笑道："你这个书生真是够傻，真珠不是我的本名，我叫作欧阳络儿。"李长吉微微一怔，含笑道："对了，我昨天晚上做了一个梦，梦见有个仙人对我说，西边那座山上阴面坡子有稀有的药材可以续命，不如我们去替你哥哥采摘吧。"欧阳络儿大喜，翻身跃上马背，一把将李长吉也拉了上来，二人疾驰而去。

天气渐渐炎热了起来，已到了五月初五，陈湘灵这天煎好药从屋内出来，踮起脚尖拿起一把修剪成剑形的菖蒲叶和一大束胡蒜插在了门上，又在房梁上挂了不少编结成人形的艾草。欧阳呈吃完药起身走来，"陈姑娘，你这是在干什么？"陈湘灵含笑道："今天是端阳节，这一天是恶日，邪佞当道，五毒并出，在我们那儿家家户户要挂这些东西用来辟邪。"说着她摘下旁边栅栏上的一朵石榴花戴在自己的发髻上，又递给他一朵，"你也佩着吧，这石榴花的香气对你的病情有益。对了，我还酿了些雄黄酒，我去取来给你尝尝。"不一会儿工夫,她就捧来了新鲜的雄黄酒,还端上一些粽子角黍、蒲酒酥饧。欧阳呈拿起一个粉团,不由苦笑道:"我听说宫里有个射粉团戏,剥开几个用艾灰汁浸泡过的黄米角黍,切成小块粉团,放置在大漆盘内,用特制的纤小弓箭来射粉团,射中者得食。还记得我以前也是个神箭手,可惜如今却连弓箭都举不动了。"

陈湘灵忙安慰道:"别想那么多了,我还有个好东西要送给你。"她说着取来一个朱漆盘,盘中堆满了锦囊、香合、花草、人胜,陈湘灵从盘中取出一束由红黄蓝绿白五色丝线结成的绳缕,嫣然一笑,眼波流转,亲手缠绕上欧阳呈的手臂,"这是续命缕,又叫作朱索或长寿缕,是一种厌胜佩饰,用来挂在门上,悬在床上,缠在臂上,可以辟邪驱病。"望着眼前的陈湘灵弯眉颦黛,朱唇点餍,欧阳呈霎时回不过神来,只轻轻抚摸着那续命缕自言自语道:"西施漫道浣春纱,碧玉今时斗丽华。眉黛夺将萱草色,红裙妒杀石榴花。新歌一曲令人艳,醉舞双眸敛鬓斜。谁道五丝能续命,却知今日死君家。"

"丞相,我已经替你调养了这么多日子,你的病情算稳定下来了,我想我也是时候离开了。"陈湘灵还浑然不觉他的异样,自顾自地说道。欧阳呈连忙站起身道:"不,别走!"她好奇地抬头看着他:"怎么,丞相还有什么事要我去做吗?"欧阳呈顿觉失态,坐了下来轻声道:"不,我不是这个意思。其实我们早就认识,你也别叫我丞相,太生疏了。陈姑娘,就算你要走,也等到秋社以后吧,我是说我们可以一起过秋社啊。"陈湘灵想了想,笑道:"也好,反正我也闲着没事。"欧阳呈从没觉得时间过得这样快,端阳节的一切都还历历在目,可明日就要到秋社的日子了。南海皇朝的社日跟李唐并没什么区别,这天一大早,陈湘灵就收到了转帖,她提笔在帖子上签上自己和欧阳呈的名字,又给下一户人家送去。二人换上了新衣裳,有说有笑地向村口走去,只见这里有两棵神树,下面设祭拜的灶神席位,西边设祭稷神席位。

社正带着众人纷纷来到神树前,拿起水器向二位大神祭席祭祀。众人将杯中酒倾洒在地,社司在一旁念诵着祈望丰收、感谢神佑的祝词,念罢众人也喝了一杯福酒,再将所有的祭品掩埋起来。这场祭祀结束后,紧跟

第七十四章 续命缕

着开始赛神活动，众人将神佛塑像装上彩车，拉在大街小巷巡行，彩车用宝盖幡幢装饰，前后舞龙舞狮，踩跷奏乐，热闹非凡。欧阳呈也不觉得病痛折磨了，跟陈湘灵玩在一起，"陵阳百姓将何福，社舞村歌又一年。"日头渐斜，不知不觉已近黄昏了，把酒开宴，与社稷之神一起享用新鲜的肉食。陈湘灵给他倒了一小盏桑柘酒道："今日你累了，只许喝这么一杯。"欧阳呈笑道："人家都说'桑柘影斜春社散，家家扶得醉人归'，你却只给我喝一杯，实在不痛快。"陈湘灵嗔道："回家我给你再做些药饮膳食，这样可好？"欧阳呈抿嘴一笑，仰头喝光了杯中酒。

"欧阳大哥，天色已晚，我陪你早点回去吧。"吃完晚饭，陈湘灵抬头看着当空的明月，轻声道。她扶着欧阳呈回到家中，他正在兴头上，一把握住了陈湘灵的手，"陈姑娘，你不是想学写字吗，我这个人除了练武，还有就是写得一手好字，我来教你写吧。"陈湘灵笑着点了点头，他扶着她的手在灯烛下一笔一画地写下陈湘灵的名字，"这是你的名字。"她欣喜地拿起来左右看着，"这是我的名字，我会写我的名字了！"看着她开心的模样，欧阳呈只觉心中怦怦直跳。陈湘灵放下了笔道："欧阳大哥，秋社已经过了，我打算收拾收拾，明日就走，你自己多多保重啊。"欧阳呈一怔，面上的笑容僵住了，"好，那好，你收拾吧。"陈湘灵丝毫没有察觉到，便回到自己屋中，正要关上门，一只手突然拦住她，欧阳络儿阴沉着脸出现在她的门前，"这里不好吗，你为什么一定要走？"陈湘灵道："我本是飞蓬无根，不想在一个地方定居下来，我也想去别的地方散散心，说不定也能帮到更多的人。"欧阳络儿挑了挑眉，冷冷道："不行，我不会让你走的。你走了，我哥该不高兴了。陈姑娘，你是知道我的为人的，你若是敢走，我就杀了你！"

陈湘灵不由得心中一凛，想起当日自己与欧阳络儿初次相遇的场景，她真是想不到，一个如花似玉年纪的少女，竟然如此凶悍残忍。当日以为她只是说说而已，但一段日子相处下来，便得知她除了在乎自己的兄长，对谁都是打打杀杀的。如此一来，更让陈湘灵打定了主意要走，她等不到天亮，趁着夜色紧紧抱着怀中的行囊一路逃脱，可是今夜偏偏乌云密布，一丝月光都没有，不熟悉呦呦谷的陈湘灵只得凭感觉横冲直撞。突然间她只觉脚底一滑，整个人向下摔去，原来这里是一座不矮的山崖。就在这时，突然一只手紧紧拉住了她，奋力向上一提，将陈湘灵拉了上来。

"湘灵？怎么会是你，你不是离开长安了吗？"熟悉的声音飘入耳中，陈湘灵惊诧地抬起头，赫然看见在自己面前的竟然是卢眉娘，她顿感五味杂陈，伸手紧紧地拥住了卢眉娘失声痛哭道："眉娘……快别说这么多了，带我走，县主要杀我。"卢眉娘不由一愣，"县主？你是说欧阳呈的妹妹，那个十六岁的小姑娘？湘灵，你是不是吓傻了，她还那么小，怎么会杀你呢？"陈湘灵连连摇头道："怎么，难道连你都不知道她？"说罢她将欧阳络儿如何杀大夫，如何扔出手下挡刀，如何一次次威胁要杀了她。卢眉娘不由得浑身一个激灵，"络儿从小跟在太后身边，怎么偏偏就学会了狠辣？湘灵，趁着络儿还没发现你离家出走，你赶紧回去，一面替我照顾欧阳呈，一面也替我看住她，若是有什么风吹草动，你立即告诉我。"

"岐云哥哥，事情就是这样，若不是遇见湘灵，我真的不敢相信么天真的一个小姑娘居然如此狠辣。"回到宫中，卢眉娘心事重重地靠在叶岐云的肩头，将这些事都说给了他听。叶岐云也紧蹙眉头道："络儿跟着母后太久了……对了，我心里一直有个疑问，到底丞相为什么武功尽失，为什么患了这不治之症？"卢眉娘摇了摇头道："我也曾问过络儿，她那么关心她哥哥，可是连她都不知道欧阳呈怎么会一夜之间变成这样的。哎，当初第一个发现他的人是谁，不如找那个人问问吧。"叶岐云心中一怔，若有所思道："已经很晚了，明天再说吧。眉儿，你回去休息吧。"叶岐云送走卢眉娘，却犹豫了片刻，敲响了翩翩的房门。正在屋内摆弄花草的翩翩起身拉开了门，脱口而出："圣主？"叶岐云道："我都不再是圣主了，你以后在人前千万别喊错了。翩翩，我有件事想问你，当年丞相出事，倒在门前，是你第一个发现他的，他到底是怎么回事？"翩翩没想到他突然问起昔日的事，顿时慌了，支吾道："我记不清了，我真的记不清了。"叶岐云摇头道："你看着我说，你在躲避什么，你是不是知道什么？"翩翩慌乱道："圣主，我真的什么都不知道，你别再问我了！"就在这时，门口忽然响起了一个冷冷的声音，"你不用逼她了，是我下的手。"

第七十五章　举案齐眉

叶岐云和翩翩同时回头看去，赫然看见萧琼怀抱猞猁，面色苍白仿若鬼魅，幽幽地开口说道。叶岐云惊愕不已道："什么？娘，真的是你做的？为什么你要这么做，丞相可是跟我们一起打江山的栋梁之材啊，他不但是我的朋友，也是我的恩师啊！"萧琼叹道："我也是逼不得已，只能怪他知道了一些不该知道的事情。"她话音刚落，身后就传来一阵声音，众人回头望去，竟看见欧阳络儿手执弯刀站在门口，她的脸上满是惊诧和不可置信，又带着些许的失望和伤心，"太后……是你？是你对我哥下手的？这么多年来，我把你当亲娘一样，你却对我哥哥下毒手……"

萧琼没想到她会突然在这里出现，连忙道："络儿，这些年我对你是真心实意的，我也很想弥补，可是当年你哥哥误闯禁地，中了我布下的毒，这些毒药是剧毒无比，我也没办法。"一滴泪从欧阳络儿的大眼睛中猛地滚落，"不！你根本就是在利用我，我不会再相信你了！你害了我哥，我要你偿命！"欧阳络儿举起弯刀向她刺去，叶岐云眼疾手快连忙推开萧琼，那把弯刀霎时插入他的肩头，鲜血汩汩而出。欧阳络儿顿时大惊失色，慌忙扔下弯刀头也不回地跑出了呦呦谷。她的心里实在太乱了，她只知道自己一定要替哥哥报仇。

离开呦呦谷的欧阳络儿一时间也不知该何去何从，她望着空空荡荡的街道，忽地想起了赁屋，她转身向那里奔跑过去，咚咚地敲响了门。还在灯下翻看着诗书的李长吉连忙起身拉开了门，又惊又喜地看见了她，"欧阳姑娘？"只见她满面泪痕，红肿着双眼。欧阳络儿扑进他的怀中放声哭了起来，李长吉顿时愣住了，张开双手不知如何是好，"你……你怎么了？"欧阳络儿抹了一把泪道："别问了，你陪我去前面的小山坡坐到天亮，陪我看看日出吧。"李长吉被她拉着来到这空旷的山坡并肩坐下，欧阳络儿吸

鹿回头

着鼻子，抬头看着黑黢黢的天空，忽然一阵窸窣传来，她敏感地握紧了弯刀，"什么声音？"

李长吉道："别怕，那是风吹过旁边湘妃竹的声音。"欧阳络儿好奇道："湘妃竹？"李长吉点头道："筠竹千年老不死，长伴秦娥盖湘水。蛮娘吟弄满寒空，九山静绿泪花红。离鸾别凤烟梧中，巫云蜀雨遥相通。幽愁秋气上青枫，凉夜波间吟古龙。"欧阳络儿似懂非懂道："你说，这世上真的有仙人吗？"他笃定地点头道："我在梦中见过很多次鬼神，我始终相信。弹琴石壁上，翻翻一仙人。手持白鸾尾，夜扫南山云。鹿饮寒涧下，鱼归清海滨。当时汉武帝，书报桃花春。"她轻声笑道："怪不得你写的诗里都是鬼神，我还没见过有人像你这样写诗。"夜色渐沉，乌云散去，竟露出了一轮团栾明月。欧阳络儿拿起一根树枝在沙地上画起了头顶的月亮与云彩，李长吉也捡起树枝，在旁边写下：老兔寒蟾泣天色，云楼半开壁斜白。玉轮轧露湿团光，鸾佩相逢桂香陌。黄尘清水三山下，更变千年如走马。遥望齐州九点烟，一泓海水杯中泻。

欧阳络儿扶手赞叹道："好一句'一泓海水杯中泻'，我看你真的是魂通鬼神，诗也通鬼神了。" 二人说笑着，不知不觉漫漫长夜已经过去了，一道绚烂的朝阳透过天际的云层，慷慨地泼洒在整座城，一时间金光四射，壮丽不已。欧阳络儿惊喜万分地站起身来，"哇，好美啊！这是我第一次看日出！我想天宫里每个宫都有当值的仙人，有的执掌月，有的执掌日，有的种植奇花异草，有的织彩霞为锦，你说对不对？"李长吉沉吟片刻，含笑吟出诗一首道："天河夜转漂回星，银浦流云学水声。玉宫桂树花未落，仙妾采香垂珮璎。秦妃卷帘北窗晓，窗前植桐青凤小。王子吹笙鹅管长，呼龙耕烟种瑶草。粉霞红绶藕丝裙，青洲步拾兰苕春。东指羲和能走马，海尘新生石山下。"

天色已然大白，此时的长安城内，陈青笠刚刚买回一对龙凤镯子，他兴冲冲地跑回屋内，见康娥正在炼制西域毒药，他突然递上镯子道："康姑娘，你愿不愿意嫁给我？"康娥猛地一怔，险些打翻桌上的瓶瓶罐罐，"你这是发什么疯？"他收起了一贯的嬉皮笑脸，严肃认真道："我不是一

第七十五章 举案齐眉

时兴起,更不是因为同情你的病,我是真心实意的。这么久以来我们互相帮扶,一起闯荡江湖,劫富济贫,我真的觉得跟你在一起的日子很快乐。康姑娘,我不懂该怎么表达,但我的心意是真的。"看到他着急的模样,康娥忍不住轻笑了,"好了,我答应你。"陈青笠惊喜地抬起头,笑得像个大孩子般,给她戴上了龙凤镯,开心地横抱起康娥。康娥咯咯地笑道:"别闹了,可是你要把陈姑娘请回来参加婚宴才好。"陈青笠猛地一愣,"五妹?如今也不知道她身在何处,算了,我看我们不用请她了。"

"忆君无计写君诗,写尽千行说向谁?题在阆州东寺壁,几时知是见君时。"时隔这么久,白乐天这次出使路过阆州开元寺,没想到竟在这里看见元微之题下的诗句。这些年元微之被贬江陵,他们也唯有邮亭题壁交流。白乐天一时感慨,挥笔在屏风上写下:君写我诗盈寺壁,我题君句满屏风。与君相遇知何处,两叶浮萍大海中。题罢,又将这首诗寄给元微之。当元微之收到他的来信时,他正在准备新婚。自从韦丛去世后,元微之接连受到重重打击,来到江陵之后也是疾病缠身,在好友李景俭的撮合下,即将迎娶一个名叫安仙嫔的女子为侧室。成婚之后,元微之的生活起居也有人照顾了,让他倍感温暖。元微之和安仙嫔倒也举案齐眉,好似回到昔日和韦丛在一起的时光,可惜安仙嫔毕竟不是韦丛,虽然能将他照顾得很好,可她一介普通人家的女子,只有乡曲之见,哪里比得上出生贵胄的韦丛能与他赌书泼茶的雅乐。越是这样,夜深人静的时候,元微之便越发怀念韦丛。

窗外的明月落了又升,终于到了一年之中最圆的这个夜晚。此时此刻的白乐天却在宫中的浴殿陪李纯议事,事毕后望着夜幕中的圆月不由想起了元微之,吟道:"银台金阙夕沉沉,独宿相思在翰林。三五夜中新月色,二千里外故人心。渚宫东面烟波冷,浴殿西头钟漏深。犹恐清光不同见,江陵卑湿足秋阴。"同一轮明月下,元微之也正抬头望着月亮,挂念着远方的白乐天,仰天吟咏:"一年秋半月偏深,况就烟霄极赏心。金凤台前波漾漾,玉钩帘下影沉沉。宴移明处清兰路,歌待新词促翰林。何意枚皋正承诏,瞥然尘念到江阴。"

鹿 回 头

　　一场秋雨一场寒，枯叶掉落在满地，寒风已经悄悄地吹来了。沉浸在准备婚礼的喜悦中的康娥和陈青笠丝毫没有察觉到寒冷，直到看见第一场雪覆盖了长安，这才反应过来已到了冬天。婚期一天天地临近，陈青笠去东市取回定做的凤冠，冒着风雪往家里回去，他刚刚到门口，却看见屋门虚掩，陈青笠心头一颤，忙冲进了屋内，可四下都找不到康娥，他惊惶地回头冲出去寻找，谁知刚刚出门，一个黑色身影猝不及防凌空而来，对着他的胸口猛地一掌，陈青笠当即摔倒在地，一口鲜血吐在雪地中，他惊恐地抬起头，"康娥！"

　　只见那黑衣人落在他的面前，徐徐回过头，正是康娥，她的眼眸里充满了杀意和冰冷，浑然不似平常的神态。她的功力如此高强，令人不寒而栗。可惜一掌已出，康娥顿时耗尽力气，轰然倒在了雪地里。"康娥，康娥！"一声声呼唤从耳边传来，康娥迷迷糊糊地睁开了眼，只见陈青笠焦急的脸庞浮现在眼前，"康娥，你的病又发了……"她苦笑地摇了摇头，"到底我还是躲不过这一劫，陈大哥，我现在一点力气都没有了，我是不是快死了？"陈青笠焦急道："不会的，我不会让你死的，我还要跟你成亲呢。康娥，我们再想想办法。"她叹气道："没办法了，从一开始我就知道这是条死路，但我一定要杀了俱文珍才可以死。陈大哥，我们胡人信奉雪山上的天神，你可以带我去雪山上跪拜天神祈福吗？"

　　陈青笠哽咽着点了点头，背起她冒着风雪向最近的一座雪山行进。漫天的风雪迷住了眼眸，他背着康娥跋涉在雪山之中，康娥忽然一阵颤抖，"好冷，好冷……"他慌忙放下康娥，只见她面色惨白，发鬓上沾满了白雪，陈青笠忙展开自己的貂裘将她拥入怀中取暖，一面搓着她的手，"康娥，你一定要撑下去，你还要杀俱文珍，你还要跟我成亲……"昏迷中的康娥已然不能再拜天神，陈青笠代替她，在雪地中一步一叩首，大声呼喊着祈愿，康娥竟奇迹般苏醒过来。

　　呼呼的北风夹杂着大雪打在白宅门口，一个披着厚厚斗笠的年轻人敲响了大门，阍人打着哈欠拉开了门，灯笼照亮了他的面容，此人正是随欧阳络儿离开洛阳的李长吉。他刚刚回京，就听闻牛李党争事态严重，便顾

第七十五章 举案齐眉

不得那么多，擅自来访白乐天。白乐天连忙将他请进屋去，煮了一壶热酒与他对酌道："此番牛李党争越发激烈，李弘宪开始大下杀令，牵连了很多人。思黯前次得罪了李党，被随便找了个理由痛打得只剩下半条人命。还有内子的哥哥杨明府也遭人陷害，现在杨家也陷入了绝境。"李长吉沉吟道："现在牛党人尚在其位的恐怕只有你白学士了，你一定要万事小心，千万别跟他们硬来。夜已深了，我也不便叨扰，就先告辞了。"白乐天道："可怜今夜鹅毛雪，引得高情鹤氅人。红蜡烛前明似昼，青毡帐里暖如春。十分满盏黄金液，一尺中庭白玉尘。对此欲留君便宿，诗情酒分合相亲。"李长吉推辞道："我此次是陪一位姑娘前来寻药的，也就不再逗留了，望学士切记小心。"说罢他告别白乐天，冒雪离去。

"乐天，我想去看看我哥。"刚刚送走李长吉，哄金銮子睡着的杨连城就从屋内走出来道。白乐天替她握住冰冷的手道："你还是别去了，现在内兄已经不住在杨府，他为了避嫌，住在东林寺。你这样过去，岂不是落人口实吗？我会以学禅的名义去东林寺看他，你要带些什么，我帮你带去。"杨连城蹙眉点了点头，"真是想不到，我们杨家也有这一天。若我还有无忧阁，哪轮得到李党这些喽啰放肆？这双鞋是我给哥做的，你帮我带给他吧。"白乐天接过这双鞋，叹了口气，提笔写了一封纸笺：新年三五东林夕，星汉迢迢钟梵迟。花县当君行乐夜，松房是我坐禅时。忽看月满还相忆，始叹春来自不知。不觉定中微念起，明朝更问雁门师。他小心翼翼地将字条折起来，塞进了鞋履中。

"哎，乐天真是糊涂，如今李党如日中天，他们偏偏不听劝，硬要跟李党作对。"收到密报的卢眉娘百般烦忧地将书信放在了桌上，喃喃自语道，"不行，他明天去东林寺，可别再闹出什么事儿来，我还是悄悄地跟去看一眼，再及时赶回来便是了。"卢眉娘刚刚离去，叶岐云就察觉到了，他担心卢眉娘会遇到危险，也决定跟随而去，却没想到刚要出呦呦谷，身后传来了翩翩的声音，"圣主，让我跟你一起去吧。"他不由地心头一暖，"好，无论什么情况，我们都一起，以前是，如今也是。"当他们二人来到长安的时候，已是次日的傍晚，他们正寻找着东林寺，翩翩的目光却被热闹的街道旁一个小祠吸引住了，叶岐云停下脚步抬头看去，"月老祠？"

第七十六章　骊山晚照

　　看着翩翩艳羡的目光，叶岐云笑道："怎么，你想进去看看？反正时间还早，我也不想让眉儿知道我们来了，我陪你进去吧。"这里全都是年轻的男女，月老祠中热热闹闹，有的在解签，有的在拜神。翩翩从未见过这景象，好奇地四处张望着。叶岐云拿着一支刚刚求的签道："翩翩，我去那边解个签，你自己先玩吧。"她点了点头，回过身看见一个挂满木牌的架子，翩翩好奇地伸手拿起一块牌子看了看，只见上面用朱砂笔写着两个人的名字。就在这时，庙祝笑呵呵地拿着笔走来，"娘子，把你和你心上人的名字写在这个姻缘牌上，挂在这里受香火供奉，月老才会保佑你们美满长久的。"翩翩顿时红了脸，却又不知该说什么，接过朱砂笔，在一块空白的木牌上悄悄写下了"叶岐云"三个字。

　　一阵寒风倏忽吹起，吹进了呦呦谷中，吹开了翩翩的房间窗户。抱着猞猁的萧琼正好从这里路过，看见空无一人的屋内哗啦啦地纷飞起满桌纸张，她惊讶地看见翩翩的屋内，四面墙上都挂满了叶岐云的画像，满桌子的纸上也都是叶岐云的名字。萧琼扔下猞猁，捡起一张纸笺若有所思，"翩翩这丫头，居然偷恋云儿……看她平时对我不错，我也就做一次好人吧。"等到众人都从长安回来，萧琼却睁一只眼闭一只眼，当作什么都没发生，只将翩翩单独叫来了坤地宫，"翩翩，这些年来，你一直服侍我，我也很喜欢你，你若是有什么心事，也不妨跟我说啊。"翩翩莫名其妙道："太后你在说什么？"萧琼笑着拉住她的手道："你对云儿的心意，我知道。不如我替你们主婚，让你嫁给云儿吧。"翩翩大惊地连忙跪下，"太后……小婢不敢！请太后收回成命！"萧琼不悦道："你就是太胆小，若你有眉娘一半的胆量就好了。罢了罢了，当我没说过。"纵然如此，还是被躲在宫门外的卢眉娘全部听去了，她蓦地觉得心中很不是滋味，却也不知自己这是怎么了。

第七十六章 骊山晚照

"圣主,大事不好了!"就在这时,一个宫人匆匆跑来,神色慌张道。卢眉娘心头一紧,道:"又出什么事了?"那宫人气喘吁吁道:"南海皇朝一半臣民都出了呦呦谷,听说去投奔圣姑了。"卢眉娘惊愕道:"圣姑?什么圣姑?"那宫人垂下眼眸,战战兢兢低声道:"是……就是从前的县主。"卢眉娘大惊道:"欧阳络儿?怎么会是她,我以为她一个小孩子只是跟太后怄气,没想到她居然自称为圣姑,还召集了这么多臣民,她当真反了!"就在呦呦谷外的巨大赁屋中,欧阳络儿将所有愿意投靠自己的臣民安顿在这里,她是打定了主意誓要报仇,让众人拥立自己为圣姑,听她的指挥和调遣。

可是一个十六岁的少女带领南海皇朝,这些人也颇为不服。欧阳络儿却自有自己的一套,她将双手背在身后,曳着长长的洋红裙子走上高位,"诸位,我欧阳络儿虽然是太后一手带大的,但为了南海皇朝的安危,不惜大义灭亲。相信大家都知道,她是李唐的妃嫔萧琼,叶岐云也是李唐的皇子,正因为如此,你们才要卢眉娘当圣主。可是你们万万没有想到,卢眉娘她是当今皇帝李纯的眉贤妃,她也是李唐的人,你们真的以为他们这群李唐的皇亲国戚会为南海皇朝做主吗?我虽然年纪小,但懂得善恶是非,萧琼对我哥哥都下了毒手,要杀你们,易如反掌!"众人听她说得头头是道,不由纷纷臣服,跪地叩拜高呼圣姑。欧阳络儿扬起一抹得意的微笑,一个成熟的计划已在她的脑海中形成了。

卢眉娘还在犹豫心软,一面让陈湘灵极力瞒住此事,不让欧阳呈知道,一面想着如何与欧阳络儿和解。哪知这个时候,欧阳络儿竟回到了呦呦谷中。卢眉娘冷着脸,独自来到侧殿去见她,卢眉娘挥开红色的长袖坐了下来道:"络儿,你还有脸回来,你知不知道自己错在哪儿?"却见欧阳络儿满脸焦急,挂着泪痕道:"圣主,我错了,我什么都错了。圣主,你要怎么处罚我都行,可我这次回来,就是来求圣主去见我哥一面!"卢眉娘皱了皱眉道:"欧阳呈怎么了?"说起欧阳呈,欧阳络儿忍不住哭道:"我哥已经病得不能下床榻了,他现在连药都不肯吃,只求圣主亲自去见他一面。我哥说,有个秘密想要对圣主说,但只能圣主一人前去。"卢眉娘想都没想,起身道:"快带路!"

鹿 回 头

卢眉娘跟着哭哭啼啼的欧阳络儿来到呦呦谷偏僻的专用来疗养的小竹屋，谁知推开房门，没有看见欧阳呈和陈湘灵的踪影。欧阳络儿当即慌了，"哥！我哥去哪儿了？圣主，我哥病得那么重，根本下不了床啊，他去哪儿了？"她用颤抖的手拉住了卢眉娘，眼神中全是诚恳和慌乱，卢眉娘安慰道："别急，我叫人出去找找，也许湘灵带他出去了。"欧阳络儿点头道："好，我不急，大家都别急……圣主，喝口热茶，陪我等等他吧。"她拿起茶壶倒了一杯，几乎溅了出来，递给了卢眉娘，卢眉娘丝毫没有怀疑，接过来抿了一口，连连安慰着欧阳络儿。谁知霎时间竹屋外冒出一群埋伏已久的人，个个手持刀剑，横眉冷对，登时将这间竹屋团团包围起来。卢眉娘惊愕地看向欧阳络儿，"络儿，你这是干什么？"

虽然她脸上还挂着泪痕，但嘴角难以掩饰地扬起了冷冷的一抹邪魅笑容，轻轻哼道："圣主啊，你还没老怎么就糊涂了？我那么关心我哥，怎么能挪动他的尊驾？这间竹屋是我特意着人建了一间一模一样的，就是为了引你入瓮！"卢眉娘大惊站起身来，突然觉得五脏六腑一阵灼烧，让她险些站不稳，她惊诧道："刚才那杯茶……"欧阳络儿笑道："这茶可是我特意为你准备的，这里面是我从巫医手上拿来的五毒散，你已经喝下去了。"她拿来一面镜子放在卢眉娘面前，只见镜中的卢眉娘眉心中央突然显现出一朵血红的莲花，欧阳络儿道："你的寿命只有十天了，当莲花颜色消退直至隐没之时，就是你归天之日！"

"络儿，你到底想怎么样？"卢眉娘这才察觉中计，可全身已经没有了力气，只要稍稍一动，整个人仿佛被火灼烧。欧阳络儿根本不怕她逃脱，冷笑道："我说过要替我哥哥报仇，这只是第一步，好戏还在后头呢。"说罢她一把拔下卢眉娘头上的金钗，拂袖而去，径直回到呦呦谷中，傲慢地将这金钗放在叶岐云的面前。叶岐云登时大惊道："眉儿？你把眉儿怎么样了？"欧阳络儿收起金钗，冷笑道："卢眉娘只有十天寿命，你要是想救她，就必须听我的。"叶岐云紧张道："你说，无论你要我做什么，我都去做！"欧阳络儿绞着辫子咯咯笑道："瞧瞧，南海皇朝叱咤风云的两位圣主，都被我控制在股掌之中，南海皇朝一下子就四分五裂了，真是不堪一击。你们根本就治理不好南海皇朝，还不如让给我。"叶岐云道："你快说

第七十六章 骊山晚照

吧,到底要我做什么?"

欧阳络儿敛起了笑容,眼神顿时凶狠无比道:"好,我要你去九垓八埏替我寻找千年人参娃娃给我哥。我已经打听过了,只有这千年人参娃娃可以救我哥的性命,你去替我取来,我就把解药给卢眉娘。"叶岐云倒吸一口凉气道:"上畅九垓,下坼八埏,这分别是天地的终极之处,分别在天涯和海角,根本不可能在十日之内往返啊。"欧阳络儿冷笑道:"我也没有办法,只是这五毒散一到十日就会发作,你看着办吧。"叶岐云一咬牙道:"好,我这就去!"欧阳络儿耸肩笑道:"哎呀,我忘了告诉你,刚才给你看金钗的时候,上面我抹了一层粉,如今你吸进鼻中,恐怕武功也用不上了。"叶岐云运功,却发现自己没了力气,"你……你这是逼我徒步走去?"欧阳络儿笑道:"我要让你尝尝一个人拥有盖世神功,再狠狠从高空坠落变得手无缚鸡之力是什么样的感觉,我要让你体会我哥哥的痛苦。"

叶岐云紧咬牙关,纵然满腔恨恶,但也拿她毫无办法,想不到他们二人都栽在了一个十六岁的少女手中。十日,只有十日的时间。这么说来他必须三日之内赶到九垓,再在三日之内从九垓赶到八埏,再用三日赶回呦呦谷,方才能确保卢眉娘性命无虞。叶岐云来不及多想,回头就冲出门外,翩翩忙上去扶住跟跄的他,"圣主,你没事吧?"叶岐云摆手道:"我没时间跟你多说,来不及了,我要赶去九垓八埏。"翩翩道:"圣主,我都听见了。这里有匹赤兔马,是我用奇花异草跟进献给李唐皇室的马商换的,可以日行千里,你骑着它去吧。还有,这个欧阳络儿故意给你使障眼法,九垓是天涯,在极北之处,但八埏是海角,在极南之处。所谓极南本就在琼州。你只要回琼州一趟就行了。至于极北极寒之地,我帮你去。到时候我们两人汇合,一定可以在十日之内救眉娘。"

一切就按计划进行,叶岐云骑着赤兔马扬起黑斗篷向琼州疾驰而去。仅仅四天,不眠不休的叶岐云就来到了琼州,他只用了半日时间就找到欧阳络儿口中的千年人参娃娃,他激动地从树上摘下这颗色如碧玉,白白胖胖的人参娃娃,小心翼翼地拿出一个盒子将它装好,放入自己的怀中,再策马往呦呦谷赶。几个探子已然得到了消息,匆匆向欧阳络儿禀告:"圣

鹿回头

姑，叶岐云已经顺利拿到千年人参娃娃了，难道我们真的要放了卢眉娘？"欧阳络儿正对着镜子梳妆，头也不回地冷笑道："我知道凭他的本事一定能拿到，不过拿到又有什么用呢？一个假的人参娃娃，放在身边越久，只会筋骨腐烂，毒液倒流入血脉，冲至头顶，非死即伤。不过我可不会让他死，他活着却又不记得卢眉娘，这才有意思呢。到时候卢眉娘痛苦至死，叶岐云成为我的手下，岂不是一举两得？"

浑然不知早已中了已欧阳络儿毒计的叶岐云驾着赤兔马只用了两天半，刚刚进了长安，正往洛阳方向赶去，谁知忽然脑中一阵迷糊，一个奇怪的想法从脑中一闪而过，他喃喃自语："我怎么会在长安？"叶岐云忽然觉得像做梦般恍惚，他连忙跳下马来，继续向前走着。骊山下的晚霞已然铺满了天地之间，金光悄然爬上他的肩头，氤氲在他的轮廓上。"岐云哥哥！"一声似远似近的呼唤声传来，叶岐云竟没有停下脚步，也没有回过头，若无其事地往前走。自从卢眉娘知道叶岐云失了踪，她担心欧阳络儿对他下毒手，支撑着火灼般痛苦的身躯一路从洛阳追到长安，因为痛楚难当，竟用了六七日方才到此，没想到就在这骊山晚照下与他重逢。她额头上血红的莲花颜色淡去大半，她憔悴地追上前，一把拉住叶岐云道。谁知他惊诧地回过头，望着卢眉娘道："娘子在叫我？"卢眉娘当即如晴空霹雳，惊愕道："你说什么？"叶岐云忽然觉得头痛欲裂，"我……我怎么突然什么都想不起来了？你是不是认识我，我到底是谁啊？你又是谁？"

第七十七章　李凭箜篌引

卢眉娘登时慌了，"岐云哥哥，你……你这是怎么了？你别吓我啊……"叶岐云茫然地望着她，"我叫什么？我为什么会在这里，好奇怪，我怎么什么都想不起来了……"就在这时，一个声音在他身后传来，"你是南海皇朝的叶岐云，是我圣姑的手下！"叶岐云闻声回头看去，只看见夕阳下站着一个十五六岁的少女，她穿着湖绿色的小衫与百褶襦裙，头簪一排珍珠发饰，乌黑的发髻上垂着细碎的金步摇，娇俏灵动，笑容中带着一抹邪魅。卢眉娘惊愕道："络儿！你想怎么样？"欧阳络儿笑盈盈地踱步到叶岐云的面前，突然神色一变，指着卢眉娘道："叶岐云，这个女人是我们的敌人，我要你杀了她！"

迷迷糊糊中，叶岐云似乎对"南海皇朝"有些许印象，半信半疑道："你真的是圣姑？"欧阳络儿笑道："当然。你就是被这个女人伤害中毒失去记忆的，她还在你面前惺惺作态，你被她骗了！快杀了她！"她说罢拿出叶岐云的玉弓塞进他的手中，叶岐云甚为恼怒，接过玉弓拉开弓弦，一根长箭直指昔日的心上人。泪水夺眶而出，卢眉娘凝望着他，一种从来没有过的心痛袭上心头。嗖一声，叶岐云的长箭对准她射了出去，卢眉娘丝毫没有打算避开，就在这时，她被一个人猛地推开了。"乐天？"卢眉娘定睛一看，不由得脱口而出。白乐天一把拉起卢眉娘，头也不回地逃走了。

"眉娘，这到底是怎么回事？叶圣主为什么要杀你，湘灵呢？"白乐天带着卢眉娘一路跑开，累得停了下来，气喘吁吁道。卢眉娘忍不住哽咽道："我也不知道到底发生了什么事，为什么岐云哥哥什么都不记得了……不过你放心，自从我和岐云哥哥被络儿控制之后，湘灵已经离开了呦呦谷，她一定安全。"白乐天道："可是你现在很不安全，眉娘，跟我回家避一阵子吧。"卢眉娘摇了摇头，"我哪里都不想去，我想回到跟湘灵住过的小茅屋里,安安静静地度过最后的日子。"白乐天浑然不知卢眉娘的寿命只有区区几日。当她独自回到昔日的小茅屋,伸手抹去案几上的厚重灰尘,所有的往事如灰尘般飘落眼前,熏得卢眉娘双眼落泪。泪眼中,她似乎看见陈湘灵推门而入,"眉娘,你这是怎么了?你是为了谁而哭?"卢眉娘啜泣道:"一直以来,我都以为我最爱的人是乐天,我以为我和乐天是钗盒情缘,可是我没有想到,真正的钗盒情缘是我和岐云哥哥。直到今时今日,我才明白我的心。岐云哥哥对我来说就像是空气,而乐天则像是一瞬间的烟火。烟火固然灿烂,但既不是永恒,也不是必须,而空气……虽然平时我感觉不到它的存在,但实际上一刻也离不开。"

"夜长无睡起阶前,寥落星河欲曙天。十五年来明月夜,何曾一夜不孤眠?独眠客,夜夜可怜长寂寂。就中今夜最愁人,凉月清风满床席。"白乐天独自站在窗前,望着明月思念起不知身在何处的陈湘灵。而此刻的小茅屋外却来了两个人,卢眉娘拉开房门,惊愕道:"康姑娘、翩翩,你们怎么都来了?"看到她眉心的莲花颜色又淡了些许,翩翩焦急道:"我们都知道发生什么事了,所以一起来找你商量解救南海皇朝和救圣主的事。"康娥点头道:"我的病情也已经稳定下来了,我可以帮你们。南海皇朝若是落在这样一个阴险狠毒的丫头手里一定完了,到时候我也没办法杀俱文珍,所以你和叶圣主一个都不能出事。"可是没有人想到,就在这一夜,一个不速之客来到欧阳绰儿的别苑。

"圣姑,外面有个女子求见。"刚刚准备睡下的欧阳绰儿来了兴趣,披上薄薄的衫子坐起,让人领那女子进来。只见一个身着绾色的美艳女子徐徐而来,她看上去约莫二十七八,虽然穿着素色服饰,却也难以掩盖这天生丽质。她的手指持着双刀,走上前向欧阳绰儿忽地跪下,"河东柳萋萋,愿投圣姑麾下,替圣姑解忧。"欧阳绰儿恍然道:"原来是你,我早就听过你的大名了,你放心,我一定会撮合你和叶岐云,只要你好好替我办事。"柳萋萋抬起头道:"圣姑,我看旁边有个南园空着,圣姑是什么意思?"欧阳绰儿略一沉吟道:"你不用管了,那里除了我,谁都不许擅自进去。"

"花枝草蔓眼中开,小白长红越女腮。可怜日暮嫣香落,嫁与春风不用

第七十七章　李凭箜篌引

媒。"春风吹绿了南园，这里只有李长吉一人独住，他丝毫不知欧阳络儿的真面目，更不知什么南海皇朝，什么圣主和圣姑，在他的眼里，欧阳络儿只是一个骄纵却可爱的千金。他在南园中徘徊，自言自语地吟诵着。"李大哥！"婉转如莺啼的声音从门口传来，李长吉抬头看去，只见一丛牡丹花后，正站着笑盈盈的欧阳络儿。她换下那华丽的圣姑服饰，故意打扮得清丽无双，身穿水色的薄裙，梳着小辫子，天真烂漫地跑上前拉住他的手，"你在这里住的还习惯吗？"李长吉霎时涨红了脸，抽出手道："习……习惯。欧阳姑娘，你哥的病怎么样了？找到药方了吗？"她抿嘴轻笑道："已经有新的药让他稳定了，我这才放心，只等慢慢调养了。"

她回头四处张望着，只看见门前贴着一副诗联，道："男儿何不带吴钩，收取关山五十州。请君暂上凌烟阁，若个书生万户侯？好诗，真是好诗！"李长吉笑道："我在这里住了这么久，就写了十三首《南园》，没想到你会喜欢。"欧阳络儿伸手挽了挽松散的发丝，坐在池塘边对着水波放下长发，细细地梳着头，这西施照影般的模样映入李长吉的眸中，他不由叹道："双鸾开镜秋水光，解鬟临镜立象床。一编香丝云撒地，玉钗落处无声腻。纤手却盘老鸦色，翠滑宝钗簪不得。春风烂漫恼娇慵，十八鬟多无气力。"

就在这时，一阵泠泠的箜篌声隔水而来，欧阳络儿梳好了头发，笑道："你听啊，多好听的箜篌声。这个乐工名叫李凭，本来是进献入宫的，不过我就请他先在南园住下了。"李长吉从未听过这般好听的箜篌声，跟随着她绕过小池，只见一个容颜俊俏的梨园弟子坐在亭中拨弄着琴弦，李长吉拊掌吟赞道："吴丝蜀桐张高秋，空山凝云颓不流。江娥啼竹素女愁，李凭中国弹箜篌。昆山玉碎凤凰叫，芙蓉泣露香兰笑。十二门前融冷光，二十三丝动紫皇。女娲炼石补天处，石破天惊逗秋雨。梦入神山教神妪，老鱼跳波瘦蛟舞。吴质不眠倚桂树，露脚斜飞湿寒兔。"

李长吉沉浸在这春光烂漫之中不觉痴然了，他想着也给欧阳络儿一个惊喜，傍晚时分捧着一大把盛放的牡丹，兴冲冲地往南园过去。"长吉！"突然一个熟悉的声音响起，李长吉回头一看，只见白乐天紧蹙眉头走上前道：“你最近是怎么回事，我看你越发光鲜，还买了这么多花，你这是要去哪里？”李长吉不由得一惊，慌忙把牡丹花收在身后，支吾了起来，"我……"白乐天道："这些花是送给你那位娘子的？"李长吉见瞒不过去，只好点了点头。白乐天摇头道："帝城春欲暮，喧喧车马度。共道牡丹时，相随买花去。贵贱无常价，酬直看花数。灼灼百朵红，戋戋五束素。上掌握幕庇，旁织笆篱护。水洒复泥封，移来色如故。家家习为俗，人人迷不悟。有一田舍翁，偶来买花处。低头独长叹，此叹无人喻。一丛深色花，十户中人赋。"见李长吉涨红了脸，白乐天拍了拍他的肩头道："这次就算了，你毕竟还年轻。对了，我要出使宿州，京都的事情你还要替我多多留意。"

一别多年，白乐天此番出使宿州，不免思乡情切，顺道绕回附近的符离村。只见昔日的符离村已经在战火中破败不已，村民早已不知去向。他来到以前的白家，轻轻推开了蒙尘的大门，细碎的灰尘悄然飘落在眼前。他仿佛看见陈念慈正在拜佛，大哥白幼文正在一旁择菜，三弟白知退正拿着书卷踱步念诗……泪水悄然氤氲上眼眸，白乐天叹道："啧啧雀引雏，梢梢笋成竹。时物感人情，忆我故乡曲。故园渭水上，十载事樵牧。归雁拂乡心，平湖断人目。殊方我漂泊，旧里君幽独。何时同一瓢，饮水心亦足。"他正要关门，忽然门缝中飘下一张泛黄的纸笺，白乐天捡起一看，只见上面赫然是白知退的字迹：临江一嶂白云间，红绿层层锦绣班。不作巴南天外意，何殊昭应望骊山。

也不知这首诗是哪年哪月白知退路过此处写下的，白乐天顿觉自己苍老了不少，他带上房门走出来，回头看见了旁边一个小屋，这是昔日陈湘灵住的屋子，白乐天一时感慨万分，走进了屋内。只见地上还放着几坛自己和陈湘灵亲手酿制的好酒，他打开仰头就灌，时而哭时而笑，自言自语道："欲入中门泪满巾，庭花无主两回春。轩窗帘幕皆依旧，只是堂前欠一人。"他醉醺醺地走上前，轻轻拂去镜子上的尘埃，看见自己那沧桑的面容与微白的发鬓，越发地思念起不该思念的人，道："美人与我别，留镜在匣中。自从花颜去，秋水无芙蓉。经年不开匣，红埃覆青铜。今朝一拂拭，自照憔悴容。照罢重惆怅，背有双盘龙。"白乐天抹去脸上的泪痕，不

第七十七章　李凭箜篌引

敢再在这里逗留,他拿着半坛烈酒离开了符离村,沿着村口的水岸边走边喝酒,落魄地高吟:"生离别,生离别,忧从中来无断绝。忧极心劳血气衰,未年三十生白发。"他一个趔趄,摔倒在微凉的水边,酩酊大醉。

"李大哥,你这是要带我去哪里?是去找药方吗?"此时此刻李长吉却带着欧阳络儿去杭州游玩。他含笑道:"我想带你来这人间仙境看看,这里是杭州,你看前面有个墓,那是著名的苏小小墓。"欧阳络儿好奇地上前看了看这香冢。李长吉沉吟道:"幽兰露,如啼眼。无物结同心,烟花不堪剪。草如茵,松如盖。风为裳,水为佩。油壁车,夕相待。冷翠烛,劳光彩。西陵下,风吹雨。"欧阳络儿抿嘴笑道:"我最喜欢听你吟诗作赋,整个人都沾上了你的仙气。"她猝不及防地踮起脚尖,轻轻地在李长吉的面颊上烙下一吻,便红着脸跑开了。李长吉登时愣在原地,睁大了双眼,伸手摸了摸脸颊,傻兮兮地笑了好一阵子。

"圣姑,你总算回来了!"欧阳络儿刚回去,便立即变了一副模样,她冷冷地曳着长裙走过匍匐的众人,回身坐上了高位。柳萋萋匆忙闯进屋来道:"圣姑,叶大哥他失忆了,求圣姑赐解药!"欧阳络儿笑道:"解药?这我可没有,我也不知道他能不能好。瞧你紧张的,这样吧,我让你专门去照顾他,好不好?"欧阳络儿故意给叶岐云在街尾租了一间简陋的赁屋,本想借此羞辱他一番,柳萋萋却丝毫不嫌弃,搬到这里悉心照顾着他,"叶大哥,你怎么样了?头还痛吗?来,把这碗药喝了吧。"柳萋萋小心翼翼地扶起他,端来一碗药道。叶岐云紧锁眉头,凝望着她道:"你又是谁?娘子,你可不可以告诉我,我是谁?"柳萋萋忽然心中一颤,一个念头蓦地划过,她屏住呼吸道:"你是南海皇朝圣姑的手下,叶岐云。我……我是你未过门的妻子,柳萋萋。"叶岐云茫然地看着她道:"你是我未过门的妻子?柳萋萋?为什么……为什么我一点都记不起来了?"柳萋萋道:"你中了毒,失去了记忆。不过不要紧,我每天都会在你身边陪着你,我每天给你说一点我们从前的故事给你听,你一定会慢慢想起来的。"叶岐云对她露出了笑容,轻轻握住她的手,"萋萋,多亏我身边还有你,我真是不应该忘记你这个重情重义的好姑娘。"

第七十八章　下邽庄南桃花

"岐云哥哥！"就在这时，卢眉娘推开了房门冲进来。只见她花容惨淡，发鬓凌乱，憔悴不堪，头上的金钗也已经歪斜，她眉间的那点血红色莲花快褪去色彩，唯有隐隐的轮廓了。柳萋萋没想到她居然找到这里来了，惊慌地站起身，一时间乱了阵脚，"你怎么又来了？叶大哥，就是她……就是她害你中毒失忆的！"卢眉娘惊愕道："柳二小姐，你……你居然这样对我？"她又气又急，一把拉住柳萋萋的手腕，却见叶岐云勃然大怒，扬手将卢眉娘推倒在地，她的额头不慎撞在了墙上，立时肿起一个大包，叶岐云却没有去扶她，反而挡在柳萋萋的面前，"妖女，我不许你伤害我的未婚妻！"卢眉娘惊诧地抬起眼，泪水夺眶而出，"未婚妻？你说她是你的未婚妻……"叶岐云横眉冷对道："请你立刻滚出我们的房子，再也别来打扰我们了！"卢眉娘看着他，眼中满是泪水，她从来没有过如现在这般撕心裂肺的痛，起身踉跄着便跑出了门。

而就在这天夜晚，长安城内发生了一件大事，据闻当天深夜三更，两个黑衣人如入无人之境，娴熟地打通了太极宫的各路机关，直冲宫殿，刀光剑影一闪而过，在长生殿为李诵擦拭牌位的宦官俱文珍当即被割下了头颅。一众侍卫都慌了神，等他们追的时候，这两个黑衣人早已飞天遁地而走。刚刚出了太极宫，其中一人突然体力不支，猛地一个趔趄，旁边那人忙扶住她，"康娥，你没事吧？"一双玻璃珠子似的眼眸抬起来，康娥虚弱道："我没事，按照我们的计划，回西面石屋再说！"

等他们回到石屋中，康娥立时没了力气，靠在墙上一把扯下了自己的面纱，猛地吐出一口鲜血。陈青笠连忙扶住她，忽然一阵腥味飘入鼻腔，一股黏腻的感觉，他反手一看，竟发现自己的手掌上沾满了鲜血，这才发现康娥已浑身是血。陈青笠大惊失色，康娥已然面无人色，瘫坐在了地上，

第七十八章　下邽庄南桃花

"意料之中。自从我决心要为恩公报仇，吃下了于阗的秘药，就开始身患怪病，一半身子至阴，一半身子至阳。我的功力是越练越强，但到了极致，到了最顶层，却是递减寿命的开始。当我用尽最后的心血杀了俱文珍，我也命不久矣了。陈大哥，谢谢你助我一臂之力，了却我平生夙愿。我就算死，也无怨无悔了。"

俱文珍之死在朝廷上下掀起一阵狂澜，李纯大惊不已，连忙以最快的速度制止了传言，让此事不得传出宫外，只对外宣称俱文珍因病去世。但俱文珍的死让无数的宦官大为惊恐，李纯担心此事引起宦官们的恐慌和不安，为了安抚自己最信任的吐突承璀，李纯竟追赠俱文珍为开府仪同三司。就在这种阴郁的气氛中，白家又有了喜事。"连城，你又有喜了！真是太好了！"白乐天激动地握着杨连城的手，开心得不知所措，她抿嘴含笑道："一个金銮子都够我烦的了，这下又要来一个折磨我的。"陈念慈高兴地拜了佛，笑道："连城，你就好好在家里休息吧，我出去买菜。"杨连城忙起身道："婆婆，我没事的，这才有了，还是能走动的。我看外面春光正好，不如我陪婆婆买了菜顺道去赏花。"陈念慈欣然道："多走动也好，那走吧。"二人说笑着便在西市买好了菜肴，往东市赏花去了。"婆婆，我记得你说过，公公生前曾送给你最贵重的牡丹花，那边有一丛好漂亮的牡丹，我们去看看吧。"

陈念慈挽着她一同走去，看见花圃处已人山人海，各色牡丹争奇斗艳，着实好看极了。陈念慈忽然轻轻叹了一声，"其实我跟季庚辈分和年龄相差悬殊，我嫁给他的时候只有十八岁，我是他亲姐姐的女儿，所以季庚其实是我舅舅，那时他已经四十四岁了。我爹娘成亲的时候，我爹也送给我娘一朵价值连城的牡丹。后来我爹离开了我们，娶了别的女人。在乐天一岁的时候，我娘又生下了三弟。后来我爹离家出走，我娘病逝，三弟也再无消息了。"杨连城奇道："怎么从来没有听婆婆你说过这件事？原来你还有不少兄弟姐妹啊，那他们现在都在哪里？"二人说着说着，往花圃中走去，人越来越多，挤挤攘攘，陈念慈正要开口回答，却被旁边一人撞了一下，她失去重心向后倒去，谁知脚底又绊到了石砖，整个人仰头翻进了后面的石井中，杨连城纵然眼疾手快，却也来不及抓住她。杨连城眼睁睁看

鹿 回 头

着陈念慈坠井，大骇不已，突然腹中一阵痉挛剧痛，眼前一黑晕了过去。

"婆婆！"一阵梦魇袭来，杨连城满身大汗猛地坐起身来，她的发丝都已经被汗水黏在额头上。只见白乐天一身孝服，形容憔悴地坐在床榻前，看见她醒来，他再也忍不住泪水，紧紧拥住杨连城哽咽不止，"连城，我娘她……她坠井归天了……"杨连城脑中嗡嗡作响，泪水止不住地滚滚而落，"是我害了婆婆，都是我……我为什么要叫她去赏花，为什么要带她去人多的地方……"白乐天拥紧她道："你别再自责了，要小心腹中骨肉啊。"可惜此番杨连城悲恸不已，竟动了胎气，好不容易才稳定下来，身体却大不如从前，无法陪白乐天送陈念慈的尸骨回乡。

万般悲恸的白乐天扶着陈念慈的灵柩丁忧回下邳，漫天的冥镪如雪花般纷飞，伴随着浩浩荡荡的送葬队伍一直回到了家乡。没想到才从符离村回来没多久，白乐天又回到了此处。他看着满眼春光，却觉得寒冷异常，忽然想起陈念慈生前说过，百年归老后要将白季庚送给她的牡丹花簪放在身边陪葬。白乐天忙回到旧屋中，四处翻找起来。在他印象中，这支牡丹花簪只在自己一岁的时候见过一次，记忆已是非常模糊了。白乐天挨着柜子找了半晌，就在要放弃的时候，忽然踢翻了旁边的破旧小盒子，里面掉出一支牡丹花簪。白乐天俯身捡起来，却看见那盒子里还放着一封泛黄的信，他好奇地伸手拿出来，却见信封上赫然写着：幺妹亲启。

白乐天奇道："幺妹？我娘哪里还有妹妹？"他反手撕开了信封，里面哗啦啦掉出了三块破碎的玉佩。白乐天从未见过陈念慈有什么玉佩，他捡拾起来一看，登时脑中轰隆作响，"这……这玉佩不是湘灵的吗？为什么我娘会有另外三片碎片？不，不可能……"无数混乱的思绪在脑中窜着，白乐天用颤抖的手打开信，一行行熟悉的字迹映入眼中，他睁大了双眼，渐渐充盈起满眼的泪水，白乐天读罢这封信，轰然瘫坐在地上，"娘，我终于明白你为什么不让我娶湘灵了……"

他颓然将这封信塞入怀中，垂泪回到陈湘灵的旧屋，再也忍不住失声痛哭，伸手抚摸着床榻上摆放得整整齐齐的旧衣衫。屋外传来阵阵乌鸦啼

第七十八章　下邽庄南桃花

叫，篱笆外的小花开满了又落，地上的残花再没有人清扫。白乐天失魂落魄地从屋中出来，门外一片盛开的灼灼桃花中，一个熟悉的身影映入他的眼眸。只见陈湘灵穿着藕紫色的裙襦，站在漫天的飞花之中，人面桃花交相辉映，似乎岁月不曾在她身上留下痕迹，一如昔年貌美。一时间四目相对，相顾无言，陈湘灵打破了这沉寂，"我听说白大娘出事了，我是来拜祭白大娘的。"白乐天微微皱了皱眉，"你去屋里给我娘上炷香就好了。"等到她出来，只见白乐天正拿着一截树枝，在桃花树下的泥土地上一笔一画地写着：村南无限桃花发，为我多情独自来。日暮风吹红满地，无人解惜为谁开。看见陈湘灵走来，白乐天抬起脚踩烂了这些字迹，"湘灵，你跟我回长安吧，眉娘也出事了，她很想见到你。"

陈湘灵闻言大惊，但白乐天也说不清到底发生了什么事，她实在没办法，只得跟着白乐天一起回到长安，赶回小茅屋中。他们敲了半天也不见卢眉娘开门，陈湘灵顿觉不妙，白乐天踢开了门，二人冲进房内，只见卢眉娘正倒在桌案上。"眉娘！"陈湘灵大惊失色扶起她，见她面如死灰，眉间的血莲花还剩最后一点若有若无的颜色，她已是浑身冰凉，印堂发黑，陈湘灵连忙娴熟地取出银针为她针灸，卢眉娘半响才苏醒过来，"湘灵，乐天……"白乐天急道："你到底是怎么回事？上次叶岐云要杀你，今天你怎么……"

卢眉娘苦笑道："其实我只剩最后一天的性命了。当我眉间的血莲花彻底消失，我就会死去。我不怕死，只是担心临死之前没力气去见岐云哥哥一面。"她自知已经活不久了，便将欧阳络儿成为圣姑，掌控了南海皇朝要对他们复仇的事讲给二人听。白乐天道："眉娘，你放心，我这就去找微之、子厚他们，我们大家齐心协力帮你把南海皇朝夺回来。到时你可千万不要再攻打大唐了。"卢眉娘摇头道："只剩一天，我就会没命了，而岐云哥哥也被她控制失去了记忆，我们不可能有转机了。"白乐天道："不，我们一定会有办法的。还有，退之兄如今任尚书职方员外郎，也已调回了长安，我去找他们，你要坚持住啊。湘灵，眉娘就交给你了。"

"圣姑，妾妾有事相求！"自从得知元微之、柳子厚、刘梦得和韩退之也加入阵营，要替卢眉娘对付欧阳络儿，柳萋萋不由有些后悔，她匆匆从小屋子赶了过来。欧阳络儿正对着镜子描画着眉毛，冷笑地哼了哼，"我还没问你，你这个大哥是怎么回事？跟我作对？柳萋萋，我好心好意让你照顾叶岐云，让你能和他在一起，你就这样回报我？"柳萋萋忙道："圣姑明察，我早些年已经和他断绝了兄妹之情。"欧阳络儿道："是吗？好，既然如此，你们也没什么关系了，那你就替我当个使者，出面和白乐天一伙人谈谈，反正也只有一天的时间了，让他们少管闲事，不要管卢眉娘的事。"柳萋萋抬起头，她就是不想与柳子厚有正面冲突，没想到欧阳络儿偏偏逼自己与兄长为敌。欧阳络儿饶有兴致地看着她的神情，道："其实你愿意也好，不愿意也罢，只要我想你做的事，你都逃不掉。来啊，带个人上来给她看看。"柳萋萋回头看去，只见几个人押着一个女子走上前，她惊愕地看见那女子抬起头，竟是留在小茅屋为卢眉娘治病的陈湘灵。没想到欧阳络儿又将陈湘灵捉了回来，继续为欧阳呈治病。

"欧阳大哥，你怎么样了？"一阵咳嗽声从南面小屋中传来，陈湘灵捧着刚刚煮好的药跑进屋，悉心地为欧阳呈抚着胸口。他的病情又恶化了不少，抬手一看，手帕上已咳出了鲜红的血。欧阳呈虚弱道："陈姑娘，我命不久矣，有些事觉得很奇怪，你能不能告诉我？"陈湘灵心中一颤，别过身去，"你想知道什么？"欧阳呈道："为什么我和络儿不再住在呦呦谷中，要长途跋涉搬到长安来？为什么这些日子都不见圣主和叶君？到底出什么事了，能不能不要再瞒着我了？"看到他这副模样，陈湘灵怕说出欧阳络儿的所作所为刺激他的病情，她万分不忍，只能编着谎言："欧阳大哥，你别胡思乱想了。搬到长安来，是因为长安毕竟是京都，这里有最好的大夫，有最好的药，治疗起来也方便啊。眉娘现在是圣主，她每天要处理那么多政务，实在是没有时间来看你。至于叶君，他和络儿四处为你寻找药方呢。你放心休养吧，有我照顾着，你一定会没事的。"

第七十九章　魑魅魍魉

"萋萋，你做的饭真好吃。"浑然不知发生了什么事的叶岐云正在小屋内大口地吃着饭菜，他还真以为自己是欧阳络儿麾下的一名普通将士。吃完饭，他咧嘴开怀一笑，将碗筷放在了桌上。若是以往，他绝对不会对自己这样笑的。望着他的笑容，柳萋萋不由晃了神，"叶大哥，你自己喝药吧，我要出去买菜了。"叶岐云奇道："这么早就去买菜？东市和西市不是要到下午才开市吗？"柳萋萋不自然地笑道："我这会儿慢慢走过去，也差不多了。我不跟你说了，药在炉上已经煎好了，你记得喝。"柳萋萋说罢抄起双刀便出门，叶岐云望着她的背影不由奇道："出去买菜带武器干什么？"

他实在不放心，于是悄悄地跟着柳萋萋。只见柳萋萋神色凝重，匆忙穿过大街小巷，来到还挂着白灯笼的白宅门口。柳萋萋伸手敲开门，白乐天上前拉开，不由得倒吸一口凉气，"柳二小姐？欧阳络儿派来谈判的人竟然是你？你……你怎么能为虎作伥，你实在太糊涂了！"柳萋萋眼神躲闪道："我只是来传个话，圣姑说让你们不要再管卢眉娘了，她的寿命只有半天了。"门哗一声被拉开，柳子厚怒气冲冲地从屋内出来，柳萋萋想掉头就走，可是已然来不及了，柳子厚拉住她，扬手一记重重的耳光打在她的脸上，柳萋萋当即口角流血跌在地上。

"萋萋！"叶岐云冲上前扶起了她，当即勃然大怒，挡在柳萋萋的面前，眼中充满了恨意望着他们道，"堂堂男子汉，居然欺负一个弱质女流。敢欺负我未婚妻的，都得死！"叶岐云突然拔出腰间的斩天剑，向白乐天和柳子厚挥去。柳萋萋惊呼："不要！"可惜已经来不及了，叶岐云的斩天剑有多大的威力，柳萋萋太明白了，这一剑下去，纵然只是刀光剑影掠过，他们二人也难有活命的机会。哪知就在这时，一个白色的身影扑来，将白乐

鹿 回 头

天和柳子厚推开。只见卢眉娘用尽最后的力气，挡在斩天剑前。一道刺眼的剑光从她的眉间划过，卢眉娘结结实实地接了这一剑，当即吐出一口污血，轰然倒在地上。

白乐天大惊失色，上前扶起白衣都被血渍染红的卢眉娘，他恼怒地抬头看向叶岐云，"叶岐云，我看你是昏了头了！你知不知道她是谁，她是你最爱的女人！你居然连她也下得了手，你真的不是人！"卢眉娘眉间的血莲花颜色开始渐渐消去，她虚弱地望着叶岐云道："岐云哥哥，如果我的死能换你回头，我愿意死在你的斩天剑下。只求你别再相信络儿，别再跟着她把南海皇朝给败了。你是南海皇朝的圣主，你永远都是我的岐云哥哥，我不怪你，真的不怪你。"看着她的眼神，叶岐云突然觉得好心痛好心痛，一种莫名的感觉袭上心头，脑海中忽然闪现过无数的片段，让他头痛欲裂，"不要再说了！"

叶岐云大喝一声，突然发狂似的跑远了。卢眉娘靠在白乐天的怀中，又吐了一口污血，眉间的莲花已经消失得无影无踪，她冰冷的手悄然滑落。白乐天大惊抱住她，"眉娘！眉娘！不，你不能死，你醒醒啊！"正在这时一个人影扑上前抱住了眉娘，她是陈湘灵！以为欧阳呈配药为借口，跑过来的她为卢眉娘把脉，谁知陈湘灵神色一变，惊诧道："眉娘没死！"垂泪不止的白乐天抬起头，"可是……她眉间的血莲花已经没有了。"陈湘灵惊喜道："是斩天剑！是斩天剑化解了莲花毒！我怎么没想到，叶岐云的斩天剑可以斩其魂而不夺其魄，眉娘的毒解了！"

"乐天哥哥，你放心吧，眉娘没什么事了，我已经用银针把余下的毒液排出，她只是身子虚弱，明天醒来就好了。"陈湘灵坐在床榻边替她盖上了被子，回头对白乐天道。白乐天松了口气，"那就好，你也累了，喝点水吧。"也不知这桌上什么时候多了一碗水，白乐天顺手端给了陈湘灵，她正好口渴，端过来一饮而尽。夜色渐沉，陈湘灵靠在卢眉娘的床边迷迷糊糊地睡着了。也不知睡了多久，忽然听见咔咔作响的声音，她困乏地睁开眼，恍惚之中看见一个浑身血迹的白影在窗外晃动，陈湘灵揉了揉眼睛，起身要去关窗，谁知她刚刚走到窗边，看见一束乌黑的长发披了下来，陈湘灵

第七十九章　魑魅魍魉

下意识地抬头看去，竟看见一张惨白的脸出现在墙上。

"啊！"陈湘灵大惊失色，顿时吓得跑了出去，"鬼啊，有鬼啊！"守在外面的白乐天连忙安慰道："湘灵，湘灵！你冷静点啊，哪里有鬼，根本没有鬼啊！"陈湘灵惊恐地扑进白乐天的怀中瑟瑟发抖，"不，有鬼，我真的看到鬼了……"无论白乐天怎么说，陈湘灵都惊恐不已，从这天以后，她竟大病不起。"圣姑，我想问你，陈湘灵大半夜遇见鬼，是不是你做的手脚？"柳萋萋忍不住冲到欧阳络儿面前道。欧阳络儿笑盈盈道："卢眉娘大难不死，我总要给她点警告。那碗水中我加了巫医的药粉，让陈湘灵出现幻觉，这不过是刚刚开始罢了。没有她替我哥治病，还有别人，我不用留她！"

欧阳络儿的势力已经日渐壮大，南海皇朝彻底落入她的手中。刚刚从鬼门关前回来的卢眉娘也已是精疲力竭，根本没办法阻止她的胡作非为。白乐天本想召集元微之与牛党一众人帮助卢眉娘渡过难关，可是就在这个关键时刻，朝廷又发生了一件大事。李纯将李弘宪从淮南召回京里，还复居相位，加授金紫光禄大夫，并集贤殿大学士与上柱国，还与他监修国史，进爵赵国公。李弘宪一回京，就建议裁汰官吏，减低百官俸禄，又为宗室诸王女儿的婚姻重新调整，任命诸王之女为县主，实行了一系列改革，在朝里朝外颇得赞誉。李弘宪如此平步青云，在朝中的势力更加稳固。李党已是如日中天，李纯格外倚重他们，而另一方的牛党则彻底失败，牛思黯终于被贬谪远州。

李弘宪知道儿子李文饶想偷偷送牛思黯走，故而睁一只眼闭一只眼，下了朝后也没有立即回家，而是脱去官服，随意在路上散步。"哎，这位郎君，来卜个卦吧！"热闹的街道上，一个独眼卜筮者吆喝着拉住了李弘宪。正好他也闲来无事，便坐了下来开玩笑道："你说你的卦象灵，那就给我卜一卦，我想问问我的寿命。"谁知这人却盯着他看了半晌，凝重地缓缓开口："郎君，你的寿命是九三。"李弘宪微微一愣，顿时哈哈笑道："小兄弟，你这话说得太夸张了！据我所知，我认识的人之中还没有命过六十的，你居然说我能活到九十三岁，这岂不是太有趣了！你这卦不准，不过卦钱我还是照样给你。"

"恭喜圣姑,贺喜圣姑,如今南海皇朝已经在圣姑的掌控之中了!"一群臣民匍匐在欧阳络儿的脚边高声呼喊道。欧阳络儿坐在高高的座椅上,睥睨着众人,一种傲视群雄的感觉袭上心头,她发现自己越发喜欢这种感觉了,她似乎真的爱上了权力,权倾天下。如今南海皇朝已经在她股掌之中,若是能消灭大唐,称霸中原就更好了。无限的权力和欲望在她瘦小的身躯里慢慢地膨胀,她居然开始爱上这种感觉。哪知就在这时,一个婢子惊慌失措地跑进来,"圣姑,不好了,丞相出事了!"欧阳络儿仿若从云端抛落在地,立时清醒了过来,大惊失色道:"什么?我哥……"她顿时从一个霸主变成一个小女孩,急急匆匆地往欧阳呈的屋里跑去。只见欧阳呈倚靠在床榻旁,吐了一身的污渍,面色已如死人般苍白,发丝都已经微微变白了。欧阳络儿慌忙跑上前扶起他,"哥,哥,你别吓我啊,络儿来了。"

欧阳呈轻轻地擦去她脸上的泪痕道:"别哭,谁都会有这样一天的,哥只是先你一步走。哥以后会变作天上的星星,守护着你。"他说了一阵,已经没有力气了。欧阳络儿小心翼翼地给他盖上被褥,抹着泪悄悄出了门,哪知她一回头便吓了一跳,只见萧琼站在她面前,幽幽道:"他已经病入膏肓了,既然毒是我下的,我不妨告诉你一个办法。"欧阳络儿挑眉道:"我凭什么相信你?"萧琼道:"你可以不相信我,但这是你唯一可以试的办法了。"见她沉默了,萧琼继续道:"我暗器上的毒的确没有解药,但是你可以试试鹿回头传说中的艮山阵。艮山阵的入口处有三茅真君的三座石雕,传说穿过三道关,就可以看见阵中有一株仙草。但是从来没有人看到过,也没有人成功过。"

欧阳络儿偏偏不信邪,"你倒说说看,如何过这三关?"萧琼缓缓开口道:"突破艮山阵的办法,首先要练成寒冰箭,砍掉鹿回头雕像的脑袋。"欧阳络儿浑身一颤,"这不可能,南海皇朝的人都信奉鹿神,怎么能砍去雕像呢……不过,你继续说。"萧琼又道:"然后跟着道家手诀的指引,方可通过三茅真君巨石像,进入阵中。第二关是经历火劫,如果你可以忍受

第七十九章　魑魅魍魉

火烧，徒步穿过烧得通红的铁地面，就可以到达第三关。据说第三关中会有你最在乎的人的幻影出现，如果你杀了他，破除幻影和幻音，就可以找到仙草了。"欧阳络儿紧蹙眉头道："这么说第三关中会出现哥哥，要我杀了哥哥……不，那是幻影，我一定能做到。"

轰隆，一道闪电划破夜空，煞白的光芒击中了南园，李长吉正在床榻上沉沉睡着，他紧闭着双眼，蹙着眉头，这场梦似乎并不平静。模糊的梦境中，李长吉仿佛站在云端，四面都是蒙蒙的雾气，忽然一个白须老者在身后出现，李长吉连忙回头看去，"老先生，我这是在哪里？"那老者含笑道："从何处来，便向何处去。"李长吉恍然道："你是个仙人！"那老者笑而不语，轻抚着胡须走上前道："诗通鬼神，唯尔而已。既然如此，我就赐你一双天眼。"他扬起怀中的拂尘，从李长吉的眼前挥过，霎时间宛若天地骤变，黑白颠倒，李长吉竟看见无边的黑暗中张牙舞爪的魑魅魍魉，烟消云散之后，他看见心心念念的欧阳络儿穿着华贵的裙袍，坐在高座之上领导着南海皇朝的人，看见众人匍匐高呼圣姑，看见她偷偷炼制寒冰箭，准备要冒死回琼州闯艮山阵。李长吉心中一颤，这么久以来的无数疑问霎时解开了，他不过是被利用的一枚棋子，而她竟是南海皇朝的圣姑。"不，不会的！"李长吉不由得大惊，猛然坐起来身，从梦中醒来，汗湿了全身。李长吉不可置信地摸了摸自己的双眼，竟觉得果然清凉无比。他缓了半晌都不敢相信梦中的情形，"不管是真是假，我要去琼州，阻止欧阳姑娘冒险。"

李长吉顾不得梦境与现实，匆匆出门驾马向琼州一路疾驰。当他终于来到这遥远的琼州时，只见昔日热闹的鹿眠谷已空空荡荡，那个巨大的鹿回头雕像已经被砍去头颅，李长吉大惊道："欧阳姑娘已经进去了？糟了！"他匆匆冲了过去，果然看见入口处有三茅真君的三座石雕，李长吉一时不知该往哪个路口去，这时他的双眸忽然一阵胀痛，仿佛看见一道金光从左边的石雕旁一闪而过。"难道是梦中的仙人给我开了天眼？"李长吉不敢多想，忙往左边跑去。只见面前是一片熊熊大火，地上铺满了通红的铁石，欧阳络儿正提着寒冰剑，义无反顾地往前走去。

"不要啊!"李长吉大惊失色,伸手要去拽她,欧阳络儿却一脚踏上了地面,霎时痛得撕心裂肺,她强撑着力气往烈火中走去,"李大哥,你来干什么?你快回去啊!"李长吉隔着火焰喊道:"欧阳姑娘,太危险了,不要啊!我知道了,我什么都知道,你是圣姑,你想救你哥哥,我们再想办法啊!"欧阳络儿浑身一震,在烈火之中回过头,惊愕道:"李长吉,你是不是傻?我根本是在利用你,你还不快滚,别妨碍我闯关!"她奋力挥开寒冰剑,一鼓作气向火中奔跑而去,脚底已然被烫得血肉模糊,就在她快要支撑不住之时,终于冲了过去,欧阳络儿痛得轰然倒地,身后的团团烈火霎时熄灭。

第八十章　啄木曲

欧阳络儿不敢懈怠，连忙撑着站起身，冲入第三关。才踏进那一片阴郁的竹林，她便失去了方向。四下寂静得可怕，光线忽明忽暗，仿佛一切都是迷幻。欧阳络儿的心中开始怦怦乱跳，"哥，对不起，我知道你的幻影一定会出来的，不过我只有刺破幻影，才能拿仙药救你。"她紧张地四处环视，哪知却没有看到欧阳呈。忽然一阵细碎的脚步声从身后传来，欧阳络儿下意识地回过头去，猛地将寒冰剑刺出，距离那人的心房只有尺寸停住了，她赫然看清了面前的人。他一袭白衣，眉目如画，并非她以为的欧阳呈，欧阳络儿顿时惊愕地睁大了眼睛，脱口而出："李长吉？"

她微微一怔，登时怒道："你怎么又跟着我进来？别碍事，快给我滚开！"却见面前的李长吉含笑不语，深深地望着她的眼眸，欧阳络儿心中一颤，莫非……莫非他不是真的李长吉，而是这第三关中的幻影？她顿时愣住了，喃喃自语道："不，这不可能，萧琼明明说过，第三关中会出现最爱的人的幻影。我最爱的明明是我哥，怎么会是他呢，这绝不可能！"欧阳络儿大喝一声，用尽全身力气将寒冰剑插入了李长吉的心口，蓦地心痛了一阵。哗啦啦的竹叶零落而下，她看到李长吉的幻影在自己眼前烟消云散，化作地上的一株仙草。

欧阳络儿奋力冲上前，准备一把拔下那株仙草，却见李长吉匆匆跑来，她不由心中大惊，下意识地向他挥起寒冰剑。就在剑锋出鞘之际，欧阳络儿忽然暗想到，不，不可能，刚才分明已经破了他的幻影，难道……她猛地大惊，立时收住了剑，所有的功力退回体内，欧阳络儿哇地吐出一口鲜血，溅到这株仙草上，她重重地摔在了地上。"络儿！"李长吉冲上前欲要扶起她，原来所有的阵已经都破了，李长吉担心她的安危，一路追了过来。欧阳络儿一把拔下了仙草，忽地扬起寒冰剑指着李长吉，"站住，别过来！"李长吉的双眼忽而一阵剧痛，不由闭上眼睛，就在合上双眼的瞬间，几个零碎的画面一闪而过,他仿佛看见欧阳络儿穿着漂亮的衣衫,画着精致的妆容,倒在欧阳呈的怀中……

这莫名其妙的念头过后,李长吉停住了脚步,眼中满是诚恳,"络儿,我……我想告诉你,几经周折我已经有了功名,已经升为奉礼郎了,我明白这对你而言并不算什么,但我会为了你而努力的。有好多话我从前不敢跟你说,但今时今日我想说个清楚。无论你是什么人,在我心中都是洛姝真珠,我想照顾你一生一世,也愿意陪你照顾你哥哥。络儿,嫁给我好不好?"欧阳络儿心中一颤,横斜眉目道:"痴心妄想,我根本不会嫁给你!你给我听清楚了,今日我放你一条生路,若是他日再见,我一定要杀了你这妄言狂徒!"她紧握着仙草,推开李长吉,踉踉跄跄地离开了艮山阵。

得到仙草之后,欧阳络儿更是无心政务,每日守在欧阳呈的身边悉心照料,南海皇朝再次陷入群龙无首的局面。柳姜姜见这般情形,不免动了些心思,悄然在众臣民中煽动,说欧阳络儿并不能带领他们攻打李唐,她只不过是个不谙世事的少女。这些人也觉得颇有道理,一致推荐让叶岐云重新坐上圣主之位,和圣姑平分秋色,相互制约,带领南海皇朝。可惜的是,叶岐云什么都不记得。虽然欧阳络儿默许了这种形式,但她要求叶岐云上位的第一件事就是将卢眉娘和萧琼、翩翩一同逐出呦呦谷,再也不得入南海皇朝。

此时陈念慈的丧事也都办完,白宅内的纱幔都已经卸下,杨连城步履蹒跚,挺着肚子在院落中散着步,她的心情已经不像从前那样了,总觉得是自己的孩子克死了陈念慈。白乐天追上前给她披上外套,"连城,别胡思乱想了,还是回屋休息吧。"杨连城握住他的手,"我听说湘灵自从遇鬼,至今都没有恢复,你还是去看看她吧。还有眉娘,她如今死里逃生,却被赶出了呦呦谷,只能和湘灵住在小茅屋,实在太可怜了。"见他犹豫不决,杨连城笑道:"你放心去吧,我断然不会生气的,她们最需要你的陪伴,而我现在还有孩子陪着我。"

当白乐天悄悄来到小茅屋前,听见一阵欢声笑语从里面传来,他透过栅栏望去,只见陈湘灵烂漫地笑着,拉着卢眉娘坐在门口,"眉娘,一会

第八十章　啄木曲

儿我去做饭，你记得去白家，把乐天哥哥和白大哥的衣衫拿来缝补，至于知退哥的，还是留给简简吧。"白乐天听见，不由得心头一怔，大哥白幼文和苏简简早已过世多年，为什么湘灵会说出这样的话？卢眉娘忽然瞥见了门外的白乐天，故意支走了陈湘灵，匆忙出去道："乐天，你怎么来了？"白乐天急道："湘灵是出什么事了？"卢眉娘叹道："自从那晚撞鬼后，湘灵一直神情恍惚，心神不宁，她的所有记忆都退回符离村的时候，在她看来，我们所有人都还地活在符离村中。我不想打扰她的这场美梦，你也不要揭穿。"

此时陈湘灵从屋内出来，看见了白乐天，开心地飞奔上前，"乐天哥哥，你看啊，这是你送给我的雪衣娘！"她指着空空荡荡的鹦鹉架，兴高采烈道。白乐天心中一阵酸楚，却强露笑容道："低花树映小妆楼，春入眉心两点愁。斜倚栏杆背鹦鹉，思量何事不回头。"陈湘灵丝毫没察觉这淡淡的哀伤，牵起他的手笑道："乐天哥哥，我们去看荷花吧！"这时节哪里有荷花，白乐天却不忍打破她的美好，跟着她一路跑到池边。满眼枯萎的败叶覆盖着水面，陈湘灵却欣喜若狂道："快看啊，好美的荷花！那边小荷尖尖上还停着蜻蜓呢。"

她开怀地玩耍了半晌，靠在白乐天的肩头道："我有些渴了，真想喝桂花酒。"一年四季在她的眼中随意转换，白乐天心疼怜惜地抚着她的发丝，或许这是她一生最快乐的时刻吧。欢声笑语从河堤上传来，此刻陈湘灵认为是草长莺飞的春日，拉着细线正与白乐天奔跑着放纸鸢。那纸鸢越飞越高，却毫无征兆地断了，向着遥远的方向飘飞远去。陈湘灵慌忙去追，谁知一个趔趄，重重地撞进了白乐天的怀里。"湘灵，小心啊。"白乐天一把扶住了她，却赫然看见陈湘灵已是泪流满面，她再也忍不住道："乐天哥哥……我全好了，我全想起来了，符离村早就不存在，白大哥和白大娘都死了，一切都没了。从我刚才见到你开始，我就清醒了。"

次日一早，白乐天又来到小茅屋，看见只有卢眉娘一人独自蹲在门口低声啜泣，他连忙关切道："出什么事了？湘灵呢，她怎么不在屋里？"卢眉娘抬起泪眼道："湘灵……湘灵她走了，她悄悄地走了。她说要去照顾欧阳呈，其实我知道她是想为我当细作，随时知道络儿的一举一动。我没用，我阻止不了她，也改变不了什么事。"白乐天叹道："既是如此，你还不如想想如何让叶圣主恢复记忆。只要他什么都记得，一切就好办了。"卢眉娘失望地摇摇头，"不可能，他已经彻底不记得了，不记得我，也不记得太后，我已经放弃了。"白乐天忍不住怒道："今天我就要骂醒你，你看看湘灵，她都不曾放弃过。为了你，为了南海皇朝，她一个人只身冒险，去欧阳络儿的身边，你却在这里自怨自艾，一点都不像以前的卢眉娘！叶圣主已经什么都没了，他只有你，若是你也放弃了他，他这辈子就不可能再想起过往，永远都只是欧阳络儿的牵线傀儡，永远会以为柳萋萋是他的未婚妻，你真的愿意看到他和柳萋萋成亲吗？"

卢眉娘哽咽道："不错，我不能就这样倒下，我不能放弃岐云哥哥。"从小茅屋回到家中，照顾杨连城睡下，白乐天望着窗外的夜色却许久难以入眠，他披着披风在屋内来回踱步，就着窗口的月光，提笔在纸笺上写下："莫买宝剪刀，虚费千金直。我有心中愁，知君剪不得。莫磨解结锥，徒劳人气力。我有肠中结，知君解不得。莫染红丝线，徒夸好颜色。我有双泪珠，知君穿不得。莫近红炉火，炎气徒相逼。我有两鬓霜，知君销不得。刀不能剪心愁，锥不能解肠结。线不能穿泪珠，火不能销鬓雪。不如饮此神圣杯，万念千忧一时歇。"没想到过了几日，白乐天就收到陈湘灵写在剪彩紫帛上的信，说是吃了仙草之后，欧阳呈的病情已经稳定不少。白乐天也急忙给她回了信，这些日子以来，牛党好不容易有了些起色，却又被李弘宪打压，韩退之倒是复任国子博士，至于元刘韩柳也已被贬谪，昔日荣华一去不返。

这天太阳尚未透过云层，整座长安城依旧沉浸在夜色之中，白乐天换上大红的朝服，正准备提着灯笼去往大明宫上朝，谁知他刚要出门，便看见杨连城腹痛难忍，府上的大夫匆忙一看，大惊道："夫人要生了！"谁也没想到杨连城这次居然早产，白乐天片刻也不敢离开，慌乱和惊恐传遍了整个白宅。杨连城又因陈念慈去世而常常自责，导致这胎非常不稳，满手鲜血的稳婆慌乱地跑出来，"夫人难产了！"白乐天大惊道："什么？不管怎么样，一定要替我保住连城！"他顾不得那么多，转身冲进了房中，只见杨连城额头上全是汗渍，虚弱地躺在床榻上，白乐天哽咽地握紧她的手，

第八十章 啄木曲

"连城，连城，你一定要撑下去，不要放弃。"

杨连城气若游丝道："乐天，若是我死了，替我照顾好孩子，还有……你娶湘灵吧，我知道你爱着的永远都是她。"白乐天泪流满面地摇头道："我说过，从我帮你搬家那天开始，我就是真心爱你的。你不会死的，你还要跟我一起吃牛肉，你还要跟我一起照顾儿女，人世若没有了你，独留我又有什么意思？"几度生死博弈，直到太阳冲破了云层，随着一声啼哭，杨连城终于生下了一对龙凤胎，但这番她已是气血大伤，再不复从前。

稳婆却紧蹙着眉头，抱起了那个孩子，对白乐天咳了咳，白乐天顿觉不妥，跟着她回身走了出门，"快给我看看孩子。"那稳婆面色有异，道："令公子早产，实在是太瘦弱了，你看看他……"白乐天接过一看，只见这孩子极其瘦小，皮肤发紫，只听杨连城轻声唤道："乐天，给我看看孩子。"白乐天连忙给孩子多裹了两件衣衫，满面堆笑地抱进去，"连城，你看这是我们的孩子。女儿叫作阿罗，儿子……我给他想个名字，叫阿崔，白阿崔，好不好？"杨连城虚弱地含笑点了点头，很快就疲惫地睡着了。

"乐天，我想看看阿崔。"几日不见自己的孩子，杨连城顾不得虚弱，闹着一定要下床去，却见白乐天反常地阻拦，她心生疑虑，用尽全力推开了白乐天，向正堂冲去。杨连城忽然停住了脚步，一个大大的"奠"字映入眼眸，两旁挂着的幡幔上写着：岂料汝先为异物，常忧吾不见成人。悲肠自断非因剑，啼眼加昏不是尘。她不可置信地冲上前，却看见灵堂中摆放着一口小棺材，杨连城霎时脚底一软，瘫坐在地。泪水无声地流过面颊，白乐天跑上前道："连城……崔儿，崔儿他……"杨连城顿觉天旋地转，她撕心裂肺地失声痛哭。白乐天心疼不已，紧紧拥住了她。从这以后，杨连城一蹶不振，精神涣散，每天就痴痴地坐在中堂门口怀念亡子，不肯说话，也不肯进食。白乐天望着她憔悴的背影，心痛不已道："暖拥红炉火，闲搔白发头。百年慵里过，万事醉中休。有室同摩诘，无儿比邓攸。莫论身在日，身后亦无忧。"

第八十一章 失 鹤

"吟君苦调我沾缨，能使无情尽有情。四望车中未释，千秋亭下赋初成。庭梧已有栖雏处，池鹤今无子和声。从此期君比琼树，一枝吹折一枝生。"得知白家出了这么大的事，刘梦得接二连三地寄来一封封书信。白乐天叹了口气，泪水已然落在纸笺上，他折起了信笺，没想到回头却看见杨连城面无表情地站在他身后说："我想看看。"白乐天犹豫了片刻，便把这沓纸笺都递给了她，她展开念道："元君后辈先零落，崔相同年不少留。华屋坐来能几日，夜台归去便千秋。背时犹自居三品，得老终须卜一丘。若使吾徒还早达，亦应箫鼓入松楸。"她已然哽咽，又翻看着下一篇道："莫嗟华发与无儿，却是人间久远期。雪里高山头白早，海中仙果子生迟。于公必有高门庆，谢守何烦晓镜悲。幸免如新分非浅，祝君长咏梦熊诗……"

看罢信笺，杨连城已然哭泣得不能自已，几度晕厥过去，一病不起，竟日渐不能下床。杨慕巢得知妹妹这般，也从杨府中赶来看望，对她说："城儿，哥给你煮了你最喜欢的牛头褒，你尝一口吧。"杨连城眼中盈着点点泪光，不言不语，无论他好话说尽，她依旧不吃不喝，着实让人担心。白乐天抹着泪，悄悄地去小茅屋，将此事说与卢眉娘听。她也不觉红了双眼，"可惜湘灵不在，若是她在，劝劝白夫人，再用药调理调理，那就好了。"白乐天垂泪道："眉娘，我求求你，想办法救救连城吧。"卢眉娘为难道："若是从前，我一定将我的功力输给白夫人，让她有力气支撑下去，但经过莲花毒一劫，我的功力也全没了。等等，我想起来一个人！"

"什么？你要我给白夫人输功？"没想到卢眉娘一路跑到祆祠附近，正巧陈青笠不在，她扑通跪在康娥的面前求道。她知道眼下只有康娥的武功最高，连陈青笠都不是她的对手，可卢眉娘却不知道，康娥为了杀俱文珍，

第八十一章 失 鹤

早已耗费了最高的功力。康娥犹豫了片刻，还是答应了下来。"连城，眉娘和康姑娘来看你了。"白乐天带着她们回到了白宅，卢眉娘一看见杨连城，不由得心中一颤，昔日那娇俏艳丽的女子，今朝居然如此憔悴消损。康娥走上前道："白夫人，你最近不吃不喝，没什么力气，让我来帮帮你吧。"可杨连城直勾勾地望着前方，似乎什么都听不见，什么都与她无关。康娥盘膝坐在她的身后，把自己最后一点功力缓缓逼入杨连城体内。而杨连城本就武功不弱，谁也没想到她居然有意识地抗拒，她的力量抵挡着康娥微弱的功力，霎时将康娥推开半丈，杨连城哇一口吐出了鲜血，当即晕倒在白乐天怀中。康娥连连摇头道："没办法，白夫人一心求死，方才那一下，她已经筋脉俱断。"卢眉娘掩面垂泪道："乐天哥哥，你好好照顾白夫人……"

"连城，来，快把药喝了吧。"白乐天忍着悲痛装作什么事都没有发生，照常给杨连城煎药。他一边喂着她喝药，一边还笑着对她说小女儿白阿罗今天又哭闹了几声，又睡了几场。谁知就在这时，管家匆匆忙忙地冲进屋来，大惊失色道："郎君，夫人，二小姐她……二小姐她痉挛，不行了！"杨连城登时抬起眼眸，霍地掀开被褥下床冲了出去，可惜等到她与白乐天赶到时，小女儿白阿罗已然没有了气息。杨连城霎时哽住，一点声音都发不出来，眼泪也早已干了，她胸口起伏着，忽然又吐出一口鲜血。白乐天大惊道："连城！"他连忙横抱起杨连城跑出去给她治疗。白乐天又要照顾杨连城，又要张罗二女儿的丧事，心中悲苦万分。待到稍歇下来，杨连城终于开口道："乐天，你别忙了，坐下来陪我说说话吧。"白乐天心中正为白阿罗悲痛，便与她并肩坐在盛开的梨花树下。

清风徐来，白色的花瓣片片飞落在二人的肩头，杨连城靠在他的肩上，听他字字泣血道："顾念娇啼面，思量老病身。直应头似雪，始得见成人。"杨连城用微弱的声音道："乐天，我与你成亲数载，从未曾后悔。我为了你，解散了我曾经最引以为荣的无忧阁，我给你生了金銮子、阿崔和阿罗。什么无忧阁的帮主，什么杨府上的二娘子，我从来都不曾在意。因为对我来说，最重要的是，我是你白家的媳妇。如今只剩金銮子，你要好好照顾她。我很快就要去天上和阿崔、阿罗做伴了，你要找个人照顾自己。

鹿 回 头

我这人不但小气还挑剔,我说你只能娶陈湘灵续弦,你要答应我,因为我知道她对你是真心实意的好。眉娘对你也好,但她并不是只对你好。"

白乐天哽咽不已,轻抚着她冰凉的面颊,一阵带花香的风旋转而过,纷飞的白色梨花仿若当日太白山上的雪花,悄然落满了她的发鬓,杨连城安然地闭着眼,仿若睡着了一般宁静,这一生她无悔来一遭。白乐天不敢惊动她,轻轻地将她揽在怀中,自言自语地道:"魂之不来君心苦,魂之来兮君亦悲。背灯隔帐不得语,安用暂来还见违。伤心不独汉武帝,自古及今皆若斯。君不见穆王三日哭,重璧台前伤盛姬。又不见泰陵一掬泪,马嵬坡下念杨妃。纵令妍姿艳质化为土,此恨长在无销期。生亦惑,死亦惑,尤物惑人忘不得。人非木石皆有情,不如不遇倾城色……"当他回到屋内,看见妆台上还摆放着一把旧梳子,他伸手拿起这满是尘埃的梳子,忍不住泪眼婆娑,耳畔似乎还听得见大婚当日的"一梳梳到底,二梳白发齐……"仿佛还能看见盛装的杨连城含笑拜堂,这才号啕大哭起来。

转瞬之间,伊人已然不在。黄昏的佛堂前只剩下他一个人,白乐天跪在佛前道:"黄昏独立佛堂前,满地槐花满树蝉。大抵四时心总苦,就中肠断是秋天。"失去爱妻的这一夜,他迷迷糊糊地怎么都睡不着,冷月之下仿佛看见杨连城抱着阿崔和阿罗含笑而归,他伸手拥去,他们却如一缕轻烟消散了。白乐天倚靠在树干前颓然道:"半死梧桐老病身,重泉一念一伤神。手携稚子夜归院,月冷空房不见人。"月下梨花纷飞,庭中如若白雪漫天,白乐天大感悲恸,提笔在树干上写下:失为庭前雪,飞因海上风。九霄应得侣,三夜不归笼。声断碧云外,影沉明月中。郡斋从此后,谁伴白头翁。

"郎君,不好了,大小姐发高烧了!"就在这时,奶娘焦急地跑上前来。白乐天心头一颤,连忙跟着她跑去金銮子的房间,方才三岁的金銮子躺在床榻上迷迷糊糊地说着病话,白乐天心疼地将她小小的身躯抱在怀中,"金銮子,你一定要好起来,我答应过你娘,要好好照顾你……"这一夜是白乐天这辈子最起起落落的一夜,金銮子的烧时而高,时而低,病情忽好忽坏,可惜还是没有熬到天亮,她靠在白乐天的怀中追随她的娘亲去了。

第八十一章 失 鹤

白乐天泪水纵横，抱着小女儿轻拍道："衰病四十身，娇痴三岁女。非男犹胜无，慰情时一抚。一朝舍我去，魂影无处所。迩来三四春。形质本非实，气聚偶成身。恩爱元是妄，缘合暂为亲。念兹庶有悟，聊用遣悲辛。暂将理自夺，不是忘情人。"

一夜而已，白乐天顿时沧桑了许多许多。微弱的火光中，他蹲在地上将小衣衫放进去化了，一阵微风吹来，卷起地上的纸笺，吹到了身后走来的一双脚前。卢眉娘身穿素衣白衫，头簪白花前来看望，她俯身捡起纸笺，展开轻念道："学人言语凭床行，嫩似花房脆似琼。才知恩爱应三岁，未辨东西过一生。汝异下殇应杀礼，吾非上圣讵忘情。伤心自叹鸠巢拙，长堕春雏养不成。"

白乐天听见声音回过头来，看见站在面前的卢眉娘。卢眉娘望着白乐天，只见他已不复昔日神采，接二连三地丧子丧妻，白乐天已经憔悴不堪，卢眉娘实在不忍，硬拉他出门走走。她从怀中取出一个小盒子递给他，"湘灵知道白夫人过世了，这颗夜明珠是她送给白夫人陪葬的。"白乐天接过来，打开一看，一颗熠熠生辉的夜明珠流光溢彩，他不由想起了自己初到长安时，陈湘灵也送了一颗珍珠与自己。二人一起来到郊外的樱桃树下，如今枝头空空如也，一如今日的白家。白乐天不由悲从中来，抱着卢眉娘，失声痛哭了起来。

可是这一幕却被不远处的叶岐云看见了，他蓦地心中一阵痛楚，却说不上来为何会有这样的痛楚。无数零碎的记忆画面在眼前闪现，也不知为何对这个陌生的女子有一种念念不忘的感觉。"岐云哥哥？"他望着那棵枯萎的樱桃树，竟不知不觉模糊了视线，忽而耳畔响起了卢眉娘的声音，叶岐云回过神来，赶忙想要走，却已然来不及了。白乐天道："你们两个好好说说吧，我先回去了。"叶岐云闪烁着眼神道："我……你离开呦呦谷，过得还好吗？"卢眉娘心头一颤，轻声道："你……你这是在关心我？"

叶岐云别过身道："毕竟你们曾经是南海皇朝的人，我就是这么问问罢了。"卢眉娘与他并肩坐在樱桃树下，缓缓开口道："我们很好，我们住在湘灵的小茅屋里。对了，你应该连湘灵也不知道，她跟乐天一起在符离村长大，青梅竹马，两小无猜，可是后来我出现了，我跟湘灵又吵又闹，天天斗气，只为了争夺乐天。"叶岐云急忙道："他当真是你的心上人？"卢眉娘道："是啊，那是因为一段钗盒情缘……"她款款地说，他静静地听，鹿眠谷与符离村的往事如细水涓涓，悄悄地流淌进叶岐云的心中，他居然不知不觉地湿润了眼眶。

飒飒的寒风吹过北窗竹石，白乐天坐在窗前正下笔写下：存亡感月一潸然，月色今宵似往年。何处曾经同望月，樱桃树下后堂前。一盒冰冻的樱桃寄到了杨府中，杨慕巢打开一看，不由想起了逝去的杨连城，悄然落泪喃喃自语："樱桃……是城儿喜欢吃的樱桃。"他蓦地想起了康娥，捧着这盒樱桃往袄祠方向走去。杨慕巢却不知道，此时此刻的康娥支开了陈青笠，独自躲在秘道之中，对着镜子拆下了脸上的黑色面纱，一道月牙般的腐烂伤疤赫然出现在她绝美的面颊上，她用颤抖的手抚摸，她明白所有的功力已经彻底耗尽，面上也开始腐烂，到最后，她将会全身腐烂而死。康娥不愿意自己这副模样被陈青笠看见，于是匆匆收拾了一下，头也不回地离开了这间屋子。

这个寒冷至极的冬天，朝中竟提出重立太子的大事，一时间朝野不安，党政各乱。"陛下，自古以来都是立长子，陛下的长子惠昭太子已逝，该重新立太子了。臣等认为，陛下该立二子澧王李恽为太子！"一众大臣纷纷向李纯跪拜道。站在李纯身边的吐突承璀满意地向他们使了个眼色。宣政殿上李纯面色很是不好看，这个澧王李恽虽然是目前最大的儿子，但并不是他最属意的。谁都知道他最宠爱的依旧是清宁宫的那位贵妃郭俪凝，他们的儿子乃是三子建安郡王李恒，若说立太子，他更想让李恒来当。大臣们的举动使李纯气呼呼地拂袖而去。此时的后宫，郭俪凝也得知了朝堂上的事，她勃然大怒踢翻了炼丹炉，向拾翠殿冲去。只见杜秋娘正在宫中练舞，郭俪凝上前扬手打了她一记耳光，"贱人！你以为你跟吐突承璀串通，要陛下立李恽为太子，本宫一点都不知情吗？你不就是想拉拢未来的太子，跟本宫抗衡吗？你知不知道，你本来只不过是李锜的妾室，后来也不过是一个宫女，你能坐上秋淑妃这个位置，也不是什么本事，本宫根本看不上！

第八十一章 失 鹤

你想跟本宫斗,咱们慢慢斗,但你居然打起我儿的主意,若想毁了他的大好前程,本宫也不惜杀了你!"

她暴怒着再度向杜秋娘扬起了玉手,却被一只大手猛地抓住了,"住手!"郭俪凝回过头去,看见李纯震愕而恼怒的面孔。他愤愤地甩开她的手,郭俪凝一个踉跄险些没站住,宫人连忙道:"陛下,贵妃殿下最近服食丹药,心情不免有些烦躁……"李纯喝道:"给朕闭嘴!凝儿,你什么时候开始变成这样了?朕命你禁足清宁宫一个月!"虽然故意冷落郭俪凝,但李纯始终念及二人的结发情谊,次日上朝的时候,他当着文武百官的面掷地有声道:"朕已经决定了,立清宁宫郭贵妃之子建安郡王李恒为太子!"

第八十二章　驱疟鬼

宫中立太子的风波总算过去了，李纯疲惫地坐在浴殿中一边泡着热水，一边指着门壁上挂着的一幅李弘宪亲自绘制的河北险要图与众臣商议河北局势，大加赞赏李弘宪的元和郡县图志。时至今日，李弘宪已经成为李纯的左膀右臂，而牛党则一贬再贬，就连身为五姓女的卢沉楹也保不住韩退之屡遭贬谪，韩宅很快一败涂地，家徒四壁。这天正值正月三十，据说世上有穷鬼和富鬼，韩退之便着仆人结扎柳条为车，装上满满的干粮，套好牛车，升起帆船，向着穷鬼三次作揖道："听说你们即将启程，不敢问你们要走哪条路，已准备好了车船，今日是良辰吉日，请你们吃一顿饭，喝一杯酒，望你们离开旧寓去新的住所。子等有意于行乎？"

谁知屏住呼吸，仿佛听见一种如泣如诉的细碎声音道："吾与子居，四十年余。子在孩提，吾不子愚，子学子耕，求官与名，惟子是从，不变于初。子迁南荒，热烁湿蒸，我非其乡，百鬼欺凌。太学四年，朝齑暮盐，唯我保汝，人皆汝嫌。于何听闻，云我当去？"韩退之道："你以为我真的不知道吗，你的同伴，不是六也不是四，居十去掉五，满七减去二，各有主张，自有名字，使我动手就惹祸，说话就犯忌。尔等其一为智穷、其二为学穷、其三为文穷、其四为命穷、其五为交穷。这五种穷鬼，是我的五种祸患。"

五鬼听罢笑道："既然你已经知道我们的名字与作为，却要驱赶我们走，实在是小聪明大糊涂。人生一世，其久几何？吾立子名，百世不磨。这世上理解你的人，谁能超过我们呢？虽然你遭到贬斥，我们也不忍疏远你啊。"韩退之若有所思，回头便把那些柳条编织的车和草扎的船都烧了个干干净净，挥笔而就了一篇《进学解》自比。卢沉楹看到他这些怪异的举动，不由得担忧了起来。她用娘家的钱财再度买通了宰相，将这篇《进学

第八十二章　驱疟鬼

解》交给了宰相。宰相看罢颇为感动，于是找了个借口，将韩退之调去史馆继续修撰《顺宗实录》，他到底是留在了京都。

　　本以为一切终于转好了，谁知这天韩退之从史馆出来，回到家中，却看见卢沉樾双目发直，面无人色地抱着小女儿韩挐子痴痴地坐在门前哼着歌谣，她一看见韩退之，连忙伸手嘘道："小声点，挐子睡着了。"他见卢沉樾很不对劲，伸手欲要抱孩子，却发现孩子的身躯已然僵冷了，旁边的仆人悄然抹泪，低声道："小姐她得了疟疾……已经……"韩退之登时脑中一嗡，哽咽不已，几夜未眠，辗转啼哭，终于写下了百年惨痛的《祭女挐女文》。谁知这才葬下小女儿，卢沉樾却大受打击，也患上了疟疾，一病不起。

　　韩退之担忧不已，每日守在床边亲自喂她喝药吃饭，半步也不肯离开，生怕一闭上眼睛，就会失去她。卢沉樾虚弱地靠在他的怀中，"退之，我还记得当年我是因为一首诗文爱上你，今天你可不可以再为我作一首诗？"韩退之忍着泪水道："双鸟海外来，飞飞到中州。一鸟落城市，一鸟集岩幽。不得相伴鸣，尔来三千秋。朝食千头龙，暮食千头牛。朝饮河生尘，暮饮海绝流。还当三千秋，更起鸣相酬。"见她有些疲惫，韩退之小心扶她靠在床榻上，坐在七弦琴前幽幽地弹奏起来，"青青水中蒲，下有一双鱼。君今上陇去，我在与谁居？青青水中蒲，长在水中居。寄语浮萍草，相随我不如。"

　　"退之，你也休息一会儿吧。"卢沉樾知道他想让自己开心，已经很努力了，她轻声说道。韩退之道："不行，我还要给你驱疟鬼。人家都说疟鬼乃是夭折的婴孩和冤死的人群所变，所以治疗疟疾就是要跟鬼作对。"他说着便用朱砂在纸上写下驱疟符，拿到厨房用一片瓦压在灶王爷画像的脑门上，清扫得干干净净，一字一句地边念边抖自己的衣裳，念完一遍跪下拜一次灶君，三遍方可。韩退之怕不够，还亲自写了一篇诗文贴在卢沉樾的床头：湛湛江水清，归居安汝妃。清波为裳衣，白石为门畿。呼吸明月光，手掉芙蓉旂。降集随九歌，饮芳而食菲。赠汝以好辞，咄汝去莫违。

不但如此,他还用了禳疟法,找来一只冠羽鲜艳的大公鸡,以公鸡的阳气驱邪赶鬼,可惜这两计都不起任何作用,就连找来的神医也连连摇头,"夫人已经病入沉疴,恐怕也只有艾灸可以试一试了。"这艾灸是用点燃的艾绒往经络腧穴上烫烤,热辣疼痛非常人能受,韩退之连忙摆手,"不行,我不能让楹楹受这样的苦。"那医师犹豫了片刻道:"倒还有个法子一试,便是服用火灵库。"韩退之一怔,道:"什么是火灵库?"医师道:"就是将公鸡单独饲养,不与母鸡同养,再在鸡食里拌入硫黄末,喂养公鸡一千天,这公鸡就变成一种叫作火灵库的药。隔一天吃一只火灵库,不但能驱疟,还能延年益寿。"韩退之素来不信,但为了卢沉楹,他也算放手一搏,开始偷偷养起了火灵库,更为卢沉楹亲尝硫黄,开始变得人不人鬼不鬼。

自从叶岐云坐回圣主之位,基本上所有的政务欧阳络儿都交给了他,她如今一心照顾欧阳呈,什么都不想管了。叶岐云带着众人再度回到了呦呦谷中,他认真地处理着繁忙的政务,再也没有时间陪柳萋萋。她百无聊赖地四处散心,忽然一阵极其轻微的脚步声从背后传来,柳萋萋警惕地握紧弯刀回过头去,"什么人?"哪知她赫然看见一个满头白发的女子站在面前,那女子如雪的苍苍白发垂在肩头,身穿一身缁衣道袍,眉目间透露着清淡与孤绝,纵使这般也难以掩盖她的美貌。

柳萋萋霎时一怔,认出她来,"兮兮?"那女子不是别人,正是她的三妹柳兮兮。柳萋萋又是心痛又是惊愕地抚摸着她的白发道:"怎么会这样……你为何会变成这样……"柳兮兮淡然道:"我害死了玉奴姐,害死了娘,害苦了大哥,我唯有以此赎罪。二姐,我知道你本心不坏,你只是因爱迷了眼,可要知道,钗盒情缘根本破解不了,你又何苦费尽心机,又何苦连累别人呢?"眼看着她这副模样,柳萋萋不由得心中懊悔,决定不再阻碍卢眉娘和叶岐云,并主动请卢眉娘一行重新回到呦呦谷中住下。

叶岐云得知此事并未反对,他越发觉得自己的记忆中似乎漏掉了一些重要的事情,他独自一人站在呦呦谷的花苑中背着手眺望着远方,紧蹙眉头努力回想着,但越是去想,越觉得头痛欲裂,什么都想不起来。忽然身后传来细微的动静,他连忙回过头去,却见身后只有假山,并不见人踪。

第八十二章 驱疟鬼

叶岐云咳了咳，走上前轻声道："你的衣角露出来了。"只见地上的一块白色衣角缩了回去，卢眉娘起身从假山后面站了出来，"圣主，你知道是我？"叶岐云不自然地挤出了一个笑容，"正好，我也有点事想问问你。其实……我们是不是很早就认识了？"卢眉娘心头一颤，点头道："你还记不记得捉迷藏？我们来玩吧。"

叶岐云忽然觉得很熟悉这种感觉，与她开怀地在呦呦谷中捉迷藏，竟忘记了所有的烦心事，不知不觉中竟觉得和卢眉娘在一起的时候非常开心。白宅的门被敲响了，憔悴不堪的白乐天拉开房门，竟看见从洛阳赶来的卢眉娘，"眉娘？你不是回呦呦谷去住了吗？"卢眉娘止不住的笑意道："你知道吗，岐云哥哥似乎有点记起我了，我觉得他会恢复记忆的，只要我在他身边，跟他做以前做过的事，他一定会慢慢想起来的。所以我决定要带他回鹿眠谷，那里是我们一起长大的地方，会有更多的记忆。所以这次来，我是来跟你告别的，也许我和岐云哥哥不会再回长安来了。这件衣服，是我特意为你做的。"

她说着拿起怀中的一件新做的布裘衣递给他，白乐天轻轻抚摸着赞道："桂布白似雪，吴绵软于云。布重绵且厚。为裘有余温。朝拥坐至暮，夜覆眠达晨。谁知严冬月，支体暖如春。中夕忽有念，抚裘起逡巡。丈夫贵兼济，岂独善一身。安得万里裘，盖裹周四垠。稳暖皆如我，天下无寒人。"卢眉娘含笑道："你还是一样心怀天下，有你这样的官员在，李唐怪不得会这样强盛。"

卢眉娘走后，白乐天也将家中的丧事处理完了。他看着空空荡荡的白宅，想起昔日陈念慈坐在阳光下一针一线地缝补衣衫，金銮子趴在草丛里玩乐，杨连城大腹便便在树下缓缓散步，一切都历历在目，可如今这座白宅只剩下他孤身一人。又是一年春，白乐天刚刚回长安，一道圣旨就降下，授他五品太子左赞善大夫，看似是升了官，但他心里明白这不过是个无关痛痒的冷官。白乐天已然不觉得这算什么打击了，倒是元微之给他寄来一封信，他打开一看，只见上面写着：太空秋色凉，独鸟下微阳。三径池塘静，六街车马忙。渐能高酒户，始是入诗狂。官冷且无事，追陪慎莫忘。

鹿回头

白乐天长叹一声，着下人买来一盆白牡丹准备回赠给元微之。他提笔在花盆上题了一首诗：白花冷澹无人爱，亦占芳名道牡丹。应似东宫白赞善，被人还唤作朝官。

此时卢眉娘已经带着一众人马回到了鹿眠谷，谁知方才安顿下来，忽然察觉到宫殿外有一阵脚步声，她连忙追了出去，却发现正要转身走的柳萋萋，"柳二小姐，请留步！"柳萋萋回过头道："我……我跟着你们回来，并没有其他的意思，我只是希望叶大哥好起来，希望他能过得好。"卢眉娘拉住她的手道："我明白你的好意，知错能改善莫大焉，但如今岐云哥哥心中还觉得你是他的未婚妻，若是你不在，他又怎么过得安稳？柳二小姐，你就在鹿眠谷留下来吧，我们一起努力，让岐云哥哥好起来。"

北面的冬阁宫让欧阳呈住下了，欧阳络儿陪着他在寒冷的冬阁住下，半步不肯离开，悉心地照顾着他。陈湘灵端上一碗热气腾腾的汤药，欧阳呈斜倚着坐起身，对欧阳络儿挥了挥手，"络儿，你去忙你的吧，这儿有陈姑娘照顾我，没事的。"

欧阳络儿不放心地看了他一眼，依依不舍地起身离开了。陈湘灵走上前吹着汤药，一口一口地喂着他，"欧阳大哥，这服药是我新为你配的，你尝尝，应该会有效果的。"欧阳呈静静地凝视着她，忽然一把握住了她的手腕，"陈姑娘……我，我有句话想要对你说。我怕如果再不说，以后都没机会了。"陈湘灵忙道："别胡说，你一定会好的。有什么话就说吧，只要我能帮你，我都会去做的。"欧阳呈垂下了眼睑，咳了咳道："其实……其实很多年前，我第一次见到你的时候就被你吸引了。但我不敢去想，也不能去想。这些日子以来，你在我身边照顾我，让我认清了我对你有多么依赖。陈姑娘，我对你的心意正是如此，我只愿能在有生之年娶你为妻，你可愿意嫁给我？"

陈湘灵大惊缩回了手，匆忙站起身道："欧阳大哥……我想你误会了。"欧阳呈失望地苦笑道："是啊，我已经是一只腿迈进棺材的人了，我怎么还能说出这样的话，我怎么能要你嫁给我，我不能害了你啊。"陈湘灵

第八十二章　驱疟鬼

摇头道："不，我不是这个意思，欧阳大哥，你好好休息吧，我先出去了。"她心中慌乱无比，端起空碗匆忙出了冬阁。谁知陈湘灵刚刚出门，却看见欧阳络儿正眼泪汪汪地站在面前，她扑通一声向陈湘灵跪了下来，如此骄傲的欧阳络儿竟低声下气声泪俱下道："湘灵，我这辈子没求过人，没向谁下跪过，我今天求你，求求你答应我哥，嫁给我哥好不好？他已经被病痛折磨成这样了，也不知道什么时候就会……我真的希望他能完成他的心愿，在他心中最重要人的就是你。"陈湘灵哽咽心酸道："你别这样，我明白，我都明白……好吧，我答应他。"

第八十三章　归去矣

"你说的是真的？"欧阳络儿惊喜地抬起眼，泪水顺着面颊滚落下来，陈湘灵点了点头，她欣喜地站起身拉住陈湘灵的手道，"好，从今以后，你就是我的好嫂子。来啊，我陪你去买准备婚礼的东西，你尽快嫁给我哥吧。"她拉起陈湘灵欢天喜地地跑出了鹿眠谷，去琼州的市集去采购，谁知刚刚出了鹿眠谷，却在市集上看见一个白袍透迤的男子，欧阳络儿心头一颤，不觉停住了脚步。"圣姑，你怎么了？"陈湘灵好奇地问道。那个白衣男子闻声转过头来，人潮汹涌中四目相对，站在欧阳络儿面前的这个人正是李长吉。欧阳络儿紧蹙眉头走上前道："你为什么会来琼州？"

陈湘灵见状连忙借口离开。李长吉道："络儿，我在梦中看见琼州将会有大劫，我是特意来告诉你的，你别再跟太后他们作对了。"欧阳络儿冷笑道："是吗，只要我哥的病能好，我们之间可以一笔勾销。现在让萧琼和卢眉娘住在这里，也是我没时间清理门户。若是我哥有个什么三长两短，我不但要他们陪葬，我也要整个琼州陪葬！至于你，我也说过别再让我看到你，否则我就杀了你，你真的不怕？"李长吉淡然一笑，"从你对我笑的那一刻起，我的心就已经交给你了，随时随地，愿意为你而死。"

看到她扬长而去，李长吉不由得心中一凛。不行，他绝不能看着琼州陷入兵荒马乱中。他实在没有办法，便找了个机会，悄悄找到卢眉娘，对她道："卢姑娘，我越想越不对劲，所以把络儿的话都告诉你了，你一定要想办法阻止这场灾祸啊。"卢眉娘沉吟道："欧阳呈已经吃下了仙草，应该能慢慢调养好身子。"谁知她话音刚落，身后就响起了萧琼淡淡的声音，"不可能。"卢眉娘惊诧地回过头去，只见萧琼抱着猞猁道："你跟我过来。"卢眉娘着人悄悄送走了李长吉，转身去见萧琼。她抚摸着猞猁的皮毛缓缓开口，似乎在说一件无关痛痒的事："欧阳呈的毒是我下的，我最清

第八十三章 归去矣

楚,什么仙草都救不活他,欧阳呈必死无疑。那株仙草只不过是延长了他的寿命,你且去摸他的心脉,恐怕早已停了。仙草的效力一过,欧阳呈回天乏术。我抚养了络儿这么多年,我太明白她的脾气了,若是欧阳呈一死,她一定会让所有人陪葬的。为了避免灾祸降临,只有一个办法,就是杀了络儿。"卢眉娘大惊道:"什么?这……"萧琼淡然道:"我已经把毒药交给陈湘灵了,只有她,才能顺利地杀了络儿。"

"哥,你看我这几个字学得像不像?"冬阁之内,欧阳络儿的面上展开纯真的笑,卷起漂亮的珍珠长袖,蘸墨挥毫在纸笺上,很快临摹下欧阳呈的潇洒字迹,她开心地放下笔,拎起纸笺给欧阳呈看道。他虚弱地笑着点了点头,"不错,确实像极了我的字。络儿,我知道你想逗哥开心,只要你听话,哥就很开心了。"她抿嘴笑道:"是呀,还有几天哥哥就要跟湘灵成亲了,到时候冲冲喜,你的病一定就好了。"提到陈湘灵,欧阳呈不由露出了笑容,哪知他突然猛烈地咳了两声,竟咳出了一摊鲜血。"哥,哥,你怎么了?"欧阳络儿大惊失色,连忙扶着他躺下。一众大夫连连摇头,轻声对欧阳络儿道:"丞相的病情不好,恐怕撑不到成亲之日了。"

大夫话音未落,却听咔一声清脆声音,欧阳络儿面无表情地拧断了他的脖子,看着倒在地上的尸身自言自语道:"我哥不能死,谁敢咒我哥死,我就先让他死!"突然身后传来轻微的叹息,欧阳络儿警惕地转过身,竟看见一个打扮奇怪的巫医站在面前,她浑身上下裹得严严实实,只露出一对眼睛,"圣姑,丞相的寿命只剩下最后三天了,这是逃避不了的事实。就算杀光天下的大夫,也难换回他的性命。我这里有几粒丹药,你拿去给他服下,维持一天是一天。"欧阳络儿也病急乱投医,急忙伸手夺了过来,她打开一看,里面却只有一粒丹药,"怎么就一粒?你说吧,你要我替你做什么?"巫医睁着一对冰冷的眼眸道:"倘若用你的性命交换呢?"欧阳络儿丝毫没有犹豫道:"好,我答应你。"巫医冷笑道:"那好,明日这个时候,你再来跟我拿药。"

"哥,你觉得今天怎么样?"欧阳络儿不敢怠慢,忙把丹药给欧阳呈吃下,没想到他很快就面色红润,也能下床了。欧阳呈惊喜万分道:"络儿,你从哪儿弄来的神药,我吃了竟觉得整个人都精神了。"看见他忽然有了起色,欧阳络儿开心不已,当真以为有了这丹药,他就会长命百岁。第二天欧阳络儿趁着夜色蹑手蹑脚地出了冬阁,向月光下跑去,只见那巫医正站在树下等着她,似乎早就算到她要来。欧阳络儿急切道:"你的药不错,再给我一粒!"巫医递给她一颗,幽幽地凝视着她的眼眸道:"这是明天的药,以后没有药了。"欧阳络儿大惊道:"你说什么?不是说好用我的性命来换药吗?"巫医淡然道:"已经没有药了,欧阳呈只剩下最后一天的寿命了。"欧阳络儿眼睛通红,看着手心中的那粒药丸,霎时脑中一片空白,她从来没有像此刻一般无助。

然而在冬阁中,陈湘灵也格外无助,她来回在庭中徘徊,汗水已然弄湿手掌中的纸包,那里面裹着的可是萧琼亲手给她的毒药。要她毒杀欧阳络儿,陈湘灵真的着实不忍。因为她只是一个十六七岁的少女,因为她是欧阳呈的妹妹,陈湘灵真的下不了手,她悄悄收起了这包毒药。"嫂子!"忽然欧阳络儿的声音在身后响起,陈湘灵浑身一凛,很不自在地回过头去,下意识地握紧了袖口。欧阳络儿瞥了她一眼,含笑道:"嫂子,你怎么脸色蜡黄的,没事吧?"陈湘灵摇了摇头,"没事,我只是有点累了。"

欧阳络儿笑盈盈地递给她一杯茶道:"那就好,你很快就要当新娘了,千万不能累倒啊。"陈湘灵丝毫没有戒备,接过茶准备喝。就在这时,一对黑白色的身影如风般袭来,卢眉娘扬手打碎了她手中的杯子,叶岐云紧锁眉头挡在二人面前,凝视着欧阳络儿道:"圣姑,你为什么要这么做?"陈湘灵惊愕地看着地上的茶冒出白烟,不由寒战道:"络儿,你要杀我?"欧阳络儿冷笑道:"你不也想杀我吗?"她说罢扬手向陈湘灵心口打去,叶岐云大惊,回身旋起黑色的斗篷,与卢眉娘的白色裙裾缠绕在一起,二人竟默契地阻挡在前,叶岐云扼住了欧阳络儿的手腕,卢眉娘则趁机拉起陈湘灵凌空而去。

"圣姑,丞相他在到处找你!"欧阳络儿正和叶岐云僵持不下,突然下人匆忙来报,她一听见欧阳呈的事,不管不顾,回头往冬阁跑去。只见欧阳呈面色苍白,颤抖着气喘吁吁,似乎一丝气息就要上不来。欧阳络儿慌

第八十三章　归去矣

忙抚着他的胸口道："哥，你别吓我，怎么样了？快喝口水吧。"他断断续续道："湘灵……我要和湘灵成亲……"欧阳络儿心头一颤，陈湘灵方才被卢眉娘救走，一时半会儿找不到她。就在她出神之际，欧阳呈急道："药，给我药，我要吃药……"欧阳络儿抬起了眼眸，一行清泪顺着美丽的面颊滑落下来，"哥，没有药了，昨天已经是最后一颗药……络儿没用，络儿救不了你。"欧阳呈一把抓住她的手道："你去把湘灵找来，我想在临死前跟她拜堂成亲。"欧阳络儿哽咽地点点头，"好，你一定要撑下去，我这就去把嫂子找回来！"

欧阳络儿抹着泪跑出了鹿眠谷，她也不知道该去哪里找陈湘灵，更不知道该怎么救欧阳呈。心灰意冷的欧阳络儿站在山巅失声痛哭，忽然身后传来一阵脚步声，她泪眼婆娑地回头看去，只见李长吉正站在暖暖的夕阳下，一袭白衣恍若初见。欧阳络儿再也忍不住，哭着扑进了他的怀里，"李大哥，我该怎么办……"李长吉轻轻地抚摸着她的长发道："我相信丞相也不想看到你这个样子，你该做的都已经做了，这是天意，实在难违。"

欧阳络儿含泪抬起了眼眸，"我想跟你成亲，就现在，好不好？"李长吉不由一惊，半晌说不出话来。她喃喃道："其实我一开始的确是为了利用你，我以为你可以替我哥治病，故而接近你。后来我觉得每次跟你在一起都很轻松，都可以忘掉那些烦心的事。但我没想到，在艮石阵中第三关，我本以为会看见我哥的幻影，对我而言，在我心中最重要的是我哥，可是我骗得了自己，阵法骗不了人，我居然在里面看见了你……可我害怕，我怕我对你动了真情，会影响我的所有决定。我答应过我哥，今生今世都要陪着他，我不可以爱上你，我不能。所以我宁可杀了你，也不能爱上你。但如今，我真的什么也不想管不想问了，我们成亲吧。"

李长吉深深地望着她的眼眸，欣喜若狂地拥紧了她。他摘下旁边的一朵红色小花，别在了欧阳络儿乌黑的发髻上。她的脸上露出了发自内心的笑容，二人相视一笑，站在山崖之上，对着天地山川深深地拜了三拜。欧阳络儿本就是个离经叛道之人，李长吉也对世俗礼教不屑一顾，二人就这样在罗浮山上拜堂成了亲。月色朦胧中，欧阳络儿取来两杯泉水当成合卺酒，正要递给李长吉一杯，忽然宫中的侍卫上气不接下气地找了过来，"圣姑，圣姑！丞相快不行了！"杯中酒顿时倾洒一身，欧阳络儿大惊失色扔下酒杯，头也不回地跑走了。李长吉心中一颤，俯身捡起酒杯，他的双眼突然莫名其妙一阵剧痛，让他不得不闭上眼睛，无数混乱的画面从眼前闪现而过，他甚至看不清画面中是谁，仿佛看见血流成河……

"哥，哥！"欧阳络儿曳着长长的洋红色裙袄，一路飞奔回了冬阁宫中。欧阳呈已没有力气，躺在金玉所做的床榻上，他身上穿着准备与陈湘灵成亲的新衣衫，面如死灰一个劲儿地咳着，欧阳络儿连忙冲上前扶住他，哽咽不止道："哥，你怎么样了？"欧阳呈伸出冰冷的手握住她道："络儿……湘灵呢？"欧阳络儿忍着眼眶中的泪水，不知该怎么说才好。欧阳呈却释然了，伸手轻轻抚摸着她的面庞，含笑道："她不在也好，我不想让她看到我最后这副模样，我希望她能永远记得当初那个我。如今我形容憔悴，更不应该跟她成亲。络儿，我放不下湘灵，也放不下你。你还这么小，什么都不懂，一直以来都是太后照顾你，你以后一定要好好对太后。还有，圣主是我患难与共的好兄弟，你也要敬重他，把他当作哥哥一样对待。"

他越是这样说，欧阳络儿越是啜泣不止，她明白在他的眼中，她永远都是那个天真烂漫的小姑娘。欧阳呈睁大眼睛道："今天的月色真好，我想去院子里看看月亮。"欧阳络儿连忙示意几个宫人连着床榻将欧阳呈抬到院落中，又屏退众人，独自蹲坐在他的床榻前。欧阳呈望着天上的一轮圆月，幽幽叹道："我这辈子不枉人世一遭，有圣主惺惺相惜，有你相依为命，最后还有湘灵不离不弃，哥真的无怨无悔了。络儿，以后没有哥在你身边，一定要学会照顾自己。"他说罢最后这句话，便轻轻地合起了双眸，月光无声地浇灌在他的身躯上，显得如此安详沉静。欧阳络儿已是泪如雨下，她拿起一壶酒，含泪倒在杯中仰头一饮而尽，"哥，络儿说过永远永远都要陪在你的身边。"小腹猛地一阵剧痛，她哇地吐出了一口鲜血，欧阳络儿含笑着流着泪，轰然倒在了欧阳呈的身上，一缕香魂就此随风而逝。

第八十四章　破镜难圆

"欧阳大哥！"冬阁的大门被轰然推开，陈湘灵焦急地冲了进来。她不顾卢眉娘的阻止，说是无论如何也要来赴约和欧阳呈成亲，没想到回到这里，却发现气氛格外不同，里里外外的宫人都不见了踪影，她连忙跑到后院，只见清冽的月光铺洒满院，正中放着一张金玉床榻，欧阳呈正闭着双眼安然躺在床上，早已停止了呼吸。欧阳络儿穿着漂亮的华服，头戴大红的花朵，七窍流血伏在他的怀中也已经瘗玉埋香。"络儿！欧阳大哥！"身穿绿色喜服的陈湘灵大惊失色，泪水夺眶而出，她的脑中一片空白，颓然地跪了下来。

太阳再度升起的时候，陈湘灵已在坟前跪了整整一夜，她红肿的眼依稀看得见墓碑上亲手所写的字，末了的落款正是"妻陈氏立"，她披麻戴孝哭道："欧阳大哥，虽然你我没有成亲，但在我心里，你已经是我的丈夫了。有络儿陪着你，我也能够放心了。"她缓缓地站起身回过头去，只见卢眉娘和叶岐云正站在身后，陈湘灵抹去泪水道："络儿已经死了，琼州的灾难也已经解除了，你们都可以放心了。"卢眉娘担心道："那你呢？"陈湘灵苦笑道："我也是时候离开鹿眠谷了。"这一夜，罗浮山上的李长吉独自坐在山巅，望着漫天的星辰垂泪不已，喃喃自语道："白景归西山，碧华上迢迢。今古何处尽，千岁随风飘。海沙变成石，鱼沫吹秦桥。空光远流浪，铜柱从年消。"

遥远的京都之中，大明宫依旧巍峨如初，宫中的郭俪凝已经满了禁足之期，她再度走出清宁宫。得知自己的儿子李恒当上了太子，郭俪凝更觉得有了靠山，在后宫之中较之以往更是叱咤风云。就在她自鸣得意之时，一个宫人匆匆上前道："贵妃殿下，琼州那边来消息了。"郭俪凝神色一变，连忙伸手拿来信笺，她看罢不由大怒道："废物！本以为欧阳呈一死，

鹿 回 头

欧阳络儿就要颠覆琼州,她居然也跟着死了,她怎么能死呢?我就是要卢眉娘痛不欲生,既然如此,那这一劫就要白乐天去受了。白乐天要是有个三长两短,卢眉娘也不好过。来人,给我传令下去,今晚子时,刺杀白乐天!"

空空荡荡的白宅中,夜色正浓,白乐天独自坐在院落中怀念着妻儿与母亲,丝毫没有察觉到危险正一步步逼近。蒙面刺客已然飞跃上了屋檐,一边凝视着他,一边悄悄抽出了手中明晃晃的刀。就在杀手动手之时,忽然背后哗啦一声,刺客连忙回过头去,只见一个身穿黑袍头戴黑纱斗笠的女子凌空而来。他根本不是这女子的对手,她出手古怪,武功极高,追着那刺客一路杀到外面,抛出一个喂了剧毒的铁蒺藜,霎时刺穿了那杀手的胸膛。就在杀手倒地而亡之时,她抬起一对玻璃珠子似的眼眸,看见黑夜中站在面前的杨慕巢,她大惊失色,连忙转身就走。杨慕巢追上前一把拉住她道:"康姑娘!你别走,我知道是你,一定是你对不对?你为什么要离开,你留下来吧。"那女子微微一颤,回过头来轻轻揭下了面纱,一半的面容已然腐烂苍老,白发悄然散开,俨然是个上了年纪的老婆婆,"年轻人,你认错人了,老身不是什么姑娘。"

杨慕巢松开了手,失望地摇了摇头,"我真是糊涂了,老婆婆,对不起。"那老婆婆道:"你说的康姑娘,我见过。她如今已经远走他乡了,你有什么话要对她说,不妨告诉我,我替你转告。"杨慕巢惊诧道:"这么说你还能再见到她?"老婆婆摇了摇头,"我是说,假如我再见到她,我一定转告给她。"杨慕巢感激道:"老婆婆,多谢你。如果你看见她,就跟她说我很惦记她,我还想为她疗伤治病,让她照顾好自己。告诉她,我真的很希望她能回来。"泪水悄然在老婆婆的眼眶中打转,她点了点头,重新伸手戴上了面纱。一刹那,杨慕巢的目光落在了她的手上,这是一双如此白嫩细滑的手,哪里是一双老婆婆的手?杨慕巢心头咯噔一声,哽咽道:"你告诉她,我真的很想她。"泪水悄然从她的眼中落下,她头也不回地转身离去,消失在杨慕巢模糊的视线中。

当天夜里,一架轿辇悄悄地离开了大明宫,李纯伸手撩开帷帐,对旁

第八十四章　破镜难圆

边的吐突承璀道："朕这次微服出访，只不过是个幌子，到了下一个路口，改道去琼州吧。"吐突承璀恍然道："陛下是想去鹿眠谷见眉贤妃？"李纯点了点头，"所以朕不能让贵妃知道，让他们加快速度，赶去鹿眠谷。"就在这鹿眠谷又发生了巨变，众臣民看见欧阳绺儿已经去世，南海皇朝再度陷入群龙无首的困境，便又重新拥立叶岐云这个圣主重掌大权。卢眉娘来到他所住的秋圃与他商量道："岐云哥哥，如今正是整顿南海皇朝的好机会。其实这么多年以来，我们跟李唐对峙，根本没有任何意义，南海国早就灭亡了，数百年来根本不足以重新复国。如今李唐国富民强，根基深牢，我们何必再以卵击石呢？不如遣散众人，让子民融入李唐，做李唐的子民吧。"

叶岐云若有所思地点了点头，刚要开口答应，秋圃门口忽然响起了萧琼的声音，她抱着猞猁得意地笑着走上前道："今时不同往日了，你们看看这是谁？"她冷笑着让开了身子，几个宫人押着一人走上前来，卢眉娘定睛一看，倒吸一口凉气大惊道："陛下？"那人抬起头，不是旁人，竟是刚刚到琼州境内就被萧琼扣下的李纯。卢眉娘连忙道："太后，你不是说过去的事已经一笔勾销了，你为什么还要绑来陛下？"萧琼冷冷道："是啊，我本来想算了，可偏偏他来了，我一看见他，就想起他的母亲是王良娣，我就更不能释怀了。"如今的叶岐云根本把从前的事都忘光了，他哪里知道什么王良娣，什么李纯，什么萧惠妃的故事，但看着眼前这个年轻人，叶岐云竟觉得有一种莫名的亲切感，"母后，我和眉儿都决定要归顺李唐了，你把李唐的皇帝抓来，这对我们并不利啊。"

萧琼不由惊愕地看着他，"你……你竟然还为他求情，也罢，也罢，你跟王良娣也是那么像！"她怒气冲冲拂袖而去，叶岐云却一头雾水。卢眉娘连忙冲上前为李纯解开绳索，"陛下，此地不宜久留，我来送你回去吧。"李纯激动得一把握住了她的手，"眉娘……我终于见到你了，我跋山涉水，不顾危险，就是想来见你一面。"叶岐云看着二人紧紧握在一起的双手，蓦地心头一震，说不出的滋味袭上心头，他板着脸气呼呼地转身跑走，卢眉娘却看在眼里，不由心中暗暗欢喜。

鹿 回 头

"陛下，我还是送你离开鹿眠谷吧。若是被这里的臣民认出来，你就真的危险了。"卢眉娘带着李纯小心翼翼地走出宫殿，一路并肩走到了那尊被砍掉脑袋的鹿回头雕像前。就在要送李纯出去之际，李纯忽然看见一个全身裹得严严实实的女人从雕像后走来。那女人看见李纯，也显然愣了一下，连忙避开。这个女人只露出一对眼睛，虽然只是匆匆一眼擦肩而过，一种莫名熟悉的感觉袭上心头，李纯紧蹙双眉回头望去，却见她已然走远了，卢眉娘随口道："这是我们南海皇朝的巫医。陛下，已经出了鹿眠谷，你尽快回去吧。"就在这一天，陈湘灵也到达了长安。她背着行囊，盘起了长发，行走在熙来人往的街道中，显得格外憔悴，方才路过旅舍狐泉店的门口，只见白乐天正巧从里面出来，四目相对，白乐天惊愕道："湘灵，你……成亲了？"陈湘灵不由红了眼，哽咽着将欧阳呈的事都说了一番。白乐天长叹一声，幽幽道："野狐泉上柳花飞，逐水东流便不归。花水悠悠两无意，因风吹落偶相依。"

不远处的街角正站着前来接她回家的陈青笠，他望着并肩而行的陈湘灵和白乐天，蓦地觉得心中轻松了许多，原来决定放手也只是一瞬间的事，他纵然不舍，但也希望看见陈湘灵幸福。陈青笠追上前道："白乐天，我将五妹交给你，你一定要好好对待她。"陈湘灵惊愕道："三哥，你在说什么呀？"陈青笠拉起她的手，放在白乐天的手中，"白夫人已然仙逝，欧阳丞相也过世，你们如今一个未嫁，一个未娶，已经过了这么多年，你们之间的重重阻碍都已经不再存在，不如你们成亲吧。"陈湘灵心头一颤，下意识地抬头向白乐天望去，只见他别过了头，闭上双眼，仿佛还能看见杨连城灿然的笑容，仿佛还能看见陈念慈遗书上的斑驳字迹，白乐天猛然睁开了双眼道："白浪茫茫与海连，平沙浩浩四无边。暮去朝来淘不住，遂令东海变桑田。"他回过头紧锁眉头地望着陈湘灵道："破镜始终难以重圆，你我再也回不到过往，对不起，我们不能成亲。"他说罢头也不回地转身离去，只剩下陈湘灵站在原地，泪水在她眼眶中无声地打转。

陈青笠大怒着要追上前，陈湘灵却一把拉住了他，"别去了，他说的一点都没错，已经这么多年，我们回不去了。他的夫人是杨连城，我的丈夫是欧阳呈，我们早已各安天涯。三哥，你怎么没和康姑娘在一起？"提起

第八十四章　破镜难圆

康娥，陈青笠不由垂下了眼帘，"她已经走了很久，我和杨明府四处找她都没有下落，你知道她如今已经油尽灯枯，我怕没有药物支撑，她很快就要……"陈湘灵转了转眼珠道："既然如此，她一定会用药，不如我们就在长安开一家医馆，一方面可以悬壶济世，一方面说不定能早日找到康姑娘。"

几日之后，青囊堂的牌匾就高悬了起来，门前贴着一副新写的对联，上面书写着：但愿世间人无病，何妨架上药生尘。陈湘灵和陈青笠成为这家店的掌柜，陈湘灵忙忙碌碌地接待着病者，陈青笠则跑前跑后地抓药。这些年来，陈湘灵早已掌握了苏简简的医术，可谓是妙手回春，青囊堂的生意也越发好了，每天都是人满为患。这天她正在开着药方，忽听一阵焦急的脚步声传来，一个男子匆忙冲上前道："大夫，我妻子的疟疾越发严重了……"他话音未落，陈湘灵抬起头来惊愕地脱口而出道："韩大哥？"那人竟是韩退之，想不到这段时间没见，他已经憔悴成这副模样。卢沉槛的疟疾已不是火灵库能治得了的了，他四处寻觅名医，听说青囊堂医术高明，于是找到这里。听罢韩退之的诉说，陈湘灵不由唏嘘，感慨这些年众人皆落魄沉沦。

长安的秋风已起，却吹不到遥远的琼州。鹿眠谷恢复了往日的平静，卢眉娘和叶岐云有说有笑地从秋圃宫中出来，萧琼眼看二人的关系日益融洽，纵使叶岐云不再记得从前的事，但卢眉娘对他而言，似乎有一种莫名的吸引，萧琼喃喃道："难道这就是钗盒情缘的威力？既然如此，就让我来帮他们一把好了。"萧琼扔下狻猊，从怀中取出一段泛黄的锦帛，扔在秋圃宫内，只等着叶岐云回来的时候捡起看见。谁知萧琼刚刚离去，翩翩就端着蒸梨子往这边过来了，原来她听见叶岐云这几天有些咳嗽，故而特意蒸了梨子送来。她刚刚走进宫殿，便一脚踩上了锦帛，翩翩好奇地放下蒸梨，俯身捡起了这半匹锦缎，只见它花纹繁复，绣法奇特，正是卢眉娘所织的那种黎锦，但色泽泛黄如此，像是时隔多年。她轻轻展开黎锦，只见上面刺着密密麻麻如同米粒般大小的字迹，翩翩定睛一看，顿时面无人色，这半匹黎锦悄然从手中滑落在地，她连忙收入了怀中。

第八十五章　诗　鬼

　　翩翩定了定神，掉头跑了出去，见卢眉娘正和叶岐云在赏花，翩翩端着蒸梨走上前，故意泼洒在卢眉娘的身上，"哎呀，眉娘，你身上都湿透了，我带你回去换衣服吧。"卢眉娘道："可是，我和岐云哥哥约好要去……"翩翩将她急忙拽走："别去了，还是换衣服吧！"她一路将卢眉娘拉回春庭，卢眉娘大感奇怪，甩开她的手道："翩翩，你这是怎么了？刚才你是故意泼洒在我身上的对不对？为什么你不让我跟岐云哥哥在一起，你……你也喜欢他？"翩翩板下脸，深呼吸一口道："对，我也喜欢圣主，而你是我的好姐妹，所以我不想让你跟他在一起！眉娘，你就当是为了我，别再跟圣主来往了，好不好？"卢眉娘狐疑地摇了摇头，"不对，你不可能这样对我的。你明知道我和岐云哥哥是钗盒情缘，你的为人我太清楚了，就算你也喜欢他，你都不会阻止我们在一起，而是宁可牺牲自己。翩翩，你到底怎么了？"翩翩冷着脸甩开她的手道："卢眉娘，话已至此，你还想我说什么？总之我不喜欢看见你和圣主在一起，你若是不顾我的感受，也就别怪我翻脸不认人！"

　　翩翩说罢头也不回地走出了春庭，她感觉到不安，悄悄将袖中的黎锦往里塞了塞。她绕过宫苑，不知不觉来到了冬阁，这里曾经是欧阳呈和欧阳络儿所住的地方，自从二人去世后，这里已经被封锁。翩翩望着这空荡荡的庭院，忽然想起那次巫医的药让萧琼病危，而这次欧阳呈死之前，巫医又来到了南海皇朝。翩翩隐隐约约觉得这些事跟巫医有些什么联系，她走上前轻轻推开了门窗，竟瞥见在欧阳络儿昔日的妆镜前，坐着那裹得严严实实的巫医。她正对着妆镜，一点一点地解下面纱，一张美丽的面容映照在镜中，翩翩惊愕地睁大了双眼，连忙捂住自己的嘴，慌张地跑了出去，"怎么会是她……巫医竟然是郭贵妃？那么说来，在宫中的贵妃是一个替身？郭贵妃一定是想颠覆琼州，这样一来更不能让眉娘和圣主在一起了，否则将灾祸连连……怎么办，到底该怎么办？对了，柳二小姐可以帮我！

第八十五章　诗　鬼

让她将圣主留在鹿眠谷,我将眉娘骗去呦呦谷,不管怎么样一定要分开他们。"

"卢姑娘,出事了,翩翩姐在鹿回头的雕像前被一个神秘人打伤了!"卢眉娘才换上干净的衣裳,却见宫人匆忙跑来禀告。她想都没想,连忙独自跑去鹿回头雕像前。谁知她刚跑过去,一束天罗地网哗啦一下从天而降,将她团团困住,卢眉娘惊愕地看着翩翩安然无恙地从雕像后走出来,"卢眉娘,我已经警告过你了,既然你不听,我也只好出此下策。走,我带你去呦呦谷。"卢眉娘惊诧道:"翩翩!你放开我,你到底要干什么,为什么不让我和岐云哥哥在一起,你为什么要分开我们?快放开我啊!"翩翩就像变了一个人似的,充耳不闻,亲自押着她离开了琼州。一路上翩翩严加看管卢眉娘,根本不让她有逃走的机会,可惜她千算万算都没料到,刚刚进洛阳城,迎面碰见了出使的白乐天。

翩翩慌忙拉起卢眉娘的轿帘,不让打马擦肩而过的白乐天看见她,卢眉娘不动声色地拔下头上的金钗,悄然扔出了窗外,叮一声,正好落在白乐天的马前。白乐天定睛一看,顿时认出了这支金钗,"眉娘?糟了,她一定是受了挟持,要我救她。"他紧随众人一直来到呦呦谷。等到夜深人静之时,他娴熟地打开了呦呦谷大门的机关潜了进去。而翩翩认为卢眉娘已到了呦呦谷,便放松了警惕。没想到就在这一夜,白乐天带着卢眉娘逃了出去。"乐天,我想回去找岐云哥哥!"浓郁的夜色下,卢眉娘气喘吁吁地停了下来。白乐天道:"叶圣主发现你不见了,他一定会来找你的,这时候你再回去,岂不是错过了?这样吧,你回长安,住在湘灵的青囊堂,我想他会找来的。"

"想君白马悬雕弓,世间何处无春风。君心未肯镇如石,妾颜不久如花红。自从孤馆深锁窗,桂花几度圆还缺。鸦鸦向晓鸣森木,风过池塘响丛玉。白日萧条梦不成,桥南更问仙人卜。"长安的秋格外寒冷,李长吉独自一人走在凄风苦雨的街头唱着,眼前浮现当日和欧阳络儿初次相逢的种种情形,他打开手掌,凝视着掌心中的两颗珍珠,这是她衣袖上的珍珠,时至今日仍旧明亮如初。一片片红叶随风零落,李长吉抬起泪眼望着眼前的萧条,伸手捡起红叶,提笔在上面写上:落魄三月罢,寻花去东家。谁作

鹿 回 头

送春曲，洛岸悲铜驼。桥南多马客，北山饶古人。客饮杯中酒，驼悲千万春。生世莫徒劳，风吹盘上烛。厌见桃株笑，铜驼夜来哭。他这次回长安，唯一的目的就是辞官告病回乡。自从欧阳络儿去世，他已罹患沉疴，他真的撑不下去了。

李长吉拖着病躯边走边咳，徒步来到樊川下的韩宅门前，他从袖中取出一卷诗赋放在门口，深深地向着大门跪拜叩首，头也不回地离开了。阍人见状连忙捡起诗赋送给了屋内的韩退之，他正坐在床榻边给卢沉楹喂着药汤，韩退之接过诗赋展开一看，顿时认出了上面的字迹，喃喃念道："魏明帝青龙元年八月，诏宫官牵车西取汉孝武捧露盘仙人，欲立致前殿。宫官既拆盘，仙人临载，乃潸然泪下……"他翻过下一页，不由得泪眼婆娑，"茂陵刘郎秋风客，夜闻马嘶晓无迹。画栏桂树悬秋香，三十六宫土花碧。魏官牵车指千里，东关酸风射眸子。空将汉月出宫门，忆君清泪如铅水。衰兰送客咸阳道，天若有情天亦老。携盘独出月荒凉，渭城已远波声小。"韩退之长叹一声，折起了信笺。没想到李长吉回到家乡仅两个月就仙逝了，当韩退之得知这个消息时，手中的瓷碗哐当落地碎成几瓣，伤心欲绝地叹道："呜呼哀哉，汝真诗鬼也！"

当茱萸的气息满城吹散，韩退之拖着憔悴的身躯来到乐游原，一来登高望远，二来也打算采一些茱萸艾子酿酒给卢沉楹喝。虽然这酒香辣浓烈，但是驱虫除湿、逐风邪、治寒热、利五脏、延年益寿，对卢沉楹的病很有帮助。他刚刚登上乐游原，便看见一个熟悉的身影在采摘菊花花瓣，韩退之脱口唤道："知退？"那人回过头来，正是回到长安来的白知退，他欣喜道："退之兄，没想到会在这里遇见你。我正准备把菊花和黍米一起封坛投曲酿酒，明年开坛畅饮呢。对了，这还有我做的菊花糕、麻葛糕和米锦糕，你来尝尝看。"韩退之拿起重阳糕吃了一口，不由叹道："是啊，每当重阳节的时候，我都会想起我们一行人曾经是多么风光无限，而如今梦得远在朗州，子厚远在永州，京中的我们几人又是这般落魄。"此时此刻的东宫之中，白乐天刚刚从太子李恒的手中接过菊花酒，不由思念起了元微之，望着园中的各色菊花，幽幽叹道："赐酒盈杯谁共持，宫花满把独相思。相思只傍花边立，尽日吟君咏菊诗。"

第八十五章 诗 鬼

远在永州的柳子厚今日也登高远眺着长安方向，不免惦记起两位妹妹，提笔写下书信：行尽关山万里余，到时间井是荒墟。附庸唯有铜鱼使，此后无因寄远书。这信笺无法寄去华阳观，最终被送到了琼州鹿眠谷。柳萋萋看着纸上的熟悉字迹，紧蹙起了眉头，"大哥要是知道我这段日子做的这些事，他一定会很伤心。兮兮已经变成那样了，我不能再让大哥伤心，可是……"她回过头去，看着被看守得严严实实的秋圃，心中挣扎不已，不知该不该放叶岐云出去找卢眉娘。就在此刻，华阳观上忽然风云密布，正坐在真人像前打坐的柳兮兮蓦地睁开了双眼，她曳着长长的道袍匆忙跑出门去，抬头看着漫天风云，满头白发的柳兮兮掐指一算，忽然预感到将有大事发生，"南方……坏了，难道是巫医要颠覆琼州？不好，二姐在鹿眠谷，我一定要通知二姐，让她立即带叶岐云离开是非之地！"

自从入道后，柳兮兮无欲无求，精通卜筮之术，她从没有过这般强烈的预感，不得不擅自离开华阳观，亲自去往琼州。偏偏她到达朗州之时忽逢天降大雪，将柳兮兮困在了朗州城中。她本不愿在这里多做停留，但既然上天让她在这里走不了，她也不免犹豫了许久，悄悄去宅第看望刘梦得。她徘徊在府邸门口不知该如何面对刘梦得，于是绕到后墙处，席地而坐在一间空屋内，取出一把七弦琴弹奏起来，这把琴正是昔年刘梦得亲手送给她的。

悠扬的琴声飘过墙垣，飘进了刘家祠堂。刘梦得正在给薛玉奴上清香，忽而听见了这久违的琴声，不由得浑身一颤，顿时辨别了出来。他怒气冲冲地跑出门外，果然在后墙处看见一袭道袍满头白发的柳兮兮。柳兮兮看到他，木木地站起身来，伸手把白发藏进头纱中。刘梦得一看见她，就气不打一处来，"你居然还敢来？玉奴被你害死，你娘因你而死，柳兮兮，你真的是冷口冷心！"他始终不能原谅柳兮兮害死薛玉奴，勃然大怒扬手抓起她的琴，狠狠地砸在地上，"从此以后我不希望你再在我面前出现，走！"柳兮兮颓然地瘫坐在地，抚摸着这破碎的七弦琴，悔恨的泪水滚滚而落。柳兮兮尚未到琼州，柳萋萋就已经做出了决定，她悄悄遣散了秋圃宫门前的守卫，叶岐云要走要留，只看他的意愿了。晚上柳萋萋推开秋圃宫的大门，进去给叶岐云送饭，果不其然已然不见他的踪影，柳萋萋伤心地放下饭菜，坐在他的床榻旁悄然落泪，"叶大哥，为什么……为什么你始

鹿 回 头

终放不下卢眉娘，你不是认定我才是你的未婚妻吗，为什么你的心还是向着她……钗盒情缘就是钗盒情缘，我始终无法介入你们之中，我始终得不到你。"

从鹿眠谷逃出的叶岐云快马加鞭迎着风雪，一路往长安赶去，"眉儿，你等我，你千万不能有事。"他不眠不休地赶往长安，身上的钱早已用光。当他到达长安时，身上一个铜板也没有了。叶岐云早已忘记了松泉别苑，忘记了长安的一切，他仿佛第一次来到这里，望着陌生的街道和拥挤的人潮，完全不知该去哪里寻找卢眉娘。寒风吹进脖子，叶岐云冷得打了个寒战，他忽然闻见旁边飘来阵阵胡饼的香气，觉得饿了，走上前道："老板，我身上没钱，可不可以用我的匕首跟你换两个胡饼？"那老板像看怪人一般打量着他，"去去去，别妨碍我做生意！"就在他又饿又冷，不知所措之时，忽然一只手递来了几个铜板，"老板，快拿两个胡饼给这位郎君。"叶岐云感激地回头看去，竟看见面前站着的是陈青笠，他自然不记得陈青笠是谁，倒是陈青笠惊呼道："叶……叶圣主？怎么是你？"叶岐云茫然道："你认识我？"陈青笠道："我是湘灵的三哥，对了，你是来找眉娘的吧，她现在跟湘灵住在一起，我带你去找她。"

陈青笠带着叶岐云往小茅屋那边走去，风雪掩盖了大半茅屋，二人快到门口，见身披裘衣的卢眉娘正笑盈盈地和白乐天从屋内走出来，叶岐云看见他们，顿时心中酸楚，掉头就要走，陈青笠一把拉住他笑道："怎么了，你不开心？别这样了，白乐天只是来看湘灵的，跟眉娘什么都没有。"就在二人说话之际，卢眉娘正好看见了他，她惊喜地呼喊道："岐云哥哥！"叶岐云回头看去，只见她欣喜若狂地向自己奔来，一种复杂的感情涌上心头，他说不清为什么会对她有这样的感情，仿佛阔别了一世之久，他展开宽大的黑色斗篷，紧紧地将卢眉娘相拥在怀中。不远处的风雪中，翩翩独自站立着看见这一幕，她不由捏紧了手中的那段黎锦，焦急地紧蹙着眉头，她绝对不能让他们在一起，既然叶岐云什么都忘了，就不该再重拾对卢眉娘的这份深情。

第八十六章　玄怪录

这飞雪之夜,一阵阵乐曲从平康坊中不断地传出,再度被贬的牛思黯心情烦闷,独自一人来到楚馆中饮酒。他刚刚走进去,见热闹的人群围着高台张望,一个身穿缟色白纱的女子在台上婀娜多姿地跳着《秦王破阵乐》。她这身罗裙上绣着金泥连枝花样,披帛如云,舞姿轻盈,腰肢不盈一握,不过十九二十岁的年纪,梳着漂亮的双刀髻,黑云上簪着金钗步摇与雪白的栀子花,眉心点着一颗朱砂,画着啼妆妆容,显得格外窈窕动人。

这女子出尘脱俗的气质与这嬉闹的场景极其不符,一下子就抓住了牛思黯的目光。他挑了个最近的位置刚刚坐下,这舞曲已结束,那舞姬在众人的哄闹中走下台来。几个纨绔子弟闹道:"沈都知,快来给我们大家做席纠,玩酒令吧!"原来这个艳冠群芳的女子正是这家青楼里最出名的都知娘子沈阿翘,她笑盈盈地走到酒桌旁,令旗一举,先仰头喝光杯中酒便发号施令了。众人按照她的规则一个个说起了酒令,一人说罢,沈阿翘便指向下一人,这人出了错,引起一阵哄笑,她轻笑着拿起竹筹丢了过去,含笑提着酒壶上前给那人灌酒。牛思黯看在眼中,不由拊掌赞道:"巧制新章拍指新,金罍巡举助精神。时时犹得横波盼,又怕回筹指错人。"

匆匆一面之缘而已,这个都知娘子的音容笑貌就刻在了牛思黯的脑海中,直到夜里,他都辗转不安,在梦中仿佛看见了她的模样,牛思黯昏昏沉沉地坐起身来,披上厚厚的睡衣,坐在窗前烛光下提笔犹豫了片刻,蘸了蘸墨汁,展开纸笺写下三个字:玄怪录。密密麻麻的字迹在纸上晕开,牛思黯只觉文思如涌,一气呵成写完了这卷传奇,得意地卷起来,准备次日带到青楼送给沈阿翘。"什么,你找阿翘?郎君,今日可是八号,每个月的八日、十八日、二十八日,娘子们都要去坊里的保唐寺听尼姑们讲经说书,你看这是阿翘押在我这里的一贯钱,要不你去保唐寺看她吧。"鸨母

鹿回头

听罢牛思黯的话，连忙说道。牛思黯摇了摇头，"那就算了，我不打扰她了，我明天再来。"假母道："哎，明天也不行，彩板上记载着明天是国忌日，不能接待任何人，你还是后天再来吧。"他怎么都没想到，当他后天来到这里，假母不好意思地道："阿翘昨天被一个人赎走了，如今她已经去了淮西……"牛思黯惊诧道："什么？淮西？"他手中的卷轴悄无声息地掉落在地。

浮屠塔顶堆满了积雪，一个红帔女子掩束着胸前春光，在冰天雪地中来到了淮西。沈阿翘阔别长安至此，已不再是青楼的都知娘子，但这里的每个女子都嫉妒她的才貌，常常欺负沈阿翘。这天青楼里忽然热闹了起来，几个下人笑眯眯地拥着一个身披华裘器宇轩昂的男子走了进来，"吴郎君，楼上的雅间已经给您备好了。"这人穿着一袭墨色绣金圆领缺骻长袍，面若冰霜，棱角分明，一对剑眉威风凛凛，看上去三十三四岁，正值盛年，举手投足之间既有大将风度，又有儒雅之气，他可不是个寻常人，他正是这淮西军阀的首领，淮西节度使吴少阳之子吴元济，可谓是人中龙凤。

玎琮的琵琶声透过楼阁上传来，不由吸引了吴元济，他抬起头看了看楼上，"是谁在弹琴？"假母笑道："是一个新来的丫头，吴郎君，里面请。"他跟着假母走上楼阁，撩开红纱鲛绡帐，只见堂中有个美人身穿水碧色的长裙，两条束带绕肩而过，裙幅飞流直垂，奔腾扩散，肩头罩着厚重的毛织短襦，外束披帛，她纤手扪弄，黑檀曲颈微微颤动，颈下的薄纱随风颤动。她正是初来乍到的沈阿翘，她眼中含泪，眼波流转地弹奏着琵琶，那眸中深不见底的深邃哀怨一下子让吴元济跌了进去。就在他悄悄地望着沈阿翘弹琵琶时，只见她的琴弦越来越急切，突然一根琴弦毫无征兆地崩断，沈阿翘尚且来不及反应，那断弦已然划破了她的面颊，一道血痕霎时出现在这美丽的脸孔上。

假母顿觉不悦，上前打骂道："沈阿翘，你这臭丫头，居然连琵琶都弹不好？别以为你是从京都来的，我照样把你赶出去！"吴元济走上前拦住她道："等等！"他伸手拈起那断弦，扫了一眼转过身对假母道："琴弦不是沈姑娘弹断的。因为切口不是因磨损而断，却是齐齐截断，说明有人在

第八十六章　玄怪录

琴弦上做了手脚，一是想沈姑娘毁容，二是想赶走她，我想一定是这里有不少女子嫉恨沈姑娘，才出此下策的。"假母忙堆笑道："是，是，还是吴郎君有远见。那我就不打扰你们了，我出去了。"

"沈姑娘，你没事吧？"吴元济回过头去，拿出手帕为她轻轻擦拭着面颊上的血痕，沈阿翘如此近看着他，顿时面上一红，连连退了两步。吴元济回过神来，把手帕递给了她，自己坐在一旁道："你不用害怕，我是淮西节度使的长子吴元济，你以后若是有什么需要帮忙的，说我的名字就好了。今天她们看见我帮你，以后也不敢再欺负你了。对了，我大概要有半个月住在这里不回家，你就陪我聊聊天吧。"他似乎心事重重，听沈阿翘弹琴直到深夜，尚且意犹未尽，门却忽然被敲响了，吴元济连忙起身，神秘兮兮地出去了。府中的家将压低声音道："阿郎，节使已经过世两天了，还是这样秘不发丧吗？"吴元济道："不错，至少等我把伪造父亲大人的文书上表给朝廷再说。"家将道："阿郎，你真的打算伪造节使的字迹上表，称要把节使之位传给儿子吗？"吴元济紧蹙眉头道："不入虎穴，焉得虎子，我爹临死前的确有这个想法，而我这么多年来一直帮我爹南征北讨，难道我担当不了一个节使吗？这段时间就对外称我病了，我就住在这里，不想任何人打扰。"

啪！一份奏折被李纯重重地砸在了桌上，他气冲冲地怒道："这个吴少阳，真是莫名其妙，他一个淮西节度使，居然要朕在他死后给他儿子吴元济世袭官爵，荒唐！"吐突承璀捡起来一看，提醒道："陛下，这份奏折字迹似乎有些问题，虽然字迹是模样差不多，但吴少阳说病重，哪里能写出这么刚劲有力的字？"李纯点了点头，"言之有理。"他重新接过奏折看了看，"哼，吴元济啊吴元济，你真是好大的胆子。"可是没有确凿的证据，也不知道淮西那边到底情况如何，李纯也只得睁一只眼闭一只眼，没有批准这奏章，但他也隐隐察觉到淮西已蠢蠢欲动。宰相裴度主持讨伐事宜，淮西与长安就这样各不相让，僵持不下。趁着李纯忙淮西的事无法分身，郭俪凝已悄然从琼州回来，她与清宁宫中的巫医再度换回了身份，一切都那么神不知鬼不觉，只是比起原先，郭俪凝更加敏感和多疑。

鹿 回 头

"贵妃殿下，殿下，你不能进来……"吐突承璀怎么拦也拦不住横冲直撞的郭俪凝，她却越发不依不饶，"笑话，我是四妃之首，等同于皇后，我还有什么不能看的？我倒要看看还有没有什么人，跟陛下说太子的坏话。"她冲进寝殿，正好李纯不在，她就更加肆无忌惮地拿起桌上的一堆奏折挨个儿翻了起来。就在她翻到第四本奏折时，李纯正好回来了，郭俪凝不免紧张地将手中的这本奏折收了起来，背在身后悄悄扔到了旁边的火盆中，细小的火苗已渐渐吞噬了这本奏折。郭俪凝向李纯施了一礼，"陛下，我……我是来看看你的。"李纯正为淮西的事头痛，也没察觉她的异样，"天冷了，你也回宫好好休息吧。"

郭俪凝连忙离开了，李纯匆匆批复了桌上剩下的奏折，让吐突承璀扶自己休息，突然旁边那火盆里冒出呲呲的火苗，一下子烫到了吐突承璀的大腿，他哎呀叫了起来，下意识地踢翻了火盆，里面剩下半本被火焰吞噬的奏折掉了出来。李纯顿时皱了皱眉，俯身捡起来，掸去火花打开一看，这本正是检举吴元济秘不发丧的折子。李纯登时勃然大怒，气得浑身发抖，"这个凝儿也太过分了！她居然把检举吴元济的奏折给烧了，她……她居然敢干预朝政！来人啊，立即传朕旨意，清宁宫贵妃郭氏干预朝政，着囚禁于冷宫清思殿中，非诏不得出！"

自从将郭俪凝囚禁在冷宫后，李纯也一病不起，又为淮西的事格外心烦，心中不免惦记起了卢眉娘。吐突承璀知道他的心事，轻声道："陛下，其实眉贤妃已经到长安了，只是之前怕贵妃醋意大发，才不敢告诉陛下。如果陛下想见眉贤妃，我这就派人把她请回来。"李纯听罢欣喜若狂，"那还不快将她接回来，朕给她准备了绫绮殿，就等着给她册封入住！眉娘若是能在朕的身边，朕还怕有什么事解决不了吗？"吐突承璀得了圣旨，便带着人马直接冲去了松泉别苑。卢眉娘方才和叶岐云在这里安顿下来，却见吐突承璀匆忙闯进来，"贤妃殿下，陛下让我们接你回宫！"叶岐云闻言惊愕道："贤妃？什么贤妃？"

吐突承璀冷眼道："绫绮殿眉贤妃，请回宫吧！"卢眉娘大惊失色，但无法当众抗旨，只得松开了叶岐云的手，"岐云哥哥，你等我，我一定会

第八十六章 玄怪录

回来。"眼看着卢眉娘被众人从面前带走,叶岐云哪能就此善罢甘休,他紧随众人而去,飞檐走壁遁入了大明宫中,他绝不能让卢眉娘成为宫中的妃嫔。卢眉娘跟着吐突承璀来到绫绮殿,只见这里富丽堂皇,院落中放着一架金织架,上面还摆着玉梭,四周种满了辛夷花,正是为卢眉娘精心设计的。李纯正背着手站在庭院中,他回头看见心心念念的卢眉娘向自己走来,百感交集,冲上前一把将她揽入怀中。

卢眉娘慌忙推开了他,扑通一声跪了下来,"陛下,我不能当贤妃。陛下的好意,眉娘心知肚明,但眉娘已经心有所属,这个贤妃是万万不敢当。"李纯失色道:"你……白乐天只不过是朕的手下,你宁愿为他拒绝朕?"卢眉娘抬起眼眸,一字一句道:"不,不是乐天。眉娘有个不情之请,望陛下赐婚卢眉娘与叶岐云!"李纯惊愕道:"你说什么?南海皇朝圣主叶岐云?不,你嫁给谁都不能嫁给他!他是大唐的死对头,朕不想将来跟你作对!"卢眉娘忍不住道:"他不是你的死对头,他是你的同胞哥哥!"

李纯大惊失色地呼道:"你说什么?"卢眉娘咬了咬牙,抬起头道:"其实都是一家人,何苦弄到这般田地?南海皇朝的太后,根本就是你父亲的惠妃。"李纯喃喃自语道:"惠妃?不可能啊,惠妃不是早就死了吗?"卢眉娘索性将知道的全盘托出:"惠妃是死了,萧琼并没有死。她活着就是为了向负情的李诵报仇,当年她回来的时候正好看见王良娣的两个儿子在玩钿盒,这钿盒不仅仅是杨贵妃和玄宗的定情信物,而且是萧琼和李诵的定情信物。她看见这定情信物落在王良娣的两个儿子手中,自然是很不开心,所以抓走了其中一个皇子,就是岐云哥哥。"李纯努力地回忆道:"我想起来了……当年那个钿盒是皇兄借给我玩的,钿盒其实是他的。我看见皇兄被抓走,觉得这钿盒是个险恶之物,就埋在树下,不知道什么时候却被宫人挖走卖出了宫外。万万没有想到,原来当年那个皇兄竟是南海皇朝的圣主!"跟随着卢眉娘潜入宫中的叶岐云躲在屋顶,将他们的话一清二楚地听去了,霎时间他的脑海中浮现无数凌乱的碎片,他只觉得头痛欲裂,仿佛忘记了很长一段重要的事。他大为震惊地展开手掌,赫然看见与李纯一样,手掌中有一颗痣。

第八十七章　五　妹

　　李纯怎么也无法接受这个事实,更不想看见卢眉娘就想起这件事,摇头长叹一声便让她离宫而去,至于赐婚之事,李纯还是不同意。一场春风吹化了长安中的积雪,青囊堂中的陈湘灵和陈青笠正在忙碌地开方抓药,一个不速之客悄然跨进了门槛来,陈湘灵抬起头,赫然看见站在自己面前的正是白乐天。她顿时停下了手中的活计,不知如何是好。陈青笠气冲冲地上前便要赶他走,白乐天忙道:"陈兄弟,我是特意来告诉你一件事的,有人曾见过康姑娘!"陈青笠惊愕道:"她在哪儿?她的病怎么样了?"白乐天摇摇头道:"那人只是与康姑娘有一面之缘,并不知道她如今身在何处,只是据说康姑娘的病情更加恶化了,但肯定她还在长安城中。"

　　白乐天话音刚落,只见卢眉娘匆匆走进来,"湘灵,再给我配一服药,我觉得岐云哥哥的记忆在慢慢恢复。"她侧过脸来,与白乐天四目相对,不由得叹了口气。她抓了药与白乐天并肩而行,说着从宫中回来的事,不知不觉走到了湖岸边,湖面的冰雪早已融化,碧波之中倒映出二人的模样,白乐天看着渐多的白发,不由苦笑道:"重重照影看容鬓,不见朱颜见白丝。失却少年无觅处,泥他湖水欲何为?"卢眉娘叹道:"这么多年了,我们都不再年轻。乐天,你为什么不能再娶湘灵?"白乐天道:"那你呢,为什么不和叶岐云成亲?"

　　"她不能嫁给圣主!"就在这时翩翩冲上前来一把拉走了卢眉娘。卢眉娘惊诧道:"翩翩,你放开我,你到底为什么要阻止我和岐云哥哥在一起?你知不知道岐云哥哥的记忆已经渐渐恢复了,他很快就可以想起我,很快就可以想起以前的事了。"翩翩焦急万分道:"为什么好好的贤妃不肯当,为什么你一定要让圣主想起以前,以前就那么好吗?眉娘,我求求你不要再纠缠下去了,否则你们两个都会没命的!"卢眉娘惊愕地睁大了眼,"你

第八十七章　五　妹

说什么？我和岐云哥哥会没命？这到底是怎么回事，你快实话告诉我啊！"翩翩见自己说漏了嘴，转身要走，但卢眉娘不罢休地逼问着，翩翩左右为难，她忽地抽出怀中的匕首往自己的脖子上抹去，就在这危急关头，叶岐云翻身凌空而来，一把夺去了她的匕首，他满脸不解地摇摇头道："翩翩，我真想不到你要这般对我们，你不肯说，我们也不逼你。眉儿我们走，我们去问太后！"

他拉起卢眉娘的手一路跑回松泉别苑，原来自从叶岐云离开鹿眠谷后，萧琼也不放心跟来了长安。屋门被猛地推开了，只见萧琼穿着粗布麻衫正在屋内缝补着衣衫，叶岐云拉着卢眉娘上前道："娘，你能不能告诉我，为什么翩翩说我和眉儿不能成亲？"萧琼显得惊愕不已，"成亲？你的未婚妻不是萋萋吗？云儿，过去的事已经过去了，珍惜眼前人才是真啊。"叶岐云摇头道："我也不知道到底发生了什么事，好像忘记了重要的事情。我对萋萋的感觉不同，她不是我未婚妻。虽然我已经不记得我和眉儿之前发生过什么，但我很清楚，无论发生了什么，如今我都再次爱上了她。娘，我想娶眉儿。"

卢眉娘惊喜地抬起眼眸，泪水悄然滑落，哽咽着不知该说什么。萧琼也盈着泪，笑着扶起了他们，"想不到钗盒情缘就是钗盒情缘，纵然你什么都不记得，还是会和她走到一起。你和眉娘是天定的情缘，但这份情缘有着杨玉环和李隆基的怨，造成种种障碍。翩翩不让你们在一起，只是怕你们会受伤。既然你们执意如此，那我就答应这门婚事，一切的后果就让我替你们承担吧。"看着他们欣喜万分的模样，萧琼却神不知鬼不觉地扬起一抹微笑。钗盒情缘，岂是凡人的力量可以扭转？那我就看着你们成不了亲，看着王良娣的儿子痛苦一生。

一间狭小的房内，四壁都是灰蒙蒙的土墙，案几上只放着一面妆镜。一个头戴黑纱斗笠的女子坐在镜子前，轻轻摘下了面上的黑纱，那双盈盈水波的眼睛颤抖着，黑纱悄然滑落，一张可怕的面容出现在镜中。一半美艳如花，一半腐烂沧桑，她拿起桌上的眉黛慢慢地描起了眉毛，昔日的如花美眷今朝却只剩下半面残妆，谁也不知道这丑陋的女子竟是原来艳冠群芳的胡姬。康娥知道自己只剩下半年的时间了,她实在放不下陈青笠,悄悄起身出了门,直向青囊堂走去。康娥裹紧了面纱斗笠来到医馆前,只见陈青笠正坐在屋内捣药,陈湘灵在一旁为病人看诊,康娥犹豫了一下,还是走了进去。陈青笠怕陈湘灵忙不过来,连忙起身招呼道:"老婆婆,先坐这里吧。"他搬来自己的板凳让康娥坐下,丝毫没有认出面纱下的女子是谁。康娥紧紧地盯着陈青笠,泪水在眼中直打转,看见他和陈湘灵过得这么好,她的心里百感交集,一滴泪猛地跌落。趁着陈青笠与陈湘灵说话的时分,康娥还是起身离开了青囊堂。

谁知她刚刚走出青囊堂,却迎面看见了杨慕巢,他怔怔地站在她的面前,红透了双眼,"老婆婆,你见到康姑娘了吗?"她轻轻地点了点头。杨慕巢哽咽着走上前继续说道:"你告诉她,我很想念她了吗?"康娥又点了点头,"你放心,你想说的我都告诉她了,但康姑娘不想回来,她让我给你带话,她现在很好,让你不要担心她了。"泪水从杨慕巢眼中夺眶而出,他冲上前扬手掀开了康娥的面纱,她大惊失色连忙捂住脸。杨慕巢泪流满面道:"康姑娘,那天晚上我就认出你了,为什么你要走,你留下来吧。"康娥紧紧捂住面颊头也不回道:"我已经不再是原来的我,我的脸已经毁了,陈大哥都认不出来我,你还要跟着我干什么?"杨慕巢道:"可是我认得你!康姑娘,无论你变成什么模样,我对你的心意始终如一,嫁给我,让我照顾你,好不好?"康娥苦笑两声道:"对不起,你的好意我无福消受,你若真的想帮我,就替我支走陈姑娘吧。"

杨慕巢不知就里,一口答应了她,谁知回头就不见了康娥。杨慕巢故意让下人去找陈湘灵,说是自己病重,请她来家中医治,三天之内都没让陈湘灵离开府邸。谁知陈湘灵前脚刚刚离开青囊堂,另一个陈湘灵就踏进屋。陈青笠正低头包着药材,抬起头竟看见这个陈湘灵站在自己的面前,"五妹?你不是去杨明府家里给他看病了吗?"陈湘灵缓缓走进来,含笑伸手拿过他手中的药材道:"我给他开了方子,照着煎药就好了。三哥,我来帮你吧。"陈青笠笑道:"那好,我们一起去把剩下的药草配好。"陈青笠开心地拉起她的手,她却微微一颤,道:"三哥,我想关门三日不问诊,闭关研究一种药材,你陪着我就好了。"陈青笠丝毫没有察觉出任何的不

第八十七章 五　妹

妥，当即打烊。这三天来，他都陪着这个假陈湘灵翻看医书，配药草，煎药试药，有说有笑，他根本就没有察觉到眼前的人其实是他寻寻觅觅的康娥。

转眼又到了满城牡丹盛放的时节，也是陈念慈的祭日，白乐天特意向太子李恒告了假，准备回乡祭拜陈念慈。他独自来到渡口，目光落在树干上，上面还依稀有着斑驳的石刻痕迹，是当年他在这里等候陈湘灵留下的印迹。白乐天伸出手轻轻抚摸着，忽然听见一阵脚步声从身后传来，他回头看去，只见陈湘灵嫣然浅笑地站在面前，手中还拎着一个食盒，"乐天哥哥，青囊堂的事太忙了，我没办法跟你回宿州祭拜白大娘，这里是我做的一些点心，都是白大娘生前最爱吃的，你替我带回去，算作我的一点心意吧。"

"乐天！"白乐天刚刚接过食盒准备上船，又见卢眉娘驾着马匆匆赶来，说道："乐天，听说你要回乡了，我和岐云哥哥就快成亲了，到时候你一定要赶来参加啊。"白乐天点头笑道："你放心吧，能看到钗盒情缘走到一起，我也打心眼里高兴。我曾以为我和你才是钗盒情缘，还真有些舍不得。"他深深地望了陈湘灵和卢眉娘一眼，依依不舍地背着行囊转身走上了甲板，春风拂动樯头上的丝带，小舟就要扬帆启程。卢眉娘取出笔套递给了白乐天，"还记不记得当年我送给你一支紫毫笔，这只笔套是我收藏的，如今我物归原主，我也不再留着了。"

白乐天接过笔套，谢过卢眉娘。看着她策马离去，他欲要从包袱中掏出紫毫笔，哪知却被旁人一撞，包袱里哗啦啦掉出两封信笺。"咦，这不是白大娘的字迹吗？"眼尖的陈湘灵好奇地俯身捡起，白乐天焦急地伸手去抢，可是已经来不及了。一行行文字已然烙进了陈湘灵的眼中，她不可置信地睁大了眼，豆大的泪珠夺眶而出，"不可能……乐天哥哥，你告诉我，这不是真的！"白乐天已然通红了双眼，从怀中取出了三爿碎玉佩片，哽咽道："一直以来，你的身上不也是带着一爿碎玉片吗？"陈湘灵惊恐地取出自己的随身玉佩，用颤抖的手跟白乐天手中的三爿碎片拼在一起，没想到居然全部吻合，却差最后一爿。陈湘灵摸索着拿出陈青笠的玉佩，啪一声，

鹿 回 头

　　五爿碎玉天衣无缝地合在了一起，变成一块完整的玉佩，上面赫然刻着一个"陈"字。

　　陈湘灵大骇抬起泪眼，白乐天已是泪流满面，"没错，你就是我娘的五妹。我娘陈念慈是我爹亲姐姐白乔儿的长女，我娘还有两个弟弟，却早早夭折了。在我一岁的时候，白乔儿又生下了第三子没想到很快又夭折了，便领养了陈青笠。一年以后夫君爱上了别的女子，生下了一个女儿……"陈湘灵倒吸一口凉气道："她就是我，对不对？"白乐天闭起眼睛，泪水悄然滑落："没错，陈青笠是我娘的义弟弟，这一点也许你俩都知道。而你就是我娘同父异母的五妹。你们都不知道，我也不知道。你们三人以及夭折的两个兄弟都有五分之一的玉佩，拼在一起就是陈家的家留玉佩了。"陈湘灵苦笑道："我终于明白了，为什么这么多年来，你娘始终不愿你我成亲，至死也要传下遗命。原来不是因为我是个村女，原来我是你的从母……你娘早就发现了，所以一直以来她对我很好，并不是想让我当儿媳，却因为我是她的妹妹。你的的确确不可以娶我。"白乐天大笑着痛哭流涕，疯癫地撕碎了她手中的信笺，扬手将碎片挥向空中，扑通一声向着陈湘灵跪了下来，泪流满面地向她叩了三个响头，跪拜苍天认了这个从母，陈湘灵掩口痛哭，再也忍不住，转过身崩溃地跑走了。

　　失魂落魄的白乐天坐着船终于回到了故乡，早就没有人烟的符离村仿佛与世隔绝。他泪眼婆娑地看着昔日的宅屋，心中无比地惦念起陈湘灵和卢眉娘。就在他晃神之际，忽然一块小石子砸中了他的后脑勺，白乐天回头看去，只见两个三四岁的小女孩正互相嬉闹玩耍着，一个穿着白色的裙袄，一个素面朝天，天真无邪地追逐打闹着，"素素，你别跑！"前面那小女孩笑着扭过头吐了吐舌头，"小蛮，快点啊，看你能不能追得上我！"这两个小女孩开心的模样，让白乐天的脑海中浮现陈湘灵和卢眉娘的音容笑貌。他走上前蹲下身，拿出两块麦芽糖道："你们是符离村的人？告诉大哥哥，你们叫什么名字，这两块糖就给你们吃。"小姑娘跑上前抢过糖块舔道："我叫樊素，这是我结拜妹子，叫小蛮。"那小蛮露出了两个浅浅的梨涡，像极了陈湘灵的神情。

第八十八章　将仲子兮

此时的长安城中，已和陈湘灵换回身份的康娥戴着黑纱斗笠，正准备悄然离开。忽然一个伙计从青囊堂中慌里慌张地跑过，与康娥撞了一下，康娥忙道："出什么事了？"那伙计道："我们陈大夫被人追杀砍伤了，我要去找掌柜的回来。"康娥大惊失色转过身要跑去青囊堂，谁知方才一回头，一只手就稳稳地点住了她的穴道，她清楚地看见站在面前的杨慕巢。杨慕巢对她说："对不起，我只能用这种方法骗你，让你留下来。康姑娘，既然你放不下陈兄，不如跟我回家，我找机会让他来与你见面吧。"他说罢当众横抱康娥向杨府走去，却被房檐上的蒙面杀手看在了眼里。那杀手立即回到大明宫中，直往清思殿里奔去。

虽然郭俪凝被囚禁在冷宫，但清思殿与昔日的清宁宫并无区别，后宫的妃嫔还是以她为首，事事不敢违背，朝堂的事她依旧了如指掌。坐在丹炉前打坐的郭俪凝听罢杀手的话，睁开眼道："什么？杨慕巢带了个人回去？你看清楚是谁了吗？"杀手摇了摇头，"那女人戴着面纱斗笠，根本看不见容颜。"郭俪凝眯起眼睛道："这么神秘，又要去杨府，难道是卢眉娘？对，一定是她，白乐天和杨慕巢的关系那么好。她一定是想借机去杨府见白乐天。好啊，这个杨慕巢居然跟我作对，卢眉娘身边的所有人，我要一个不留！听着，今天晚上动手，杀了杨慕巢，我要逼卢眉娘现身！"

"杨明府，这么晚你叫我来有什么事吗？"夜色已经渐浓，陈青笠在下人的引领下来到了杨府。只见杨慕巢站在那间曾为他打造的密室前，含笑回过头道："怎么都开始叫我杨明府了？你已经这么久没回来住了，我倒是有些惦记你，所以请你回来叙叙旧。"陈青笠笑道："杨大哥，多谢你的好意！你也知道我已经很久不在刀口上讨生活了，自从和五妹开了青囊堂，我就跟她看病抓药，养活我们二人。比起原先心惊胆战地过日子，我更喜欢现在这样。"杨慕巢道："不光如此，我还想让你见一见康姑娘，她很挂念你。"陈青笠惊愕道："康姑娘？她在何处？"杨慕巢拍了拍他的肩膀道："无论她变成什么模样，你都要好好对她。你且等等，我这就去叫她过来。"

谁知杨慕巢刚刚转身要走，陈青笠敏感地察觉到一个黑影从房檐上一闪而过，他连忙大喝一声："杨大哥小心！"杨慕巢惊愕地回过头来，只见一个杀手凌空而来，明晃晃的刀剑直刺自己的眉心，陈青笠扬起唐刀挡住那剑刃，霎时刺啦出一道火花，杨慕巢回过神来，抽出刀剑帮着陈青笠一同抵抗那刺客。谁知又有个刺客从埋伏之处霍地跳起，对准陈青笠的背心狠狠一踢，他猛地踉跄了两步，鲜血吐在了唐刀之上，一时间杨慕巢被无数个黑衣人围困住。陈青笠顾不上伤势，重新提刀冲进去厮杀起来，模糊的夜色立时被血腥味充斥。二人奋力打斗着，浑然不觉一支箭已然架上了弓弦，悄悄地对准了杨慕巢的心窝放射出去。飕飕的风声从耳畔擦来，陈青笠猛然发现了这支冷箭，他想都没有多想，用尽全身力气将杨慕巢推开，一阵剧痛袭上心头，滚烫的血流了出来，那支冷箭已然扎入了陈青笠的心口。跌在地上的杨慕巢惊恐地爬起身冲上前去，"陈兄！"那杀手万万没想到竟射错了人，而杨慕巢的呼叫声也引来了府邸上下的侍卫，他们只得匆匆撤退收手。

"陈大哥！"倒在杨慕巢怀里的陈青笠身体渐渐冰冻，血汩汩地从箭头流淌而出。他忽然听见一个声音传来，只见一个身穿黑衣，面上挂着黑面纱的女子冲上前来，他不由皱了皱眉，认出她是那日来青囊堂的老婆婆，可今日如此近地看着她，那对玻璃珠子似的眼眸里满是泪水，焦急蹙起的双眉是如此熟悉。陈青笠惊诧道："康……康娥？"泪水从她的眼中夺眶而出，"你……你认得我了？"陈青笠抬起满是鲜血的手，一把抓住了她的手，"五妹……我想见她……"康娥的心霎时沉入了冰窖，她哽咽着捂住他的伤口，"好，你要撑住，我这就叫她来给你疗伤！"看着康娥离去，陈青笠用颤抖的双唇费力道："杨大哥，我这一生孑然一人，没什么牵挂，唯一放心不下的就是五妹……你答应我，若是我死了，你要替我好好照顾五妹。"

杨慕巢落泪道："你不会有事的，陈姑娘马上就到了，她医术那么好，

第八十八章　将仲子兮

一定能治好你的。"陈青笠急了，"你答应我！"杨慕巢紧咬牙关点了点头，只见陈青笠的目光看向身后，他扭头望去，陈湘灵背着药箱泣不成声，"三哥……"陈青笠紧紧握住她的双手，眼里再没有其他人，"湘灵，湘灵，我只想问你一句话，我要你的实话。你曾说过愿意嫁给我，是真心真意的吗？"陈湘灵垂泪道："若是没有乐天哥哥，我说的话便都是真话，可是有了他，一切都不同了。我的心早就随他去了，我明白你对我的好，可这世上的事情就是这么奇妙，有的人我不能要，有的人我又无法接受。你我都是沧海遗珠，在苦海之中久了，一样要沉下去。三哥，你始终只能是我的三哥。"

陈青笠释然地笑了，他轻声唱道："将仲子兮，无逾我里，无折我树杞。岂敢爱之？畏我父母。仲可怀也，父母之言亦可畏也。将仲子兮，无逾我墙，无折我树桑。岂敢爱之？畏我诸兄。仲可怀也，诸兄之言亦可畏也。将仲子兮，无逾我园，无折我树檀。岂敢爱之？畏人之多言。仲可怀也，人之多言亦可畏也……"他的声音渐渐变弱，合上了双眼，陈湘灵忍不住伏在他的怀里痛哭不止，站在一旁的康娥红了眼，攥紧了双拳，她决定留下来，用最后的时间为陈青笠报仇。

还在符离村的白乐天根本不知道京都发生了巨变，他拜祭完陈念慈，又不想回长安，怕见到陈湘灵会想起那五片玉佩的事，他实在不想喊她一句"从母"，更不知该如何面对她。白乐天犹豫许久，决定独自一人游山玩水，先去元微之被贬谪的江陵散散心。"九郎，该喝药了。"江陵的元宅之内，一个娉婷婀娜的女子端着药碗走上前，她正是元微之的侧室安仙嫔。只见她穿着石榴色的罗裙，盘着精致的百合髻，脑后簪着一朵栀子花，格外年轻貌美，却始终没有韦丛高雅的气质。元微之正站在庭院中，对着一排青翠欲滴的竹林喃喃自语道："我们几人之中，如今只有退之兄任考功郎中，不算是个冷官罢了。时过境迁，一切都不同了。"他话音刚落，身后传来了熟悉的声音，"谁说不同？我们不是又见面了吗？"元微之闻声惊喜地回过头望去："乐天？"

白乐天笑着上前与他击掌紧握，侧头望着新竹道："昔我十年前，与

鹿回头

君始相识。曾将秋竹竿，比君孤且直。中心一以合，外事纷无极。共保秋竹心，风霜侵不得。始嫌梧桐树，秋至先改色。不爱杨柳枝，春来软无力。怜君别我后，见竹长相依。长欲在眼前，故栽庭户侧。分首今何处，君南我在北。吟我赠君诗，对之心恻恻。"安仙嫔笑道："我知道了，你就是大名鼎鼎的白赞善！"元微之点头道："是啊，这就是我的好兄弟！仙嫔，你快去给他倒杯热茶来！"安仙嫔含笑回头去沏茶，哪知刚刚拿起杯子，却被烫灼了一下，不由得一松手，这杯子啪地落在地上碎成几瓣。

"啊！"碎裂的声音在叶岐云的梦境中猛地响起，他霍然睁开双眼坐起身来，只觉额头上布满了细汗，心口怦怦直跳。卢眉娘闻声忙跑进来道："岐云哥哥，你做噩梦了？"叶岐云一把抓住她的手道："母后呢？我刚刚梦见母后了。"卢眉娘忙扶他起身去隔壁找萧琼，竟看见屋内空空荡荡，萧琼不但不在，还把她最爱的猞猁扔在榻上，她却不知所踪。翩翩从门外走了进来，面无表情道："这个时候你们想起太后来了？你们既然执意要成亲，太后只有自己进宫想办法杀李纯了。"卢眉娘惊愕道："什么？她又要刺杀陛下？该收手了，真的该收手了……李适和李诵都已经死了，为什么还要杀陛下呢，陛下毕竟是岐云哥哥的弟弟啊。"叶岐云道："眉儿，这到底是怎么回事？我到底是谁？"卢眉娘急道："来不及说那么多了，你快跟我进宫救陛下！"

"贵妃殿下，萧琼来了。"冷冷清清的清思殿中，郭俪凝正盘膝坐在丹炉前炼药，宫婢上前通报道。她睁开了双眼，冷笑一声，"我只不过想利用她来杀了卢眉娘，萧琼还想利用我。她害死了先皇还不够，居然还想借我的手害陛下，真是异想天开。问问巫医，那些机关都准备好了吗？"宫婢点了点头，郭俪凝在她的搀扶下站起身来，命人将萧琼请进殿中。当萧琼再一次踏进大明宫时，往事历历在目，萧琼深深吸了一口气，只要李纯一死，她所有的恨就可以烟消云散了。

郭俪凝笑着迎上前来，拉着她坐在殿内金色的孔雀榻上，"惠妃殿下，我这清思殿是冷宫，没什么好招待的。"萧琼道："什么惠妃，你千万别这么叫我。我是说，上次我提议跟你和巫医联手的事，贵妃殿下考虑得怎么

第八十八章　将仲子兮

样了？"郭俪凝站起身来，踱步离开孔雀榻，悠悠道："唉，其实我真的很想跟你联手，你可以替我除掉贤妃这个心腹大患，可是……你想害陛下，就万万不能！"郭俪凝猛地回过头，眼中腾腾的杀气袭来，几个宫婢互相使了个眼色，立时拉动了金孔雀上的机关，这金孔雀里布满了天罗地网，羽翼里藏着毒针与铁钉，双翅合起能将人活活扎死，就算侥幸活命，孔雀的翎冠也会自动发出暗器，那可是一把极其沉重的沉香锤，能将人打得血脉逆行而死。

"母后小心！"萧琼万万没有想到这郭俪凝的心机竟如此深重，当她回过神时，金孔雀的双翅已然打开，数百只毒钉向她飞来。就在这紧急关头，跟卢眉娘进宫来的叶岐云凌空飞身而来，扑上前将萧琼推出了金孔雀。卢眉娘紧随而来，连忙甩开袖中的黎锦勾住了金孔雀的两只翅膀，她吃力地拉扯着，不让那些毒钉碰到叶岐云，可是她怎么都没料到，金孔雀的红宝石眼睛睁开了，一只巨大的沉香锤重重地砸在了叶岐云的背上，他当即吐出一口鲜血，整个人飞身摔在卢眉娘的面前，她大惊失色上前扶起他，"岐云哥哥！"

叶岐云痛苦地用双手捂住头颅，"啊……我的头，我的头好痛！"郭俪凝冷笑着走上前道："沉香锤，只要一下就可以打得人血脉逆行。"叶岐云觉得头痛欲裂，身上所有血液冲涌上头颅，一幕幕似曾相识的画面在眼前浮现，那些忘记的片段竟一一地串联了起来，他痛苦地大吼了一声，双掌的功力突然暴涨，他用力向殿墙击打，竟然打得清思殿轰隆摇晃，他满脸是汗地望着卢眉娘，又是激动又是欣喜，伸手紧紧拥住卢眉娘，喜出望外地喊道："眉儿，我想起来了，以往的一切，我全部想起来了！"

第八十九章　黎族公主

趁着郭俪凝被清思殿的晃动所困，萧琼眼疾手快地抓起卢眉娘和叶岐云，一路逃出了清思殿。宫中无人不识卢眉娘，都以为她是绫绮殿的贤妃，不敢拦她的路，就这样他们畅通无阻，被萧琼带出了大明宫，回到了松泉别苑。卢眉娘欣喜若狂道："太后，岐云哥哥的记忆恢复了！他记得我了！"萧琼的脸色却格外蜡黄，"糊涂，虽然误打误撞让云儿血脉逆行，恢复了记忆，但是沉香锤是何等厉害之物，比那喂毒的铁钉和毒针还要狠得多，我本身就是研究剧毒的，难道还不知道吗？云儿已经被沉香锤打得血脉逆行，毒素已经扩散，恐怕时日无多了。"卢眉娘惊恐地向她扑通跪下，"太后，你救救岐云哥哥，我求求你……"

萧琼含着泪水也向卢眉娘说道："眉娘啊，该是我求求你，只有你才可以救云儿啊。你们是钗盒情缘，只有钗盒情缘的两个有缘人结合当日，放出两人指尖的血一起喝下去，使你们二人同命，方才可以化解云儿体内的毒。但是这种毒根本不可能完全消失，只能让你来分担一些。"卢眉娘想都没想，点头答应道："为了岐云哥哥，别说让我分担一部分毒素，就算要我的性命，我也断然不会拒绝。好，我这就和岐云哥哥成亲！"萧琼摇头道："只有在月圆之夜，你们成亲才可以化解此毒，所以还是再等一等，只是云儿这段时间要受苦了。"

"眉儿，我不想让你有任何危险，你还是不要管我了，我试试用斩天剑劈去体内的毒。"叶岐云担心地拉住她道。卢眉娘含笑摇了摇头，"岐云哥哥，这段时间你失去了记忆，什么都不知道。我已经很明白自己的心了，我不会因为什么钗盒情缘而违背自己的心意，我也不会嫁给我不爱的人。"叶岐云蹙眉道："那你做到了吗？"她紧握起叶岐云的手坚定地望着他，嫣然笑道："自从你我相识至今，你对我一片情谊，是天意也好，缘分也好，

第八十九章　黎族公主

我都愿意与你甘苦与共，永无二心。"叶岐云欣喜道："真的？那……我娘以往的所作所为，你能不能不计前嫌？"卢眉娘微笑道："既然你都不计较，我又怎么会放在心上呢？"她拿出木雁塞进叶岐云的手中，"人们都说大雁是最忠贞的鸟儿，永远成双成对，我就把这木雁送给你，算作我们的奠雁信物。"

一只纤手突然伸过来夺去了木雁，重重地砸在地上，登时木雁碎成两半，卢眉娘和叶岐云惊诧地抬头看去，只见翩翩怒气冲冲地站在他们面前，她连连摇头道："眉娘啊，你真的太糊涂了！太后是什么心思，你一点都不明白吗？先是李适，又是李诵，现在要杀李纯，难道太后会就此罢休吗？别忘了圣主也是王良娣的儿子！太后要恨，是一起恨。虽然我不知道她有什么计策，但我看得出来她如今要对圣主下手了，你们万万不能成亲啊！"叶岐云气恼道："胡说，我娘怎么会害我？虽然她不是我亲娘，但这么多年来我们相依为命，我待她如同亲娘，她待我也如同亲生儿子。我和眉儿也是一定要成亲的。"

翩翩焦急万分道："不行！你们二人若是成亲，会遭到天谴的！眉娘，你是……你是黎族公主啊！鹿回头的传说里，黎族的公主是圣姑，不可以与族人成亲，否则双双都会遭天谴！"此言一出，卢眉娘和叶岐云登时惊愕地立在原地，卢眉娘不可置信地摇头道："这怎么可能呢，我分明是南海皇朝的百越人，怎么会是什么黎族公主？"翩翩道："那匹黎锦我已经烧了，可惜你是看不见了，但我肯定你就是太后的一枚棋子。还记得当初太后想让我戴上金钗去复仇，因为她根本就知道你是黎族公主，要留你做第二条退路。假如我复仇失败，太后就会揭穿你是黎族公主的身份，说你是李唐安插在鹿眠谷的细作，到时候南海皇朝的人必然群起而攻对付你，你为了自保，只有攻打李唐来表明决心，这就是太后的第二步。可是没想到出了差错，太后只能让你戴上金钗去复仇，故而她只能隐瞒你的身份，不让南海皇朝的人知道，不让你们自相残杀。"

卢眉娘含着泪水连连退后，"不，我要去问太后！"她抹着泪转身奔跑回屋，冲进萧琼的房内，"太后，翩翩说我是黎族公主，这是不是真的？"

鹿 回 头

萧琼缓缓地抬起眼眸，把怀中的猞猁放了下来，深深地吸了口气叹道："我就知道，真相不会永远被掩埋的。当年我来到鹿眠谷的时候，就发现你手臂上刺着黎族的花纹图腾，而且你对黎锦如此熟悉，更让我起疑。一次我替你整理东西的时候，翻出了你小时候的褟褓，里面藏着这样东西。"萧琼轻轻地抬起了手，卢眉娘惊诧地看见一枚令牌在她的手中，这是黎族公主的令牌……萧琼继续道："你的父母其实是黎族的国王和王后，百越人之间曾经有过一场角逐，他们被追杀，你爹娘就把你藏在了鹿眠谷的入口，二人则双双从鹿回头的雕像旁跳崖身亡。别人以为你不是黎族人，收留你住在了鹿眠谷。"豆大的泪水从卢眉娘的眼眶中悄无声息地掉落，"这么说来……鹿眠谷的人，其实是我的仇人？"

一件极其华丽的黎族裙裳被萧琼从箱底捧出，放在卢眉娘的面前，"是的，所以我隐瞒你的身份只是为了你着想。这就是你爹娘留给你的裙裳，你的的确确就是黎族公主。正如翩翩所言，你和云儿成亲，恐怕会遭天谴。"卢眉娘垂泪拿起了这件红黑相间，金银丝线勾挑的美丽衣裳，扬手披上了身，坚定地一字一句道："我不管那么多，也不管会不会遭天谴，我只知道若是我不和岐云哥哥成亲，就没办法解他的毒，若是注定要有一死，我也愿意陪他死。"

卢眉娘穿着黎锦长裙，哽咽着转身跑了出去，谁知刚刚跑出松泉别苑，迎面看见站在门口的白乐天。他惊诧地看着卢眉娘这一身异族服饰，半响说不出话来，原来他已经游历回来，想来送新婚贺礼。卢眉娘忍不住哭了出来，将这些事都说与了白乐天。白乐天长叹一声道："既然你决定了，我也唯有祝福，只愿你和叶圣主能逃过此劫。"卢眉娘点头道："只等着月圆之夜，我们就成亲。"白乐天拿出紫毫笔，刺啦撕下自己的衣帛一角，提笔在上面写道：合聚千羊毳，施张百子帷。骨盘边柳健，色染塞蓝鲜。北制因戎创，南移逐虏迁。汰风吹不动，御雨湿弥坚。有顶中央耸，无隅四向圆。旁通门豁尔，内密气温然。远别关山外，初安庭户前。影孤明月夜，价重苦寒年。卢眉娘接过破涕为笑，"谢谢你的诗，我相信我和岐云哥哥一定能携手渡过难关。乐天，你既然回来了，就去青囊堂看看湘灵吧，她最近也很不好，因为……陈青笠死了。"白乐天大惊道："什么？三叔死

第八十九章 黎族公主

了？"卢眉娘惊诧地抬起头，"什么三叔？"白乐天来不及回答她，焦急万分地掉头向青囊堂跑去。

早春的灞桥柳絮纷纷，两鬓斑白的白乐天冲过汹涌的人潮，一路奔跑到青囊堂的门口，只见这医馆已经关上了门，陈湘灵也不知去向。就在他不知所措之时，身后忽然响起了一阵脚步声，白乐天连忙回过头去，只见背着包袱的陈湘灵正泪流满面地站在面前，"为什么你还要回来？"白乐天忙道："湘灵，你要去哪里？"她抬手擦去泪水道："三哥死了，我也不想再留在这伤心地，我也不会回符离村，你不要再来找我了，看见你……我就想起那五爿碎玉。"白乐天哽咽着点点头，"好，那我们约定好了，从今天开始，我们两个一个往东走，一个往西走，至死永不相见，老死不聚头。"

陈湘灵含泪微笑着点了点头，深深地望了他最后一眼，转身踏上了风絮之途，边走边唱："山鹧鸪，朝朝暮暮啼复啼，啼时露白风凄凄。黄茅冈头秋日晚，苦竹岭下寒月低。畲田有粟何不啄，石楠有枝何不栖。迢迢不缓复不急，楼上舟中声暗入。梦乡迁客展转卧，抱儿寡妇彷徨立。山鹧鸪，尔本此乡鸟，生不辞巢不别群，何苦声声啼到晓。啼到晓，唯有愁北人，南人惯闻如不闻……"白乐天泪眼婆娑，往事一幕幕在眼前浮现，符离村中的少年，青梅竹马的片段都涌上了心头，他道："不得哭，潜别离。不得语，暗相思。两心之外无人知。深笼夜锁独栖鸟，利剑春断连理枝。河水虽浊有清日，乌头虽黑有白时。唯有潜离与暗别，彼此甘心无后期。"

一个黑色的身影从青囊堂的屋檐上一闪而过，沉浸在悲痛中的白乐天丝毫没有察觉，这个极快的人影径直往大明宫的方向掠去，黑纱斗笠下一对玻璃珠子似的眼眸露出清冽而狠决的目光，这正是康娥！康娥已经做好了周密的计划，她换上宫婢的衣衫，摘下面纱，将半面腐烂的面容暴露在阳光下，这样的容颜谁也认不出是她。她在后宫中畅通无阻，小心地打量着一间间宫殿，她只想找到郭俪凝所住的清宁宫，她要让郭俪凝为陈青笠偿命。康娥哪里知道如今的郭俪凝早已搬出了清宁宫，迁居在冷宫清思殿。她好不容易找到清宁宫，看见正中唯有一座坍塌的丹炉。

鹿 回 头

"什么人?"就在康娥晃神之际,身后突然传来了一个女子的声音,她慌忙回过头去,却见走进来的并非郭俪凝,而是一个年轻貌美的妃嫔,只见她身着翠蓝色的金绣华袍,身段袅娜,声音悦耳,她就是被赐金缕衣的淑妃杜秋娘。康娥的腐烂容貌吓得杜秋娘不由叫了一声,"你……你是贵妃身边的宫女?"康娥连忙施礼道:"正是,我叫阿丑,吓着淑妃殿下了。"杜秋娘扶起她道:"陛下让本宫来这里拿东西,没想到遇见了你。我明白了,你一定是被贵妃炼丹炸毁面容,真是可怜,不如以后你就留在我的身边,去我的拾翠殿吧。"康娥心中一动,若是能在这宫中留下,还怕将来没有接近郭俪凝的机会吗?她一口答应了下来。杜秋娘道:"那好,你去找找,把贵妃以前烤雀芋的锅子拿来,跟我去洛阳的紫微宫送给陛下吧。"

到了李诵的祭日,李纯已经搬去紫微宫好几日,自从大明宫出事,洛阳紫微宫的防备就减轻了很多,正门则天门的守卫也很薄弱,这对萧琼来说是个好消息,当初她就是在这里杀了李诵,没想到李纯又自投罗网。萧琼准备好了一切,瞒着卢眉娘和叶岐云悄悄去了洛阳,她娴熟地混进紫微宫中,直往内寝宫贞观殿去。没想到就在这时,她忽然看见吐突承璀引着杜秋娘往这边来了,杜秋娘的身后还跟着一个样貌丑陋的宫婢,正抱着郭俪凝用过的锅子,一并往贞观殿走去。萧琼怕被发现,连忙闪身躲进了旁边的一间宫殿。

萧琼靠在门口看着杜秋娘一行走过,这才松了口气,谁知她方才转过身来,却被眼前的陈设所震愕。这间宫殿里的所有东西,竟然跟昔日的太子宫一模一样,那佛龛,那案几,那香炉……每一样都在熟悉的位置上,泪水早已氤氲了萧琼的双眼,她缓缓走上前,伸出手抚摸着这里的所有物件,她认出来了,这里就是长生殿。墙上还挂着一幅漂亮的画像,画中的妃嫔正是萧琼。她忍不住拿起桌上的佛经狠狠地往墙上扔去,"李诵,你这个负心人,你居然还敢将这里的一切都摆成太子宫的陈设!是你负了我,是你为了保住你的太子位休了我,改立王良娣,你还抢走了我的儿子,我那八岁大的儿子,也被你狠心杀死了!李诵,我对你一片痴心,你是怎么对我的?好,我就将王良娣的两个儿子也送下来陪你!"

第八十九章　黎族公主

　　她勃然大怒反手砸碎了案几，哪知却赫然看见案几底下粘着一封信，萧琼蓦地一愣，忙撕下来拆开。萧琼眼中的泪花渐渐泛起，这封信悄然缓缓落在地上，上面竟是李诵的笔迹。这是他临死前在长生殿所写下的信，这是一个没有人知道的故事。原来当年李诵与萧琼和离，完全都是为了保护她的安全。李适送给萧琼的那碗毒药，实际上让俱文珍偷偷掉了包，这才让萧琼有了一线生机，甚至……李诵早就发现她回来了，可惜却再也不能亲口诉说，宁愿让她杀了自己以解心头之恨。信笺的后半段字迹越发潦草，可见还没写完。萧琼震惊万分，颓然瘫坐在长生殿中，泪水滚滚而落道："天长地久有时尽，此恨绵绵无绝期。原来一切都是我的错……"

第九十章　淮西叛乱

"娘，你回来了？"自从发现萧琼不见后，叶岐云和卢眉娘在松泉别苑中不知所措，见她回来，叶岐云急忙迎上前去。只见萧琼神色有异，面色惨白，双手僵冷无比，跟她说什么话都听不进去。她径直回到了屋里抱起地毯上的猞猁，轻柔地抚摸着猞猁，突然泪如泉涌，失声痛哭道："殿下，我对不起你，我真的没有想到……你为什么不早点说，为什么要给我机会害死你，你没有错，错的是我，该死的也是我啊……"见她扬手向天灵盖打去，叶岐云赶忙一把抓住她的手，"娘，出什么事了？"

萧琼看见叶岐云，更是忍不住哭道："云儿，都是娘的错，我不配当你的娘。翩翩说得没错，我明知道你和眉娘成亲会遭天谴，我还答应你们，我这么做就是想害你，我想杀李纯，也想杀你，因为你们都是王良娣的儿子……可是，可是到头来我杀了这么多人，原来一切都是我做错了。若不是我在长生殿看见李涌临死前写下的信，我永远都不会知道这个男人为了我背负了多少，甚至愿意为我丢掉性命。云儿，我对不起你啊。"

叶岐云听罢她的哭诉，也震愕不已，他倒吸一口凉气，红着眼蹲下身拥紧萧琼，"娘，在我心中，你永远都是我娘。人谁无过，我和眉儿都会原谅你，都不会怪你的。就算我和眉儿成亲真的是死路一条，我也无怨无悔。"就在这时，松泉别苑的门响了，正在整理婚嫁物品的卢眉娘起身拉开门，愣在原地，站在门口的正是李纯身边的吐突承璀，他含笑递给卢眉娘一卷画轴和一个盒子，"卢姑娘，陛下得知你要成亲，这是陛下的一点心意。"卢眉娘好奇地打开了那个盒子，只见里面静静地躺着当年那匹自己亲手所织的黎锦，再展开那幅画，它已然泛黄，上面画着身着宫服的卢眉娘。

春风吹起一丛柳絮，迷住了双眼，也吹开了淮西青楼的窗户。沈阿翘坐在阁楼上调着琴弦，她站起身走到窗边轻轻地关起了窗，身后的门却被推开了，她回头看去，只见吴元济一手拿着酒壶，醉醺醺地走了进来，他

第九十章　淮西叛乱

愁眉不展道："阿翘，再给我弹最后一支曲子吧，弹完之后我就替你赎身，你想去哪里就去哪里。"沈阿翘不安道："吴郎，你是不是又有什么计划了？上次你自称节使已经惹怒了陛下，僵持了这么久，你若是有什么举动，我怕会对淮西军阀不利。"吴元济哼道："就是因为僵持了太久，才需要有个了断。我的事你别管了，弹完这首曲子，我也要回阆中了。"一曲如泣如诉的琵琶声从沈阿翘的指尖流淌而出，她不知道吴元济到底有什么计划。被赎出青楼后，沈阿翘一直默默地观察他的行踪举动，一路跟到军阀外，她索性在这附近租了赁屋住下。每天她都把自己关在屋内，墙角的琵琶已然生了尘，桌上却堆着各种各样兵书，沈阿翘挑灯坐在窗前翻看这些兵书，将里面的计策都用心记了下来。

唐宪宗元和九年，吴元济遣兵焚舞阳、叶县，攻掠鲁山、襄城、阳翟，正式叛乱，李纯终于决定发兵讨伐淮西。时河北藩镇中，成德的王承宗、淄青的李师道与吴元济交好，出面为之请赦，不料朝廷不许，李师道派人伪装强盗，焚烧河阴粮食，企图破坏唐军的军需供应，一时间山河动荡，时局不稳。李纯勃然大怒，在宣政殿上大发雷霆，"这些个叛贼，是越发猖狂了！"李弘宪上前道："陛下，臣愿意前往征伐淮西，替陛下分忧！"李纯怔了怔道："不行，爱卿是朕的股肱之臣，那前线危急之地，岂能让你去冒险？若是你有个三长两短，朕以后就失去左右手了。这样吧，你就留在京中，替朕策划征伐淮西，这一系列的计策就全权交给你了。"

"眉儿，快看，是陈姑娘寄来的东西！"松泉别苑的门口，叶岐云捡起一个包裹，连忙交给卢眉娘。她欣喜道："湘灵回来了吗？"叶岐云摇了摇头，"这东西是从很远的地方寄来的，也没有留下地址，更不知道陈姑娘现在身在何方。"卢眉娘拆开包裹一看，忍不住笑了，"湘灵故意没留下地址，但她送我的东西偏偏又露了馅。"她将包裹递上前，只见里面放着几块青绿色的甜糕，混合着桂花与茶叶的清香扑鼻而来。卢眉娘笑道："这是桂花馅的龙井甜糕，是杭州的美食，我想湘灵现在一定是在杭州。我给她寄封喜帖，希望湘灵到时能来参加我们的婚礼。"可让卢眉娘失望的是，她再度收到了陈湘灵从杭州寄来的宝匣，打开却看见里面放着一颗浑圆的夜明珠，下面压着一封短笺，陈湘灵说她不会回长安，所以也无法参加婚礼，

鹿 回 头

只有将这颗夜明珠送给卢眉娘当作贺礼。

就在卢眉娘望着夜明珠晃神之际,松泉别苑的大门被敲响了,她连忙上前拉开门,只见门前站着形容憔悴的杨慕巢,他焦急道:"卢姑娘,我想求你进宫去找康姑娘。自从那日陈兄去世后,康姑娘就不知去向,她已是油尽灯枯,不能再耗费自己的精力了。但我明白,她一定是想进宫为陈兄报仇。我人微言轻,又不可能混进宫中,实在没有办法才来求你,你和陈兄也是知交,他一定不想看到康姑娘出什么事的。"卢眉娘心中一沉,"我已不再是什么眉贤妃,而且我和岐云哥哥就要成亲了,我若是进宫……那好吧,只要我此次进宫不见陛下就行了。"她一咬牙答应了下来,当即换下黎族公主的服饰,穿回许久未穿的白色长裙,黑发如瀑布般垂在身后,眉间点着一弯月形的花钿,一如当年般窈窕美艳,卢眉娘曳着长长的裙裾再度走进大明宫。

"咦,贤妃?"卢眉娘方才往绫绮殿的方向走去,穿过御花园,却迎面遇见了赏花的杜秋娘,她抬起头看去,一眼就看见了那跟在杜秋娘身后的宫女,她半边脸颊腐烂可怖,若不是看见那双玻璃珠子似的眼眸,卢眉娘怎么都不肯相信她就是那个曾经艳绝长安的胡姬。卢眉娘忙道:"淑妃殿下,你别这么叫我了,我这次回宫就是想来拿点东西,正好我人手不够,借你的宫女来帮帮忙吧。"她扬手一指,指向了康娥。杜秋娘道:"阿丑,那你陪贤妃……陪卢姑娘去绫绮殿收拾东西吧。"康娥微微一愣,跟着卢眉娘离去。到绫绮殿前,卢眉娘遣退了众人,焦急道:"康姑娘……真的是你吗?"

康娥忙别过脸去,"我不是什么康姑娘,我是阿丑。"卢眉娘道:"你知不知道这次我进宫来就是为了找你,是杨明府托付我,一定要将你带出宫。你不可以留在宫里冒险,就算要报仇,也要先治好你的病啊。"康娥摇头道:"我的病是治不好的,不过我也想提醒你,这段时间我跟在秋淑妃身边,发现太后和贵妃其实早就联手了,你们一定要防备太后。"卢眉娘摇头道:"不,这不可能,太后已知错悔改,不会这么做的。我不管你的病能不能治得好,我一定要带你出宫!来人啊,这个宫女有麻风病,快去禀告淑妃,将她赶出皇宫!"

第九十章 淮西叛乱

卢眉娘终于成功地将康娥带出了皇宫,点住康娥穴道,把康娥送回杨慕巢的府中。卢眉娘方才从杨府出来,看见站在门前的柳萋萋。她红着双眼含笑走上前道:"我听说你和叶大哥要成亲了,我……我也算彻底死心了。就算他什么都记不得,就算我骗他我是他的未婚妻,可他对我始终没有感觉,而对你却有一种莫名的吸引。我真的相信钗盒情缘的力量,我不该插入你们之间,更不该妄想取而代之。当初跟着欧阳络儿一错再错,我害了你们,这都是我一己私欲所致。我也不知道该如何补偿,所以我打算去华阳观中陪兮兮,我们两姐妹就相依为命度过下半辈子。"柳萋萋说着从怀中取出一把玉笾,含泪递给了卢眉娘,"我没什么好送给你们当贺礼的,这支玉笾是我对叶大哥的一番情意,如今我送给你,你就收下吧。"

她将玉笾放在卢眉娘手中,幽幽地长吁短叹,转身向那葱茏的山上走去。华阳观的门口,一袭道袍的柳兮兮正站在这里含笑迎上前,"二姐,我就知道今天你要来。以后我们姐妹二人就在这华阳观中,为所有人祈福食素,远在他乡的大哥也会为我们高兴的,希望能化解刘大哥的怨,能化解我们所做的错事。"柳萋萋点点头,跟随她拾级而上。柳兮兮指着屋内的丹炉道:"对了,二姐,你先帮我把这里面剩余的丹药灰倒了吧。"柳萋萋轻轻扫出里面的丹药灰烬,走出华阳观外,忽然一股异样的香气飘入鼻腔,好似一种药草的味道,难道附近还有人在炼药?柳萋萋好奇地随着这药草香往山林深处走去,没想到这山中居然还有一处僻静的小屋,她躲在树后悄然看去,只见那院中摆放着一鼎纯金色的丹炉,一个女子正盘膝闭眼坐在丹炉前炼丹,柳萋萋定睛一看,心头猛地一凛:怎么会是她?那女子不是别人,正是本应在清思殿中的郭俪凝。"既然来了,何必要走?"就在柳萋萋准备悄然离开之时,郭俪凝忽然睁开双眼轻飘飘地说道,"很奇怪我怎么能来去自如出冷宫是吗?清宁宫的丹炉底下有一条秘密通道,可以直通曲江以外的山头上,我和巫医就是这样互换身份的。"

柳萋萋的心中怦怦直跳,尽量保持与郭俪凝之间的距离,"贵妃殿下,我不想知道这些,我也什么都不知道。"郭俪凝却咯咯笑了,"柳二小姐,你不用担心,你的事我却都知道。你若是帮我对付卢眉娘,我保证帮你把叶岐云抢过来,不但如此,你哥哥柳子厚的事我也能说了算,放他回京,还不是我跟陛下的一句话。"柳姜姜心头咯噔一声，虽说她已经放弃和卢眉娘争夺叶岐云，但心中始终放不下他，更何况大哥柳子厚命途多舛，郭俪凝虽然被囚冷宫，但依旧不减万千宠爱，只要她轻描淡写地说一句，柳子厚就能如愿以偿回京了，柳姜姜越发为难。郭俪凝轻笑着拍了拍她的肩头，"不着急，你慢慢想，好好想，总之华阳观离我这儿也近得很，什么时候想通了，你就来找我吧。"

今年的春日似乎格外寒冷，每个人都不复昔年的意气风发。李文饶迎着暖洋洋的春光，带着一束白色的栀子花来到荒废已久的西园，融融的阳光下万物又再复苏，潭上的紫藤又开出花骨朵，红桂树上还挂着无数的许愿带，只是这花下水边少了一个红衣单臂的女子在舞动剑影。李文饶的泪水不觉模糊了双眼，他轻轻将花束放在水岸边，祭拜着谢秋娘的一缕芳魂。虽然她已然入了李家祠堂，但这里才是二人独有的记忆，也唯有在西园里，他才能更近地感觉她。忽然一阵啜泣从侧门的深径传来，李文饶不由惊诧，这西园已然败落不堪，纵然没有上锁，也不可能有什么人来。他蹑手蹑脚地走到旁边推开侧门，只见那间谢秋娘曾住过的楼下，站着一个人垂泪化着冥锞，李文饶霎时怔住了，脱口而出道："怎么是你？"

那人闻声抬起头来，阳光从树叶间泼洒落在他的面颊上，清晰地照出了他的容貌，此人正是牛思黯，二人怎么都没料到会以这种方式重逢相见，一时间感慨万千。李文饶含泪道："多谢你来拜祭秋娘，其他的话我也不知该怎么说。"牛思黯点点头道："不错，你我始终立场不同，也只能是对敌一生。不过无论如何，我得提醒你一声，淮西吴元济的事必须尽快解决，那些有才之士，还是应该早日调回京城辅佐陛下对付吴元济才是。"李文饶若有所思道："对，元微之、刘梦得和柳子厚，他们若是能回来，或许能想出更好的办法。"

第九十一章　何满子

　　李文饶听从了牛思黯的建议，找了个合适的机会向李纯进言，大敌当前，什么牛李党争都无此事重要。，李纯沉思许久，终于下诏将元微之、刘梦得和柳子厚三人从远州召回。骑在马背上的刘梦得意气风发地回到京都，拂面而来的春风仿佛吹醒了他冰冻已久的心。这些年来，他甚至没想到还有回京的这一天。看着满城花柳正盛，刘梦得顿觉壮志冲云，决定重整旗鼓，重新为朝廷做点事。一阵微风拂过，片片桃花瓣飞出墙垣，落在他的肩头，刘梦得侧头看去，只见旁边的道观牌匾上赫然写着"玄都观"。他一时兴起，跳下马来，随着人潮走进玄都观，只见院内栽满了盛放的桃花树，朵朵红霞如梦似幻，刘梦得扬起一抹微笑，提笔在墙壁上泼墨而就：紫陌红尘拂面来，无人不道看花回。玄都观里桃千树，尽是刘郎去后栽！

　　就在这时，下人匆匆送上一封信来，"是蓝桥驿寄来的。"刘梦得连忙拆开，顿时认出元微之的笔迹：泉溜才通疑夜磬，烧烟余暖有春泥。千层玉帐铺松盖，五出银区印虎蹄。暗落金乌山渐黑，深埋粉堠路浑迷。心知魏阙无多地，十二琼楼百里西。刘梦得看后哈哈笑道："这下好了，微之很快也要到京了，听说子厚早就去乐天的府中，走，我们也去白宅！"他开怀地笑着，大步走出玄都观，那面墙上留下的诗赋却引来一群人的围观与指点。不出几日，元微之带着安仙嫔也回到了京都。他安顿好安仙嫔，便马不停蹄地赶往了白宅，没想到刘梦得和柳子厚也在这里，众人重逢之际顿觉沧桑感慨，纷纷在藏书楼里诗酒相和。元微之揽住白乐天的肩，醉醺醺道："你这座藏书楼可真是不错，我有个想法，不如我来收集你的诗作，拟编为《元白还往诗集》，收藏在你的藏书楼里，待百年归老后，还有这本集子记载你我的故事，你说好不好？"白乐天笑道："你看你又喝多了，这次你们奉诏回京，可不是为了跟我玩乐的，咱们还是找个机会去退之兄的韩宅，一起研究该怎么对付吴元济吧。"

鹿回头

"吴元济这个人出生贵胄,文武双全,聪明无比,要对付他不是件容易的事。"韩宅之内,韩退之展开手中的地图,与众人聚在一起紧锁眉头道。白乐天沉吟片刻道:"没错,我们几个文人策划带兵打仗,吴元济一定嗤笑鄙夷,我们攻其不备,出其不意,用文人的文弱方法行动。"元微之赞同道:"对,我们先烧了吴阀兵马的粮草!"柳子厚点头道:"饿他们的兵马几日,再出兵打仗,可以大大减弱敌方的兵力。"谁知刘梦得忽然哈哈大笑了起来,"光减弱兵力可不行,我想到一招,保管这次让吴阀吃苦头。"

"哼,这群文人只懂得纸上谈兵,李纯居然派他们出征,真是天大的笑话!"吴元济忍不住大笑不止。谁知就在这时,侍卫匆匆跑上前道:"节使,大事不好了,兵马的粮草被烧了!"吴元济微微一惊,"这些人还算有点小聪明,算是我大意轻敌了,不过这也没什么大不了的,以为我们的马儿饿了,就打不了仗了吗?传令下去,明日照常出兵!"夜色渐浓,军营外不远处的小屋里仍旧亮着一豆灯火,沈阿翘坐在窗前细细地为他缝补着明光卡,她低下头咬断最后一根线,伸手轻抚着衣衫铠甲许久,忽然拿起桌上的剪刀裁下一缕发丝,又拆开方才缝好的线,将这缕发丝埋进铠甲之中。

天色微亮之时,沈阿翘站在军营前,托人将这件明光铠和一把唐刀在出征前送给了吴元济。浩浩荡荡的兵马在吴元济的统领下冲向唐军,丝毫不受粮草被烧的影响。哪知唐军也不动声色,纷纷拆下马背上的布袋,哗啦啦的豆子全部被撒在战场上。吴元济那边饿了几天的战马顿时低下头去吃地上的豆子,将背上的人全部摔了下来。吴元济顿觉掉入陷阱,他奋力挥动着唐刀在马背上厮杀,扬脚一蹬,凌空从马背上飞起,"快撤退!"可惜的是四面八方的埋伏已经将吴元济等人团团围住。

就在这进退两难之时,一个水碧色的身影突然在千军万马中奔跑而来,她一把拉住吴元济退回了最近的营帐。吴元济惊愕地睁大眼睛,"阿翘,你怎么来了?这里是战场!"沈阿翘急道:"目前只有这个营帐是安全的,外面全部围满了唐军,你不能出去!"吴元济道:"这怎么行,难道要我被他们困死,在这里当个缩头乌龟吗?你不该陪我来冲锋陷阵,阿翘,我愿做项羽,但不想连累你做虞姬!"沈阿翘道:"你不会是项羽,我也不会是

第九十一章 何满子

虞姬，我自有办法，我们不妨来一招明修栈道暗度陈仓。外面的人不敢进来，不知道里面的情况，那些文人都只知道敌不动则我不动，我们没必要跟他们僵持下去，我们将计就计，让外面的人以为你已被重伤！"她说罢扬手扯下裹在身上的水碧色披风，给吴元济披上。

"将军，吴贼出来了！"自从吴元济受伤的消息传出来，唐军就一直焦急地在帐外等待，就在众人急不可耐之时，忽然一个士兵大声叫道。众人向着帐前看去，只见一个身穿明光铠的人影从帐内窜出，众人冲上前顿时将那人围住，哪里顾及其他。此时营帐帘布被猛然掀开，几个将士趁着混乱拼命拉着身披水碧色斗篷的吴元济跑出，他睁大了眼睛死死地盯着被唐军围困的沈阿翘，心中万般复杂。他见一把马槊向沈阿翘刺来，她登时翻身倒在了血泊之中，唐军顿时惊愕道："中计！快追！"沈阿翘躺在滚烫的血泊中迷迷糊糊，费力地睁眼望着吴元济越来越远、越来越模糊的身影。

"阿翘，阿翘……"忽远忽近的声音飘进耳中，沈阿翘终于睁开了眼睛，只见吴元济正担忧地坐在床榻边守着她。她连忙坐起身来，"节使，你逃出来了？你没事吧？"看着她苍白的面容，吴元济心疼道："我没事，可你却为我挨了这一刀，阿翘，我实在对不起你……"沈阿翘松了口气笑道："别这么说，阿翘的性命微不足道，但节使你不一样，看到你安然无恙，我就放心了。"见她一双眼眸深深地凝视着自己，吴元济心中自然明白她的一番情意，但他对沈阿翘只有知己之情，这样下去会更糟，可是她如今正身受重伤，自己又怎能开口？吴元济叹了口气，放下药碗轻轻扶她躺下，"阿翘，你好好休息，我答应你绝对不会再轻敌了，以后我都会详细策划好再作战，你放心吧。"

此时此刻的唐军营，又从长安调来一位副将，他撩开门帘俯身走进，只见他正是自请来征战的牛思黯，"听说吴贼已经元气大伤，今晚我打算亲自去吴阀探探情况。他们也不认得我，想来危险不大。"任谁也劝不了牛思黯。直到夜深人静之时，他提着马槊蹑手蹑脚地向吴阀靠近。冷清的月色下，忽然从吴阀中传出一阵凄然的琵琶声，天籁的歌喉紧随飘出，"世传满子是人名，临就刑时曲始成。一曲四调歌八叠，从头便是断肠声。何

鹿 回 头

满能歌声婉转，天宝年中世称罕。婴刑系在囹圄间，下调哀音歌愤懑。梨园子弟奏玄宗，一唱承恩羁网缓。便将何满为曲名，御府亲题乐府纂……"牛思黯霎时心头一颤，认出了这声音，"沈姑娘……对啊，沈姑娘到了淮西。这么说来，她早就和吴元济在一起了……"

　　此次作战挫败了吴元济的气焰，无论如何都是件好事，消息传到了大明宫中，正在研究征讨淮西的李弘宪得知此事不由赞道："想不到牛党的这些人，也的确是有些聪明才智。"连续一个月耗费心神，李弘宪突然猛地咳了咳，他展开手帕一看，只见上面沾满了鲜血。"父亲大人！"李文饶大惊失色，连忙扶着李弘宪出宫回家，请了好几个大夫看，谁知道他们纷纷摇头，说是李弘宪已得了肺痨，病入膏肓，用什么仙药都无济于事了。李文饶又惊又怒地拽着大夫的衣襟道："胡说！曾经有高人给我爹算过一卦，说我爹是九十三岁的寿命，我爹现时才五十六，这不可能，你们一定要医好我爹！"几个大夫吓得连忙匍匐在地，开了无数的药方。李文饶亲自为他煎药，每天衣不解带地端到李弘宪的病榻前喂食。

　　李弘宪虚弱地靠在病榻上道："文饶啊，爹这一生起起落落，从没后悔过什么，唯独你的婚事，是爹的遗憾。秋娘是个刚烈的女子，可惜你们却不能在一起。"李文饶哽咽道："都是过去的事了，爹，你一定要养好身体，平定淮西还要靠爹。"李弘宪笑道："牛党的人，也很聪明。平定淮西，自然大有人在。文饶，既然你是李党的人，就不能再跟牛思黯做朋友了，人这辈子总有得有失。"说完李弘宪的手悄然地从床边滑落，李文饶恸哭不已跪了下来，"爹……"公元814年九月三日，李弘宪于家中暴毙，谁也没想到当年那卜卦的"九三"，并非指他九十三岁的寿命，却是指他于九月三日过世。李弘宪的死在朝野引起轰动，李纯也无比哀恸，将李弘宪追赠司空，谥号忠懿，安邑李丞相。李弘宪已死，平定淮西的计划就被搁浅了，一时间宫中乱作一团。

　　卢眉娘苦等着月圆之夜的到来，哪知一场倾盆暴雨打碎了她整月的期望。就在次日一早，她踏着湿漉漉的路面出门去，却看见浑身湿透的柳萋萋站在松泉别苑的门前，似乎她昨夜冒雨而来，卢眉娘惊道："柳二小姐，

第九十一章　何满子

你身上都湿透了，快进屋换身衣服吧。"她伸手去拉柳萋萋，谁知她扬手一甩，"卢眉娘，今天我是来跟你要一样东西的。"卢眉娘奇道："你要什么？"柳萋萋猝不及防地抬起手，一把拔下了她发髻上的玉篦，"这只玉篦本就是我的，我的东西自然要取回。你和叶大哥一日不成亲，我一日就要跟你一试高低，你我各凭本事。我不信什么钗盒情缘的鬼话，我也不会把我的心上人拱手让人。"

卢眉娘惊愕道："柳二小姐，请留步！我和岐云哥哥成亲，是唯一可以化解他体内毒素的办法，毒液已经深入他的骨髓，如果你有办法救他，我愿意退出，让你们成亲，可若没有办法，为了他的性命，我们是一定要成亲的。"柳萋萋冷笑道："为了叶大哥跋山涉水采集仙药，祛除他体内的毒素，我是在所不辞，卢眉娘，我们且斗一斗吧。"柳萋萋决绝地回头离开，不由红了双眼，心中暗暗道：对不起了，我大哥已然回京，她的性命就在贵妃的手上，若是贵妃不开心，一句话就能让大哥上战场征战淮西，我大哥一介书生，岂不是要了他的性命？

据郭俪凝说，在这华阳观的山后有一处石洞，在这石洞的深处长着一个千年太岁，若是能取得这太岁，再加上郭俪凝亲自炼制的丹药，就可以将叶岐云的毒排出，柳萋萋径直向那山头石洞走去。卢眉娘觉得事有蹊跷，紧随她悄悄一路跟去。只见柳萋萋来到一座坍圮了大半的石洞前，这些石块堆得很高，摇摇欲坠，若是有一块松动，整个洞穴顷刻就可能化为乌有。柳萋萋却不顾性命，焦急地冲了进去。洞穴内极其昏暗，她却一眼看见了生长在潮湿石缝中的千年太岁，柳萋萋大喜，上前伸手一拽，却没想到拉扯到了太岁筋脉，霎时牵连着整个石洞哗啦啦摇动，无数巨石从天而落，柳萋萋惊愕地回身躲避，背上却被一块石头重重砸中，霎时喷出一口鲜血倒在地上。

第九十二章　一叶蔽目

卢眉娘追上前看见石洞就要坍塌，她连忙冒着危险冲进去。石砾纷纷落下，卢眉娘飞身上前一把拉起重伤的柳萋萋趁着石洞坍塌之前逃了出去，"柳二小姐，你醒醒啊！"卢眉娘扶起满身是血的柳萋萋，伸手摸了摸她的脉，"糟了，重伤……现在情况危急，必须用功力为她续命。柳二小姐，我只有这么多功力，希望能救得了你。"她抬起手掌抵住了柳萋萋的肩头穴道，烟雾渐渐从掌心升起，卢眉娘的额头上布满了细汗，柳萋萋也不由得皱了皱眉，卢眉娘将所有的功力都耗尽，轰然倒在柳萋萋的面前。

"柳二小姐！"一阵梦魇般的惊恐袭来，卢眉娘满身是汗地从床榻上坐起，只见叶岐云正担忧地守在床边，"眉儿，你醒了？萋萋没事，柳兮兮已经将她接回华阳观。你也太傻了，为了她耗尽自己的内力。"卢眉娘的目光落在枕边的信笺上，她拆开一看顿时急了，"是湘灵的信，她说淮西军阀混乱，乐天他们还去了淮西，实在太危险了！"叶岐云道："眉儿，你现在已经力不从心，不能再去帮任何人了。我知道你很想去看白乐天，但你现在连床都下不了。"他话音刚落，门口响起了一个声音，"眉娘，让我替你去吧。"卢眉娘抬头看去，只见翩翩已收拾好了行囊，含笑站在门口，"有我在，你就放心吧。"

秋风吹开了营帐的门，天色微微亮，白乐天已然睡不着了，他起身走出营帐，迎着微凉的秋风走到水岸边，望着满眼秋色，不由想起曾与陈湘灵相别的南浦，还有那树干上的字迹："南浦凄凄别，西风袅袅秋。一看肠一断，好去莫回头。"身后忽然传来一阵脚步声，白乐天回头看去，竟意外地看见了翩翩，他连忙迎上前去，"翩翩姑娘，你怎么来了？眉娘呢？"翩翩笑道："我就知道你要问她，我是替眉娘来照顾你的，陈姑娘写信说淮西危险，眉娘自然坐不住，可惜眉娘现在受了伤，下不了床榻。"白乐天

第九十二章 一叶蔽目

登时急了，"眉娘受伤了？"翩翩说着便气不打一处来，说道："都是那个柳萋萋，她害眉娘一次还不够，这次又受人摆布，想要拆散眉娘和圣主。虽然我也不希望他们成亲，但是柳萋萋做事太过分，只有眉娘不计前嫌，为了救她耗尽自己的内力。"正说着，一阵琵琶声从对面的军营飘来，白乐天摇了摇头道："又是一个痴心的女子。罢了，回去吧。"他转身带着翩翩回了军营。

然而这连绵不绝的琵琶声却扰乱另一个人的心思，那就是牛思黯，他手中紧握着那卷《玄怪录》喃喃自语道："我只是想把这样东西交给沈姑娘。我跟沈姑娘是旧时相识，再见面也不算什么，我交给她就走，了了一门心思，我也就不会再惦记着了。"整整一天牛思黯都坐立不安，好不容易熬到入夜时分，牛思黯蹑手蹑脚地爬了起来，从床底拉出一件战俘敌军的衣衫换上，悄悄跑出唐军军营，低着头混入吴阀。哀婉的琵琶声似断还续地从帐中传出。沈阿翘的伤势已经好了大半，她正独自坐在帐中弹着琵琶，过几天又要开战了，吴元济根本没有时间顾及她。"沈姑娘，你的汤熬好了。"一碗热腾腾的汤水被婢子端上前来，沈阿翘放下怀中的琵琶，轻轻舀起抿了一口，她忽然睁大了双眼，"这味道……这味道好熟悉啊，是长安的味道。"隔在帐外的牛思黯不由暗自欣喜，就在这时，面前路过一个长官多瞥了他两眼，"哎，你是哪个营的？怎么这么面生？"

沈阿翘听见外面的动静，连忙放下勺子，掀开帘幕走了出去，她惊愕地看见身穿士兵服装的牛思黯，心下不由咯噔一下，连忙满脸堆笑地拉开那长官，"这不是表哥吗？长官，这是我远房的表哥，你是什么时候来军营的？来，快进帐子来，表妹陪你说说话。"那长官笑道："原来是沈姑娘的表哥，快请进吧。"沈阿翘笑道："长官，我和表哥叙一叙旧，你们都出去吧。"沈阿翘连忙将牛思黯拉进来，"牛大哥，怎么会是你？"牛思黯欣喜地从怀中取出《玄怪录》递给她，"其实我早就想来找你了，可是假母说你去了淮西，这卷书我一直没有机会给你。这次陛下派我来出征淮西，我这才发现原来你在吴阀中。"沈阿翘神色一变，"你是唐军……牛大哥，快走！这里毕竟敌营，你若是被发现了，一定没命。"牛思黯忽然一把握住了她的手，"沈姑娘，你关心我？"沈阿翘连忙把手抽了出来，却觉得心中

鹿 回 头

怦怦直跳，"快别多说了，我送你出去！"她胆战心惊地拉着牛思黯的手腕，趁着夜色悄悄溜出了军营。看着牛思黯远走的背影，沈阿翘这才靠在栅栏上长长地舒了一口气。她低眉看了看手中的那卷《玄怪录》，心中不由浮起一阵莫名而朦胧的感觉，这与对吴元济那般辛苦的感情大不相同。她摇了摇头，合上了书卷，走回帐中。

"行行重行行，与君生别离。相去万余里，各在天一涯。道路阻且长，会面安可知。胡马依北风，越鸟巢南枝。相去日已远，衣带日已缓。浮云蔽白日，游子不顾返。思君令人老，岁月忽已晚。弃捐勿复道，努力加餐饭……"次日清晨，沈阿翘来到营帐外的溪水边，拆下头上的发簪，乌黑的长发缓缓散落，她一边俯身蹲在水边洗着长发，一边唱着歌，忽然一块石子从背后飞来，啪地落在水面中，惊起一片涟漪。沈阿翘忙绕起湿漉漉的长发回头看去，只见牛思黯的身影一闪而过，她站起身赶忙追了过去，"牛大哥，你怎么又来了？这里是吴阀的界限，你真是不要命了！"牛思黯道："那你呢？你一介弱质女流，在这里实在太危险了，我想了一晚上，还是决定带你走。"沈阿翘不由得心中一动，暗暗想着，眼前这个男子对自己这般好，只可惜在她的心中，吴元济已经占了全部。她俯身从地上捡起一片赤红的枫叶，轻轻遮住了他的眼睛，"《鹖冠子》有云：一叶蔽目，不见泰山，两豆塞耳，不闻雷霆。"牛思黯却一把握住了她的手说："不，楚人读《淮南子》，得'螳螂伺蝉自障叶可以隐形'，遂取一叶闭目，问其妻曰：'汝见我否？'妻始时恒答'见'，经日厌倦，云'不见'。嘿然大喜，持叶入市，对面取人物。可见无论如何，一叶都是无以障目的。就算掩住我的双眼，也捂不住我的耳朵。你拨动的不是琵琶弦，而是我的心。"

沈阿翘霎时脑中一片空白，从来没有人对自己说过这样的话，就连吴元济也没有。他自始至终一门心思都扑在权势上，对她是怎么样，她难道心里不清楚吗？昔日在青楼里朝夕相处，她也明白他并非出自真心，只不过是知己之间的惺惺相惜。若是这次吴元济战败，她也将没有退路，不如给自己一次选择。沈阿翘深深吸了一口气，"牛大哥，如果你真的想带我走，明日这个时分，还在这里，如果你来，我就跟你走。"牛思黯大喜道："好，说定了，明日这时就在这里见面，阿翘你等着，我一定会来的。"他

第九十二章 一叶蔽目

兴冲冲地跑回唐军营中，准备收拾包袱，又将军中事务私下交给了别人，只想着要带沈阿翘离开，送她到安全的地方再回来征战。牛思黯一直忙到夜色降临，终于整理好了最后一封文书，正要熄灯睡下，忽然外面传来一阵慌乱的脚步声，侍卫匆匆闯进来道："不好了，吴贼夜袭军营，劫走了白赞善！"一时间柳子厚等人也纷纷跑来，"思黯，乐天被劫走，现在只有你的手上有兵马，快发兵救乐天啊！"牛思黯心头一颤，约好了天亮之后要带沈阿翘走，但如今白乐天危急，他断然不能坐视不理，他忍痛咬牙道："好，出兵！"

天已经亮了，沈阿翘早已如约站在溪水边的枫林下，她背着一个小包袱，秋风拂过，漫天红叶落在她的肩头。远处战场上的厮杀声传来，沈阿翘叹了口气，喃喃自语道："天意如此，终究是时机错过。"她知道今天再也等不来牛思黯了，便放下包袱坐在枫树下，一片片地捡拾着飘零的红叶，只想着捡完地上的落叶就回去，再也不想关于牛思黯的事了。不知不觉已然捡了大半天，就在沈阿翘精疲力竭之时，身后忽然传来了牛思黯惊喜的声音，"阿翘！"她下意识地回过头去，看见牛思黯向这里跑来，"阿翘，对不起，我不是故意要爽约的，吴元济抓了乐天，我想出兵救回乐天，可是吴元济说什么都不肯放人，我只好……"沈阿翘伸手掩住他的口道："别说了，时机已经错过了，这就是天意难违。如果没有节使，我一定会义无反顾地跟你走。但如今，对不起。"

这段时间以来，卢眉娘的功力也慢慢恢复了，她每天都和陈湘灵互通书信。这天她收到湘灵的急信，卢眉娘登时急了，"乐天被吴元济抓了！牛思黯他们也没办法救回乐天，这吴元济好端端地抓乐天干什么啊？"叶岐云道："后面还有一封信，看看陈姑娘怎么说。"卢眉娘翻开一看，蹙眉道："湘灵说吴元济只是想利用乐天的智慧，如果乐天能投入他的麾下，吴阀就战无不胜攻无不克了。而且抓了乐天，就可以钳制住其他人，为保乐天的安全，谁都不能轻举妄动，这样也给吴阀争取了更多的时间。湘灵还说，让我出面统帅，重整军队，吴元济不熟悉我，一定会摸不着头脑的。"卢眉娘说罢抬头看向叶岐云，他爱怜地摸了摸她的发丝道："去做你想做的事吧，我都会陪着你的。"卢眉娘欣喜道："其实无论身在何处，只要到了月圆之夜，不管什么繁文缛节，我们就成亲。"叶岐云含笑地点点头，带着她骑马扬鞭，向淮西赶去。

"节使，唐军来了一个女统帅，听闻此人正是宫中的眉贤妃！"派出去的探子突然跑来向吴元济禀告。他正低头写着战略，不由得惊愕地抬起头道："什么？派一个妃子来当统帅，到底是这皇帝糊涂，还是另有计划？不管怎样，都要去会一会这个贤妃。立即派使者去唐军营，看看这个贤妃究竟是什么来头。"不出半日，使者便回来禀告道："节使，那位眉贤妃，其实不是贤妃。"吴元济眉头一皱，不由气道："好好说话！"使者忙道："此女名叫卢眉娘，本是陛下要册封的贤妃，但由于她是南海皇朝的人，并没有受封……"吴元济扬起手打断他的话，"南海皇朝不是跟李唐对抗吗？若是能卖个人情给南海皇朝，卢眉娘岂不就归顺我们了？有了南海皇朝做靠山，还怕打不了胜仗？"那使者转了转眼珠道："节使，听说那卢眉娘跟白乐天的关系很不错。"吴元济笑道："用一个书生换千军万马，这笔交易很划算。为了表示诚意，本节使就亲自把白乐天交回去。"

第九十三章　日薄西山

吴元济自然不是等闲之辈，他一面带着白乐天向唐军营出发，一面又带一小队精兵紧随保护，一旦唐军营有什么变动，他就能全身而退。交回白乐天的这天格外寒冷，路面上结着厚厚的冰霜，吴元济身披褐色的兔毛裘，内里穿着沈阿翘亲手缝制的明光铠，腰间别着唐刀，威风凛凛地坐在战马上来到卢眉娘的帐前。"眉娘！"看见账内身穿铠甲的卢眉娘时，白乐天不由得欣喜唤道。吴元济更觉得自己这次押对了宝，"吴某不知白赞善是卢姑娘的知交，此次特意送他回来，还望卢姑娘莫要怪罪。"

卢眉娘含笑示意刘梦得接白乐天过来，笑盈盈地走下前来，"吴节使这么用心，南海皇朝一定会给你一份厚礼的。"吴元济笑道："卢姑娘太客气了，吴某就先告辞了。"他没想到这么顺利，得意地带着精兵浩浩荡荡地离开了军营，哪知叶岐云带着早已埋伏好的兵马黑压压地向他冲来。吴元济惊诧道："快按计划往后撤退！"可他万万没有想到叶岐云早已将他的后路断了。吴元济大惊道："前面还有一处一线天，只能孤注一掷，往一线天进发！"

"节使，下雪了！那一线天极其狭窄，四面全是悬崖峭壁，一旦有雪块或石头掉下，封住去路，砸死砸伤就会不计其数，我们就完了！"后面的士兵纷纷急道。吴元济心烦意乱道："可是眼下已经没有退路了，我们只能试一试，我相信天无绝人之路！"他带着一小队人马冒着越来越大的风雪往一线天出发，哪知道天降大雪，在他们刚刚进入一线天中央时，飘起了鹅毛大雪，大雪将前后的道路全部封住了，天色也已然黑透，四处全是白茫茫的一片，黑暗中根本看不清前路，寒风刺骨地袭来，不断有雪块从山崖上落下，吴元济连忙指挥众人避到一边。寒风暴雪中，吴军又冷又饿。此时此刻的长安城内，韩退之正和裴度等人挑灯商量着计划，韩退之道：

"我倒有个想法,不如裴中丞派精兵千人,入蔡州擒拿吴元济,杀他个措手不及!"可惜的是这个想法刚刚说出,就被众人否定了,众人纷纷觉得吴元济兵力太强,就算出其不意,也未必能捉到他。

冰天雪地的吴阀军营中,沈阿翘来来回回地拨动着琴弦,吴元济从早上送白乐天出去后就音信全无,她觉得心中很是不安,心烦意乱地弹着琵琶,哪知一根琴弦毫无预兆地猛然断裂。沈阿翘顿觉心慌,正好这时一个突围的士兵满身是伤地跑回来,"沈姑娘,节使中计,全军被困在了一线天!"沈阿翘闻言蓦地站起身来,她顾不得那么多,披上白色裘衣独自翻身上马,冒着越来越大的风雪冲入一线天。山顶上叶岐云正与众人商量着等到吴元济一行人精疲力竭再动手,哪知突然看见一个女子单枪匹马地冲了进来。"圣主,他们来援军了,要不要放箭?"叶岐云素来谙熟战术,沈阿翘的出现偏偏不合常理,打乱了他的思绪,他抬起手紧蹙眉头道:"不要轻举妄动,我们再看看。"

"节使,是沈姑娘来了!"就在吴元济被冻得快承受不住之时,突然有个士兵呼喊道。他惊愕地抬起头来,只见沈阿翘驾着战马迎风疾驰而来,吴元济焦心道:"阿翘,你怎么来了?这里太危险了!"她怀抱琵琶跳下马来,"节使,我有办法了!"说罢她一根根地拔下琴弦,将琵琶砍成无数木板,又从两旁的峭壁下取来平滑的石块,用琴弦或马鬃紧紧绑起,编织成坐具,"大家立刻下马,坐在这上面。现在路面全部结冰了,要是骑马根本出不去。"她又将这些坐具和战马绑在了一起,让战马拖住,用火点战马的尾巴。一时间战马四面乱窜,而人却被挡在后面,站在山丘之上的叶岐云看见这些战马发了狂横冲直撞,惊道:"眉儿的兵马还在外面,不能被这些疯马所伤,立即叫眉儿率军撤退!"就这样一叶障目,沈阿翘成功带着一小队人马逃离了一线天。

"阿翘,这一次若不是你,我们很可能就命丧一线天了,你可是首功啊!"安全回到营中的吴元济欣喜地握住沈阿翘的手道。她柔然一笑,低眉道:"阿翘不在乎什么首功,只想着一定要救出节使。"吴元济的眼神微微变了变,他松开了手含笑道:"你的琵琶坏了,我再送你一样东西,你跟

第九十三章　日薄西山

我来。"他撩开营帐的门帘，只见里面放着一架极其漂亮的白玉方响，那十六块白玉板根据音高顺序排列而成，以厚薄不同分上下两层悬挂，下排自左至右为黄钟、太簇、姑洗、中吕、蕤宾、林钟、南吕、无射，上排自右至左为应钟、黄钟之清、太簇之清、姑洗之清、中吕之清、大吕、夷则、夹钟，十二律具备，并附四清声。修八寸，广二寸，圆上方下，沈阿翘顿时欣喜不已，"好美啊！"吴元济拿起小铁锤递给她，二人相视一笑，叮叮咚咚地敲起了白玉方响，沈阿翘的裙摆扬起翩然的弧度，一个转身，正好靠在他的胸前。

　　虽然吴元济这次有惊无险，但也元气大伤。此战双方未分胜负，白乐天等人也要回京城复命了。吴元济的党羽纷纷不服气，为首的李师道更是主张先给朝廷一个下马威，竟没有跟吴元济商量，擅自策划了一个刺杀行动。当李纯听到白乐天曾被吴元济掳走，不由得面色一沉，心中暗道：堂堂东宫赞善，居然被敌军捉去，简直是奇耻大辱。再说这白乐天一行出师不捷，明明在一线天能捉回吴元济，偏偏又让他溜走，什么未分胜负，分明是打了败仗！等朕找个机会，定要治他们一治！李纯合上奏折道："讨伐吴元济的事，就全权交给宰相武元衡和中丞裴度商量，必须要给朕想一个万无一失的办法！"

　　次日清晨天还没亮，武元衡和裴度各自从府邸出来，骑在马背上，在点灯的仆人簇拥下，往大明宫的方向上朝去了。谁也没想到，就在快要到达大明宫前时，突然从旁边的房檐上飞身而下两个刺客，其中一人以极其迅速的手法向武元衡挥刀，霎时刀起头落，血溅满地，武元衡当场被那刺客砍下天灵盖倒地而亡。另一个刺客也挥刀向裴度头上削去，可没想到裴度今日戴了一顶高帽，霎时高帽被削去大半，裴度惊恐地滚落下马，跌在路边，摔成重伤。一时间场面极度混乱，两个刺客相视一眼，立即逃走，这才让裴度捡回一条性命。

　　当朝宰相在长安的大街上被砍去了脑袋，刺客还逍遥来去，这可谓是李唐王朝震天动地的大事，当即在朝野中掀起轩然大波。白乐天得知此事更是义愤填膺，顾不得他不过是个东宫冷官的闲职，越制上书求情李纯立即缉拿凶手。早已对白乐天不满的权臣趁此机会，翻出了几首白乐天所作的咏花咏井的诗献给李纯，"陛下，这白赞善之母陈氏，原是因看花坠井而死，他却写了这些咏花咏井的诗，着实是不孝！我朝最容不下的就是此等不孝之人，既可不孝，亦可不忠，此类人不该再留用朝廷！"李纯打开一看，只见上面是白乐天的字迹：一夜新霜著瓦轻，芭蕉新折败荷倾。耐寒唯有东篱菊，金粟初开晓更清。李纯心念一动，虽说陈念慈是看牡丹而死，并非看菊花，这首诗也没什么大不了，但他想起白乐天在淮西的狼狈就气不打一处来，当即借这个机会，下了一道圣旨。

"贬白居易为江州司马，贬元稹为通州司马，即日启程，不得有误！"冷冰冰的圣旨在宣政殿上降下，白乐天和元微之惊诧地抬起头来，不敢相信再度被贬的事实。犹记得那日元微之回京，与众人相聚在白宅，说要将自己和白乐天的往来诗文编纂成稿，想不到如今书稿未完成，二人又要双双被放逐。元微之失魂落魄地回到家中，安仙嫔连忙迎上前来。只见她大腹便便，已是快要临盆的六甲之躯，行动已是不便，"九郎，你脸色怎么这么差？出什么事了？"元微之长叹一声，扶住她的肩头道："仙嫔，我……今天陛下降旨，贬我去通州当司马，要我今日就启程。"安仙嫔惊道："怎么会这样？"元微之摇摇头道："别问了。你现在身怀六甲，不能跟我舟车劳顿。这样吧，我准备收拾收拾东西马上就走，你先在长安住下，等到生下孩子，我再派人来把你们接来通州。"安仙嫔纵然不舍，但也没有办法，万般无奈地目送着元微之匆匆离开。他们怎么也没想到，这就是此生最后一眼。

元微之刚刚到了通州，却从京中传来安仙嫔难产而死的噩耗，元微之顿时如同五雷轰顶，当即竟患上疟疾一病不起。白乐天坐船来到江州时，才收到元微之的书信，他打开念道："残灯无焰影幢幢，此夕闻君谪九江。垂死病中惊坐起，暗风吹雨入寒窗。"白乐天也得知了元家的事，摇头叹着提笔在舟中写下：把君诗卷灯前读，诗尽灯残天未明。眼痛灭灯犹暗坐，逆风吹浪打船声。又过了好多日子，白乐天这才接到元微之潦草的书信：知君暗泊西江岸，读我闲诗欲到明。今夜通州还不睡，满山风雨杜鹃声。就这样，二人你来我往地互通书信，以确保对方的境况无恙。本以为就此

第九十三章 日薄西山

结束了,但万万没有想到,在京都之中,又有别有用心之人拓印下玄都观墙壁上的诗文,交给了当朝执政。这些有权有势的官僚不由大怒,说是刘梦得以花喻人,一句"尽是刘郎去后栽"实则是在暗讽他们是小人。一群人便找了个机会,联名上书激怒李纯降旨贬刘梦得为播州刺史,贬柳子厚为柳州刺史。

"什么?梦得兄被贬去播州?"正在屋内收拾东西的柳子厚忽然听闻此事,不由紧蹙眉头,忍不住垂泪道,"播州非人所居,而梦得亲在堂,吾不忍梦得之穷,无辞以白其大人,且万无母子俱往理。"府中的管家连忙拦道:"阿郎,虽然说播州不是人住的地方,但陛下已经降旨,阿郎你不能为了这件事去送死啊。"柳子厚摇头道:"梦得兄是个孝子,家中还有老母亲,再说他好不容易回来住在陋室,可以日夜怀想玉奴,我怎么能忍心他深陷困境呢?"柳子厚不顾旁人劝阻,向李纯上书请求,请于朝,将拜疏,跪拜在紫宸殿外,已然是憔悴不已,垂泪而奏道:"罪臣柳宗元,虽万受摈弃,不更乎其内。愿以柳易播,虽重得罪,死不恨。"李纯不免被他打动,摇了摇头道:"罢了罢了,你也不必以柳易播,继续去你的柳州吧,朕把刘禹锡改任为连州刺史。"

浪潮拍打在衡阳的水岸边,寒风灌进二人的脖颈之中,不由得打了个寒战。刘梦得和柳子厚一路来到衡阳,到了这里,便是去往柳州和连州的分界线了。刘梦得翻身上马,看着柳子厚走上小船,二人依依不舍地相视一眼,互相作揖,刘梦得道:"此次一别,不知此生何日再见。子厚,珍重。"柳子厚哽咽道:"十年憔悴到秦京,谁料翻为岭外行。伏波故道风烟在,翁仲遗墟草树平。直以慵疏招物议,休将文字占时名。今朝不用临河别,垂泪千行便濯缨。"这次贬谪,直接要去长安六千里外,二人深深望了彼此一眼,一个扭头驾马而去,一个扬帆起航远行,两人渐行渐远,再也看不见彼此。柳子厚站在甲板上望着这山川,含泪道:"二十年来万事同,今朝歧路忽西东。皇恩若许归田去,晚岁当为邻舍翁。"斜阳渐渐偏移,满江铺洒着粼粼的波光,一叶扁舟载着柳子厚渐行渐远。

第九十四章　白玉方响

　　柳子厚与刘梦得刚刚离开不久，李纯又为了安抚牛党一行，将韩退之晋升为中书舍人，赐绯鱼袋。可是方才上任不久，竟又被人进谗，贬为了太子右庶子。

　　身在通州的元微之忽然一阵噩梦惊醒，他满身是汗地坐起身来，梦中的那口枯井仿佛就在眼前。他的疟疾越发严重了，梦见这口枯井，不由心中更加不安，元微之起身擦了一把汗，心中怦怦直跳，提笔颤抖着写下："梦上高高原，原上有深井。登高意枯渴，愿见深泉冷。沉浮落井瓶，井上无悬绠。念此瓶欲沉，荒忙为求请。遍入原上村，村空犬仍猛。还来绕井哭，哭声通复哽。哽噎梦忽惊，觉来房舍静。灯焰碧胧胧，泪光疑囧囧。钟声夜方半，坐卧心难整。忽忆咸阳泉，荒田万余顷。土厚圹亦深，埋魂在深埂。埂深安可越，魂通有时遌。今宵泉下人，化作瓶相憬。感此涕汍澜，汍澜涕沾领。所伤觉梦间，便觉死生境。岂无同穴期，生期谅绵永。又恐前后魂，安能两知省。寻环意无极，坐见天将晒。吟此梦井诗，春朝好光景……"

　　就在这时，仆人捧着一件生衣与几服药走了进来，"元司马，是白赞善寄来的。"元微之接过来，只见上面夹着一沓信笺，他一封封地拆开："江州望通州，天涯与地末。有山万丈高，有江千里阔。间之以云雾，飞鸟不可越。谁知千古险，为我二人设。通州君初到，郁郁愁如结。江州我方去，迢迢行未歇。道路日乖隔，音信日断绝。因风欲寄语，地远声不彻。生当复相逢，死当从此别……"泪水不觉模糊了元微之的双眼，往事历历在目，他拿起墨汁快干的笔，在反面一笔一画地写上：山水万重书断绝，念君怜我梦相闻。我今因病魂颠倒，唯梦闲人不梦君。仆人接过他的回信刚刚出门，便交给了门外的一个男子。他不是别人，正是刚刚升为掌书记，

第九十四章 白玉方响

历授大理评事,殿中侍御史的李文饶。他得知元微之患了疟疾,特意借传信来偷偷看望他。李文饶到了门前想想又觉不妥,于是便拿着元微之写的厚厚的《遣病十首》,向屋里看了一眼便悄然离去。

营帐外大雪纷飞,明日就是淮西吴阀和朝廷一决胜负的大战,浓浓的夜色与白雪交织,吴元济身披着厚厚的长氅站在沈阿翘的营帐前,若有所思地看着手中的一斛珍珠。双手已然被冻僵,他才回过神来,捧着一斛珠俯身走进去。沈阿翘正坐在白玉方响前,用小铁锤叮叮咚咚地试着音律,她看见吴元济进来,欣喜地放下小铁锤起身迎去。吴元济将这斛珍珠递给了她道:"阿翘,我想问你……你,你愿不愿意做我的妻子?"沈阿翘断然没想到他会说这句话,不由猛地一怔,迟迟没有接过这斛珠。她明白吴元济对自己只有知己之情,或是感谢自己而生出的愧疚之情。但毕竟吴济元对自己有恩有情,何况大战在即,沈阿翘并不想扰乱他便摇了摇头道:"长门尽日无梳洗,何必珍珠慰寂寥。我不要这斛珠,我也不要独守空门,节使,你明天一定要平安回来。回来之后,你再亲手把这斛珠送给我。"吴元济叹了口气,拿起这斛珍珠转身离开了营帐。明日就要出征了,沈阿翘悄悄望着他的背影,叹了口气回到佛堂内,跪拜在佛前转着念珠念念有词,为吴元济一遍遍地祈祷。

这一夜风雪大作,似乎是不寻常的一夜。唐军大将李愬利用风雪交加的机会,带着九千人的精兵行军六十里,终于抵达张柴村,杀死了那里所有的守卫士兵,占据营寨稍作休息,整理好战马的笼头和缰绳,留下五百人镇守在此处,断绝洄曲的各交通线上的桥梁,剩下的人马跟随李愬继续连夜出发。就在这时天色昏暗,风雪暴袭,雪越下越大,众人随着李愬走了七十里路,终于到达蔡州城。城边有一片养鸡鸭的池塘,李愬命令投击鸡鸭来隐瞒军队行动的声响。约莫到了四更天,李愬带军已到达蔡州城下,守城者仍旧丝毫没有发觉。李愬示意众手下登上外城城头,杀死了熟睡中的守门士卒,打开城门将唐军迎入城中。一声鸡鸣响彻天际,雪渐渐停止,李愬等人入城向吴元济的外衙攻入。这时有士兵慌慌张张地跑进吴元济的营帐道:"节使,出大事了,有官兵到了!"吴元济正躺在床上,淡然一笑道:"不过是些俘虏抢夺东西罢了,等到天亮把他们都杀掉不就完了!"他

鹿回头

刚要睡下,又有人上前报告道:"节使,蔡州城被攻下了!"吴元济不耐烦道:"一定是驻守洄曲的士兵来这里要棉衣的,去打发他们罢了。"谁知他刚刚出门,却看见重重包围,李愬带着无数精兵将他团团围住,无数长箭纷纷指着他们。吴元济倒吸一口凉气,他万万没有想到,一夜大雪竟把局势全然扭转了。

李愬挥手示意众人上前将吴元济押下,面对这样的情势,吴元济不得不束手就擒。就在这时,营帐的门帘哗地被扯开,"节使!"沈阿翘抱着琵琶身披长氅冲出来喊道。吴元济心中一酸,哽咽道:"力拔山兮气盖世,时不利兮骓不逝。骓不逝兮可奈何,虞兮虞兮奈若何!"她扑通一声跪在雪地中,挂着两行清泪弹拨着琵琶,"汉兵已略地,四面楚歌声。大王意气尽,贱妾何聊生!"她猝不及防地挑断琵琶弦,横起绷直的琴弦往脖颈上抹去。吴元济大惊失色,扬脚踢起一块石子,飞石打在她手上,沈阿翘一个趔趄,摔倒在雪地之中,吴元济大声喊道:"阿翘,你还没有收我的一斛珠,你不能死,你要活下去,为我活下去!"

这次平乱,原是韩退之昔日的计策,没想到反而被李愬领了功,朝廷内外皆为之可惜。李纯自然也是得知此事,便让韩退之写下《平淮西碑》以示安抚。可李愬甚为不满,指责其字里行间不准确,集结各方势力一起打压韩退之。李纯无奈之下,只得下令抹去韩退之的《平淮西碑》,又找了个借口,将有功的韩退之升为刑部侍郎。

阳光明媚的冬日格外寒冷,这天叛贼吴元济被押上长安的刑场。刺目的光线正好照在他的脸上,吴元济从没想到自己一世枭雄,却落得这般田地。他轻轻地闭起了双眼,脑海中浮现昔日的金戈铁马,无限的遗憾从胸腔中满溢而出,吴元济长叹了一声:"来生我一定要名扬天下,不负我心。"刀光霎时闪过,刀起头落,一阵惊呼声从人群中传来,一身素服的沈阿翘呼天抢地地扑上前去,鬓边的白花在寒风中摇曳,长长的白色裙裾沾染了满地的鲜血,她趴在鲜血淋漓的刑场上,收拾吴元济的尸身痛哭道:"你说过,要用一斛珠来娶我,为什么你做不到……元济,你对你的将士从不食言,却偏偏对我食言。我始终在等你将珍珠送给我,欢欢喜喜地嫁给

第九十四章 白玉方响

你。我知道,你对我并非有这样的感情,你是看我陪你出生入死,觉得对不起我罢了。可是……可是我明白你,就在临死前,你一定还心心念念你的宏图大业,你的雄心壮志,你的金戈铁马。我在你的心中,从来没有出现过。"

随着吴元济被斩,韩退之升迁,牛党的势力重新恢复,再度和李党形成两股势力。这天牛思黯进宫去麟德殿向李纯进言,哪知刚刚绕过御花园,忽然听见一阵哀婉的琵琶声传来。牛思黯下意识地抬头望去,只见一个身穿水碧色襦裙的冷清女子正背对着他,坐在一群宫女面前,悉心教导她们弹奏琵琶,她弹拨道:"故国三千里,深宫二十年。一声何满子,双泪落君前……"这熟悉的声音霎时让牛思黯心头一震,他忍不住走上前轻声唤道:"阿翘?"却见那女子肩头一颤,怎么也不肯回过头,来回弹拨着这首《何满子》。沈阿翘早已泪流满面,自从吴元济死后,她忍辱负重进宫当执教宫女,就是为了找机会为吴元济报仇。若是此刻忍不住回头,忍不住跟牛思黯远走高飞,所有的计划都将化为云烟。无论牛思黯怎么说,她始终没有转过身来。

等到牛思黯离开,沈阿翘这才抬起头,她抹去脸上的泪痕,回到宫殿。只见屋内还放着那架精美无双的白玉方响,当初和吴元济拿着小铁锤叮叮咚咚敲打的情形历历在目,泪水悄然模糊了她的双眼,沈阿翘轻轻抚摸着每一片玉片。她进宫这些时日,已然在这白玉方响的玉片中装了一百支淬毒的毒针,当一整首曲子敲完之时,用力一拨,就可以齐齐发出一排毒针。沈阿翘已经算好了所有的角度和距离,只等着李纯来听她奏乐的那一天,杀李纯为吴元济报仇。就在她望着白玉方响出神时,忽然听见门外传来宫人高声道:"淑妃殿下到!"沈阿翘猛地一惊,回过头去,只见杜秋娘正行色匆匆地赶来,"阿翘,听说你的白玉方响奏得很好听,我想学一曲,让陛下开心开心。就那首《何满子》吧,来,你示范一遍教教我。"她笑盈盈地拿起小铁锤递给了沈阿翘,却见沈阿翘神色一变,"这……淑妃殿下,不如换一首……"杜秋娘道:"不用了,就这首吧,简单好学,你快奏呀。"沈阿翘一咬牙,拿起小铁锤慢慢地敲了起来,可是每每敲到最后,始终不肯敲完。杜秋娘是何等的聪明,顿时心觉不妥,她悄悄看去,竟发现

鹿 回 头

沈阿翘拿着小铁锤的手,指甲边沿居然有些许泛黑。

　　眼看就要到李纯的寿辰了,杜秋娘却始终没学会白玉方响,她只好让沈阿翘将白玉方响搬来拾翠殿,让沈阿翘提前为李纯奏乐贺寿。这个机会千载难逢,沈阿翘又是激动又是紧张,成败与否就在这一曲了。她换上缟素白纱,悄悄在发髻中藏了一朵白花,今日不成功便成仁,沈阿翘已经做好了孤注一掷的准备。她拿起小铁锤,屏住呼吸若无其事地敲打着白玉方响,叮叮咚咚的悦耳声音渐渐传出,这一曲《何满子》委婉动听,李纯于杜秋娘一边有说有笑,一边赞叹着沈阿翘的曲子。眼看沈阿翘的小铁锤就要敲上最后一个玉片,杜秋娘忽然瞥见她的手指甲泛黑,她猛地回过神来,登时想起上一回沈阿翘怎么也不肯敲完最后一块玉片,杜秋娘霍地站起身惊呼道:"小心暗器!"她想也没想,冲上前一把推开白玉方响,可惜沈阿翘已然敲响了最后一个音,随着叮一声,撞到柱子的白玉方响调转了方向,突然上下两层玉片纷纷开启了机关,无数毒针从里面唰唰而出,不偏不倚刺入沈阿翘的心口。霎时间仿佛风静云止,剧痛从心口蔓延而上,沈阿翘的嘴角渐渐流出黑色的毒血,她瞪大了双眼死死地盯着震惊的李纯,张口喃喃自语道:"节使,阿翘报不了仇了,阿翘下来陪你了……"

　　沈阿翘哇地吐出一口污血,当即染红了白色的素服,她轰然倒在白玉方响的面前,死不瞑目,一朵白花从鬓边悄无声息地掉落在眼前。伏法的刺客被一卷草席裹着拉出了宫外,扔在乱葬岗,牛思黯已然得知宫中的巨变,痛彻心扉地扑上前打开草席,"阿翘,阿翘!"他赫然看见沈阿翘睁着双眼早已没了气息。他失声痛哭,紧紧将沈阿翘拥入怀中,伸出手轻轻合上了她的眼睛,"都怪我当初没有把你劝走,我明明知道你会做傻事的……阿翘,你放心,我知道你想跟吴元济生同衾死同穴,我会把你葬在他的身边,你们再也不会分开了。"

　　"乌啼鹊噪昏乔木,清明寒食谁家哭。风吹旷野纸钱飞,古墓垒垒春草绿。棠梨花映白杨树,尽是死生别离处。冥冥重泉哭不闻,萧萧暮雨人归去。"夹杂着纸冥灰烬气息的风拂过墓碑,白乐天方才烧完手中的祭文,站起身接过杨慕巢端来的祭品,放在杨连城的墓前。杨慕巢叹道:"又是一

第九十四章　白玉方响

年清明，城儿去世这么多年，你不打算再娶一位夫人吗？"白乐天苦笑道："耳里频闻故人死，眼前唯觉少年多。我只有连城一位夫人，不会再娶了。"二人并肩离开了墓前，正巧瞥见牛思黯在为两座无字墓清扫，白乐天道："这是反贼吴元济和沈阿翘的墓，可惜一世枭雄，最后都不能留个名字。"杨慕巢道："我也听说了宫中的事，这位沈都知真是个刚烈女子。"白乐天点点头，叹道："昨日闻甲死，今朝闻乙死。知识三分中，二分化为鬼。逝者不复见，悲哉长已矣。存者今如何，去我皆万里。"

第九十五章　关山雪

　　日子一天天地过去，从淮西回来的卢眉娘也越发担心叶岐云体内的毒，"岐云哥哥，不如我们早点成亲吧。"叶岐云却道："可是娘说我们成亲必须要到月圆之日，否则根本没有用啊。"卢眉娘急道："从淮西至今，连续雨雪，天气又灰蒙蒙的，根本看不见月亮，这该如何是好……"叶岐云从怀中取出一封信递给她，"对了，这是陈姑娘刚刚寄来的信。"卢眉娘拆开一看，不由蹙起了双眉，"她要我替她去江州看看乐天……可是，可是我不能丢下你啊。"叶岐云笑道："如果你不嫌我碍事，我愿意陪你去一趟江州。"

　　"江州去日听筝夜，白发新生不愿闻。如今格是头成雪，弹到天明亦任君……"一阵淡淡的琴声从船上传来，白乐天正坐在船内弹拨着琴弦吟诵，忽然水波一颤，甲板一沉，他抬头望去，惊愕地站起了身。在水光月光的照应下，他清楚地看见卢眉娘站在面前，她乌黑的长发垂在身后，眉间画着一点朱砂，明眸皓齿一如往昔，"乐天，我是受湘灵之托前来看你的，你憔悴了很多，潦倒了很多，江州司马真是辛苦你了。"白乐天道："你不是跟叶圣主在一起的吗？"卢眉娘点头道："我们必须等到月圆之夜才能成亲，这次岐云哥哥跟我一起来江州，只不过他知道我要来找你，就给我时间与你独处。"

　　她说着俯身拿起桌上的一沓信笺，翻了翻，却见都是元微之寄来的，道："通州到日日平西，江馆无人虎印泥。忽向破檐残漏处，见君诗在柱心题。"她又翻过一页念道："西江流水到江州，闻道分成九道流。我滴两行相忆泪，遭君何处遣人求。除非入海无由住，纵使逢滩未拟休。会向伍员潮上见，气充顽石报心仇。"白乐天叹道："是啊，这些是微之给我寄来的信，我们虽然一个在江州，一个在通州，书信却从未断绝。你看这是我

第九十五章　关山雪

准备寄给他的。"卢眉娘接过一看，只见上面写着：萧散弓惊雁，分飞剑化龙。悠悠天地内，不死会相逢。卢眉娘苦笑道："看见你们的书信，我就想起从前的事来了，还有符离村的日子，多么无忧无虑。我和湘灵、简简，还有你们三兄弟……"二人说着说着，不由得泪眼婆娑。

天色已晚，叶岐云独自站在旅舍前徘徊，卢眉娘没有回来，他断然难以安睡。忽然一阵窸窣声从门外传来，叶岐云警惕地握紧了斩天剑，呵道："什么人？"却见一个纤长的影子拉到了面前，他抬起头看去，只见一张美艳的面孔出现在眼前，那双眼眸宛若星辰，柳叶眉勾勒出成熟而放肆的美，叶岐云却皱了皱眉头，"柳二小姐？你怎么追到这里来了？"柳萋萋走上前道："我说过，只要你和卢眉娘一天没成亲，我都不会放弃。你不记得了，我是你的未婚妻啊。"

叶岐云却故意避让开了，"这件事不要再提了，当初我是失去了记忆，什么都不记得了。柳二小姐，我知道你对我的心意，知道你对我的好，我也很感激你，但如果你再跟着我，我们连朋友都没得做。"柳萋萋苦笑道："我只不过试探你一下，想不到你们到底是情比金坚。我早就明白斗不过钗盒情缘，再说我当日那么做，也是为了我大哥柳子厚。郭贵妃说过替我保住大哥，但想不到大哥还是被贬柳州，我再也不会相信郭贵妃的话了，所以这次为了不一错再错，来帮你和卢眉娘。日子一天天地过去，不到月圆之夜就不能成亲，别人等得了，你可等不了，你的毒很快就要发作了。我有个办法让你们可以不用等到月圆之夜再成亲，我三妹柳兮兮认识一个道长神人，只要你和卢眉娘二人合力，通过道长的三道试题，他就会给两张灵符来化解，不过这三道题也会有一点点危险。"叶岐云摇头道："不行，任何让眉儿有危险的事，我都不会让她去试。"哪知他刚刚转过身，却看见卢眉娘站在面前。刚刚从白乐天那回来的她，正好听到了二人的谈话。卢眉娘上前拉住他的手道："岐云哥哥，我们一起去找那个道士吧，我想快点解除你身上的毒。你最明白我了，除非我不知道，否则我不会让你拖下去的。"

纵然叶岐云不愿意，还是跟着卢眉娘和柳萋萋离开了江州，回到长安。

鹿 回 头

在柳兮兮的帮助下，二人终于在华阳观见到了这位神道。只可惜这神道神神秘秘，遮着半张脸，穿着宽大的袍子，所有的话都让柳兮兮传达。只见柳兮兮从屋内走出，对二人道："道长出了三道试题，除非你们能通过，才能拿到灵符。这第一道……"看到这第一道题，连柳兮兮都不由得倒吸一口凉气道："要叶圣主的心口肉一两，卢姑娘刮骨髓二钱，将这两样融合在一起，如果你们还活着，就可以进行下一道试题。"卢眉娘和叶岐云相视一眼，竟不需要一句话，就明白了对方所想，含笑地点点头，"生亦何欢，死亦何惧。我们这么多难关都闯过来了，割肉刮骨算不了什么。"

血淋淋的心口肉和碗中的骨髓由柳兮兮亲自捧回去给道长，柳萋萋心痛地扶着叶岐云从屋内走出。他面色苍白地捂着胸口，与掩着伤口的卢眉娘正好遇见，"眉儿，你怎么样？"卢眉娘正要回答，柳兮兮从道长的房内走了出来，拆开了二人的手道："第一道试题通过了，你们的血肉可以融合在一起，而且你们也安然无恙。道长说第二道试题，是要你们三天互不见面，不吃不喝。"柳萋萋惊愕道："他们正受伤，还不吃不喝，那可是会死的！"卢眉娘道："没关系，我们撑得住。"柳兮兮把二人分别关进了左右两间屋内，松了口气走出来，对柳萋萋道："二姐，其实这第二关就是要让他们出现幻觉，到时我和道长分别假扮他们两人，看看二人是否能分辨出对方，如果分辨出来，这一关就过了。"

柳萋萋想要告诉他们，却被柳兮兮拦住了。这三天，柳萋萋焦急万分，不知他们二人在房内怎么样了，不吃不喝，身上还带着重伤，着实让人担心不已。随着吱呀一声推门声，卢眉娘虚弱地抬起头，她已经整整三天没有吃喝了，面色苍白，头晕眼花，依稀间只见叶岐云含笑走了进来，卢眉娘欣喜地支撑着身体站起来，一把拉住他的手，"岐云哥哥，你来了？你怎么样？"可是就在她触碰到叶岐云手指一瞬间时，卢眉娘忽地感觉一种异样袭上心头，她紧紧地盯着叶岐云的双眼，察觉到他的眼神没有往日的深情，她下意识地松开了手，疑惑地打量着眼前人，似乎很困惑，"你……你不是岐云哥哥。"与此同时另一间屋子里，虚弱的叶岐云也甩开了对方的手，"不对，你不是眉儿，眉儿在哪里？我要见她！"

第九十五章 关山雪

叶岐云跌跌撞撞地冲出屋外，与同样跑出来的卢眉娘不期而遇。两个形容憔悴的人四目相对，叶岐云心中一酸，将她紧紧拥入了怀中。柳兮兮撕下人皮面具走上前道："第二关你们也过了，现在要通过第三道试题，你们就大功告成了。这第三道试题，是要斩断前尘的感情，只要你们把往昔的感情都斩断，就可以成功了。"卢眉娘若有所思道："往昔的感情……我明白了！"她恍然大悟跑回屋内，打开一卷诗书，从里面拿出一株风干的辛夷花，想也没想扔到外面的溪水之中。卢眉娘顿了顿，又从手腕上取下了金凤环，远远地抛去。叶岐云笑道："原来是这样，我也有！"他摸索着，从怀中找出一块方牌子，只见这上面赫然是翩翩的字迹，写着他的姓名，原来那日在月老祠，叶岐云就已经知道翩翩的心意了，他取下姻缘牌，就是不希望翩翩误会。

叶岐云扬手将姻缘牌扔入水中，开心地转过身对卢眉娘粲然一笑，"这下好了！"柳萋萋看着他从未对自己有过的笑容不由得心酸，她取下头上的玉篦，走上前递给叶岐云，"还有这个，你也扔了吧。只有全部斩断前尘情丝，才能够通过试题啊。"叶岐云感激地看了她一眼，接过了玉篦抛向远处。不一会儿工夫，柳兮兮青着脸从华阳观中走出，"你们两个是怎么回事？明明前两道试题都通过了，为什么第三关没过？道长说了，你们的情丝还没断干净，灵符是不会给你们的。"卢眉娘和叶岐云大惊道："什么？这怎么可能……我们明明已经把所有的东西都扔了。到底是哪里出了差错……这不可能。"

就在这倒春寒的季节里，杨慕巢悄悄为康娥定做一件厚氅。这段时日，康娥的病情总算稳定了，至少在外人看来没有恶化，但她的面部一点点腐烂，康娥心知肚明，知道自己已快油尽灯枯了。"康姑娘，看我给你买了什么？"杨慕巢兴冲冲地推开她的房门，却赫然看见屋内收拾得整整齐齐，早已没有了她的踪影，桌上放着一封书信。他心头一颤，打开看了看，"杨大哥，多谢你这段时间的收留和照顾，多谢你陪我四处游山玩水，让我仅剩的生命又有了意义。我想不会有哪个胡姬有我这么幸运，可以爱自己所爱的人，可以被人关爱，可以做想做的事，去想去的地方，这辈子我已经很满足了。我不想让你看到我最后的模样。我走了，多多保重。"

鹿 回 头

　　杨慕巢大惊失色推门追出去，可府邸上下都找不到康娥，他焦急地骑上马奔走在山川之间，去往每一处康娥可能去到的地方，直到他精疲力竭地从马上滚落，失望地抱住头，这才相信她真的走了。杨慕巢抬手抹了一把泪，自言自语道："我明白了，康姑娘一定是回家乡了。关外，她一定出关了！"漫天的风沙一如来时般狂烈，黑纱迎风抖动着，一对玻璃珠子般清澈的眼眸转动着，康娥从宽大的衣袖中探出手，把面纱又掩得严实了些。

　　她露出的手背上清晰可见腐烂的痕迹，面上的腐烂可想而知。她就像一粒沙子被风吹来又吹走，康娥已经决定远走关外，回到家乡过完最后的日子。可她万万没有想到，杨慕巢为了等候她，向李纯上书请奏独守边疆。长安已春，边城还是冰天雪地，杨慕巢穿着厚厚的甲衫，手握长剑站在高高的城楼上驻守。简陋的房屋内亮起了一豆灯火，守了一整天城的杨慕巢脱下沾满雪花的斗篷，回到屋内，他独自一人挑灯夜读，就这样日复一日。次日的夕阳洒在皑皑的白雪之上，杨慕巢苦苦地等候康娥，远远眺望着那大片的白雪，不知不觉竟盯着那片雪地出了神，哪知回过神时，竟赫然发现自己的眼前一片白茫茫。

　　哐当！一声清脆而冷冰的声音从樊川韩宅中传出，韩退之正端着火灵库煎的汤往卢沉槛房内过去，看见一个黑影一闪而过，他慌忙丢下药碗去扶卢沉槛，面色蜡黄的她道："刺客，有刺客……小心啊！"家将护卫闻声纷纷向那黑影追去。刺客只有一人，见状已无法得手，只得匆匆凌空而去。下人警惕地寻了一圈，上前报告道："韩侍郎，家中没有缺失财宝，只丢了夫人写给你的一封信。"韩退之松了口气道："罢了罢了，以后要加强守卫，再吓着夫人，我拿你们是问！"

第九十六章　烤雀芊

啪！一只大手将信笺重重地拍在了案几上，蒙面刺客扯下面巾，怒气冲冲地对着满屋子头戴白布条的人道："大伙儿看看，害死节使的果然是韩愈这帮人！这封信是我在韩宅内发现的，原来他才是第一个提到雪夜入蔡州奇袭的人，我们要为节使报仇，杀了韩愈，杀了李愬！"这群人原来都是吴元济忠心耿耿的旧部下，一个个至今还在为吴元济披麻戴孝。其中一人拿起这封信看了看，"不对，这封信是韩愈收的，是别人写的！你们看，这里的落款被磨掉了，只有一撇。"众人凑上前来仔细看了看，"是啊，一撇……我明白了，是'白'字！一定是那个白居易！"刺客恨恨道："哼，这次刺杀韩愈未果，他又身居高位，以后更不便刺杀了，既然如此我先去把这个白居易给杀了，断了韩愈的臂膀！"

砰砰砰！一阵急促的敲门声在松泉别苑响起，卢眉娘打了个哈欠慵懒地拉开了门，当看见门外那人时，她顿时清醒了过来，"湘灵？"只见多时未见的陈湘灵正站在门口，珠钗横斜，神色匆忙，"出事了，出事了！我前几日在驿站歇息，听见隔壁几个人在商量去江州刺杀乐天哥哥，这些人是吴元济的旧部下。乐天哥哥一介文弱书生，怎么是他们的对手？我实在没办法了，只好回来找你。"卢眉娘大惊道："怎么会是这样？可如今我们南海皇朝也没了势力，该怎么对付吴元济的人呢……对了，进宫见陛下！求陛下出兵剿灭余党才是最安全的办法，否则我们防了一次，防不了下次。"陈湘灵焦急道："那还等什么，你毕竟在宫中有地位，你带我进宫面圣吧！"卢眉娘拗不过她，带着她去往大明宫。她有通行的令牌，宫中上下都知道她就是眉贤妃，出入皇宫轻而易举，可是卢眉娘万万没想到，当来到李纯寝宫时，守在门外的给使道："陛下微服出宫去了，贤妃殿下请回吧。"卢眉娘惊诧地和陈湘灵相视一眼，"陛下不在宫中，连个做主的人都没有，这可怎么办？"陈湘灵道："贵妃啊，郭俪凝啊！她等同于皇后，而且手下众多，我们只有去找她帮忙了！"

偏僻冷清的清思殿中，郭俪凝正坐在炼丹炉前合眼打坐，旁边的食案上还放着一些未吃完的东西。一阵急促的脚步声传入她的耳中，郭俪凝刚刚睁开眼，就看见卢眉娘拉着陈湘灵匆匆忙忙地跑了进来，"贵妃殿下，求你救救乐天！"陈湘灵也急道："是啊，吴元济的旧部下要去江州刺杀乐天哥哥，陛下又不在宫中，我们只能求贵妃你了！"郭俪凝冷笑着悠悠站起身，懒洋洋地瞥了她们一眼，"这是求人的态度吗？"陈湘灵想也没想，扑通一声向她跪了下来，郭俪凝却道："我可不稀罕一个村女的跪拜。"卢眉娘反应了过来，微微一怔，掀开裙摆向她跪下，"郭贵妃，我卢眉娘求你，救救乐天，你要我做什么我都去做。"

郭俪凝忍不住笑了，"堂堂贤妃，堂堂南海皇朝的圣主，竟然跟我下跪。我要你去死，你做吗？"卢眉娘似乎猜到她这么说，淡然道："如果贵妃肯守信，眉娘一死无惧。若能用我的性命交换，我没有遗憾，只是……岐云哥哥的毒怎么办……"郭俪凝哼道："行了吧，就算你现在死在我面前，我也不会对你这条贱命感兴趣。白乐天生死有命，我可管不了他。"卢眉娘气道："乐天跟你无冤无仇，你只是恨我罢了！你现在不过是冷宫的妃嫔，还这么气焰嚣张，我要跟陛下进言，废了李恒的太子位！"郭俪凝闻言眼中露出杀机，她气冲冲地上前扬手打了卢眉娘一记重重的耳光，"你敢威胁我？我告诉你，无论你怎么做，我都不会救白乐天，我要看他死，看你心痛欲绝！"陈湘灵连忙扶住了她，"眉娘！"只见她的脸颊上赫然出现通红的手掌印。郭俪凝大喝着让人将她们赶了出去，推搡拉扯之间，陈湘灵一不小心撞翻了食案，桌上那碗五谷杂粮粥全部泼洒在她的衣裙上。陈湘灵微微一怔，和卢眉娘都被推出了清思殿。陈湘灵却若有所思地转了转眼珠，"堂堂贵妃，什么山珍海味没有吃过，为什么会喜欢吃民间的东西？"

"贵妃殿下，先前那个女子送了一份食盒过来。"当郭俪凝重新调整气息坐回炼丹炉前，一个宫女提着精美的食盒走上前。郭俪凝挑了挑眉道："她们还没走？"宫女道："贤……卢姑娘回绫绮殿了，那个村女正站在外

第九十六章 烤雀芋

面等殿下品尝。"郭俪凝冷笑道："一个村女做的东西，凭什么要本宫尝试？放在这儿吧。"可是接二连三的食盒从外面送来，很快将食案堆满了，郭俪凝不由饶有兴致道："这个村女倒是不依不饶，省得她再烦我，打开看看都做了些什么佳肴吧。"宫人们连忙将所有食盒打开，霎时间郭俪凝愣在了原地，所有食盒中都放着一个盘子，里面盛着热气腾腾的烤雀芋，虽然看上去黑黢黢的，但香气扑鼻，一下子让她泪眼婆娑。郭俪凝用颤抖着的手拿起一个烤雀芋，轻轻地剥去外皮，小小地咬了一口，那香甜的滋味萦齿而来，顿时所有的思绪像回到了还在当广陵王妃的时候。

她的脑海中不由浮现起当年的寒食节，只是广陵王妃的她跟着李纯一路小跑到后院，悄悄地生火烤雀芋，你一口我一口，一点火星沾上了漂亮的黎锦，烧了一个破洞……郭俪凝哽咽道："让陈湘灵进来。"陈湘灵跟着宫人走进殿内，只见郭俪凝泪水纵横，"你做的烤雀芋很好吃，本宫很多年都没有吃过了。"陈湘灵抿了抿嘴道："其实民女看见殿下桌上放着的民间食物，就知道殿下也是性情中人。殿下自从成为太子妃和贵妃，再也不可能吃到这些粗俗的东西，所以民女大胆猜测，这是殿下和陛下还是王爷和王妃时吃的东西。"郭俪凝点头道："你倒细心。"陈湘灵顿了顿，又道："民女和乐天哥哥也是从小一起长大，我们也同甘共苦过，如果乐天哥哥有什么事，我……"郭俪凝叹道："好，我今天就给你个面子，为了谢谢你做的烤雀芋，我答应帮你，这就派人去救白乐天。"

郭俪凝一出手，这些事竟迎刃而解，不出几日她的手下已将吴元济的旧党从江州一网成擒，竟没有将他们押解回京，听从郭俪凝的指示将这些人就地问斩。李纯回宫后得知这件事，纵然当众责怪郭俪凝不该自作主张，但也暗中感激她替自己解决了吴阀余党，反而时常往清思殿去看她。卢眉娘和陈湘灵也特意赶来清思殿谢她。郭俪凝抚摸着卢眉娘送上的黎锦，感触颇深道："我已经替你们救了人，也希望你再也不要进宫了。"卢眉娘点头道："我答应你，而且我也没有机会再进宫了。我和岐云哥哥没有过三道试题，拿不到灵符，只有等月圆之夜再成亲，他的毒若是解不了，我也断然不会苟活于世。"郭俪凝忽然挑了挑眉道："三道试题？说说看，别的我不懂，这道家的玩意儿我比你们都懂。"陈湘灵着急地忙把前因后果都说了一遍，郭俪凝突然冷笑道："第三关没过，那就是说前尘往事斩断得不够干净啊。"

见二人不解，郭俪凝继续道："卢眉娘，你以为你斩断了前尘就完了吗？你和陈湘灵的命格从钗盒情缘开始就纠缠在一起，你们是同命，所以就算你斩断，陈湘灵没有，也是没有斩干净的。"陈湘灵惊诧道："这么说……要我也……"卢眉娘连忙制止道："不行，你和乐天哥哥熬了这么多年，好不容易有机会在一起，我不能让你为了我……"谁知她话音未落，陈湘灵一咬牙，冲上前一把拿起案几上的金剪刀绞断青丝，含泪扔在地上，"我陈湘灵对天发誓，今生今世绝不和白乐天在一起。"是的，陈湘灵是乐天的从母，他们根本不可能在一起，卢眉娘红了眼，紧紧地拥住了她，没有人察觉到郭俪凝的嘴角扬起一抹淡淡的微笑。神道的灵符终于拿到手了，卢眉娘终于不用再等月圆之夜和叶岐云成亲，不只是她一个人开心，郭俪凝也松了一口气，她布了这么大的陷阱，就是为了引卢眉娘入局，卢眉娘一天不和叶岐云成亲，郭俪凝也一天不能安心。她要李纯尽快死心，要卢眉娘遭受天谴，要她死无葬身之地。

"白司马，有人来看你了！"江州的宅院中，白乐天正在收拾行囊，下人匆匆带着客人进门来了。白乐天抬起头看去，顿时惊喜万分，"知退？怎么会是你？"门外跨进一个衣冠楚楚的男子，正是他的三弟白知退。白知退拍了拍他的肩膀道："二哥！剑南节度使卢坦去世，我就离开了东川幕府。我听说眉娘和湘灵为了救你，花费了不少心思，到底是怎么回事？"白乐天道："我来不及跟你细说，我要回去见她们一面。"白知退忙道："二哥，我就知道你会冲动。你现在可是江州司马，是朝廷官员，不可以擅离职守的。我此番来江州，就是假扮你，让你安心回去。"白乐天一怔，哽咽着握紧他的手。连续几晚赶路，白乐天才从江州来到浔阳江头，已是天色昏暗，他只得在此处的旅舍暂住一晚。只见窗外明月当空，皎洁如玉盘，白乐天心中不由一颤，不知此刻的长安是否也有圆月当空？他幽幽叹道："昔年八月十五夜，曲江池畔杏园边。今年八月十五夜，湓浦沙头水馆前。西北望乡何处是，东南见月几回圆。昨风一吹无人会，今夜清光似往年。"

第九十六章 烤雀芋

呦呦谷却看不见圆月，洛阳这里依旧乌云密布。卢眉娘带着叶岐云回到呦呦谷中，在萧琼和翩翩的陪伴下，她取出了那张得来不易的灵符，对着黑黢黢的夜空拜了拜，用火星点燃了灵符，在碗中烧尽。翩翩用茶水冲入碗中，分为两碗递给卢眉娘和叶岐云。萧琼不由得伸手按住了，"云儿，眉娘，你们若是喝下了这符水，明日就一定要成亲，否则一样会有反噬。你们要想清楚，我也不知道黎族公主和族人之外的人成亲，鹿回头的天谴会不会降临。"卢眉娘道："太后，我们好不容易化解了月圆之夜方能成亲的诅咒，无论如何都不会放弃。"叶岐云揽了揽萧琼的肩头含笑道："娘，不试试又怎么知道？我和眉儿已经决定了。"他和卢眉娘相视一眼，不约而同地捧起符水一饮而尽，萧琼的眼眸中闪现出一丝犹豫和不舍，含着泪光别过头。

卢眉娘和叶岐云明日就要成亲，当夜呦呦谷中的宫人都奔走送着喜柬，最重要的一封也送到了白乐天的手中，他凝视着手里的喜柬不由得感慨万分，曾几何时他多希望能迎娶卢眉娘为妻，曾几何时他们才是被人误以为的天造地设的璧人，曾几何时的种种都已是十数年前。白乐天握紧了喜柬，紧蹙眉头翻身跃上马背调转方向，往江州折回。天亮之时，无数贺礼堆在呦呦谷的花墙外，翩翩忙碌地收拾着贺礼，忽然看见刘梦得和柳子厚送来的贺礼，她捧起来欲要给卢眉娘送去，里面啪地掉出一卷纸笺，翩翩好奇地俯身捡起打开，只见上面赫然是元微之的字迹，上面写道：织夫何太忙，蚕经三卧行欲老。蚕神女圣早成丝，今年丝税抽征早。早征非是官人恶，去岁官家事戎索。征人战苦束刀疮，主将勋高换罗幕。缲丝织帛犹努力，变缉撩机苦难织。东家头白双女儿，为解挑纹嫁不得。檐前袅袅游丝上，上有蜘蛛巧来往。羡他虫豸解缘天，能向虚空织罗网。看着这封信，翩翩皱了皱眉，收起来。就在这时身后传来了一个声音，"翩翩姑娘，我是来给二位贺喜的！"翩翩回头看去，只见韩退之正笑盈盈站在面前，"韩侍郎，你怎么会来？"韩退之笑道："其实是陛下让我带个祝福来，希望卢姑娘和叶圣主能顺利成亲。"

第九十七章　钗盒情缘

　　坤地宫中，叶岐云身着青色长袍，橙红色的下裳，正准备拿起桌上的黑色缨冠戴上，萧琼曳着长长的黎锦华袍走了进来，她悄然遣退了众人，走上前道："云儿，你终于等到这一天了，终于要娶到心爱的女子了，娘也为你高兴。这些年兜兜转转，也都是我给你们设置的阻碍，我不知该怎么补偿。今日是你和眉娘大婚，娘没有什么宝贝送给你，唯一的贺礼，就是物归原主。"萧琼从怀中取出一只精美而有年代感的钿盒，上面的细碎贝壳还闪着光辉。叶岐云不由惊道："这钿盒……"萧琼已然泪水模糊，"以前那个钿盒是赝品，这个才是真的，这才是李隆基送给杨贵妃的那只钿盒。"叶岐云惊诧地伸出手接去，就在他的手触碰到那只钿盒的瞬间，一种巨大的力量如电流般从指尖传递至心头，霎时间无数的记忆碎片从他的脑海中一闪而过，但他什么都记不起来。

　　白乐天正驾马往江州返回，就在这时，一阵剧痛蓦地袭上白乐天的心头，他下意识地松开缰绳捂住心口，霎时从马背上翻落，重重地摔在地上，一种不好的预感霎时冒上来，"为什么我的心里这么慌……今天是眉娘和叶圣主成亲的日子，难道有什么大事要发生？不行，我要赶去呦呦谷！"他慌忙从泥泞中爬起身，翻身上马再度向东都洛阳赶去。

　　此时此刻的呦呦谷，身穿喜服的叶岐云在众人的簇拥下来到卢眉娘的宫门前，却被柳萋萋含笑拦住了，她端上一杯金樽道："酒是蒲桃酒，将来上使君。幸垂与饮却，延得万年春。"叶岐云感激地望了她一眼，知道这场婚礼前前后后都是柳萋萋在帮忙，便接过来仰头一饮而尽。柳萋萋让开了身，让他进了正堂前，却见大门紧锁，叶岐云从袖中翻出了柳子厚写好的字条，念道："堂门策四方，里有四合床。屏风十二扇，锦被画文章。钥开如意锁，帘拢玉衾妆。好言报姑嫂，启户许檀郎。"他话音刚落，殿门

第九十七章　钗盒情缘

吱呀被移开了，却见宫女从屋内走来，引着他直到卢眉娘的寝殿前，叶岐云忙又拿出了刘梦得写好的字条念道："昔年将去玉京游，第一仙人许状头。今日幸为秦晋会，早教鸾凤下妆楼。"

寝宫的玉门被移开，只见翩翩和陈湘灵一左一右搀扶着卢眉娘从里面缓缓而出，二人支撑着红色纱幔帐幕，将卢眉娘的面容身段都遮住了。叶岐云望着卢眉娘透过半透明的纱幔盈盈含笑，步履款款向自己走来，霎时间五味杂陈。这么多年来，他所有的希冀，所有的期待，都在这一刻终于成真了。他不想管什么钗盒情缘，不想管什么鹿回头的天谴，只要能娶到卢眉娘为妻，他便死而无憾。数十米之遥，仿佛已走过一生，卢眉娘终于来到叶岐云的身边，在众人的簇拥下并肩来到喜堂。萧琼怀抱着骨瘦如柴的猞猁坐在高堂上，宠溺地望着这对新人。叶岐云侧过身对翩翩和陈湘灵道："夜久更阑月欲斜，绣障玲珑掩绮罗。为报侍娘浑擎却，从他驸马见青娥。"

翩翩与陈湘灵相视一眼，将帐幕轻轻移开，只见卢眉娘身穿深青色的大袖连裳，素纱裙裾，头戴一对掩耳的博鬓，金银杂宝花钗篸笄插满头，乌云之上最耀眼夺目的依旧是那支杨玉环的赤金芙蓉花钗。她面施白粉，两颊用丹墨点着面靥，朱色描摹点唇，眉心一点朱砂色的花钿媚子，娇媚又华贵得宜。叶岐云深深凝望着她的眼眸，脑中一片空白。看到二人四目相对，旁边的柳萋萋再也忍不住泪水，悄然扭头跑出了喜堂。她哽咽着抹着泪水，一路跑出呦呦谷，终于疲乏地蹲坐在路边放声痛哭了起来。

一阵急促的马蹄声传来，柳萋萋好奇地抬起了头，却看见白乐天快马加鞭风尘仆仆地赶来。他跳下马来急道："柳二小姐，眉娘呢？"柳萋萋站起身道："他们在里面拜堂，我……我出来透透气。"白乐天急道："快带我进去，要出事了！"柳萋萋闻言顿时大惊，来不及多问，带着白乐天进入呦呦谷。此时此刻的喜堂，萧琼放下怀中的猞猁，笑盈盈地走下台阶，来到卢眉娘和叶岐云的面前道："在拜堂之前，先把你们的信物拿出来，这金钗和钿盒已经有太多年没有拼在一起了，你们既然是钗盒情缘，有这金钗钿盒的证据，相信鹿神也不会怪罪黎族公主，相信天谴也不会到来。"叶

鹿回头

岐云小心翼翼地取出了钿盒，卢眉娘也抬手将头上的金钗拔了下来，二人将这金钗和钿盒缓缓靠近，只听啪一声，两样物件牢牢地吸在了一起。

"不要！"就在这时，白乐天冲入喜堂，可惜已经来不及了。就在金钗和钿盒拼起来的一瞬间，叶岐云突然觉得一种异样的感受由心内而发，顿时头痛欲裂，他痛苦地握紧了钗盒，紧闭双眼，脑海之中那些零碎的片段全部浮现了出来……他仿佛看见一个七八岁的小儿跑过大明宫富丽堂皇的长廊，在长廊的尽头有一座幽暗隐蔽的宫殿，他仿佛看见那扇摇摇欲坠的门后，是一排密密麻麻的木栅栏，这空荡而阴森的宫殿中居然如地牢般，一个披头散发的疯女人好似影子，在这木栅栏的后面若隐若现……"广陵王你胡说，我母妃不是木栅栏里的疯子！"叶岐云也不知道怎么回事，居然脱口而出唤道。此言一出，不但让在座所有人惊愕不已，更让萧琼惊恐地睁大了双眼。她走上前发了疯似的摇晃着叶岐云的双肩，"云儿，云儿！你醒醒啊，你想起了什么？你快说啊！什么木栅栏，什么母妃？你……你不是王良娣的儿子，你不是李纯的亲哥哥吗？你说话啊！"叶岐云猝然睁开了那对深邃的眼眸，一字一顿道："我不是。"

萧琼倒吸一口凉气，摇着头退后两步道："你……你在说什么？这不可能，我亲自去宫中劫走的皇子，我明明看见你和李纯在一起，他的手中还拿着钿盒。正因如此，我才留下李纯，留下这个钗盒情缘的另一半在宫中，好进行我将来的计划，让我们南海皇朝的姑娘进宫，让李纯痛不欲生。"叶岐云却确定地摇了摇头，"不，广陵王才是王良娣的儿子，我不是。我全部想起来了，当年我和李纯在树下玩耍，那钿盒其实是我的，是父皇交给我的，是我借给李纯玩的。父皇说过，这只钿盒对他来说很重要，是我母妃的东西，所以宫中上下他只愿意交给我一个人，只有我才有资格将它传下去。"萧琼闻言险些瘫倒，"你说什么……"叶岐云微微一愣，不由惊道："母妃？等等，娘，你不是说这钿盒是李诵送给你的定情信物吗？难道……难道你真的是我母妃？"萧琼掩着怦怦直跳的心口，面色蜡黄道："不可能，我的儿子早就死了。当年德宗李适废了我太子妃之位，改立王良娣，李诵将我困在宫中的木栅栏之中，还夺走了我八岁大的儿子。难道，难道我儿子没死？"叶岐云从来没有觉得自己的思绪如此清晰，他突然大笑

第九十七章　钗盒情缘

道："知道为什么我会和李纯形影不离吗？是因为父皇把我从母妃身边带走后，交给了王良娣抚养，以保全我的性命啊……"

萧琼霎时面无人色，如雷轰顶般愣在原地，泪水滚滚而落，她用颤抖的手从怀中取出一封信，这是李诵死前藏在桌底的那封信，大滴的泪珠掉落在纸上，晕开了李诵的字迹，萧琼喃喃道："原来从始至终，殿下都在保护着我……与我和离，是为了保我性命。李适给我端来的毒药，是殿下换了假死药。抢走我的儿子，是为了保全他……一直以来都是我误会殿下负心无情，其实最最无情的人是我。我劫走了自己的亲生儿子，给我的儿子喝下鹿回头的忘情水，让他当南海皇朝的圣主，逼着他练武，让他的心中充满仇恨，让他受尽痛苦，让他布局杀死自己的祖父和父皇，事到如今，我居然还想害死我的亲生儿子……"卢眉娘大惊道："你们在说什么，岐云哥哥，你真的是太后的儿子？"萧琼掩面流涕道："他是，他就是我这个萧惠妃和李诵的儿子。是我错了，一直以来我都认错了。云儿，我真的是你娘啊！"

萧琼用颤抖的手去抚摸叶岐云的面颊，他却紧握着手中的金钗和钿盒，直到金钗划破了手掌，鲜血顺着钿盒汩汩流下，叶岐云死死地盯着萧琼，从没想到真相大白之时如此心痛。一种异样的力量从金钗和钿盒上通过指尖萦绕周身，叶岐云顿时觉得浑身滚烫，头痛欲裂，腰间的斩天剑也剧烈地颤抖起来，他终于忍不住仰头大叫一声，震得喜堂内外砂石哗哗直落。卢眉娘大惊地上前拉住他，"岐云哥哥，你怎么了，你别吓我啊！"哪知叶岐云回过头来，一双眼睛早已红透，他狠狠地盯着卢眉娘，猝不及防地拔出斩天剑来，回身挥去，卢眉娘霎时被剑风震荡跌在一旁，大红的黎锦盖头霎时碎成无数片，卢眉娘惊呼道："不好，岐云哥哥走火入魔了！大家快走！"

白乐天大惊，上前一把拉住陈湘灵和卢眉娘，翩翩则抓住柳萋萋往门外跑去。满座皆是南海皇朝的宾客，一时来不及逃避，叶岐云的斩天剑已然出鞘，一道刺目的剑光闪过，霎时间血溅喜堂，扑灭了红烛灯火。走火入魔的叶岐云一手紧握着钿盒，一手挥舞着斩天剑肆意地斩杀着四处逃窜的人,他从来没有想到这场传说中鹿回头的天谴,竟是自己亲手毁了自己心心念念的婚宴。他不停地斩杀着,杀红了眼,直到满屋都是死人,叶岐云痛苦地捂住头颅,望着满屋死尸满地鲜血,痛哭着轰然跪了下来,"为什么会这样……"一只手温柔地拍上了他的肩头,叶岐云抬头看去,只见萧琼站在自己的面前,她的面颊上溅满了鲜血,眼中满是泪光,"云儿,求求你,原谅娘吧……"叶岐云颤动着含泪的眼眸,抬手擦去了鼻梁边的泪痕,眼中露出了冰冷的凶光,"我已经原谅过你一次,为什么你一而再再而三地要我原谅。我对母后那么好,结果被利用了一次又一次,被耍了一次又一次。每次我都原谅你,到头来我却是个巨大的笑话。"他猝然站起身来,斩天剑直指萧琼。萧琼只觉撕心裂肺,"你要杀我?"叶岐云的嘴角扬起一抹可怕的微笑,"只有杀了你,我才能彻底属于我自己,再也不被任何人掌控我的命运。"

他红着眼提起斩天剑,一步步向萧琼逼近。就在危急之时,卢眉娘突然折了回来,她曳着长长的喜袍冲上前挡在萧琼面前,一把握住了叶岐云持剑的手,"岐云哥哥,你不能杀你亲娘啊!"跟着她折回来的白乐天和翩翩趁机将萧琼拉走,叶岐云见状勃然大怒,扬手对准卢眉娘的胸口猛地打去,她生生地挨了这一掌,当即哇地吐出一口鲜血,重重地仰头摔去,白乐天连忙扶住她,回手扔了一颗迷弹,趁着一片混乱带着重伤的卢眉娘逃走,躲到了一处山洞。萧琼连忙上前道:"眉娘,你……你怎么被他伤成这样了?快坐下,我给你运功疗伤。陈姑娘,用药你最在行,赶紧为她调配药方吧。"没有杀了萧琼,叶岐云哪肯就此罢休,他提着斩天剑横行在呦呦谷中,满城寻找,见人杀人,杀红了双眼,血染透了他的喜服。白乐天提议道:"我看现在叶圣主已经走火入魔了,他很快就会找到这里来,到时候我们一个都活不了,不如我想办法联系知退,来一招暗度陈仓,在叶圣主的眼皮子底下将你们大家送回琼州去吧。"

第九十八章　琼州乱

白乐天话音未落，便看见杀红了眼的叶岐云提着沾满鲜血的斩天剑一步步往山洞这边寻来，他心中一沉，怕是来不及通知白知退相救，众人就要死在这里了。谁知就在这时，江中驶来一艘货船，叶岐云警惕地转身向江边走去，只见那货船靠了岸，从船舱中走出一个温润如玉的男子，竟是白知退，他扫了一眼叶岐云满身血迹的模样，纵使心中一惊，却仍装作若无其事的模样，浅笑道："叶圣主，在下是白三郎，听闻圣主与眉娘成亲，特意来送贺礼道喜。"叶岐云眯了眯眼，冷冷道："好，贺礼我收下，你可以走了。"白知退忙命人从船上搬下一箱箱的贺礼，叶岐云只得带着这些人将贺礼运回宫中。趁着这机会，白乐天捡起地上的石子向洞外扔去，不偏不倚砸中了白知退的后脑勺，白知退忙回头看去，悄悄拨开山洞前的草木，惊愕地看见白乐天等人，"二哥，你们怎么会在这？"

白乐天压低声音道："叶圣主走火入魔要杀我们，你快带我们走！"白知退连忙带着众人上船，刚让他们藏好，叶岐云又折了回来。白知退忙不自然地笑道："打扰叶圣主了，在下就此告辞。"叶岐云却冷冷地横起斩天剑，挡住了他的去路，"要走可以，这艘船我要搜一搜。"此言一出，白知退不由心下一颤，有些慌乱道："好，圣主请。"叶岐云跳上甲板，里里外外地搜了一遍，却没发现任何人，这才放心下了船，头也不回地走远了。白知退松了一口气回头望去，只见船底的水波已泛出些许血迹，这才明白他们憋气躲在水底，等叶岐云查完，才从船板底下躲入暗格之中。白知退连忙回到船上安顿好众人，立即启程。就这样，在叶岐云的眼皮子底下，他将众人送出呦呦谷，前往琼州的鹿眠谷休养。

船已行出了很远，萧琼继续在给卢眉娘运功疗伤，她面色苍白，额头布满细汗。卢眉娘扫视了一圈船舱，不由蹙眉道："咦，柳二小姐呢？"陈

鹿 回 头

湘灵端着药碗走进来道:"是啊,我还以为她在外面。好像从上船开始,一直没见到她。"这时众人才发现柳萋萋不见了,卢眉娘执意要折回去找人,却被萧琼一把拉住了,"如果我没猜错,她是回去陪云儿了。既然这是她选择的路,就让她自己走完吧。"

一阵细碎的脚步声从叶岐云的身后传来,他提着斩天剑回头,顺着剑尖望去,只见柳萋萋站在自己的面前,他的心中没有一丝的波澜,冷冷地走上前道:"你居然还敢回来,他们到底藏身何处了?快说,否则我一样不会对你手下留情!"冰冷的剑刃抵上了柳萋萋的脖颈,她心酸不已道:"我既然回来就不会怕死,叶大哥,我是来帮你的,我知道他们去了哪里,他们回琼州鹿眠谷了。"叶岐云一怔,放下了斩天剑,一把抓起柳萋萋的手道:"是啊,为什么我没想到……除了鹿眠谷,他们哪儿也去不了。萋萋,你陪我回琼州吧。"自从叶岐云恢复记忆,她再也没听过他这样温柔地唤过自己,柳萋萋一时意乱情迷,凝视着他深邃的眼眸点了点头,殊不知陷下去就是万丈深渊。

"贵妃殿下,呦呦谷出事了!"安静的清思殿忽然被宫人的声音打破,郭俪凝派出去的探子一个趔趄跌在了她的面前,险些撞翻了金丹炉。郭俪凝却丝毫没有责怪,惊喜地站起身道:"慢慢说来,到底怎么样了?叶岐云和卢眉娘成亲了吗?是不是真的有天谴降临了?"那宫人气喘吁吁地将呦呦谷发生的一切说给了郭俪凝,郭俪凝也震愕不已,"什么……叶岐云真的是萧惠妃的亲儿子……有趣,真是太有趣了!好,不管怎样,我的这个计划成功了,我就是要他们自相残杀。卢眉娘,我看你还能不能逃过这一劫!"她忍不住仰起头,展开双臂哈哈大笑,精美的披帛垂在地。几个宫人相视一眼,顿觉不对劲,"贵妃殿下,你没事吧?"可没人能控制发狂的郭俪凝,她疯癫地徒手去拿炼丹炉里的丹药,大口大口地吃了起来,泪水纵横过笑靥,喃喃自语道:"贤妃,我没有输给你,陛下最爱的始终是我,你永远也抢不走陛下。"

宫人们惊慌失措,忙去请李纯。当李纯迈进清思殿时,不由被眼前的一幕震愕住了。只见郭俪凝披头散发地坐在地上,靠在坍塌的金丹炉旁,

第九十八章 琼州乱

一颗颗地数着地上的丹药，时不时地自言自语。看见他来，郭俪凝更是欣喜若狂地冲上前抓紧李纯的衣襟，"陛下，我成功了，我的药炼成了！以后我的容颜会永葆青春，你也不会再喜欢上别人了，什么郑德妃、什么眉贤妃，什么秋淑妃，都比不上我。我的儿子是太子，我以后就是太后，我才是你唯一的正配妻子。"看着她这副模样，李纯心酸不已地推开了她，"凝儿，为什么你要变成这样……你真的太让我失望了。来人，传朕旨意，销毁贵妃的丹炉，除非太子李恒登基，否则不许贵妃郭氏踏出清思殿一步，严加看管！还有……把清思殿和清宁宫的地道也全部炸毁，不许贵妃再出宫。"他紧蹙着眉头闭上了眼，他什么都知道，只是一再给郭俪凝机会，却想不到造就了如今的她。李纯头也不回地大步跨出清思殿，只剩郭俪凝颓然地瘫坐在地，苦笑着摇头道："寥落古行宫，宫花寂寞红。白头宫女在，闲坐说玄宗。"

大明宫的枫叶又红了大半，纷纷飘零在清思殿的庭院前，而这时的琼州正陷于水深火热之中。卢眉娘与众人回到鹿眠谷，叶岐云和柳萋萋随后就到，当即形成两股对抗的势力，互相僵持不下。卢眉娘控制住鹿眠谷的入口，不许谷中百姓擅自出入。她穿着那身红黑相间的黎锦长袍，换上了黎族公主的服饰，曳着长长的衣裾坐上了高台，拿出怀中的令牌道："叶岐云已经不再是昔日的圣主，他如今已走火入魔，不再认得你们了。我以黎族公主的身份要求大家团结一心，对抗外敌！"她从没想到自己与叶岐云还有这一天，不由得心如刀割。被拦在鹿眠谷外的叶岐云怒气冲冲道："萋萋，你跟我一起杀进去，我一定要杀了萧惠妃！只要你陪我走过这一劫，我就娶你为妻。"柳萋萋一时乱了心绪，握紧了腰间的双刀，坚定地点点头，"只要你想做的事，我都陪你去做。"叶岐云勾起一抹笑容，从背后抽出玉弓，当即拿起三五支长箭射出去，将守在入口处的侍卫全部射杀，拉着柳萋萋冲入鹿眠谷。

"公主，圣主杀了侍卫，已经闯进来了，现在正往兑泽苑去！"离火宫中的卢眉娘听见宫人慌忙来报，顿时大惊失色站了起来，"不好，快去太后的夏湾宫！他不杀了太后决不罢休，一定要保护好太后！"叶岐云已带着柳萋萋杀出了一条血路。柳萋萋惊恐地看着他见人就杀，不管是抵御的侍卫，还是南海皇朝的百姓，甚至那些无辜的人，那些老弱妇孺，叶岐云手中的斩天剑从未有过半分犹豫。滚烫的鲜血溅了柳萋萋一身，她慌乱道："叶大哥，不是说好只杀萧惠妃一人，你别再杀人了！"叶岐云猛地揽住她的腰肢，满脸鲜血地靠近她道："所有维护萧惠妃的人都要死，所有挡我路的人也要死，你明不明白？"柳萋萋摇摇头，泪水在眼眶中打转，"你真的走火入魔了，你真的变了，不再是我认识的那个叶大哥。我到底在做什么，我居然助纣为虐，南海皇朝若就此灭亡，我是赎不了罪的。"

眼看叶岐云的斩天剑挥向路旁的一个小孩，柳萋萋想都没想，回身转过挡在面前，任他那把斩天剑直直地刺穿了心胸，鲜血霎时晕染了她的衣衫，叶岐云不由怔住了。他的模样在柳萋萋的视线中渐渐模糊，她痛苦地低声自语道："幡然悔悟，悔不当初。大哥，原谅我……"叶岐云的嘴角微微抽搐了一下，猛地拔出斩天剑。柳萋萋轰然倒在血泊之中，她用自己的性命没能拦住叶岐云，却给卢眉娘等人制造了足够的时机，躲在萧琼那机关重重的夏湾宫。这夏湾宫是萧琼亲手设计建造的，她最擅长毒药与暗器，这间宫殿里的密道和机关数不胜数，就连叶岐云也从不知道。当萧琼打开机关，一道金灿灿的大门从天而降，死死地封住了宫殿的所有入口，暂且保住了众人性命。

"陛下，琼州已经大乱，求陛下派人前去相救，否则卢姑娘一行恐怕难逃此劫！"消息已经传到长安城，韩退之焦急万分地向李纯禀告道。李纯也心急如焚道："朕知道，可是南海皇朝的事朕鞭长莫及，朕不知道该怎么救她，也不知道该派谁去！"韩退之道："陛下，微臣愿意亲自去琼州一趟，只不过……只不过还需要几个人。"李纯点头道："别说几个人，要千军万马朕都派给你！"韩退之支吾道："不需要那么多兵马，其实……只要将元微之、柳子厚、刘梦得召回，赶往琼州襄助就好了。他们与白乐天、卢眉娘都是至交，曾在与吴元济一战中也出谋划策不少，他们有的是良策。"李纯一时半会儿顾不得那么多，忙道："好，朕立即下旨，让他们各自从属地赶往琼州，与你汇合！"

一行人终于在琼州汇合见面，来到鹿眠谷时，只见昔日夹岸桃树上溅

第九十八章 琼州乱

满了鲜血,清澈的河流已泛着无尽的鲜血,尸横遍野,满目疮痍,四下皆是死一般的寂静。柳子厚蓦地觉得心中一颤,这腥风血雨中似乎有些异样。他跟刘梦得走在最前面,元微之和韩退之则跟在二人身后。谁知刚刚进去,柳子厚就看见倒在血泊中的柳萋萋,他撕心裂肺地叫道:"萋萋!"他踉跄地冲上前去抱起柳萋萋早已冰凉僵硬的尸身,轰然跪在了地上,任凭泪水纵横。看着刀伤,一眼就看出是被叶岐云从不离手的斩天剑所伤。柳子厚伤心欲绝地将她拥入怀中,"萋萋……你永远是我的好妹妹,大哥要为你报仇,绝不会饶了叶岐云这畜生!"刘梦得忙道:"我看这里实在太危险,我们还是先退出鹿眠谷,再做打算。子厚,快走啊!"

砰砰砰!一阵厚重的声音响起,夏湾宫中的众人不由紧张起来。只听叶岐云隔着一扇金门道:"眉儿,我知道你在里面,你出来见见我吧。我们还没有拜完堂,你不是答应要嫁我为妻的吗?我真的好想你,我从呦呦谷赶来琼州,就是想见你,想跟你拜堂成亲。你出来见见我吧。"听到他的声音,卢眉娘忍不住要出去,萧琼连忙阻止她道:"不行,你若是出去,他一定会杀了你的!"卢眉娘摇头道:"不行,外面那个是我的丈夫,他是和我命运相连的钗盒情缘,只有我才能不让他走火入魔。"

她不顾众人反对,挥开长袖中的黎锦,刷地将众人推开,打开一条细缝,凌空飞身而出,又疾速锁上金门,稳稳地落在叶岐云的面前。叶岐云没想到她真的出来了,当对上她那双清澈如初的眼眸时,他居然心中一慌,下意识地扭过头避开她的眼神。卢眉娘走上前,伸出手轻轻揉了揉他的蹙眉,"岐云哥哥,我来了。我不会放弃你,就算你走火入魔,我也相信我可以感化你。我们是钗盒情缘,是天赐的良缘。"叶岐云从怀中取出金钗和钿盒,眼中却露出了诡异的目光,冷冷笑道:"你错了,钗盒情缘是百年的孽缘。"

第九十九章　厌胜之术

"岐云哥哥，你在说什么？"看见他那冰冷的目光，卢眉娘不由得浑身一颤，伸手欲要拉他的手，想要用自己的力量感化他控制他，谁知叶岐云却猛地一缩手，猝不及防地拔出腰间那沾满柳萋萋鲜血的斩天剑，刀光一闪而过，向卢眉娘迎面劈去。"小心！"就在这极其危险的时刻，忽然一个白色身影从金门中凌空飞出，一把推开了卢眉娘。那锋利的斩天剑不偏不倚地刺入她的腹中，叶岐云惊愕地睁大了双眼，他的眼中倒映出翩翩痛苦的模样，大片的血迹顺着剑刃染红了翩翩雪白的襦裙。"翩翩！"摔倒在地的卢眉娘大惊失色冲上前去，翩翩已然瘫软倒下。叶岐云松开手中的斩天剑，上前一把抱住了翩翩，连忙蹲坐在了地上，"翩翩，你要撑住……"

只见泪水在他的眼中流转，翩翩虚弱地抬起冰凉的手，含笑抹去了他的泪水，"圣主，你能为我难过，我已经很开心了。我相信你还是心存善念，并没有完全走火入魔。你要记住，眉娘和你是钗盒情缘，你不可以杀她。"叶岐云红了眼圈，却不知该说什么，只觉得心中酸痛难忍，翩翩又唤道："眉娘，眉娘……"卢眉娘哽咽着伸手拉住了她，"翩翩，你撑住，我和岐云哥哥给你运功疗伤。"翩翩摇了摇头，"没有用的，斩天剑的威力你们两个最清楚。翩翩不怕死，能死在圣主怀中，能在死前跟最好的姐妹说上两句话，翩翩不觉得遗憾。眉娘，圣主，我这一生最大的心愿，就是你们能好好地在一起。"她轻轻地将卢眉娘和叶岐云的手放在一起，露出了释然的微笑，"你们都是我，最爱的人……"最后一滴晶莹的泪从她的眼角滑落，啪地掉落在叶岐云的手背，清澈冰凉的泪如若雨点，霎时熄灭了叶岐云熊熊烈火般的杀机。

"翩翩！"卢眉娘紧握着她已经冷却的手，忍不住失声痛哭道。叶岐云抬手悄然抹去眼中的泪水，突然发了狂似的起身跑，也不知跑去何处，也

第九十九章　厌胜之术

不知跑了多远，直到他累了倦了停下脚步时，看见面前有一处山洞，拖着疲惫的身躯走进去，痛苦地抱住头蹲了下来。堂堂南海皇朝的圣主，此时此刻却像个孩子般委屈地流泪哭泣。他不知道自己是怎么回事，杀了那么多人，柳萋萋和翾翾死在自己剑下的模样让他痛苦万分。叶岐云绝望地捶打着自己的头颅，"为什么……为什么我是钗盒情缘的有缘人，为什么上天偏偏要选中我……我不能走火入魔，我不能再害了眉儿，不能害了我亲娘。虽然我也不知道我什么时候会再发狂，但此时此刻我还可以做一件事，以确保以后我不会再做错事。"他红着眼扭过头，猛地抽出斩天剑向自己的脖颈上抹去。

啪的一声，一颗石子从洞穴外飞来，力量极大，叶岐云手一松，斩天剑霎时掉落在地。他惊诧地回过头去，看见洞口正站着萧琼，她孤身一人，含泪看自己的亲生儿子如此痛苦挣扎，萧琼只觉心中宛若刀割。她顾不得什么危险，冲上前去紧紧将叶岐云拥入怀中，涕零痛哭道："云儿，都怪娘，是娘害苦了你，是娘害了你一生。"那熟悉的怀抱让叶岐云的防线一下子溃堤了，他靠在萧琼的怀中任眼泪肆意流淌，如果这一切都没有发生过，如果萧琼只是南玳，而他只是南玳的儿子，那该有多好。所有的记忆涌上，自己在大明宫的孩提时代，被萧琼劫走后喝下鹿回头忘情水，在南海皇朝当圣主的每一日，都清晰地在脑海中浮现。叶岐云突然一个激灵，连忙推开了萧琼，"你快走，快走啊！我已经走火入魔了，我不知道什么时候会伤害到你，我真的不想杀你……"萧琼心疼地抱住他道："娘今天不会走，娘就在这里陪着你。"她轻轻地哼起了熟悉的小曲，疲惫不堪的叶岐云在她的怀抱和歌声中渐渐地闭上了双眼，沉沉地睡着了。

看着他许久没有睡得这么安稳的模样，萧琼不舍地轻轻抚摸着他的面庞，叹了口气从怀中取出一把小刀和一块桃木，一下下地雕琢了起来。每雕刻一下，她的心就跟着痛一下，泪水渐渐模糊了她的双眼。这块桃木终于被刻好了，萧琼轻轻吹了一口气，上面的木屑霎时散开，只见她手中的是一个栩栩如生的木人，那木人的容貌衣着与萧琼并无二致。萧琼咬破自己的手指，用鲜血在上面写下自己的生辰八字。她颤抖着手，拿着木人悄然起身，回头望了叶岐云最后一眼，便扬手将这木人丢到火堆中，"我的母亲鄯国公主就是因为厌胜之术而死，那时候我什么都不懂，如今我也是当娘的人了，好像突然间什么都明白了。云儿，娘这辈子对不起的人太多太多了，一直以来我都以为是别人负了我，殊不知从头到尾都是我负了人。我害了最爱我的人，害了我最爱的儿子，用我的死换回儿子的灵性吧。"火苗越来越大，那个木人在火堆里噼里啪啦作响，萧琼顿觉浑身剧痛，五脏六腑仿佛都被烈火灼烧，她终于忍不住剧痛，轰然倒在地上哇地吐出一口鲜血，血溅上了火堆中的木人，霎时被烧焦的木人化作血水。萧琼张了张口，向着熟睡的叶岐云依依不舍地望了一眼，一缕香魂就此消散，却始终没有合上双眼。

"娘！"熟睡的叶岐云突然从梦中惊醒，他猛地睁开了双眼，看见萧琼倒毙在自己面前，七窍流血死状可怖。他当即心头一揪，冲上前跪了下来，痛哭着抱起萧琼的尸身撕心裂肺地喊道。叶岐云彻底崩溃，就在这时他怀中的金钗和钿盒又吸引在了一起，发出微微的颤动，连同他的心脉也跟着颤动起来，他在极度悲恸与绝望之中霎时魔性大增，忽然眼中闪过凶光，推开萧琼的尸身，抬手抹去眼中的泪滴，用嘶哑嗓音喃喃道："为什么你宁可死……你也知道是你负了我吗？所有人都负了我！你们可以一死了之，而我不能，我只有痛苦地活着，活着的目的就是报仇。娘，这么多年来，是你教会我的，我要报仇！"他退后两步，向着萧琼的尸身深深地跪拜了三次，痛下决心，头也不回地走出了山洞。

"乐天哥哥，眉娘和翩翩姑娘出去那么久，太后也没回来，我觉得心里很不安，我们要不要也出去找找？"夏湾宫内陈湘灵慌乱地来回踱步，拉住白乐天的衣袖急道。白乐天点了点头，转动金门的机关，紧握着陈湘灵的手步出死寂的兑泽苑。谁知方才没走多远就听见卢眉娘的哭声，二人连忙循声跑上前去，只见卢眉娘跌坐在地上紧抱着翩翩的尸身哭着，鲜血早已干涸，让人触目惊心。陈湘灵大惊掩口惊呼，倒吸一口凉气。白乐天忙道："眉娘，太后擅自离开夏湾宫了。"卢眉娘听罢，顿时惊愕道："什么？糟了，太后怎么能离开夏湾宫……岐云哥哥正四处找她，想要杀她呢。岐云哥哥已经入魔了，他杀了翩翩，不会对太后手下留情的，只怕已糟岐云哥哥的毒手。我们快分头去找太后，快啊！"

第九十九章　厌胜之术

"啊!"卢眉娘跑遍鹿眠谷,在这个隐蔽的山洞,她看见里面的情景忍不住失声尖叫起来。只见萧琼倒在血泊之中,七窍血渍早已干了,一对眼眸圆睁着,直直地望着前方。卢眉娘惊恐万分瘫软在地,"岐云哥哥……你怎么能杀了太后……"忽然她的身后传来脚步声,卢眉娘红着眼转过头去,竟看见叶岐云又折了回来,他神色一如往昔,眼中竟然没有了之前的杀气和凌厉,满眼泪水地望着萧琼,扑通一声跪了下来,"娘……娘,你为什么要这么做……"卢眉娘惊道:"岐云哥哥,太后不是你杀的?"叶岐云抬起眼眸道:"当然不是,我怎么会杀我的亲娘呢?娘见我走火入魔,说要用她的性命让我恢复正常,我没想到娘竟然真的自尽了……"他激动得痛哭了起来,与卢眉娘紧紧相拥在一起。卢眉娘也忍不住哭了,轻轻拍着他的背道:"岐云哥哥,你恢复就好了,至少你没有辜负太后,太后没有白白牺牲。"叶岐云靠在她的肩头道:"我想回长安,我想离开琼州这个地方。而且娘本来就是大唐的妃子,她如今过世了,我想扶她的灵柩回京,送回宫中,让她有应得的名分。"卢眉娘点了点头道:"好,我们一起送太后回京。"她浑然不知,靠在肩头的叶岐云还有另外的想法。

只可惜人无法洞悉人心,叶岐云此番回长安,其实是想夺皇位,在他的心里,这皇位本就是属于自己的。可卢眉娘不知道他有这想法。她尚未来得及与韩退之一行人汇合,就带着白乐天和陈湘灵一起回长安了。当萧琼的灵柩停在大明宫的承欢殿时,李纯立即陷入两难之中。真相已经大白,他什么都知道了,他知道棺材里的就是先皇的结发妻子,就是那个早该在几十年前被一碗毒药毒死的萧惠妃,也是自己父皇生前最爱的女人。处理国家大事都没有让他为难,因为他的生母是王良娣,他怎么能让别的女人与父皇合葬?但若说起来,萧琼毕竟是李诵的结发妻子,若不合葬,便会被世人说不仁;若是合葬,又会被世人说不孝。李纯长叹一口气,始终无法过心里这一关,还是决定不为萧琼平反,大笔一挥,写下"萧惠妃"三个大字为谥号,就此盖棺定论,以贵妃礼仪送萧琼入土为安,没有让她与李诵合葬。

为了安抚卢眉娘和叶岐云一行人,李诵将他们几人留在宫中住下,并封叶岐云为邕亲王,让白乐天暂留他的府中不得出,陈湘灵则被困在卢眉娘的绫绮殿,这一切实则为切断他们四人与外界的交流,好让李纯有充分的时间将这事慢慢解决。绫绮殿中,卢眉娘却心绪不安地拉住陈湘灵的手道:"我怎么觉得很不对劲……陛下没有将萧惠妃和先皇合葬,岐云哥哥居然没有任何不满。陛下封他为邕亲王,岐云哥哥就欣然接受了。这一点都不像我认识的岐云哥哥,他到底想干什么?陛下留我们在宫中,到底想干什么?"此时此刻邕亲王府中却来了几个人,为首的正是李纯最信任的宦官吐突承璀,他阴阳怪气地笑道:"邕亲王,陛下有请,请吧。"

叶岐云笑了笑道:"皇弟真是客气了,好,我这就来。"他跟着吐突承璀来到贞观殿,只见李纯正坐在食案前,桌上放着两杯金樽,李纯含笑起身迎道:"皇兄来了?快快请坐。你们所有人都出去吧,朕要跟皇兄单独叙一叙旧。"叶岐云扫了一眼桌上的那只琉璃酒壶,这西洋玩意儿不但模样精巧,而且内藏玄机,中间有一个机关,只要轻轻一按,暗格中的毒酒就会倒出,再一按,就会闭合暗格,倒出没有毒的酒。萧琼生前最喜研究暗器,这简单的伎俩,叶岐云早已心知肚明,原来李纯是要给自己摆一场鸿门宴,赐一杯鸩酒。不错,若是叶岐云活在世上,他才是真正的长子嫡孙,这皇位恐怕会让李纯如坐针毡,难以坐稳。什么手足情深,在江山权势面前,不过都是笑话。正因看透了李纯的心思,叶岐云心中再没有半分愧疚,既然李纯也动了杀机,他决定先下手为强,除掉这个碍手碍脚的人,独霸天下。

第一百章　此恨绵绵无绝期

"贤妃殿下！"王府门口，一众宫人看见卢眉娘带着陈湘灵在夜色之中匆匆而来，纷纷拜道。卢眉娘担忧道："邕亲王呢？"宫人回道："陛下着人请王爷去贞观殿畅饮了。"卢眉娘不由心中一颤，"这大晚上的，陛下请岐云哥哥喝什么酒……他居然也就这样去了，不行，我先进去看看。"她提起厚厚的长裙衣摆，带着陈湘灵走进屋内，只见这屋里与寻常的王侯家并无二致，好似叶岐云真的放下了南海皇朝圣主的身份，心甘情愿地当起了大唐的亲王。卢眉娘松了口气，方才坐下来，她头上的步摇叮一声被墙上的画吸了过去，陈湘灵惊道："怎么会这样？是不是有东西在这幅画后面？"卢眉娘扬手揭开了画卷，看见墙后有一个暗格，里面竟放着三五支乌黑的长箭，她不由倒吸一口凉气道："玄铁所铸的天魔箭！岐云哥哥怎么会制作这东西……糟了！我们都被岐云哥哥骗了，他根本没有恢复，他这次回长安来是要杀陛下！陛下有危险，我们快去贞观殿！"

"皇兄，还记得你我幼年时，曾在树下一起玩耍，想不到这么多年后我们还能再见面。这杯酒，是我敬你的，这些年你漂泊在外，太辛苦了，以后就住在皇宫里，朕会好好照顾你的。"贞观殿中，李纯倒了两杯酒，含笑递给叶岐云一杯道。叶岐云望着他微笑，转着手中的金杯，突然按住了李纯的衣袖，"皇弟，先别忙着喝酒，我为你测个字吧。"李纯不由一愣，为了不让他生疑，便随手蘸了蘸杯中酒，在桌上横起一笔，写下了"一"字。叶岐云笑道："道生一，一生二，二生三，三生万物。皇弟果然是天子，信手一笔，囊括万物。既然如此，就请天子先饮一杯，皇兄才敢喝。"他轻轻将金杯推到李纯面前，只见李纯面色大变，支吾着不肯接过金杯，叶岐云霍地站起身来，勃然大怒，拿起金杯狠狠砸在了地上，地上顿时冒出一股青烟。叶岐云刷地从腰间抽出了那寒光凛凛的斩天剑。

鹿 回 头

"陛下小心!"就在这时,贞观殿的大门被卢眉娘一脚踢开,她冲上前抓住了叶岐云的剑,回头大喊着让李纯快走,万万没想到叶岐云就势一旋,将卢眉娘挟持在怀中,斩天剑横在她的脖颈上,"你居然救这个狗皇帝,你知不知道,他在酒中下了毒,他想置我于死地!"卢眉娘叹道:"你总是觉得别人负了你,可是我在你的府中看见你亲手做的天魔箭,难道你没有弑君的念头吗?岐云哥哥,陛下和你是手足兄弟,你怎么能这么做?"叶岐云冷笑道:"什么兄弟,他是王良娣的儿子,我是萧惠妃的儿子,这江山和皇位本就是我的!"

"快走!"卢眉娘对李纯喊道。眼看卢眉娘危险,李纯走也不是,留也不是,看到叶岐云凶恶之样犹豫着。叶岐云见他想逃,更是怒火中烧,猛地向李纯挥开了斩天剑,只听卢眉娘一声惊呼,斩天剑顿时划破李纯的胳膊,他的手臂鲜血直流。当他的鲜血沾上剑刃的瞬间,叶岐云突然觉得头痛欲裂,那无限的痛楚竟让他快举不动斩天剑,叶岐云忍不住大叫一声,紧握着斩天剑冲了出去,凌空而逃。宫中的牛千卫闻得动静,纷纷赶了过来,只看见李纯和卢眉娘二人,而李纯的胳膊上还在汨汨流血,牛千卫惊愕道:"有刺客!"李纯顿觉不妙,连忙护在卢眉娘身前道:"且慢!朕是在和贤妃闹着玩,这伤口是刚刚贤妃撞碎花瓶,朕不小心划伤罢了。朕不是说过,都不许进贞观殿,通通出去!"牛千卫狐疑地相视一眼,只好退了出去。卢眉娘焦急地撕下自己的衣裾,小心翼翼为李纯包扎起伤口,"陛下,你伤不轻啊。"

李纯刚要答话,只听隔墙传来了一个女声,似有似无地唱着歌:"忽闻海上有仙山,山在虚无缥缈间。楼和玲珑五云起,其中绰约多仙子。中有一人字太真,雪肤花貌参差是。金阙西厢叩玉扃,转教小玉报双成。闻道汉家天子使,九华帐里梦魂惊。揽衣推枕起徘徊,珠箔银屏迤逦开。云鬓半偏新睡觉,花冠不整下堂来。风吹仙袂飘飘举,犹似霓裳羽衣舞。玉容寂寞泪阑干,梨花一枝春带雨。含情凝睇谢君王,一别音容两渺茫。昭阳殿里恩爱绝,蓬莱宫中日月长。回头下望人寰处,不见长安见尘雾……"一墙之隔正是清思殿,被困在这里的郭俪凝坐在冷宫中嗤笑这传说中的孽缘,嗟叹着百年前的唐明皇和杨贵妃。卢眉娘听见她的歌声,不由动容落

第一百章 此恨绵绵无绝期

泪道:"我终于明白了钗盒情缘的真正用意,其实是一亡俱亡,一损俱损。"

"贤妃殿下,不好了!"就在这时,绫绮殿的宫女大惊失色地跑上前道,"邕亲王……邕亲王劫走了陈姑娘,去往冰窖了!"李纯顿时惊诧道:"什么?冰窖……那是先皇所造的地道,全部用千年寒冰所制。先皇本打算百年归老后将尸身存于此处,可保尸身不腐,等研制出起死回生的仙药再复生。但冰窖尚未完成,先皇就过世了。无论如何现在这个冰窖的威力也极其强大,活人进去,怕是再出不来,陈姑娘弱质纤纤,怎么受得了这寒冰?朕立刻派人去救她!"卢眉娘连忙道:"千万不要!现在岐云哥哥挟持了湘灵,你不可以轻举妄动,否则湘灵一个不小心就没命了。这样吧,还是我亲自去见岐云哥哥,求他放人。"

卢眉娘来到冰窖,见叶岐云守在门口。他云淡风轻地勾起一抹笑容道:"你终于来了。"卢眉娘走上前道:"岐云哥哥,你想见的人是我,放了湘灵吧,她身子弱,经受不住这寒冰的侵蚀。"叶岐云冷笑着侧过身子道:"那可不行,我只能带你去看看她。"他带着卢眉娘走进冰窖,这里面皆是由千年寒冰所铸造,晶莹剔透中折射着光芒,只迈进一步,就让人觉得入骨的寒冷与痛楚。陈湘灵正瑟瑟发抖缩在角落里,卢眉娘连忙上前拥紧了她,一边给她取暖,一边摩挲着她的肩膀低声道:"湘灵,湘灵,你千万不能睡去。你听得见我说话吗?记着,一会儿我引岐云哥哥离开后,你赶快逃出这里,直接去王府找乐天。你要照顾好自己,以后就靠你帮我照顾好乐天了。"卢眉娘说罢,猝然站起身回过头,甩出袖中的黎锦向叶岐云胸口勾去,她娴熟地扯过锦缎,刷地将他怀中的金钗拉回手心紧紧攥住,哗啦一声凌空而起,向冰窖外飞身而去,叶岐云见金钗被夺,立时顾不上冰窖里的陈湘灵,紧追卢眉娘冲出去了。

陈湘灵这时才回过神,原来卢眉娘是给自己制造机会逃出去,而她这么做,无非是想与叶岐云同归于尽。陈湘灵跑出冰窖,慌忙去找白乐天商量对策。白乐天一时大惊,忙召集元微之、韩退之、柳子厚、刘梦得几人一同追寻,阻止卢眉娘玉石俱焚的念头,可惜卢眉娘已然利用金钗和钿盒相吸的力量,将叶岐云困入原先的坎水阵中。一座巨大的水车吱呀吱呀地转动,这片水面上是芦苇构建成水上八阵图,水流由瀑象、泉象、溪象汇集而成,水八卦正中央又有一道镜象,让阵法发出无穷的威力。叶岐云望着眼前的坎水阵,顿时什么都明白了,"眉儿,你是故意引我进来的?"卢眉娘也停下了脚步,含泪回过头道:"不错,我跟着太后这么多年,别的不会,倒学会了太后的阵法。这个坎水阵,只有钗盒情缘的有缘人才能进来,也就是说,这里只有我们两个人,外面谁也进不来。我知道你已经走火入魔了,我身为你的妻子,做不到阻止你,也不能眼看着你贻害苍生,只有陪着你一起从容赴死。"

叶岐云的眼中氤氲起一片水雾,他如鲠在喉道:"眉儿,我从来都不想伤害你,我的一生就是阴谋和悲剧。纵使我们两个是钗盒情缘的有缘人,却始终走不到一起。在我的一生中,只有你是我唯一的快乐。"看到他红了眼圈,忆起了点点滴滴的往事,卢眉娘不由心中一酸,上前紧紧抱住了他的后背,靠在他宽厚的背上让泪水肆意浸湿,"岐云哥哥,命运从来不由人选择,这钗盒情缘已经延续了三代,害了唐明皇和杨贵妃,害了李诵和萧琼,害了乐天和陛下,也害了你和我,就让我们结束这一世的孽缘,以后生生世世都不会有人再受苦了。"她含泪从袖中抽出一方红色的黎锦盖头,抬手为自己盖了上去,轻轻拉住叶岐云的手道:"这里只有你和我,还记得我们没有拜完的堂吗?今天我们就在这里拜天地,我就是你的妻子了。我不信黎族公主和鹿回头的天谴,哪怕有天谴,我也要嫁给你。"

叶岐云心酸地握紧了她的手,二人向着水八卦中的大水车双双跪了下来,在潺潺的水流声之中,二人并肩向天地深深地拜了下去。叶岐云用通红的双眼凝视着眼前人,伸手揭开了她的红盖头,一滴清泪顺着卢眉娘的脸颊滑落,她轻轻开口道:"岐云,这个坎水阵,外人进不来,我们也出不去,就让我们在这里过完最后的时光,不要再去外面害人了。"叶岐云突然眼神一变,勃然大怒,扼住她的手腕,"你说什么?你……我真没想到,你已经是我的妻子了,却依旧不帮我!这天下本来就是我的,跟李纯毫无关系!眉儿,你让我出阵去,我要拉李纯下马,我要当大唐的皇帝,你就是我唯一的皇后。"

第一百章　此恨绵绵无绝期

"乐天哥哥，糟了，现在到处都找不到眉娘的下落，她到底会带叶圣主去哪里？"陈湘灵焦急地问道。白乐天也有些心慌，"我也不知道，松泉别苑也找过了，能想到的地方都找遍了，就是找不到他们。微之和退之分别往东南方向找了，梦得和子厚向西北方向寻去，可是找到现在一点音讯都没有，我真的心里没有底，不敢向你保证什么。"就在这熙熙攘攘的长安街上，忽然身后传来了一个声音，"乐天兄！"白乐天回头望去，只见牛思黯怀揣一块不大不小的奇石，气喘吁吁地跑了过来，"乐天兄，我的这块奇石发生了异样，这上面的花纹居然变了方向，似乎有种力量牵引着。"白乐天拿过来一看，这奇石黑中透绿，绿中带紫，泛着幽幽的光芒，好似流光溢彩的螺钿。

突然一只手伸来夺去这奇石，众人惊诧地看去，只见面前的不是别人，而是李文饶，他将这奇石捧起放在耳旁，果真传来了水流的声音，隐隐约约夹杂着卢眉娘和叶岐云的声音。李文饶顿时惊道："我知道是什么地方了！"他带着众人来到猎场附近，这么多年来，李文饶都不肯再来这个地方，仿佛还能看见谢秋娘死在自己怀里的场景。他忍着心痛，将众人带到这里。荒芜的地上散落着一些不规则的碎石，牛思黯手中的奇石竟开始剧烈地颤动了起来。李文饶道："就是这里，我相信他们就在这里，这是阵法障目，我们看不见他们，也无法进入阵中。"陈湘灵却怔怔地望着地上那些碎石半响，忽然回过神道："如果我没猜错，这个阵是眉娘所布，我应该明白解阵的办法。乐天哥哥，你快去叫他们回来，我们围着这碎石席地而坐，绕成一个圆八卦，我可以试一试。"

第一百零一章　长相思，摧心肝

众人按照陈湘灵的指挥，围着这些碎石阵盘腿坐了下来，八个人正好围成一个圈。陈湘灵拿出一把小刀往自己的手心划了一下，顿时鲜血汩汩直流，其余人接过她的匕首也在各自手心划了一道血痕，分别把双手展开，互相搭在身边人的手上，每个人的血就这样混合在一起。他们纷纷闭上了双眼，一刹那，八个人的心意顿时相连，眼前浮现出不属于自己的记忆画面。陈湘灵蓦地红了脸，紧蹙着眉头低声道："乐天哥哥，别想符离村的日子，这个时候大家都能看得见。"白乐天也显得格外窘迫，转移话题道："梦得、子厚，你们也别想薛姑娘了。"元微之忽地一颤道："退之兄，你认识洪度？"

韩退之避开他的话道："思黯，你怎么还想着那个吴阀的贼女？"李文饶咳了咳道："好了好了，大家还是集中精力，赶快破阵吧。"八人重新调整了心态，再度屏气凝神闭起眼将双手搭好。这次各人的脑中再无任何杂念，不知过了多久，忽然一阵飞沙走石，只听地上的碎石哗啦啦直响，眼看就要破阵，谁也不敢掉以轻心。哪知道就在这时，陈湘灵忽然听见身边的白乐天惊呼一声，他的手从她手中刷地被抽走，陈湘灵慌忙睁开了眼，可是哪里还有白乐天的身影，只剩下七个人。陈湘灵大惊道："这个阵法……我明白了，眉娘设的阵法是只有钗盒情缘的有缘人才能进，乐天哥哥同样也是钗盒情缘的有缘人，他也被席卷入阵中了！"

一阵迷雾终于在白乐天的眼前散开，听见四处传来叮叮咚咚的水声，揉了揉眼睛，竟发现自己处于一个从未到过的地方，这里全部由水组成，水八卦中立着一个大水车，哗啦啦地转动着，四下除了水声格外安静，再没有任何动静，白乐天环顾四周，也没看见有人踪。他虽然不解，但也察觉到这里很不寻常，"难道我进了眉娘布的阵中？那眉娘和叶圣主在哪

第一百零一章　长相思,摧心肝

儿?"白乐天转了几圈,又回到了大水车前,放眼望去又是一个八卦阵,怎么绕都会回到原地。就在他完全没有头绪时,忽然一声巨响猝不及防地传来,顿时地动山摇,水中清波晃上了岸,溅了白乐天一身,等他擦干时,竟发现不远处立着一座古老的大宅子,那巨响就是从屋内传来的。白乐天连忙循着声响冲进了宅内,只见这屋内光线昏暗,正中堂上贴着一个触目惊心的红色喜字,案几上摆放着两根摇摇晃晃的红烛,而卢眉娘正跌坐在喜堂前,魔性大发的叶岐云正用手紧紧地扼住她的脖颈,令人不寒而栗,"快把金钗交出来,我要用金钗和钿盒合并开阵,我要出去!"卢眉娘痛苦地摇着头道:"岐云,收手吧……我们哪儿都别去,好好过完最后的时光。"

"眉娘!"谁也没想到这个坎水阵中居然传出了第三个人的声音,卢眉娘和叶岐云双双惊诧地抬头看去,只见白乐天焦急地跨门进来。为了救卢眉娘,他抄起地上的石块向叶岐云砸去,可他一介书生哪里是叶岐云的对手,叶岐云眼疾手快地扼住卢眉娘旋身让开,一脚勾起地上的玉弓狠狠地向白乐天砸去,当即砸中了他的胸口,白乐天猛地跌倒在地,哇地吐出一口鲜血,喷洒在玉弓上。卢眉娘泪流满面,忍不住开口叫道:"乐天,乐天,我求求你帮帮我们,杀了我们吧!"

白乐天趴在地面,望着眼前的玉弓连连摇头,卢眉娘的额头已布满汗珠,"乐天!你听我说,岐云已经走火入魔了,他不知道自己在做什么,我们谁都控制不了他。若是他拿到我的金钗,破解阵法出去,那世间就要有一场浩劫了!"白乐天早已泪眼模糊,他用颤抖的手拿起地上的玉弓。卢眉娘急道:"快啊,否则就来不及了!杀了我们,了结了钗盒情缘!动手啊!"叶岐云忍不住浑身颤抖,他手上已经青筋暴露,通红的眼中也泛起了点点泪光,凝视着卢眉娘的双眼,似乎很想开口说些什么,但体内的魔气已控制了他,千言万语就在这满溢泪光的眼中。白乐天一横心,捡起地上的长箭架上了玉弓,费力地拉出了弧度,含泪望了他们一眼,侧过头闭上眼,猛地松开了手。一支冷箭刷地穿透冰冷的空气,向二人射去。叶岐云突然松开了手,用尽全身力气将卢眉娘推了出去,旋身用血肉之躯替她挡了这穿心一箭。

鹿 回 头

　　霎时，叶岐云感觉不到任何的痛楚，竟觉得身体轻飘飘地很舒服，无数的记忆在脑海中闪现，每一幅画面里都充满了卢眉娘的音容笑貌。"岐云！"跌倒在一旁的卢眉娘大惊失色地哭喊着冲上前去，滚烫的鲜血已流了她一手，她慌张地将叶岐云抱在怀中，"不要，不要……"白乐天见状登时瘫软在地，脑海中一片空白。叶岐云含笑望着卢眉娘，又露出了宠溺而温柔的笑容，"眉儿……我很高兴，今生今世能与你成亲。我们已经破了天谴，破了钗盒情缘的命运。"卢眉娘已然泣不成声道："因为我，你这一生太苦了，希望来生你不要再遇见我。"一滴清泪从叶岐云的眼角悄然滑落，他静静地望着卢眉娘道："不，你答应我，无论是天上人间，我们都要再见。"卢眉娘哽咽着伸出手，勾上了他的小指头，叶岐云释然地笑了，"眉儿，我好怀念我们在鹿眠谷的时光……"

　　就在他弥留之际，屋外哗哗的水流声越来越小，房屋也开始轻微地摇动，梁上落下的细屑带着周遭一切渐渐消散，这个坎水阵居然开始一点点地瓦解了，眼前的幻境全部消散，他们很快现身于荒芜的猎场上。坐在碎石旁的七个人连忙站起身来，就在这时突然传来一阵马蹄声，只见李纯身披朝服，匆匆忙忙地向这里赶来，他翻身跳下了马背，冲上前轰然跪在了叶岐云的面前，看着气若游丝的叶岐云，他终于忍不住哭着高呼道："哥！"叶岐云已然说不出话来，颤抖着将卢眉娘的手放李纯手中，又从怀中取出那只玄铁钿盒，卢眉娘哭着将赤金芙蓉钗递了上去，没想到叶岐云用尽全力，用金钗狠狠地刺向钿盒，延续了三代宿命的钿盒霎时被毁，他满意地合上了双眼，头一歪倒在卢眉娘的怀中，手里的金钗叮一声落在了地上。

　　"不对劲……叶圣主体内的魔气要爆发，眉娘，小心啊！"沉浸在悲恸中的卢眉娘伏在叶岐云的身上痛哭，而陈湘灵却一眼看出了不妥，连忙惊呼道。白乐天闻言想都没想，冲上前一把拉开卢眉娘，就在这时只听轰隆一声巨响，一股巨大的力量将卢眉娘和白乐天狠狠地冲出去，摔在了地上，当她再回过头时，只见叶岐云的尸身已被炸毁，尸骨无存，只剩下他平日所用的斩天剑立在地上左摇右摆。卢眉娘再也忍不住，撕心裂肺地哭着爬过去，紧紧拥住了那把斩天剑。白乐天看她痛不欲生的模样，摇头叹道：

第一百零一章 长相思,摧心肝

"羲和走驭趁年光,不许人间日月长。遂使四时都似电,争教两鬓不成霜。荣销枯去无非命,壮尽衰来亦是常。已共身心要约定,穷通生死不惊忙。"李纯抹去泪痕,轻轻地扶起卢眉娘。一阵风袭来,满地的狼藉被吹得无影无踪了,再也找不到叶岐云的痕迹,卢眉娘忍不住靠在李纯的怀中哭了起来,李纯轻轻地拍了拍她的肩,什么都没有说。

世间的情缘孽债似乎都结束了。李纯将卢眉娘带回大明宫,依旧让她住在绫绮殿中,一切都按贤妃的用度来,此时此刻的他只想照顾好这个皇嫂。可是这次的事情,白乐天一行人知道的事情实在太多了,而且叶岐云这件事毕竟是宫廷秘事,不便与外人说道,李纯很快找了个借口,再度贬谪几人,将元微之贬为通州司马,白乐天贬为江州司马,刘梦得贬为连州刺史,柳子厚贬为柳州刺史,不许回长安京都。至于韩退之和牛思黯,毕竟牵扯在前朝,不便轻易调遣,故而将二人留在京中。到了离别之日,韩退之和牛思黯特意在乐游原设宴与四人饯别,白乐天感慨万分地多饮了几杯,挥笔在元微之的衣袖上写下:我住浙江西,君去浙江东。勿言一水隔,便与千里同。富贵无人劝君酒,今宵为我尽杯中。大家喝得酩酊大醉,谁也没有想到,此次一别就是永远。

"天阴一日便堪愁,何况连宵雨不休。一种雨中君最苦,偏梁阁道向通州。"雨夜之中,白乐天坐在去往江州船只的灯窗下,披衣提笔写道。没想到竟又收到元微之的书信,他打开一看,只见上面的字迹已被雨水打湿,有些许模糊:昔在京城心,今在吴楚末。千山道路险,万里音尘阔。天上参与商,地上胡与越。终天升沉异,满地网罗设。心有无联环,肠有无绳结。有结解不开,有环寻不歇。山岳移可尽,江海塞可绝。离恨若空虚,穷年思不彻。生莫强相同,相同会相别。襄阳大堤绕,我向堤前住。烛随花艳来,骑送朝云去。万竿高庙竹,三月徐亭树。我昔忆君时,君今怀我处。有身有离别,无地无岐路。风尘同古今,人世劳新故。人亦有相爱,我尔殊众人。朝朝宁不食,日日愿见君。一日不得见,愁肠坐氛氲。如何远相失,各作万里云。云高风苦多,会合难邂因。天上犹有碍,何况地上身。

鹿 回 头

飒飒寒风灌入元微之的脖颈中,他背着双手站在船头遥望远方,船很快就要到岸了,对面就是通州了。就在这时,下人捧着一个邮筒书笺走上前欲要递给他,"元司马,是江州白司马的信。"谁知脚下一滑,那下人扑身摔在地上,手中的邮筒霎时飞了出去,掉在水波之中,慢慢地漂向岸边。元微之大惊,索性跳下浅滩涉水去寻,就在他狼狈不堪怎么都抓不住水中的竹筒时,忽然一只纤纤玉手探来,轻轻捡起了这只竹筒,一个温柔的女声飘入耳中,"郎君,你的东西。"元微之连忙接了过来,竟忘记抬头道谢,急匆匆地打开竹筒拿出信笺,好在白乐天的字迹尚未被水晕染,元微之念道:"晨起临风一惆怅,通川溢水断相闻。不知忆我因何事,昨夜三更梦见君。"

他舒了口气,这才想起要向那女子道谢,抬起头,脑中一片空白,惊愕地愣在了原地,什么话都说不出来。这姑娘身穿豆青色的襦裙,乌发垂在身后,鬓边只用三两支银步摇簪着,大气而美丽的面容一下子将他吸引,在自己面前的这张面孔竟与亡妻韦丛一模一样。元微之失态地抓住那姑娘的衣袖,"娘子,你叫什么名字?"那女子含笑垂眸道:"小女子名裴淑,字柔之。"元微之哽咽着,"在下元稹,字微之,排行老九。"所有的记忆如潮涌般而来,元微之不由想起了过世已久的韦丛,望着裴淑的面容喃喃道:"穷冬到乡国,正岁别京华。自恨风尘眼,常看远地花。碧幢还照曜,红粉莫咨嗟。嫁得浮云婿,相随即是家。"这裴淑蓦地面上一红,侧过头去,提起笔在手帕上用漂亮的小楷写下:侯门初拥节,御苑柳丝新。不是悲殊命,唯愁别近亲。黄莺迁古木,朱履从清尘。想到千山外,沧江正暮春。她盈盈浅笑捧起这冰凉滑润的丝帕,递给了面前的这个男子。

第一百零二章　琵琶行

料峭春寒中，卢眉娘身披厚厚的长氅，独自徘徊在花苑之中。自从叶岐云死后，她已经很久不与人说话了，再加上白乐天被贬，陈湘灵从此杳无音讯，她仿若沧海之中失了方向的小舟。在这偌大的大明宫中，上上下下都对卢眉娘格外尊敬，就连郑德妃和杜秋娘也经常来陪伴她。她好不容易避开众人，来到这里想独自静一静，忽然被隔墙的歌声吸引，卢眉娘认出旁边就是冷宫清思殿，她犹豫片刻转身走了进去。只见郭俪凝倚靠在门前残破的秋千上喃喃地哼唱着白乐天所写的《长恨歌》，她一看见卢眉娘便忍不住笑了，"贤妃，你终于来了，这么大的皇宫，只有你一个人来瞧我，真是想不到啊。"

郭俪凝笑着，眼中泛起了泪光。卢眉娘叹了口气，拍了拍她的手，与她并肩坐在秋千上。郭俪凝伸出指甲拨弄着她身上的黎锦花纹道："看在你来瞧我的分上，我就什么都告诉你。还记得那个杜秋娘把解药给萧琼吗？她并不是真心对你好，只不过想卖个人情，让陛下感谢她。她一面跟我连成一线，一面又想着法儿把我赶下去。可是她就算救了陛下一命，也没有用。"卢眉娘好奇地抬起了眼眸。郭俪凝笑道："你还不知道吧，沈阿翘的死就是杜秋娘造成的。她根本是怕沈阿翘一曲《何满子》夺走陛下，所以明明早就发现沈阿翘在白玉方响上下毒也不说，一定要等到为陛下献曲之时，亲自救陛下一命，又娴熟地转动白玉方响，让沈阿翘死在自己的机关下。"

卢眉娘不由心中一惊，她万万没有料到还有这样的隐情。她悄然寄给李文饶书信，当李文饶看罢信笺，不由捏紧了信纸，"沈姑娘是思黯兄的挚爱，如此死得不明不白，实在让人惋惜。我也总该为思黯兄做点什么。"他略一沉吟，坐下来写了奏折上书李纯，谓之淑妃杜氏有重立太子的意思，想立与她亲近的澧王李恽为太子。这件事顿时让李纯大怒不已,立即褫夺了杜秋娘淑妃之位,削籍为庶民,贬离宫归往故里。

初春的金陵草色森森,杜秋娘背着一个简单的包袱行走在寒风之中,望着满目萧条,不由哽咽。这么多年来,她从一介都知成为李锜的妾室,又一跃而成宫中的淑妃,却没想到今时今日又沦落成庶民。当她回到金陵之后无儿无女,身无分文,只有当了李纯曾赠予的金缕衣,换得一间简陋的房屋遮风避雨,过得穷困潦倒。如今的杜秋娘已不能再唱歌跳舞,只有织布缝衣为生,就连一架织架都买不起,唯有向邻里租借,故而只能在夜间织布。每到月朗星稀的时候,总能听见吱呀的织布声从这平房中断断续续地传出。有一天,一个自称牧之的年轻人路过金陵,向杜秋娘要了一碗水喝,静静地听她一边织布一边泪流满面地诉说着前尘往事。这个年轻人不由替她唶叹,写下了长长的一篇诗文。杜秋娘打开一看,蓦地泪眼婆娑:四朝三十载,似梦复疑非。潼关识旧吏,吏发已如丝。却唤吴江渡,舟人哪得知?归来四邻改,茂苑草菲菲。清血洒不尽,仰天知问谁?寒衣一定素,夜借邻人机。我昨金陵过,闻之为欷歔。自古皆一贯,变化安能推?地尽有何物,天外复何之?指何为而捉,足何为而驰?耳何为而听,目何为而窥?己身不自晓,此外何思惟?因倾一樽酒,题作杜秋诗。愁来独长咏,聊可以自贻。

而此时的大明宫中,李纯却对外宣称杜秋娘病逝,一具豪奢的棺木从拾翠殿中浩浩荡荡地抬出,一切都按照淑妃的制度出殡,李纯更亲自为这空棺送葬。他来到拾翠殿,环顾跪下的后宫嫔妃,却唯独没有看见卢眉娘,郑德妃哭着走上前道:"陛下,贤妃身体不适,不能来为淑妃送葬了。"李纯心中不由咯噔一下,点了点头。他走到棺木前轻轻拍了拍,示意宫人抬起棺木。哪知就在棺木与他擦身而过之时,李纯忽然听见从棺椁中传来低微而清脆的声音。他当然知道棺材是空的,这里面怎么会传出动静?黑黢黢的棺中,卢眉娘正蜷缩在内,紧张地握着发上掉下的金钗,伸手掩住自己的气息,心中怦怦直跳。她在宫中这么久,始终思念着叶岐云,她实在不愿意再留在禁中,想借此机会出宫去。李纯听出了那是金钗的声音,顿时明白是卢眉娘躺在棺材里,却佯装为了成全她,于是忍着哽咽道:"此

第一百零二章 琵琶行

棺暂停宗庙之殿,不许入葬!"

"苦竹林边芦苇丛,停舟一望思无穷。青苔扑地连春雨,白浪掀天尽日风。忽忽百年行欲半,茫茫万事坐成空。此生飘荡何时定,一缕鸿毛天地中。"江州的风雨晚泊中,白乐天独自坐在船中喝着酒,忽而听见咯咯的笑声从船头传来,他醉醺醺地抬起头望去,只见两个打着油纸伞的少女有说有笑地收伞躬身走进船中来,雨水已然沾了发丝与裙裾,显得二人娇媚可人。只见这两个少女约莫十二三岁的年纪,一个身穿雪白的薄纱裙襦,漂亮的樱桃小口像极了卢眉娘。而另一个穿着简单的麻布素衣,纤纤袅袅的腰肢与陈湘灵竟无二致。二人的一颦一笑,似足了昔年的卢眉娘和陈湘灵。

白乐天蓦地心中一颤,不由问道:"在下江州司马白乐天,敢问二位娘子芳名?"她们相视一笑,白衣少女爽朗笑道:"我叫樊素,她叫小蛮。白司马,我们见过面的,就在符离村,我们还拿石头砸过你。"白乐天顿时想了起来,"原来是你们,想不到转眼之间,已长成娉娉婷婷的姑娘。"樊素笑着拉了拉小蛮的衣袖说:"今日我们与故人重逢,不如我弹一首曲子,你跳一支舞,送给白司马吧。"小蛮笑盈盈地点了点头。樊素准备好素琴,悠悠地拨动起琴弦,小蛮踮起脚尖,旋转起裙裾,跳起了婀娜的舞姿。望着年轻的她们,白乐天不觉湿了眼眶,"非琴非瑟亦非筝,拨柱推弦调未成。欲散白头千万恨,只消红袖两三声。"

不知不觉小船已靠了岸,漫山遍野的枫叶红透浔阳江头。樊素和小蛮就要起身下船,却见岸上的琵琶亭中又盈盈走来一个女子,她怀抱琵琶俯身走上旁边的画舫中,随后画舫里便传来了泠泠的琵琶声。这琵琶声动人心弦,不由让樊素和小蛮不忍下船离去,白乐天连忙让船夫移船相近,请那弹琵琶的女子过船重弹一曲。恍惚的灯影中,只见女子抱着琵琶半遮面容,款步走来,樊素让开座位给她坐下,琵琶女转轴拨弦弹奏了起来。见她眼中含泪信手拨弄着琴弦,白乐天抿了一口酒,不由叹道:"弦弦掩抑声声思,似诉平生不得志。低眉信手续续弹,说尽心中无限事。轻拢慢捻抹复挑,初为霓裳后绿腰。大弦嘈嘈如急雨,小弦切切如私语。嘈嘈切切错杂弹,大珠小珠落玉盘。间关莺语花底滑,幽咽泉流冰下难。冰泉冷涩弦凝绝,凝绝不通声暂歇。别有幽愁暗恨生,此时无声胜有声。银瓶乍破水浆迸,铁骑突出刀枪鸣。曲终收拨当心画,四弦一声如裂帛。东船西舫悄无言,唯见江心秋月白。"

琵琶女弹完一曲,沉吟着收起拨片插在琴弦中,整顿衣裳站起身来。小蛮好奇道:"这位娘子,你的曲声中满是幽怨,是不是有什么故事,不妨说来听听。"琵琶女含泪道:"小女子本是京城歌女,住在虾蟆陵一带。十三岁的时候就学成了琵琶,当时还名属教坊。那时京都无数富豪子弟都来献彩,弹完一曲,手来不计其数的红绡。年复一年,不知不觉地消磨了时光。兄弟从军而去,姐妹一个个夭亡,家道开始破败,我也已经不再年轻貌美。后来我嫁给了一个商人,可惜聚少离多,上个月夫君去了浮梁卖茶,只有我在江口的琵琶亭里独守空船。唯有夜深人静时,还会梦见昔年的意气风发,时常从梦中哭醒,只有水中的月光陪伴着我。"

白乐天听完琵琶女的一番话,已然泪眼婆娑,他提笔愤然疾书,挥就这千古名篇:我闻琵琶已叹息,又闻此语重唧唧。同是天涯沦落人,相逢何必曾相识。我从去年辞帝京,谪居卧病浔阳城。浔阳地僻无音乐,终岁不闻丝竹声。住近湓江地低湿,黄芦苦竹绕宅生。其间旦暮闻何物?杜鹃啼血猿哀鸣。春江花朝秋月夜,往往取酒还独倾。岂无山歌与村笛?呕哑嘲哳难为听。今夜闻君琵琶语,如听仙乐耳暂明。莫辞更坐弹一曲,为君翻作《琵琶行》。感我此言良久立,却坐促弦弦转急。凄凄不似向前声,满座重闻皆掩泣。座中泣下谁最多?江州司马青衫湿。

从那天以后,樊素和小蛮再也没有离开,陪着白乐天在庐山草堂住了下来。而琵琶女次日就走了,白乐天甚至都不知道她的姓名。正在他为此难过之时,收到一封让他开心的书信。原来三弟白知退春日取三峡水路归浔阳,很快就要与白乐天在江州相聚了。白乐天算了算时日,白知退的船大约傍晚到。他在灯下犹豫了片刻,又给元微之写了一封信:忆昔封书与君夜,金銮殿后欲明天。今夜封书在何处,庐山庵里晚灯前。笼鸟槛猿俱未死,人间相见是何年。他刚刚放下笔,樊素和小蛮就走进来给他披上了厚氅,"白公,傍晚有些冷,我们陪你去吧。"白乐天笑着摇了摇头,独自

第一百零二章　琵琶行

下山去浔阳江头。

"一道残阳铺水中,半江瑟瑟半江红。可怜九月初三夜,露似真珠月似弓。"白乐天站在江浦岸边,望着满江的红霞,不由一时感慨万分。就在这时他忽然看见远处漂来一叶轻舟,白乐天欣喜不已,他跳上了岸边停泊的小船,向着那轻舟撑船过去。如血色般殷殷红的江水载着两只船缓缓靠近,只见那只船上站着一个人,当白乐天看清楚的时候,不由惊诧得说不出话来。甲板上站着的并非白知退,而是早已不辞而别许久的陈湘灵。她望着白乐天,泪水不由得夺眶而出,"乐天哥哥,我从来没有想到,还会与你再度重逢。"

夕阳下,他清晰地看见陈湘灵的头上有一根雪白的发丝,她年华已逝,再也不是当年的符离村女。他们虽然经历过起起伏伏,却始终不能走到一起。白乐天心中一颤,顾不得那么多,将她紧紧拥入怀中,"久别偶相逢,俱疑是梦中。即今欢乐事,放盏又成空。湘灵,我不会再让你走了,别离开了。"陈湘灵却含泪推开了他,"当年你说,我们两个人,一个往东,一个往西,我至今不敢忘。"白乐天摇头道:"不,我现在想走回头路了。"陈湘灵苦笑道:"那又如何?我们都走了回头路,只不过方向换了,你往东,我往西,一样老死不聚头。"白乐天回过神来,他知道横亘在他们面前的,是比钗盒情缘更无法逾越的鸿沟。他含着泪点了点头道:"我梳白发添新恨,君扫青蛾减旧容。应被傍人怪惆怅,少年离别老相逢。"他松开陈湘灵的手,二人深深地相望了一眼。终于,两只小舟向着相反的方向漂去,在夕阳与波光之中渐行渐远。

明月当头映照在清浅的大江上,千帆过尽的曲江归于平静,唯有一叶扁舟摇晃在由西往东的陌生山川。卢眉娘身着一袭青衫道袍站在甲板船头,乌黑的长发披散在身后,青丝之上只簪着一支金灿灿的赤金芙蓉花钗,在月色下熠熠生辉。她眉间的朱砂映衬着淡淡的面容,背在身后的双手紧握着一份御赐的度牒,她知道一切都是李纯有心成全。小船载着卢眉娘远去,她迎着明月,眼中泛着泪光喃喃自语道:"唯将旧物表深情,钿合金钗寄将去。钗留一股合一扇。钗擘黄金合分钿。但教心似金钿坚,天上人间会

鹿 回 头

相见。临别殷勤重寄词,词中有誓两心知。七月七日长生殿,夜半无人私语时。在天愿作比翼鸟,在地愿为连理枝。天长地久有时尽,此恨绵绵无绝期……"

而此时陈湘灵的小船也带着她随波漂荡,竟漂回符离村。一去一别多少年,此地早已没有了人烟,她也改了旧时的音腔。就在陈湘灵唏嘘不已时,竟看见月光下漂来一只小船,她定睛一看,霎时认出船上的人,陈湘灵用颤抖的声音唤道:"眉娘?"卢眉娘惊诧地回过头,粼粼波光清晰地勾勒出陈湘灵的面容,她们竟意外地在这里重逢,一时间如鲠在喉,含泪相望。卢眉娘吸了吸鼻子道:"湘灵,你走了那么久,以后打算去哪里?"陈湘灵抹去泪痕道:"天下这么大,难道没有我安身之处吗?我会带着简简留给我的医书,四处替人治病为生。眉娘,你从宫里逃出来,你又想去何处?"

卢眉娘闪着泪光微笑道:"我要回归南海琼州。湘灵,我知道你的心思,不阻你的去路。但今日是天意让我们相逢,不如我们击掌为盟,立下来世之约,生生世世都是知己。"陈湘灵点了点头,缓缓抬起了纤纤玉手,坚定地与卢眉娘击了三掌,二人在月光水光之中释然一笑,就此别过。几个月后,陈湘灵在遥远而陌生的地方听一个淳朴的乡民提到,南海神姑回到琼州后,传闻她很快羽化成仙,棺材之中只留下了一双鞋履。

诗曰:
长相思,在长安。
络纬秋啼金井阑,微霜凄凄簟色寒。
孤灯不明思欲绝,卷帷望月空长叹。美人如花隔云端。
上有青冥之高天,下有渌水之波澜。
天长路远魂飞苦,梦魂不到关山难。
长相思,摧心肝。